L'INSOUMISE DU ROI-SOLEIL

Du même auteur aux Éditions J'ai lu :

Le secret de Champollion (7922)

JEAN-MICHEL

RIOU

L'INSOUMISE DU ROI-SOLEIL

ROMAN

J'AI LU

Felix qui potuit rerum cognoscere causas.

Heureux celui qui a pu pénétrer les causes secrètes des choses.

Virgile, *Géorgiques*, II, 489

Avertissement à propos des emblèmes

On le sait, la colombe est le signe de la paix et l'on s'en sert pour figurer le désir universel d'amour. Ce message est clair, mais par le passé, cet emblème – comme d'autres – empruntait des chemins plus ésotériques. Doublées d'une illustration, les maximes gravées exprimaient les pensées cachées de leurs auteurs. Certains emblèmes devenaient même hermétiques et inaccessibles au profane. Ce langage – une figure symbolique et une devise pour l'accompagner – s'apparentait en fait aux codes des alchimistes et des sociétés secrètes, et de nombreuses assemblées occultes utilisaient ce mode d'expression que d'aucuns comparent aux hiéroglyphes sacrés des prêtres égyptiens.

Au XVIIe siècle, l'usage d'une écriture compréhensible par les seuls initiés visait surtout à protéger les victimes contre l'intolérance. L'Inquisition, l'absolutisme royal, les persécutions constituant de réelles menaces pour les esprits éclairés, toute pensée n'était pas bonne à énoncer... Du moins de manière lisible. Aussi les emblèmes se multiplièrent-ils, tels ceux composés par Bussy-Rabutin, noble de Bourgogne qui eut fort à se plaindre de Louis XIV et souffrit de liberticide.

Certaines de ses illustrations restent encore mystérieuses. Et autant indéchiffrées qu'indéchiffrables. Raconteraient-elles ce que le commun des mortels ne devait pas savoir ? Et ces messages – ou avertissements ? – surgissant du passé se révèlent-ils toujours d'actualité ? Les dangers qu'ils dénoncent ne sont-ils pas, plus que jamais, menaçants ? Chacun est libre de se pencher dessus pour tenter de percer leurs secrets, mais si l'on scrute attentivement ces trésors de sagesse et de connaissance, ne pourrait-on découvrir de nouveaux et formidables périls pour notre temps ?

C'est de cette question qui taraude les savants qu'est née l'histoire d'Hélène de Montbellay.

SINGULIERS, DIFFÉRENTS... MAIS UNIS.

Prologue

Moi, Hélène de Montbellay, fille de Pierre de Montbellay, comte de Saint Albert, j'ai choisi ce symbole – deux hommes se soutenant – pour illustrer le récit de mon aventure. Cet emblème provient de l'ouvrage Emblematum Liber, *écrit en 1531 par le Milanais Andrea Alciato. On y voit un homme paralysé se servir de ses yeux pour guider l'aveugle qui dispose de ses jambes. Voici la preuve que le juste équilibre est une combinaison adroite. Que chaque plateau de la balance porte un poids identique. Qu'un être en vaut un autre et que le fléau veille sur l'équité. Qu'il convient, cette scène l'atteste, de défendre la tolérance en reconnaissant les mérites de chacun.*

L'alchimie qui cimente une société est une science délicate à manier. Et il faut affronter un long chemin pour apprendre à vivre ensemble, singuliers et différents, mais unis par des valeurs communes. Hélas, moi qui avais rêvé de cette unité apaisée, je viens d'un temps où la peur empêcha la fusion des hommes dans un même corps.

Les emblèmes qui suivent racontent mon histoire. Mais au premier regard, il est impossible de comprendre leurs liens. Pour connaître leur pouvoir, il importe de les réunir et de les considérer en un ensemble. C'est l'esprit d'un message qui se veut secret.

Servira-t-il aux hommes de demain ? Je le crois puisqu'il explique pourquoi la décision la plus mystérieuse et la plus dramatique de notre histoire a réveillé un jour l'hydre de la tyrannie. De quoi s'agit-il et par qui fut-elle prise ? Il suffit de lire les pages qui viennent pour l'apprendre.

PREMIÈRE PARTIE

L'âge d'or

L'AUTOMNE ET LE PRINTEMPS MÊLÉS PRODIGUENT LEURS DONS

1. Les saveurs de la jeunesse.

L'histoire débute en 1682, alors que j'atteignais vingt ans, quittant l'âge d'or de l'enfance. Mais si j'écoute mon cœur, j'entends encore les mots que murmurait mon père au temps où, petite fille sage, je fermais les yeux :

— Il était une fois, Hélène...

En ces années heureuses, le feu rougeoyait dans la cheminée en pierre de ma chambre, au manoir de Saint Albert. Mon père était assis sur le bord du lit. Le parquet craquait et, par la fenêtre, je voyais les branches d'un chêne monumental prendre la mesure du vent et caresser de ses bois les milliers d'éclats de pierres précieuses qu'une corne d'abondance déposait chaque soir dans le ciel.

Avant que mon père ne vienne m'embrasser, il s'écoulait toujours un temps trop considérable pour une enfant. L'attente se nourrissait chez moi des ombres de la nuit. J'attendais par-dessus tout le retour de la pleine lune et de sa pâleur tenace qui couvrait ma chambre d'un linceul laiteux. Au contact de ce voile malicieux, et se servant d'un pouvoir que je croyais magique, mon décor familier devenait peu à peu le théâtre d'un conte fantastique. Les objets prenaient vie, mon histoire se mettait en route. Bientôt des êtres prodigieux se glissaient à mes côtés, rejoignant l'armée de génies qui avaient élu domicile dans les coffres encadrant mon lit. L'idée qu'ils puissent s'y cacher se justifiait dans mon esprit par leur origine : ils venaient d'Orient.

Un marchand vénitien, faisant commerce avec Byzance, les avait en effet vendus à mon père. L'un d'eux était évidemment empli de parfums, d'épices, de coton ; l'autre de miel, d'ambre et de cire. Ce marchand, je m'en souviens, était énorme et borgne. Un jour, il s'était présenté à Saint Albert en compagnie de deux Maures qui portaient à la ceinture des sabres tranchants. Mon père s'était moqué en me voyant effrayée, et pour me faire comprendre que nous n'avions rien à redouter, il m'avait invitée à le suivre alors qu'il recevait ce négociant rusé qu'il semblait connaître.

Les coffres avaient été descendus de l'attelage et posés en bas du grand escalier. Je n'en pouvais plus d'attendre qu'on les ouvre, mais avant, et d'une voix terrible, le Vénitien avait raconté les incroyables péripéties qui avaient émaillé son voyage.

À l'en croire, ayant décidé de quitter pour toujours son comptoir situé en Terre Sainte, il avait vidé son entrepôt – qu'il appelait *fondachi* en forçant son accent et en se frottant les mains – et tous les miracles acquis en Orient l'avaient accompagné. L'or, l'argent et la soie constituant le gros de sa cargaison si précieuse, il avait conclu une *colleganza*, autrement dit une alliance, avec un Génois qui lui proposait de faire escale dans les ports de l'Adriatique et dans l'île de Crète. Heureux, il croyait pouvoir trouver là d'autres richesses venues de la mer Noire, mais, en réalité, il s'agissait de cuir et de fers frappés dans les forges des dignes successeurs de Vulcain. « Et aussi d'esclaves du Caucase », souffla-t-il. L'affaire semblait en tout cas bien calculée. Par sécurité, le marchand avait ensuite rejoint un convoi protégé par un navire de guerre affrété par la ville de Venise. Hélas pour notre homme, au cœur d'une nuit plus noire que l'enfer, le ciel s'était couvert d'éclairs, et Dieu avait détourné son regard. Perdu au milieu des flots, le navire fantôme avait dû affronter les éléments déchaînés. Et bientôt, le mât principal s'était brisé et l'eau avait envahi les soutes. Tandis que les marins priaient, le marchand avait échangé son salut contre le délestage de sa cargaison. L'or, la soie et le coton, tout fut jeté à la mer. Sauf les deux fameux coffres qu'il caressait de son œil.

— Et les esclaves ? demanda mon père.

La mine faussement attristée, le marchand avait murmuré que le drame s'était heureusement produit avant qu'il en prenne livraison.

— C'est la preuve que Dieu ne t'a jamais abandonné, rétorqua le comte de Saint Albert. Il a livré son message et t'a laissé en vie pour que tu puisses sauver ton âme. Abandonne ce commerce honteux et contente-toi de livrer ce que la Nature et le travail des hommes nous donnent à contempler.

Fort de cette sentence, il reprit :

— Alors, qu'y a-t-il dans ces coffres ?

Le marchand soupira. Si peu de chose pour un si grand voyage... Mais ses biens étaient forcément hors de prix. Et le simple fait de pouvoir les contempler s'avérait si *miraculeux* qu'il fallait forcément croire que ces coffres recelaient des pouvoirs extraordinaires. Dès lors, leur valeur s'en ressentait.

— Deux cents louis ? demanda-t-il en ouvrant la main.

Mon père éclata de rire :

— Je ne crois pas à tes fadaises, rusé marchand ! Mais si ton histoire n'est sans doute pas vraie, elle m'a au moins diverti. Pour tout te dire, je crois que ta plus grande qualité est celle de conteur. Ne me force pas à te faire avouer que ces pièces n'ont d'orientales que le nom que tu leur donnes, et qu'elles furent fabriquées par un pauvre charpentier des Cévennes...

Le marchand écarquilla son œil et leva les bras au ciel, mais avant qu'il n'ait réagi, mon père se tourna vers moi :

— Te plaisent-ils ?

J'aurais tout donné pour posséder ces biens et leur histoire. Alors mon père me les offrit pour trois livres, soit un écu.

Très vite, l'abri me sembla idéal pour y entasser pêle-mêle mes petits secrets. Sous mes vêtements et deux ou trois poupées de bois, j'y dissimulais mon trésor. La pièce la plus précieuse consistait en un flacon empli d'une potion d'eau et d'herbes macérées selon mon invention, mais que je n'avais jamais goûtée de peur de devenir crapaud. Pour les incantations et les formules magiques, je disposais d'un grimoire en latin dont j'étais certaine que Merlin en aurait fait son usage. Pour l'exécution de mes sortilèges, je gardais précieusement une branche solide et fourchue qui avait appartenu, à n'en pas douter, à une sorcière au nez crochu, tombée de son balai dans le bois où j'avais trouvé sa baguette. Avec ce bout de bois, et une fois aguerrie aux mystères alchimiques, je pourrais sans hésiter réaliser mes vœux, ceux d'une petite fille qui tenaient tout entiers dans ces frissons dictés par la nuit. Ces coffres abritaient en tout cas, à ses yeux, des génies emportés d'Orient par le marchand vénitien. Ils s'y cachaient en attendant, pour surgir, que je ferme enfin mes paupières si lourdes.

Si je délaissais les coffres, c'était pour interroger le toit du baldaquin sous lequel je ne parvenais pas à dormir. Suffisait-il de prier en serrant fort les mains pour qu'il accepte de voler jusqu'au ciel ? Renonçant bientôt à cette hypothèse, je surveillais le tapis dont le feu éclaircissait les motifs. De jour, ce n'étaient que des courbes et des arabesques, mais la nuit, j'y voyais les battements d'ailes d'un ange venu me protéger. Pour l'aider, il suffisait de me lever d'un bond, d'ouvrir le coffre et de me saisir de ma baguette. Mais en ouvrant le coffre, allais-je libérer Pandore ?

Un fauteuil aux pieds sculptés en tête de loup venait de m'envoyer un signal. Son bois gémissait. Et la table sur laquelle siégeaient deux candélabres lui avait répondu. Pas un mot, pas un geste, petite Hélène. Pour conjurer mon inquiétude, je surveillais à nouveau les mouvements du chêne immense qui me semblait avoir encore grandi. Il frissonnait et pliait. C'était le signal d'une belle et saine rafale. Le temps de respirer, et le vent s'engouffrait dans la cheminée. La braise se révoltait, le bois sifflait, les flammes se couchaient. Se pliant à ce barrage, le vent s'adoucissait alors pour caresser mon front qui émergeait de la mer de coton dans laquelle, ma poésie et moi, nous naviguions jusqu'à entendre enfin le pas rassurant de mon père.

Parfois, j'attendais longtemps. Pierre de Montbellay était un personnage important et occupé. Un gentilhomme, je crois pouvoir l'écrire. Un humaniste, comme il se disait en ce temps-ci. Un esprit noble qui ne devait rien à sa naissance et à son titre. Le comte de Saint Albert était le seigneur du domaine considérable qui portait son nom et celui de ses ancêtres, et dont il assurait le gouvernement pour le profit des siens et du Royaume de France.

Le domaine dont je parle, il me semble n'en avoir jamais connu les limites et, longtemps, la Terre ne me sembla pas plus grande que lui. Que pouvait-il y avoir de mieux au-delà de ses frontières ? Les franchir n'eût été qu'un jour ne me hantait pas, car je vivais, en effet, l'âge d'or, comme le figurait exactement l'emblème accroché au mur de notre bibliothèque : *Miscent autumni et veris honores*[1]. Pas une formule ne pouvait mieux définir mon enfance. Je vivais le printemps de ma vie, protégée par mon père qui, lui, abordait la saison de l'automne. Je profitais de ses dons et de ceux qui m'entouraient. La terre de Saint Albert était riche, le pays vallonné, le bétail ni hargneux ni rogneux[2], les récoltes abondantes, les saisons idéalement organisées, l'habitant accort et le climat clément.

J'étais connue de tous, saluée et protégée. J'étais la fille unique de Pierre de Montbellay, noble seigneur d'Anjou.

Parfois, mon père essayait de m'en apprendre davantage sur nos biens. Il me prenait par la main et, marchant d'un pas vif, me conduisait dans l'ancienne salle des gardes où mon arrière-arrière-grand-père avait abrité plus de cent soldats. Il n'en restait qu'une cheminée monumentale, où deux bœufs auraient pu rôtir debout, et un lot de lances, de piques, de hallebardes, de massues cloutées, d'armures rouillées qui se battaient en duel sur les murs. La pièce était voûtée. Elle servait désormais de salle d'armes où le comte taquinait l'épée non sans adresse. Nos pas réson-

1. L'automne et le printemps mêlés prodiguent leurs dons.
2. Maladie dont La Fontaine parle dans la fable *Le Loup et les Bergers*.

naient pendant que nous approchions d'une très grande carte peinte où figuraient les points extrêmes du domaine. Le nombre additionné des lieues qui formaient le périmètre de Saint Albert me donnait le tournis. À quoi bon compter ? Chaque vache avait son veau et donnait son lait, le blé était rentré aux mois chauds avant d'avoir subi les assauts de l'orage, la vigne nous occupait jusqu'aux premiers frissons de l'hiver.

Pour moi, ce n'était qu'un jardin, une terre de jeux baignée par la Loire et limitée par les alentours de Saumur, mais mon père insistait. Il voulait que j'apprenne, que je sache. La carte était faite pour cela, et pour l'éducation de chaque génération.

Cette carte ressemblait d'autant plus à celle d'un trésor que son encadrement était magnifiquement ciselé. Selon moi, sa plus grande richesse se trouvait non dans la description d'un riche patrimoine, mais dans ses reflets dorés et dans les multiples détails colorés et croquis agrémentant une étude minutieuse qui racontait Saint Albert. Ainsi, un pré ne s'imaginait pas sans ses bovins ; un ruisseau sans ses pêcheurs ; et un bois sans son gibier…

Ce tableau en forme d'histoire avait aussi été enluminé, il y a fort longtemps, par un moine de passage, en remerciement des bienfaits hospitaliers de Saint Albert. Des noms, peints en lettres gothiques, indiquaient les lieux-dits : marais de la Sorcière, prairie du Dernier Soupir, chemin du Revenant… Je préférais observer la peinture naïve des vaches grasses, des moutons à la laine épaisse, des champs gorgés de foin, symboles de l'opulence.

Mon père égrenait la liste de nos biens – trente fermes, un moulin, deux ruisseaux se jetant dans la Loire voisine, des centaines d'ares de forêt, et j'en oublie. Bercée par sa récitation, je laissais voguer mon imagination.

Plus le temps passait, plus mon œil s'habituait aux détails du tableau. Mais je n'en fis jamais le tour, chaque observation m'ouvrant de nouveaux horizons.

Parmi différentes scènes, le moine avait notamment peint la saison de l'automne. J'attendis quatorze ou quinze ans pour m'intéresser à ces vendangeurs, allongés dans l'herbe et buvant le vin du paradis, ce tirage enivrant issu du premier pressage du raisin. Ils étaient d'humeur joyeuse et, un pichet dans une main, invitaient de gentes demoiselles à les rejoindre. L'une d'elles me semblait quelque peu dévêtue. Chemise ouverte et gorge nue, elle s'avançait vers un de ses compagnons qui, lui-même, ne portait plus que ses sabots.

— Que regardes-tu, ma fille, aussi intensément ? J'espère au moins que tu es attentive à mes leçons.

Mon père chercha à son tour sur le tableau ce qui avait pu me plonger dans une muette contemplation.

— Que cache cet endroit ? balbutiai-je.

— Lequel ? gronda-t-il en sondant son chef-d'œuvre.

— Ici. La grotte des Maudits...

Et je montrai du doigt un point situé au nord du domaine, à l'opposé exact de la scène bacchanale dont je tentai confusément d'imaginer la suite.

— Ah ! ceci, lança mon père d'une voix soulagée. Eh bien, il vaut mieux ne pas en parler. Ou plutôt, si. Tu viens de trouver ce que je déteste le plus... Et le sujet d'un bon apprentissage.

— L'endroit est donc maudit ?

Il partit alors dans un grand éclat de rire :

— C'est tout le contraire ! La grotte est un abri charmant, surtout les jours d'été. Il y fait bon. Il s'y cache une source d'eau douce et claire qui apaise la soif. J'y suis allé moult fois, organisant ma halte pour y faire reposer ma monture. Et vois-tu, je suis vivant !

— Mais pourquoi ce nom qui appelle la malédiction ?

— Les superstitions, ma fille... Ce contre quoi doit lutter l'honnête homme.

Et il me raconta la véritable histoire de cette grotte maudite.

— Ton grand-père aimait la vie, la nature, l'exercice qui libère le corps...

Il cherchait comment tourner ces mots.

— Souhaitez-vous dire qu'il chérissait les femmes ? l'aidai-je.

— Si tu veux, murmura-t-il.

— Autant que vous, vous les appréciez ?

— Là n'est pas le sujet.

— Alors, quel est-il ?

— Ton grand-père vénérait secrètement une jeune femme... Mais c'était avant qu'il ne se marie.

— Et les familles étaient contre leur union. C'est l'histoire de Tristan et Iseult. Je connais la suite... Une passion maudite et la mort qui peut seule réunir deux êtres déchirés par l'amour. Voilà pourquoi cette grotte est maudite.

— Le destin de ton grand-père fut-il comme tu le racontes ? sourit mon père.

— Non, murmurai-je. Ce n'est pas ainsi qu'il vécut. En fait, il se maria et eut ?

— Un fils. Moi, ton père, celui qui use sa salive à vouloir t'éduquer. Tu es loin du compte, car les deux familles bénissaient cette union future. Mais les tourtereaux étaient très jeunes. Il leur fallait attendre. Or les deux ne songeaient qu'à se retrouver pour...

— Pour faire comme le vendangeur qui est sur le tableau ?

Il jeta un regard apeuré sur sa carte au trésor.

— Ce n'est toujours pas le sujet. Vas-tu enfin cesser de m'interrompre ?

— Je vous en prie, monsieur le comte.

Il haussa les épaules et reprit :

— Pour qu'on les laisse en paix.

— Si l'amour se partage, pourquoi chercher la solitude ?

— Ils voulaient être seuls, mais ensemble... Plus tard, tu comprendras.

— Je veux apprendre tout de suite.

— Hélène, il est inutile de me regarder comme cela ! Tu n'en sauras pas plus...

— Votre histoire est donc finie ?

Il sourit tendrement. Ses yeux brillaient de plaisir :

— Accepteras-tu un instant de ne plus me torturer ?

Et je promis.

— En fait, pour préserver ce havre, commença-t-il, ton grand-père inventa une légende sur la grotte. Un dragon en avait fait son refuge. Quiconque approcherait entendrait les gargouillis effroyables de son ronflement, et il serait trop tard. Dérangé dans sa sieste, le monstre bondirait pour s'emparer du curieux. Non seulement, il l'avalerait tout cru, mais recracherait ses os mêlés à sa bave. Il n'aurait pas la chance d'être mort. Il survivrait jusqu'à la fin des temps, difforme, laid, plus petit qu'un farfadet, avec pour unique occupation de servir d'esclave à son maître, le dragon.

— Comment croire en de pareilles sornettes ? criai-je, à moitié effrayée.

— La persuasion de celui qui raconte. La force et la puissance du prédicateur résident entièrement dans sa fonction. Il prédit. Donc il dit vrai. Celui qui parlait de la grotte et de son dragon était un Montbellay. Le titre venait ajouter du crédit et s'il avait été cardinal, la croyance serait venue jusqu'aux oreilles du pape. Il suffisait de nourrir cette fable avec quelques détails inspirés par les lieux pour qu'elle devienne réelle. Le ronflement du dragon ? Ce n'était que le grondement de la source dont je parlais. Pour vérifier, il suffisait d'entrer, mais c'était prendre un risque. Or peu d'entre nous ont l'esprit chevaleresque. Le dogme et ses obscurités se nourrissent du doute. Pour donner un peu d'épaisseur à ce mensonge, ton grand-père se servit encore d'anciens alignements de pierre situés à proximité de la grotte dont la construction remontait à la nuit des temps. Étaient-ce les vestiges d'un ancien temple païen ? Ils devinrent, dans son récit, l'autel d'une secte apocalyptique dont les tristes adorateurs n'étaient autres que les descendants des farfadets. Ces gnomes monstrueux s'adonnaient à des rites que le seul fait d'entendre conduisait en enfer. La légende circula, grossit, la nuit, à la faveur de la veillée. Et la grotte devint celle des maudits, sans que ton grand-père n'ait jamais eu à prononcer ce mot.

— Et l'on vint le déranger ?

— Jamais ! Grâce au Ciel. Et c'est ainsi que je suis né…

— Dans la grotte ?

— Conçu, simplement. Plus tard, tu comprendras…

— C'était donc votre mère qu'il retrouvait dans cette grotte ?

— Et ce sera notre secret… Maintenant qu'en déduis-tu ?

— Que les gens sont idiots !

— Je ne crois pas

— Qu'ils ont tort de croire ?

— Peut-on nous enlever le plaisir d'espérer ? Tu dis non. Tu as raison. Alors, ce n'est pas la morale de cette histoire. Quelle est-elle, me demandes-tu ? En vérité, selon moi, ton grand-père n'aurait pas dû agir ainsi. Il a profité de son rang pour abuser ses gens. Il s'est appuyé sur de mauvaises croyances, sur la superstition et la peur. Cette attitude n'est pas digne. S'il faut retenir une idée, la voici : la noblesse dirige. C'est son droit et son devoir. Cependant, sa mission ne se conçoit pas à son seul avantage. Elle doit aider l'homme à s'affranchir de l'ignorance et à gouverner, non par la force, mais avec sagesse. Elle doit aider chaque enfant de Dieu, y compris le plus humble, à exercer son jugement et à penser librement en son âme et conscience.

— C'est pour cela qu'il faut savoir lire et écrire ?

— Oui, car on ne peut emprisonner l'esprit.

Il me montra alors les armes accrochées aux murs :

— Je les ai rangées puisque le joug et la peur sont moins forts que la raison de l'honnête homme.

Ainsi, et pareillement à chaque jour, une leçon s'acheva où, comme souvent, la liberté de conscience s'était invitée – car le sujet restait brûlant. Le Royaume de France avait connu les guerres de religion et la Fronde des grands seigneurs. Une page semblait tournée. Mais au fond, le sujet principal n'était pas réglé. De sourdes rancœurs continuaient de ravager les esprits. Il suffisait d'un rien pour que ressurgisse la guerre fratricide entre les protestants et les catholiques. Peu après, une cruelle affaire dont je parlerai bientôt m'en fournirait la démonstration. Mais j'ignorais encore combien ce drame de l'histoire, dont je révélerai aussi des aspects inconnus, bouleverserait ma vie.

Cette tolérance, qui manqua tellement à notre siècle et dont je crains, après tant de terribles découvertes, que les effets secrets et mortels perdurent après nous, servait de modèle à Pierre de Montbellay. Mon père, partisan du savoir, agissait pareillement dans ses autres fonctions. Ainsi, il concevait son rang comme une sorte de mission chevaleresque et vertueuse. Servir plutôt que se servir était sa règle, à commencer par ceux qu'il protégeait, et nombreux se présentaient à l'appel.

Puiseurs infatigables, creusant la tourbe du marais ; gardes au regard acéré veillant sur les champs avant la moisson ; mêtiviers prenant leur suite pour battre les blés ; lamballais façonnant les fossés et les haies, laboureurs, semeurs ; bœutiers suivant le pas lent du troupeau ; saigneurs de porcs aux mains inquiétantes... et tant d'autres emplois de la campagne travaillaient au rythme lent des saisons, chacun y trouvant sa place. Saumur, la grande cité voisine, appréciait le blé, les fruits et le vin que produisait, sans faiblir, la terre grasse et féconde de nos champs. La prospérité et le bonheur de cette communauté d'âmes étaient connus au-delà de ses frontières et, de loin, une multitude de petits métiers, d'artistes, de commerçants, de marchands de rêve passaient, hiver comme été, divertir et soulager de quelques pièces sonnantes et trébuchantes les hommes et les femmes pourtant fort dégourdis de Saint Albert.

Libraires ambulants, écouteuses des Trépassés qui rapportaient sérieusement les paroles des morts, maquignons, sabotiers, ménétriers dont la musique faisait battre le cœur des jeunes villageoises, vieilles femmes au dos arrondi par la charge des colis, montreurs d'ours au teint mat dont le regard se forçait à être sombre, diseuses d'aventures, rebouteux et restaurateurs de corps humains, filles maquillées et soumises, matrones au sein gorgé de lait... tous les peuples colorés de la ville, envoûtants et parfois inquiétants, se pressaient sur les terres de ce pays accueillant, et tous contribuaient à l'harmonie d'une vie enjouée et heureuse, celle de l'Anjou, berceau fécond de la Renaissance, où l'on racontait que Dieu avait créé ces lieux à l'image de l'Éden.

En ce temps-là, Dieu effrayait aussi – parfois – ses brebis. Quelques-unes se signaient en entendant son nom. Et il se trouvait toujours un prêtre ou un moine pour prédire l'enfer aux ouailles égarées. Pierre de Montbellay ne jouait pas avec les sentiments de Dieu. Le Tout-Puissant avait trop à faire, me disait-il, à secourir les pauvres et les indigents. Sa vision de Dieu était celle de la sérénité et de l'amour et il avait de bonnes raisons de défendre une foi apaisée et adoucie par le pardon. Car ce comte-ci n'était pas qu'humaniste.

Il vénérait l'existence, ses excès, et les femmes plus encore que le reste. J'étais sa fille, l'enfant de l'amour, et chaque mot, chaque geste témoignait chez lui de cette tendre vocation pour aimer et faire le bien aux autres. Mais il avait aussi le cœur généreux, trop grand pour donner entièrement en une fois et à un seul être. Cet homme avait plusieurs vies et les estimait toutes passionnément. Personne ne pouvait, mieux que moi, le juger et le pardonner. Il avait idolâtré ma mère jusqu'à ce que la mort les sépare. Il avait perdu son adorée alors qu'elle mettait au monde le fils dont il attendait quiétude et félicité et qui ne vécut que le temps d'un baiser. Fallait-il que le chagrin rende mon père misanthrope, méchant, avare de ses sentiments ? Pour apprécier la vie, pour partager ce don extraordinaire, il faut la prendre à bras-le-corps. Pierre de Montbellay s'intéressait à ceux des femmes dont il voulait le bonheur en échange du leur, parfois jusqu'à s'y noyer.

Ainsi le maître de Saint Albert était-il à la fois humaniste et libertin. Ce double credo n'ôtait rien à la vocation de sa vie, consacrée à l'amour du prochain, premier commandement de Dieu et dont le meilleur usage était, selon lui, d'embellir le présent de ceux qui l'entouraient.

Au plus loin que remontent mes souvenirs, je ne vois que des scènes de joie et de plaisir. Si je ferme les yeux, j'entends le galop sourd de mon cheval se jouant du sous-bois, sautant de bon cœur le cours d'un ruisseau, jaillissant dans la plaine où les bricoleurs entassaient le bois fraîchement coupé, où l'arpenteur toisait les prés, où le braconnier, la musarde pleine de beaux lièvres et d'écrevisses, brandissait son trophée et me saluait sans craindre de se faire tancer. Derrière moi, mon père, également à cheval, me suppliait de ralentir la cadence.

— Tu m'assassines, Hélène ! J'ai le dos brisé...

Alors, j'éclatais de rire et, calant mes bottes dans les étriers, jouant de mes éperons, j'encourageais ma monture. Les rênes devenaient molles, c'était le signal de la liberté.

Poussecul[1], un bel alezan plein de rage, plantait ses dents dans le mors et gonflait ses poumons d'un air neuf. Il irait, il en avait envie, hennissant et soufflant jusqu'au bout de ses forces, porté par le parfum du foin qui l'attendait. Comme chaque matin de ces jours de printemps, nous triompherions de tout. Même de mon père, que j'apercevais en me retournant. Il avait fait une halte pour se reposer et en discutant avec Barnabé Maisonnée, le meunier de notre moulin, il me surveillait de loin. Je le saluais d'un grand mouvement de bras. Il me répondait. Alors, je faisais face au vent. En route, Poussecul ! Et nous fendions l'herbe haute, gorgée de rosée, jusqu'aux écuries du manoir de Saint Albert.

En arrivant, mon cheval et moi, nous étions rompus. Je flattais son encolure trempée de sueur. Je frottais sa robe avec la paille. Il tournait la tête et, la bouche remplie d'avoine, il venait doucement se reposer sur mon épaule.

Qu'il était dur de revenir au présent ! L'instant d'avant, je chevauchais aux côtés de Lancelot du Lac et de Perceval le Gallois dont mon père, le soir dans ma chambre, me lisait à haute voix les exploits rapportés par Chrétien de Troyes.

1. Sorte d'huissier de justice venant réclamer les paiements des créances en retard... Qui n'hésitait pas à forcer les portes et agissait vite. Ce nom fut sans doute choisi par le père d'Hélène de Montbellay pour se moquer d'un tel esprit rapace.

Dans ces moments-là, la tête alourdie de fatigue, l'imagination m'emportait. Je brillais aux côtés des chevaliers de la Table ronde dans de grands tournois. J'affrontais de redoutables Sarrasins, je partageais la quête de mes héros. Lancelot me préférait à Guenièvre, et c'était moi qui montrais le chemin du Graal à Perceval.

Bercée par la nuit et les chuchotements du conteur, le regard fixé sur la cheminée, je partais en aventure. Dans les flammes, il me semblait enfin apercevoir le Calice du Christ, mais un coup de vent L'ôtait à la convoitise d'une simple mortelle. Je bougeais dans mon lit. Échouer si près du but...

— Dors-tu, Hélène ?

— Non, père. Continuez, je vous en supplie...

Je voyais à présent les silhouettes légendaires de Lancelot et de Guenièvre. Leurs corps se mêlaient aux ombres et aux couleurs de l'âtre et, tel l'alchimiste, je transformais le plomb en or. L'émotion m'envahissait. Ma vie de femme m'offrirait-elle autant d'exploits que dans mes rêves ?

— Dors, ma fille Hélène. Dors. Demain, tu as tant à faire et tant à découvrir.

Car le matin, après ma folle échappée à cheval, je devais consacrer l'essentiel de mon temps à l'éducation voulue par mon père. Lire, écrire, savoir compter. Et je ne parle pas des leçons de morale. Je quittais mon cheval : une dernière caresse, un dernier baiser entre ses oreilles... Il me fallait affronter les réalités temporelles.

Au manoir, j'ignorais les gesticulations de notre Berthe, une cuisinière aussi bonne que son pain et plus ronde que ses soupières. Alors qu'elle détaillait les effets de mes bottes crottées sur le sol, je fuyais, frôlant Amédée, le prude sacristain de notre chapelle, un feutier[1] de son ancien état, qui, surpris par mon entrée, et victime de ses émotions, se signait car il venait de faire tomber les cierges et le missel dont ses bras étaient chargés.

1. Il était chargé d'entretenir le feu des cierges.

Je toisais d'un air moqueur le marchand de compas, de globes, d'astrolabes, patientant depuis l'aube dans l'espoir de vendre à mon père sa création d'ustensiles savants. Mais je baissais les yeux à la vue de mon précepteur, Thomas Blois, un pensionnaire détaché du séminaire de Saumur, toujours habillé de sombre, et dont la conversation se limitait à lire, *aperto libro*[1], les poèmes d'Homère ou à versifier en grec.

Le visage glabre, les lèvres grises et constamment pincées de monsieur Blois donnaient la mesure d'une vie monastique. La sienne se limitait à la fréquentation assidue de la bibliothèque du manoir de Saint Albert. Son seul exercice consistait à lever de maigres bras vers les étagères où s'entassaient des planches historiques et scientifiques ou encore des manuscrits reliés et garnis, pour certains, d'orfèvrerie en vermeil. Ignorant les richesses dont Saint Albert était le gardien, je me contentais, moi, en entrant dans son sanctuaire, de souffler de manière dédaigneuse sur la poussière qui recouvrait ces belles reliures.

— On manque d'air, ici ! Il faudrait procéder à un grand nettoyage. Pourquoi ne pas ouvrir les portes ? dis-je même un jour où je me montrai plus outrecuidante que d'ordinaire.

Et sans attendre l'autorisation de monsieur Blois, je mis ma menace à exécution. L'effet fut redoutable et imprévu. Le courant d'air que je n'avais pas envisagé aussi vif balaya les feuilles que mon précepteur avait patiemment étalées sur la longue table en bois qui nous servait d'étude. Il courut après son magot, s'essouffla, maudit entre ses dents, mais très chrétiennement, son élève.

— Un esprit sain, certes. Mais le corps doit aller de même, claironnai-je en persiflant. Vous semblez à la peine, monsieur Blois. Pourquoi ne pas continuer l'instruction en vous mesurant à la nature ? Une marche vous ferait le plus grand bien. *In corpore sano*… N'est-ce pas ainsi que vous parlez ?

1. À livre ouvert.

Retrouvant enfin son calme, Blois me toisa. Il *m'estima*, plus exactement.

— Vous me voyez en ennemi, grinça-t-il. Tant mieux ! Mon travail est aussi de forger votre caractère. En sortir le meilleur sans vous rendre docile est une tâche difficile, mais je l'ai acceptée. Plus vous montrez votre force, plus je m'en réjouis. Plus vous apprenez à vous défendre, plus je réussis. Je vois dans votre suffisance un esprit qui s'affûte. Qu'en ferez-vous ? Je ne serai pas là pour juger. Aujourd'hui, je mène la partie et je décide. Qu'ai-je choisi ? Trois heures de plus dans ce cabinet que vous haïssez tant. Et en ma compagnie. Nous rattraperons ainsi le temps perdu ces derniers jours.

En rentrant de mes promenades à cheval, je voyais qu'il pensait chaque fois à la même punition. Ces yeux noirs et froids estimaient l'avance qu'il devait prendre pour combler mes écarts à venir. Je haussais les épaules. J'avais mieux à faire que d'entendre ses petits mots sans esprit à propos de mes retards ou de mon indifférence à l'égard de son éducation.

— *Alea jacta est*[1], soufflait-il alors sur mon passage, signifiant ainsi à haute voix son désaccord sur mes manières, et je le crus longtemps, combien il se sentait dépassé.

Ce jour-là, ignorant sa présence, je saluai, chapeau bas, comme un mousquetaire, le très beau portrait de ma mère qui colorait la scène de mon retour et qui me souriait.

Les oreilles ostensiblement bouchées, j'escaladais les marches deux à deux. J'insistais encore en faisant claquer mes talons. Les *ite missa est*[2] de Thomas Blois se perdirent dans l'écho de ma marche aux accents militaires.

Je lui avais échappé. Un peu... Je disposais d'un court répit avant que mon père ne se présente à la porte de ma chambre. Il serait échevelé, essoufflé par notre course à

---

1. Le sort en est jeté. Fameuse phrase attribuée à César quand il passa le Rubicon.

2. Formule familièrement empruntée à la liturgie catholique et signifiant dans ce cas précis : « Tout est dit... » Ou : « Je ne peux plus rien faire... »

cheval. Il masquerait son plaisir de me voir heureuse en forçant la voix et le sourcil :

— Au travail ! Hélène... Le docte Blois t'attend dans la bibliothèque.

Et si je bougonnais, mon père, en homme sage, ne proférerait aucun reproche, aucune menace. Il ferait mine d'oublier les risques que j'avais pris. Il ne répéterait pas les leçons de prudence que j'avais négligées. Il s'avancerait et il m'embrasserait :

— Téméraire et belle. Tu es tant le portrait de ta maman...

Il n'y avait pas de mots plus doux, plus aimants que ceux-là.

— Tu as tout pour toi. Tu peux conquérir le monde et celui-ci sera bientôt à tes pieds... Veux-tu croire à ton destin ?

Celui auquel pensait mon père était la définition même de l'humaniste : un esprit enrichi par le savoir de Rome et d'Athènes, maîtrisant l'histoire, la géographie et la science des mathématiques. Une éducation dont la vocation était d'élever son détenteur dans la société du Roi-Soleil bien plus justement que les droits liés au sang ou à la naissance.

— La connaissance, c'est la liberté ! Apprendre est le moyen le plus honnête et le plus agréable de s'affranchir de l'intolérance et de l'obscurantisme. D'exister en tant qu'être humain.

— Et que faites-vous de la formation du corps ?

Cette question réunissait tout notre différend, car sur un point, mais un seul, nous pensions autrement.

Je voulais aussi vivre l'éducation d'un fils. Apprendre à tenir l'épée, savoir me battre en duel, défendre avec les armes les mâchicoulis des châteaux forts. Pierre de Montbellay refusait. J'insistais.

— Quelques heures d'enseignement auprès de monsieur Faillard, votre maître d'armes, je vous en supplie...

— Point trop n'en faut, ma fille !

— Ce soir, après les corvées ennuyantes du triste Blois. S'il vous plaît ! Je sais que maître Faillard sera ici. Je vous ai entendu en parler.

Il soupirait. C'était le signe de l'abandon.

— Viens, alors. Pour le reste, nous verrons bien…

Je lui sautais au cou.

— Il n'y a pas de père plus tolérant que vous !

— Et de fille plus adroite…

— À qui la faute ? Vous ! Ce sont vos leçons qui me rendent rusée

— Ne profitez pas trop d'elles. L'instruction libère et donne toute sa force à la critique. Mais elle n'est rien sans la tolérance de l'esprit et, dans ce royaume, c'est un sujet plus grave que vous ne l'imaginez.

Soudain, en proférant ce genre de mise en garde, mon père devenait sombre et sans trop savoir de quoi il souffrait, je devinais qu'il y avait un rapport entre son état et les remontrances qui lui parvenaient désormais fréquemment de la cour de Louis XIV. On le menaçait. Mais pourquoi ?

— Tu es trop jeune pour te mêler de ces questions, me répondait-il en souriant tristement lorsque je l'interrogeai sur ce point.

Et il répétait :

— Plus tard, tu comprendras…

Pour chasser ses mauvaises idées, je n'avais d'autre moyen que de le narguer encore :

— M'apprendrez-vous enfin le secret de la botte des Montbellay ?

— Jamais ! Ce privilège est réservé aux hommes.

Aussitôt, il se mordait les lèvres et regrettait amèrement ses propos. Je n'étais que sa fille. Et ce fils, qu'il avait tant espéré, réveillait cruellement le souvenir de ma mère et de son épouse, Louise de Maillechevile, serrant le corps de son enfant mort, avant d'être emportée par la douleur et la tristesse.

La peine de mon père m'atteignait doublement. Je songeais à ma mère que je n'avais que trop peu connue. Et à ce père qui aimait plus que tout le fils qu'il n'avait pas vu grandir.

— Vous détestez ce que je suis : une fille !

J'étais injuste. J'ajoutais à son chagrin mais lui me pardonnait aussitôt. Il posait sa main sur mes lèvres et murmurait à mon oreille :

— Tu es ce que j'ai toujours désiré. Tu es ma fille et je t'aime pour ce que tu représentes. Tu es mon passé, mon présent, mon futur. Comment peux-tu en douter ?

Nous tombions alors dans les bras de l'autre. Mon père soignait mes larmes et si je plantais mon regard dans le sien, je lisais combien cet homme était vrai et sincère.

— C'est toi qui as raison, ajoutait-il doucement. Tu connaîtras le secret de la botte des Montbellay, il ne peut en être autrement. Sinon, à quoi bon croire aux vertus des femmes.

— Elles valent autant que les hommes, martelais-je aussitôt.

— J'en sais quelque chose, murmurait-il.

Je faisais un bond en arrière et m'échappais de ses bras :

— Et parfois, elles vous dépassent, monsieur le comte !

— Tu as cent fois raisons, gémissait-il. Mais pour cela, il faut...

— Apprendre, je sais... C'est dit. Monsieur Blois aura ce qu'il veut. Je cède, je capitule. Mais il n'a gagné qu'une bataille. Pas la guerre.

— En route, soldat !

Comme souvent, je me levais d'un bond. Mais ce matin-là, il me retint aux épaules :

— Avant de filer jusqu'à la bibliothèque, habille-toi en jeune fille digne de son rang et de son titre. Est-ce trop te demander que de porter une robe pour le plaisir de ton père ?

J'allais rugir. Il m'invita à me taire :

— Patiente, encore...

Il frappa dans ses mains. Aussitôt, la porte de ma chambre s'ouvrit et Berthe se présenta. Elle devait attendre son signal. Elle rayonnait. Ses joues étaient plus rouges que les pommes du potager, devenu jardin des Hespérides[1] par le talent du sage Jules, notre vieux jardinier. Elle respirait

1. Gardiennes du jardin des dieux dont les arbres produisaient des pommes d'or dont la propriété était d'offrir l'immortalité.

fortement et ses yeux brillaient de coquinerie. Elle jeta un regard vers mon père. Il acquiesça en silence. Sans plus attendre, elle s'avança, les mains dans le dos et, tout près de moi, me montra ce qu'elle croyait y cacher, mais dont j'avais deviné l'intérêt. C'était la robe de soie rose que j'avais tant réclamée à mon père. Berthe la déplia et me la présenta en soufflant son bonheur :

— C'est pour vous. Monsieur le comte m'avait fait promettre de ne pas manger la surprise.

Ce qui, pour elle, était une grosse privation.

— Aurais-tu oublié que, ce soir, nous danserons ? lança mon père d'une voix joyeuse.

C'eût été difficile ! Cette fête de Saint Albert, je ne cessais d'y penser depuis plusieurs semaines. Le reste, même mes galops fous avec Poussecul, était devenu insipide. On devinera dès lors ce qu'il advint des leçons de monsieur Blois. Plus que jamais, je me sentais sa prisonnière. Sa tenue sombre était celle du bourreau, ses mots tranchants comme une hache, ses questions celles que l'Inquisition posait à ses victimes. Par instants, mon esprit parvenait à échapper à sa vigilance. Aussitôt, il reprenait ses tortures :

— *Amo, amas, amat*… Répétez, s'il vous plaît.

Pourquoi ne voulait-il pas comprendre qu'à seize ans, je préférais essayer de conjuguer les sentiments ! Mâchonnant la plume qui me servait à recopier la déclinaison du verbe aimer, j'ânonnais, ne songeant qu'à la nuit si proche. Patience. Un dernier soupir – *amamus, amant*… –, et je me nourrirai aux fêtes étourdissantes qui, aux quatre saisons, embellissaient le manoir de Saint Albert.

Le Roi-Soleil donnait l'exemple. L'écho de ses fêtes parvenait jusqu'à nous. Il fallait en conclure que dans ce royaume, l'idée de s'amuser était bonne. Au zénith de son règne, il y avait de la noblesse à chanter, danser, festoyer. Les vieux soupiraient en affirmant qu'au temps de leur jeunesse, on s'attachait à des œuvres plus sérieuses. Mais croyaient-ils qu'il était mieux de s'entretuer à la guerre ? Les jeunes, eux, trouvaient que les anciens se plaignaient trop souvent et ceux-ci tournaient les talons en entendant les premières notes d'un menuet.

Les réjouissances organisées par Pierre de Montbellay se voulaient sans façon et il ne pouvait y avoir de bons moments sans associer toutes les âmes connues à Saint Albert. En invitant de concert les vassaux et les gentilshommes titrés, des dents grinçaient, mais, pour rien au monde, on aurait manqué ces événements qui s'annonçaient et se discutaient de longue date.

Les préparatifs, qui troublaient ma récitation en latin de messe, se déroulaient au début de l'automne 1680. J'en parlerai plus que d'autres pour comprendre ce que fut mon âge d'or. Et pour dire aussi les cruelles raisons qui y mirent fin, puisque l'hydre de l'intolérance s'y invita.

Le temps était si clément qu'il fut décidé de se réunir dans la cour d'honneur de notre manoir. On y accédait par un joli pont de pierre qui enjambait les douves emplies de carpes si anciennes qu'elles se racontaient encore, fabulait-on, le passage de Richelieu lorsqu'il avait inspecté notre région. On croyait se souvenir de sa venue à Saint Albert en 1626 accompagné de son beau-frère, le maréchal Urbain de Maillé-Brézé, gouverneur de Saumur, et de son frère cadet Henri du Plessis, possesseur pour partie du greffe civil et criminel de la sénéchaussée de Saumur. Que venaient-ils y faire ? Les esprits s'enflammaient en y pensant. On aurait déposé à Saint Albert une portion du trésor de guerre du cardinal. S'agissait-il des trois cent mille livres cachées dans le château de Saumur et dont Richelieu faisait état dans son testament, somme qui avait été finalement léguée à son neveu Armand-Jean de Maillé-Brézé pour l'acquisition de terres nobles ? Peu importe, seule la rumeur comptait. On en vint à imaginer, selon une autre version, que Saint Albert avait peut-être séduit ces seigneurs désireux de s'agrandir, tant les lieux étaient plaisants[1]. Au final, la légende ajouta au prestige de notre manoir qui, nourri par ces historiettes, se présentait alors au visiteur dès qu'il avait franchi le pont.

1. Au final, il semble qu'Urbain de Maillé-Brézé, utilisa ce pactole pour régler des dettes.

Deux tours rondes défendaient fièrement l'entrée. Celle de droite accueillait la petite chapelle de Saint Albert. Amédée, le feutier maladroit, veillait sur les lieux, partagé entre la crainte de Dieu et une sainte dévotion pour Marie dont une statue en bois peint trônait au cœur de l'offertoire. Nous venions y entendre la messe de notre vieux curé Passementier qui, refusant le confort du manoir, vivait au plus proche des fidèles. Il bénissait, confessait, donnait les sacrements et parcourait pour cela Saint Albert, un bâton de prêcheur à la main, confiant à Amédée la garde de la chapelle qui, à la demande de mon père, restait ouverte à tous. Le dimanche, on s'y pressait pour entendre un sermon joyeux. Pour le plus grand bonheur de Berthe, le curé soupait alors au manoir. La conversation était libre. Cet homme d'église, qui n'invoquait pas la colère de Dieu pour nous obliger à suivre ses préceptes, entendait son ministère en accord avec mon père. Ici, la tolérance avait séduit le Saint-Esprit.

La tour de gauche abritait un pigeonnier, symbole de la tendresse et de la richesse du domaine. Les deux tours se prolongeaient par deux ailes parfaitement équilibrées. Au fond, le corps principal, là où se trouvaient nos appartements, s'élevait sur un étage. Les toits abritaient de vastes greniers, territoire des vestiges familiaux gardés par une dame blanche solitaire dont chaque hululement se voulait, chez nous, comme un signe de chance. La bibliothèque avait été installée dans l'aile droite du manoir. La salle d'armes lui faisait pendant, de l'autre côté. L'ensemble était équilibré, harmonieux. De larges et hautes ouvertures, comme il s'en construisait depuis la Renaissance, invitaient le soleil à entrer. Et, en ce jour de septembre, ses rayons chauffaient, depuis le matin, les tommettes rouges et lustrées du rez-de-chaussée.

De la bibliothèque où j'étais enfermée avec mon surveillant austère, j'entendais le joyeux charivari qui annonçait la fête. Berthe, la cuisinière, houspillait les servantes venues lui prêter main-forte. À chaque instant, un nouveau visiteur se présentait. L'un d'eux apportait du gibier déposé en rangs serrés à l'entrée du manoir ; un autre entraînait son faucon à de belles figures. Ce soir, le spectacle serait beau. Un commerçant et sa charrette chargée d'étoffes soyeuses entraient dans la cour. Les femmes profiteraient de l'occasion pour quémander quelques livres à leurs seigneurs. Mais notre Berthe se moquait de la coquetterie. Elle maudissait le marchand qui, en reculant, écrasait les légumes que de petits mirlitons venaient de déposer à terre. Plus loin, des artisans – tisserand, forgeron, sabotier, menuisier –, installaient leurs étals, se poussant du coude et s'injuriant pour saisir les meilleures places. Un cheval prit peur. Il rua. Sa carriole bascula et son chargement fit de même. Un tonneau de vin éclata. Les hommes se précipitèrent pour le sauvetage et, en récompense, burent le nectar qui s'échappait encore. Pour la pauvre Berthe, rien n'allait plus. Le comte de Saint Albert sortit alors rétablir l'ordre à grands coups de phrases chaleureuses. On plaisanta encore. La fête serait merveilleuse. Mais il restait à installer les lampions pour éclairer la nuit et le spectacle de la troupe de théâtre qui nous promettait un divertissement italien. Vite ! Vite ! L'heure tournait. Bientôt, les premiers invités se présenteraient.

— Il serait cruel de vous garder plus longtemps.

Monsieur Blois me rendit enfin ma liberté. L'instant d'après, je courais dans ma chambre. Se coiffer, se chausser, mettre en place cette belle robe de soie, tout en pensant à ceux que je retrouverais. Mon cousin Antoine de Beaupont avait-il grandi en taille et en élégance ? Serait-il assez courageux pour m'inviter à danser ? Vite ! Mais ne disait-on pas que son cœur se tournait vers cette détestable Marie-Ange de Saint Rivain, petite boulotte aux joues rouges. Moi-même, n'étais-je pas écarlate ? Souffler, oui. Pour apparaître détachée. Et digne d'une Montbellay...

Tant d'émotions et tant d'inquiétudes infantiles ! Pour finir qu'advint-il ? Un souvenir domine. Le terrible échange qui brisa la fête. La preuve que mon père avait raison de craindre l'esprit d'intolérance.

Ce fléau avait transpercé le royaume au temps des guerres de religion. Dans chaque clan on comptait ses morts.

L'édit de Nantes, voulu par le roi Henri IV le 13 avril 1598, avait mis fin, en principe, à cette tragédie fratricide. Pour vivre en harmonie, pour se supporter, on avança qu'il fallait octroyer à tous les mêmes droits. Mais certains ne l'acceptaient toujours pas !

Les protestants demandaient à pratiquer librement leur religion, c'est-à-dire au même titre qu'un autre sujet. Mais derrière ce vœu, se cachaient d'autres enjeux. Il s'agissait de pouvoir et d'argent. En mettant sur un pied d'égalité les catholiques et les protestants, on reconnaissait de fait que les uns ou les autres avaient le même droit à gouverner. Pour briser ce savant équilibre proclamant qu'il ne devait y avoir ni gagnant ni perdant, il suffisait d'ajouter une phrase : selon ce même principe d'égalité, était-il possible qu'un protestant obéisse à un catholique ? Derrière cette question au départ religieuse nichaient des querelles plus temporelles. L'impôt, par exemple, un sujet lié justement au pouvoir et à l'argent. Un protestant le devait-il à un roi catholique ? En fissurant l'unité religieuse, on cherchait à remettre en cause l'autorité même du prince.

Le sud-ouest du royaume s'était révolté contre l'impôt et il avait fallu toute la force et la détermination du roi Henri IV pour rétablir la paix. Le 25 juillet 1593, il avait abjuré sa foi protestante dans la basilique de Saint-Denis et était entré dans ce Paris qui valait bien une messe... Ensuite, beaucoup de catholiques s'étaient ralliés à sa cause, mais il restait à affronter les intransigeants et à convaincre les protestants. À combien d'attentats échappa-t-il avant de succomber sous le glaive de Ravaillac ? En 1594, pas moins de six meurtriers, qui préparaient un crime, furent arrêtés. La haine ne faiblissait pas. En Navarre où régnait sa mère, Jeanne d'Albret, et dans les Provinces-Unies du Midi, les protestants dominaient et voulaient continuer de gouverner les villes fortifiées qu'ils contrôlaient. C'était déjà – et toujours – une affaire d'argent et de pouvoir. Henri IV promit que rien ne changerait. Il se voulait conciliant et rassembleur. Il était le roi de tous ses sujets. Mais pouvait-il accéder à toutes les demandes des protestants ? Commander, juger à part égale, oui. Mais accorder aux calvinistes le droit de divorcer ! Impossible. Il fallait donc mettre fin à cette nouvelle Babylone, hurlait de son côté Florimond de Remond, membre du parlement de Bordeaux, avant de réclamer le bûcher pour les bibles de ces excommuniés, et même l'obligation de déterrer leurs morts ! Heureusement Henri IV garda le cap qui le conduisit à Nantes où, en ce mois d'avril 1598, il signa le fameux édit. On crut à la liberté de conscience, mais c'était une chimère : la R.P.R., Religion Prétendument Réformée, se voyait reconnue, mais son champ toujours limité. On forma des cours de justice paritaires dont les magistrats étaient pour moitié catholiques et pour l'autre protestants. Le reste fut plus incertain. Certes, les places fortes tenues par les protestants restèrent sous leur contrôle, mais cette faveur n'était qu'une promesse à l'avenir fragile. En retour, l'assemblée des protestants fut dissoute et la religion catholique, plus ancienne, resta celle du royaume. Elle était la religion du roi. Elle devait revenir là où elle avait été chassée. Au final, le vainqueur sembla être le roi qui, par l'édit de Nantes, se plaçait au-dessus de toutes les religions.

Ainsi raconté, tout serait écrit ? On continue encore à le croire. Mais je sais que non. Car ce fameux édit contient toujours un double mystère. D'abord, on le date sans savoir exactement quel jour d'avril il fut signé. Pardi ! Il suffit de le consulter. Mais voici l'incroyable : le document original a disparu[1]. Il ne reste que des copies sur lesquelles toutes sortes d'abrégés ou de modifications ont pu être apportés au gré des intérêts des uns et des autres. Tardivement et difficilement enregistré par les Parlements du Royaume de France, discuté et remanié dans ses moindres codicilles, alourdi par des annexes nuancées et subtiles, on accoucha de tout sauf d'un acte simple. Alors que l'on réclamait un texte court et clair, il fut proposé une somme savante et peu déchiffrable par le commun des mortels. Il

1. Le texte original de l'édit est introuvable. Les copies déposées à La Rochelle brûlèrent en 1627. Le texte conservé par les Archives nationales est une version remaniée comprenant 92 articles. La copie du traité initial, déposée à Genève, comporte 94 articles.

n'en fallait pas plus pour exciter l'humeur de ses détracteurs. Et les plus acquis à ses principes finirent même par douter du véritable dessein de l'édit de Nantes. Était-ce un *simple* accord de paix conclu entre deux factions ennemies ou l'engagement solennel du roi de *tous* les Français pour que s'épanouisse – à égalité – la foi de *tous* ses sujets ? Dès lors, le sens de l'édit varia selon l'influence que chacun crut pouvoir exercer sur le cours de l'Histoire. Or il n'y a rien de pire, pour un acte solennel, que de prêter le flanc à diverses interprétations. L'édit de Nantes, selon les vœux d'Henri IV, était-il une loi instaurant la *tolérance* ou fallait-il entendre le verbe *tolérer* dans sa définition la plus réduite ? Devait-on accueillir à bras ouverts l'opinion des autres ou l'admettre à contrecœur, avec plus ou moins de patience, en la supportant sans jamais l'admettre ? Au fond, comment devait-on apprécier la juste vocation de la tolérance ? On avait peine à croire que de si nobles intentions n'aient pas été mieux formulées. Un projet de réconciliation aussi ambitieux ne pouvait-il pas donner lieu à d'utiles éclaircissements ? Louis XIV, héritier et dépositaire des décisions et des choix de son grand-père, disposait peut-être de la réponse. À défaut d'un testament écrit, il restait l'hypothèse d'une confession orale expliquant la volonté d'Henri IV, et faite au fidèle Richelieu. Ces paroles royales avaient-elles par la suite été transmises à Mazarin qui, avant de mourir, les avait confiées à Louis XIV ? Bien qu'ignorant si d'autres choses encore existaient ou restaient cachées, il était séduisant d'imaginer qu'un mystère entourait l'édit de Nantes. Un serment royal, énigmatique et labyrinthique, comme c'est le cas pour un secret d'État ? Mais l'affaire de l'édit de Nantes n'en est-il pas un ? Pour l'heure, n'anticipons pas.

À peine signé, cet arrangement fragile, dont on pouvait contester la sincérité, apparut donc imparfait. À vouloir plaire à tous, il ne satisfaisait personne, ne résolvait pas le problème du pouvoir et n'installait une trêve que pour un temps. Déjà les esprits s'échauffaient. Le pape parla de crucifixion, les magistrats et les conseillers de Paris refusèrent de partager leurs meilleures places avec ces gens de la Religion Prétendument Réformée. L'argent et le pouvoir, je ne varierai pas d'un trait, étaient plus forts que les belles paroles du roi Henri IV qui affirmait aimer la religion catholique et s'en sentir plus proche que ceux qui prétendaient la défendre. Il se présenta comme le fils aîné de l'Église. Il en devint le martyr en mourant pour elle, assassiné à Paris par Ravaillac, un catholique fanatique, le 14 mai 1610, rue de la Ferronnerie.

Le rétablissement du catholicisme dans les régions où le protestantisme s'était invité ne se fit point sans douleur et sans drame. Malgré le travail des commissaires exécuteurs de l'édit de Nantes, les querelles ne cessèrent pas. Et Saumur ne fut pas épargné. Pourtant, la ville voisine de Saint Albert avait prouvé son unité religieuse lors de la Fronde, l'autre déchirement de ce siècle. Si la révolte des grands vassaux toucha notre région autant qu'une autre, nous ne connûmes que peu de drames grâce au front uni des protestants et des catholiques. Très vite, un accord fut trouvé entre le roi et Saumur. Louis XIV encore enfant, sa mère et la cour entrèrent dans la ville le 5 février 1652 par le Portail de Louis. Ils séjournèrent cinq semaines dans la Maison du Roi et apprécièrent l'obéissance des sujets. Cette fidélité sans faille, à l'opposé de la ville d'Angers qui paya considérablement sa révolte, fut largement rétribuée. Le roi accorda à Saumur le droit d'organiser trois foires chaque année et de gouverner par le biais d'un Conseil choisi parmi ses habitants. Les protestants, des monarchistes loyaux pendant la Fronde, ne furent pas oubliés. Mazarin confirma l'édit de Nantes. Mais ce n'était qu'un répit. Au fond, la guerre de religion ne s'était jamais éteinte.

En 1669, Jacques Pelletier, un orfèvre reconnu pour la qualité de son travail, fut interdit de siéger au Conseil de ville au seul fait qu'il était membre de la Religion Prétendument Réformée. Charles Dugeon, Sieur des Portes et protestant, subit les mêmes mesures. De brimades en menaces, le ton monta. Le sieur Voisin de la Noiraye, intendant rigoriste de Tours, engagea une procédure pour défendre à tous les protestants de siéger dans les collèges et académies de la région. La guerre fut déclarée, la pratique de la R.P.R. mise au banc des accusés.

À Saint Albert, nous n'avions pas choisi de camp. Les Montbellay étaient peut-être catholiques, mais ils comptaient autant d'amis chez les protestants. « Dieu est unique, affirmait mon père. Au nom de quoi, Il ne peut en rien nous diviser. » Beau programme et belles idées, fidèles à son principe de tolérance... Mais cette nuit de septembre 1680, le comte de Montbellay mesura les limites de cette utopie.

Je me trouvais encore dans ma chambre, ajustant les derniers détails de ma tenue, quand les premiers cris retentirent.

— Chiens d'hérétiques, vous êtes pires que des Maures ! Votre procès est clos. Vous méritez le bûcher et souffrirez avant de connaître l'enfer ! Les flammes, oui ! Je vous veux sur un fagot. Je vous veux en cendres !

En me penchant à la fenêtre, je reconnus le comte de Mortureaux, un membre du Conseil de la ville de Saumur connu pour la rage frénétique qu'il réservait aux protestants.

— Nous demandons le droit d'être fidèles à notre religion, répondit sur un ton doux Jacques Pelletier, l'orfèvre de Saumur chassé du Conseil.

— Ne demandez rien ! Vous n'en avez pas le droit, rétorqua Mortureaux, le visage figé de haine.

— Être votre égal, vivre en sécurité... Est-ce trop souhaiter ?

— Vous n'avez ni le titre ni le rang pour m'égaler ! s'emporta plus encore l'autre. Vous puez de suffisance. Et si vous n'étiez pas de condition inférieure, je vous demanderais raison.

— Votre nom, votre rang, vos manières dépassées finissent là où, pour moi, tout commence, rebondit Pelletier, la voix attisée par l'agression. Vous transpirez de peur et de haine. À votre tour d'apprendre que vous puez le moisi. Vous voulez ma mort ? Mais vous, vous l'êtes déjà !

Empourpré, au bord de l'apoplexie, le comte de Mortureaux saisit son épée. Pelletier, désarmé, fit un pas en arrière. Mon père se jeta alors entre les deux hommes.

— Messieurs ! Rien ici ! Le sang ne coulera pas à Saint Albert, tempêta-t-il comme jamais.

— Écartez-vous, Montbellay, rugit Mortureaux.

— Je suis le maître des lieux. J'y juge selon mes lois. J'ai hérité de ce privilège et il remonte à la nuit des temps, car notre famille a toujours fidèlement servi le roi et la couronne de France.

— Ne m'apprenez rien, monsieur le comte, reprit Mortureaux les dents serrées. Je sais ce qu'il en est de la fidélité au roi. Je n'en dirais pas autant de vous.

D'un coup, le visage de mon père devint blanc :

— Précisez votre pensée, Mortureaux. Soyez vif, précis et clair. Et je le dis dans votre intérêt.

— Je ne crains rien de vous. Je dis ce qui est : vous défendez ces schismatiques, vous faites le lit des protestants. Et vous devez même coucher dedans, puisque vous aimez tant les femmes, donc les leurs... Moi, je suis fidèle à Dieu !

— Tout doux, Mortureaux. Un mot de plus et je vous envoie devant Lui.

— Je ne crains pas son jugement !

— En êtes-vous certain ?

— Ah ! ça, monsieur ! À votre tour, expliquez-vous !

— Êtes-vous fidèle à Ses commandements ?

— Voilà que vous continuez à me déshonorer !

— Tu aimeras ton prochain comme toi-même. Le faites-vous ? Répondez !

— Vous n'êtes pas directeur de conscience, Montbellay. Je n'ai rien à vous dire.

— Moi, je respecte Dieu en aimant mon prochain. En défendant la tolérance, je Lui suis fidèle. En respectant l'édit de Nantes, je respecte Sa loi. En cherchant à vivre en harmonie avec mon prochain, même avec vous – et que c'est dur ! – je suis fidèle à Dieu...

— Taisez-vous, mécréant ! Vous assassinez notre foi.

— Nous croyons tous dans le même Dieu, intervint Pelletier, pour essayer de calmer les esprits. Nous sommes tous Ses enfants...

— Non ! hurla Mortureaux. Vous voulez tuer Dieu et Dieu vous a déjà punis. Vous êtes excommuniés. Bientôt, vous serez punis et chassés pour vos fautes !

— Comment osez-vous parler de bannissement sur mes propres terres ? s'enflamma mon père.

— Je sais ce qui se prépare, ricana Mortureaux. Et vous aussi, Montbellay, vous tomberez pour votre esprit trop large et libertaire. Vos propos en disent assez sur vos opinions. Bientôt, vous forniquerez avec les idées de nos ennemis !

Fort de sa diatribe, le comte de Mortureaux lui tourna brutalement le dos et leva un poing vers le ciel. À ce signal, il y eut aussitôt un mouvement parmi l'assemblée. Et les catholiques le suivirent comme un seul homme. J'aperçus mon cousin, Antoine de Beaupont, jeter un regard triste vers ma fenêtre. Son père le rappela prestement à l'ordre. Il lui obéit sur-le-champ. En quelques minutes, et dans un terrible silence, la cour d'honneur se vida d'une bonne moitié de ses occupants.

Jacques Pelletier s'avança vers mon père :

— Tout est de notre faute. Nous n'aurions pas dû venir...

Mon père le prit chaleureusement aux épaules et, levant le nez, aspira l'air de la façon la plus sérieuse :

— Mortureaux se trompe, vous ne puez pas... vous. Faudrait-il en conclure que tout ce qu'il affirme est faux...

Pelletier sourit ; pourtant ses yeux étaient tristes.

— Vous êtes bon et généreux, monsieur le comte. Et par notre faute, vous voilà fâché avec ce puissant seigneur.

— Il y a longtemps que sa vue me fatiguait autant que ses idées. Bon débarras !

— Vos paroles sont justes, mais un conseil : vous les prononcez trop haut. Un jour, vous risquez, je le crains, d'en payer le prix fort...

— Croyez-vous pouvoir mettre fin à l'injustice qui vous touche en vous taisant ?

— Nous agissons déjà. Nous faisons tout pour nous défendre. Nous irons voir le roi pour plaider notre cause, si besoin. Nous utiliserons tous les recours pour faire entendre la voix de notre église.

— Votre quête est difficile, mon ami. J'entends partout que les protestants sont en danger.

— Eh bien, murmura Pelletier, il nous faudra peut-être quitter la France...

— Je me battrai à vos côtés...

— Vous épuiseriez votre vie pour une cause qui n'est pas la vôtre ?

— La tolérance et la liberté n'ont pas de camp. C'est une règle universelle.

— Un jour, si vous souffrez trop pour avoir défendu ces nobles idées, vous trouverez un asile auprès de nous.

— Je n'en aurai pas besoin. Mais je vous en remercie.

Jacques Pelletier souffla lourdement. Il semblait d'un coup épuisé.

— Je crois qu'il nous faut vous quitter. Oui, je crois que c'est mieux pour vous et pour nous.

— Si vous partez, vous donnerez raison aux partisans de Mortureaux.

— Et si nous restons, vous deviendrez leur ennemi. C'est un tort que je ne peux vous faire subir.

— Choisissez vous-même. La liberté de conscience, c'est tout l'esprit de l'édit de Nantes, plaisanta alors mon père pour cacher l'émotion qui venait de le saisir et l'inquiétude qui gagnait son esprit.

— Je reconnais ici l'honnête homme. Bonsoir, monsieur le comte...

Jacques Pelletier le salua et, dans l'instant, tous les protestants se levèrent à leur tour pour remercier Pierre de Montbellay et s'incliner devant lui.

Berthe, entourée de ses mirlitons, se présenta à ce moment précis pour annoncer le début des festivités. Il ne lui fallait pas moins que l'aide de dix suivants pour porter l'immense plat décoré sur lequel fumait une pyramide de gibier. En levant les yeux et en découvrant que la cour était désertée, elle s'arrêta brusquement dans son élan. Il y eut un début de bousculade. Les petits mirlitons se marchèrent sur les pieds. Un peu du gibier et de la sauce churent. Mais sous le coup de la surprise, Berthe ne réprimanda personne. Elle ouvrait les yeux et la bouche. Elle ne comprenait pas.

— Eh bien ! Avance, Berthe. Ne vois-tu pas que nous sommes assez nombreux pour faire honneur à ta cuisine ?

Mon père désignait les marchands, les artisans, les musiciens, les comédiens et les gens de Saint Albert venus se joindre à la fête.

— Venez tous ! Approchez ! L'éclat est passé. Il a filé dans la nuit. Il n'a servi qu'à éclairer le ciel. Regardez comme cette nuit est belle. C'est le temps parfait pour rire et danser. Et vous, les comédiens ! Buvez, mais point trop avant de jouer votre pièce. Il y a longtemps que nous vous attendions...

Mon père leva enfin les yeux vers la fenêtre d'où j'avais observé la scène. Il me sourit et cela suffit pour que je coure le rejoindre. Il me tendit les bras et nous nous embrassâmes. Mon cœur s'apaisa. Par-dessus son épaule, je vis qu'un jeune garçon de la troupe me toisait fièrement. Ses yeux bleus perçaient le crépuscule. Je lui appris à danser.

Je n'ai plus pensé à mon cousin. Pour tout dire, je ne l'ai pas même regretté un seul instant.

Protégée par mon père et l'enclave de Saint Albert, ignorant la cruauté des hommes, même si ce que j'en avais aperçu avec cette querelle me servait d'abrégé, le paradis où je grandissais et m'épanouissais ressemblait aux jolis contes pour enfants. Il n'y avait ni loup ni ogre. Et nous faisions front pour que la violence et la haine campent au-dehors. Les géants existaient, mais François Rabelais les avait inventés. *Les Horribles et Épouvantables Faits et Prouesses du très renommé Pantagruel* ou *La Vie inestimable du grand Gargantua* ne me voulaient aucun mal et nourrissaient mes propres inventions. Les outrances de ces êtres démesurés illustraient les promesses des humanistes : rire et se moquer pour mieux apprendre.

Mon père était un lecteur devant l'Éternel des œuvres de Rabelais. Pour moi, il mimait les aventures fort désopilantes de ses héros de la Renaissance dont les vies invraisemblables lui semblaient être le signe encourageant du nouveau monde vers lequel nous allions.

— La liberté, Hélène ! La liberté de pensée et de conscience... Le fait de pouvoir agir selon ses propres convictions. Et ce qu'il y a de plus merveilleux chez Rabelais, ce n'est pas ce qu'il nous raconte, mais qui le raconte.

— Pourriez-vous expliquer votre enthousiasme autrement que par un rébus, mon père ?

— Rabelais fut franciscain, bénédictin, curé de Meudon. Mesures-tu le chemin parcouru pour se libérer des dogmes de son temps ? Vois-tu combien ce philosophe errant, ce médecin de l'intelligence[1], a éclairé notre chemin ?

— Lequel ? lui demandais-je encore.

— Celui des humanistes, Hélène ! Sa pensée, ses écrits ont préparé le terrain. Nous ne sommes que les pâles copistes d'une œuvre considérable dont les effets bouleverseront, un jour, l'ordre établi.

— La monarchie, avais-je murmuré. Songeriez-vous à d'autres lois que les siennes ?

— Non, Grand Dieu ! Ma fidélité au roi est grande, et si je crains, ce n'est que pour lui.

— Redoutez-vous une nouvelle Fronde des grands seigneurs ?

— Je parle des mauvais conseils qu'on lui donne et qui se retourneront contre lui. Son pouvoir absolu, utile pour unifier le Royaume, ne sert plus qu'à sa grandeur. Il est devenu un instrument de domination sans égal à nul autre. Le roi entend de moins en moins qu'on s'oppose à lui. Il décide tout et n'accepte plus les critiques. J'ai connu la cour au temps où madame de Montespan tenait le cœur du Roi-Soleil. Nous y étions joyeux, libres, légers. Les extravagances de cette favorite obligeaient le roi à plus d'indulgence.

1. Rabelais fut aussi médecin. Ici sont donc évoqués les autres métiers du formidable inventeur de la Renaissance.

— Mais cette femme est une empoisonneuse ! Elle a voulu tuer le roi !

Une fois encore, mon père prouva sa tempérance :

— Ne crois pas ces ragots. A-t-elle simplement glissé un philtre d'amour dans le vin de son amant ? Et si ce fut le cas, ne s'agissait-il pas du geste désespéré d'une maîtresse en proie aux pires inquiétudes ? Le roi s'en lassait. Voilà le seul fait avéré. Les messes noires, les ensorcellements dont certains l'accusèrent n'ont pu être prouvés malgré les investigations de La Reynie, cet officier de police manipulé, je le crains, par des esprits revanchards.

— Par peur du scandale, on étouffa le procès de madame de Montespan. Mais l'Affaire des Poisons a existé, je le sais. On me l'a dit. On a pendu la Brinvilliers pour avoir empoisonné son mari. Or cette femme achetait son poison chez la Voisin qui elle-même connaissait la Montespan. Le docte Blois, que vous appréciez tant, a consacré une leçon entière à cette affaire. Il m'a tout expliqué...

— Il a surtout raccourci l'histoire ! Je ne suis pas étonné que monsieur Blois juge mal la marquise de Montespan, mais on ne peut accuser sans preuve.

— Selon monsieur Blois, La Reynie les possédait sans doute. C'est pourquoi le roi l'a fait taire.

— Le roi le fit d'abord pour sauver son intimité. Ne va pas si vite en besogne et pose-toi cette question : crois-tu qu'il aurait épargné une femme, même belle et aimée, s'il avait eu la preuve qu'elle voulait le tuer ?

— Si j'avais vu cette Montespan, j'aurais lu dans ses yeux la vérité !

— Voilà que tu reparles de te rendre à Versailles !

— Et vous m'avez expliqué cent fois... non ! mille fois, que la cour n'était pas faite pour moi.

— J'ai connu un temps, te disais-je, où, si tu avais eu l'âge, je t'aurais montré avec joie les promesses du plus grand roi de France. Aujourd'hui, tout change. L'air qui circule à Versailles est autant vicié que les esprits. On n'y respire plus.

— Pourtant, vous vous y rendez encore ?

— Chaque fois, mon âme s'alourdit. La pire intolérance y règne en maître. Et je crains que les faveurs accordées par le roi à madame de Maintenon n'annoncent une période plus sombre encore.

— Que craignez-vous de cette femme qui n'est que la préceptrice des enfants de madame de Montespan ?

— Ces enfants sont le fruit des amours entre Montespan et le roi.

— À plus forte raison ! Madame de Maintenon ne dispose d'aucun pouvoir.

— Détrompe-toi. Le roi aime ses bâtards. Il leur rend visite régulièrement. En conséquence, il voit souvent madame de Maintenon, d'autant que son attirance pour sa favorite s'épuise, et l'Affaire des Poisons n'explique pas tout, ma petite entêtée ! Les effets du temps, la lassitude... Montespan s'éloigne, Maintenon s'approche, et elle est de plus en plus écoutée...

— Une favorite en chasse une autre. Les affaires de cœur ne gênent pas le roi.

— Madame de Maintenon n'est pas comme *une autre*. Elle influence la pensée du monarque. Il s'enfonce dans la foi qu'elle ne cesse de brandir. Elle le pousse vers les extrémistes catholiques. Elle agit contre l'esprit de tolérance voulu par l'édit de Nantes.

— Une femme aurait-elle autant de pouvoir ?

Mon père me caressa du regard :

— Je te crois capable d'influencer l'esprit le plus déterminé.

— Pourrais-je vous faire changer d'avis à propos de Versailles ?

Il devint grave :

— Le moment venu, tu décideras par toi-même. Mais écoute encore ce que j'ai à te dire. L'intolérance dont je te parle, tu en as été témoin. Souviens-toi du terrible échange entre Jacques Pelletier et le comte de Mortureaux lors de cette fête si belle à Saint Albert.

— J'ai gardé en mémoire les mots épouvantables qui furent prononcés. Mais je revois aussi le visage du jeune garçon de la troupe de théâtre qui me fit danser...

— Je te parle d'événements graves, Hélène. Le fossé qui sépare les catholiques et les protestants ne fait que grandir. Le roi a choisi son camp. Il n'incarne plus la somme de ses sujets. Il est le roi des catholiques. C'est ici que son pouvoir absolu devient un danger pour l'unité du Royaume. Il divise, alors qu'il faudrait rassembler. Et il agit contre ses propres intérêts. Je suis dur, mais je ne songe qu'à l'aider.

— Pourquoi ne pas lui expliquer tout cela ?

Mon père haussa les épaules :

— Il devient impossible de lui parler. Écoute-t-il encore la noblesse sans qui il n'est rien ? Tout s'organise pour qu'on ne puisse pas l'approcher. L'étiquette est si rigide, si fermée, qu'un fantôme ne pourrait se glisser dans l'intimité du Roi-Soleil !

— Moi, j'y arriverai ! Emmenez-moi à la cour...

— Pour dire au roi qu'il faut mettre fin à son pouvoir absolu ?

— Pour lui démontrer qu'il n'écoute pas assez les gens sages comme vous.

Versailles ! Contre vents et marées, je n'avais que cette idée en tête. Je me sentais attirée par la cour du Roi-Soleil et par ses audaces, ses fêtes, ses joutes, ses amours, ses conspirations dont l'écho me parvenait. Oubliant les avertissements de mon père, je rêvais le rôle qu'y jouaient les femmes. Elles tenaient salon, recevaient les artistes, choisissaient la mode. Molière, La Fontaine n'étaient rien sans elles. Et moi ? Qu'aurai-je à décider en restant à Saint Albert ? La couleur d'un tissu, la grosseur de la poule que cuirait Berthe... Une supplique, une muette prière. Versailles ? Conduisez-m'y, mon très cher père !

S'IL ME FIXE, L'ON M'ADMIRE

II. Ma lumière les aveugle.

Ce deuxième emblème figurait également à Saint Albert. Son sens secret se rapprochait de ceci : *La lumière du Roi-Soleil aveugle ses sujets.* La phrase résumait, pour mon père, l'esprit de Versailles. Il l'avait exposée dans la bibliothèque pour ne pas oublier que, sous l'attirance exercée par ces lieux, se cachaient d'innombrables dangers. Lesquels ? n'avais-je de cesse de lui demander. Quand il revenait de Versailles, les yeux brillants de bonheur, il contait par le menu ces fêtes magnifiques dont le seul péril était, selon moi, de ne pas y être invitée ! Que pouvais-je donc craindre à la cour de Versailles, ce monde imaginé et voulu par Louis XIV ?

— Versailles est tel Janus, soutenait pourtant le comte de Montbellay. La séduction n'est qu'un de ses aspects. Ne retiens pas uniquement ce qui est attirant. En te souvenant de ce que je t'ai dit et te dirai encore, pose-toi cette question : pourquoi Louis XIV cherche-t-il à plaire et à attirer ? Tu comprendras ainsi que Versailles est à l'image des fables de Jean de La Fontaine. Dans les jardins, les salons, les personnages en cour, gît une morale dont tu dois te méfier.

Et je finis par comprendre ce que mon père redoutait.

L'élévation de Versailles avait nécessité de grands frais. En 1660, ce n'était qu'un marais insalubre et fétide sur lequel nichait un modeste château. Quelle idée trottait dans la tête de Louis XIV ? La réponse était touchante. La place avait été choisie en souvenir de Louis XIII, son père, qui avait aimé un rendez-vous de chasse. Plus profondément, le Roi-Soleil s'y sentait en fait à l'abri, comme protégé des ombres de la Fronde qui avaient obscurci son enfance.

La première idée, pour assainir ces terres gorgées d'eau, avait été de tracer les grandes lignes d'un jardin merveilleux, capable de rivaliser avec les splendeurs de Vaux-le-Vicomte[1] et l'art délicatement abouti de l'Italie. Le Nôtre imaginait sans cesse de nouvelles terrasses, des bosquets, des parterres donnant la réplique aux sculptures et aux jeux d'eau. Peu à peu, il fixait le cadre d'un spectacle permanent et inouï dont le centre deviendrait, en récompense de tant d'efforts, le plus grand et le plus beau siège du monde. C'était une œuvre monumentale que le Roi-Soleil pouvait seul concevoir.

Au fil des années, les travaux progressaient ; et dedans et dehors. L'attention du roi ne se portait pas seulement sur l'éclat de l'or ou sur la beauté du marbre dont les architectes Le Vau et Hardouin-Mansart gratifièrent sans compter ce château. Mesurant combien la création d'un parc est plus longue que la construction de ses murs, le roi surveillait la plantation d'essences majestueuses et leurs agencements. Et selon mon père, il avait ses raisons :

— Chaque fontaine, chaque carré de fleurs, chaque rangée d'arbres, soutenait-il, se veut une représentation indicible et unique de la façon absolue dont il conçoit son pouvoir.

De même, chaque pièce du château décorée par Le Brun était le maillon d'un tout dont l'harmonie générale devait être indivisible, car au service du roi.

— Tout est sous son contrôle et cet entêtement à tout vouloir selon son opinion reflète un esprit dont l'aboutissement final est un système politique au pouvoir sans limite, et dont Versailles devient le symbole.

Pierre de Montbellay voyait-il juste ?

---

1. Somptueuse demeure du surintendant Fouquet. Sa disgrâce et son emprisonnement ne furent pas sans rapport avec l'irritation et l'inquiétude de Louis XIV qui crut voir en Fouquet un sujet trop puissant et menaçant.

Les événements qui s'y produisirent en 1682, et dont je rapporterai l'exacte vérité, éclairent sous un angle neuf l'âme d'un très grand seigneur dont le seul défaut fut d'exposer sa puissance pour mieux dissimuler ses faiblesses et ses peurs.

Louis XIV aurait-il manqué de courage ? Pour démontrer cette thèse, il faut entrer dans ce palais où nichent tant de secrets. Mais à pas comptés. Versailles ne se fit pas en un jour… Et si, pendant ce temps, le théâtre se fabriquait peu à peu, une question demeurait : quand ce cadre somptueux serait-il choisi comme scène triomphale par son principal acteur ?

Au fil des années, le sujet nourrissait les conversations autant à Saint Albert que dans le Royaume. En attendant, les courtisans s'y pressaient au premier signal. À défaut d'y conspirer – pas encore –, on pouvait danser, boire, chanter. Séduire aussi. Les fêtes, pardi ! celles auxquelles mon père fut convié et dont il me parlait ; celles que de grands artistes orchestraient dans des jardins féeriques, prémices d'un rêve édifié à la gloire du plus grand monarque de son temps.

Versailles avait été une vaste maison de campagne, située à quatre lieues de Paris, mais, d'un seul regard, le roi avait décidé d'en faire un palais enchanté. On s'y pressait, on tombait sous le charme, on s'y emprisonnait avec bonheur. L'opinion est abrupte. Elle correspond, je le sais à présent, à l'exact dessein de cette invention. À quand remonte la décision d'user de Versailles comme d'un instrument de séduction, mais aussi d'enfermement ? Les fêtes éblouissantes de l'année 1664 me semblent un bon point de départ. C'est pourquoi il faut s'y arrêter. L'intitulé en fixe l'ambition : les *Plaisirs de l'île enchantée*. Et pendant sept jours et sept nuits, ce fut un envoûtement. Le roi séduisit sans pareil sept cents invités. Mon père tomba lui-même sous le charme. Or il n'était pas homme à plier le buste aisément.

De toutes les fêtes qui se déroulèrent à Versailles, celles des *Plaisirs de l'île enchantée* constituent son plus beau souvenir. Il m'en a décrit l'esprit et la forme dans ses moindres détails. Et Ballard, qui en écrivit l'histoire, devint un de mes livres de chevet.

Je peux raconter les festins, les tournois, les concerts dont le roi abreuva les courtisans. Je peux chanter la musique de Lully, réciter de mémoire les madrigaux[1] et les devises[2] créés pour l'occasion. Je peux dresser l'inventaire des feux et des milliers de bougies qui, luttant contre le vent, brillèrent au cours de ces nuits. Je peux dessiner les palissades, les portiques, les guirlandes, les tentes qui furent dressés et décorés pour ravir l'œil des invités. J'imagine Molière se précipitant vers Saint-Aignan, le grand ordonnateur de ces réjouissances, et gémissant que rien n'allait, que son texte n'était pas écrit[3], et quand bien même, que la troupe n'était pas prête et devait répéter. J'entends le génial ingénieur et machiniste Vigarani répondre à Molière que les lamentations devaient cesser, qu'il ne voulait entendre que des rires et de la galanterie, qu'il n'attendait que des félicitations à propos de ces jeux, de ces tournois, de ces ballets, de ces décors peints aux armes du roi, de ces feux d'artifice conçus pour le génie d'un monarque jeune et prometteur et pour un règne sans pareil dont on allait fêter la véritable naissance et les immenses promesses.

— Tu en parles bien, Hélène. Mais puisque tu en sais tout, as-tu déchiffré le véritable dessein du roi ? me demandait mon père en souriant.

Je relisais Ballard. Je sondais les souvenirs de mon père. Je cherchais.

---

1. Petite pièce en vers ou composition polyphonique accompagnant un poème.
2. Lors des fêtes versaillaises, les participants se voyaient attribuer une devise. Celles-ci jouaient un rôle particulier pour les acteurs des spectacles, souvent des nobles qui représentaient des personnages chevaleresques et mythiques.
3. Ce fut vrai pour les *Fêtes de l'île enchantée*. Louis XIV ne donna que quelques jours à Molière pour composer le texte de la représentation du deuxième jour (voir plus loin). Seul le premier acte fut écrit en vers...

— Fais-le encore, Hélène. Et tu comprendras combien l'enfer peut être pavé de bonnes intentions.

Les *Plaisirs de l'île enchantée* obtinrent un succès immense. Le 5 mai, la cour arriva à Versailles. Le 7, c'était un mercredi, les trompettes et les timbaliers ouvrirent les festivités. François de Beauvillier, premier gentilhomme de la Chambre, ami du roi et tout juste fait duc de Saint-Aignan, se présenta, déguisé en guerrier sur un sobre cheval blanc. Le roi ne vint qu'ensuite. C'était calculé. On détailla d'autant plus la beauté de sa monture ourlée d'or, de pierres précieuses et d'argent. À sa suite, paradèrent les ducs de Guise, de Foix, de Coislin, de Noailles, puis les comtes d'Armagnac, de Lude, et enfin les marquis de Villequier, de Soyecourt, d'Humières et de la Vallière, le frère de la maîtresse du roi.

Dans ce défilé, La Rochefoucauld répondait seul au titre de prince. Il n'était pas encore duc, mais avait autant d'allure que le fils du Condé[1] qui fermait la marche. Et c'est ainsi que commença la fête. Ces seigneurs pénétrèrent dans l'île enchantée, invitant les autres à se joindre à eux. Ils entrèrent dans un enclos invisible dont l'île était le centre.

Les festivités s'inspiraient d'Orlando Furioso dit l'Arioste[2]. Le roi et sa suite figuraient chacun un personnage créé par le conteur. Louis XIV était Roger. Il était encadré par Guidon le Sauvage, Oger le Danois, Aquilant le Noir. L'histoire fabuleuse reprenait les exploits et les aventures de preux chevaliers, enfermés dans le palais d'Alcine, situé au cœur d'une île imprenable. Mais leur captivité n'avait pas que des mauvais côtés. Pour les retenir, l'habile magicienne, et maîtresse des lieux, distillait ses délices. Il y était question d'amour et de beauté. Si bien

1. Appelé également M. le Duc.
2. Il s'agit de Ludovico Ariosto, dit l'Arioste, écrivain italien du XVIe siècle. Il composa *Roland Furieux*, *Orlando furioso* en italien, un poème épique et chevaleresque qui influença considérablement l'art en Europe.

que cette prison ressemblait plus à une île enchantée qu'à la Bastille.

Pour rompre l'enchantement, et reconquérir sa liberté, il fallait s'emparer d'une bague. C'était la mission des chevaliers. Mais avant, pourquoi ne pas profiter des plaisirs offerts ? Le thème de l'île enchantée venait de naître. Toutefois, était-ce le sujet d'une fête provisoire ou déjà la peinture perpétuelle de Versailles ? Après, les pavillons de bois et ces ornementations seraient-ils démontés ?

Le spectacle se déroula entièrement dans les jardins. Il se prétendait éphémère. Mais les courtisans présents, premiers d'une longue liste, allaient-ils vraiment sortir du mirage ? Combien saisiraient la bague qui pouvait les libérer des sortilèges et des charmes imaginés par le Roi-Soleil ? Imperceptiblement, le philtre était en action, la machinerie parfaite, la scène occupée par un seul et grand acteur. Il suffisait, cette nuit, d'accepter, à jamais, de n'être que spectateur.

— De succomber, murmura mon père.

Pour montrer qu'il était bon d'habiter l'île enchantée, on fit appel à d'habiles façonniers. Saint-Aignan, Molière, Périgny, Lully, Vigarani, Benserade prêtèrent leur génie. Ils furent aidés par une armée de comédiens, de danseurs, de musiciens et d'artisans venus de Paris. La fête exigeait d'énormes moyens. On en prit plus que nécessaire. En voici la preuve.

Le défilé des gentilshommes achevé, un char immense s'avança. C'était celui d'Apollon. Il trônait au sommet, entouré des Siècles d'Or, d'Argent, d'Airain et de Fer. Python, Daphné, Hyacinthe, Atlas[1] suivaient sa course, accompagnés de pages et de comédiens figurant les douze heures du jour et les douze signes du zodiaque. Le temps, les dieux et les demi-dieux, le beau et le puissant, la force et la splendeur entraient donc également dans l'île enchantée. Que restait-il aux mortels, oubliés et abandonnés dans le monde ordinaire ? Dans celui inventé par le roi, tout

1. Personnages de la mythologie.

s'arrêtait et se fixait. Même le jour puisque la nuit vint. Était-ce déjà la fin d'une chimère ? La réponse surgit après une collation. La course de la Bague débutait.

Cet exercice d'adresse, comparable aux tournois chevaleresques, entretenait un lien étroit avec le thème des fêtes. La bague figurait la reconquête de la liberté. Le roi fut excellent. La bague n'échappa pas au propriétaire des clefs de ce royaume.

Lully et ses trente-quatre musiciens se présentèrent alors, avec pour mission de faire vibrer le cœur de cette assemblée. Pendant le concert, deux cents flambeaux tenus en main éclairèrent toute la scène. Ailleurs, dans la pénombre, le souper se préparait. Quand il fut prêt, quarante-huit valets arrivèrent en portant sur la tête de vastes bassins contenant les faveurs du Printemps, de l'Été, de l'Automne et de l'Hiver. Les saisons aussi s'étaient réunies pour communier dans ce royaume insécable. Puis, l'abondance fut servie à la lueur d'une multitude de chandeliers à vingt-quatre bougies. Le roi se montra joyeux, affable et ouvert à tous. Chacun le remercia pour ces moments de plaisir. On crut que l'essentiel avait été joué. Mais ce n'était que le premier jour.

Le lendemain, les festivités ne reprirent qu'à la nuit. Les ombres ajoutèrent à la magie et les invités se laissèrent porter par le mouvement. Bercés comme dans un songe, ils furent conduits vers une scène cerclée de palissades. On tira une grande toile, et quand le spectacle débuta, il devint difficile d'apprécier où commençait la réalité et où finissait le rêve. Molière et Lully furent les artistes principaux de ces enchantements. On mêla aux ballets des intermèdes chantés, dansés et joués, le tout accompagné par des clavecins, un chœur et trente violons. Pendant que des artistes, déguisés en bergers et bergères, dansaient et chantaient, la machinerie du théâtre fit s'ouvrir la scène, et sortant du sol, on vit surgir un grand arbre portant seize faunes, dont la moitié jouait de la flûte et l'autre du violon, le tout répondant aux musiciens de l'orchestre resté sur terre. Bergers et faunes s'unirent ensuite pour entamer le tableau final. Ballard avait raison d'écrire « qu'il ne s'était encore rien vu de plus beau en ballet ».

Lors du souper qui suivit et qui fut dressé sous une toile immense destinée à protéger les flambeaux des bourrasques du vent, on se prit à fredonner le refrain de la dernière invention de Jean-Baptiste Poquelin[1] : « *Il n'est rien qui ne se rende aux doux charmes de l'amour...* »

Les charmes de l'île enchantée ? Ils agissaient de mieux en mieux. Avant de s'endormir, ses habitants se remémorèrent ce qu'ils avaient vécu et certains tentèrent d'imaginer ce qui les attendait. Vivre mieux ? Impossible. Pourtant, ce fut le cas.

L'enchantement tournait au sortilège. Celui dont on se sert pour capturer et domestiquer une proie.

— Devant la grandeur du roi, tous les présents capitulèrent, avoua mon père.

Ainsi, dans l'île du roi Louis XIV, le piège se referma. Il avait été facile d'y accoster. Il devenait difficile de s'en détacher. D'autant que le repère d'Alcine, cette place inexpugnable, devenait de plus en plus fascinante, attachante... captivante.

Au cours de la troisième nuit, on comprit que le spectacle avait été conçu comme une sorte de parcours initiatique. Il se déplaçait et se rapprochait, peu à peu, d'un plan d'eau que l'on pouvait comparer au lac au milieu duquel avait été bâti le château d'Alcine. Il était temps de libérer les chevaliers qu'elle gardait prisonniers. Prévenue qu'un assaut imminent se préparait, la magicienne, devenue furieuse, avait multiplié les embûches. Alors que les spectateurs approchaient de sa forteresse, un rocher de taille considérable jaillit soudainement des flots. C'était une nouvelle île gardée par des animaux dont on devinait qu'ils défendraient chèrement le territoire d'Alcine. À peine avait-on pris la mesure de ce danger que deux autres îles, par un effet digne de la magie, venaient se fixer aux côtés

1. Véritable nom de Molière.

de la première. Le passage était défendu, l'accès rendu impossible, l'île imprenable. Alors, Alcine en personne se présenta à la foule depuis son île, chevauchant un monstre marin formidable et entouré de nymphes portées par des baleines.

Aussitôt, les îles se couvrirent de musiciens et une clarté immense fit cesser la nuit. Des éclairs embrasèrent la scène et noyèrent les spectateurs dans un nimbe qui transforma leurs silhouettes en ombres mystérieuses. Le ciel, la terre et l'eau, portés par une forge plus furieuse que celle de Vulcain, fusionnèrent en un seul élément. Tout n'était qu'éblouissement et feu. Alcine était au sommet de sa gloire et de sa puissance. Rien ni personne ne pouvait s'y opposer. Elle choisit ce moment pour s'approcher – se rendre – et déclamer des vers à la louange du roi, le maître incontestable de l'île enchantée. Le ballet du palais d'Alcine pouvait débuter.

Avant l'arrivée des chevaliers, quatre géants, huit Maures armés chacun de deux flambeaux, six monstres et autres démons sauteurs se succédèrent. Au total, six tableaux préparaient le triomphe des chevaliers. Leur chef, Roger, dont le rôle avait été tenu le premier jour par le roi, s'empara de la bague, symbole de la puissance d'Alcine. Celle-ci était défaite. Désormais, le roi seul tenait entre ses mains le destin des chevaliers. L'évocation de son triomphe fut saluée par un feu d'artifice dont on n'aurait pu auparavant soupçonner les merveilles et les miracles. Les fusées sortaient de l'eau, illuminaient le pourtour du lac, surgissaient de tous côtés, étourdissaient les têtes et incendiaient le ciel en explosant à une hauteur jamais égalée. Ce spectacle prodigieux marqua les esprits. Et c'était son dessein.

La pièce s'était déroulée en trois jours et sur trois actes. Le dernier marquait l'avènement d'un roi dont le pouvoir semblait tenir tout entier dans la bague reprise à Alcine...

— Et dont lui seul pouvait déverrouiller ou non la serrure, conclut mon père.

Du samedi 10 mai au mardi 13 mai, on courut, des jardins au château, pour suivre les tournois, visiter la ménagerie royale, applaudir le théâtre de Molière. *Les Fâcheux*, dont une représentation avait été donnée aux Grandes Fêtes de Vaux par le surintendant Fouquet en l'honneur du roi, favorisa la comparaison. Il ne pouvait y avoir de plus grands plaisirs que ceux de *l'île enchantée*. On le fit savoir lors de la loterie au cours de laquelle furent distribuées pierreries et argenterie qui achevèrent de combler cette cour.

La vie à Versailles, conçue par Louis XIV, dépassait en réalisation ce que l'imagination la plus folle aurait pu rêver. Que fallait-il faire pour conserver le droit d'y être associé ?

— Ne rien remettre en cause. Renoncer à exercer sa critique. En somme, se déshonorer...

Mon père se tut, me laissant réfléchir par moi-même. Comment dénoncer un système tyrannique sans provoquer la colère de son créateur ? Pourtant, il s'y essaya une fois. Et vérifia ainsi, et très douloureusement, la justesse de son analyse.

L'île enchantée avait, en effet, un prix. Pour trouver sa place à Versailles, il fallait accepter ses conventions dont la trame, pour un œil averti, se lisait en filigrane lors de cette fête. Le roi avait fixé ses règles selon son plaisir. Pour le partager, il fallait les respecter. Elles se résumaient à l'étiquette, ce code qui réglait dans les moindres détails le fonctionnement de cette société et qu'un gentilhomme ne pouvait en aucun cas amender. Versailles avait donc son revers. Pour s'offrir ses plaisirs sans jamais en négocier le prix, la cour devait se plier aux usages dont le Souverain seul définissait le poids et la valeur, car lui seul détenait les clefs qui accédaient au trésor depuis qu'une magicienne, Alcine, les lui avait confiées, une nuit de mai.

L'étiquette ne fut pas une invention de Louis XIV. D'Henri III à Mazarin, la politesse, les bonnes mœurs, les façons modelèrent peu à peu la cour. Fallait-il du maintien ? Soit. C'était le cas en Angleterre, en Italie, en

Espagne. Apprendre qu'on pouvait baiser la main des princesses, et elles seules, mais que celles-ci, une fois âgées, ne porteraient plus de couleurs vives, formait un ensemble de préceptes qui, selon Furetière, dérouillaient la province[1]. S'y plier pour se prétendre honnête homme ? Soit.

— Mais moi je veux qu'on y ajoute la dignité et le courage, martelait Pierre de Montbellay, car les vraies vertus sont là.

Ces qualités princières complétaient, selon lui, le portrait du savoir-vivre. Ce n'était plus une affaire de fortune et mon père y voyait un instrument audacieux pour rapprocher ceux dont la naissance aurait pu injustement assombrir le destin. Ainsi, le véritable honnête homme respectait un ensemble de valeurs qu'aucune condition sociale n'offrait naturellement. Il pouvait être noble – mieux, tout noble se devait d'agir en honnête homme, car cette vertu était indissociable de la noblesse – mais la couleur du sang[2] ne suffisait pas à arrêter la qualité d'un être. Ainsi, l'étiquette, tant qu'elle élevait le sens moral, tant qu'elle définissait l'esprit et le cœur, représentait un immense progrès. Colbert, issu de la bourgeoisie, illustrait autant les promesses de l'honnête homme que le marquis de Louvois, son ennemi. L'honneur, la fidélité, la compétence pouvaient seuls les départager. Du moins, c'est ainsi que mon père approuvait l'étiquette, un code imposé à tous et dont l'immense mérite aurait pu être de cimenter chaque sujet, indépendamment de son rang ou de son titre.

Dans ce monde idéal dont rêvait Pierre de Montbellay, comte de Saint Albert, l'étiquette orchestrait la distinction d'un homme. Le roi en détenait la clef puisqu'il en était l'inventeur. Pris dans ce sens, il n'y avait rien à redire. Car qui d'autre que lui aurait pu être l'arbitre et le serrurier de son royaume ?

Mon père soutint et crut en cette thèse. Du moins, il le fit tant que l'étiquette, bien que contraignante, lui sembla

1. Dictionnaire universel, 1690.
2. Référence au « sang bleu » de la noblesse.

un moyen de rendre l'homme plus sociable, de l'élever selon ses talents. Mais au fil du temps, ces règles, conçues aussi pour freiner la puissance, l'orgueil et la fronde des vassaux, devinrent un carcan dont les plaisirs de l'île enchantée représentaient un présage inquiétant.

— Le roi a attiré ses sujets dans une prison dorée pour mieux les contrôler...

Oubliant ses propres conclusions, le comte Pierre de Montbellay commit l'imprudence d'exposer trop haut ses idées, et sa vision prémonitoire se retourna contre lui : puisqu'il parlait de geôle, il allait apprendre le goût de la pénitence.

Je m'aperçois que je n'ai pas encore décrit mon père. Je songe à son allure. Suis-je la mieux placée pour en parler ? L'amour qu'il me porta fit de moi l'enfant la plus heureuse du monde. On comprendra ma partialité, et longtemps, jusqu'au jour où j'aperçus le visage d'un autre dont il sera question, je n'ai porté le regard sur un homme qui me sembla aussi bon, aussi juste et aussi beau.

Le comte de Saint Albert était grand et fort. Il mesurait près de six pieds, ce qui, pour notre époque, était une taille remarquable. Son visage oblong disparaissait sous une barbe bien taillée, qui soulignait le bleu azur de ses yeux. Sa voix était sans doute un de ses meilleurs atouts. Elle dominait et, en toute occasion, il la faisait entendre, que ce soit pour séduire ou pour ordonner. Le maniement des mots, la justesse du raisonnement, la profondeur des idées et les connaissances immenses dont il faisait état, ajoutaient à sa séduction. Qui n'aurait voulu être l'ami de cet honnête seigneur ? La réponse est évidente pour les hommes, et embarrassante à propos des femmes. Nombre d'entre elles espéraient plus que de simples sentiments fraternels. Et mon père ne savait pas résister à leurs soupirs. C'était un séducteur. Plus encore, je l'ai écrit, un libertin, et je dois en parler. Ce n'est pas l'unique cause des graves soucis dont il m'annonça la venue, en octobre 1682, dans la cuisine de Berthe, mais ce penchant compta pour beaucoup dans le drame qui se tissait.

Mon père concevait le libertinage comme l'art délicat de la séduction. Il fallait conquérir des femmes de son rang, les aimer et savoir les quitter. Le tout avec élégance. On ne pouvait donc le comparer au Dom Juan de Molière dont la seule audace consistait à séduire de naïves paysannes. Et le brillant moraliste[1] avait raison d'en découdre avec les mœurs de l'époque quand celles-ci condamnaient de pauvres martyres à la vie honteuse de fille-mère. Mais Pierre de Montbellay n'agit jamais de la sorte. Ses victimes, je peux témoigner pour avoir assez souffert de leur présence, cédaient pour l'aventure d'un jour ou pour échapper un temps au morne destin d'un mariage arrangé par deux clans plus soucieux de leurs avantages que du bonheur des femmes. Se vengeaient-elles aussi en se sentant enfin adorées ? Mon avis est direct. Le jugera-t-on scandaleux ? Je parle au nom de toutes les femmes qui ont souffert de conventions insupportables où le sort d'une vie d'amour pesait moins qu'une chasse, un bois ou du bétail. Aurais-je au moins des reproches à dire à mon père ? Rompre un peu trop souvent.

À Saumur, en Anjou, et jusqu'à Paris, Pierre de Montbellay multipliait les conquêtes, et la noble qualité de ses maîtresses faisait pâlir d'envie. Au plus profond de lui, mon père aimait toujours ma mère, et jamais il ne songea à m'abandonner. Bien sûr, mon cœur se serrait quand le nom d'une nouvelle femme circulait à Saint Albert. Allait-elle obtenir ce qui avait été refusé aux précédentes ? Une nouvelle vie ? Un fils qu'il avait tant désiré ? Alors, je perdrais mon père. Parfois, la jalousie et la colère me poussaient aux pires actions. J'ai brûlé le portrait d'une jeune comtesse, déchiré les robes d'une autre qui prenait racine au manoir. Je me suis fait passer pour folle, affirmant que ce vice atteignait aussi le comte, les nuits de pleine lune. J'ai même inventé l'histoire d'un loup-garou pour faire fuir une belle et redoutable Italienne qui se prétendait poétesse. Mais mon père ne m'en a jamais tenu rigueur.

1. Il s'agit de Molière.

— Accorde-lui la moitié de la confiance qu'il te prête, soupirait Berthe. Il n'a qu'une adoration, et c'est toi.

Sa main potelée et rose séchait les larmes qui coulaient sur mes joues. Elle se levait, le lit grinçait de soulagement, le parquet gémissait. Elle marchait à petits pas, fermait doucement la porte de ma chambre. Je m'endormais sur cette promesse si douce.

La sage Berthe avait raison. Peu à peu, mes craintes s'effilochèrent. Aucune femme n'occupait dans le cœur de Pierre de Montbellay une place plus grande que celle d'une maîtresse. Le temps passa... Je devenais jeune femme. Un soir, je surpris Berthe en train de bougonner dans sa cuisine. Il fallait improviser un souper et on l'avait prévenue fort tard. Pas assez de volailles, pas assez de feu... Pourtant, la graisse avait brûlé.

— Il m'en fait voir de toutes les couleurs !

Ses joues en témoignaient.

— Qu'as-tu à gémir ?

J'étais dans son dos. Berthe sursauta.

— Cet homme est trop vert... Il reçoit encore. Elle est arrivée à cheval depuis Angers. Simplement pour le voir. Mon œil ! Son pauvre mari inspecte les forteresses de Rochefort. Elle s'installe pour trois jours. Et je compte court. Vois-tu la sarabande que nous allons connaître ? À boire, à manger ! Et la nuit, Berthe ceci ! Berthe cela ! Du pain, des œufs frais, des poulardes et toujours plus de vin ! Du lait ? Elle en veut dans son bain ! Chaud, mais pas trop. Quand j'ai dit qu'elle s'empoisonnerait le sang, ton père a ri ! Et comment savoir de quoi est fait un bain de lait tiède ?

Le temps de son discours, Berthe avait quitté des yeux ses braisières. Le lait en avait profité pour filer.

— Sainte Vierge ! Priez pour que tout cela s'arrête.

— Préfères-tu qu'il fasse pénitence, pleure son épouse et entre en religion ? Te vois-tu en train de servir un vicaire et réciter des *Pater*, du matin au soir ?

Berthe écarquilla les yeux. Elle imaginait. Son humeur s'en trouva aussitôt modifiée.

— En effet, il y a sans doute plus grave qu'un pot de lait.

Mais elle réfléchissait encore.

— Quelque chose me trouble, dit-elle pour finir.

— Mais quoi, ma petite Berthe ?

Soudain, son visage s'adoucit. Elle se posta face à moi, les mains vissées sur les hanches. Et, tout en gardant la pose, elle leva un sourcil épais :

— Tu viens d'absoudre ton père. C'est nouveau.

— T'en plains-tu ?

— Non, vociféra-t-elle. Oh que non ! C'est la preuve que tu grandis.

— Est-ce un mal ?

— Prendre de l'âge, il faut qu'on y passe tous. Mais, dis-moi, tu l'excuses ?

— Je fais confiance à Pierre de Montbellay.

— Te voilà enfin raisonnable.

Puis, elle soupira :

— Bientôt, tu seras grande et belle femme... Et je te perdrai.

— Pas plus que nous perdrons mon père !

Nous tombâmes dans les bras l'une de l'autre.

— Berthe ?

— Oui, murmura-t-elle en reniflant.

— Je vais t'aider à préparer ce souper.

— Tu promets de ne pas glisser de poison dans la soupe de cette aventurière à cheval ?

— J'ai grandi. C'est toi qui l'as dit.

La cavalière d'Angers resta dix jours. Nous la saluâmes quand elle se décida à partir. Elle pleurait. Il s'agissait d'un adieu. Selon l'humeur de son mari, le chemin qu'elle reprenait ressemblerait à celui de la pénitence ou à celui du couvent.

Qu'avait donc de plus ce petit comte de province pour séduire ainsi les femmes ? Du cœur et de l'esprit, sans doute. Des qualités où la naissance n'intervient pas. S'y ajoutaient l'art et la manière dont l'excellence ne s'apprend pas. Mais à Paris ou à Versailles, il se trouvait toujours un salon où le nom de Pierre de Montbellay circulait sur les lèvres des femmes.

Pour ajouter au triomphe de mon père, il y eut encore ces lettres de madame de Sévigné, une cousine lointaine où le nom de Bussy-Rabutin[1] se mêlait au nôtre, via feu ma mère.

La comtesse de Sévigné, observatrice attentive de la société, trempait plus souvent sa plume dans le vitriol que dans le miel. Les faits et gestes de Versailles étaient passés à la loupe. Et la comtesse n'avait pas besoin d'espionner. Dans son salon de l'hôtel Carnavalet, situé dans le Marais, à Paris, s'affichait l'excellence de la cour. En échange d'un chocolat chaud, princesses et chevaliers venaient confesser les derniers exploits de leurs pairs. Par vengeance ou par jeu, chacun y allait de son ironie. Ainsi se racontaient les frasques et les scandales des courtisans. On glosait sur l'exécution de la Brinvilliers lors de l'Affaire des Poisons. S'était-elle repentie avant de mourir ? On pariait sur l'avenir de Quanto, nom de code de Montespan, favorite du roi. On détaillait le suicide de Vatel. Le cuisinier de Condé s'était senti humilié, car trois tables avaient manqué de poisson lors d'un banquet tenu en l'honneur du roi, à Chantilly. S'était-il vraiment embroché par trois fois avec sa propre épée ? On se moquait, mais de qui ? De l'honneur exagéré de Vatel ou de la réaction du Condé qui, voyant le mort, pleura sur sa cuisine plutôt que sur son gâte-sauce ?

Ces mots, quand madame de Sévigné le voulait, blessaient plus sûrement que la dague. Il valait mieux résider dans le camp de ses amis. Et Pierre de Montbellay en était. Dès lors, il accepta de lui livrer certains détails de ses conquêtes.

En sortant du chasteau par le vestibule de la Cour de marbre, on ira sur la terrasse. Il faut s'arrester sur le haut des degrez pour considérer la situation des parterres des pièces d'eau et les fontaines des Cabinets... Louis XIV débutait

---

1. Roger de Rabutin, comte de Bussy. Évoqué dans le prologue, lors de la présentation des emblèmes. Il fut exilé pendant dix-sept ans sur ses terres de Bourgogne après la publication de *L'Histoire amoureuse des Gaules*, récit satirique sur la cour de Louis XIV. Il était cousin de madame de Sévigné qui possédait le château de Bourbilly.

ainsi sa Manière de montrer les Jardins de Versailles. Cette visite ennuyeuse, écrite plus tard par un roi vieillissant, n'était pas celle qu'empruntait le jeune comte de Saint Albert au temps de la splendeur printanière de Versailles. Il préférait, lui, fixer ses rendez-vous amoureux de Versailles non loin du bassin de Bacchus ou de celui d'Apollon. Ces noms suffisaient pour amuser la comtesse de Sévigné. Et activer son imagination. Elle devint la confidente de son père. En échange de quoi, et sans qu'il n'eût rien demandé, elle augmenta sa légende. Ici ou là, dans les plis d'une ligne, la brillante épistolaire grandit les exploits amoureux de son cousin par alliance. Pour la joie des courtisans, la rumeur se chargea d'alourdir le tableau. Ainsi, j'affirme que mon père ne fit jamais peindre des cornes sur la porte du carrosse du marquis de Jouard au motif que sa trop jeune épouse succomba aux avances du comte de Saint Albert près des cascades du Dragon. Cette histoire est vraie, mais elle concerne le mari de madame de Montespan. C'est lui qui organisa le faux enterrement de sa femme alors qu'elle venait de céder au roi. C'est lui qui fit poser les bois d'un cerf sur le toit de son carrosse pour illustrer son déshonneur. De même, Pierre de Montbellay ne fit pas le pari de défleurir, en un été, autant de jeunes demoiselles que comptait de jets d'eau le bien nommé bassin de Flore, soit plus de trente. Mon père voyait-il du bien ou du mal à ce qu'on lui bâtisse une réputation outrée ? La question ne se posait pas en ces termes. Ces faux l'amusaient. C'était l'illustration même de l'oisiveté. Complice des moralistes ? Voilà toute l'accusation, mais comme madame de Sévigné, il y pensait comme un moyen de piquer les mœurs de l'époque et ne se sentait ni héros ni victime. Décrire le désœuvrement de la cour, et sa disponibilité pour l'aventure, en dénoncer les excès, comptait plus que la citation de noms, de lieux ou de situations plus ou moins romancées.

Et puis, malgré la réputation – usurpée et néfaste – qu'on lui faisait, pourquoi renoncer au fait de séduire ? Cette interrogation s'adressait autant à mon père qu'à madame de Sévigné. Les deux étaient aimés. Trop, sans doute, et ils ne surent pas résister à la satisfaction de l'être davantage.

La comtesse de Sévigné écrivait, en premier, pour plaire et distraire sa fille depuis que cette épouse, soumise à son mari, s'était éloignée de Paris. Et cette mère attentive y parvint au-delà de tout espoir. Ses traits, ses flèches légères et brillantes remédièrent à l'alanguissement de sa fille. Mais bientôt, celle-ci ne fut plus sa seule lectrice. On attendait, réclamait les lettres de Sévigné. Elles circulaient, se lisaient en secret, se chuchotaient. Et devinrent des légendes. Il ne manquait qu'un pas pour leur faire dire ce qui n'était pas écrit. On se livra dès lors à toutes sortes d'inventions. Le sujet piquant, cynique, idéal pour soigner l'oisiveté, sans vérifier honnêtement si les faits rapportés étaient exacts ou réels[1], devint alors le récit des amours libertines de Pierre de Montbellay.

À travers lui, et des exploits pour beaucoup grossis et parfois imaginaires, on cherchait à blesser, à nuire, non pas à mon père, mais à ses premières victimes : les maris de ses maîtresses. Ah ! qu'il était bon d'atteindre un duc ou un marquis en le traitant de dupe. L'idée, méchante et calculée, était de l'affaiblir alors qu'il sollicitait une audience au roi. Confier à la nièce d'un boute-en-train, dont la réputation était plus écornée que le front, la gestion des revenus de cette abbaye, de son abbesse et de ses pucelles ? Allons ! Monsieur ! Il faudra apprendre à surveiller son propre troupeau. Pour le reste, nous verrons[2].

Ce qui n'était qu'un amusement devint rapidement une arme et ce qui se racontait pour rire une blessure, une vexation et parfois un outrage. La manipulation, que la cour de Louis XIV avait convertie en système de gouver-

---

1. Il se trouve, en effet qu'aucune lettre citant nommément Pierre de Montbellay n'a été, à ce jour, référencée dans la correspondance de madame de Sévigné. Sans doute faut-il imaginer, comme la suite du récit semble l'indiquer, que ces missives furent en grande partie inventées...

2. Allusion, sans doute, à la fameuse expression de Louis XIV : « Je verrai... » Ce qui signifiait qu'il ne prendrait pas de décision.

nement, fonctionnait. Les mensonges se transformèrent en intrigues. On se servit du nom de Montbellay pour atteindre ses victimes imaginaires. L'affaire remonta jusqu'au roi qui s'en agaça. Fausses ou vraies, les histoires que l'on prêtait au seigneur de Saint Albert nuisaient à l'étiquette de la cour qui, au fil des années, se teintait de rigueur et de moralité.

Comme l'époque légère des premières années de règne prenait fin, bientôt mon père fut averti, menacé et prié de s'exécuter. Il devait cesser ses agissements versaillais ou se retirer sur ses terres.

Exiler pour de simples commérages ? Le procès en disgrâce demandait des preuves plus sérieuses. Mon père n'y crut pas. Mais, pour son plus grand malheur, ce qu'on lui reprochait n'était que peccadilles en comparaison de la suite.

Pierre de Montbellay se montrait peu à la cour du roi. Venait-il pour y ajouter une courbe à son tableau ? On le colportait, mais ce n'était pas la seule raison. Dans ce lieu capital, où se retrouvait tout ce que ce royaume comptait d'intelligence, de savoir, d'impertinence, mon père naviguait avec aisance. Hélas, il affichait un peu trop ses idées. Les accusations de libertinage, après celles de mœurs légères, se portèrent sur sa façon de penser. Son esprit de tolérance, qui allait de pair avec sa conduite, devint la proie de ses ennemis. On ne badinait plus avec l'amour et la liberté. Ses opposants se souvinrent alors de ses éclats et de sa défense des protestants. Ils firent ressurgir l'incident avec le puissant comte de Mortureaux, lors de la fête de Saint Albert. Ils préparaient son jugement. Il ne leur manquait qu'une mèche. Et mon père la leur fournit.

J'avais vingt ans quand les événements dont j'ai décrit les signes précurseurs se produisirent. À l'automne 1682, ma jeunesse s'acheva. Comme un signe avant-coureur, un froid vif succéda brusquement aux saisons douces que j'avais connues. Mon éducation semblait terminée. Qu'avais-je à espérer ? Un beau mariage et une pléiade d'enfants ! Je serais comblée et soumise à mon prince. Et la vie passerait au château de Saint Albert ? Il n'est pas nécessaire d'expliquer pourquoi ce futur ne me convenait pas. De nombreux prétendants sollicitaient mon père qui, lui, ne décidait rien. Ce cousin, Antoine de Beaupont, peu déniaisé et qui avait épaissi ? Cet autre de Bourgogne, allié du côté de ma mère, et dont j'avais reçu quelques lettres mal écrites dans lesquelles il n'était question que de vignes et d'arpents qu'il combinerait avec les terres de Saint Albert pour le profit de son clan ? Mon père sondait mon regard. Il y lisait que je rêvais d'autres aventures.

— Versailles, emmenez-moi, répétai-je.

Mais le sujet prenait fin. Un dernier regard dans l'espoir de le faire céder ? D'obtenir son accord ? Alors, il s'impatientait et prédisait qu'il ne serait pas toujours là pour me défendre et me protéger de ces tentations stériles, de ces vaines chimères de jeune fille trop gâtée.

— Sans parler de ce qui me menace, assénait-il de plus en plus souvent.

Le 12 octobre 1682, je finis par le supplier de s'expliquer. Était-il malade, engagé dans de mauvaises affaires, soumis à la pression des créanciers ?

— L'affaire est beaucoup plus sérieuse, Hélène...

Et puisqu'il n'ajoutait rien, ma colère fit le reste :

— Vous feriez face à votre fils, vous lui parleriez !

Ces mots plus durs que mes pensées eurent un effet que je n'escomptais pas. Aussitôt, il me pria de m'asseoir.

En ce début d'automne, la froidure soudaine nous avait poussés à déserter les pièces réservées à l'apparat. Nous préférions serrer nos âmes dans la grande cuisine où un feu vif brûlait de l'aube jusqu'à la nuit. Et s'il nous prenait l'envie de nous réunir après le coucher du soleil, nous étions certains de trouver une belle lumière.

Berthe vouait un culte païen au feu. Dès que la flamme faiblissait, elle courait chercher du bois. La vestale de Saint Albert se félicitait de n'avoir jamais connu un jour sans que la fournaise noircisse l'âtre où cuisaient toujours des mets d'à point. Sa règle était de *prévoir les imprévus*.

Car le comte de Saint Albert pouvait jaillir dans son fief pour lui annoncer abruptement un souper d'amis.

— Les hommes ! Ils se contentent de manger ma viande. Mais une femme ? Ah ! pourvu qu'il ne lui vienne pas encore de drôles d'idées...

J'aimais particulièrement ce lieu au moment où le jour cède la place à la nuit. Le cuivre des marmites, des daubières, des casseroles accrochées au-dessus de la cheminée brillait alors d'un éclat féerique. La silhouette de Berthe se perdait dans les vapeurs et la fumée de ses onguents. Assise sur une chaise, j'observais ses gestes rapides. J'écoutais ses marmonnements à propos de recettes qu'elle récitait le temps de ses préparations car elle ne savait pas lire et ne voulut jamais apprendre.

— Ceux qui s'y sont essayés le regrettent, soutenait-elle. La vieillesse dévore leurs yeux, et lire tue la mémoire. Grâce à Dieu, j'ai tout dans cette tête que je risque moins de perdre qu'un morceau de papier. Sans compter que pour copier ce qui s'y trouve, il faudrait me torturer. Non, je n'ai rien de bon à gagner à changer mes habitudes.

Puis elle ajoutait un détail, une herbe, un bouillon qui métamorphosait un fade rôti en une invention dont elle seule pouvait en effet éclaircir le miracle. Berthe participait à mon bonheur et fabriquait celui de Saint Albert. Se pouvait-il qu'il s'arrête ? De quelle nouvelle grave mon père voulait-il me parler ? Je sondais son regard et lui, il cherchait ses mots.

La porte de la cuisine ouvrait sur la cour d'honneur du manoir. Personne ne pouvait se présenter sans qu'on en soit informé. Les chiens ne quittaient pas ce refuge, guettant les morceaux de gras. Si bien que la cuisine était à la fois une frontière et le lieu de tous les passages. Au fil de la journée, chacun tenait salon ou s'informait sur la vie du domaine. Mon père y venait pour recevoir les doléances de ses gens. Tour à tour, il se faisait gazetier[1], juge, offi-

1. La première « gazette », ancêtre des journaux, fut officiellement inventée en 1631 par Théophraste Renaudot.

cier, intendant, notaire, apothicaire, ou encore confesseur, pardonnant, pour sa part, plus souvent qu'un détenteur du titre officiel.

À ceux qui venaient parler de leur misère, le comte de Saint Albert réservait une part de la bourse qui trônait sur la grande table en chêne autour de laquelle il conviait à s'asseoir tous les gens de sa société sans distinction de rang, d'âge ou de sexe. Plus souvent il donnait qu'il ne recevait, victime consentante d'une générosité dont tous se réjouissaient.

Ce n'était pas sans irriter Berthe dont la bouche s'emportait autant que ses plats chargés d'épices qu'elle préparait à la saison froide au prétexte que ce qui tordait le palais brûlait aussi le poison de l'hiver.

— Ce Chaumart vous a escroqué d'un bon louis, monsieur le comte. Les tracas dont il vous enivre se trouvent, selon moi, dans le vin qu'il boit depuis l'aube. Et tous les jours que Dieu nous offre. Même pendant le carême ! C'est un paresseux, un bon à rien, un misérable qui ne sait qu'engrosser sa pauvre femme, Ange-Madeleine. Pensez donc. C'est son neuvième. Et elle n'a pas trente ans…

Berthe avait pris de l'âge, mais elle conservait toute sa vigueur. Sa méfiance à l'égard des hommes, excepté le cas de son maître, tenait sans doute au fait qu'elle n'en eût connu qu'un, voilà fort longtemps. Il se racontait aussi que le sieur en question avait fui sous la menace du bâton, après avoir soutenu que le lièvre de la cuisinière était trop faisandé. C'était probablement une fable, colportée ici et là pour se moquer de l'intéressée, mais il fallait profiter de son absence avant d'entamer le récit des *Chroniques féeriques et inimaginables sur les potions magiques de la dragonne de Saint Albert.* Si elle vieillissait, et soufflait de plus en plus fort, sa robustesse n'était pas légende et son bâton, posé près de la cheminée, existait bien.

Aux premiers mots inquiétants de mon père, elle s'en saisit et le brandit au-dessus de sa tête : « Mordiou ! Que nous arrive-t-il encore du monde des hommes, monsieur le comte ? » Elle sondait mon père. Elle aussi devinait qu'il avait de mauvaises nouvelles à nous apprendre.

— Calme-toi, ma bonne Berthe, reprit-il. Tes paroles piquantes, verse-les dans ce bouillon. Quand j'y goûterai, je te dirai si elles sont accommodées à mon goût. Et ferme la porte, je recevrai plus tard. Je veux rester seul avec ma fille.

— Dois-je sortir ? pleurnicha-t-elle.

— Sûrement pas ! Tu dois surveiller ce qui mijote. Entends-tu mon estomac ? Il grogne d'impatience...

— Je n'entends rien.

— Tant mieux. Reste sourde encore un peu. Ce que j'ai à dire à ma fille, tu ne dois pas l'écouter. Alors, surveille la soupière, touille, graisse la poêle, fais chanter ce coq dans la marmite, mais plus un mot. Oreille et bouche cousues. C'est compris ?

Berthe rougit de bonheur. Rien ne comptait plus que son petit royaume de Saint Albert dont elle était à la fois la gardienne, la tour la plus ronde et la plus forte.

— Voulez-vous un peu de bon vin, monsieur le comte ?

— Le meilleur ! Pas celui que tu réserves à ce pauvre Chaumart, mais le pichet que tu caches pour l'offrir à notre curé Passementier.

Berthe rougit encore. On lui savait un penchant prude et honnête pour cet homme d'Église qui obtenait chaque dimanche, sans jamais réclamer, les subsides terrestres de la cuisinière : un pâté en croûte, une miche de pain, une pinte[1] de notre bon vin d'Anjou. Et quelques provisions, pour améliorer l'ordinaire de sa semaine. C'était son menu à chaque passage dominical. Et avant le souper.

— Sers-en à Hélène, comme on le ferait à un homme. Elle en a l'âge et, pour la volonté et l'entêtement, elle est bien mieux équipée que les engourdis qui tournent autour d'elle.

— Du vin pour votre fille Hélène ?

— Ne joue pas l'idiote, Berthe ! Je sais que tu as déjà cédé à ses suppliques. De plus, ce que j'ai à lui apprendre est si lourd qu'il faut s'étourdir la cervelle.

— Si grave, mon père ?

1. Ancienne mesure d'une contenance de 0,93 litre.

— Bien plus que tu ne le crois.

Berthe s'était signée. C'était un mauvais présage. Et ce jour-là, en effet, mon bonheur bascula. *Miscent autumni et veris honores*, ainsi que l'expliquait l'emblème fixé dans notre bibliothèque, l'automne et le printemps mêlaient jusqu'alors leurs talents. C'était le temps de l'Éden. Avant, je vivais paisiblement, à mi-chemin de l'enfance et du monde adulte et, comme l'oranger, je profitais des deux pour m'épanouir. J'avançais sereinement et jouissais des bienfaits d'un monde heureux, baignant encore dans la jouvence de mon pays. Nous étions bien. Nous étions loin de tout et proches de la sagesse. Et tout est arrivé. L'âge d'or, j'en parlais, a pris fin pour une lettre de mon père dont le seul dessein était de défendre ses idées, et qui m'était adressée.

Quis nominor leo[1].

Le comte de Montbellay débutait ainsi son courrier.

Le lion devait-il imposer sa loi par la force au seul fait qu'il était le plus puissant des animaux ?

En y adjoignant une gravure, cet adage aurait pu être le point de départ d'un emblème. Jean de La Fontaine avait soutenu les mêmes thèses dans ses fables, mais le protégé de madame de Montespan craignait moins l'ire du roi. À l'inverse, mon père avait commis un assaut de trop. Je reproduis, ci-dessous, une copie exacte de sa lettre. Pas un mot n'a été changé. Ainsi, chacun jugera, en son âme et conscience, du crime dont fut accusé cet esprit éclairé et visionnaire.

« *Versailles, dernier jour de septembre de l'an 1682.*

« *Ma fille adorée,*

« *L'étiquette impose à l'honnête homme d'user de son intelligence. La règle édictée par le roi exige même de ne rien en cacher. J'ai cherché une définition de l'intelligence : raisonner, en faisant appel à l'instruction et au talent qui dis-*

1. Parce que je m'appelle lion.

tingue l'honnête homme, en est une. J'en déduis que porter un jugement est une activité qui plaît à l'intelligence. En toute logique, en exerçant ma critique à propos du code et des usages qui forment l'étiquette, je m'en tiens à son application exacte. Le roi me tiendrait-il rigueur de respecter à la lettre la conduite qu'il dicte aux sujets de son royaume ? La sagesse me souffle qu'il est préférable de ne pas lui poser la question. Gardons ce qui suit pour nous-mêmes. Et que ces lignes nous aident à forger une saine opinion. Les mots appartiennent à l'esprit. Ils seront notre part du lion. Au moins, cela, on ne pourra pas nous le prendre.

« À propos de l'étiquette, je ne m'attarderai pas sur la complexité des règles qui devraient régler notre conduite. Pour en connaître l'extrême sinuosité – pour ne pas écrire, le caractère précieux et parfois ridicule – il existe l'œuvre du chevalier de Méré. Dedans, on y apprend par cœur ce qu'il convient de faire, de dire, et tout aussi exactement l'inverse, avant de se présenter à la cour. Ces livres prennent la poussière dans la bibliothèque du château de Saint Albert. Je les conseille pour les mornes soirées d'hiver.

« L'intelligence s'apprend-elle dans un livre ? J'en doute. Qu'il faille saluer un duc avant un prince n'est pas, pour moi, une marque d'esprit. De plus, ce n'est pas la question que je veux étudier. Ce qui parle à mon intelligence, et me semble digne d'une conversation, est plutôt ceci. Le code qui régit notre société a pris une tournure inquiétante. Ce n'est plus un moyen de libérer l'esprit, mais de l'encadrer. L'intelligence peut-elle s'épanouir dans un pilori ? Cette fois, je ne doute plus.

« Pourtant, c'est le chef de la noblesse, le roi lui-même, qui nous impose cette loi dont les effets sont désastreux. Je vais quitter Versailles. Je n'ai jamais été aussi heureux de retrouver le havre de Saint Albert. On s'y amuse moins richement, mais à foison. Il n'y a ni censure ni gêne. Les heures passent sans désagrément et sans la moindre contrainte. Versailles ? Pas un pas au cours du jour ne peut aller de lui-même. Chaque heure est cadencée par le roi. Il en impose les règles, les interdits, les dérogations et même les exceptions. Et je crois savoir pourquoi.

« L'étiquette n'est plus un moyen de distinguer l'honnête homme du vulgaire, mais l'instrument d'un règne qui entend ne plus en distinguer aucun. Ce crime est aussi grave que celui que commet l'accusateur. Je risque gros à en parler. Mais je veux, une dernière fois, que tu entendes mes idées.

« L'étiquette maintient la noblesse sous le joug d'un roi qui veille sur tous ses sujets. Peut-on s'évader à Versailles ? Y penser est déjà une faute. L'étiquette est si rigide qu'il est impossible de lever un bras de travers. Souhaite-t-on connaître les agissements du roi ? C'est simple. Ils ne varient pas. Et je ne trahis aucun secret en récitant la journée du Roi-Soleil : demain, comme tous les matins, il se lèvera à huit heures. Il se trouvera dans sa Chambre, et nulle part ailleurs. Profitons. Il reste une demi-heure de liberté avant de se présenter au spectacle du Grand Lever. Ce sera encore dans sa chambre. Et il faudra attendre, constater que le roi est bien portant avant de courir à son Cabinet dans l'espoir d'une audience particulière. Cette mise en scène n'est pas construite sur le hasard. Chacun y a sa place, comme dans le théâtre de Molière. Tous les acteurs doivent être présents. Le roi y veillera. Manque-t-il un seigneur ? Il faut une explication. Disgrâce ou maladie ? Il suffit de reculer d'un rang pour qu'un destin chavire. Les commérages vont bon train. Ainsi, tous s'observent, se comptent, se haïssent. L'étiquette est en action. Le roi en détient la clef.

« En fin de matinée, on se retrouvera à la Chapelle. On y entendra la messe. Un regard suffit pour juger qui est en cour ou ne l'est pas. Chaque place est fixée. Et personne ne voudra céder la sienne. S'échapper à Versailles ? Il faudrait pour cela disposer d'une minute à soi. Mais ce n'est pas le moment de relâcher son attention. Le roi tient Conseil. Un cas se juge, un sort se joue. La cour patiente, le roi, lui, n'attend pas. Il dirige l'étiquette. Elle est un instrument, un baromètre, une pendule. Elle ne varie jamais. Le roi règne et attend que les choses se déroulent selon l'ordre établi. Prendra-t-il une décision ? Il verra... L'étiquette lui dérobe trop de temps. Voyez comme l'heure tourne. Il est déjà treize heures, dîner au Petit Couvert. Il se tient dans sa Chambre.

Le monde tourne autour d'un soleil qui ne bouge pas. L'immuable cérémonie se poursuit. On ira dans le parc. Le roi décidera de son protocole. Il accordera alors le plaisir de la promenade. La liste est précise. Un nom manque. Son titulaire songe à se suicider. Voyez comme il est important de se faire expliquer ces nouveaux parterres de fleurs, ce bassin d'où jaillit un puissant jet d'eau. Saviez-vous que cette eau, précisément, manque cruellement au marais de Versailles ? Un jardinier joue le chef d'orchestre. Le roi et la cour arrivent à proximité. Le jardinier sifflera discrètement pour qu'on active les pompes. L'eau surgira. L'étiquette exige que l'on s'émerveille. Mais déjà, le roi et sa cour tournent le dos. Aussitôt, le jardinier lance un autre signal. Le roi a décidé que le chemin à suivre le conduira au bosquet de l'Étoile. Il n'y a aucune surprise. Si l'on passe par l'Allée du Roi, un autre jardinier poussera de la voix. L'eau, qui ne coule plus là-bas, sera dirigée vers la fontaine où s'approche le roi. Tout est prévu, mais chacun feindra l'étonnement. Vient alors le moment de la collation. Vers qui le Lion tournera-t-il un regard ? Qui sera convié à s'approcher de lui pour recueillir en retour une phrase, un mot, un rugissement, un coup de griffe, parfois rien ? L'ambition est en action. Nul besoin de la codifier. L'ambition est la clef de l'étiquette et le Maître sait comment la faire tourner.

« La chasse est aussi un excellent moyen d'attiser les convoitises. Qui sera de ce plaisir ? L'étiquette nourrit l'humeur de son Inventeur. Un grain de sable s'est glissé dans la serrure qui donnait droit à ce petit marquis de participer de très loin à la Chasse royale. Aujourd'hui, il est écarté. Que chacun retienne la leçon : aucune place n'est acquise. Celui-ci en prenait trop. Voilà de quoi freiner son ambition. Par la même occasion, cet autre marquis voit sa jalousie récompensée. Il mourait d'envie d'être de la chasse. Qu'il profite, glisse un habitué à l'oreille d'un courtisan. Son tour est venu, son exil suivra. Un jour, peut-être, votre oisiveté sera récompensée.

« Veux-tu connaître la suite de cette morne aventure ? Comme ces oisifs dont je parlais, j'irai au fil du jour du Grand Appartement du roi à la Salle de Comédie. Et il en

sera ainsi aujourd'hui comme demain. Fort tard, mais à une heure précise, je serai peut-être convié dans l'Antichambre du Grand Couvert pour assister au souper de Sa Majesté. Avais-je un autre programme ? Il me faudra attendre. Ce soir, le roi reçoit dans ses appartements. Même si je n'en ai pas envie, je devrai danser, jouer et me ruiner. Aurais-je, un instant, songé à me remettre de ces réjouissances ? Il y a encore le Grand Coucher dans la Chambre du roi.

« La course du soleil s'achève. Il ne reste que la nuit pour entreprendre. Ces quelques heures seront mises à profit par les oisifs de la cour pour espérer des jours meilleurs. Ils se réuniront d'abord pour disserter sur le jour passé. Ils compteront les victimes. Ils se féliciteront de ne pas en être. Puis, ils intrigueront.

« Le roi dort sur ses deux oreilles. Depuis le mois de mai dernier, la cour est installée à Versailles. C'est le lieu central du pouvoir. On ne peut qu'y être. Ainsi, tout et tous sont à portée de sa main. Le roi peut dormir, oui. Aucun risque de fronde. Ses espions sont à l'affût. Les secrets chuchotés par ses courtisans affamés de gloire et d'envie seront transmis à cet officier de police, M. de La Reynie, dont je te disais voilà quelque temps tout le mal qu'il fit à madame de Montespan dans la triste Affaire des Poisons. Depuis, son ardeur à faire le mal n'a pas fléchi. Ce scribe inquisiteur consignera le nom de ceux qui veulent plaire jusqu'à la bassesse. Il notera aussi ceux qui se plaignent. Le protocole du lendemain lissera ces extrêmes. Le roi a décidé que, sous son règne, seules les fontaines pouvaient se faire entendre.

« Un jour, le roi fit produire à Versailles des fêtes dont la renommée a décidé de son règne. C'étaient les Plaisirs de l'île enchantée dont je t'ai déjà parlé et il n'y en eut jamais plus d'aussi grands. Il me revient, puisque j'y étais, l'émotion dont je fus saisi et que j'ai partagée avec toi en évoquant ces souvenirs.

« Le spectacle qu'il nous offrit aurait pu annoncer un règne audacieux d'une splendeur inégalée. En réalité, l'éblouissement fut en fait tel qu'il m'aveugla. Qui n'aurait pas tout donné pour suivre ce grand roi sur l'île d'Alcine ? Mais le piège s'est refermé. Je t'en ai parlé. Je t'ai mise en

garde. Tu as vu ce qu'il en est de l'intolérance à propos des protestants. Dans ce château, dans ce Royaume, l'esprit s'est endormi. Peut-on s'évader de Versailles ? Quitter la cour à contrecœur, c'est abandonner son rang, s'exiler, car rien n'existe hors de ces lieux. Et c'est perdre tout espoir d'agir sur le cours des choses. Mais peut-on même servir le roi en restant à Versailles ? Je ne le crois plus.

« En commençant cette lettre, je parlais de faire appel à l'intelligence. Ne s'agit-il pas plutôt de s'appuyer sur la sagesse ? Les courtisans l'ont compris. C'est en se taisant qu'ils profitent, obtenant des faveurs, des grâces et des charges.

« Devrais-je agir de même pour le bien de ma très chère fille ? Tu me supplies de te conduire à Versailles. Tu as tant grandi. Non, tu es grande. Tu rêves de ces fêtes dont je t'ai hélas trop parlé. Tu souhaites exercer tes talents, et je te comprends. Tu veux danser, sourire, soupirer. Ce n'est pas moi qui peux t'en empêcher. Mais je viens de te décrire la réalité. Est-ce celle que tu espérais ? Est-ce ce que tu désires ? Et si tu cèdes à ton envie, au moins tu sauras ce que ton père en pense.

« Cette lettre te parviendra avant que je puisse t'embrasser. À mon retour, tu devras répondre à ma question : ne préfères-tu pas la vie simple et honnête de Saint Albert ? Et si je redoute ta réponse, je te supplie d'y réfléchir encore.

« Ton père qui t'aime,

Pierre de Montbellay, comte de Saint Albert. »

Cette lettre m'était parvenue le 5 octobre 1682.

Mon père ne m'imposait rien. Il me conseillait, comme à son habitude, d'oublier Versailles et, pour cela, sa critique se faisait dure. Dangereuse, avais-je pensé. Quelle mouche l'avait donc piqué ? Je me souviens combien son visage était sombre quand il revint à Saint Albert. Fallait-il accuser le voyage ou le froid vif que nous connaissions avant l'hiver ? Et maintenant, à peine quelques jours après l'arrivée de cette lettre qui m'avait inquiétée, nous étions dans la cuisine et mon père demandait à Berthe de me servir du vin. C'était donc si grave ?

— Bien plus que tu ne le crois. Te souviens-tu que mon pli était décacheté ?

Je n'y avais pas prêté attention. Mais aussitôt, un souffle glacial me transperça.

— Qui l'a lu ?

— Les espions à la solde du roi dont je te parlais.

Il avala son vin d'un trait :

— Peu de temps avant mon départ du palais, je franchissais les grilles de Versailles quand un garde suisse m'obligea à mettre à terre. Je fus conduit auprès de La Reynie, ce redoutable officier de police dont je brossais le portrait. Tu t'en doutes, ce que j'avais écrit sur lui ne m'a pas aidé. Le contrat fut dit simplement. Le roi avait été informé. Pis, il avait lu. Sans même entendre ma thèse, et sans autre forme de procès, ce qui constitue la preuve que j'ai raison, il avait décidé pour nous deux. Puisque je critiquais l'étiquette et que je ne semblais pas l'apprécier, le roi se proposait de m'en soulager. J'avais le choix entre Charybde et Scylla : quelques mois, ou quelques années, à la Bastille pour m'attiédir les idées ou l'exil définitif à Saint Albert.

— Ce sont des procédés dignes d'un tyran ! m'enflammai-je.

Mon père sourit tristement :

— Tout doux, Hélène. Ta rage réchauffe mon cœur, mais n'y pourra rien. Oui, ce sont les méthodes d'un roi dont les lettres de cachet font office de justice. Mais ces critiques me sont désormais interdites. Je dois me taire, ne plus rien faire. Je suis condamné à rester à Saint Albert. Plus de visiteurs, plus de déplacements. D'ailleurs, qui aurait le courage de me parler ou de me recevoir ? Mon futur, le voici : je vivrai, chez nous, mais emprisonné.

Il baissa la tête et murmura la suite :

— Tu le sais, il n'était pas question de me séparer de toi.

Il se tourna vers Berthe :

— Et de notre petit monde de Saint Albert. Je l'aime et il me le rend bien.

Il souriait, mais ses yeux étaient sombres.

— C'est tout ce qu'il restera à ton père, prince des idiots...

— Ce n'est pas vrai ! avais-je crié en me levant d'un bond.

— Tu as raison. Idiot, ce n'est pas assez. Je suis un criminel...

— Pourquoi dites-vous encore cela ?

— Je viens d'assassiner tes rêves. Le nom que tu portes est marqué à jamais. Il a suffi d'une plume, de l'utopie de croire que l'on pouvait écrire sans être espionné, et de ces quelques mots pour te condamner à l'ostracisme.

— Versailles et la cour nous sont-ils interdits à jamais ?

— Je le crains, Hélène. Les grilles ne seraient pas fermées, mais qui prendrait ta défense si, d'aventure, tu t'y présentais ? Les soutiens qu'il nous reste ne sont plus en cour puisqu'ils défendent, plus prudemment que moi, la même cause.

— Elle est juste. J'agirai pour qu'elle triomphe !

— Fougueuse et indomptable décidément, souffla-t-il. Mais tu n'y changeras rien.

— Voulez-vous parier ?

— Quel jeu as-tu encore inventé ?

— *Si mira me miran.* Si je fais briller la lumière, je serai respecté. N'est-ce pas l'un des préceptes du Roi-Soleil que vous avez gravé dans les murs de Saint Albert ?

— Hélène...

— Il faut rétablir la vérité : il n'est pas d'homme plus honnête que vous.

— Hélène, mon enfant...

— J'obtiendrai le pardon de Louis XIV.

— Tais-toi, je t'en supplie.

— Rien ne me fera reculer. J'en fais le serment !

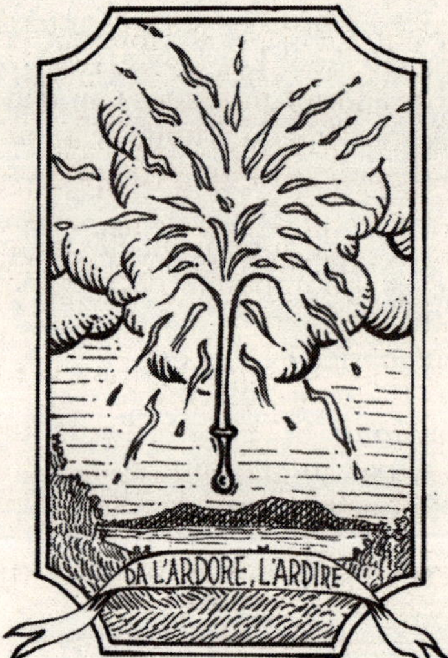

L'AUDACE VIENT DE L'ARDEUR

III. L'audace vient de ton ardeur, Hélène.

Les semaines qui suivirent comptèrent parmi les plus sombres de Saint Albert. Anéanti par la disgrâce attachée à son nom et par l'obligation de demeurer en Anjou, Pierre de Montbellay vivait désormais en reclus. Sa vie s'était comme arrêtée. N'ayant plus à recevoir et n'ayant plus de visite, mon père sortait rarement de sa chambre, négligeant les affaires de notre domaine. La vigueur de l'hiver ajouta à ces complications. Son pas devint pesant, sa mine grise. Une toux aiguë encombrait sa poitrine et le petit monde de Saint Albert se mit à battre à la mesure de son maître.

Berthe ne bougonnait plus et pleurait souvent, perdant le goût pour tout. Ses repas devinrent aussi fades que tristes. Sa cuisine se dépeupla et bientôt, on en vint ici et là à gémir et à craindre. Qu'allait-on devenir si le poison, qui viciait l'esprit du comte, gagnait les autres parties de son corps ?

Cette inquiétude venait du fait que, pour la première fois, la disparition de mon père apparaissait possible, c'est-à-dire qu'il en avait l'âge et que les altérations de son âme annonçaient peut-être un mal plus profond. Aussi vigoureux gentilhomme qu'il pût être, sa mort viendrait – et pourquoi pas au cours de cet hiver ?

Dès lors, surgit le cortège de questions enfouies jusque-là. Ce seigneur n'avait pas de fils. Qui lui succéderait ? Il n'y avait que moi. Une fille ? Et plutôt jeune. Sans même que soit connu le nom d'un prétendant sérieux. Les regards se tournaient vers les fenêtres des appartements de mon père, muré dans le silence, et pour qui le seul intérêt semblait se trouver, désormais, dans la peinture. Ainsi naquirent, peu à peu, les emblèmes suivants qui racontèrent notre vie et cette histoire.

Par un curieux effet, je déplorais la peine de mon père, mais je la condamnais autant. Je ne pardonnais pas à un homme de qualité de sombrer à ce point. J'avais grandi. Mes avis s'affirmaient. Ma jeunesse me poussait aux extrêmes. Je lui en voulais de montrer sa faiblesse. *Da l'ardore l'ardire*. Pour réussir, il fallait oser. Et le comte de Montbellay s'engageait sur le chemin inverse. Il avait été chassé de Versailles et de la cour. Eh quoi ! Il devait être heureux puisqu'il n'aimait plus ce monde. Mais s'il en souffrait – ce qui me semblait en contradiction avec la teneur de la lettre qu'il m'avait adressée –, pourquoi ne pas tout entreprendre afin d'obtenir sa réhabilitation ?

En vérité, j'ignorais que l'on peut haïr et adorer à la fois. Je mésestimais l'attachement d'un homme d'honneur à ses convictions profondes. Céder au roi en lui demandant son pardon représentait un renoncement déchirant à ses nobles idées. Que resterait-il à ce père vieillissant s'il capitulait sur l'essentiel, à l'automne de sa vie ? Quelle trace laisserait-il dans l'histoire des Montbellay ? Sans doute pensait-il que les démarches engagées auprès du roi ne mèneraient à rien. Sauf à mettre un genou en terre. Donc à perdre la face devant ses ennemis. L'orgueil était sans doute également responsable. Mais ce mal le rongeait. Pis, il le paralysait. Il n'agissait pas. Pour la première fois, il subissait. Et je pris la mesure de ce que la puissance d'un titre, d'un rang ou d'un nom pouvait avoir de terriblement lourd et contraignant.

Je n'avais ni la force, ni le pouvoir, ni le sexe pour m'opposer à son nouvel état. Il s'abandonnait lentement et je crus, un moment, sombrer à sa suite dans ce même désespoir. Je ne pouvais compter sur Berthe. Encore moins sur le triste Blois, ce précepteur de malheur qui rôdait toujours, marmonnant des phrases latines où la mort dominait :

— *Abyssus abyssum invocat...*
L'abîme appelle l'abîme.

Si je l'avais moins détesté, j'aurais compris que ses paroles résonnaient comme un appel. Puisque sans réaction, nous allions sombrer, il voulait que les Montbellay se ressaisissent.

— Et il se tourne vers vous. Il le demande à vous. C'est donc qu'il vous en croit capable. C'est un bel hommage et, pour un homme d'Église, comme une sorte d'acte de foi. Vous devriez prêter plus d'attention aux maximes de cette tête à tonsure.

Celui qui s'exprimait ainsi et défendait le docte Blois s'appelait Jean-Baptiste Bonnefoix. Il était petit et rond. Ses jambes souffraient de porter un ventre gonflé. Si bien qu'elles pliaient sous la charge et s'arrondissaient comme la courbe du tonneau. C'était peut-être pourquoi on lui prêtait un faux et fâcheux penchant pour les bienfaits de l'ivresse. Pourtant, cet homme pétillant au visage jovial ne devait pas son éclatante joie de vivre à l'ébriété qu'engendre le vin. Bonnefoix estimait que le destin l'avait béni et ne perdait pas une occasion de s'en réjouir. Et plus le temps passait, plus il s'épanouissait.

— À bientôt quarante ans, je n'ai eu à souffrir d'aucune maladie grave, ne suis ni borgne ni bossu et, si j'ai peu grandi, ma tête n'en est pas moins remplie de bons souvenirs. Grâce à eux, j'ai appris, élevant mon sort au-dessus de celui que Dieu m'a confié en m'accordant la vie. Pour tout cela, je Lui rendrai grâce éternellement.

Sa voix était douce, ses mots pesés, et ses gestes nuancés laissaient penser que Jean-Baptiste Bonnefoix avait fréquenté un ordre ecclésiastique. Ses mains courtes et grassouillettes, croisées et posées sur son ventre, étaient taillées comme celles d'un curé ou d'un archidiacre[1] ayant renoncé aux vertus de l'abstinence. Pour celui qui le jugeait sans vraiment le connaître, cette corpulence expli-

---

1. Prélat responsable de l'administration d'un diocèse agissant sous l'autorité directe d'un évêque.

quait mieux qu'un sermon combien il lui avait été difficile de ne pas céder à la chair, ce péché mortel pour un soldat de Dieu. Alors, concluait-on hâtivement, pour que cette faute redevienne vénielle, le bien nommé Bonnefoix avait renoncé à ses vœux. Mais, en mémoire de ses égarements, il conservait l'allure du prélat.

Un ecclésiastique défroqué ? L'accusé éclatait d'un rire que n'aurait pas renié Pantagruel. En vérité, notre bonhomme débonnaire n'avait rien du dévot.

C'était le fils cadet de Jean Bonnefoix, un paysan de Saint Albert. Mon père l'avait pris sous sa protection, séduit dès le premier regard par ses yeux noirs, brillants comme les cailloux lustrés que charrie la Loire au printemps, et par ses cheveux bouclés puisque chez lui, de la tête aux pieds, tout était aussi courbe que son caractère.

Jean-Baptiste avait le cœur généreux et l'esprit agile. La ruse l'emportait sur la force et la rapidité des gestes. Du moins, tout le laissait penser. Or je savais aussi que ses courtes pattes ne l'empêchaient pas de courir quand il le fallait. Bonnefoix était peut-être rond, mais pour se plier à cette figure géométrique complexe, il fallait posséder la souplesse, qualité qui ne lui faisait pas défaut.

Jean-Baptiste Bonnefoix était l'exemple de ces êtres méritants à qui la naissance n'avait pas ouvert le chemin de la gloire terrestre. Sa condition initiale ne lui laissait pas espérer d'autre vie que celle du laboureur, semant et travaillant sa terre au rythme des saisons. Un labeur honnête, mais dont l'horizon semblait défini à jamais. Viendrait le temps de son hiver. La poussière retournerait à la poussière... Les enfants de Jean-Baptiste Bonnefoix prendraient alors sa suite et traceraient le sillon suivant. *Ad vitam aeternam.*

— Cette vie, je n'en veux pas, monsieur le comte.

Jean-Baptiste Bonnefoix n'atteignait pas vingt ans quand il avait prononcé ces mots en se présentant à mon père. Il savait qu'il resterait petit. Il était déjà rond, mais tout aussi déterminé.

— Voyez-vous, je ne suis pas bâti pour les travaux de vos champs. Je n'ai ni la taille ni la force pour ce genre d'ouvrage. Je souffre et m'essouffle. Je peine à lever la fourche et, le soir venu, je mange plus que ma part de travail, et plus encore que celle que j'ai ôtée à la terre.

— Ton honnêteté est dangereuse. Tu avoues que tu ne m'es pas utile, avait lancé mon père d'une voix où ne perçait aucune menace.

— Je sais que l'on peut vous parler franchement. C'est pourquoi je vous ouvre mon cœur. En continuant le métier de paysan, je ne sers pas au mieux vos intérêts.

— Que dois-je en conclure ?

— Tout autre que vous me ferait battre ou donnerait ma graisse aux cochons.

— Et moi, que faut-il que je fasse ?

— Vous réfléchirez et vous conclurez que mon emploi se trouve ailleurs.

— Penses-tu au métier de soldat ?

— Regardez-moi... Pas plus que vous je n'y crois.

— Chanoine, alors ?

— Par pitié, mon seigneur... L'habit ne fait pas le moine. Je suis gros, mais je n'ai rien de lui.

— Songerais-tu à l'oisiveté ?

— Je n'ai aucun goût pour la paresse.

— Alors quoi ?

— J'ai réfléchi et...

— Et les idées tournent comment dans cette tête ronde ? s'amusait mon père.

— Il me semble, murmura prudemment Jean-Baptiste Bonnefoix, que le monde serait mieux fait si chacun trouvait sa place selon ses talents.

— Reconnaître les talents de chacun serait déjà un progrès. Mais toi, entends-tu changer l'ordre des choses ? Serais-tu dominé par l'envie ?

— Dieu m'en garde, monsieur le comte ! Pas un instant, je n'aspire ou ne songe à d'autre rang que le mien.

— Tu penses que tu n'es pas là où Dieu aurait dû te placer ?

— C'est Lui-même qui me souffle mes mots et m'a guidé vers vous. En parlant ainsi, je ne commets donc aucun sacrilège, monsieur le comte.

— Tu prends souvent le Créateur à témoin. Méfie-toi ! L'Inquisition en a questionné pour beaucoup moins que ça.

Si je L'ai offensé, je sais qu'Il accordera Son pardon au plus humble de Ses enfants, mais j'entends ce conseil, monsieur le comte, et je le fais mien. Désormais, je parlerai pour moi. Acceptez-vous de m'entendre, tout simplement ?

— Voyons où te conduira ton adresse, car si tu ne manies pas bien la fourche, ce n'est pas le cas pour les paroles. Où as-tu appris à raisonner ?

— Pour un paysan comme moi, ce n'est que du bon sens, monsieur le comte.

— J'ai hâte d'entendre où il nous conduira.

— Eh bien voilà... Plutôt que de plier le torse vers la terre, je pense qu'en vous épaulant, je serai plus utile aux deux.

— Tu voudrais que je te prenne à mon service ?

— Je serais votre valet.

— Quels sont tes arguments pour me décider ?

— Si l'on accepte l'idée que je suis mauvais paysan, j'en conclus que vos prés et vos bêtes se trouveront soulagés de me voir partir. Mieux, ils vous remercieront. Si ma main ne sème plus, le blé poussera aussi droit que les sillons que s'échinent à tracer vos bons cultivateurs. Si je ne fauche plus, les champs seront taillés comme il faut. Le foin s'épanouira. Les vaches, enfin soulagées, cesseront de mugir. Leurs pis gonflés de lait donneront de quoi nourrir les veaux et les enfants. Faut-il parler de ce que gagneront les poules et les dindes après mon départ ? Je donne trop ou pas assez de grains. Sinon, je casse les œufs frais. Hier, j'ai oublié de fermer la porcherie. Les plants du potager n'ont pas résisté à la gourmandise des cochons. Est-ce eux qu'il faut accabler ? Avec moi, labourage et pâturage ne sont plus les deux mamelles de la France. C'est pourquoi, monsieur le comte, il y a tout à gagner en me prenant à votre service. Je mettrai fin à un désastre et trouverai la place qui convient à ma condition. Vous hériterez d'un solide valet et ne perdrez qu'un piètre fermier.

Il marqua un silence avant d'ajouter :

— Je ne sais pas compter, mais il me semble que l'affaire est bonne…

— Comment être certain que tu ne commettras pas d'autres désastres dans tes nouvelles fonctions ?

— Si c'était le cas, je n'aurais plus qu'à me pendre. Or, j'ai trop peur de la mort.

— Et tu t'en approches en t'exprimant un peu trop librement…

— Soyez assuré que je vais mettre tout en œuvre pour vous prouver que ma vie, à vos côtés, vous est désormais des plus utiles puisque, c'est dit, je serai votre valet.

— À l'instant, tu venais m'offrir tes services. Maintenant, tu t'arranges pour me faire croire que j'ai déjà pris ma décision. Ta cervelle me semble en effet plus agile que tes mains.

— Il faudra de l'esprit pour servir monsieur le comte. Je tenterai d'apprendre. Je le ferai avec cette égale franchise qui m'a poussé à lui avouer que je n'étais pas à ma place. Je n'ai pas la naissance et, pour seule qualité, je lui offre cette loyauté qui m'a incité à me montrer tel que je suis : rond en apparence, mais carré au fond de moi. Et fidèle à jamais.

Le jour même, Jean-Baptiste entrait au manoir de Saint Albert.

L'entretien que je viens de rapporter se déroula voilà vingt ans. Je puis le relater car tant mon père que Bonnefoix me le racontèrent plus de cent fois avec force détails. Et s'il y eut parfois quelque variante, la morale de cette histoire fut toujours la même. Aucun des deux ne l'a, depuis, regretté.

La disparition de ma mère avait rapproché les deux hommes qu'un simple titre semblait désormais distinguer. Mais ce n'était qu'un mot, qu'une particule. Confident et protecteur, Jean-Baptiste Bonnefoix jouait un rôle bien plus grand que sa fonction. En vouant sa vie au comte de Saint Albert, il avait tenu sa parole. En retour, mon père l'appréciait moins en valet qu'en ami. Cependant, Jean-Baptiste Bonnefoix s'était toujours refusé de se voir autrement qu'en serviteur. Il vouait une admiration sans limite à son maître et le considérait comme tel.

Au cours des vingt années qui suivirent leur première rencontre, Jean-Baptiste se fondit dans l'ombre de mon père. S'ils visitaient le domaine, Bonnefoix marchait à ses côtés, jetant un œil partout, comptant les bêtes, plissant le sourcil quand la récolte lui semblait trop faible ou le raisin par trop peu vendangé, recueillant en retour les doléances, s'informant des naissances, menant son enquête auprès de nos gens. De quelle misère souffraient-ils ? À l'inverse, allaient-ils bien ?

S'il fallait porter une lettre à une femme ou occuper le mari soupçonneux venu en visite, Bonnefoix s'exécutait. S'il fallait faire l'idiot – Non, le comte n'est pas là. Et qu'y puis-je ? Moi, je ne sais rien – le gros homme savait s'y prendre, se voûtant pour paraître plus petit, posant sans bouger devant la porte, gardant les bras ballants, soufflant à fendre l'âme, tendant l'oreille pour compatir à la tristesse de l'intrus.

Il faisait si peine à voir et semblait si misérable, quand il baissait les yeux pour ne regarder que ses pieds placés en dedans, que le sire trompé en venait à croire que sa propre tragédie n'était rien à côté de celle de ce valet idiot. Sans conteste, Molière aurait applaudi ce Sganarelle[1].

Combien d'histoires ai-je appris sur mon père en le questionnant lorsqu'ils revenaient tous deux de voyage. Leurs chevaux approchaient. J'abandonnais le savant Blois. Je descendais en courant. Mon père me serrait dans ses bras. Jean-Baptiste riait aux éclats. Il parlait de ma mine éclatante et de mes cheveux si fins, il jurait que

---

1. Nom du valet de Dom Juan. Mais cette comparaison est fausse si l'on en croit Hélène de Montbellay qui, plus haut, affirmait que son père ne ressemblait pas à ce personnage célèbre pour ses frasques.

j'avais encore grandi et qu'il lui faudrait bientôt un escabeau pour me baiser le front. Je le prenais par la main et l'entraînais dans notre cuisine. Berthe était de bonne humeur. Elle s'activait, mais cette fois en silence. Nous partions au théâtre. Les trois coups retentissaient. Jean-Baptiste racontait les exploits de Pierre de Montbellay et de son fidèle valet. Et son bonheur faisait le nôtre.

— Que pourrais-je espérer de mieux, mademoiselle Hélène ? Né à Saint Albert, dans ce paradis de douceur et d'amour, j'ai vécu auprès d'un seigneur qui m'a nourri et respecté plus encore qu'un père. J'ai grandi en connaissances. Désormais, je sais lire et compter. J'ai vu Versailles. J'ai même aperçu Louis XIV... Combien d'autres que moi peuvent prétendre à autant ?

Mais ce jour-là, ressassant ses incursions au palais du roi, Jean-Baptiste se mordit les lèvres. L'hiver semblait précoce en cette année 1682. Mon père se morfondait à Saint Albert. Pour moi, Versailles était devenu un rêve inaccessible.

— Pardonnez-moi... Je mériterais d'être rossé : plus je parle et plus je vous donne envie. Pourquoi me faut-il toujours dire ce qui ne convient pas ?

Il prit cet air de chien battu qui lui aurait ouvert les plus grandes scènes.

— Trop tard, Bonnefoix ! Le mal est fait. Par ta faute, mon cœur saigne...

Et je portai les mains au visage poussant la comédie jusqu'à gémir.

Berthe tomba dans mon piège.

— Jean-Baptiste ! Tu n'as pas changé depuis vingt ans. Aussi maladroit avec les femmes que tu l'étais aux champs. Dans quel état as-tu mis notre pauvre demoiselle !

Berthe quitta ses fourneaux et s'avança en furie, le maudissant. Je mis fin à sa peine en relevant le visage. Elle vit que je souriais.

— Quand cesserez-vous de me faire tourner en bourrique !

— Es-tu d'accord que tout cela est la faute de Bonnefoix ?

— Oui, rugit Berthe en posant les mains sur ses hanches.

— Pour sa punition, il nous racontera de nouvelles aventures à la cour du Roi-Soleil...

Berthe s'essuya les mains sur sa jupe et tira aussitôt un tabouret. Elle s'assit. Le bois grinça. Jean-Baptiste me regarda avec tendresse. Puis il se mit en condition. Il devenait conteur. Mais il tourna encore la tête derrière lui. Pas d'intrus à l'entrée. Il pouvait commencer son numéro :

— Versailles ? Mais ce sujet est aujourd'hui interdit, souffla-t-il. Vous le savez, mademoiselle Hélène...

— Qui l'apprendra ? Ce château baye aux corneilles.

Il lança un regard soupçonneux vers Berthe. C'était un jeu convenu entre nous deux.

— Crois-moi, Jean-Baptiste. Si on la torturait, elle ne parlerait pas...

— Et il n'est pas né celui qui y parviendra, lança-t-elle en brandissant un couteau luisant de graisse...

— Et mon père, repris-je, peint dans sa chambre. Parle-nous de Versailles, je t'en prie. Pourquoi devrions-nous détester ce palais et tous ses habitants ?

Bonnefoix se gratta la gorge et gonfla ses gros poumons. Ses yeux souriaient déjà :

— Nous commencerions par quoi ?

— Comme d'habitude. Par le début. Les grilles... L'entrée !

Et sans se faire prier, Bonnefoix s'exécuta :

— Elles sont dorées à l'or fin. Peut-on imaginer cela ?

— Nous le savions déjà. Du nouveau, par pitié !

— Les grilles, en effet, ce n'est pas le plus impressionnant...

— Quoi encore ?

— Ai-je parlé de la foule ? Paysans, commerçants, soldats et noblesse se mêlent, se saluent et se frottent au petit peuple de Paris venu chercher Fortune. Ici, tout se vend et s'achète. Rubans, perruques, épées d'apparat... Mais déjà on pousse les étals. Les marchands cèdent la place aux maquignons. Il faut donner à manger et à boire à plus de trente mille sujets. Imaginez-vous ces troupeaux de bœufs qu'on conduit à l'abattage, ces charrettes de légumes et de fruits, ces barriques de vin qui roulent... Les odeurs piquent le nez, les oreilles bourdonnent. C'est une armée immense qui hurle et se presse pour voir Versailles. Ah ! Mais qu'y a-t-il derrière moi ? Qui menace de m'écraser ? Ce sont les mousquetaires de la Maison du Roi ! Ils sont à cheval. Ils veulent entrer les premiers. Et là, à trois pas de moi, qu'y vois-je ?

— Laisse-moi deviner. D'Artagnan !

— Charles de Batz, le comte d'Artagnan ! Le capitaine des mousquetaires. Oui, en effet, et lui-même en personne ! C'était en 1672, je crois. Peu de temps avant que notre maréchal de camp ne parte en guerre...

— Et ne meure à Maëstricht... Tu m'en as parlé déjà. Quoi d'autre, encore ?

— Il se pencha vers moi et de sa voix de Gascon, ce gentilhomme me demanda de prendre les rênes de sa monture. J'avais les yeux à hauteur de ses bottes et son épée, qui battait les flancs du destrier, brillait plus qu'une pièce d'or jaillissant de la forge de Nicolas Flamel[1] à propos duquel je dois ajouter que j'ai rencontré son plus fidèle disciple, un jour, dans les rues de Paris. Vous ai-je raconté ?

Sans attendre notre réponse, il reprit :

— Le pont en bois que l'on appelait, selon les jours, Barbier, pont Rouge, pont des Tuileries ou pont Sainte-Anne[2] ne cessait de subir les outrages des hommes et de la nature. Tantôt on l'incendiait, tantôt la crue de la Seine emportait ses arches. Si bien qu'il devint impraticable pour les voitures. On le traversait à pied et moyennant un double par homme, femme ou enfant et un double encore pour chaque cavalier et son cheval. Voyez ce prix révol-

---

1. Écrivain public et célèbre alchimiste (1330-1418). On raconte qu'il aurait trouvé le secret de la pierre philosophale dans un texte kabbalistique.
2. Et qui, pour finir, se fit appeler le pont Royal.

tant ! Si cher qu'on aurait pu donner à cette construction bancale le nom de pont au Double s'il n'avait pas déjà été pris ailleurs pour les mêmes raisons...

— Et qu'en est-il du disciple de Nicolas Flamel ?

— J'y viens. Je me trouvais ainsi à deux pas du guet, cherchant ma bourse pour honorer cette taxe exécrable, quand soudain, pas un double. La lame d'un scélérat avait coupé mon cordon de cuir. Aille ! Votre père m'avait chargé d'une mission qui ne pouvait pas attendre. Figurez-vous que je devais porter un billet à l'une de... ses amies. Je veux dire, à une jeune marquise, amie de madame la comtesse de Sévigné qui, pour une raison qui m'échappe à l'instant – je suis bête ! –, souhaitait s'entretenir avec votre père de choses importantes qui avaient un rapport... Mais avec quoi ?

— Jean-Baptiste ?

— Oui, mademoiselle Hélène ? chuinta-t-il.

— Et qu'en est-il du disciple de Nicolas Flamel ?

— Pardon ? Ah oui, fit-il comme s'il se souvenait enfin. Je m'apprêtais à retourner sur mes pas, imaginant déjà la foudre du comte, quand un homme sombre, habillé d'un long manteau noir, me tapa sur l'épaule. Est-ce cela que vous cherchez ? me dit-il. Il ouvrit la main. Dedans, luisaient dix ou douze pièces d'or...

— Sainte Mère, gémit Berthe.

— Et que voulez-vous que j'en fasse ? lui demandai-je. Prenez, répondit-il. Prenez ce qu'il vous faut.

Imaginant une origine douteuse pour son trésor, je refusai poliment. L'homme en noir, marqué, je crois, à la joue d'une balafre profonde, sourit et me dit que mes scrupules m'honoraient. Il insista encore, m'affirma que je ne devais pas m'inquiéter. Cet or était à lui. Et pourquoi m'en faisait-il présent ? Il répondit que je m'étais plaint à haute voix, gémissant sur mon sort et celui de mon maître et de son amie qui, n'étant pas avertie du changement de rendez-vous, risquait de tomber dans les bras de son mari et non dans ceux de son amant. Et...

Il s'arrêta brusquement, gardant la bouche ouverte. Emporté par son élan, il venait d'oublier qui lui faisait face.

— Sans doute, reprit-il hâtivement, avait-il mal compris. Il est vrai que dans ce capharnaüm, une abeille n'aurait pas retrouvé sa ruche. Qu'importe ce qu'il entendit. La vérité, la voici. Il m'offrait son or sans rien demander en échange. Partagé entre l'envie et la peur, j'hésitais. Mes jambes étaient lourdes et courir jusqu'à votre père me semblait au-dessus de mes forces. J'avais un délai, une urgence ! Oubliant mes scrupules, j'attrapai une pièce et remerciai mon donateur. Vous n'en prenez qu'une ? s'étonna-t-il. C'est assez, rétorquai-je. Votre sagesse sera récompensée, ajouta-t-il. Et il m'en tendit deux autres que j'enfouis prestement dans ma poche.

— Mais qui était cet ange descendu du ciel ? intervint Berthe.

— Je l'appris longtemps plus tard en le voyant défiler sur une carriole qui le conduisait au bûcher. Ses mains étaient liées dans le dos et la foule l'acclamait. Qu'avait-il fait ? Une femme hurlant plus que les autres soutint qu'il s'agissait du seigneur des pauvres. Il transformait le plomb en or et l'offrait aux indigents. Pour cette raison, on l'avait condamné en l'accusant d'être l'envoyé du diable. La vérité, cracha-t-elle, c'est qu'il ruinait le trésor royal qui, lui, affame le peuple... Et voilà ! La Reynie, ce maudit officier de police à qui nous devons nos tracas, avait mis fin aux actions de ce bienfaiteur dont Bonnefoix, ici présent, fut l'un des heureux protégés...

— Tes histoires sont comme les feux de paille, soupira notre cuisinière. Tant qu'ils brûlent, ils font du bien. Mais, une fois éteints, ils rendent la nuit plus sombre et le froid plus vif. Et maintenant, il ne nous reste que les souvenirs.

— Eh quoi ! gémit Bonnefoix. Vous me demandez de raconter. Je le fais. Maintenant, vous me reprochez d'en dire trop. Dieu ! qu'il est dur de suivre les femmes...

— Et toi, tu n'es qu'un sot ! grogna Berthe. Ce n'est pas compliqué de comprendre que tu nous donnes envie de t'entendre encore.

— Je crains, hélas, de ne pouvoir que répéter les aventures passées. Ou d'en inventer. Que veux-tu que j'y fasse, ma pauvre Berthe ? Même si je m'en plains, c'est ainsi. C'est fini...

Berthe secoua la tête de rage :

— Ai-je l'habitude de te permettre de goûter à ma soupe et, chose faite, de t'annoncer que tu n'en auras plus jamais ?

— Ah ! je me souviens encore de celle que l'on servait aux fêtes de Versailles. Comment, en effet, ne pas regretter ces buffets plus garnis qu'une corne d'abondance et ces vins versés sans compter ? Oui, conclut-il en se léchant les babines, il serait sans doute bon d'y goûter de nouveau.

— Le monde dont tu parles, Jean-Baptiste, est trop beau pour s'en priver. Il faut secourir le comte de Montbellay ! lança-t-elle en brandissant derechef le couteau tranchant. Si tout reste ainsi, il arrivera malheur avant la fin de l'hiver.

— Mais que faire, ma bonne Berthe ? murmurai-je tristement. Ce n'est pas faute d'avoir échafaudé toutes les sortes de plans.

— Tu dois parler à ton père, assura-t-elle d'une voix forte. Tu es la seule qu'il écoutera. Pour le sauver du malheur, il ne reste que toi. Agis, et fais-le vite, sinon, il se laissera emporter par les idées noires. Et nous sombrerons tous.

— *Abyssus abyssum invocat.* L'abîme appelle l'abîme...

C'est ainsi que Jean-Baptiste en vint à citer monsieur Blois.

— Le précepteur vous l'a dit, mademoiselle Hélène, et notre Berthe n'a peut-être pas tort, reprit-il. Oui, je ne vois que cela. Il faut mettre fin à la malédiction qui pousse les Montbellay vers les abîmes. Et puisque votre père n'entend pas agir, ne faut-il pas tourner nos regards vers vous, la fille et l'héritière du comte de Saint Albert ?

Si Jean-Baptiste Bonnefoix avait imaginé les effets et les conséquences de ses dernières paroles, je crois que ses courtes jambes l'auraient ramené en courant à la douce ferme de son enfance. Mais je m'étais levée d'un bond. La foudre entra chez nous, le sang battit mes joues. Berthe parlait aussi avec raison. En ne faisant rien, le malheur finirait par s'intéresser à nous. Il entrerait à Saint Albert et n'en sortirait plus. Il fallait prendre une décision :

— Je vais écrire au roi !

— Allons, murmura Bonnefoix, la lettre, je n'y crois pas. Celle que votre père s'est plu à composer vous a coûté assez cher. Chaque mot que vous coucherez sur le papier sera une flèche retournée contre vous. Un de trop et c'est déjà une bévue. Une phrase mal tournée ? Un péché mortel. D'ailleurs, vous n'aurez pas à subir l'épreuve de la lecture. À l'instant où un simple valet verra votre sceau, le pli sera détruit. Espérer que le roi parcoure votre prose ? Autant imaginer l'invraisemblable. Tiens ! Que vous vous rendiez à Versailles...

— Je pourrais écrire à la comtesse de Sévigné. Elle est de notre famille et elle doit un service à mon père. C'est aussi sa faute si nous en sommes arrivés là.

— Pardonnez mon audace, mademoiselle Hélène, mais vos propos sont injustes. Madame de Sévigné n'a rien écrit sans l'accord de votre père. C'est en harmonie qu'ils se plaisaient à critiquer la cour. Et, à présent, ce sont ses oisifs qui rient sous cape...

— Madame de Sévigné a ses entrées à Versailles. Elle est l'amie des artistes dont s'entoure le roi. C'est une moraliste écoutée et crainte. Il suffirait qu'elle parle au roi... Et je sais quand et où !

— Voyons cela, vous qui connaissez si bien Versailles, ricana Bonnefoix.

— Lors d'une promenade dans les jardins. Je te décris la scène. Ah ! Sire, quel heureux hasard de vous croiser de si bon matin. Tenez, asseyons-nous là. Pourquoi ? Je dois vous entretenir d'un de vos sujets, victime de la plus terrible des injustices. De qui ? Du seigneur le plus honnête de l'Anjou, d'un fidèle parmi les fidèles et du plus adorable des pères...

— Mademoiselle Hélène, calmez votre enthousiasme. Versailles ne se présente pas ainsi. Chaque pas du roi est compté à l'avance. Ni seigneur ni serviteur, même Alexandre Bontemps, premier valet du roi, au sujet duquel on dit qu'il est le plus aimé et le plus proche de Sa Majesté, ne s'avance sans que le rendez-vous soit pris. Ne croyez surtout pas que la vie s'y déroule aussi simplement qu'à Saint Albert. Madame de Sévigné parle aisément du roi, mais ce n'est pas pour autant qu'elle le fréquente chaque matin de bonne heure. Ah ! je plains votre innocence et je comprends votre fougue. Mais réveillez-vous, je vous en supplie ! Rien n'est simple chez le roi. Et Versailles est le roi. Mais il est vrai que vous ne connaissez pas...

— Tu me demandes de me réveiller ?

— Oui, par pitié.

— Tu dis que je ne connais pas Versailles ?

— Ce n'est que la vérité. Connaissez-vous seulement l'Anjou ?

— Je sais en tout cas où se trouve la Nouvelle-France[1] !

— Les sauvages qu'on y trouve sont moins redoutables que les gens en cour. Ce sont des bêtes féroces...

— À mon tour de citer le docte Blois : *da l'ardore l'ardire*... L'audace vient de l'ardeur. Je n'ai peur de rien. J'irai à Versailles !

— Plaît-il ? murmura Jean-Baptiste, sonné, un instant, par cette nouvelle que je venais d'annoncer avec détermination.

— Souviens-toi. J'ai fait ce serment quand mon père est revenu à Saint Albert. Plus de tergiversations ou de lamentations ! C'est à moi de sauver les Montbellay.

— Versailles ! Mais pour y faire quoi ? gémit Bonnefoix en tordant la bouche.

— Je verrai le roi. Je lui parlerai. J'obtiendrai son pardon.

— Il faut renoncer à cette folle équipée, mademoiselle Hélène. Moi qui connais les lieux, je peux vous dire...

— Pour une fois, cesse de parler, Jean-Baptiste.

— Que faire d'autre pour vous venir en secours ?

— M'accompagner !

— Plaît-il ? répéta-t-il en balbutiant.

1. Territoire royal allant du Québec à la Louisiane.

— Tes histoires me font croire que tu y es comme un poisson dans l'eau.

— Mieux que si je devais pêcher une carpe dans votre étang, mais…

— Plus de mais, de pourtant ou de cependant ! C'est dit. C'est fait ! Nous irons, toi et moi. Tu me guideras. Puis, j'agirai.

— Vous n'avez pas la moindre idée de ce qui vous attend.

— Eh bien, raconte !

— Pour parvenir au roi, il faut un rang.

— N'en ai-je pas ?

— Le vôtre, pardonnez-moi, n'est pas à la fête. Et s'il l'était, peut-être serait-il insuffisant, tergiversa Bonnefoix. Le rang n'est pas la panacée. Il faut savoir le tenir, mais aussi en cerner la puissance et les limites…

— Et pour cela ?

— Vous devrez maîtriser la science et les détails de l'étiquette.

— Je pourrais réciter de tête tous les préceptes écrits par le chevalier de Méré.

— Parfait. Mais ce n'est toujours pas assez.

— Quoi d'autre, encore ?

— On ne vit pas à Versailles avec un livre à la main. Le code des usages est un art qui s'interprète et s'aménage à chaque instant. Votre rang vous autoriserait-il à vous présenter au Lever du roi ? Sans doute. Pour autant, il faudra avancer à pas comptés. Et sur place, jouer des coudes, sourire, minauder…

— Tout bonnement, il s'agit de séduire. N'en ai-je pas les moyens ?

— Il y a des dangers à s'approcher trop près du soleil. Nombreuses sont celles qui s'y sont brûlé les ailes. Alors, comme les chrysalides, il en survient de plus jeunes et de plus belles. Croyez-moi. Ce n'est pas simple de plaire.

— Ne suis-je pas gracieuse ?

— De toutes les comtesses, duchesses, princesses oisives qu'il m'a été donné de contempler à la cour, pas une ne vous égale. Hélène de Montbellay, vous siégez au sommet de l'Olympe et marchez un pas devant Vénus. Votre silhouette est élancée, votre taille est menue, votre regard sculpté dans le plus merveilleux des saphirs. Je vois encore qu'une fée s'est penchée sur votre berceau pour couvrir vos cheveux de fils d'or. Pourrait-on admirer des attaches plus fines ou une gorge mieux déployée ? Et qu'en est-il de votre peau ? Je la devine douce et sucrée, et vibrante comme l'eau pure de la source...

— Tout doux, Bonnefoix !

— Ce n'est qu'un compliment... Pas moins qu'un de ceux que vous entendrez à Versailles et qui vous fera rougir et vous pâmera d'aise. Si vous cédez au discours, vous tomberez sous le joug d'un petit marquis poudré et lubrique. Il fera de vous sa maîtresse et son esclave. Vous reviendrez en compagnie d'un bâtard. Et votre père en mourra pour de bon.

— Pour une fois, ce valet bavard dit peut-être la vérité, intervint Berthe.

— Me prenez-vous tous les deux pour une idiote ?

— Pas un instant ! lança d'une voix forte Bonnefoix. L'intelligence ! Vous en êtes pourvue plus qu'il n'en faut, mais c'est de cela dont je dois à présent vous parler. À Versailles, la beauté est une arme dont on use pour soi ou contre soi. Mais elle ne suffit en aucun cas.

Jean-Baptiste pointait son doigt sur son énorme crâne et il en faisait le tour en dessinant des arabesques.

— Voici trois mots clefs qui feraient de vous une reine ou une simple suivante : la ruse et l'intelligence. Ajoutons-y le savoir.

— Crois-tu que ces qualités me fassent défaut ?

— Pardi ! vous ne manquez ni d'à-propos ni de connaissances – et vous devriez en remercier ce monsieur Blois que vous traitez bien mal. Mais ce n'est pas de cet esprit dont je parle. Celui qu'il faudrait est retors, vil, cynique. En un mot abject. Il s'agirait de mentir, de trahir et de tromper. Derrière le mirage de ses fêtes, Versailles est un monde organisé autour des intrigues, des poisons et des pièges. Il n'y a pas de place pour l'improvisation.

— Je sais tout cela. Je n'y vais pas pour me sentir en sécurité, mais pour sauver notre nom ! Mon père m'a déjà expliqué ce que cachaient les simulacres et les plaisirs de Versailles. Je sais encore le poids du joug et l'absence de liberté qui y règnent.

— Parfait ! Vous en connaissez assez pour vous sentir armée et en confiance... Mais c'est à cet instant précis que vous risquez le plus. On vous sourit ? C'est pour mieux vous poignarder. Vous tombez ? Personne ne viendra vous tendre la main. Si vous brillez trop, si vous dominez par l'esprit, on emploiera des procédés indignes d'un noble chrétien : magie, ensorcellement, poison et si vous vous échappez encore, il restera la lettre de cachet. Pas de procès, pas de défense. Vous déplaisez, et c'est l'embastillement. Déjà, la geôle se referme. Derrière sa porte, il y a les rats, la peste et l'oubli. Avant d'agir pour vous faire sortir, vous aurez rejoint votre père dans l'éternité parce que lui-même aura eu le temps de mourir deux ou trois fois de chagrin.

— Tu parles si bien, Jean-Baptiste. Pour un peu, tu me convaincrais...

— Mademoiselle Hélène, roucoula-t-il. C'est que je connais mon affaire.

— C'est donc que tu me sortiras de toutes ces chausse-trappes.

Bonnefoix ouvrit la bouche et par, un fait extraordinaire, resta muet. Berthe en profita pour reprendre l'avantage :

— Tu vois, Jean-Baptiste Bonnefoix. Rien ne la fera céder, pas même la peur de disparaître dans les oubliettes.

— Tais-toi ! reprit-il d'un air rageur. Il ne suffit pas de triompher de ces fléaux. Il manque encore ce qui est essentiel pour survivre à Versailles.

Les joues de Berthe se creusèrent :

— Quelle est cette dernière trouvaille, monsieur le conteur ?

— À Versailles, dans ce monde sans foi, un seul adage compte, et il domine le reste.

— Quel est-il ? questionna Berthe.

— On le trouve dans La Fontaine…

Berthe fronça les sourcils :

— Une formule secrète cachée sous l'eau ? Tu exagères, Bonnefoix. Ce château est inquiétant, mais je ne crois pas à ta magie.

— Je parle de Jean de La Fontaine, ma bonne Berthe ! C'est un grand poète, un fabuliste qui décrit les vices et les dangers qui menacent tous les sujets du Roi-Soleil. Sa conclusion, la voici : la raison du plus fort est toujours la meilleure et cette triste morale est une vérité dans ce royaume où domine la force. Songeriez-vous à faire un pas hors de Versailles ? Pour vous loger, par exemple. Les environs de Paris sont hantés par des spadassins[1] prêts à tout pour toucher la solde de Judas.

Il se tourna vers moi :

— Dans mon compliment, j'ai oublié votre cou. Il est si tendre, si doux. Eux, ils l'ouvriront ainsi…

Il s'empara du couteau que tenait Berthe et fit mine de le faire glisser sur la gorge de notre cuisinière.

— Ah ! frissonna-t-elle.

Bonnefoix interrompit sa démonstration, mais ajouta aussitôt :

— Je n'irai pas plus loin puisque j'ai tout dit de la brutalité d'un monde auquel la fille du comte de Montbellay n'est pas préparée.

Il se tut, croyant à sa victoire.

— Merci de tes conseils, Jean-Baptiste, commençai-je doucement. Mais n'est-ce pas le même La Fontaine qui défend la souplesse du roseau et se moque de la fausse solidité du chêne ?

— Vous parlez encore de la ruse, qualité supérieure à nulle autre. Vous défendez cet esprit agile qui est, à coup sûr, votre apanage. Hélas, et malgré vos mérites, vous resterez une femme.

J'allai pour réagir. Il leva une main.

1. Aujourd'hui tueurs à gage.

— N'y voyez aucun reproche. Sur tant de points, vous nous êtes bien supérieures, mais dans cette aventure dont vous faites le projet, il manque ce qui vous sera le plus utile à l'instant où vous aurez franchi les limites de Saint Albert.

— Vas-tu enfin t'exprimer clairement !

— Nous vivons dans un siècle où domine l'épée. La force triomphe toujours des belles vertus morales. Rang, beauté, charme, intelligence, savoir, douceur... L'épée y met fin par une simple attaque, perçant les meilleurs esprits plus sûrement qu'un trait. Or, si vous possédez de nombreuses qualités, il vous manque une ultime clef sans laquelle le voyage à Versailles n'est que le rêve d'une jeune fille. C'est une vérité : Hélène de Montbellay n'est pas une fine lame.

Il fit mine de chercher une épée à sa taille :

— Ah ! Mais il reste, moi, le brave Jean-Baptiste Bonnefoix. Moi, je vous défendrai ! Permettez à l'intéressé, conscient de la repartie que vous allez m'asséner, de répondre sur le vif. Croyez que je donnerais ma vie contre la vôtre. Si vous pouvez compter sur moi pour vous extirper des lacis et des labyrinthes de Versailles, il est un cas où je crains de ne vous être d'aucun secours. Je ne porte pas d'épée. Je n'en ai jamais eu. Je n'en aurai jamais. Pourquoi ? Voyez ce corps ! Ajoutez-y ma maladresse et les méfaits de l'âge. Et concluez vous-même que je ne puis être votre cerbère.

Bonnefoix baissa les yeux. Il semblait désolé et ne jouait pas la comédie.

— Il n'a pas tort, intervint Berthe, qui s'était emparée du couteau. Il manque un bras. Ah ! si j'étais moins vieille...

— Et moins grosse, glissa Jean-Baptiste d'une voix éteinte.

— Que marmonnes-tu dans ta barbe ?

— J'allais dans ton sens puisque tu parles avec sagesse.

— Ce n'est pas ce que j'ai cru entendre, siffla-t-elle en faisant un pas vers lui, le couteau en avant.

— Soit ! Je suis mauvais en tout. Je ne sais pas plaider et fâche ceux que j'aime tendrement…

Il prit son air le plus malheureux :

— Achevez ce valet inutile qui ne sait ni consoler son maître ni secourir sa fille.

Le temps avait passé. La nuit avait pris possession des lieux. La flamme des bougies faiblissait. L'âtre ne rougissait plus. C'est alors qu'une voix, surgissant de l'ombre, retentit dans notre dos :

— Il est vrai qu'il ne faut pas compter sur toi pour nous sauver d'un guet-apens.

Bonnefoix fit rouler ses yeux comme si le diable le saisissait par la manche :

— Qui vient ?

— Ai-je donc tant changé en si peu de temps pour que tu ne reconnaisses plus le comte de Montbellay ?

Mon père avança lentement pour entrer dans la faible lumière. Son visage était couleur de cendre. Il portait sur les épaules un long manteau de cuir doublé de laine. Il semblait épuisé. Pourtant, il nous sourit :

— Voici donc le dernier salon où l'on philosophe ?

— Depuis quand nous écoutez-vous, mon père ?

— Jean-Baptiste Bonnefoix racontait sa rencontre avec le seigneur d'Artagnan. Et d'ailleurs, il me faut ajouter un détail.

Il s'assit à la table et se servit du vin. Sa voix me sembla plus claire. Pour la seconde fois, un pâle sourire vint réveiller ses traits.

— Tu n'as pas parlé du mousqueton, Jean-Baptiste.

— Une broutille que j'ai sans doute oubliée, bredouilla Bonnefoix. Faut-il ennuyer cette assemblée avec toutes sortes de précisions ?

— Je crois que cela éclairera la suite de mes propos.

Berthe s'approcha et posa devant mon père un beau gigot rôti et du pain. Ce fut son premier miracle.

— Le temps de préparer l'omelette, marmotta-t-elle.

Mon père lui prit la main et son geste était plein de tendresse. Puis, il porta son regard sur moi et hocha la tête plusieurs fois. Il semblait sortir d'un long sommeil. Je n'osai pas encore le questionner.

— Voici ce que Jean-Baptiste Bonnefoix ne vous a pas avoué, commença-t-il. D'Artagnan lui avait donc tendu les rênes de son cheval et...

— Je disais vrai, donc !

— Et, reprit mon père sans impatience, le mousquetaire posa deux pieds à terre pour reprendre la sangle de sa selle qui menaçait de tourner. Tout en s'affairant, il remercia l'aimable serviteur qui tenait fièrement la fougueuse monture par la bride. L'affaire devait en rester là, mais monsieur Bonnefoix qui ne peut se taire longtemps s'empressa de faire part de sa fierté à servir un personnage illustre. Le gentilhomme gascon aimait les compliments. Il s'intéressa au flatteur et, après avoir sérieusement lissé sa moustache, répondit que, devant tant d'obligeance, il lui proposait un travail. Ce qui était logique pour un valet tombé en admiration devant un fier soldat du roi. Quel est-il ? s'inquiéta soudainement l'affable Jean-Baptiste. D'un coup de menton, d'Artagnan montra le mousquet[1] fixé à la selle de son cheval. Il fallait le détacher et le descendre. Que cela ? insista Bonnefoix. Et il promit d'exécuter sa mission. Mais en découvrant le poids de son colis en fonte, Bonnefoix maudit son empressement. Moins cependant que dans l'instant qui suivit. Surpris par la lourdeur du mousquet, il le laissa s'échapper. Et sur la botte du seigneur d'Artagnan.

— Monsieur le comte, vous m'assassinez pour de bon !

— Mon brave Jean-Baptiste, il me semble que c'est d'Artagnan qui aurait pu s'en charger.

— Mes courtes jambes m'ont sauvé.

— Ajoute que d'Artagnan boitait. Et j'ai dû te cacher jusqu'à notre départ.

Mon père éclata d'un rire franc. Bonnefoix le rejoignit aussitôt. Berthe en profita pour poser l'omelette sur la table. Il semblait que Saint Albert revivait.

1. Ce fusil à mèche était très lourd. Il a donné son nom aux mousquetaires que l'on présente pourtant le plus souvent comme des cavaliers armés d'épée...

— Avez-vous entendu la suite ? lui demandai-je.

Mon père but lentement son vin avant de répondre et, ce faisant, m'observa.

— Vous parliez fort. Surtout toi, Bonnefoix. Je n'ai pas manqué un mot.

— Vous connaissez donc mon projet.

Il acquiesça en silence.

— Et vous y êtes opposé.

Il attendit encore, me détaillant d'une façon nouvelle, au point que je crus qu'il me découvrait.

— Tu as changé, Hélène. Tu es devenue femme et tu es plus belle encore que ta mère. Tu n'imagines pas ma fierté et le bonheur que j'ai à me savoir ton père.

— Je me méfie de vos flatteries. Bientôt, vous parlerez de ma fragilité, comme celle de la potiche qu'on enferme dans une armoire par crainte qu'elle se casse. Au nom de votre amour, vous affirmerez vouloir me protéger en m'interdisant de mener mon aventure.

Je me levai, les larmes aux yeux, décidée à fuir dans ma chambre. Il m'attrapa par le bras :

— Peux-tu détester un père parce qu'il t'aime ?

Je restai muette.

— N'ai-je pas, jusqu'à ce jour, désiré ton bonheur ?

J'allai répondre. Il posa sa main sur mes lèvres :

— Alors, pourquoi penser que j'ai changé ?

Mon cœur se serra :

— Vous m'accorderiez ma liberté ?

— Avant, écoute-moi.

Il me prit aux épaules. Ses yeux se fixèrent aux miens.

— Tout à l'heure, Jean-Baptiste a parlé pour moi. Je ne corrigerai aucun de ses mots. Tu es belle, intelligente et tu possèdes assez de ruse pour survivre à Versailles. Tu veux m'aider ? Comment m'y opposer ? Ta décision fait de moi un père heureux, même si ma peur de te perdre se glissera dans chacun de tes pas. Souviens-toi que, dans la lettre que je t'ai adressée, je te laissais le choix. Tu as décidé de te rendre à la cour du roi. En homme qui défend l'honnêteté, je ne veux pas en discuter davantage.

— Ainsi, vous me croyez capable d'obtenir le pardon du roi ?

Il haussa lourdement les épaules :

— En te répondant non, je te découragerais. Que gagnerais-tu à m'entendre prédire ton échec ? En te disant oui, j'accompagnerai ton espoir et je resterai dans ton cœur. *L'audace vient de l'ardeur,* ce sont tes mots. Je les fixerai à Saint Albert... Et cet emblème, dont nous serons les seuls à connaître l'histoire, portera tes espoirs autant que les miens. Désormais, tu es libre, ma très chère fille Hélène, de commencer ta propre vie. Tu veux connaître Versailles ? Tu as ma bénédiction.

Je tombai à genoux. J'embrassai ses mains et ses joues. Je pleurai, je crois.

— Cependant, murmura-t-il, j'y mets une condition.

— Je suis d'accord ! criai-je.

— Attends. Tu n'es pas la seule à pouvoir décider.

Mon père relâcha notre étreinte pour fixer Bonnefoix.

— Je le redoutais, maugréa-t-il.

— Pouvais-tu croire à une autre issue ?

— Hélas non, monsieur le comte. Je vous connais. Depuis le début, je savais que vous n'oseriez chagriner votre fille. Mais le danger est là, droit devant. Et malgré ses immenses qualités, il lui manque un conseiller, un mentor, un berger !

— Tout simplement, un valet, dis-je.

— Seigneur Jésus, ayez pitié de moi...

— Cesse d'invoquer Dieu ! coupa mon père.

— Retourner à Versailles, et avec votre fille. C'est donc le chemin qu'Il a choisi pour moi ?

— Qui d'autre pourrait éclairer celui de la fille du comte de Montbellay ?

Sous le compliment, Jean-Baptiste Bonnefoix rougit jusqu'au front.

— Je mourrai donc en sachant qu'un homme noble m'appréciait, souffla-t-il.

— Tu es le seul à qui je confierais le destin de ma fille. Maintenant, décide-toi.

— Ai-je le choix ?

— C'est à l'ami que je m'adresse.

Les jambes de Bonnefoix se mirent à trembler :

— Ami ?

— Tu comptes plus à mes yeux que l'armée oisive qui hante Versailles et se dit la noblesse de France.

— Monsieur le comte…

— Laisse tomber ce titre. Tu parles à l'ami, répéta mon père. Agis avec lui selon ton cœur.

La méditation de Jean-Baptiste Bonnefoix fut de courte de durée. Il revint de ses songes, le visage éclatant de bonheur :

— Croyez-vous que l'on puisse refuser un plaisir à un ami ?

— Qu'en penses-tu ?

— Eh bien, je dis que cet ami a toujours été bon avec moi, et que je lui dois tout. Alors, un jour, nous irons sans doute à Versailles et nous en reviendrons, peut-être !

J'allais vers Jean-Baptiste pour le remercier, mais, à ma surprise, Berthe fut la plus rapide. Elle se jeta sur lui et le serra si fort qu'il crut étouffer.

— Tes œufs ne brûlent-ils pas ? balbutia Bonnefoix.

Berthe libéra sa prise. Le front couvert de sueur, la mèche folle, l'œil brillant comme la pleine lune déchirant les nuages, Jean-Baptiste leva une main :

— J'ai dit que nous irions *sans doute* à Versailles. C'est donc que j'y ajoute moi aussi une clause…

— Cela ne m'étonne pas, lança joyeusement mon père.

— Vous étiez d'accord quand je décrivais votre fille, commença-t-il.

— Ta description, je la fais mienne.

— Si vous n'ôtez aucun de mes mots, il faut les retenir tous.

— Où veux-tu en venir ?

— N'oubliez pas le défaut de sa cuirasse. Votre chère fille manque cruellement d'expérience à l'épée. Qu'en est-il de son guide ? L'histoire que vous rapportiez à propos du seigneur d'Artagnan prouve que ce n'est sûrement pas moi qui pourrai la sauver quand le danger surviendra au coin d'une rue borgne. Alors, je vous pose ma question : peut-on concevoir cette expédition sans maîtriser l'adresse au combat ?

La prudente argumentation de Jean-Baptiste fit son effet. Un instant, notre petit homme sembla triompher.

— Tu as raison, Bonnefoix.

Je crus que mon père hésitait encore. J'intervins sans réfléchir :

— À qui la faute ! Combien de fois vous ai-je réclamé cet apprentissage ?

Il baissa les yeux. Je compris sa tristesse et je regrettai déjà ma réaction. Je n'avais fait qu'aggraver la peur de me perdre, dont il avait parlé, et qui s'installait petit à petit chez lui.

Le rusé Bonnefoix en profita pour enfoncer le clou :

— Il ne faut pas se décourager. Le temps viendra à bout de votre inexpérience et de votre faiblesse. Plus tard, nous étudierons les détails de cette expédition.

Il gagnait du temps. Il était en train d'obtenir ce qu'il voulait.

— Il n'en est pas question ! Je veux que nous partions au plus vite.

— Je m'y attendais, bougonna Bonnefoix. Pendant notre voyage, tout sera ainsi. Elle voudra que son gentil valet règle les problèmes comme la fée s'y emploie avec sa baguette. Et pour mettre en fuite l'ennemi, faudra-t-il aussi que j'ouvre le Nil en deux comme le fit Moïse, selon la Bible ?

Il lança furieusement son bras dans l'air. Mon père réagit aussitôt :

— Cesse de t'appuyer sur les textes sacrés, Jean-Baptiste Bonnefoix. Tu finiras par attirer sur toi la colère du Créateur. Et ne plaide plus ta cause, malgré les dangers dont tu parles à juste titre, je ne changerai plus d'avis.

— Alors nous serons mangés par le premier loup venu. Perrault, simple mortel, l'a écrit dans ses contes. Ce témoignage vous convient-il ?

— C'est ma fille ! Je lui fais confiance. Je lui apprendrai le moyen de mettre ses ennemis en fuite, répondit mon père d'une voix forte.

— Quel remède providentiel et miraculeux avez-vous imaginé ? Celui que vous nommiez voilà peu votre ami est aussi votre valet, grogna Jean-Baptiste. Il sait qu'il n'existe aucune magie chez les Montbellay. Grâce à Dieu, lâcha-t-il malgré lui en se signant.

— Pourtant, c'est en parlant de la magie des fées que tu as trouvé la solution, reprit mon père calmement.

— De la magie ? répéta Bonnefoix.

— Un secret transmis de génération en génération. Un savoir inestimable. Bien sûr, il ne sauve pas de tout, mais il pourra vous aider. Cet héritage qui, jusqu'à moi, ne se transmettait qu'aux hommes, je le confierai à ma fille.

— Quel est donc ce remède miraculeux ? murmura Bonnefoix en esquissant un nouveau signe de croix.

— Tu as cité Moïse et tu n'as pas eu tort. Il faut l'aide des Cieux pour survivre à Versailles. Mais le renfort dont je parle est plus temporel. S'il n'ouvre pas le Nil, il écartera certains dangers.

— Qu'est-ce donc, Seigneur ? Un philtre, un poison, une formule kabbalistique ?

— Un simple geste, mais il peut tuer. Et ma fille l'apprendra.

— Est-il possible qu'un seul geste puisse ôter la vie ?

— N'est-ce pas toi qui parlais de magie et de fées en agitant le bras ?

Jean-Baptiste regarda son bras, puis le comte de Montbellay. Et de nouveau son bras :

— Quelle invention diabolique est née dans ce manoir ? cafouilla-t-il.

Je venais de comprendre le projet de mon père :

— Vous êtes un génie, Jean-Baptiste Bonnefoix ! En tentant de démontrer que notre entreprise était impossible, vous avez trouvé la solution. Votre méfiance me sert. Pour cela, je vous remercie.

— La solution se trouve souvent dans la question, reprit mon père. N'oublie jamais ce précepte, Hélène.

— Qu'ont-ils, ces deux-là ?

Le regard de Jean-Baptiste allait désormais de mon père à moi, en faisant un détour par son bras. C'est finalement sur ce dernier qu'il arrêta son manège :

— Crois-tu qu'ils soient victimes d'un envoûtement ? lui demanda-t-il comme s'il s'adressait à un être vivant.

— Calme-toi, Jean-Baptiste ! lança mon père en éclatant de rire. Il n'y a pas de magie dans la botte des Montbellay. Car c'est à elle que nous songions, ma fille et moi.

— La botte secrète, ajoutai-je. Tes gestes maladroits m'y ont aussi fait penser. Alors que j'étais enfant, le maître d'armes Faillard l'exécuta devant moi. Mais ce fut si rapide que je n'ai pu retenir sa leçon et malgré mes suppliques, il refusa de m'en apprendre plus.

— Il avait des ordres, reprit mon père. Je suis le seul responsable. Désormais, il pourra te l'enseigner.

— Permettez, intervint Bonnefoix. Vous parlez de gaucherie à propos de mon savant mouvement. Passons sur le compliment car il y a plus grave. Je doute qu'une botte secrète se fonde sur la maladresse. C'est faire injure à l'émérite maître Faillard qui a formé des bataillons de duellistes. À moins de croire que sa science consiste à conduire ses élèves très sûrement à la mort.

— L'épée est l'art de la surprise, répondit mon père. Tous les gestes sont utiles, même les plus innocents. Tant pis pour toi si tu ne sais que chasser les mouches[1] !

— Je fais ce que je peux ! râla l'intéressé.

— Est-ce long à apprendre ? demandai-je pleine d'espoir.

— Maître Faillard serait en mesure de te répondre.

— Pourquoi ne pas l'apprendre de vous ?

— Une botte secrète s'adapte en fonction des qualités et des défauts de chacun. Faillard t'enseignera ce qui te conviendra le mieux.

— Confiez-moi à lui sans plus tarder. Qu'il me livre ses secrets !

— Es-tu prête à souffrir, à travailler sans relâche ?

— Je mettrai tous les talents que vous m'accordez au service de cette cause. Je suis rusée et patiente, disiez-vous ? Bientôt, vous verrez combien La Fontaine écrit vrai. Un faible roseau peut l'emporter sur le chêne.

1. Parer au hasard.

JE PLIE ET NE ROMPS PAS

IV. Une leçon d'humilité.

Maître Faillard avait été mousquetaire de la Maison du Roi. Il avait participé à l'arrestation de Fouquet, à Nantes, en 1661, mais n'en tirait aucune fierté. Et il avait quitté son engagement dans la compagnie peu après la disparition de d'Artagnan.

— Je n'étais pas au feu à Maëstricht pour soutenir cet ami. Je le regrette. J'avais mis en garde le fier soldat. Il n'était plus jeune. Et il boitait depuis peu. Il accusait un valet de lui avoir cassé le pied à coups de mousquet alors qu'il entrait à Versailles... Des sornettes pour cacher sa goutte !

Je fis tout pour ne pas réagir. Faillard continua :

— Je crois que nous n'avions plus d'envie, bougonna-t-il en mordant de bon cœur dans la cuisse du poulet. Trop de guerres, trop de galops, trop de sang versé... Le nôtre, et celui de nos ennemis.

Il rinça son chagrin d'un coup de chopine et essuya sa moustache taillée d'un revers de la manche :

— L'affaire n'est pas simple. Une femme tenant l'épée ? Pour être franc, je n'y crois pas.

Il avait brusquement changé de sujet. Il me regardait en coin.

Nous étions installés dans l'ancienne salle d'armes du manoir de Saint Albert. Pour l'occasion, Faillard avait exigé quelques aménagements. Pour commencer, les armes anciennes qui étaient accrochées aux murs reposaient désormais à terre. Il avait également fait porter des boucliers dont le fer avait été lustré soigneusement. Un cercle avait été tracé au sol et les boucliers en marquaient les limites. Enfin, maître Faillard avait réclamé des cierges et des chandelles. La salle était si fortement éclairée que les boucliers agissaient comme des miroirs. En entrant dans le cercle, en se fixant en son centre, on pouvait voir son reflet à l'infini.

La mise en scène étant achevée, et le repas avalé, il me convoqua devant une montagne d'armes anciennes.

— Nous voilà tels les gladiateurs des temps antiques. Oubliez que vous êtes une femme… et jolie, ajouta-t-il en me lançant une œillade. Laquelle choisiriez-vous ? Je vous parle des armes !

Faillard avait soixante ans, ce qui était un âge considérable pour l'époque – et compte tenu de son métier. Il se dressait aussi haut que mon père et semblait taillé dans le granit. Il mettait en avant ses larges épaules en gardant le plus souvent la pose. Ses mains étaient sur ses hanches, son ventre rentré, sa tête droite, mais à l'instant où il se détendait, on devinait les plaies de sa vie d'aventures. Il boitait, respirait fort et accusait une vieille bombarde[1] d'avoir réduit son ouïe, un jour d'entraînement.

— Parlez fort ! Je n'ai pas entendu.

Je ne dis rien pour la simple raison que je n'avais pas encore arrêté mon choix sur une arme précise. Je n'avais du reste aucune idée de la réponse, mais je devinai confusément qu'elle déciderait de la suite.

Faillard gardait toujours son épée à la main. Il s'impatientait, fouettait l'air, le dessinait et je voyais dans ses gestes la maîtrise absolue de son art. Cet homme était encore un terrible guerrier.

— Je vais vous aider, dit-il en se forçant à parler moins fort. Prendrez-vous cette longue et fine épée bretonne qu'on appelle une brette ? Ce sabre persan ou cimeterre dont la large lame recourbée est plus tranchante que celle du barbier ?

1. Ou bouche à feu. Ancêtre du canon.

Il caressait son arme du plat de la main en me dévisageant.

— Vous regardez l'estramaçon. Méfiez-vous ! cette lourde épée du Moyen Âge nécessite une force que vous n'aurez pas. Je vous déconseille aussi le braquemart. L'épée est courte, mais ses deux lames sont d'un usage peu aisé. Que reste-t-il ? Le fauchon ? Ce sabre moyenâgeux est passé de mode ! Le bancal ? Il ne porte pas le bon nom. C'est une arme redoutable et j'aime sa forme recourbée. Le kandjar est un beau poignard oriental. Il va si bien à la femme. Ah ! que choisir ? L'alfange n'est qu'un cimeterre maure, mais sa forme étonnante plaît à l'œil du chrétien. Préférez-vous cette dague qui, je crois, vient d'une lointaine contrée des Indes ? Ou ce glaive à deux tranchants, l'un pour l'estoc, ce coup porté avec la pointe, et l'autre pour la taille que l'on assène avec le tranchant de la lame ?

— Je prendrai celle-ci.

Et je désignai l'épée qu'il tenait. Il pinça ses lèvres, les ouvrit faiblement, émit un petit sifflement sans que je puisse deviner s'il s'agissait d'un bien ou d'un mal.

— Il va falloir vous expliquer !

— Permettez que je vous l'emprunte. Bien... Je la tiens en main. Sa poignée et sa garde sont légères. Sa lame est fine, mais bien droite. Je me sens prête pour mettre flamberge au vent[1]. Grâce à elle, une simple femme comme moi pourrait sans doute percer votre cuir. Ici, exactement !

Je fis un pas en avant, suivi d'une attaque simple. La pointe de la lame marqua la veste de Faillard. Surpris par l'assaut, il recula.

— Serait-ce une fuite ? demandai-je en lui souriant.

Sa main gantée saisit la lame et me l'arracha d'un coup sec.

— Hardie et téméraire... Petite femme, méfiez-vous !

— Ne suis-je pas avec vous pour que s'épanouissent les qualités d'une amazone ?

1. Partir en guerre, s'apprêter à se battre.

Il bomba le torse, se cala sur ses deux jambes raides :

— Tout cela me plaît ! Entrez dans l'arène, à présent.

Le cercle dont je parlais ne dépassait pas vingt pieds à son diamètre. Devant, sur les côtés et derrière moi, les boucliers renvoyaient nos reflets. Par cet effet propre aux miroirs, nos corps se réfléchissaient par centaines et il suffisait de faire deux pas en arrière pour entrer dans cette armée fantomatique qui donnait le tournis. Faillard s'installa au centre du cercle et m'invita à lui faire face.

— Toutes ces images mouvantes sont vos ennemis. Je dis bien les vôtres, car la première personne dont vous devrez vous méfier, c'est vous. Tournez, maintenant... Encore. Levez les bras... Par Dieu, quelle silhouette ! Vous avez bien changé depuis que vous couriez, petite fille, derrière les bottes de votre père. Parfait ! À présent, dansez.

— Plaît-il ?

Aussitôt, Faillard sortit du cercle en me tenant par la main. Il semblait furieux :

— Nous mettrons les choses au point une fois, mais pas deux. J'ordonne, vous agissez. Est-ce compris ? Parfait. Dans ce cas, retournons dans l'arène où les esprits de nos aïeux nous observent. *Morituri te salutant*[1]... Mais avant, vous danserez !

Sa demande se justifiait ainsi : l'art de l'épée empruntait, selon lui, beaucoup à l'équilibre que réclame la danse. Il m'en parla pendant que j'essayais d'exécuter un menuet.

— Ne soyez pas si gauche, mademoiselle ! Gardez la cadence !

— Je voudrais vous y voir. Je n'ai ni cavalier ni violons pour me guider.

— Que dites-vous ?

— Rien ! Je compte. Un, deux, trois...

— Arrêtez-vous ! Non ! Il faut garder la pose. À trois, vous cessez de bouger et je veux que vous vous

1. « Ceux qui vont mourir te saluent. » Phrase célèbre des gladiateurs, saluant César au moment de rentrer dans l'arène.

fixiez comme la statue de Warin représentant le Roi-Soleil[1].

— Un, deux, expirai-je...

— Trois ! Ne bronchez plus. Ah ! quelle grâce.

Il s'avança dans le cercle et commença son examen de la tête aux pieds :

— L'art de l'épée consiste à trouver son équilibre dans le mouvement. La danse est ainsi. Vous avancez grâce à une succession de déséquilibres contrôlés qui, mis bout à bout, vous ramènent vers l'équilibre.

— Je souffre.

— Quoi encore ?

— Une sorte de paralysie. Mes jambes s'engourdissent...

— Votre pied gauche n'est pas assez ferme. Il doit rester stable. C'est avec lui que vous pousserez votre corps au moment de l'attaque. Vous tremblez. Ce n'est pas bien. Je vous ai commandé de ne pas bouger !

Maître Faillard s'approcha de moi.

— Dans votre position, je pourrais tout obtenir de vous.

Il se colla à moi. J'avais les bras levés. J'étais sans défense.

— Pourriez-vous à nouveau attraper mon épée, femme rebelle ?

— Ce n'est pas la seule façon de vous battre.

Le sang afflua sur son visage. Il brandit son épée, fou de colère.

— Par quel moyen pourriez-vous me défier, petite sauvage !

— Comme cela !

Avant qu'il ne puisse armer un coup, je le giflai sèchement au visage de la main gauche. Ce soufflet réveilla mon sang gourd. Aussitôt, je lui expédiai son frère jumeau sur l'autre joue.

— Touché ! Et vous n'avez rien vu venir. Moi, j'étais à la mesure, c'est-à-dire à la juste distance pour parer ou porter. Ni trop près ni trop loin. Je crois me souvenir qu'il s'agit

---

1. Statue installée à Versailles dans le salon de Vénus et sculptée par Jean Warin.

d'une action efficace fondée sur l'effet de surprise quand le bretteur d'en face parle, s'agite, perd patience, ou pis, use de sa force sans la contrôler. De votre côté, ce ne fut qu'un instant d'inattention. Je l'attendais. Je vous ai observé. En somme, je vous ai mesuré à votre juste valeur. Puis, j'ai armé, tiré et rompu en reprenant la pose insupportable que vous m'obligez toujours à tenir… Le secret des armes étant de donner sans recevoir, il me semble que je vous ai vaincu une nouvelle fois. Maintenant que notre combat est fini, m'en voudrez-vous si je cesse de battre la mesure du menuet et si je baisse les bras sans l'intention de vous frapper ?

Faillard resta un long moment bouche bée.

— Rapide et imprévue, finit-il par murmurer d'une voix sombre. Tout cela me plaît ! Sortez de l'arène, à présent.

Il me sembla que Faillard me regardait d'une façon nouvelle. Pour autant, je ne fis rien pour relâcher mon attention. Si je voulais qu'il m'apprenne, je refusais qu'il me dresse.

— Tenez, c'est pour vous.

Il me tendit son épée. Je restai sur mes gardes, à deux pas de lui.

— Tournez-la de telle sorte que la pointe vous regarde, maître Faillard.

Il ne dit rien, mais sourit, semblant satisfait. Il entreprit la manœuvre sans plus attendre et je saisis la poignée sans détacher l'arme de son thorax.

— Vous apprenez vite, souffla-t-il.

— Cela a toujours été ainsi.

— Votre arrogance ne m'empêchera pas de vous dire que les armes se vivent plus qu'elles ne s'apprennent. Je parle de ce que je sais !

— Et je ne souhaite pas connaître votre expérience.

— Il vous faudrait sans doute plusieurs vies ! railla-t-il.

— Je n'en ai qu'une.

— Si belle et si fragile…

— Alors, aidez-moi à la sauver.

Le compliment lui plut.

— Voilà une excellente remarque. Une arme est d'abord faite pour se défendre. On l'oublie souvent. Cela vient sans doute du fait qu'un exploit ne se conçoit pas sans que coule le sang. Ne trouvez-vous pas étrange que l'arme, compagne du héros, soit du féminin ? Depuis la *Chanson de Roland*[1], l'arme fait partie de l'épopée et elle ne sert qu'à tuer. Il faut frapper fort, le sang coule, les crânes sont fracassés. Trop de morts...

Son regard s'envola vers le plafond. Sa voix retentit dans l'immense salle des armes :

— *O veit Tierris, que el vis est ferut.* Thierry voit qu'il est blessé au visage. *Li sancs tuz clers en chiet el pred herbus.* Son sang tombe clair dans l'herbe du pré. Il frappe Pinabel sur son heaume d'acier brun, le brise et le fend jusqu'au nasal. Il fait couler du crâne la cervelle. Il secoue sa lame dans la plaie, l'abat mort. Par ce coup, sa bataille est gagnée. *Escrient Franc : « Deus I ad fait vertut. »* Les Francs s'écrient : « Dieu y a fait miracle ! »

Ses yeux revinrent vers moi :

— C'est la fin du récit du combat entre Thierry et Pinabel dans la *Chanson de Roland*. Cette tuerie a marqué les esprits pour des siècles et des siècles. L'art des armes ? J'ai longtemps cru qu'il consistait à faire couler le sang de son ennemi. Je vous enseignerai le moyen de ne pas perdre le vôtre. Ce sera tout. Ôtez cette épée de mon poitrail. C'est un ordre !

Sa voix était redevenue celle du maître d'armes.

— Puisque vous m'avez pris cette épée, c'est désormais la vôtre. Mais il lui faut un nom. L'appellerez-vous « Flamberge » comme le fit Renaud de Montauban, ce héros de chansons de geste ? Oserez-vous « Joyeuse », l'épée légendaire de Charlemagne et le symbole du sacre ? À moins de retenir « Durandal », en hommage à Roland, vainqueur du Maure Helmont ? Et pourquoi pas « Excalibur », l'épée du roi Arthur !

Faillard me provoquait encore. Je réfléchis avant de répondre. Je caressai la lame, la détaillai et peu à peu, j'en pris possession :

— « Damoclès ».

1. Chanson de geste écrite au XIe siècle.

— Pardon ?

— Je la surnommerai « Damoclès ».

— Voilà une décision étonnante. Et comment l'expliqueriez-vous ?

— En souvenir de cette épée accrochée à un crin de cheval et suspendue au-dessus de la tête de Damoclès. Elle me rappellera que je devrais toujours me méfier de moi. Elle me dira encore qu'elle peut écarter les dangers, mais n'empêchera pas qu'ils s'abattent sur mes épaules.

Faillard prit la pose.

— C'est un choix intéressant. Pour aujourd'hui, c'est fini.

Il tourna les bottes sans me saluer davantage.

Au cours des deux jours suivants, nous abordâmes les exercices. Dès l'aube, nous nous rendions dans la salle d'armes que maître Faillard comparait au jardin du Grec Akdêmos[1]. Il allumait les cierges. Il replaçait les boucliers. Il me faisait entrer dans le cercle étincelant. Il tirait l'épée du fourreau. La leçon commençait.

— Suivez le mouvement de cette esquive. Répétez après moi. C'est bien. Tenez sur vos jambes. Mieux que cela ! Vous n'avez pas la force et manquez d'expérience. Ne craignez pas les traîneurs de sabre et autres esbroufeurs. Ils donnent de la gueule, mais leur lame tremble. Redressez la pointe de votre épée ! Corrigez votre ligne ! Le haut de votre corps est trop exposé ! Surveillez les borgnes et les balafrés. On les appelle des chevaliers de la petite épée et ces filous sont dangereux. Leurs lames ne tiennent pas dans leurs fourreaux. Ils sont toujours prêts à se battre ! Si vous tombez sur l'un d'eux, en rompant de la sorte, je crains qu'il vous faille renoncer à la vie. Couvrez-vous davantage ! Imitez-moi. Le moine apprend en copiant le travail des anciens.

Il m'ordonnait d'organiser mes mouvements et mes gestes sur les siens. Nous devions ne faire qu'un ensemble. Si

---

1. Jardin où enseignait Platon. Akdêmos est à l'origine du mot « académie ».

bien que, peu à peu, chacune de nos actions devint le résultat d'une combinaison où la silhouette de l'autre comptait pour moitié. Je me pris à ce jeu envoûtant. Je n'agissais plus en fonction de mon inspiration, mais selon le déplacement de nos ombres mouvantes, attentive à toutes, estimant leurs points faibles, sans parfois savoir s'il s'agissait de moi ou de lui. J'entrais dans la cadence intime et troublante du combat, quand les corps s'unissent, s'accouplent et semblent vouloir s'aimer jusqu'à se détruire.

— Il faut se méfier de l'ennemi, mais jamais le craindre. Si l'on n'est pas sûr de parer l'estocade, on rompt. Il ne faut jamais entrer en mesure sans être prêt à parer. Attendez. Ne me poursuivez pas ! Je veux vous attirer… Vous faites de trop grands mouvements ! Vous exposez votre cœur aux coups de votre ennemi ! Ne me quittez pas des yeux et servez-vous de votre épée pour sentir la mienne. Restez en contact avec elle sans vous y opposer. Le moindre mouvement de la partie faible[1] de ma lame vous aidera à comprendre mon projet. Mon attaque est trop vive pour vous ? Vous ne pouvez résister ? Retirez-vous. Maintenant, votre pointe est trop haute ! Que vous pariiez ou que vous poussiez, celle-ci doit être plus basse que votre poignet. Et gardez votre lame dans la direction de mon corps. Menacez-moi. Non ! Vous êtes à découvert. Je n'ai qu'à avancer le pied droit pour vous percer l'estomac. Si vous vous sentez perdue, feignez aussitôt l'estocade pour me faire reculer… Voilà qui est déjà mieux.

Pendant que nous croisions le fer, Faillard évoqua également sa vie. C'était une autre façon de me transmettre son héritage. À l'inverse de ce que je prévoyais, il ne parla pas de ses succès. Pas une fois, il ne cita les noms de ses victimes – et je supposais qu'il en comptait plus d'une. Pas une fois, il ne se vanta – et j'étais certaine qu'il ne manquait pas d'exploits qui auraient pu étourdir son élève.

La meilleure école des armes étant, selon lui, celle de la modestie, il soutenait n'avoir jamais abordé un combat en

1. Partie fine de la lame, proche de la pointe.

se croyant supérieur à l'ennemi. L'essentiel, répétait-il, n'était pas d'attaquer, mais de savoir se défendre. Dès lors, il concentra son enseignement sur les multiples façons de ne pas donner jour à l'arme de son adversaire. Il m'obligea à répéter cent fois le demi-cercle, cette parade circulaire qui ramène la lame adverse vers le haut. Après, nous abordâmes l'effacement, partant du principe qu'en estompant son corps, en se tenant de côté ou en se retirant, on offrait le moins de solutions possibles à son rival. Quand ces manœuvres semblèrent acquises, il aborda, sans m'accorder de pause, le couvert dont le nom dit bien qu'il s'agit de se protéger d'un coup direct. Puis, le dégagement et le bond en arrière quand je rêvais d'apprendre l'offensive à bras raccourcis, en me jetant en avant alors que mon bras armé n'était pas allongé ; le corps à corps ou encore le coulé, pour l'audace de ma lame quand elle tutoyait et glissait sur celle de Faillard...

Et surtout, le coup droit et franc. L'attaque directe tout simplement.

— Vous n'êtes pas prête. Il faut encore battre le fer. Vous réagissez comme tous ceux que j'ai éduqués. L'impatience est votre faiblesse. Regardez votre reflet dans ces boucliers. Regardez bien. Voyez comme vous êtes exposée. Ce bras, je peux le toucher. Ce pied aussi. Épiez votre reflet. Je vous l'ai dit, il s'agit de votre pire ami.

— Le génie des armes se trouve-t-il dans la prudence ou dans la contre-attaque ? hurlai-je pour couvrir le bruit de nos fers. Croyez-vous que je puisse sauver ma vie en parant jusqu'à la fin des temps ?

J'étais à bout de souffle et, malgré le froid qui régnait dans la salle d'armes, ma chemise de laine était trempée de sueur. Mes pieds suppliaient qu'on leur ôte ces bottes. Mes cheveux étaient défaits. Mon regard se noyait dans l'éclat des boucliers.

Maître Faillard n'était pas en meilleure posture.

— Arrêtons-nous un instant, souffla-t-il.

— Votre enseignement est celui de Pyrrhus, lançai-je d'une voix hachée. Il n'y a ni vainqueur ni vaincu. Mais les deux finissent exsangues.

— Quelle serait votre solution ?

— Un pas en avant, un coup direct ! Une botte[1] secrète et tout est dit.

— Celle des Montbellay, par exemple...

— Vous êtes ici pour me l'apprendre. Après, bonne aventure ! Sans compter que je n'aurai certainement pas besoin de tirer cette épée de son fourreau.

— Je vous souhaite, en effet, de n'avoir jamais à dégainer, car, à cet instant précis, la suite se jouera en moins de temps qu'il n'en faut pour réciter un *Ave Maria*. Vous croirez à votre chance et à la supériorité de la botte des Montbellay, mais vous oublierez que dans le premier moulinet d'en face gît peut-être votre vie.

Et il fit ce geste circulaire du poignet qui permet de frapper avec force. Le vent siffla à mes oreilles. Je dus serrer les dents pour ne pas reculer :

— Depuis l'aube, nous répétons ce mouvement. J'en connais toutes les ruses ! Il suffit de parer. Et je planterai la botte des Montbellay dans le ventre d'en face. Mais, au fait, où pointerai-je cette combinaison magique ?

Faillard me regarda d'un air sévère. Je l'avais déçu.

— Vous êtes sotte et prétentieuse. Une botte secrète n'a rien de miraculeux. Ce n'est le plus souvent qu'un geste banal qui touche son but par surprise. Croyez-vous qu'un mouvement inouï sortira de mon chapeau ? Dans *Flos Duellaturum in Armis*, ce traité des armes du Moyen Âge, tout est écrit. Manciolino et Marozzo, les deux grands maîtres du XVIe siècle, ont inventé les meilleurs coups. C'est en les étudiant, en les répétant, que Cyrano de Bergerac est devenu une légende[2] ! Le plus mauvais des coupe-jarrets[3] maîtrise cette science mieux que vous ne le ferez jamais. Vous lui faites front, il vous étudie. Frapperez-vous de face ou de côté, sur la main, sur la jambe ? Votre poignet sera-t-il franc et direct ? Celui que vous menacez surveillera vos

---

1. Terme venant de l'ancien italien *botta* : « coup ». En Espagnol, *botar* : toucher, bouter.
2. Écrivain et duelliste redoutable, ce personnage a bien existé. (1619-1655).
3. Autre nom pour spadassin (de *spada* qui signifie épée).

gestes. Il protégera sa ligne car il est dit que vous serez tentée de faire un pas, puis deux dans l'espoir de le toucher au poitrail ou, pourquoi pas, entre les yeux. Vous avancerez votre lame, il s'y frottera, la caressera, l'enveloppera pour mieux vous attirer et il rejettera brusquement votre bras, dégageant assez d'espace pour percer votre torse. Car vous serez plus faible que lui. Vous êtes une femme. Vous ne gagnerez pas ce bras de fer. Vous céderez, épuisée dès le premier échange. Il suffira alors de porter l'estocade mortelle puisque la place sera libre. M'écoutez-vous ? L'assaut se joue en un coup ou sur un coup. Il n'y en a pas deux ! Seul le premier geste compte. Vous y songerez au moment de tomber à terre, le cœur embroché. Ah ! c'est idiot. Il ne fallait pas baisser la garde le temps d'un éclair. Mais il est trop tard. Vous saignez, vous souffrez. Et vos yeux se ferment à jamais sur l'image de votre père vous pleurant.

Il rangea son épée :

— Nous en resterons là pour aujourd'hui.

Au troisième jour, il se présenta un sourire aux lèvres. Il se voulait apaisant. Il désirait oublier notre altercation de la veille. Sur le ton le plus doux, il me dit ceci :

— Comprenez ma brusquerie. J'ai formé des dizaines d'esprits brillants et de beaux gentilshommes dans l'espoir qu'ils n'utiliseraient cet art que pour les combats à plaisance qui ne cherchent qu'à amuser les dames et à les impressionner. Sitôt, ces seigneurs se sont crus fort. Sitôt, ils sont morts en duel pour des questions d'honneur souvent secondaires. Est-il nécessaire de trépasser en laissant des orphelins et une femme endeuillée[1] pour avoir oublié de saluer un duc avant un marquis ? Blaise Pascal, ce nouveau philosophe, a écrit que *l'honneur est plus cher que la vie. Or, on peut tuer pour défendre sa vie, donc on peut tuer pour défendre son honneur*. Ainsi, et même si le roi s'y oppose, un matin, on reçoit un cartel sur lequel il est écrit :

1. Le duel n'est pas sans rapport avec le deuil, même si aujourd'hui on l'entend dans le sens de duo puisqu'il se « joue » à deux.

Je vous provoque en duel. Et le cœur bat plus fort. Profitons de cette émotion. Car le lendemain, on est mort. « Un duel met les gens en mauvaise posture. » Molière l'a écrit. Et je suis de son avis. Bien sûr, vous êtes une femme et vous ne risquez pas de tomber dans cet attrape-nigaud. Pour autant, l'envie de croiser le fer est un vice qui mine notre temps. Pour des peccadilles, on saisit l'épée. Craignez les escarmouches, les regards en coin, les nuits sans lune, les impasses désertes, les ruelles sinistres où naissent les petites luttes. Sur elles, plane l'ombre de la mort... Comprenez-vous ma leçon ?

— J'entends que vous la répétez, maître Faillard.

— C'est un nouvel assaut d'impertinence !

— Le simple désir d'avancer plus vite...

— Rome ne s'est pas faite en un jour !

— Je crois surtout que vos conseils de prudence sont dictés par mon père. Et je devine dans tous vos propos que votre mission est de me décourager. Mais vous n'y parviendrez pas. Je veux apprendre à me battre. Avec vous ou sans vous. Et s'il le faut, je choisirai un maître que l'âge n'a rendu ni trop sage ni trop faible.

— En garde !

Ce n'était plus le même. Il se plia sur cette jambe qui, à l'instant, boitait. Sa tête se raidit. Ses yeux me menaçaient.

— En garde ! répéta-t-il. Vous m'avez offensé. Je demande réparation.

— Je sais que vous n'êtes pas sérieux. C'est encore un de ces petits jeux pour impressionner votre apprenti, balbutiai-je.

— Vous me traitez de vieillard et vous insultez votre père pour qui j'ai le plus grand respect. En garde, s'il vous plaît !

Je tenais en main Damoclès. Faillard s'avança à mains nues.

— Attaquez-moi, je vous dis !

— Mais vous n'êtes pas armé !

— Pour savoir si vous parviendrez à battre maître Faillard, attaquez-le ! hurla-t-il.

— C'est injuste...

— De s'en prendre à un homme faiblissant ? Vous continuez à m'injurier. Par là même, vous augmentez ma colère. Ce n'est pas bon. Maintenant, ce sera vous ou moi, car je suis pire que vous le pensez. Si vous n'attaquez pas, je vous blesse pour toujours. Adieu Versailles ! Si vous le faites, je me contenterai d'une leçon. Votre père que vous jugez mal m'a donné son accord. Il veut que vous appreniez. Il pense à l'inverse de ce que vous croyez. Alors, petite impatiente, n'excellez-vous que dans les paroles ?

Il posa les mains sur ses hanches. Il se moquait. J'estimai pouvoir profiter de sa faute. Je fis un pas, l'épée en avant.

Dans un mouvement si prompt que je n'en vis que le début, Faillard s'effaça sur la droite n'offrant plus à ma lame que son profil et une solide épaule recouverte de cuir. Ma pointe plia, rebondit dessus, partit dans le vide. Emportée par mon élan, je vins à lui, le haut du corps totalement offert. Il se jeta sur moi comme la foudre, une dague en avant. D'où venait-elle ? À l'instant, il n'avait rien en main. Le métal brilla devant mes yeux et je sentis une brûlure terrible sur la joue. Je l'oubliai. Une douleur aiguë paralysait ma main armée. Je lâchai Damoclès, ouvris la bouche pour le supplier d'arrêter quand un troisième coup encore plus puissant me fit plier la jambe. Je tombai à terre, face contre la poussière. Dedans, mon sang y coulait.

Faillard s'approcha et se pencha sur moi. Il tenait en main une miséricorde, cette dague dont on se sert pour achever l'adversaire une fois à terre. Sa respiration était calme. Il parla d'une voix terriblement paisible :

— Je vous aurais tuée si vous n'étiez pas la fille de Pierre de Montbellay. Mais je peux vous blesser plus fortement. Demandez-vous pardon ?

Mes larmes se mêlaient à mon sang :

— Je vous supplie de m'épargner, maître Faillard.

Il se releva :

— Vous ne rencontrerez qu'une seule fois une âme charitable. Et vous venez d'utiliser cette carte. Avez-vous mal ?

— Je me vide de mon sang, pleurai-je.

— Votre réaction n'est pas digne de votre rang. Ce n'est rien. Vos blessures ne sont que superficielles. Ma dague n'est pas entrée *in cute*[1]. Mais si vous n'agissez pas maintenant, vous garderez la marque de maître Faillard toute votre vie sur votre joue. Ce n'est pas pour me déplaire que de laisser un souvenir émouvant à votre corps. Mais je crains qu'un peu de votre charme si pur s'en aille.

— Je vous hais !

— Tant mieux ! Nous avançons. Levez-vous ! Je vais vous soigner.

Ma jambe me faisait mal et mon poignet était couvert de sang. Il me tendit un mouchoir.

— Compressez la plaie de votre main. Dans un instant, le sang ne coulera plus. Dans quelques jours, vous n'y verrez plus rien. Montrez-moi votre joue, à présent.

— Je souffre de la jambe. Je ne peux pas la poser.

— Pleurnicheries de petite fille gâtée ! Je vous ai frappée au-dessus de la botte. Plus bas, je sectionnais un nerf. Là, sous le genou. Adieu le menuet ! Vous auriez boité jusqu'à votre mort. J'ai reçu cette blessure alors que j'étais jeune. Je connais ses effets. Je ne me méfiais pas. J'ai bondi comme vous. La leçon m'a servi. J'ai battu en duel dix chevaliers grâce à ce simple geste. Il faut croire que l'on apprend mieux en souffrant. Avez-vous vraiment mal ?

— C'est encore douloureux. Mais il me semble que déjà...

— Une piqûre de guêpe ! Oubliez-la. Au combat, vous pourrez être touchée et vous devrez continuer. De même, ne vous occupez plus de votre main. Le sang coule moins. Posez le linge sur votre jambe pendant que je regarde cette joue.

Son examen fut rapide :

— Je vous ai marquée sous l'oreille. À l'exact endroit que j'avais choisi. Plus bas, je vous balafrais. Vous ne garderez qu'une trace légère, cachée par vos cheveux. Il s'agira de notre secret.

---

1. Sous la peau.

Il souriait. Sa colère, sa violence avaient disparu :

— Avez-vous des questions ?

J'étais épuisée et soumise :

— D'où venait votre dague ? murmurai-je.

— Je l'avais à la ceinture, mais dans le dos. Vous alliez avancer. Votre corps s'est tendu. Pour saisir cette lame courte, mon geste fut plus aisé que le vôtre. Plus rapide, aussi. En observant mon reflet dans les boucliers, vous auriez pu voir cette arme et ma main qui s'en emparait. Mais vous ne songiez qu'à votre victoire. Elle semblait évidente... Je vous ai poussée à agir et vous êtes tombée dans le piège. En exploitant la situation que vous avez créée, j'ai eu plus *d'à-propos* que vous. C'est tout le secret d'une botte réussie, et celle des Montbellay n'en recèle aucun autre que celui de cette surprise dont usa Jarnac[1]. Au combat, vous serez à la mesure, gardant vos distances. Vous attendrez. Plus votre prudence sera grande, plus l'adversaire sera en confiance. Bientôt, il voudra son assaut. Il aura hâte d'en finir. Mais vous ne penserez qu'au geste qui le saisira quand il se jettera en avant pour vous tuer. Un instant, il sera à vous et sans défense. Le toucherez-vous au bras, au jarret, au visage ? En un éclair, vous devrez décider. Il n'y a pas d'autre secret que la patience, la surprise et l'*à-propos*, car la botte n'est qu'un piège dans lequel se jette votre ennemi. Et vous devrez l'imaginer au moment même où il bondira. Telle est la leçon du vieillard que je suis.

La nuit tomba. Je fus prise de tremblements. Je serrai cette main qui me faisait mal. Les chandelles qui éclairaient la scène faiblirent une à une. Faillard entra dans le cercle et coucha les boucliers un à un.

— Nous avons presque fini, dit-il d'une voix forte. Demain, je dirai à votre père que vous serez bientôt prête. Je vous surprendrai en concluant que vous fûtes une

---

1. Guy Chabot, comte de Jarnac (1509-1584), eut raison du seigneur de la Châtaigneraie lors d'un duel en le touchant au jarret par surprise. Ce coup de Jarnac se produisit en 1547.

bonne élève. Votre caractère me plaît et vous êtes belle. Je regretterai d'apprendre votre mort. Trop de sang, trop de noms m'attendent Là-Haut. Ayez la courtoisie de m'y laisser accéder le premier… Demain, si vous n'avez pas renoncé, je vous donnerai un dernier conseil. Pour l'heure, montez dans votre chambre et reposez-vous. Surtout, ne vous plaignez pas et ne montrez pas vos blessures. Il me faudrait tuer votre fidèle Berthe pour qu'elle ne m'assomme pas. Et Bonnefoix se plaindrait auprès de votre père jusqu'à le convaincre de vous interdire ce voyage à Versailles. D'ailleurs, dit-il en grimaçant, un combattant ne doit pas exposer sa faiblesse.

Faillard ôta sa veste de cuir puis déboutonna le haut de sa chemise.

— Pourtant, et pour vous seulement, je ferai une exception.

Son torse était couvert de cicatrices, stigmates des combats passés et signes des fantômes qu'il portait en lui. Il se découvrit jusqu'à montrer son épaule droite et ce geste lui fit mal. Je vis alors qu'il saignait abondamment. La plaie était profonde et récente.

Vous aussi, vous m'avez marqué, sourit-il faiblement.

Le sang, contenu jusque-là par ses vêtements serrés, se mit à couler sur son bras et sur son poignet. Faillard souffrait :

— Sur le coup, et malgré le cuir, la douleur fut si vive que je crus céder. Votre poignet est solide, Hélène… Et vous avez appliqué les deux premiers principes de la botte des Montbellay : la surprise et l'*à-propos*. Il vous a manqué la patience. Avec elle, vous m'auriez tué.

— Je vous ai touché lors de l'assaut ?

— Plus sévèrement que vous ne le fûtes vous-même. Vous visiez plus haut, là dans le cou, et je rejoignais la vie éternelle. Mais vous n'avez pas su attendre le bon moment.

— Je ne le voulais pas. Pardonnez-moi.

— N'ai-je pas réclamé cet assaut ? Je vous avais provoquée. Désormais, nous sommes quittes. Et qu'en est-il de vos estafilades ?

— Le sang ne coule plus.

— Ma blessure rend les vôtres plus supportables, n'est-ce pas ? Apprenez à ne pas gémir sur l'adversaire. Il a eu ce qu'il mérite… Je vais vous aider à vous relever.

Nos corps se soudèrent aussitôt. Ma main se posa sur lui, caressa son épaule et descendit vers son buste, s'attardant sur chacune de ses anciennes cicatrices.

— Ne mourez pas, Hélène, murmura Faillard. Faites ce serment.

L'émotion passa. Je me détachai de lui. Je pus poser ma jambe blessée.

— Pas aujourd'hui ! lançai-je d'une voix joyeuse. Je vais déjà mieux. Demain, je vous invite à danser un menuet. Un, deux, trois ! Et en cadence, maître Faillard !

— Courageuse et séduisante. Cela me plaît, et c'est assez. Allez vous reposer.

Le lendemain, j'avais ganté ma main blessée, mes cheveux couraient sur mes épaules et je souffrais moins de la jambe. Maître Faillard s'annonça comme si rien ne s'était produit. N'eût été cette grimace qu'il retenait quand il bougeait son bras, les événements de la veille semblaient oubliés. En se présentant à la salle d'armes, il ne portait pas sa tenue d'exercice. Il m'en expliqua les raisons :

— L'exercice d'hier fut pour moi concluant. La leçon d'aujourd'hui sera courte. Ensuite, je vous réserve une surprise. Mais d'abord, les derniers enseignements. En premier lieu, je vous conjure de ne jamais dégainer la première. Vous attendrez que l'autre le fasse. Et savez-vous pourquoi ?

— La surprise ?

Faillard sembla satisfait :

— En effet ! Tant que vous n'aurez pas une arme en main, l'adversaire ne se méfiera pas. Parfois même, se sentant sûr de lui, il s'avancera vers vous.

— Mais le temps de sortir mon épée, il m'aura occise !

— Si vous n'avez pas le fer en main, il ne se couvrira pas. S'il avance, dégainez, bondissez et touchez. N'attendez pas qu'il se mette en place.

— Je doute de pouvoir dégainer à temps. Mon adversaire verra mon mouvement et il me frappera aussitôt.

— Vous réclamiez une botte. La voici. Mais d'abord, parlons de *l'à-propos.*

— La botte des Montbellay ?

— Patience ! Aucune botte n'est irrésistible, et tout combattant peut se servir de ses pouvoirs. C'est pourquoi celle de votre famille n'est pas un geste. Son secret et sa réussite reposent sur un état d'esprit : on peut triompher d'un adversaire émérite par l'effet de surprise.

— Un coup de baguette magique, murmurai-je en souriant.

— Que dites-vous ?

— Rien. Continuez, je vous prie.

— Compte tenu de vos connaissances et de votre pratique, il vous faut un geste simple et direct dont l'effet sera si prévisible pour un habitué qu'il ne songera pas un instant que sa mort est au bout de votre lame. Le coup sera ordinaire, mais le résultat comparable à celui de l'embuscade. De plus, cette botte ira parfaitement avec le fait que vous êtes une femme, de surcroît débutante. La ruse de la novice ? Appelons-la ainsi. Elle transformera vos défauts en qualité et pourra vous sauver.

— Apprenez-moi, maître Faillard...

— Une botte s'appuie également sur les qualités du combattant. Quelles sont les vôtres ? La ruse, j'en parlais. La rapidité, le goût de l'impertinence, l'esprit rebelle... Voilà trop de points forts. Il faut en retenir un. Je choisis la rapidité. Chez vous, elle est supérieure à beaucoup de mâles épais. Or, ce sont eux qui vous chercheront. Ils vous défieront en s'appuyant sur leur robustesse. Mais ce n'est pas avec le fort de l'épée, proche de la garde, que l'on tue. Voyez, à l'inverse, combien l'extrémité de la lame semble faible. Faux. Elle est souple et pareille au roseau. Eh ! vous serez le roseau, puisque vous en parliez. Le roseau plie avec humilité. Au premier frisson, à la première menace, il se courbe et s'adapte. Il est léger, mais plus rapide, et le premier à réagir. La force du roseau réside dans sa souplesse. Ce talent définit tout ce qui est en vous. Comme l'humble roseau, vous vous en servirez au combat.

— Mais comment ?

Il marqua un temps pour ménager sa surprise. Il sourit :

— Pour combiner souplesse et rapidité, il existe un geste. Ce sera le vôtre.

— Par pitié ! Lequel est-ce ?

— La flanconade. Une quarte forcée qu'on porte dans le flanc de son adversaire.

Malgré son bras blessé, il dégaina sans effort et dressa sa pointe plus haut que la main. Son côté gauche était couvert. On ne passerait pas. Il fit un pas et porta son coup. Son épée trouva un passage et perça mon barrage. La pointe s'immobilisa sur moi. Une simple pression et elle s'enfonçait.

— Cette pointe est plus légère que le roseau. Pourtant, elle pourrait vous tuer.

— Je ne pourrais jamais réaliser une attaque si rapide.

— Regardez ma main. Je déplace mon pouce et le porte au-dessus de ma prise. J'augmente l'effet du levier. Je l'accélère. Ainsi, je gagne un temps dans l'action. Je ne me sers pas de ma puissance, mais de la souplesse de ma main. Ce mouvement ne requiert pas de force et cette botte est si simple que personne ne se méfiera. À vous de patienter et d'agir *à-propos* en l'utilisant au bon moment.

— Je n'aurai pas le temps de sortir mon arme. Je bougerai la main et...

— Patience, irréductible Hélène. J'ai bientôt fini. Pour gagner encore du temps et diminuer le poids de Damoclès, je la raccourcirai en prenant sur le fort de l'épée. Elle sera moins menaçante et vous dégainerez plus facilement. Vous êtes très habile. Vous n'aurez pas besoin d'une arme encombrante. Retenez cette maxime, elle vous donnera du courage : *à vaillant homme, courte épée*.

— Je devrai allonger encore plus le bras.

— Vous avez merveilleusement réussi ce geste en me giflant, l'autre jour. Votre impertinence m'a donné cette idée. Vous laisserez approcher votre adversaire qui ne résistera pas au plaisir d'observer de si près une jolie proie. Vous attendrez qu'il soit à la distance. Vous ne le perdrez pas des yeux, n'exécuterez aucun geste. Il se croira vainqueur. C'est alors que vous dégainerez. La botte suivra. C'est l'effet de surprise. Tenez, prenez cette dague et portez-la à votre ceinture. Maintenant, au combat !

Il dégaina son épée. Je restai immobile. En avançant, il ne dissimula pas son plaisir. Je ne bougeai toujours pas. Patience... Il fit un pas et vint à moi. L'image du roseau ondulant selon le flux du vent se fixa devant mes yeux. Il fit un autre pas et, dans ce mouvement, je sentis l'air glisser sur mon corps. En un éclair, je fis jaillir la dague et, en la pointant plus haut que le bras, je portai l'estocade. Il arrêta mon geste en me saisissant le poignet. La lame tutoyait son thorax.

— Tout doux, bel animal, l'affaire d'hier m'a suffi. Votre geste n'est pas parfait, mais le résultat est là. C'est cela qui compte.

Il ne lâcha pas mon poignet et nous restâmes ainsi, tous deux le souffle court.

— Pour accentuer l'effet de surprise, il faut finir plus vite que l'on commence. Le roseau accorde ses mouvements avec ceux du vent. Plus la rafale approche, plus l'air est vif et plus le roseau réagit. Son humilité est une façade. Sa grande qualité ? Ne jamais attaquer, mais être le premier à s'adapter. Le tempo, pensez-y. Désormais, je n'ai rien d'autre à vous dire. Je vous crois prête pour l'aventure, soupira-t-il.

— Il me manquera l'expérience. J'aurais tant voulu en profiter.

— Je ne suis pas autorisé à poursuivre plus avant, dit-il en se troublant.

— Désiriez-vous m'apprendre autre chose ?

— Avec regret, je laisserai cet avantage à plus jeune que moi.

— Merci, maître.

— Tout l'honneur est pour moi.
Et nous nous saluâmes.

Alors, parodiant l'accolade, il posa la lame de la dague sur mon épaule. Sur le champ, je mis un genou en terre. Nous éclatâmes de rire. Ainsi s'acheva la leçon de mon maître.

EN M'ÉLOIGNANT, MES LIENS CROISSENT

V. Plus je m'éloigne, et plus je me rapproche.

Le 16 octobre 1682, nous quittâmes Saint Albert. J'écris *nous*, car Jean-Baptiste Bonnefoix me suivit. Ses jérémiades, ses gémissements, ses gesticulations comiques, apaisèrent un peu la séparation d'avec les êtres les plus chers de mon âge d'or.

Au cours des derniers jours, je vis mon père continûment. Il délaissa ses mises d'ermite pour m'offrir son temps. Nous partions à l'aube pour parcourir une dernière fois notre domaine. Chaque bosquet, chaque allée, chaque pré appelait un souvenir. Les gens de Saint Albert que nous croisions étaient au courant. Notre curé Passementier était passé par là. J'avais droit à un salut et parfois à un signe de croix. Souvent, je dus descendre de cheval pour embrasser femmes et enfants ramassant le bois et les marrons en prévision de l'hiver. Dans la brume du matin, se glissaient des silhouettes familières. Je reconnaissais le solide laboureur que la saison poussait à l'inaction et dont le pas devenu lourd annonçait l'endormissement de la nature. Je surprenais les braconniers, cachés dans les fourrés, guetteurs patients du gibier qu'ils poursuivraient jusqu'à l'Avent. Je répondais à l'écho qui faisait glisser sur le vent le patois du bœutier. Les granges regorgeaient de foin sec. Les cheminées fumaient et l'odeur du lard qui cuisait, pour manger jusqu'au carême, éveillait mon estomac.

Poussecul, mon fidèle alezan, frémissait des naseaux et voulait mettre fin à ces tendres adieux qui me troublaient bien plus que je ne l'aurais cru. Malgré ses dix-huit ans, je le sentais prêt pour l'aventure. Il me donnait du courage, me poussait en avant.

Un matin, nous passâmes devant la grotte des Maudits qui avait servi de cadre à mes leçons sur les méfaits de l'obscurantisme et des dogmes. Mon père voulut y faire une halte. La source grondait, lâchant ses dernières forces avant d'être prisonnière du gel de l'hiver. Je fermai les yeux. Et comme dans mon enfance, je me pris à imaginer le dragon mythique qui effrayait le passant et qui veillait ainsi sur les amours secrètes de mes aïeux.

En descendant de monture, je vis des larmes dans les yeux de mon père, et ce n'était pas le froid qu'il fallait accuser.

— Il n'y aurait aucune honte à renoncer, commença-t-il.

— Et des regrets toute ma vie ?

Son visage s'adoucit :

— Tu ne reculeras plus. Et c'est aussi ma fierté. Si ton caractère doit un peu à ton éducation, je crois que j'ai réussi cette part de ma vie.

— Je connais le comte de Saint Albert. Tout, chez lui, n'est que générosité.

— Tout doux ! Tu me pousses vers le péché d'orgueil...

Il toussa fortement et grimaça aussitôt. La quinte se poursuivit. Il se leva et posa les mains sur ses poumons.

— De quel mal souffrez-vous, mon père ?

— Ce n'est rien. Le galop était trop vigoureux et le froid me brûle un peu. Ne t'inquiète pas. Il ne faut penser qu'à toi.

Il se rassit. Son visage retrouva sa douceur teintée de tristesse.

— Écris-moi le plus souvent, Hélène.

— Je vous le promets.

— Et prends ceci avec toi.

Il desserra sa main droite. Dedans s'y trouvait une miniature finement ciselée dans l'or. Il ouvrit le boîtier. C'était un portrait peint de ma mère.

— Il ne m'a jamais quitté. Il te revient, à présent.

Émue plus que je ne le fus jamais, je pris ce bijou. Mon regard se troubla et je rejoignis l'émotion de mon père. Celui-ci s'était encore levé. Il me serra dans ses bras et nous restâmes longtemps ainsi, entremêlant les tremblements de nos âmes.

— Je vais t'aider à l'attacher autour de ton cou.

Il se déganta. Ses mains étaient chaudes et douces. Une bouffée d'amour me prit au cœur en revoyant le souvenir de sa tendre affection alors qu'il m'endormait.

Il était une fois, Hélène...

Devais-je renoncer ? À cet instant, j'aurais pu décider de le faire. Mais mon père, sans le vouloir, mit fin à cette hypothèse.

— Une fois à Versailles, demande à rencontrer le marquis de Penhoët.

Il parlait de l'avenir. Il y était entré. Avait-il seulement senti que je pouvais encore fléchir ? À l'inverse, l'avait-il si bien deviné qu'il me poussait en avant ?

— C'est le seul ami qu'il me reste à la cour du roi, continua-t-il. Il t'aidera à reconnaître les lieux. Cependant, méfie-toi de cet homme ! Il est connu pour son libertinage...

— L'aveugle se moquerait-il du borgne ? lançai-je d'une voix plus claire.

— C'est aussi un joueur ! reprit mon père sans répondre. Il passe sa vie dans le cabinet du Billard, ce salon aménagé par Louis XIV en salon de divertissements. La nuit, ce passionné de bassette et de lansquenet[1] s'attable et gagne des fortunes en ruinant de moins rusés que lui. Ne t'approche pas de ces plaisirs néfastes, tu y laisserais les trois mille livres que tu emporteras.

— Je gérerai avec prudence ce que vous me confierez.

— Au premier signal, je compléterai cette somme.

— C'est déjà une fortune !

— À quoi l'utiliser de mieux, si ce n'est au profit de mon plus grand trésor ?

— Et c'est pourquoi vous auriez préféré le tenir caché ?

---

1. Jeux de hasard à la mode à Versailles.

— Je n'ai jamais voulu te séquestrer, mais le danger est grand à Versailles...

— Vous m'en avez tant parlé que je pourrais m'y déplacer les yeux fermés.

— Garde-les grands ouverts !

— Existe-t-il au moins une pièce où je puisse me rendre ?

— Derrière chaque porte se cachera un piège.

— Je ferai entendre mon avis et rentrerai à Saint Albert où nous organiserons le plus grand bal du siècle !

Je me levai et le pris par la main pour danser. Un instant, son visage redevint souriant :

— Pitié ! je n'ai plus de souffle...

Il s'arrêta et me serra la main :

— Mon enfant, combien tu me manqueras ! Mais encore une chose...

— Une recommandation de plus !

— J'ai tant à te dire... En arrivant à Versailles, tu feras demander le marquis de Penhoët et pour qu'il te reconnaisse, tu lui montreras la miniature que je viens de t'offrir. Il a connu ta mère, et je crois qu'il en fut un peu amoureux. Cela suffira pour qu'il soit convaincu que tu es bien ma fille. Vous vous ressemblez tant. J'aurai donc perdu, par deux fois, mes êtres les plus aimés.

L'émotion douloureuse revenait. Renoncer encore ?

— Allons, mon père ! Je vous ai promis d'organiser à Saint Albert les plus belles festivités de toute votre vie !

— Dieu t'entende, murmura-t-il.

Et ce fut la première fois que je le surpris à prier et à invoquer le soutien du Créateur.

— Hélène, autre chose encore.

— Encore !

— Oui, oui, oui ! Laisse-moi te parler. À qui donc le ferai-je, bientôt ?

— Nous serions mieux à Saint Albert. Je grelotte, et vous aussi.

— En rentrant, j'écrirai à la comtesse de Sévigné. À Paris, tu te rendras chez elle sans détour. Ne va pas à Versailles directement. Promis ?

— Promis.

— Tu logeras dans son hôtel de Carnavalet. Elle t'accueillera comme sa fille qui lui manque tant.

Il baissa la voix :

— Je comprends mieux ce qu'elle éprouve... Et n'oublie pas de l'embrasser pour moi.

Il soupira et s'approcha pour caresser mes cheveux. Soudain, il tomba sur la blessure que j'avais reçue sous l'oreille pendant mon apprentissage.

— Mon professeur m'a fait payer l'écot. Ce n'est qu'une égratignure, et je lui ai rendu dix fois plus à l'épaule. Ne vous inquiétez plus. J'ai compris ses leçons de modestie.

Il caressa tendrement l'œuvre de Faillard.

— Hélène, ma fille courageuse, combien je t'aime...

Le froid vint à bout de notre émotion. Les chevaux hennissaient, réclamant le retour. Nous fîmes un grand détour qui nous mena aux limites nord de Saint Albert. Je revoyais le tableau de notre domaine peint par ce moine enlumineur et je songeais aux douces agapes de nos solides vignerons. L'endroit était vraiment bon et doux. Et plus je m'en nourrissais, plus je mesurais combien il allait être dur de le quitter.

Au manoir, Berthe pleurait plus qu'un hiver doux. Ses plats s'en ressentaient. Pour combattre son chagrin – s'occuper, disait-elle – elle avait entrepris de nettoyer de fond en comble sa cuisine. Elle frottait chaque ustensile avec la cendre de l'âtre, accumulée depuis tant d'années. Mais plus les marmites brillaient, plus elle pleurait.

— C'est la faute à ma mémoire, expliquait-elle. Elle a gardé trop de souvenirs. Et ils sont tous bons ! Chaque fois que je prends une cuillère, je te revois quand tu étais petite. Quel mal j'ai eu à te faire mâcher ta première racine[1] !

— Je n'étais pas gentille ?

— Oh ! si...

Et Berthe pleurait de plus belle. Je l'embrassais. Elle gémissait :

---

1. Ce mot, racine, s'employait à l'époque pour désigner les légumes.

— Ton départ me rend folle. Hier, j'ai cru voir ta mère à la porte ! Elle souriait et elle venait vers moi. Tu étais dans ses bras. Tu me faisais tes gentils gouzi-gouzi et tes guili-guili…

— Je sais ce que voulaient dire ces petits mots de nourrisson.

— Ah bon ?

— Fais-nous encore ton pain perdu trempé dans le lait…

— Pour nous tous ?

— Nous en mangerons ce soir. Et ici ! Dans ta cuisine.

Alors, Berthe rougissait de plaisir. Puis, l'instant d'après, gémissait. Monsieur Blois, que j'avais tant haï, semblait lui-même chagriné. Il se présenta, la veille de mon départ :

— Je viens vous dire adieu. Ce matin même, je serai à Saumur. On m'a trouvé un autre sacerdoce.

— Quel est le nom de votre prochaine victime ?

Il sourit. En dix ans, ce fut, je crois, la première fois :

— Je rejoins la Nouvelle-France. J'embarque dans un mois pour Québec. Il y a de nombreuses âmes à former.

— N'est-ce pas vous qui m'enseigniez ses dangers ? N'avez-vous peur ni des sauvages, ni du froid, ni des animaux terrifiants et cruels qui hantent les forêts ?

— Dans ce que l'on raconte, il y a sans doute plus d'inventions que de vrais dangers.

— Cette observation est audacieuse pour celui qui fut mon instructeur !

Il sourit encore :

— Un jour, je vous ai dit que le plus important n'était pas ce que l'on apprend, mais la force que l'on en retire. Je vous crois armée d'un caractère solide. Vous avez appris et su résister. Ma mission est terminée. J'irai en Nouvelle-France, si telle est la voie que Dieu a tracée pour moi.

— Prenez soin de vous, monsieur Blois.

Il déglutit et ses joues devinrent pâles :

— *Vulnerant omnes, ultime necat,* lança-t-il d'une voix forte.

— Si je me souviens de vos leçons, cela signifie que toutes les heures blessent, mais que la dernière tue.

— Il vous a suffi de lire cette inscription qui figure à l'entrée de votre chapelle, corrigea-t-il sur le ton du précepteur. Je traduirai par : *chacun gravit son Chemin de Croix. Et chacun doit connaître ses blessures.* Les miennes seront peut-être plus douces que les vôtres.

— Qu'en savez-vous ?

— Versailles vous réservera de terribles déceptions et de vilaines épreuves. Je vous souhaite de ne pas y rencontrer la dernière heure de votre vie.

— Je vous promets de me souvenir de cette ultime leçon, monsieur Blois.

Je n'en pensai pas un mot.

Et j'eus bien tort.

Pour mon départ, le curé Passementier fit un écart. Il se rendit à Saint Albert en semaine, pour que nous y entendions la messe. Avant de nous réunir dans notre chapelle, il me demanda si je souhaitais communier.

— Oui, je le veux.

— Dans ce cas, il faudra vous confesser.

Mon cœur me semblait pur. Je vivais dans l'Éden.

— Mon seul péché est récent, monsieur le curé.

— Lequel est-ce ? murmura-t-il les yeux fermés.

— Je fais souffrir mon père.

Le bon curé ouvrit les yeux :

— Plus tu t'éloignes du Seigneur et plus Il se rapproche de toi, Hélène. Pour ton père, je crois qu'il en est de même.

— Plus je m'éloigne et plus il m'aimera, c'est bien cela ?

Il acquiesça en silence et reprit :

— Ta séparation vous montrera à tous les deux combien vous vous aimez. Et l'Amour est le premier commandement de Dieu. Tu aimeras ton père... Te souviens-tu ? En t'éloignant, tu souffriras toi aussi de son absence car il est dit que les qualités grandissent et les défauts s'estompent quand on se quitte. Chaque pas qui te séparera de lui te prouvera combien vous êtes unis pour toujours. Mais n'est-il pas normal qu'une belle jeune fille dise, un matin, au revoir à son père ? C'est aussi à cela que sert l'éloignement. Et à aimer plus fortement tous les enfants de Dieu...

Maintenant, entends le pardon du Seigneur. Et n'oublie pas de prier chaque jour. Va en paix, ma très chère Hélène.

À la fin de son sermon, qui fut court, le curé Passementier revint sur cette belle idée. Il conclut, en glissant de sa voix douce : « Plus je m'éloigne et plus je me rapproche ». Mon père se tourna vers moi et me fit comprendre son accord :

— Cet emblème sera fixé sur les murs de notre bibliothèque.

Puis nous communiâmes et il fallut partager le pain en minuscules morceaux tant il y avait de monde dans la chapelle.

Berthe organisa le rassemblement dès la fin de la messe. Amédée, le feutier, fit sonner les cloches si fort et si longtemps que notre bonne cuisinière dut donner de la voix pour annoncer à tous les présents qu'un souper serait servi.

— Et je vous ai fait du pain perdu !

Sa déclaration fut saluée par une clameur.

La dernière nuit, je ne dormis pas. Le vent entrait par la cheminée de ma chambre. Les braises faiblissaient. Les branches du chêne battaient à la fenêtre. Les deux coffres orientaux achetés par mon père au marchand vénitien luisaient dans la pénombre. J'y laissais mes rêves d'enfant et la baguette magique qui faisait fuir les ogres sortis de mon imagination. Quels périls allais-je devoir affronter ?

Je sortis de mon lit pour regarder une fois encore le portrait de ma mère fixé sur le mur du grand escalier. J'ouvris la miniature offerte par mon père et que je gardais au cou.

— Ici ou là, elle est toujours aussi belle.

Je sursautai. Mon père était derrière moi. Je pris sa main dans la mienne.

— Je tâcherai de lui faire honneur.

— Elle est déjà la plus fière des mamans.

Je ne pus retenir mes larmes plus longtemps.

Par un curieux effet, le vent tomba le jour de notre départ. Il faisait doux. Le ciel était dégagé. Bonnefoix se taisait. Mon père nous accompagna jusqu'au bord de Saint Albert. Sa liberté s'arrêtait là. Dans le vallon suivant, je le perdis de vue. Puis, le brouillard vint. Saint Albert s'y enfonça. Dedans, les visages de ceux que j'aimais défilèrent et mon cœur se serra.

Jean-Baptiste tira un morceau de lard cuit par Berthe. Damoclès battait à ma ceinture comme pour me rappeler les dangers à venir. Le maître d'armes Faillard l'avait fortement raccourcie. Désormais, elle passait pour une dague longue, ce qui était plus en accord avec celle qui la portait. Il y avait ajouté un joli ruban rouge[1]. Cette attention était l'ultime signe de sa prudence. Pour le quidam qui s'approcherait de moi un peu trop, je porterais une arme d'apparat. Qui se méfierait de celle d'une jeune femme ? Ainsi, espérait-il, je n'éveillerais ni les questions ni les soupçons.

— Ni l'envie d'en découdre, ajouta-t-il. Et, pour plus de sûreté, je vous invite encore à cacher cette arme sous le manteau. Ne la montrez qu'au dernier moment. Quand, ne pouvant plus reculer, vous devrez avancer et frapper en moins de temps que l'éclair foudroie la terre. La surprise, souvenez-vous...

Cet atout suffirait-il pour que j'agisse avec *à-propos* ?

Un jour après notre dernière leçon, Faillard avait quitté Saint Albert en soldat solitaire : un salut distant, un claquement de bottes, un sourire à mon père et à moi, pour finir. Il ne souhaitait pas s'associer aux « pleurs qui ajoutent à la peine et amollissent le corps sans soigner le cœur ». Pour quelle raison étais-je persuadée de le revoir ?

Puis était venu le temps des embrassades. Alors que Berthe menaçait de m'étouffer, mon père avait dit ces mots :

1. L'homme en habit de parure nouait un ruban sur la garde de son épée.

— Versailles est un château de cartes. Le carreau correspond aux honneurs et au faste, le cœur aux sentiments, le pique à la mort. Seul le trèfle apporte l'espoir. À l'instant où tu les découvriras, il sera trop tard pour changer ton destin.

Saumur se montra. Sa voix résonna dans ma tête. Si mon sort était scellé, pourquoi entreprendre ce voyage ?

DEUXIÈME PARTIE

Le château de cartes

SOUS DES DEHORS ARDUS MA DOUCEUR EST CACHÉE

VI. Une leçon d'humilité.

Jean-Baptiste Bonnefoix avait son idée et son plan, et l'âne le plus têtu n'aurait pu le faire dévier de sa route. Comme celle-ci passait par le sud, nous entrâmes dans Paris par la voie du Midi.

Notre guide suivait depuis la veille l'aqueduc qui fournit l'eau à la ville en puisant dans les sources environnantes. Au temps de Lutèce, les thermes en réclamaient en abondance et le savoir des bâtisseurs romains avait fait des merveilles, comme en témoignaient les aperçus de l'aqueduc qui se montrait à nous, encore ce matin. À présent, racontait Jean-Baptiste, les choses avaient changé. Il y avait trop de monde. Paris manquait d'eau. Et je ne tarderais pas, prédisait-il, à me rendre compte de l'horrible vie de ses habitants.

— Tout n'est que saleté ! Il faut surveiller ses pieds et le ciel en même temps, ce qui est un prodige qu'aucun homme ne peut accomplir.

Nos montures avançaient au pas. Le vent faiblissait, l'air était doux. Midi allait venir. Nous étions dimanche, premier jour du mois de novembre de l'an 1682.

— Pourquoi prendre tant de précautions quand on est à Paris ? lui demandai-je.

— Le sol est jonché de débris. Et d'où viennent-ils ? Du ciel. Une simple fenêtre est un mauvais présage. À chaque instant, on jette dans la rue les pires horreurs, sans prendre soin du passant… Mais vous l'avez voulu, mademoiselle ! Et nous y serons bientôt. Profitez des derniers instants de calme. Au loin, sur la gauche, voyez-vous ce domaine altier bordé par une épaisse muraille ?

Nous étions sur les hauteurs, à moins d'une lieue de Paris. Bonnefoix pointait du doigt un vaste ensemble de bâtisses d'où jaillissait la tour d'un clocher recouvert d'ardoises grises. C'était une abbaye isolée du monde qui se montrait à l'horizon et dont je sentais les premiers effets par l'apparition de nouveaux voyageurs. Plus nous approchions, plus ceux-ci augmentaient et se resserraient par groupes. Nombre d'entre eux marchaient d'un pas soutenu. Les uns portaient leur ballot sur le dos quand d'autres guidaient un bœuf attelé à un chariot chargé de richesses dont ils venaient faire le commerce. Ils surgissaient de chemins étroits, taillés entre des sillons glaireux, qui, plus tard, les ramèneraient chez eux. Ils se rangeaient contre le bord de la route et avançaient, tels des pèlerins, selon un ordre qui semblait calculé. Ils ressemblaient aux gens de Saint Albert, à ceux que j'aimais et dont je refoulais le doux souvenir jour après jour depuis notre départ tant ils me manquaient. Si mon cœur se serrait, ma nostalgie était sitôt troublée par de nouveaux événements. Un carrosse martelant le pavé surgissait au galop dans mon dos. Le cocher sifflait et faisait claquer son fouet pour que l'on dégage la voie. Six chevaux blancs et fougueux, tirant sur leur harnais et frappant le sol de leurs fers ardents, passaient comme la foudre. Parfois, j'apercevais le visage des passagers. Celui d'un duc ou d'une belle marquise ? Les armoiries peintes sur les portes ne me renseignaient en rien. J'ignorais l'essentiel de l'univers dans lequel je m'aventurais. Je n'étais qu'une jeune femme d'Anjou dont le titre et le nom ne pesaient plus rien à Versailles. J'étais la fille d'un comte exilé.

Mon regard abandonna l'abbaye que désignait Jean-Baptiste et revint au nord. Face à moi, et malgré un voile de fumée grise qui refusait de se lever, il me sembla deviner les premiers contours de Paris. Ces murailles étaient-elles les vestiges de l'enceinte construite par Philippe Auguste, comme me l'avait appris, dans une autre vie, maître Blois ? Perçant ce ciel éteint, était-ce, enfin, la porte Saint-Jacques, cette frontière ultime entre la campagne et la ville, entre les champs endormis, dont je ne supportais plus la monotonie, et le bouillonnement formidable des six cent mille âmes de la capitale du monde ?

Mon impatience grandit. Je réveillai Poussecul d'un coup de talon dans les flancs. À regret, l'alezan abandonna l'herbe encore grasse qui poussait le long du chemin et s'offrait à sa gourmandise.

— Ayez pitié de mon dos meurtri, gémit un Bonnefoix rapidement distancé. Prenez le temps d'apprécier ce que je vous montre. Observez bien le couvent des Chartreux. C'est le signe que nous approchons. Serait-ce la première bonne nouvelle depuis que nous sommes partis ?

— De quoi te plains-tu, Jean-Baptiste !

— De tout, souffla-t-il alors que ses jambes trop courtes battaient les flancs de sa jument.

— Nous commencerons par quoi ?

— D'abord, je n'ai pas fermé l'œil depuis des lustres...

— C'est sans doute pourquoi tu as tant ronflé la nuit dernière. Je logeais à dix pieds de ta chambre et les murs de l'auberge étaient épais, pourtant, j'ai compté tes soupirs et ton contentement à dormir tout ton soûl. Je t'ai supplié : taisez-vous, Jean-Baptiste Bonnefoix. D'autres voix se sont jointes à moi pour que tu cesses tes bourdonnements de frelon. Rien n'y fit. Pour finir, je me suis levée, espérant mettre fin à ce récital. J'ai ouvert ta porte avec force ! Pas un mouvement. Au moins, te souviens-tu que j'ai secoué tes côtes pour te faire taire ?

— C'était vous ? murmura-t-il. Ainsi s'explique l'apparition qui a troublé mon repos.

— Ah ! tu y reviens. Tu vas gémir sur ces images qui hanteraient ton sommeil depuis que nous avons quitté Saint Albert.

— Je rêve. Qu'y puis-je ? Vous avez houspillé un brave qui se débattait avec un ours énorme. Il voulait nous dévorer, et celui de cette nuit était le plus cruel de son espèce. À peine l'avais-je chassé de mon esprit, retrouvant le calme dont votre botte m'avait privé, que surgissait devant mes yeux clos une bande de brigands de grand chemin. Ils volaient notre bourse et nous mourions de faim dans un bois hanté dont nous ne pouvions échapper du fait que nous étions pieds et mains liés. Ah ! l'image revient. J'en frissonne et mon ventre se tord.

— Et pour qu'il ne gargouille plus, tu le remplis en mangeant comme trois à chacune de nos haltes.

Je suis prudent. Je fais des provisions, bougonna-t-il. Mais ce voyage est trop long. Je n'en peux plus de prévoir le moment où nous manquerons...

— Ta panse rebondie me renseigne sur les dérangements que produit ta sagesse. Tu manges pour apaiser ta peur, mais ta digestion peuple tes nuits de mauvais rêves. Pour mettre fin à ce cercle infernal, pressons-nous d'arriver à Paris.

— Détrompez-vous. Des maux autrement redoutables nous y attendent. Et mon estomac gémit de plus belle au simple fait d'y penser. Mon Dieu, pourquoi ai-je accepté ?

— Jean-Baptiste !

— Je vous prie ?

— De quels malheurs avons-nous été les victimes depuis notre départ ?

Il réfléchit longuement :

— Aucun, je vous l'accorde. Mais...

— Ni voleurs, ni ours, ni loup dans d'obscures forêts. Avons-nous souffert du manque d'hospitalité ?

— L'affirmer serait vous mentir.

— Te sens-tu malade ?

— Ni plus ni moins que d'habitude...

— Alors, tout va bien. Et j'écrirai ces bonnes nouvelles à mon père dès que nous serons installés chez la cousine de ma mère, madame de Sévigné.

— Faisons en sorte d'y parvenir entiers.

— Plutôt que de gémir, raconte-moi vers quoi nous nous dirigeons.

— Nous venons de laisser sur notre droite le séjour de Valois. Nous allons sur le faubourg Saint-Jacques. Observez les maisons qui longent ce chemin et dont l'allure est solide. Derrière chacune d'elles, se niche un potager fécond. Paris a faim. Et moi aussi ! Mais à quoi bon ajouter une bouche de plus dans ce monde étranger ?

— Veux-tu que nous fassions une halte ?

— Trop tard. Nous franchirons bientôt le Rubicon. Le train enjoué de ce Poussecul nous conduit vers la porte Saint-Jacques que vous apercevez déjà. Là-bas, nous nous arrêterons. Les auberges ne manquent pas. Mais avant, méfions-nous. La foule qui grossit autour de nous ne me dit rien. Elle n'est pas hostile, mais ne tardera pas à le devenir. Voyez comme ces gens nous dévisagent. Parmi ces curieux, combien y a-t-il de coupe-jarrets qui tendent l'oreille pour compter le nombre de livres qui tintent dans ma bourse alors que vous m'obligez à trotter ?

— Pour ma part, je ne vois que des visages enjoués. Ils viennent acheter, vendre, s'amuser ! Je ne sens aucune peur et aucune menace dans leurs yeux.

— Pour un peu, je vous croirais heureuse, souffla-t-il d'une voix théâtrale. Mais chacun a le droit de voir midi à sa porte.

Les cloches d'une église en profitèrent pour sonner les douze coups de la mi-journée. Jean-Baptiste écarquilla les yeux :

— S'agit-il d'un signe ?

— Oui ! C'est Paris qui nous accueille !

Et, faisant écho à ce présage que je voulais faste, les cloches de Saint-Germain saluèrent notre entrée dans la ville.

Le prudent Bonnefoix soutint qu'il était nécessaire d'abandonner nos montures, la circulation à cheval lui paraissant dangereuse. Le mieux était de faire appel à un cocher qui connaissait Paris et nous conduirait à bon port chez madame de Sévigné. Je lui fis confiance pour obtenir au mieux de nos intérêts les services de cet homme. L'affaire se négocia, à la porte Saint-Jacques, au relais de poste où nous comptions mettre en pension nos chevaux.

Le marchand qui y tenait patente était plus gros et plus petit que Jean-Baptiste. Il soufflait à chaque pas, dodelinait et s'essuyait le front à l'aide d'un méchant linge à la propreté douteuse. Des oies cuisaient au fond de son échoppe.

— Mon premier métier est celui d'aubergiste. Je tiens cette maison de mon père et c'est une bonne affaire. Le faubourg Saint-Jacques est un passage fréquenté. Et le guet n'y est pas regardant. On y entre mieux que par la porte Saint Martin. Il est vrai que plus on approche de la cour des miracles et plus le prévôt se méfie... Vous avez bien fait de venir par le Midi.

Il cligna de l'œil comme si cette précision pouvait nous être utile et voyant que nous restions de marbre, il changea de sujet :

— Ainsi, vous voulez circuler. Choisirez-vous une chaise à porteurs, une chaise roulante ou une voiture de ville ? J'ai les trois.

Après chaque phrase, il s'essuyait le front ou frottait ses mains graisseuses sur un bas-de-chausses à la couleur incertaine. Puis, il tournait le regard vers la cuisine, installée à la vue de tous au fond de l'officine. Il y régnait une chaleur épouvantable.

— La calèche nous conviendrait mieux, commença Bonnefoix...

— Tout a un coût, intervint l'aubergiste. Vous avez donc de solides moyens ! Et combien seriez-vous prêts à me donner ?

— Cela dépend, minauda Bonnefoix, qui faisait mine de n'en savoir trop rien.

— Si vous devez vous rabattre sur la chaise roulante, reprit l'aubergiste d'un ton moins obséquieux, je possède des roulettes ou des vinaigrettes. Pour vous, ce sera le même prix. Je vous donnerai des hommes forts. Je calculerai selon leur temps. Où allez-vous ?

— Dans le Marais.

L'aubergiste fronça le sourcil :

— Désormais, tout le monde veut y baguenauder. C'est parfait de se promener chez les gens fortunés, mais ce n'est pas à côté. Il faut traverser la Seine. Oublions la chaise à porteurs, murmura l'aubergiste en pensant à son futur profit.

— Et la calèche ? insista Jean-Baptiste.

Le gros homme jeta un regard vers les oies dont la chair fondait en dégageant une fumée qui piquait les yeux. La cuisson avançait. L'aubergiste rassuré se retourna vers nous et nous observa encore avant de se décider à parler :

— Si vous vous rendez dans le Marais, ce n'est pas pour flâner, mais pour y rencontrer des personnages importants. Je me trompe ?

Nous ne répondîmes pas.

— Il vous faut donc, continua-t-il, un bel attelage et j'ai ce qui convient. Mais une affaire est une affaire. Celui que je vous propose est rare. Pour ainsi dire, vous ne trouverez pas mieux sur cette rive de la Seine. Hélas, de nos jours, tout a un coût, répéta-t-il en se frottant le front.

— Laissez-nous en juger, intervins-je.

Il me regarda curieusement :

— Est-ce vous qui tenez les cordons de la bourse ?

— Avant de les délier, je veux savoir dans quoi je pourrai m'asseoir.

Il plissa le front et sembla me découvrir. Puis, l'instant d'après, il me sourit :

— D'où vous vient cet aplomb, mademoiselle ?

— Et vous, de quel droit me questionnez-vous ?

— Je vois, minauda-t-il. Votre allure est trompeuse. Sous ces modestes habits, se cache, à coup sûr, un grand nom et pourquoi pas une pucelle qui a fui le couvent pour retrouver son amant. Eh ! si je me trompe, dites-le-moi.

L'aubergiste n'en finissait plus. Déjà, il élevait la voix et des curieux, présents à une table, tendaient l'oreille.

— Tout est ainsi à Paris, me glissa Bonnefoix.

Puis, d'une voix plus solide, il s'adressa à l'aubergiste :

— Pourrais-je vous parler de façon secrète ? Tenez, j'aurais plaisir à observer vos oies cuites.

Sans attendre, Jean-Baptiste prit par le bras le grossier questionneur et l'entraîna à sa suite vers l'endroit le plus sombre de la salle. L'entretien dura peu. Quand ils revinrent, l'aubergiste avait changé de ton et de façon.

— Vous pouvez compter sur ma discrétion, dit-il en clignant encore de l'œil. Et pour notre affaire, c'est entendu.

Voilà ma proposition : derrière cette maison, et non loin des écuries où vos chevaux seront bien traités, se trouve un carrosse dont je pourrais me séparer pour une pistole par jour.

— Dix livres ! s'écria Jean-Baptiste d'une voix forte.

— Alors, disons un écu et n'en parlons plus, répondit l'aubergiste dont le front se couvrait à nouveau de sueur.

La docilité de notre hôte avait-elle un rapport avec la messe basse dite à l'instant par Bonnefoix ? Pour m'en assurer, je décidai d'une nouvelle attaque :

— Une livre par jour, tentai-je d'une voix froide, vous voilà bien servi. J'ajoute, monsieur l'aubergiste, qu'en refusant cette offre, vous perdrez ce à quoi vous n'avez pas encore songé : la pension de nos chevaux. Le calcul est simple. Une livre par jour pour nos chevaux et le carrosse. N'y pensez pas trop longtemps, vos oies sont en train de brûler.

Il se précipita sur le feu, y jeta de l'eau, aspergea ses volailles. Quand il revint vers nous, il semblait épuisé.

— Je n'ai guère le désir de poursuivre ce combat. Deux livres et c'est entendu. De surcroît, je vous offre le repas pour fêter notre accord.

— Qui conduira l'attelage ?

— Mon neveu, chuchota-t-il. Ce garçon a ma confiance. Je l'accueille car il est orphelin. Et je dois le nourrir. Voilà pourquoi une livre, ce n'est rien…

Il essuya une énième goutte de sueur qui pouvait passer pour une larme.

— Mais, reprit-il, je vous garantis qu'il ne dira pas un mot de ce qu'il entendra. Bouche cousue… N'est-ce pas la devise de votre corporation ?

Pour la troisième fois, il cligna de l'œil. Qu'avait pu raconter Bonnefoix ?

— Attendez que nous soyons seuls, souffla ce dernier en me poussant dehors.

Son regard racontait le bonheur qu'il avait eu à rouler cet aubergiste :

— Je m'en doutais, cet homme a peur des mouches !

Il chargeait nos modestes bagages dans le carrosse que nous venions de louer. Nous étions dans les écuries. Jean-Baptiste était-il devenu fou ?

— Ne me regardez pas ainsi, sourit-il. Les mauvais rêves ne m'ont pas brûlé la cervelle, je suis sain de corps et d'esprit. C'est pourquoi, j'ai réfléchi et fait appel à une mouche pour nous venir en aide.

— Une mouche ? fis-je en écarquillant les yeux.

— Oui. Et celle-ci me donne l'occasion de vous donner une première leçon sur Paris. Tenez. Pansez Poussecul pendant que je vous raconterai. Et que l'élève reste attentive !

Il se posa lourdement sur un ballot de paille.

— Avant que La Reynie ne soit nommé lieutenant de police, les fripouilles, gredins, canailles de tous poils, écorcheurs et autres pendards avaient la vie belle…

— La Reynie ! criai-je. Cet homme qui a fait tant de mal à mon père ?

— De grâce, écoutez-moi… Ce magistrat de Bordeaux fut choisi par le roi pour sa fermeté. Pour comprendre le désordre de cette cité, songez que le lieutenant criminel de Paris fut lui-même occis par un voleur. Partout, il se disait « que le bois le plus funeste et le moins fréquenté était au prix de Paris un lieu de sûreté[1] ». Je parlais des ruffians, j'y ajoute les empoisonneurs. Ils se fournissaient dans de discrets potagers, semblables à ceux du faubourg Saint-Jacques dont je vous vantais les mérites ce matin. Un peu de ciguë de Socrate ou de cette Belle Dame dont la baie se confond avec la cerise ? Et voilà un contrat scellé dans les tourtes de pigeonneaux que madame de Brinvilliers offrait à ses victimes. Ni vu ni connu. Jusqu'à l'intervention de La Reynie lors de l'Affaire des Poisons.

— D'où tiens-tu ces histoires ?

— De Paris ! Il suffit d'écouter les conversations qui roulent dans les cabarets et les foires. Et grâce à votre père, mon bienfaiteur, le comte de Saint Albert, j'en ai fréquenté plus que nécessaire. Il séjournait à Versailles ou vaquait à

1. Selon l'appréciation de Boileau.

ses affaires, et j'errais dans la ville… C'est pourquoi je peux parler des dangers qui rôdent autour de nous.

— Mais que vient faire une mouche dans cette histoire ? insistai-je.

— Patience… L'Affaire des Poisons, j'y reviens, a produit un effet dont je me réjouis : depuis, on protège un peu mieux les honnêtes gens. Oh ! ne croyez pas aux miracles. La cour qui porte le même nom est toujours active – et je vous supplie de ne jamais vous y rendre ! Les assassins prolifèrent toujours, malgré l'efficacité du lieutenant général de police.

— Tu parles encore de cet homme comme d'un bienfait. C'en est trop !

— J'ai de la mémoire, mademoiselle, minauda-t-il. Je sais, pour notre malheur, qu'il est plus fureteur qu'un chien de chasse. Mais c'est exactement de cela dont j'ai parlé à notre aubergiste… En somme, j'ai utilisé l'un de nos ennemis pour négocier au mieux nos affaires. N'est-ce pas une façon amusante de vous venger ? Voudriez-vous m'aider à porter ce bagage, j'ai le dos raidi par l'allure forcée que vous nous imposâtes avant ce dîner[1].

— Je crois plutôt que tu as pris trois fois de cette oie qui empestait…

— Ah ! ce n'est pas aussi bon que la cuisine de Berthe. La regretteriez-vous ?

— Tais-toi ! Ou plutôt, explique-moi en quoi La Reynie a pu venir à notre secours.

— Pour l'aubergiste, vous et moi, nous sommes des mouches.

— Plaît-il ?

— Oui, nous volons de taverne en cabaret et nous nous posons où nous voulons. Nous mettons nos pattes et nos antennes à l'exact endroit où il ne faut pas. Dans la soupe, par exemple pour goûter ce que l'on mange, ou sur la tête pour apprendre ce qu'elle cogite, ou près de l'oreille pour entendre ce qui y entre. Ainsi, les mouches savent ce qui se dit, se pense ou s'échafaude dans l'ombre du Roi-Soleil.

1. Le dîner s'entend à l'époque comme notre déjeuner.

— Tes mauvais rêves, ajoutés à la graisse, t'ont joué un sort, Jean-Baptiste...

— Non, je suis une mouche, car c'est ainsi qu'on nomme les espions du sieur La Reynie. Il en a mis en place des centaines dans Paris. Et ses mouches vont ici et là. Elles se collent aux gens. Elles écoutent et volent vers leur maître pour lui conter par le menu ce qui nuit au Royaume. Et à Louis XIV.

— Des espions ?

— C'est une autre façon d'appeler une mouche et vous n'imaginez pas combien cet animal fait peur aux Parisiens. Plus encore que le rat porteur de la rage.

— Aurais-tu osé affirmer que nous étions...

— Des mouches ! Oui, et en mission. Aussitôt, son ton a changé.

— Mais il ne t'a demandé aucune preuve ?

— On ne questionne pas les mouches. On sait qu'elles existent, qu'elles agissent incognito. La Reynie a recruté des hommes et des femmes dont personne ne connaît le visage. C'est sa force. Et sa faiblesse. Personne ne peut dire qui sont ses mouches. Un petit homme gros et une jeune et fort jolie demoiselle ? J'ai profité du mystère qui entoure ces espions pour emprunter leurs habits. Et, murmura-t-il, ce n'est pas la première fois que j'emploie cette ruse pour échapper à un danger ou pour négocier mes intérêts. Je sais comment m'y prendre... J'use de regards appuyés, de silences lourds. La mouche ! Son vol fait peur aux habitants de Paris, car pas un n'a la conscience tranquille, l'aubergiste en premier chef. Et je donnerais bien ma langue au chat pour savoir quel trafic se dissimule derrière son innocente devanture...

— Épargnez-vous ce sacrifice. Il contrebande le café, répondit une voix dans le dos de Bonnefoix. Et bien d'autres choses encore.

Mon compagnon se mit à trembler de la tête aux pieds. Je me retournai brusquement et, oubliant le conseil de maître Faillard, je saisis la garde de Damoclès. On nous avait surpris. Il faudrait faire front à coup sûr. Mais devant, à droite, à gauche, il n'y avait personne.

— Qui va là ? bredouilla Jean-Baptiste.

Alors, je vis surgir lentement de la stalle voisine où sommeillait un percheron flegmatique, une tête, un cou, deux bras, un torse, et le corps tout entier d'un jeune homme guère plus âgé que moi. Il sortit de son repaire, s'avança de trois pas et s'arrêta, les mains posées sur les hanches. Vingt-deux ou vingt-trois ans ? Il souriait d'un air narquois. Ce n'était pas ainsi que j'imaginais mon premier combat. Mais faudrait-il vraiment se battre puisqu'il ne tenait pas d'arme ? Et, en y regardant de plus près, il n'était même pas assez vêtu pour en dissimuler une.

Il portait, pour le haut, une chemise blanche dont les manches trop longues lui tombaient sur les mains. Pour le bas, un caleçon coloré comme celui de *Pantalon*[1]. Il était en outre chaussé de souliers plats et fins conçus, selon moi, pour la danse et non pour le combat et tenait dans la main droite un bonnet avec lequel il salua Jean-Baptiste en effectuant de la main un geste théâtral. Alors il se retourna vers moi et s'inclina en portant la main sur son cœur.

— Vous êtes sans doute les deux personnes que je dois conduire sans délai dans le Marais.

— Et vous êtes le neveu de l'aubergiste, gémit Bonnefoix.

— Cet homme n'est pas mon oncle, répondit-il d'un ton sec. Ce qui fait de lui un menteur. Et un voleur, comme vous l'avez justement deviné. Je me présente. Je suis Beltavolo, baladin et farceur. En somme un artiste, attaché à une troupe de théâtre italienne dont on dit qu'elle est la meilleure ! Mon métier est la *Commedia dell' Arte*. Ne craignez rien de moi, ma seule arme est en bois. Je ne la porte qu'en scène et pour faire rire.

Puis, négligeant Bonnefoix, le nommé Beltavolo sembla ne s'intéresser qu'à moi :

---

1. Personnage de la comédie italienne.

— Vous m'honoreriez en me considérant comme votre serviteur. Ne suis-je pas votre cocher ?

Il frappa trois fois du pied.

— Nobles gens et gentilshommes, prenez place, je vous prie. Le rideau se lève et le spectacle commence. Voici Beltavolo dans le rôle du postillon !

Il sauta sur un ballot de paille et se figea aussitôt, les bras levés vers le ciel. L'instant d'après, il dessinait dans l'air un carrosse imaginaire. Semblant satisfait de son invention et faisant mine de vérifier la solidité de l'ensemble, il grimpa dessus en jouant le maladroit. L'effet fut si parfait que je le crus voir escalader les degrés. Il trébucha, haussa les épaules comme pour s'excuser, me regarda. Je le trouvais poétique et touchant.

Il s'empara d'un fouet imaginaire et le jeta en avant. Les chevaux qu'il était censé conduire s'ébranlèrent sans doute trop vite car le bonnet qu'il avait replacé sur sa tête tomba sur ses yeux et son corps partit en arrière. Mais, en tirant les rênes qui n'existaient pas, il parvint à se redresser de la façon la plus drôle. Ce diable d'interprète claqua de la bouche. Le carrosse s'arrêta. Il en descendit. Le comédien salua.

Pendant le spectacle, je l'avais détaillé. Ses cheveux épais et bruns, en bataille, retombaient sur un visage aux traits nobles, éclairé d'un regard malicieux et toujours en mouvement. Bien que mince et solide à la fois, sa taille n'atteignait pas celle de mon père. Mais il dominait Jean-Baptiste d'une bonne tête et demie.

— Fais-je l'affaire ? L'inventaire de mademoiselle est-il terminé ?

Je rougis, sans renoncer au plaisir de le regarder. Ce jeune homme est charmant, me dis-je. Le temps passa encore. Nos regards restaient l'un sur l'autre. Sa peau était sans défaut et au premier sourire, ses lèvres bien dessinées laissaient apercevoir des dents régulières. Sa main fine et longue releva de son front une mèche bouclée dégageant l'ovale des yeux verts et clairs. Charmant, ce n'était pas assez. Gracieux, séduisant, enchanteur sont venus tourner dans mon cœur, et ces mots s'y installaient quand Jean-Baptiste Bonnefoix décida de briser ce moment céleste :

— Monsieur Beltavolo, dit-il en se grattant la gorge, vous affirmez de pas être le neveu de notre hôte. Et je vois que vous êtes plus comédien que cocher. Pourquoi cette invention ?

Beltavolo lui répondit sans me lâcher des yeux :

— L'aubergiste use de mensonges pour attendrir le chaland. Le fait d'employer un membre de sa famille serait un acte louable. Il ajoute que le destin s'est acharné sur son neveu. Il l'a dit ? Bien. A-t-il osé prétendre que mon père aurait été emporté par la tuberculose et qu'avant de mourir d'un flux de poitrine, ma tendre mère qui ne serait autre que sa sœur, l'aurait supplié, dans un dernier souffle, de prendre son enfant à sa charge ? Non. Vous avez raté ce moment, car à cet instant, il paraît qu'il soupire et ajoute qu'un catholique ne pouvait qu'accepter ce coup du sort, même si le poids des charges est lourd. Ensuite, il n'a plus qu'à annoncer son prix qu'aucun ne lui contestera. Ce coquin fait des affaires. Mais il lui faut un comédien pour aller dans son jeu…

— Et vous profitez de ce commerce honteux ! lançai-je malgré moi, tant j'étais déçue.

— Je remplace un autre faux neveu depuis ce matin. Nous jouons dans la même troupe et celle-ci cherche une scène. On m'a parlé d'un rôle. Un cocher ? Je n'en savais guère plus. J'avais faim. Ce motif compte pour beaucoup dans notre métier…

— Faut-il vendre son âme à toutes les comédies ?

— Croyez-moi, j'ignorais ces manœuvres. L'aubergiste m'a tout raconté alors que vous vous rendiez aux écuries. Il semblait inquiet et a insisté pour que je vous trompe parfaitement. Il ne voulait pas d'ennuis avec vous. Croyez-moi encore, je venais pour vous informer de sa duperie et vous apprendre que je refusais ce rôle…

— Dois-je vous faire confiance quand vous affirmez avec aplomb que vous n'avez pas profité de la crédulité d'autres voyageurs ?

— L'aubergiste vous dirait que je ne suis à sa solde que depuis ce matin. Mais si vous lui demandez, je crains de ne plus jamais tenir de rôle. Pour l'avoir trahi, il se vengera. Et adieu, Beltavolo !

En une pirouette, il s'effondra soudain dans la paille, les bras en croix. Bonnefoix ne put s'empêcher de l'applaudir :

— Allons ! Faute avouée est à moitié pardonnée. Relevez-vous, monsieur. Nous allons étudier votre cas et, sait-on jamais, nous déciderons peut-être de vous prendre comme cocher. Qu'en dites-vous, mademoiselle Hélène ?

J'allais répondre que j'étais cent fois d'accord, mais Beltavolo me devança :

— N'êtes-vous pas aussi un peu comédien et menteur ?

Toujours allongé, il ouvrit un œil :

— Je vous observe. Des mouches ? Il faut être stupide pour le croire. Il redressa le torse : Hélène, dites-vous ? Voilà qui ajoute à votre charme...

— Tout doux, monsieur ! intervint Jean-Baptiste. Vous nous conduirez dans le Marais, c'est votre contrat. Mais il s'arrêtera là. Peut-on même vous faire confiance ?

Beltavolo se remit sur pied et s'avança vers Bonnefoix :

— Vous vous méfiez du comédien, je le devine. Parce qu'il est sans attache. Qu'il grappille ses gages. Qu'il est sans foi. Vous avez tort, monsieur. L'artiste a son honneur. Mais ce sermon ne vous suffit pas. Le comédien sait jouer. Son texte est-il la vérité ? Qui se cache derrière le masque ? Qui est vraiment Beltavolo ? Voilà la question, conclurait le grand William Shakespeare !

— Plutôt que de déclamer, répliquai-je, répondez à celle-ci : Beltavolo est-il un nom de scène ?

— Oui, Hélène.

— Qui se cache derrière lui ?

Il répondit sans hésiter.

— François. Ce prénom vous plaît-il, Hélène ?

— Il en faut plus pour me décider. Votre nom ?

Il hésitait, l'idiot ! Il n'avait qu'à répondre pour que la bienséance soit sauve. Il lui suffisait de parler. Son nom, simplement, je ne réclamais que cela. Alors, je faisais mine d'y réfléchir, de peser le pour et le contre, de laisser la raison délibérer. Comme il soupirait, je me décidai, lui laissant croire qu'il forçait ma décision. Mais il se taisait toujours. Déçue, et plus triste que je ne voulais, je me détournai d'un coup :

— Tu as raison, Jean-Baptiste. Nous ferons affaire ailleurs.

— Attendez ! lança brusquement Beltavolo. Par ma naissance, je suis François de Saint Val.

Enfin, il se prononçait. J'avais ma réponse – et obtenu ce que je voulais. Mais il fallut que je joue encore les précieuses :

— Vous seriez noble ? fis-je du bout des lèvres.

— Dans une autre vie, j'étais le fils du chevalier de Saint Val, avoua-t-il d'une voix triste… Cette origine m'a laissé de belles façons dont je sais me souvenir. Mon honneur sera de vous servir.

Tout mon être me soufflait de mettre fin à mes défenses. Alors, je dis adieu à la prudence :

— Quand partons-nous ? m'exclamai-je en riant.

Bonnefoix leva une main :

— Prenons cette confidence avec précaution.

— Allons ! Jean-Baptiste, il faut voir au-delà des apparences…

— *Velantur mollia duris*, glissa doucement François de Saint Val.

— Monsieur, je n'entends rien à votre science, soupira Bonnefoix.

— Sous des dehors ardus ma douceur est cachée, répondit-il.

Jean-Baptiste sonda encore Beltavolo. Un tire-laine parlait-il le latin ?

— Jean-Baptiste ! C'est oui, assenai-je à nouveau.

Il soupira. Sa réticence fut vaincue.

— Soit. Allons payer l'aubergiste et partons. Mais avant, monsieur de Saint Val, dites-moi encore ce qu'il en est de ce commerce douteux portant sur le café…

— Ce trafiquant profite de sa situation pour se faire livrer du café qui provient de l'empire ottoman. Je devine le trajet secret : Venise, Marseille et la route du Midi jusqu'à Paris. La porte Saint-Jacques étant un passage idéal pour le négoce qui ne paye pas l'impôt, il doit revendre sa rapine au nez et à la barbe des espions de La Reynie.

— Comment l'avez-vous appris, puisque vous n'êtes à son service que depuis ce matin, s'enquit alors le prudent Bonnefoix ?

— Il a reçu un chargement aujourd'hui. Connaissez-vous l'arôme envoûtant du café ? Nous en buvions chez mon père et je n'ai pas oublié l'entêtement qu'il procure. Les sacs sont entassés dans la cave. Ma curiosité et mon nez m'ont conduit jusqu'à ce trésor. Mais son parfum est si fort qu'il faut le dissimuler, car une mouche, attirée par l'odeur, peut jaillir. Et voilà que vous vous présentez comme deux d'entre elles !

— Ce comédien me donne des idées, bondit Bonnefoix. Préparez l'attelage. Je vais conclure notre négociation avec l'aubergiste...

François de Saint Val était perché sur le siège du cocher. Nous étions installés derrière lui, dans un carrosse sans toit qui semblait à bout de souffle. Rien ne nous séparait de lui, pourtant il hurla afin de couvrir le grincement des roues qui s'accordait au cliquetis des fers des deux chevaux tirant sur leur brancard :

— Pas une livre, dites-vous ?

— Rien ! se félicita Bonnefoix. Il n'a pas voulu de notre argent. Ce qui est un faible sacrifice si j'en juge à l'état de cet attelage.

— Qu'as-tu raconté, Jean-Baptiste, pour qu'il nous salue encore alors que nous partions ?

— Et me supplie de vous traiter comme des seigneurs ? continua François de Saint Val.

— Je me suis servi des indications de monsieur Beltavolo pour négocier au mieux nos intérêts.

Il lissa sa veste, ménageant son effet.

— Vas-tu t'expliquer !

— Eh ! Depuis que nous allons avec un comédien, je joue, moi aussi. Mais votre patience sera récompensée.

Prêtez l'oreille à ce qui suit : je déliais ma bourse et l'aubergiste captivé s'approchait quand, retenant mon geste, je lui dis que des bruits couraient sur la porte Saint-Jacques à propos d'un commerce crapuleux de plantes aromatiques et orientales. Il devint pâle et se mit à transpirer. Faisant mine de ne pas voir son trouble, je lui demandai s'il avait entendu quelques rumeurs à ce sujet. Il écarquilla les yeux, recula et se tamponna le front. Rien, murmura-t-il… C'est étrange, répondis-je en fronçant les deux sourcils. Puis, l'assurant de ma confiance, je l'invitai à recueillir d'utiles nouvelles dont il devrait me confier la primeur lors de notre retour qui pouvait se produire demain, comme dans un jour lointain. Pouvait-on prévoir où le vent conduirait le vol des mouches ? Il trembla. Je pris soin de ne pas le torturer davantage. Bien au contraire, je lui demandai s'il se sentait honoré de devenir auxiliaire du lieutenant de police. Forcé, il me remercia… Alors seulement, j'en vins à parler argent. À combien se montait un service entre futurs associés ? Il remua la tête et, pour finir, la rage au cœur, repoussa tout paiement.

— Pas une livre ? répéta notre cocher.

— Ce sera autant de plus pour vous, monsieur Beltavolo !

— Appelez-moi Saint Val ou mieux encore, François !

— Monsieur de Saint Val, procédez de même avec moi.

— Serrons-nous la main, Jean-Baptiste.

— Soit, mais reprenez vos rênes ! Ne voyez-vous pas cette femme qui se jette sous le pas de vos chevaux ? Ah ! Paris est une ville bien dangereuse… Et ses odeurs me brûlent les poumons.

Nous venions de laisser la Sorbonne sur notre droite et descendions vers la Seine. Le carrosse gémissait comme si sa carcasse allait rendre l'âme.

— Cette carriole est aussi vieille que celles que l'on louait voilà cinquante ans ! tempêta François.

— Prions et confions notre salut à ce bon saint Fiacre, pleurnicha Jean-Baptiste.

Beltavolo lui lança un regard moqueur :

— Saint Fiacre est le protecteur des jardiniers ! Ce n'est pas lui qui nous viendra en aide...

— Mes os sont rompus. Ma tête bourdonne et je ne comprends plus rien. Un fiacre ! C'est bien ainsi que l'on appelle ce que vous conduisez de manière si osée ?

— L'attelage tire son nom de l'hôtel Saint-Fiacre situé rue Saint-Martin. C'est là que Nicolas Sauvage, facteur des coches d'Amiens, avait installé les carrosses qui remplaçaient la chaise à porteurs. Par la suite, le fiacre devint si rentable que Blaise Pascal et le duc de Roannez inventèrent les carrosses à cinq sols qui circulaient dans Paris, à heure fixe, du Luxembourg à la Bastille, ou de la porte Saint-Antoine à Saint-Roch. Celui que nous avons *emprunté* a dû connaître cette époque avant de finir sa vie, pour le prix du bois, chez l'aubergiste !

— Je connais ces fiacres anciens reprit Jean-Baptiste, vexé d'avoir confondu le saint des voyageurs avec celui des jardiniers. Vous n'étiez pas né que j'empruntais déjà ces machines qui font le tour de Paris et qu'il suffit de héler pour qu'elles vous conduisent.

— N'espérez pas en croiser aujourd'hui, reprit François de Saint Val. Les carrosses à cinq sols n'existent plus.

— Quelle catastrophe cette ville a-t-elle encore conçue ?

— Les lettres de patente signées par le roi n'interdisaient à personne de monter dans ces carrosses, mais le Parlement de Paris en refusa l'accès aux soldats, aux pages et aux laquais.

— Qu'en était-il pour les valets ? questionna Jean-Baptiste.

— Si on les considérait comme gens de bras, ils devaient continuer à pied.

— Qu'en pensez-vous, monsieur de Saint Val ? continua Bonnefoix en plissant les yeux.

— Le plus grand mal. Et je ne fus pas le seul à Paris. Devant cette injustice, les carrosses à cinq sols furent boudés par la population. Et l'entreprise sombra.

— Voilà que la morale est sauve, murmura Jean-Baptiste.

— Ainsi, vous constatez que Paris n'a pas que des défauts, monsieur Bonnefoix. François de Saint Val marqua un temps avant de reprendre :

— Votre attention pour le sort des valets est noble. Je l'apprécie.

— C'est aussi parce que j'en suis ! lança vivement Jean-Baptiste en bombant le torse. Ma condition poussera-t-elle Beltavolo, fils du chevalier de Saint Val, à réviser son jugement sur moi ?

— J'ai quitté la noblesse, répondit-il d'une voix triste et j'ai changé de vie... Désormais, je suis libre de choisir ceux que j'apprécie non pas en fonction d'un titre, mais selon l'honnêteté. Je vous devine ainsi, monsieur. Que vous soyez un valet ou un prince ne change rien à la sincérité d'une âme qui me semble claire. Je vous ai trouvé comme vous êtes. Je vous prends ainsi. Je vous demande d'en faire autant à mon endroit.

Je vis que Jean-Baptiste, malgré sa méfiance naturelle, était plus ému qu'il ne l'aurait voulu. Par pudeur, François de Saint Val se tourna vers moi :

— Et vous, mademoiselle, qui êtes-vous ?

Fallait-il répondre à cet inconnu ?

— Je suis Hélène de Montbellay, fille du comte de Saint Albert.

Il chercha dans sa mémoire :

— Saint Albert ? Il me semble... N'est-ce pas non loin de Saumur, baigné par la Loire ? Et votre père...

Je l'interrompis aussitôt :

— Vous semblez connaître beaucoup de choses, monsieur de Saint Val.

— Il fut un temps où j'usais mon oisiveté en récitant la noblesse de France, rétorqua-t-il trop brièvement.

Son visage se ferma. De quel drame souffrait-il ?

— Maintenant, vous voilà comédien, repris-je pour prendre de court la gêne qui s'installait.

— Et guide, depuis peu ! répliqua-t-il d'une voix où la tristesse avait disparu. Et si nous poursuivions l'expérience ? Cocher et guide sans accroître mes gages ? Un bon geste, mes seigneurs, gémit cet habile comédien, gardez-moi à votre service !

— Tout doux, grommela Bonnefoix.

— J'y suis favorable, rétorquai-je.

— C'est dit ! Le contrat est signé. Je serai votre protecteur. Que dis-je, votre champion. Mais pour cela, il faut me fournir quelques détails. Connaissez-vous un peu ou beaucoup Paris ?

— J'y entre pour la première fois.

— Parfait ! Tout est à faire, j'adore ce nouveau métier. Par quoi commencerons-nous ?

— N'est-ce pas au cicérone de décider ?

François de Saint Val nous avait fait quitter la rue Saint-Jacques pour rejoindre le petit pont Neuf qui reliait la rive gauche à l'île de la Cité.

Tant de curiosités et de mystères s'offraient à moi que je ne savais où porter mon regard ; et j'avais peine à comprendre que tant de gens pussent vivre dans si peu de place. Les maisons, construites en bois, s'élevaient sur deux ou trois étages, chacune semblant contenir plus d'âmes que toutes celles de Saint Albert. Les femmes, penchées à la fenêtre, s'adressaient aux passants, aux commerçants, aux enfants qui se côtoyaient dans la rue, et tout ce monde hurlait pour dominer les cris du voisin. Parfois, les gesticulations venaient au secours des voix et cet étrange spectacle accouchait d'une cacophonie et d'un désordre étourdissants qui s'inspiraient un peu de l'opéra et du ballet. Pourtant on se comprenait bien quand il fallait hisser aux étages des paniers emplis de victuailles ou tancer un homme qui, croyant échapper à l'espionnage de sa mégère, s'apprêtait à pousser la porte d'un cabaret. Une fumée grise sortait des cheminées bancales qui tutoyaient leurs sœurs pour mieux se soutenir. Les murs n'étaient pas moins tordus et certains penchaient vers la rue de manière inquiétante comme si, animées d'une vie intérieure, ces masures voulaient aussi parler à celles d'en face. Puis, soudain, la rue rétrécissait encore et le ciel se noyait dans de sombres volutes dont je n'aurais su dire si elles venaient du sol ou des toits. Quelle qu'en fût l'origine, cet air poussiéreux prenait un malin plaisir à flotter à hauteur de mes yeux et à entrer dans mon nez.

— Prenez garde à l'enseigne de cet apothicaire ! ordonna Beltavolo en baissant la tête. Nous fîmes de même, Jean Baptiste et moi, évitant ainsi, mais de peu, de nous fendre le crâne sur une plaque de fer flottant en l'air et posée par miracle sur la corniche de la bâtisse d'en face. Et nous allâmes ainsi, croisant sur le chemin une foule mélangée et joyeuse, se jouant du chaos, ignorant ses dangers, haranguant notre cocher et forçant le passage pour traverser, dans la plus grande confusion, des rues encombrées d'immondices, et desquelles coulait par le milieu une eau sale et nauséabonde.

— Je vous l'avais prédit, grommela Bonnefoix en se pinçant le nez.

François de Saint Val surenchérit :

— Jean-Baptiste dit vrai. La propreté n'est pas la première qualité de cette ville. L'eau manque cruellement. Paris ne compte pas plus de vingt fontaines et ses égouts sont éventrés.

— Ne dit-on pas pourtant que Paris est la capitale du monde ?

— Certes, et c'est pourquoi j'y suis ! claironna-t-il.

— La malpropreté serait-elle dès lors devenue une vertu moderne ?

— Paris grandit trop vite. Il faut pousser les murs, chasser la campagne, détruire les potagers. On abat l'enceinte de Charles V et celle de Philippe Auguste. On utilise leurs pierres pour bâtir jusqu'à Montmartre. Les maisons et les palais se dressent, mais le reste ne suit pas. Les rues ne sont pas éclairées, les déchets s'entassent dans les ruelles. Un jour, on décida de curer les égouts. La tâche était si difficile qu'on eut recours aux galériens. Les uns moururent par manque d'air ; les autres s'échappèrent par ces conduits monstrueux, rampant dans la fange. L'odeur était si effroyable que les archers ne purent les poursuivre. L'eau ? Les hommes et les bêtes en réclament. L'été, la rivière est si basse qu'on la traverse à pied ! Mais ce n'est pas le pire. On puise, aujourd'hui, dans la Seine, ce que l'on rejetait hier. Ses quais sont envahis de tanneurs qui usent l'eau pour fabriquer le cuir, d'équarrisseurs qui taillent et découpent les carcasses des animaux. Où vont les cadavres ? La Seine doit encore supporter la corporation des poissonniers qui ont l'obligation de se débarrasser de ce qu'ils n'ont pas vendu dans la semaine. Croyez-vous que les huîtres gâtées plaisent à l'eau douce ? Si bien qu'un seul mot qualifie la source de nos vies : la souillure.

— Votre peinture est juste, intervint Jean-Baptiste. J'y ajouterai ce témoignage. Lors de mon dernier passage, un orage violent s'abattit sur Paris. L'eau tombait si drue que je dus trouver refuge dans un cabaret. M'armant de patience, j'engageai la conversation avec une serveuse accorte. Nous parlâmes du temps, évidemment. Eh ! lui dis-je, voilà une belle occasion de balayer devant votre porte. Celle-ci se moqua de moi. Ainsi, j'appris que les jours de pluie, il était interdit de curer les rues pour ne pas ajouter d'impuretés à la Seine qui en charrie tant.

— C'est une des étrangetés de cette époque, continua Beltavolo. Les médecins et les apothicaires se méfient de ce bien si précieux. Pour eux, l'eau serait source de maladie.

— Quelles sont donc ces sornettes ? me moquai-je.

— L'eau entrerait dans la peau par ces minuscules trous qu'on nomme les pores et y infesterait le sang de toutes sortes de maladies dont la plus inquiétante n'est pas moins que la vérole. On dit aussi que l'eau affaiblirait la vigueur des hommes...

Il sonda mon regard. Je restai de marbre. Il reprit :

— Les Parisiens préfèrent changer de chemise plusieurs fois par jour et, imitant le roi, se frottent le corps avec un linge sec avant de l'asperger d'une sorte d'eau parfumée.

— Seriez-vous adepte de cette coutume ?

— Je ne crois pas à ses superstitions qui amolliraient l'envie d'amour, insista-t-il. L'Église condamne les bains pour le simple fait que l'on y serait nu. Un homme, passe encore. Mais une femme, et les deux réunis ? La luxure, quel péché ! Pourtant, Louis XIV fit construire à Versailles un appartement de bains qui abrita ses amours avec madame de Montespan. Je suis comme le roi. J'aime l'eau et ses bienfaits… Et qu'en est-il pour vous ?

Ses yeux verts et doux se faisaient insistants. Il cherchait à me troubler. Pourtant, je répondis d'une voix calme :

— Si je ne connais pas d'autres moyens de rester propre, je ne désire pas goûter à ces autres usages dont vous parlez sans pudeur et que je veux ignorer. Depuis que je voyage, l'eau tiède d'un relais de poste et le cours glacé d'une rivière m'ont paru suffisants.

— Ne vous baignez surtout pas dans la Seine ! Je vous ai prévenue. Elle est empoisonnée. Il y flotte des cadavres de rats et d'hommes morts aux ventres gonflés.

— Vous ai-je menti ? claironna Bonnefoix. Cette eau est si mauvaise qu'il faut se méfier de celle que vendent les porteurs d'eau. En voici un ! Ils voiturent l'eau dans des tonneaux peints en jaune et marqués aux armes du roi et de Paris. Mais qui sait si tel ou tel n'a pas fraudé en tirant l'eau de la Seine ? Méfiance, donc… Et pour se laver les dents - ce qui est plutôt rare - on la mélange, sagement, au vinaigre. Songez qu'il n'existe au cœur de Paris qu'une seule pompe, la Samaritaine. Elle sert à éteindre les nombreux incendies qui menacent les maisons de bois et de torchis.

— Vous oubliez la pompe du pont de Notre-Dame, corrigea Saint Val.

— Ce bel ouvrage est habité par le diable, répliqua Bonnefoix. Personne ne parvient à la faire fonctionner.

— Vous avez raison, Jean-Baptiste. La science cale devant ce mystère : elle ne pompe pas. Cependant, il existe, Dieu soit loué, des solutions pour se faire propre.

Beltavolo se tourna illico vers moi :

— J'habite au premier étage d'une modeste maison de la rue Mouffetard, et si le cœur vous en dit, j'ai, non loin de chez moi, une fontaine d'eau saine. Il suffirait d'un bon feu et d'un large baquet pour…

— Non merci, monsieur de Saint Val, rétorquai-je sur le vif.

— Non merci, répéta Bonnefoix, mon mentor. Et n'insistez plus !

François de Saint Val haussa les épaules et se retourna. Il fit claquer son fouet. Les chevaux donnèrent du sabot et piétinèrent le bourbier croupissant d'un égout à l'air libre que tentaient de traverser quelques bourgeois aidés par un pontonnier, lequel, moyennant une obole, leur offrait ses services en recouvrant le cloaque putride d'une planche de bois vermoulu. Alors que les chevaux passaient gaillardement sur ce pont improvisé, la foule leva les bras et injuria ce cocher fortement discourtois.

À présent, la rue était, pour l'essentiel, envahie de marchands et d'artisans, portant sur le dos leur métier ou présentant leur attirail sur des brouettes. Le rémouleur ergotait sa place en repoussant le maraîcher à coups d'épaule, le pêcheur vantait son produit en montrant à pleines mains les prises de la nuit : des truites aux écailles brillantes, de belles et grosses carpes, des écrevisses encore vivantes passaient entre les chalands qui pesaient, estimaient, négociaient à renfort de gémissements. Le marchand de soupe, celui de vin fort et frelaté, le laitier, le porteur de bois, le boulanger hurlaient leurs boniments. La gouaille des Parisiens n'était pas une légende. Et malgré les tourments de cette ville immense, la bonne humeur éclatait dans ces altercations joyeuses, ces moqueries, ces fausses disputes portées par un étrange accent dans lequel les mots, les phrases, se raccourcissaient ou se déformaient et dont je tentais de m'imprégner.

— Eh ! M'dame... Si'ou plaît. Un' pièce ! La charité pour mon' pt'tit frère !

— Ne donnez rien à ce pauvre argotier !

— Pourquoi donc, monsieur de Saint Val ?

— Si vous donnez à un, la rue se jettera sur vous pour réclamer son pareil.

Nous allâmes à vive allure jusqu'à la Seine et passâmes trop vite sur l'île de la Cité. J'aperçus Notre-Dame. Je me promis d'y revenir. En me dévissant la tête, je vis encore le remue-ménage des quais. Logées entre deux embarcations, des lavandières crachaient en sortant le linge bouilli d'un chaudron rempli de cendres grises. Elles s'aidaient de planches de bois blanc tant la chaleur était vive. D'autres rinçaient et refroidissaient le linge dans la rivière. Chose faite, elles se mettaient à genoux pour le frapper à l'aide de leur morceau de bois. Elles juraient pour se donner du courage. Quand elles en avaient fini, elles se relevaient pour parler aux hommes forts qui, le torse dénudé, déchargeaient de leur richesse les navires accostés. Paris ne manquait pas que d'eau. Bois, blé, viande et quoi d'autre encore ? Tout puisque la ville n'avait rien. Ses habitants transformaient le sable en cristal, le fer en métal, la poussière de roche rouge en peinture. Mais ces entreprises réclamaient sans cesse qu'on les alimente de produits frais et de matières. La Seine était aussi la voie où circulaient le sang et l'argent qui faisaient battre le cœur de Paris.

— Pourquoi aller si vite, monsieur de Saint Val ?

— La Seine est pire que la cour des Miracles. Le Châtelet que nous rejoignons n'est pas mieux. On l'appelle le quartier de la grande misère. Dans chaque ruelle, on trouve un coupe-bourse débarqué d'un de ces navires dont certains viennent de nos plus lointaines colonies.

— Ce garçon me plaît, gloussa Bonnefoix. Plus le temps passe, plus je le trouve sage.

— Puisque tu sembles tout savoir sur Paris, que faudrait-il craindre du Marais ?

Beltavolo répondit le premier :

— Ah ! Ce n'est plus la même chose. On y trouve les plus beaux hôtels, les gens les plus fins, les esprits les plus éclairés. On y tient salon. On se moque de la cour et de ses oisifs. On parle, on apprend. C'est le foyer du savoir… Ici, vous ne craignez rien. *Velantur mollia Duris*, répéta-t-il. Cet adage convient aussi à Paris : sous des dehors ardus, sa douceur est cachée. Et bientôt, nous atteindrons son cœur.

— Enfin de bonnes nouvelles, soupirai-je.

— Et voilà que mon opinion change encore sur ce garçon, bougonna Bonnefoix.

— Un homme honnête, et vous l'êtes, Jean-Baptiste, ne peut disconvenir que le quartier du Marais est le centre du monde !

Mon excitation grandissait :

— Soyez plus précis, monsieur le comédien. Racontez-moi des choses réelles… Sinon, faites-moi rêver.

Il tira sur ses rênes et mit ses chevaux au pas.

— Il faut, sans doute, commencer par l'hôtel de la marquise de Rambouillet. Il se situe rue Saint-Thomas du Louvre. Depuis la mort de Catherine de Rambouillet, il ne connaît plus les splendeurs de ses débuts. Mais il imprima une façon de vivre et de penser qui depuis ne s'est jamais éteinte. Si le Marais est aujourd'hui le cœur des arts du monde, c'est grâce au salon de la marquise de Rambouillet.

— Racontez-moi encore…

— La marquise, que Malherbe surnomma l'incomparable Arthenice[1], recevait dans sa chambre bleue. Dépassant les querelles, s'y retrouvaient Richelieu, le duc de la Rochefoucauld et le duc d'Enghien, qui n'était pas encore le grand Condé.

— Les rancœurs de la Fronde n'opposaient pas ces grands seigneurs ?

— Non, et rien ne semblait pouvoir briser l'élan de liberté qui ouvrait les esprits. Tout était prétexte à rire. Un jour, on fit entendre à un invité qu'il avait été empoisonné. Il avait tant gonflé qu'il ne parvenait pas à entrer dans ses vêtements. On négligea de lui dire que, pendant son sommeil, on les avait retaillés… Le pauvre prit peur. Mais imaginez la frayeur quand l'on découvrit qu'un farceur avait introduit des ours dans l'hôtel de la marquise ! À peine finissait-on de se moquer qu'un jeu de société débutait. Souvent, il s'agissait de la Chasse à l'Amour. Le vainqueur devait deviner ce que dissimulait le regard d'une femme.

1. Anagramme de Catherine.

Beltavolo sonda le mien. Bonnefoix toussa. Le narrateur reprit :

— Mais ces divertissements n'étaient qu'un prétexte pour se réunir autour de sujets passionnants. On y parlait d'art, de poésie, de musique. Les assauts littéraires se multipliaient, chacun rivalisant pour obtenir un sourire d'admiration. Voiture[1] et Corneille y lisaient leurs poèmes. Bossuet y fit quant à lui des sermons ! Il s'y tint une querelle grammaticale à propos de *car*, que certains voulaient remplacer par *pour ce que*. L'affaire fit grand bruit. L'Académie s'en mêla. On vit aussi de belles envolées des idées. Les débats tournaient beaucoup autour de l'amour. On débattit sur la question de savoir si le mariage était compatible avec l'amour, ou du rôle de la beauté dans la naissance de l'amour…

Beltavolo s'interrompit de nouveau. Il ne me quittait plus des yeux.

— D'où vous vient ce savoir, monsieur de Saint Val ?

— Ma famille connut le salon de la marquise de Rambouillet…

Son regard s'éteignit à nouveau. Un instant. Un mince instant.

— Mais surtout, je suis comédien ! reprit-il gaiement. L'art est toute ma vie. Et je connais ses mécènes. L'art m'a tout enseigné et, désormais, je lui ai tout confié.

Le doute avait pris fin aussi vite qu'il était venu. Il retrouvait sa joie de vivre :

— La mort de Voiture, reprit-il, celle de la marquise et les effets effroyables de la Fronde eurent raison du salon de l'hôtel de Rambouillet. Mais de brillants esprits plus jeunes en avaient assez appris pour prendre la suite… Madeleine de Scudéry en fit partie. Je reconnais qu'elle fixa les règles de la préciosité dont profita le langage, mais son talent n'est rien à côté de l'immense et de la plus formidable des femmes, madame de Sévigné !

---

1. Vincent Voiture (1597-1648). Poète et modèle de la *préciosité*.

Bonnefoix se gratta la gorge. Je ne pus retenir un sourire. Beltavolo se méprit :

— Votre visage s'éclaire. C'est donc que son nom ne vous est pas inconnu ?

— Dites-moi ce qu'il faut en savoir ?

— La vie nous a offert la plus grande épistolaire de ce siècle. Elle rayonne. Non. Le monde rayonne avec elle. Et bien plus que le Soleil, rugit-il.

— Méfiez-vous, monsieur de Saint Val. L'accusation est lourde. Qui vous dit que je suis d'accord avec ces idées frondeuses ?

— Ce n'est pas votre père qui me contredira, souffla-t-il.

Tout mon corps se tendit :

— Encore de nouvelles choses que vous savez ?

— Des bruits courent à Paris. Du moins, bien plus qu'à Versailles où la sévérité a pris la place de la liberté et des arts depuis que le roi accorde moins ses faveurs à madame de Montespan. Les esprits critiques n'ignorent pas que la tolérance fait les frais de cette politique imposée par le parti dévot qui tourne autour du Soleil. Les comédiens vivent les mêmes dangers. Rassurez-vous. Ils chérissent la liberté. Elle a pour eux les yeux de l'amour. Seriez-vous d'un avis contraire ?

— J'aime être libre, en effet, répondis-je prudemment.

Il tira sur les rênes. Le carrosse s'arrêta.

— Et votre cœur l'est aussi ?

Jean-Baptiste se leva d'un bond :

— Ah ! Monsieur de Saint Val, le coup est trop direct ! Je vois votre comédie… Bien que valet, je n'ignore rien de Molière et de son Dom Juan.

— Je vous connais depuis ce matin, mais je vous apprécie déjà, Bonnefoix. Cela m'autorise à vous dire que vous méconnaissez encore beaucoup de choses sur moi. Aussi, ne portez pas jugement hâtif.

— Votre manège est clair !

— Vous me condamnez sans que je puisse présenter ma défense. Cette méthode vaut celle des lettres de cachet dont Pierre de Montbellay, comte de Saint Albert et père de votre protégée, Hélène de Montbellay, fut victime voilà peu.

Ces derniers mots dominèrent le tapage de la rue et résonnèrent comme le tonnerre. Qui était cet homme que soudain je trouvais bien trop séduisant ? De qui, comment, d'où détenait-il ses informations et pourquoi s'était-il attaché si vite à nous ? Au fond, qui était Beltavolo ?

— Je crains fort que nous ne puissions poursuivre plus avant, dis-je, d'un ton brutalement glacial. Conduisez, maintenant. Et au plus vite !

Ses mains ne bougèrent que pour poser les rênes et actionner le frein.

— Hélène, votre réaction me surprend. Qu'ai-je dit qui puisse vous nuire ? Songez-vous à moi comme à un ennemi ?

Sa voix se voulait douce. Je fis claquer la mienne :

— Monsieur, je m'interroge sur celui qui se cache derrière le masque du comédien. Je ne sais rien de lui. Et ses manières ajoutent à la confusion. Elles me forcent donc à tout imaginer. Et, voyez-vous, j'ai le pire en tête. Alors que vous négociez vos confessions, je n'ai pas peur d'affirmer que je vous sens capable de me trahir. Si c'était le cas, je vous invite à n'en tirer aucune gloire. S'en prendre aux Montbellay, et à mon père en particulier, est, en effet, une attitude assez répandue et très quelconque comme vous semblez si bien le savoir.

— Vous vous trompez. Je hais ce qu'on a fait à votre père, répondit-il sobrement. J'aime la liberté et je défends sa cause.

Jean-Baptiste, qui se tordait depuis peu sur son siège, finit par perdre patience :

— À la fin, dites ce que vous savez à mademoiselle de Montbellay !

Il hésita peut-être. Et cela, sans doute, donna plus de poids à ses paroles :

— Ce Paris que vous appréciez peu, Jean-Baptiste Bonnefoix, regorge de poètes pamphlétaires qui, comme moi, souffrent des persécutions du lieutenant de police La Reynie, chasseur d'écrivains, quand il faudrait nettoyer la ville de son crottin. Je lis. J'écoute mes amis, versificateurs révoltés. Je sais que pour une lettre, le libertin Pierre de Montbellay fut condamné à l'exil, et je vous admire d'affronter ces lieux qui vous ont fait tant de mal. Je ne veux pas savoir ce qui vous conduit ici. J'admire, je vous l'ai dit, *pour ce que* je vous reconnais dans mon propre combat. M'en voulez-vous de vous l'avoir avoué ?

Cette question s'adressait à moi.

— Avant de décider, il faut, vous aussi, me parler franchement. De quoi souffrez-vous ?

— Je suis le plus heureux des hommes ! Je suis Beltavolo, fameux comédien de la *Commedia dell'Arte* ! Et je ne joue pas en vous disant que ce jour sera, peut-être, le plus beau de ma vie. Cocher et guide, quel beau rôle !

Il s'échappait par une pirouette. Si je voulais qu'il parle, je devais le séduire et tout en luttant contre l'attirance que je sentais grandir en moi, je me pliai à cet exercice :

— Vous jouez, en effet, fis-je doucement, mais votre regard vous trahit. Parfois, il s'assombrit et la tristesse semble forte. Vos yeux deviennent gris, et je vous le dis, si vous voulez me plaire, je préfère quand ils sont verts, comme ils l'étaient à ce moment, clairs et limpides. Mais comment savoir s'il s'agit du véritable reflet de votre âme ? Mon père que vous citiez, m'apprit, alors que j'étais enfant, que si l'on ne peut rien cacher de ses sentiments, il faut choisir l'honnêteté. Montrez-vous aimable puisque c'est ainsi que l'on devient amis. Et pour cela, prouvez-moi que vos yeux ne me mentent pas.

La faconde du comédien tomba soudainement. Beltavolo n'existait plus.

— Si je veux gagner votre estime, je vous dois la vérité, sans doute ? répliqua-t-il froidement.

— L'estime, c'est peut-être ainsi que débute une belle histoire, dis-je pour désamorcer sa brusque raideur. Alors, dites-moi pourquoi je pourrais vous l'accorder...

Derrière nous, un muletier réclamait le passage. François de Saint Val réveilla son attelage et le poussa au pas jusqu'à un étroit goulet oublié par la foule et son agitation. Non sans adresse il se faufila dans une encoignure guère plus grande que le carrosse. Il lâcha de nouveau les rênes. Les chevaux apaisés et dociles ne bougèrent pas. Il se tourna sur son siège de sorte qu'il me faisait face. Un rien nous séparait. Il releva ses cheveux bouclés et ainsi dégagea son front. Ses yeux s'adoucirent – peut-être trop habilement – et la tempête intérieure sembla se calmer. Alors son cœur livra un peu de ses secrets, et le mien l'écouta.

— Je suis le fils aîné du chevalier Étienne de Saint Val, lieutenant général des armées navales de Sa Majesté. Je vous ai avoué ma passion pour le théâtre. Celle de mon père se confond avec le cliquetis des armes, l'odeur de la poudre, la clameur qui monte au moment de l'assaut, la barbarie qui l'accompagne... Et la vue du sang, peut-être. Car cet homme aime la guerre à la folie. Pour lui, il ne peut y avoir d'autre vie que d'armer un navire et d'écraser les ennemis du roi de France. Dès lors, et comme une évidence, le fils aîné du chevalier de Saint Val ne pouvait être que soldat. Sans discuter, je devais prendre sa suite, commander et mourir, fauché par un boulet espagnol. Moi, je voulais, je désirais le théâtre, et mes rêves d'enfant tenaient sur un tréteau. Molière était mon maître, je partais à ses côtés, j'allais de village en château, partageant l'aventure avec les comédiens, les nobles acteurs de ce monde. Devinez-vous la suite ? Mon père m'interdit ce projet. Il ne comprit pas ma passion et voulut me priver de ma liberté. Pouvais-je défier un père ? Selon mon rang et ma place, sûrement pas. Rongé par le doute, convaincu de le déshonorer, je décidai alors de me séparer de lui. Il y a trois ans, je partis pour Paris. Molière était mort, mais le roi appréciait toujours le théâtre. Mon sacrifice me permettrait de trouver ma place dans une vie que j'avais décidée seul. Mon père me fit chercher et je crus lui échapper en me cachant sous ce nom, Beltavolo. Les premiers temps furent très durs. Je manquais de tout, j'avais faim chaque jour. Mais la troupe du Théâtre Guénégaud, qui portait le flambeau de Molière, m'accueillit comme savent le faire les artisans de la scène. La comédie m'avait choisi, et j'étais heureux comme à cet instant où je vous parle. Et si mes yeux ne peuvent vous mentir, c'est que les vôtres me troublent plus que ces foules qui venaient nous applaudir ou nous huer, car la scène ne pardonne pas. Il faut livrer une dure bataille. Dans ce combat honorable, la sueur remplace le sang. Vous parliez de sincérité ? Notre théâtre l'avait prise pour modèle. Notre exaltation était également portée par les défis que nous jetait, chaque soir, la troupe rivale de l'Hôtel de Bourgogne. Ces comédiens interprétaient la tragédie, quand nous jouions la comédie et les spectacles se valaient. Nous étions les comédiens ! Tous unis par une même passion : le spectacle ! Mais il y a deux ans[1], La Thorillière, le chef de notre troupe, mourut. Le roi en profita pour unir Guénégaud à l'Hôtel de Bourgogne. Le 25 août 1680, les deux assemblèrent leurs comédiens et donnèrent pour célébrer l'événement une représentation où les talents se complétèrent. Ce jour-là, naquit la troupe la plus formidable du monde : la Comédie-Française. En octobre de la même année, le roi la consacra en choisissant parmi nous vingt-sept artistes, hommes ou femmes, qui devraient, selon son désir, *rendre les représentations des comédies les plus parfaites*. J'étais l'un d'eux et j'avais été choisi. J'avais gagné le droit d'exercer ma passion sans user de ma naissance et par le fait de mon travail. Au-delà de ma personne, ma victoire donnait un sens particulier à l'idée généreuse du mérite, puisque la condition n'agissait en rien dans le choix du roi. Au contraire, ma nomination était la preuve que le talent agissait dans tous les sens. J'étais noble et j'avais décidé de vivre dans une condition considérée comme inférieure par certains. Eh quoi ! quelle importance si, selon moi, en m'abaissant, je m'élevais ? Mon cas démontrait qu'un sujet du roi, quelle que soit son origine, pouvait modifier sa Fortune… Je ne mesurais pas à quel point cet attachement à la personne plutôt qu'au groupe s'apparentait à l'hérésie. Un noble pouvait-il devenir artiste ? Mon sang était destiné à tenir l'épée et à faire couler celui de mes ennemis. Ce devoir et ce droit m'étaient réservés, je ne pouvais y échapper. Un noble pouvait-il travailler ? Le labeur, que Rome appelait l'esclavage, n'était-il

1. En juillet 1680.

pas réservé aux anciens serfs ? La casuistique s'en mêla. La question devint morale. Pouvait-on agir sur son destin ?

— Mon père m'a souvent entretenue sur ce cas de conscience, lui avouai-je.

— Selon lui, le talent est-il plus important que la naissance ?

— Il a tranché en son âme et conscience, rétorquai-je simplement.

Avant de me livrer, je voulais apprendre encore qui me faisait face.

— Et c'est aussi ce qu'on lui a reproché ? me demanda-t-il.

Je me tus. Il sourit amèrement :

— Votre silence confirme ce que je sais déjà. Il s'agit d'un homme tolérant. Le mien demanda audience au roi. Il souhaitait une faveur. Ma liberté ? J'en compris le prix et il était fort. Pour que les choses rentrent dans l'ordre – jamais cette expression ne fut mieux employée – il demanda de faire ôter le nom de Saint Val de la liste des comédiens. Ainsi, le procès s'acheva sans débat et sans que je pusse me défendre. Une simple lettre de cachet permit à ce monarque absolu de satisfaire son lieutenant général. Le scandale prit fin. Par l'égoïsme d'un père, qui se vengeait en punissant un fils de son audace, et par le pouvoir d'un roi, je fus écarté, tel un banni, malgré les protestations de mes amis comédiens. En janvier 1681, ils s'associèrent selon l'usage éternel du théâtre pour ne former qu'un et devinrent les Comédiens-Français. Mais moi, fils du chevalier de Saint Val, le pouvoir m'avait jugé indigne d'eux.

— Bien au contraire ! Vous l'étiez trop pour certains, m'exclamai-je avec trop de fougue pour ne pas m'avouer que j'étais de nouveau séduite par Beltavolo.

— Ce n'est pas ce que l'on retiendra ! J'ai échoué, voilà tout…

— Que faites-vous de la *Commedia dell'Arte* ? glissai-je doucement. On ne peut vous enlever cela. Ainsi, vous vivez selon vos choix.

Il baissa les yeux :

— J'y ai trouvé refuge, mais c'est un exil. Et vous n'en soupçonnez pas le prix !

Le poids de ce fardeau semblait trop lourd pour lui. Quels secrets cachait encore ce regard tendre et fragile ? Pour finir, il se contenta de cet aveu, mais cela ne suffisait pas pour expliquer son drame :

— Pensez, je joue la farce quand j'entends que l'on applaudit mes amis comédiens interprétant Racine, Corneille, Molière...

Il y avait autre chose et je voulus savoir. Mais ce n'était plus par peur d'un hypothétique danger. J'étais curieuse, attirée et – pourquoi aurais-je dû me le cacher ? – François de Saint Val me captivait.

— N'avez-vous pas cherché à revoir votre père pour infléchir son jugement ? Il vous aime, forcément, et verra dans vos yeux combien vous souffrez. Il se décidera à entendre son fils. Un père n'est-il pas fait pour cela ?

Il avança une main jusqu'à effleurer mon visage, mais ne le toucha pas. Ses doigts flottèrent sur mes cheveux, descendirent sur mon front et glissèrent sur mes yeux. Sa main tremblait et, peut-être pour cela, elle se posa enfin sur ma peau. Moi aussi, je frissonnai. Et au cœur de Paris, mon cœur s'attendrit davantage, quand il me parla :

— Votre beauté n'est rien si on oublie votre douceur. L'alchimie vous vient-elle de ce que vous avez vécu ? La tendresse d'un père et d'une mère, sans doute...

— Ma mère est morte alors que j'étais enfant.

Il se mordit les lèvres et s'écarta :

— Pardonnez-moi. Je ne voulais pas vous faire souffrir...

— Voici la preuve que vous ne savez pas tout, fis-je en souriant tendrement.

— Mais je peux deviner, reprit-il en se rapprochant de nouveau.

Sa main se posa sur la mienne et je ne fis rien pour l'ôter. Bonnefoix bougea sur son siège et détourna le regard.

— Votre bonheur d'enfant fut si grand, reprit François, que vous n'imaginez pas qu'il puisse en être autrement. Si je croisais mon père, nous devrions nous battre. Et l'un des deux mourrait.

Je fis un bond en arrière :

— Comment imaginer de telles extrémités !

— Ce n'est pas moi qui tirerais le premier. Et, je crois vous l'avoir dit, l'épée de Beltavolo est en bois. Je mourrais et la farce tournerait à la tragédie. C'est un sujet pour Racine et comme les aime le roi ! Une pièce dont j'aurais pu être l'acteur à la Comédie-Française, mais que je n'interpréterai jamais car je ne ferai rien pour revoir ce père qui m'a détesté. Ainsi, je reste pour toujours dans mon rôle, celui du cocher !

La colère brillait dans ses yeux. Je fis le premier geste :

— *Velantur mollia Duris*. Cet adage est aussi le vôtre, François. Sous des dehors ardus, votre douceur est cachée. Et nous connaissons des injustices comparables…

— Est-ce pourquoi nous sommes là, et je le crois si proches ?

— Dans mon histoire, il n'y a pas de tragédie. Il s'agit de l'honneur d'un père.

— Ce thème aurait séduit Corneille et j'aurais aimé jouer dans cette pièce. Mais, par la faute d'un père, Beltavolo ne se montre que dans les farces !

— L'honneur ! N'est-ce pas un rôle destiné à monsieur de Saint Val ?

Il sursauta en entendant son nom :

— On ne me parle plus ainsi…

— Beltavolo pourrait tomber le masque. Pour sauver l'honneur de mon père, qui sait si je n'aurai pas besoin de celui qui se cache derrière ?

— Quel étrange destin pour moi qui suis la victime d'un autre.

Il hésita encore avant d'ajouter :

— L'envie de vous servir me séduit plus que vous ne l'imaginez. Mais que puis-je faire ? Et pour quelle raison me croyez-vous capable de vous porter secours ?

— Je veux peut-être effacer cet air de victime qui vous ronge. Depuis quand n'a-t-on pas fait l'honneur à monsieur de Saint Val de lui demander de l'aide ?

Il ne répondit pas. Il baissa les yeux. Et sa faiblesse décida une jeune fille tendre et naïve d'Anjou à se livrer à son tour :

— Je viens pour réparer l'injustice dont est victime mon père.

— L'injustice ? Vous ne pouviez tomber mieux, fit-il doucement.

— Mademoiselle Hélène – Bonnefoix se manifestait enfin –, vous oubliez la prudence.

— Il déclare haïr ce qu'on fait à mon père. Devrais-je me priver d'un regard qui me semble sincère ? Quel mal y a-t-il à vouloir réconcilier Beltavolo et Saint Val ?

— Vous allez vite en besogne, continua Jean-Baptiste.

— Je comprends votre méfiance, intervint François de Saint Val, mais le sang noble de ma naissance demeure sous ses habits de comédien. Je dois remercier celle qui a tant d'humanité et qui me donne envie. J'ai choisi : votre cause, je la fais mienne !

— Alors, en route ! lançai-je gaiement. Votre première mission la voici : faites-nous sortir de ce boyau.

Aussitôt, il sauta du carrosse et saisit d'une main ferme la bride des chevaux. Mais un coup d'œil lui suffit pour comprendre qu'il était impossible de faire demi-tour.

— Nous allons reculer.

— Ce n'est pas rien que de manœuvrer ainsi, commenta Bonnefoix sans même bouger un petit doigt.

Je me levai d'un coup :

— Voulez-vous de l'aide ?

— Non merci, gente damoiselle, s'amusa Beltavolo. Je ne mésestime pas cette épreuve, et il faut au moins celle-là pour vous prouver que je serai votre héros !

— Restez ici, souffla Bonnefoix à mon intention. Nous avons à parler.

Et laissant François de Saint Val à son labeur, il s'approcha de mon oreille :

— Ce comédien que nous connaissons à peine manifeste trop de fougue, bougonna mon protecteur. Ne trouvez-vous pas étrange son désir si subit de nous servir ?

J'aurais eu bien du mal à lui répondre honnêtement. Accepterait-il d'entendre que j'étais tombée sous le charme d'un jeune homme chez qui je devinais les mêmes sentiments ? Oui, cher Jean-Baptiste, je l'aurais juré. À mes yeux, François de Saint Val ne jouait pas. Nous étions séduits pareillement. Je le ressentais et nous n'y pouvions plus rien. Cette rencontre ? j'y voyais d'abord le signe de la chance. Ensuite, mais seulement ensuite, venait cette question : qui était-il vraiment ?

— Pour savoir ce qu'il cache, le mieux est de ne pas le lâcher du regard, décidai-je.

Et Dieu sait combien j'en avais envie…

— Ne dit-on pas, insistai-je, qu'il faut garder ses ennemis près de soi ?

Mon argument était de peu de poids. Bonnefoix ne tomba pas dans ce piège :

— Avez-vous pensé un instant qu'il pouvait être un espion de La Reynie ?

Je regardai François en train de s'échiner sur l'attelage. Sa maladresse, aggravée par de grands cris qui effrayaient les chevaux, prouvait à un homme de bonne foi qu'il n'y avait assurément rien à craindre de celui-là.

— Il ne ferait pas de mal à une mouche !

— Eh ! Qui vous dit qu'il n'en est pas une et qu'il ne fréquente pas cette engeance inventée par ce lieutenant de police ? Je soupçonne déjà une horrible intrigue. La Reynie nous piste depuis que nous avons quitté Saint Albert. Sitôt à Paris, il glisse à nos côtés une mouche adroite et pour ajouter à nos malheurs, vous vous y intéressez. Dieu, que cette ville est dangereuse !

— Après avoir usurpé le titre de mouches, nous en serions victimes ? La situation serait amusante. Comme quoi, Bonnefoix, il ne faut jamais mentir ! C'est un mauvais péché…

Il se signa sur-le-champ :

— Parbleu ! Je trouve cela moins drôle que vous.

— Fais confiance à ma ruse… Si ton pire cauchemar est vrai, je le saurai.

— Et comment ?

— Je le forcerai à parler.

— Et comment ? répéta Jean-Baptiste.

— J'utiliserai mes sortilèges. Ne m'en crois-tu pas capable ?

— Oh ! que trop. Mais je redoute également que vous ne tombiez dans les siens.

— Quel mal y aurait-il si ce jeune homme est sincère ?

— Voulez-vous que nous étudiions cette solution heureuse ? Soit. Il veut réellement nous venir en aide. Et moi, je fais les comptes. Une épée de bois tenue par un artiste ! Un fils banni par son père pour défendre le vôtre. Allons ! Où est le bon sens ?

— Je jure de vous défendre ! lança François. N'est-ce pas une raison suffisante ?

Il nous regardait en souriant, les mains posées sur le carrosse. Il était à terre et, seule, sa tête se montrait. Il nous écoutait, le demi-tour ayant parfaitement réussi. Les chevaux faisaient face à la rue. Et il ne cachait pas sa joie d'avoir réussi ce noble devoir. Depuis quand se trouvait-il tranquillement à cette place ? Trop occupés à débattre, nous avions perdu de vue le sujet principal. Jean-Baptiste se renfrogna. Moi, je sondai Beltavolo. Cette allure sereine et cet air innocent pouvaient-ils cacher l'âme la plus sombre ?

— Ne jurez pas, monsieur de Saint Val, lançai-je en le poussant à retrouver la place du cocher. Saisissez vos rênes et conduisez-nous jusqu'à notre destination. C'est, pour l'heure, la meilleure façon de nous secourir.

— Vers quoi dois-je me diriger ? demanda-t-il, décidé.

— Rue de la Couture-Sainte-Catherine.

— Au début, au milieu, ou peut-être à la fin ?

— Très exactement, vous vous arrêterez devant l'hôtel de madame de Sévigné.

— Serait-ce pour la rencontrer ? balbutia-t-il, étonné.

— Appelons cela une visite de courtoisie, répondis-je en posant un doigt sur mes lèvres.

— Vous connaissez donc cette femme extraordinaire ?

— Il est impossible que la curiosité ne vous ait pas appris ce qui nous y amène, s'échauffa Bonnefoix. Allez, monsieur, plus de questions. En route ! Puisque vous avez promis de nous servir...

LA CAUSE EN EST CACHÉE

VII. La cause cachée de l'Affaire des Poisons,

Un valet très âgé nous ouvrit le porche de l'hôtel Carnavalet. Petit, et plus encore voûté, il s'accrochait à ce lourd rempart d'une main maigrelette. Une brise légère souleva la poignée de crins blancs qui couronnait sa tête. Cela suffit pour qu'il tangue sur place.

— Puis-je voir la marquise de Sévigné, s'il vous plaît ? demandai-je doucement.

Le valet plissa les yeux, ajoutant de ce fait une quantité prodigieuse de petites rides à son visage raviné par le temps. Il cherchait, cherchait. Cette vague silhouette ne lui semblait pas inconnue. Pourtant, sa mémoire, sans doute, le trahissait.

— Pardonnez ma distraction, j'ai peur d'avoir oublié votre nom, répondit-il sur un ton attristé en penchant légèrement la tête.

— Hélène de Montbellay, fille du comte de Saint Albert.

— Mon Dieu ! s'exclama-t-il en se redressant si prestement qu'il parut vingt ans de moins. Ah ! Nous fabriquions du mauvais sang... Un courrier rapide nous a fait parvenir une lettre de votre père par laquelle il nous informait de votre visite. Selon nos calculs, nous espérions votre arrivée depuis deux jours. Merci, Seigneur tout-puissant. Merci ! Enfin, vous êtes là.

L'évocation du nom de mon père réchauffa mon cœur. Depuis le départ, je lui avais fait parvenir quelques missives écrites trop rapidement au hasard de nos étapes dans les relais de poste. Les avait-il au moins reçues ?

— Je crois savoir que monsieur votre père va bien, souffla le vieux valet comme s'il devinait mes pensées. Il se languit, du fait de ce que nous avons appris, mais il se porte au mieux qu'il peut. Rassurez-vous, vous en apprendrez plus auprès de madame la marquise… Car le chemin n'est plus très long, plaisanta ce petit bonhomme efflanqué, mais que notre arrivée semblait avoir réveillé.

Nous franchîmes un porche de style Renaissance, enchâssé dans un mur d'une hauteur suffisante pour que les mystères de l'hôtel Carnavalet se cachent à la rue. Après, une charmante cour se présenta. Sur les côtés, deux ailes se déployaient. Au fond, le corps du logis principal était rehaussé par des balcons forgés qui couraient à l'étage et que magnifiaient de grandes et belles fenêtres par lesquelles se devinait un intérieur meublé avec goût. À l'extérieur, le plus admirable se trouvait dans une série de sculptures de belle taille incrustées dans la façade principale comme autant de pilastres ou de colonnes. L'ensemble s'apparentait aux décors d'un théâtre antique mettant en scène l'histoire de nymphes lascives et de demi-dieux dénudés. Les statues se parlaient et se répondaient, rivalisant de grâce et de séduction. Le temps avait mordoré la pierre, arrondi et tanné le travail de l'artiste, si bien que la courbe d'un sein, le galbe d'une cuisse, le dessin d'une épaule s'offraient aux regards avec plus de réalité. Plus elles vieilliraient plus elles deviendraient belles, ce qui était le propre d'un véritable miracle.

Séduite par ce spectacle, j'avais ralenti mon pas et Jean-Baptiste fit de même. Se méprenant, le valet se précipita sur lui et voulut se saisir de nos bagages.

— À votre service, mais je me crois plus fort que vous, riposta Bonnefoix en refusant son aide. Dites-moi, n'aviez-vous pas plus de cheveux que cela auparavant ?

— Comment le savez-vous ? s'étonna le valet, figé comme le marbre.

— Vous êtes Sébastien.

— C'est moi, en effet… C'est donc que nous nous connaissons.

Il explora le passé en se grattant la tête. Soudain, son regard s'illumina :

— Jean-Baptiste Bonnefoix ! Je vous reconnais. C'était il y a longtemps. Allons bon ! Je ne me souviens plus quand ? Ah ! Nous sommes si heureux de votre venue. Entrez.

Cette fois, il renaissait. Le porche fut enfin fermé. François de Saint Val était resté dehors. Je n'avais su lui dire s'il devait partir.

— Je vous attends, avait-il décidé.

— Cela risque d'être long, avait rétorqué Jean-Baptiste en le toisant de haut.

Sébastien, le vieux valet, ne faisait qu'un pas à chaque phrase. Si bien que le parcours fut plus lent que prévu.

— Je suis impardonnable. J'ai connu votre mère à un âge qui vous est proche. Au premier regard, j'aurais dû savoir qui vous étiez... Vous lui ressemblez tant.

— Serait-elle venue ici, Sébastien ?

Il s'arrêta de nouveau, cherchant dans sa mémoire :

— Non, puisque nous ne sommes installés que depuis peu. Était-ce quand nous demeurions place Royale[1] ?

Il ferma les yeux. Nous patientâmes.

— Non, répéta-t-il, car il faut remonter le temps de près de quarante ans et vous êtes loin d'atteindre ce compte. La marquise n'était qu'une enfant. Nous logions à l'hôtel de Coulanges construit par le grand-père de madame la marquise. Je venais d'entrer au service de ce grand homme, duelliste s'il en est ! Quand je pense qu'il se mesura dix-huit fois sans jamais que son bras ne tremble. Pour finir, il mourut à la chasse. Paix à son âme.

Jean-Baptiste se signa. Sébastien rouvrit les yeux. Son visage ridé s'adoucit :

— Madame a en effet vu le jour place Royale, dans l'hôtel de Coulanges. Quels lieux magnifiques ! Par la volonté du roi Henri IV, l'ancien marché à chevaux avait

1. La place Royale devint celle des Vosges au XIXe siècle pour honorer le premier département ayant acquitté ses impôts.

été transformé en un pays de rêve... Nous y fûmes heureux. Hélas, la disparition du père de madame, mort courageusement au siège de La Rochelle, nous obligea à nous installer dans une dépendance de l'hôtel de Coulanges, chez un oncle et une tante. Alors, j'ai suivi cette enfant qui avait un peu plus de dix ans... Depuis, je suis resté à son service.

Il ferma encore les yeux :

— Si ce n'est pas là que j'ai vu votre mère, où cela peut-il être ? Ah ! Maudite mémoire... Croyez-vous que ce fut quand nous vécûmes rue des Lions-Saint-Paul, là où naquit madame de Grignan, la fille de madame la marquise ?

Il fit un pas :

— À moins que votre chère maman ne nous ait rendu visite rue du Parc-Royal où nous dûmes nous exiler un temps, par peur de la variole ?

Puis un autre pas :

— Nous avons tant voyagé dans le Marais que je suis épuisé... Les souvenirs se mélangent, mais je me souviens encore de la maison de la rue des Trois-Pavillons. Pourtant, je n'y vois toujours pas votre mère. Alors quoi ? Et où ?

— Je crois savoir, glissa Jean-Baptiste.

Le vieux Sébastien interrompit sa marche hésitante :

— Ah ! Dites-moi, s'il vous plaît...

— J'étais présent puisque je suis au service du comte de Saint Albert depuis de longues années. C'était au château du Buron, à Vigneux-de-Bretagne, non loin de Nantes. Vous y étiez aussi et je peux préciser l'année : 1663 ! Un mariage, je crois, avait réuni les branches de cette belle famille. Mademoiselle Hélène venait de naître. C'était au printemps et le soleil brillait tant, que...

— Vous vous trompez, monsieur Bonnefoix, lança une voix inconnue. C'était en 1664. L'été battait son plein. Vous étiez moins... enveloppé, me semble-t-il. Je n'ai oublié aucun détail et je vois encore les yeux bleus et doux d'Hélène. Je l'aurais reconnue, sans même qu'elle vienne jusqu'à moi.

La marquise de Sévigné se tenait sur le perron de l'hôtel Carnavalet. Elle me tendait les bras. Et je fus aussitôt éblouie par cette majestueuse apparition.

— Tu logeras ici, Hélène.

La marquise poussa une porte située au rez-de-chaussée de l'hôtel Carnavalet. Elle entra la première et me fit signe d'avancer. Elle portait une robe de soie grise qui semblait flotter dans l'air. Je suivis cet ange de grâce qui, depuis une heure, m'accueillait tel l'enfant prodige.

— Je ne manque pas de place depuis que Boislève, le nouveau propriétaire, a fait agrandir son hôtel. Que reprochait-il à l'ancienne demeure des Kernevoc'h, si ce n'est un nom compliqué ? Il suffisait de le simplifier en Carnavalet pour réaliser des économies substantielles... La Fontaine a raison, l'homme est semblable au lion. Il veut dominer, conquérir et imprimer sa trace, et celle de monsieur Boislève n'est pas très à mon goût. Pourtant, Mansart en personne fut chargé du travail. Il n'empêche que je n'aime qu'à moitié l'élévation des ailes qu'il vient de faire réaliser. À force de raison, je m'y fais et, si j'étouffe derrière ces murs, je m'invite au château de Grignan où réside ma fille. Bien que, depuis peu, on ne souhaite pas y voir trop souvent une mère que l'on juge possessive...

Son visage s'assombrit.

— Alors, j'écris. Surtout depuis que je suis veuve. Je le fais pour ma fille. Et parfois, cette activité nous joue des tours...

Songeait-elle à mon père ? Elle s'approcha de moi et me prit par les mains.

— Sans demander l'avis de Boislève, j'ai mis un peu de moi dans cette maison. L'architecte Libéral Bruant a décoré cet appartement de plain-pied que je réservais à ma fille. Hélas, fit-elle tristement, c'est insuffisant pour la décider à me rendre visite. Pourtant, une heure de conversation vaut mieux que cinquante lettres... Ah ! Quel bonheur de te voir, Hélène. Tu es si belle et si semblable à ta mère. Je comprends que ton père t'ait jalousement gardée auprès de lui. Mais te voilà à Paris. Et nous ferons en sorte que tu y sois heureuse. Regarde comme tu seras bien.

Elle ouvrit la fenêtre qui donnait sur une cour pavée de fleurs d'automne et de buis. Le soleil entra dans la pièce. Les yeux de madame de Sévigné brillaient. Elle prit en main le collier de perles fines qui retombait sur le petit décolleté de sa robe et recouvrait sa gorge. Ses gestes étaient mesurés et légers. Son charme agissait. J'étais tombée en admiration devant cette femme gracieuse au visage si doux, ourlé par les premiers signes d'expression de l'âge mûr.

— Voici ta chambre. Et ici, un petit salon où tu pourras recevoir sans craindre les yeux et les oreilles des indiscrets.

Les pièces se succédaient en enfilade. La chambre, tout d'abord, ressemblait à une bonbonnière. Deux fauteuils tapissés de velours vert encadraient une coiffeuse habillée d'une marqueterie raffinée. Ce meuble aux pieds délicats était surmonté d'un miroir ovale dans lequel se reflétaient des flacons ciselés et dorés, posés sur le plateau de la table. Un vaste lit occupait l'autre côté de la pièce. Le tissu dont il était recouvert déclinait les teintes du rose. Accrochée au mur où se trouvait la tête, une grande tapisserie évoquait la douceur pastorale. Un fleuve paressait entre deux collines verdoyantes. Le camaïeu de rose et de vert se répétait. Il faisait bon vivre dans cette scène qu'observait, du haut d'un des vallons, un couple d'amoureux qui se tenaient par la main. C'était le soir, et celui-ci leur semblait doux.

Le parquet était revêtu de tapis de laine aux couleurs reposantes. Ils formaient un chemin naturel qui menait à un petit salon agrémenté d'une table basse et ronde, où discutaient quatre fauteuils profonds, et d'un bureau de travail chargé de plumes, d'encriers, de papier et de livres. Une lettre inachevée et raturée patientait sur le coin ensoleillé de ce meuble d'acajou. De part et d'autre trônaient d'immenses bougeoirs habillés de cire fondue et laiteuse aux formes mystérieuses, comme seule la nuit sait en inventer. On pouvait veiller tard dans cette pièce. Lire ou écrire quand la lumière du jour succomberait à l'attirance de la nuit, malgré la belle fenêtre qui profitait des derniers rayons du soleil.

Les tapis servaient toujours de guide. Ils engageaient à découvrir la suite. La marquise me fit signe d'avancer. Nos pas silencieux s'enfoncèrent dans l'épaisseur de la laine.

— Ah ! voilà de quoi je suis fière. J'ai fait aménager une authentique salle de bains.

Du sol au plafond, la pièce était décorée de carreaux de porcelaine tirant sur les teintes du bleu, et brillant comme le plus parfait des miroirs. Profitant du moindre mouvement d'air, la flamme de six immenses chandeliers de cristal mettait en mouvement les saynètes peintes sur les petits carreaux. Le thème général était l'eau et l'imagination de l'artiste n'avait pas été bridée. Il n'était pas question de vierges, surprises nues, au bord de l'onde, par un satyre – cela ne correspondait pas au goût de la moraliste –, mais d'une leçon de choses sur le cheminement de l'eau, qui descendait du ciel pour se rendre à la mer. Logiquement, le plafond symbolisait la voûte céleste dans toutes ses déclinaisons. L'éther limpide et azuréen succédait à l'orage et aux nuages nourriciers. Le courant s'écoulait par autant de rivières que comptait la Création avant d'achever sa course dans le monde de Poséidon. Celui-ci était représenté, muni de son trident, au-dessus de la bassine qui servait aux bains, et qui me semblait en marbre.

— À Paris, on nomme cet objet une baignoire, se moqua la marquise.

— Je le sais ! mentis-je en rougissant de honte.

À Saint Albert, nous n'usions que d'un bac en ferraille, installé dans le recoin le plus reculé des cuisines et surveillé de près par l'impitoyable Berthe. Quand je m'y glissais, notre cuisinière se faisait cerbère et lavandière. L'eau chauffait, et moi, je me déshabillais. Alors, quiconque aurait franchi le seuil de notre *salle de bains* se serait vu récompensé par un seau d'eau brûlante. Et je n'avais rien à craindre. L'œil de Berthe était assez aiguisé pour repérer un faune lubrique à dix lieues à la ronde…

— Vois-tu ce cordon ? Tu tires et cela sonne. Aussitôt, Louise arrive. Tire fort et à plusieurs reprises, toutefois, car Louise a l'âge du bon Sébastien et les deux ne souffrent pas que de la mémoire. Tu as faim ? Tire encore. On viendra par cet escalier à vis[1]. Ici tu es chez toi, Hélène. L'eau chauffe en cuisine le matin. Il t'en faut pour le bain ? Fais de même. Mais au fait, crois-tu comme certains que l'eau est mauvaise pour le corps ?

— Malgré tous les dangers dont on me parle depuis ce matin à propos de ce don du Ciel, je ne renoncerai pas à en user pour me frotter la peau !

— Parfait ! L'eau d'ici vient, en effet, de la pluie, et Paris n'en manque pas ! Le linge se trouve dans ces placards. J'y fais placer de la lavande si bien qu'aux pires jours de pluie, quand l'eau vient en abondance, tu te croirais au pays du soleil ! Ah ! je crois qu'il serait bon de chauffer cette cheminée.

Elle tira sur le cordon. Elle s'amusait.

— Que fait Sébastien ?

— Sans doute compare-t-il ses souvenirs avec Jean-Baptiste.

— Crois-tu qu'ils fêtent leurs retrouvailles à la cuisine ?

Madame de Sévigné éclata de rire et sonna de plus belle. Sa voix et ses gestes étaient aussi légers que ses lettres.

En tirant sur le cordon, les manches de sa robe se relevèrent, découvrant des attaches délicates. Pourquoi une femme encore si belle ne vivait-elle que pour sa fille ? Soudain, elle interrompit son geste, contempla ses mains et se mit à les frotter l'une contre l'autre. Puis reprit son examen et sembla insatisfaite.

— Voilà qui n'est guère mieux !

Elle me montra alors ses doigts. Ils étaient couverts d'encre.

— Tu m'as surprise alors que j'écrivais, et pas à n'importe qui ! Son nom ? Aide-moi. Il est beau, intelligent, mais peu sage. Il vit non loin de Saumur et...

---

1. Un contrat notarié de Nicolas Dupuis indique la présence d'un escalier à vis.

— Mon père ! Il s'agit de lui ?

— Que dirais-tu si nous finissions cette lettre à deux ?

— J'ai tant de choses à lui raconter. Figurez-vous que ce matin j'ai rencontré un jeune comédien. Beltavolo ! Mais ce n'est pas vraiment son nom. Et...

— Hélène, m'interrompit-elle. Voilà ce que nous allons faire. Tu vas t'installer. Ensuite, nous boirons ce chocolat qui plaît tant à la cour. Tu ne connais pas ? Parfait. Et alors tu me raconteras votre arrivée. Ensuite, nous choisirons ce qu'il faut écrire à ton père sans qu'il ne s'inquiète. Es-tu de mon avis ?

Je sautai dans ses bras. Elle m'embrassa tendrement. Nous étions déjà amies.

— Tout le monde vient au Marais ou dans ses faubourgs ! lança avec passion madame de Sévigné. Racine, Boileau, La Rochefoucauld se réunissaient voilà peu chez Guillaume de Lamoignon, le président du Parlement de Paris. Son salon se tenait chaque lundi, je m'en souviens, ajouta-t-elle, en posant sa tasse de chocolat. Corneille logea chez le duc de Guise. Et n'oublions pas Molière, ce géant ! et encore Blaise Pascal...

— Et où cela nous conduit-il ?

— À la question du départ, répondit prestement la marquise. Pourquoi affronter Versailles ? Tu ne rencontreras à la cour que de faux sentiments dont le dessein premier sera de te nuire.

— Alors qu'en restant dans le Marais, je croiserai les esprits de ce siècle ?

— Te voilà enfin raisonnable !

— Je devine surtout dans ce propos l'influence de Pierre de Montbellay. Auriez-vous, l'un et l'autre, signé un pacte pour m'empêcher d'agir ? Votre rôle est-il de m'influencer puisque je n'ai pas capitulé devant mon père ? Pardonnez-moi, mais cette fronde n'aura aucun effet sur moi...

— Hélène, nous parlons pour ton bien, glissa-t-elle dans l'espoir d'apaiser le courroux qu'elle avait senti monter en moi.

— Comme lui, vous plaidez la prudence. Mais je suis venue pour agir.

— Il faut t'accommoder aux usages de la cour, insista-t-elle.

— Et il me faudrait user mon temps en dissertant, avec esprit, dans les salons de vos amis les moralistes ? Trop peu pour moi ! Le Marais, c'est promis, plus tard, j'en ferai le tour…

— Tu songes déjà à partir ?

Le visage de madame de Sévigné s'assombrit d'un coup.

— Non, ce n'est pas cela, mais ma démarche ne souffre pas d'attente : je dois aller à Versailles. Et si les plus grands vivent dans le Marais, aucun ne s'y cantonne, n'est-ce pas ? Vous-même, n'allez-vous jamais à la cour ?

Elle ne répondit pas.

— Qui peut négliger le roi et Versailles ? Personne, pas même la veuve Scarron qui, en quittant le Marais, redevint Françoise d'Aubigné avant d'endosser les habits de madame de Maintenon. Nierez-vous qu'en se rapprochant du Soleil, les esprits qui règnent sur le Marais n'y ont rien gagné ?

La marquise soupira :

— Ton père m'avait prévenue. Sa fille raisonne…

— Je ne suis pas fermée à de nouveaux avis.

— M'aurais-tu seulement entendue ?

— Sur le chocolat, ma réponse est oui ! C'est si bon…

— N'en abuse pas. Ses vertus digestives sont connues, mais il allume parfois une fièvre qui peut conduire à la mort…

— Pourtant, vous en avez repris trois fois.

— Hélas ! Mais il faudrait mettre fin à cette gourmandise.

Elle s'empara aussitôt d'une petite boîte en porcelaine délicatement peinte de scènes animalières.

— Elles racontent la fable du *Loup et de l'Agneau*. Et l'un se fait croquer ! C'est pourquoi j'y ai mis ceci…

Elle ouvrit la boîte, remplie de petites *choses* sombres à l'aspect peu ragoûtant.

— Je les achète chez maître Chaillou qui tient commerce à Paris depuis que le roi l'y a autorisé.

— Qu'est-ce donc ?

— Du chocolat en boudin à l'espagnole. Celui-ci est à croquer. Il faut y goûter !

Elle se servit la première, glissant le morceau tout entier dans sa bouche. Puis elle ferma les yeux. Elle mâchait délicatement. Cela semblait meilleur que tout...

— Je paye cette folie une fortune. C'est à cause du monopole du Trésor Royal. Dès que l'affaire est bonne, l'impôt s'en empare. C'est fait depuis l'an passé. Le chocolat est trop bon ! Mais bientôt, il faudra se serrer. Ma taille m'en conjure... Prends. Pour toi, il est encore temps.

Je pris une des *choses*, non sans méfiance. J'en mis un petit bout sur la langue. Le chocolat fondit. L'impression fut délicieuse. J'avalai le reste d'un coup et tendis à nouveau la main vers la boîte à gourmandise.

— Pas trop ! fit-elle. Une de mes amies vient de mettre au monde un fils dont la peau est très sombre. Or, pendant sa grossesse, elle a mangé sans respirer ce fameux chocolat.

— Est-ce possible ? m'étonnai-je, en écartant prestement ma main de cette boîte qui contenait tant de mystères.

— J'ai soutenu cette thèse, mais j'en doute, plaisanta-t-elle.

— S'agissait-il d'une farce ?

Elle expira lentement et balaya l'air de la main.

— Je suis comme le chocolat. J'ajoute quelques condiments dans mes lettres. J'invente ma recette. Parfois, je goûte au plaisir de lancer une mode ou d'en défaire une autre. Mais l'imagination n'est-elle pas aussi amère que cette gourmandise délicieusement rare ?

Elle me regardait intensément et, derrière son sourire, je devinais son émotion. Sans doute songeait-elle à l'exil de mon père dont elle se sentait pour une part responsable. Et à ces lettres dans lesquelles elle décrivait les exploits, les éclats et l'intempérance du libertin Pierre de Montbellay. L'une d'elles – maudite soit-elle ! – avait-elle pesé dans la décision du roi ? Maintenant elle me regardait et s'inquiétait pour celle qui était venue dans l'espoir de sauver l'honneur de son père. Elle baissa les yeux. Elle se résigna. Elle ne pouvait que m'aider. Je choisis ce moment pour revenir au sujet qui me préoccupait :

— Puisque je ne renoncerai pas à l'idée de me rendre à Versailles, que faut-il que j'en sache ?

La nuit était tombée et dans ces rues étroites, le soleil s'éteignait brusquement. À Saint Albert, il déclinait jusqu'à basculer derrière une colline surmontée d'un bois de chênes. Longtemps, sa lueur incertaine repoussait le moment où la flamme de la bougie reprendrait vie. À Paris, six heures sonnèrent, et le ciel devint aussi noir que ces *choses* amassées dans la boîte en porcelaine de la marquise de Sévigné.

— Ce n'est plus comme avant, murmura-t-elle. Oui, tout a vraiment changé à la cour. Un peu comme ce jour qui vient de s'effacer. Et ce que ton père subit n'est qu'un prologue annonçant de plus grands dangers.

Elle marqua un temps.

— L'obscurité menace la clarté du Soleil. La douceur d'un monde s'en va. J'aime le roi et le respecte, mais où sont les plaisirs enchantés de Versailles ?

Madame de Sévigné s'absorba dans ses pensées. Son corps s'affaissa. Ses gestes ralentirent.

— D'où vous vient ce découragement ?

Elle se ressaisit aussitôt :

— Parle plutôt de nostalgie.

— Vous regrettez le passé ?

— Par pitié, s'emporta-t-elle, ne me compare pas aux vieillards que l'âge a aigris. Je n'ai aucun regret pour ce qui fut ma jeunesse. J'espère et, en te voyant, je crois en l'avenir. Mais ce qui se dessine ne m'inspire pas confiance. Le temps où le roi exhortait chacun à exercer honnêtement sa critique est révolu. Simplement se moquer devient licencieux. La cour, docile et soumise, se plie à ces changements. Elle y perd sa drôlerie, sa franchise et se plaît dans un monde plat, sans relief, gagné par les partisans d'un royaume déserté par les idées. Je n'y vois que le progrès de l'obscurité et de forces nuisibles à l'esprit. Non, ce n'est pas la peur du futur qui m'inquiète, mais, bien au contraire, le retour en grâce d'une furieuse intransigeance.

— Vous parlez comme mon père dans cette lettre qui lui a tant coûté...

— Je ne l'ai pas lue mais devine ce qu'il a pu t'écrire. Je connais ses thèses et je les partage en partie. La liberté est menacée. C'est insaisissable et aussi invisible que l'air. Pourtant, l'intolérance y flotte et s'y plaît. Et c'est nouveau.

— Depuis quand ?

— D'aucuns datent ces changements de l'installation de la cour à Versailles. Je crois que l'affaire est plus ancienne.

— Faut-il vous arracher chaque mot de la bouche ? fis-je plus durement que je ne le voulais.

Elle me couva du regard :

— L'impatience de la jeunesse... Et la foi ! Ces vertus seront récompensées. Et puisque tu veux aller vite, voici deux noms qui résument mon opinion : madame de Montespan et madame de Maintenon.

— Qu'ont-elles à voir avec les changements à Versailles ?

— Les deux bataillent. Qui l'emportera ?

— Je n'y vois qu'une histoire de cœur.

— Ce duel décidera peut-être de notre sort à tous.

— Mais il s'agit seulement là d'un sujet pour meubler l'oisiveté, insistai-je.

— Pauvre amie bien naïve. Il faut voir au-delà des personnes. Derrière ces deux femmes, se cachent en vérité deux mondes qui se détestent. Chacune d'elles soutient une vision de l'homme, de la société, du pouvoir. Ce qui débouche naturellement sur le rôle du roi. L'une aime la lumière, quand l'autre lui préfère l'ombre. Voilà plus qu'une manière de vivre : une façon de la penser et de la régir.

— Je comprends que deux personnalités s'affrontent et que le roi va choisir. Mais en quoi sa décision agirait-elle sur le Royaume ?

— Les deux femmes sont rivales, mais surtout très différentes. Leur affrontement va au-delà de l'amour. Je viens de te le dire, la question porte sur la façon même de concevoir la vie. Maintenon se plaît dans la dévotion quand Montespan songe à l'art et au plaisir. Maintenon ne supporte pas les fenêtres ouvertes ; Montespan les ouvre pour faire entrer l'air… L'une ne tolère que les existences exemplaires ; l'autre a choisi la tolérance et applique ce précepte autant à elle qu'aux autres.

— Vous dressez un tableau flatteur de madame de Montespan.

J'avais gardé en tête la triste Affaire des Poisons et, dans ma naïveté, je voyais Françoise Athénaïs de Montespan en fidèle alliée des ensorceleuses…

— Ses excès passés et présents lui nuisent et j'en condamne certains, mais son attitude l'oblige à œuvrer dans le camp de l'indulgence. Et, dans l'intimité, elle incite le roi à en faire autant. Quel bénéfice en tirons-nous ? Un peu plus de tolérance. Or je ne connais rien de plus utile. En veux-tu un exemple ? Plus Montespan est proche du roi, plus ce dernier se fait à l'indulgence et plus la liberté religieuse y gagne. Ainsi, nous avons vécu pendant quelques années une foi apaisée. Les protestants et les jansénistes en ont profité. Qu'en sera-t-il si Maintenon la dévote triomphe ?

— Comment croire qu'une favorite ait autant d'influence ? m'étonnai-je.

— Leur puissance vient de ceux qu'elles représentent. Car chacune d'elles est, à son tour, la favorite d'un parti que tout oppose… Et les deux agissent dans l'ombre pour le triomphe de leur cause. Les paris sont ouverts. Maintenon triomphera-t-elle ? Je n'en suis pas certaine. Mais c'est une question de jours ou de mois. Il demeure qu'en annonçant sa préférence, le roi élira plus qu'une simple favorite. Alors, s'agira-t-il du clan de l'intolérance dont ton père est la victime ?

La marquise de Sévigné reprit un chocolat en boudin à l'espagnole. Elle mâcha en silence et déglutit délicatement. Un soupir d'aise s'ensuivit :

— Maintenon ou Montespan, ce sujet te concerne dans la mesure où tu es ici pour venir en aide à ton père. Il te faut donc choisir le camp qui défendra au mieux ses intérêts. Crois-tu, innocente Hélène, que tout soit simple à la cour ? Le chemin qui mène au roi est labyrinthique. Tes amis seront-ils seulement les ennemis de tes ennemis ?

Elle me tendit la boîte en porcelaine :

— Déguste à nouveau, et fais-le lentement. Il te faut encore apprendre avant de te jeter sur Versailles.

Neuf heures avaient sonné à la pendule du salon quand je vins à sortir de l'hôtel Carnavalet. Dehors, le carrosse patientait. Dessus, il y avait François de Saint Val. Le pauvre garçon reposait sur le siège du cocher, entortillé dans une couverture poussiéreuse et tachée qui devait appartenir à ses compagnons d'infortune, les deux paisibles chevaux.

— Sommeillez-vous ?

Il sursauta si fort qu'il faillit tomber sur le côté. La manœuvre fut radicale : les chevaux s'extirpèrent de leur torpeur, piaffèrent et tapèrent du sabot. Le carrosse tangua et il fallut tirer sur les rênes pour que ce drôle d'attelage retrouve son calme.

— Je veillais d'un œil, bougonna-t-il.

— Mais vous dormiez de l'autre.

Il ouvrit alors les deux :

— Quelle heure est-il ? Mais il fait nuit ! Est-il possible de me faire attendre si longtemps.

Le jeune homme frissonna :

— Je crois que je vais mourir de froid. Ou de faim, c'est au choix…

— Je sais ce qui vous réchauffera.

Il descendait déjà du carrosse.

— Non, restez ! Vous repartez.

— Déjà ? gémit-il.

— À l'instant, vous vous plaigniez d'avoir trop attendu…

— Ne jouez pas avec mon humeur !

— Jouer ? N'est-ce pas votre métier ?

— Sans doute, mais j'ai promis de vous venir en aide. Or, je ronge mon frein dans les coulisses.

— Eh bien ! Je vous propose d'entrer en scène dès demain. J'ai un rôle pour vous...

— Quel est-il ? glissa-t-il entre ses dents.

— Celui de cocher.

— Un peu court comme interprétation, et ma tenue est élimée... mais je m'en contenterai s'il me faut comprendre que nous nous reverrons.

— Demain, dix heures. Ici.

— J'ai eu le temps de penser à notre prochaine promenade, ajouta-t-il joyeusement. S'il fait beau, nous irons au village de Montmartre pour y boire du vin et...

— Oubliez vos projets.

De nouveau, il se renfrogna :

— J'ai aussi pris mon temps pour réfléchir à vous. Mes sentiments se partagent entre l'adoration et la fureur. Et là, c'est plutôt la seconde qui l'emporte. Vous n'en faites vraiment qu'à votre tête.

— Mais c'est la vôtre qui nous conduira.

— Ces chevaux auront-ils le privilège de savoir où ?

— Versailles.

— Versailles ? ! Mais c'est impossible : le carrosse tombe en ruine, de plus, je n'ai pas d'habits...

— C'est exactement ce qu'il nous faut. Je vous expliquerai.

— Dix heures, dites-vous ? gémit Beltavolo d'un ton moins forcé.

— Soyez précis.

— Serons-nous seuls ?

— Vous aurez le plaisir de retrouver votre ami Jean-Baptiste Bonnefoix.

— Je m'en doutais ! enragea François.

— Et moi, qu'en dites-vous ? Seriez-vous fâché de me retrouver si tôt ? Et dire que je mourrais d'impatience d'entendre votre opinion...

— Parlez-vous sincèrement ?

— N'êtes-vous pas comédien ? taquinai-je encore.

— Si fait.

— Alors, vous reconnaîtrez si je joue. Bonsoir, monsieur de Saint Val.

— Bonsoir, Hélène, sembla-t-il se résigner.

Mais aussitôt, il lâcha les rênes et revint à la charge :

— Encore une phrase, et promis, je vous libère. Cette rencontre... Puis, vous... Comment le présenter ? Il me semble vous chercher depuis si longtemps et en vous revoyant, maintenant... Tout mon être... Ah ! L'affaire est délicate. Il faudrait me lancer. Je le dois. Voyez-vous, avant je ne vous connaissais pas et...

Il dodelinait de la tête de façon délicieuse, cherchant amèrement ses phrases, hésitant, malheureux, et comme paralysé par le poids de ses émotions :

— J'y ai réfléchi pendant des heures en contemplant les étoiles. Je vous ai vue mille fois en rêve. Je vous parlais si simplement... Mes idées, je les tenais et je pouvais les réciter par cœur. Maintenant, je vous contemple, et c'est si difficile... Car en vous avouant tout, j'ai peur de vous perdre.

Il redressa le torse, se raidit et déglutit plusieurs fois. Son visage devint blanc, sa voix se mit à trembler :

— Hélène, croyez-vous au coup de foudre ?

Bien sûr que oui ! Sinon, comment expliquer cette boule de feu qui me tenaillait et ne cessait de grandir, de grandir, alors que ces derniers mots – coup de foudre – y produisaient un doux ravage ?

— Sauvez-vous, François ! répondis-je en tentant de cacher mon bonheur. Réfléchissez encore puisqu'il ne s'est rien produit d'irréparable. Demain, vous aurez tout le temps de me dire qu'il ne s'agit pas de calembredaines dictées par la nuit...

Résigné, il fit claquer ses rênes. Les chevaux n'attendaient que ce geste pour se lancer à l'assaut de l'obscurité.

Alors que le carrosse s'effaçait, il s'était retourné. Qu'avait-il hurlé ?

— Hélène, merci...

Et puis quoi ?

— Je vous ai dit la vérité !

Pourquoi craignait-il autant que je pense le contraire ? Chez moi, s'il s'agissait d'amour, ce sentiment nouveau et merveilleux ne produisait pas ces incertitudes. Mais il est vrai que je ne portais le poids d'aucun secret. François de Saint Val avait-il une autre vie, d'autres attaches, d'autres mystères ? Un instant, la boule de feu se transforma en plomb. Et ce poids douloureux m'aida à comprendre la sincérité de ces émotions.

La même nuit, j'avais repassé les confidences de la marquise de Sévigné qui m'avaient tant occupée avant de retrouver François. Fallait-il croire la moraliste ?

— N'écarquille pas les yeux, Hélène, disait-elle. Cet effet naïf est désastreux.

Elle achevait de m'apprendre ce qu'elle craignait de la cour et de Versailles.

— Votre thèse à propos de l'Affaire des Poisons en est la cause, me défendis-je.

— Ton air éberlué n'y changera rien. Je maintiens ce que j'ai dit.

— Vous défendez madame de Montespan. Voilà la source de mon étonnement.

— Détrompe-toi. Je ne prends pas parti. J'ai étudié cette affaire attentivement pour tromper l'ennui de ma fille Françoise Marguerite qui souffrait d'avoir quitté Paris pour suivre le comte de Grignan en Provence. Afin de connaître la vérité, elle ne pouvait pas compter sur la servilité de la *Gazette de France* ou du *Mercure*. Alors, j'ai mené mon enquête. Je n'ai fait qu'observer, puisque c'était mon rôle...

— Et vous concluez que l'Affaire des Poisons est une manipulation pour évincer la marquise de Montespan ?

— Sois précise, Hélène. Je la crois moins coupable qu'on ne l'a prétendu. Et je me suis demandé qui avait voulu lui nuire.

— Vous laissez entendre que le dessein n'était pas tant d'écarter la favorite que de placer la prochaine.

— Mes mots exacts sont les suivants : depuis cette affaire, la Montespan a perdu de son charme. Elle demeure à Versailles, mais son influence s'amoindrit. Le roi se tourne vers madame de Maintenon. C'est une amitié, prétend-on. Mais elle prend un tour nouveau depuis l'Affaire des Poisons. On me rapporte qu'ils se voient chaque jour. Est-ce seulement pour parler de l'éducation des bâtards de la Montespan ? Le temps de Sa Majesté est trop compté pour que cela soit vraisemblable. Je pense en vérité qu'il cherche comme un refuge après la tempête.

— Le roi devient sage et madame de Montespan ne l'était pas assez. Voilà tout.

— Ne sois pas aussi catégorique, aussi simpliste même, jeune débutante. Et réfléchis : n'a-t-on pas cherché plutôt à l'en convaincre ?

— Vous pensez que l'on a fabriqué l'Affaire des Poisons, accusant Montespan d'un crime qu'elle n'a pas commis, pour l'inciter à s'écarter d'elle ? C'est à mon sens faire peu de cas du caractère royal.

Madame de Sévigné se saisit d'un chocolat et l'avala tout cru. Elle semblait ravie de ma réaction :

— Et pourtant, n'étais-tu pas la première à soupçonner Montespan des pires crimes ? Sais-tu combien ont pensé comme toi ? Crois-tu que ce roi pourtant autoritaire puisse se dispenser totalement du sentiment de ses sujets ? Montespan a été suspectée, or, le soupçon ne va pas avec le caractère royal dont tu parlais. Voilà qui a suffi pour qu'elle soit écartée.

Elle regarda la boîte à chocolat, soupira, renonça à y plonger la main :

— Je m'en tiens aux faits. Un crime – et c'en est un si la marquise de Montespan a été accusée à tort – se fonde sur un mobile. Pourquoi désirait-on l'éloigner ? Plus encore, existe-t-il un lien entre sa disgrâce et le rapprochement de Maintenon ?

— De simples hypothèses… Des questions sans réponse.

— Je te l'accorde. Aussi, et néanmoins, je te conjure de les garder pour toi.

Plus tard, nous nous étions quittées. J'avais rejoint cette chambre douillette où j'espérais trouver le repos. Mais en fermant les yeux, les *hypothèses* de la marquise de Sévigné continuèrent de tournoyer. Malgré les réserves que j'avais manifestées, ses arguments me troublaient. S'ajoutaient la découverte de Paris et la rencontre de François de Saint Val. Si bien que je ne pus m'endormir.

Je finis alors par me relever. Il fallait ordonner mes idées, démêler mes émotions de ce que m'avait appris la marquise. Dans le petit salon, la plume, l'encre et le papier m'attendaient. Pour ne rien oublier, je me mis au travail.

On trouvait, au départ, le lieutenant de police La Reynie. Nommé par le roi, il ne rendait compte qu'à lui. Comme me l'avait expliqué Jean-Baptiste, sa mission consistait à purger Paris, que n'aimait pas Sa Majesté, de ses désordres. On imagina, hâtivement, que son rôle se limiterait aux tripailles, aux filles de joie et à la cour des Miracles, et il y avait à faire. Mais cet ancien magistrat se voyait tiraillé par d'autres ambitions. Il rêvait d'unifier la police de la ville, tenue par de multiples autorités. Poursuivi par les mouches, sur le point d'être arrêté, le fugitif trouvait un refuge dans l'abbaye de Saint-Germain ou dans le chapitre Notre-Dame. La justice ecclésiastique y agissait en maître. « Adieu, monsieur de La Reynie ! criait l'aigrefin. Votre loi s'arrête ici. » Aux conflits de territorialité s'ajoutait une question de pouvoir. Le Parlement de Paris tenait au sien, et le Châtelet, la Prévôté de la cité, tout autant. Dans ces conditions, comment veiller sur les pamphlets, les imprimeries, les libraires, les livres, les journaux hollandais qui attaquaient le roi Très-Chrétien, les chimistes, les contrebandiers, et tous les fauteurs de trouble ? Comment contrôler la taille des pavés puisque le roi ordonnait qu'ils ne dépassent pas huit pouces ? Comment éteindre les incendies qui menaçaient plus de vingt mille maisons et sur lesquels s'échinaient sans grand succès de simples moines et leurs seaux d'eau ? Comment inspecter plus de cinq mille lanternes qui éclairaient si peu et si mal ? Comment espionner les réunions occultes ? Et surtout, comment arrêter les empoisonneurs ?

Car, la poudre à succession, nom *facétieux* des philtres à trépas, était à la mode. Il suffisait de se rendre sur un marché de Paris pour se procurer une plante nuisible. Comme il n'existait aucun contrôle, les rats enragés avaient beau dos... La Fontaine pouvait écrire : *Avait-on un amant, un mari vivant trop au gré de son épouse, une mère fâcheuse, une femme jalouse... Chez la devineuse, on courait, pour se faire annoncer ce qu'on désirait.* La chance de Nicolas de La Reynie était de disposer d'une compétence pour les affaires de profanation, de sacrilège, d'empoisonnement. La sorcellerie, il s'agissait de cela. Et le lieutenant de police s'en empara. Pour pimenter le tout, l'affaire touchait la marquise de Brinvilliers qui n'était pas moins que la fille de Dreux d'Aubray, le lieutenant civil de Paris, mort de manière suspecte quelque temps plus tôt. Le scandale fut à son comble quand on découvrit justement que ce magistrat respecté avait été envoyé dans l'au-delà par sa propre descendante. La Reynie cherchait-il une preuve pour convaincre le roi que Paris manquait d'ordre alors qu'il se proposait d'y remédier ? La Brinvilliers en fit les frais, et le magistrat obtint ce qu'il souhaitait : le pouvoir d'ouvrir et de fureter dans les dossiers d'envoûtements et autres poudres à mourir, concoctions à tuer. Du moins, tant qu'ils ne nuisaient pas au roi...

— Dans l'affaire Brinvilliers, La Reynie avait agi avec efficacité, m'avait expliqué la marquise de Sévigné. Mais il avait profité de la chance. Sainte-Croix était l'amant de Brinvilliers et voilà qu'en fouillant chez lui, le lieutenant de police était tombé sur un écrit où figuraient le nom des victimes et celui de l'exécutrice : la marquise empoisonneuse. Son enquête aboutit promptement. C'était un succès. On voulut arrêter Brinvilliers. Elle avait fui. On la jugea, même absente. Elle fut condamnée à mort par contumace. À défaut, on exécuta son effigie. Mais il manquait un vrai spectacle pour assurer le triomphe de la justice. La Reynie avait alors poursuivi sa proie jusqu'à Liège, fait arrêter et juger de nouveau. Cette fois, elle perdit la tête pour de bon. J'étais présente lors de son exécution. Je l'avais honnie, détestée, mais sa miséricorde m'impressionna. Elle était transformée, convertie et demandait grâce à Dieu. Puis son corps fut brûlé. Le vent dispersa ses cendres. Et j'ai prié pour elle... C'était en 1676. Et nous tentâmes d'oublier.

Mais en vérité, et cette nuit-là sans sommeil je le compris, l'affaire ne faisait que débuter, comme me l'avait expliqué la marquise en poursuivant son récit.

Avant l'exécution, madame de Brinvilliers avait été invitée, me précisa-t-elle, à prononcer son testament de mort. Lors de cette ultime confession, elle parla encore. Et ce qu'elle dit intéressa La Reynie. Il ne fut pas le seul. Pour distraire l'exil de sa fille, madame de Sévigné, à l'affût de nouvelles histoires, apprit en effet que la Brinvilliers avait évoqué d'autres affaires d'empoisonnement et cité des *personnes de condition* liées à ces pratiques abominables.

— Les noms de Colbert, Fouquet, Mazarin circulèrent... C'était suffisant pour exciter la curiosité du lieutenant. Et attiser son envie tant d'en découdre que d'extirper la fange. Il en avait la conviction : Paris était empoisonné par la sorcellerie. Il lui fallait curer. La Reynie y consacra son énergie. Si bien qu'en remuant toute cette boue, il apparut bientôt un autre nom : la marquise de Montespan. Ni plus ni moins que la favorite du roi.

Sur ces mots, ma marquise n'avait pu résister à la tentation. Et avait plongé la main dans la boîte à chocolat. Tandis que moi, j'ingurgitais les nouvelles.

— Un rebondissement inouï se produisit donc en 1679. Jamais je n'ai connu de sujet plus accablant. Chaque jour, nous parvenaient de terribles déconvenues et rebondissements. Une armée de sorcières, d'empoisonneurs, de faiseuses d'anges fut arrêtée. On les tortura, ils parlèrent. La Reynie triompha. Mais, voyant qu'ils étaient perdus, les accusés passés à la question se vengèrent en livrant le nom de ceux pour lesquels ils œuvraient. Leurs témoignages devinrent gênants. Les révélations de Marie Bosse, de la Voisin, de son complice Lesage firent plus d'effet qu'une tornade. Les *personnes de condition* se transformèrent en *gens de qualité*. Parmi eux, on trouvait la comtesse de Soissons, née Olympe Mancini, le maréchal de Luxembourg ou la duchesse de Bouillon, tous accusés d'avoir usé de la poudre à succession ou de fréquenter les démons. Racine fut lui-même soupçonné d'avoir occis une actrice, madame Du Parc, au seul fait qu'elle était sa maîtresse.

Pour comble de malheur, avait encore expliqué madame de Sévigné, le roi s'était décidé à mettre en place un tribunal spécial chargé de traiter cette affaire. Et il tint, du moins au début, à ce que le procès fût honnête. Une justice exemplaire à la gloire d'un roi exemplaire ? L'intention se voulait noble. Dès lors, la Chambre de l'Arsenal, à qui l'on donna le nom de Chambre Ardente, ne put cacher le nom des suspects. Leur révélation agit comme une traînée de poudre dont les artificiers étaient les sorciers supposés de ces grands personnages.

Les accusés accusaient. Mais avaient-ils des preuves ? Ils répondirent que dans le monde satanique, on jurait plus que l'on signait des lettres. Fallait-il croire sur parole ces gens amoraux ? Au mieux, la source était *infestée*. Se méfia-t-on de ces témoins discutables ? La Reynie, qui dirigeait l'enquête, passa sur les erreurs, les simples supputations, les délations infondées. Il était tentant, facile et « intéressant » en effet de prendre pour argent comptant les médisances abjectes, mais spectaculaires, qui se multipliaient. On apprit que pour jeter un sort, on perçait d'aiguilles les figurines des victimes. Qu'on les brûlait ensuite en invoquant le diable. Qu'on pouvait aussi parler à ce dernier en glissant un message dans une boule mystérieuse qui, jetée dans le feu, explosait et partait dans les entrailles de la terre avant de revenir plus tard avec une réponse. Qu'on lisait les Évangiles sur la tête. Qu'on organisait sur commande des messes noires. Qu'on fabriquait des poudres d'amour et de succession… Et surtout que ce commerce de l'occulte rapportait gros.

Des dates, des faits ? En vérité, je m'en rendais désormais compte, rien de précis. Une chose s'avérait certaine toutefois. Plus les prisonniers daubaient, plus ils avaient gagné du temps. Plus ils délivraient de noms, plus ils avaient espéré se mettre à l'abri. Car plus on citait de nobles, et moins la justice pouvait l'être. Au bout du compte, l'accusation se révélait souvent vide, mais au moins elle avait frappé l'imaginaire. Le poison du sorcier infecta bien des gens honnêtes. Ce procès eut pour mérite de mettre hors de cause la duchesse de Bouillon et le maréchal de Luxembourg, mais il y eut, cependant, des cas plus délicats. Celui d'Olympe Mancini accrédita ainsi la thèse d'une affaire d'État et mit fin d'un coup à l'idée d'un procès exemplaire.

Olympe était la sœur de Marie Mancini, un amour ancien du roi. Or sa passion s'exerçait surtout dans un sens. Marie avait été folle mordue du jeune Louis. Jusqu'à quel point l'expression semblait-elle juste ? Il restait une histoire, et une complicité avec Mancini – qui comptait Mazarin dans sa famille. Est-ce pour cette raison, ou par peur du scandale, que le roi alerta Olympe Mancini que son nom était prononcé par la Voisin et son complice Lesage ? Dans la soirée du 23 janvier 1680, le beau-frère d'Olympe se jeta sur elle alors qu'elle pariait gros dans un salon de jeux. Le roi voulait qu'elle quitte Paris et la France. Elle fuit. Faute d'accusée, le procès se termina immédiatement. La Fontaine aurait pu écrire que la justice valait moins qu'une lettre de cachet. Mais le désordre avait pris fin, et ce que le roi veut...

J'appris encore qu'on crut tourner la page quand, soudain, apparut un coup de théâtre. Au procès des gens sans importance qui se poursuivait, les empoisonneurs savaient en bons « devineurs » que le bûcher représentait leur plus probable avenir. Aussi, pour gagner du temps, d'autres noms surgirent-ils soudainement. Cette fois, il s'agissait de la comtesse de Vivonne, belle-sœur de Montespan, et de madame Des Œillets, une femme de chambre proche de la favorite du roi qui se flattait de ne l'être pas moins du Soleil. Avait-elle eu une liaison éphémère avec Louis XIV ? On le clabaudait. Elle-même parla d'un enfant né de cette passade. En tout cas, l'affaire virait en défaveur du souverain. On le frôlait, on évoquait ses mœurs. Où était donc le portrait du roi Très-Chrétien qu'il aimait mettre en avant, dans ce bal des succubes et autres bacchanales des mondes parallèles ?

Marie, la fille de la Voisin, se présenta à son tour devant la Chambre Ardente. Ce qu'elle confia fit frémir l'assistance. Les juges eurent en effet droit aux plus sombres détails de la vie d'une sorcière. On prit soin de se faire expliquer les principes d'une concoction élaborée pour tuer. On apprit les méthodes des faiseuses d'anges. On obtint le nom des victimes. Ce ne fut pas assez. Entra alors l'abbé Guibourg, ancien vicaire d'Issy et de Vannes, qui parla de ses pratiques immondes. Il avoua avoir profané des hosties consacrées et des objets du culte, récité les Saintes Écritures à l'envers, pratiqué des messes noires, le ventre de femmes dénudées lui servant d'autel. Pis encore, il admit qu'il égorgeait des enfants… Mais pour qui ? hurla la Chambre Ardente. Le nom de madame Des Œillets tomba dans l'effroi général et éclata comme un coup de tonnerre. Car derrière elle, Montespan, la favorite du roi, apparaissait…

La Reynie fut lui-même *déconcerté*. Ce n'était plus l'Affaire des Poisons, mais celle du roi. Tout était en train d'échapper à tous. Pour éteindre le feu, il ne restait que les lettres de cachet. Et ce que le roi veut… Du coup, la Chambre Ardente fut dissoute. On exécuta des empoisonneurs. On enferma les autres dans les forteresses sombres du Royaume. Et l'on fit semblant d'oublier l'Affaire des Poisons.

Madame de Montespan avait-elle fait fabriquer des philtres d'amour pour flatter l'ardeur de son amant royal ? Avait-elle offert son corps, sa vie, son âme lors de messes noires afin de conserver les faveurs du même ? À ces funestes diableries, fallait-il ajouter l'incroyable l'accusation d'avoir tenté d'empoisonner Louis XIV ? Cette question brûlante, comme les autres, resta sans réponse. Pourtant, elle méritait que l'on s'y arrête. Tuer le roi ! La manœuvre épouvantable consistait, selon les dires des sorciers, à saupoudrer d'un poison mortel un placet destiné au souverain. Ce stratagème était d'autant plus cynique qu'il s'appuyait sur la bienveillance innocente de ce dernier. Celui-ci, en effet, prenait en main les lettres de doléances que ses sujets lui faisaient parvenir, les lisait et parfois décidait. En glissant du poison dans l'un de ces placets, le criminel était certain d'atteindre et de tuer sa proie. Un simple contact avec la peau devait suffire. Qu'on brûle l'esprit malsain qui avait imaginé ce régicide ! Oui, mais qui ? Madame Des Œillets, parce qu'on la soupçonnait d'être la donneuse d'ordre ? Il fallait chercher ailleurs, plus haut. Qui avait armé son bras, qui était l'instigatrice, qui avait osé ? Le nom de Montespan brûlait sur toutes les lèvres, mais rien ne fut prouvé. Les témoignages des uns et des autres sur cet aspect de l'affaire s'évanouirent[1]. Mais il restait la rumeur, le pire des poisons.

Il n'y a pas de fumée sans feu, affirme un dicton. En 1680, il s'agissait plutôt d'une brume ténébreuse, étouffante. Qui se posa sur le royaume telle une chape et y demeura.

— Le doute gagna les esprits, m'avait encore confié madame de Sévigné, et de cette potion-ci, on ne réchappe pas. Il tue lentement, mais sûrement. Ainsi, l'Affaire des Poisons ne produisit, peut-être, qu'une seule et vraie victime : la marquise de Montespan…

— Vous plaidez son innocence ? avais-je poursuivi.

Elle haussait les épaules :

— Je la crois assez extravagante pour avoir éprouvé l'effet d'un philtre d'amour sur le roi. Cette décision s'apparente selon moi à un geste désespéré, inspiré par la peur de ne plus plaire. Ce n'est rien de plus qu'un onguent dont se sert une maîtresse pour se faire aimer. Montespan est encore belle, mais le poids des années et des grossesses se fait sentir. La vigueur attachante du roi pour sa favorite aurait-elle connu quelques signes de lassitude ? Exerça-t-il sa passion dans les bras d'une autre ? C'est certain ! L'a-t-elle supplié de la rejoindre dans l'appartement des bains construit pour leurs amours, et lui s'est-il refusé ? Une fois, deux fois… Elle connaît cet homme dont les saillies sont légendaires. Mais voilà qu'on glisse à son oreille qu'un philtre peut avoir raison de toutes les fatigues, même celles du cœur. Des Œillets est, peut-être, sa

1. Avant de mourir, La Reynie donna au roi les notes qu'il avait prises pendant son enquête.

conseillère. Elle s'acoquine avec un chimiste dont elle est sûre. Sa mission sera secrète. D'un rien, on fait une grande affaire. D'un philtre, on passe au poison. Pour moi, il est impossible qu'elle ait voulu tuer le roi.

— Sur quoi se fonde votre certitude ?

— Retiens cela : pour tout crime, il faut un mobile. Or la marquise n'en a pas.

— La jalousie, n'en est-il pas un ?

Madame de Sévigné avait éclaté de rire :

— Mon Dieu ! Tant d'innocence ! Mais tu n'es pas dans un conte pour enfants, Hélène...

— Qu'ai-je dit de stupide pour que vous vous moquiez de moi ? bougonnai-je alors.

— Ne le prends pas mal, ton âme est pure et garde-toi de changer. Mais, à l'inverse, Versailles est un monde où les nobles sentiments n'ont pas cours. Il y règne une sultane libertine qui donne la mesure, il s'agit de madame de Montespan. Haïr le roi parce qu'il la trompe ? Mais c'est elle qui lui choisit de belles jouvencelles quand ses grossesses l'indisposent. Haïr celui qu'on aime ? Mais sa passion est au-delà. Et qu'en tirerait la reine des fêtes de Versailles ? Tuer le père de ses enfants ? Le roi n'a que tendresse pour ses bâtards. Enfin, la marquise de Montespan n'est rien sans le roi. À l'instant où il mourrait, ses ennemis – dont la reine est la première – la feraient disparaître.

— Soit. Vous l'emportez sur ce point. Et je reconnais que l'accusation n'est pas fondée. Mais que pensez-vous des messes noires ?

— Montespan se fait appeler la *puta* par la Reine, mais c'est faux. Elle est fidèle au roi. Elle lui a voué sa vie et ses entrailles. La jalousie s'exerce plutôt dans le sens inverse. C'est le roi qui la fait surveiller. Jour et nuit, des gardes sont sur son dos... Sauf quand elle se niche dans le lit de Louis. Il lui est donc impossible de s'échapper dans les rues sombres de Paris pour rejoindre les membres d'une secte satanique. De plus, sa foi en Dieu est sincère.

— Cette femme est pieuse ?

— La Montespan, cela fait partie de son charme, est complexe. Elle vit dans le péché avec le roi, mais elle prie, se confesse et communie.

— Cela suffit-il pour l'absoudre ?

— Voici mon dernier argument. Le roi a suivi les moindres détails de l'Affaire des Poisons. Il a lu les témoignages recueillis par La Reynie. Il sait la vérité. Crois-tu qu'il ait pu accepter de garder à ses côtés une femme ayant pactisé avec le diable et, de surcroît, qui aurait voulu le tuer ? La preuve de l'innocence de Montespan réside dans sa présence à Versailles, aux côtés du roi. Elle vit, reçoit à vingt pas de la chambre royale. Louis XIV ne pourrait héberger une vipère en son propre sein.

La marquise de Sévigné avait consulté la boîte de chocolat. Elle était vide. Son front s'était vu parcouru de petites contrariétés.

— Eh bien ! Dès demain, nous ferons la fortune de Chaillou. En attendant, que déduis-tu de l'innocence d'Athénaïs de Montespan, ma chère Hélène ?

— Si elle n'est pas fautive, qui a voulu tuer le roi ?

Le détail m'avait marquée : les petites contrariétés revinrent sur son front.

— Tu es comme les autres... Un sorcier hurle qu'on a voulu assassiner le roi et tu y crois. Il n'existe aucune preuve, mais le coup est si gros qu'on se jette sur cette piste. Pendant ce temps, on oublie l'inventeur de cette fable. Lui, il gagne du temps. J'ai même imaginé qu'on lui avait soufflé cette idée machiavélique.

— Qu'espérait-il en mentant ?

— Il est désormais l'acteur d'un drame historique. D'empoisonneur, il devient témoin d'un régicide. Son cas passe au second plan. Qui cherche-t-on à présent ? L'inspirateur du crime royal. Et vers qui se tourne-t-on ? La marquise de Montespan.

— Laissez-moi conclure ! avais-je crié, excitée. Si, comme vous le pensez, il n'y a pas eu de tentative d'assassinat contre le roi, sa favorite fut, en effet, victime d'une conspiration.

— Parfait, s'était réjouie la moraliste fort exercée aux arcanes de la cour, nous avançons. Maintenant, sais-tu pourquoi on se serait acharné sur elle ?

Mes yeux s'étaient égarés sur la table du salon comme si la solution s'y trouvait. Alors, j'avais vu qu'un chocolat en boudin à l'espagnole caché sous la soucoupe de sa tasse avait réchappé à la gourmandise de la brillante épistolière.

— Cette affaire en dissimulerait-elle une autre ?

— Voilà qui est mieux : un crime dont la cause est cachée... Car si Montespan n'est pas fautive, l'accuser en fut un.

— Une infamie, bien sûr, ânonnai-je, tant je mesurais la gravité des suppositions de la marquise de Sévigné.

— Un crime, avait-elle répété, puisqu'on assassinait sa personne. Mais forgé par qui ?

Elle avait respiré longuement, calculant son effet :

— Et pour connaître son auteur, j'ai cherché à qui il profitait.

— Avez-vous trouvé ? avais-je murmuré, le cœur battant.

Je la revois encore en cet instant crucial.

Elle pinça les lèvres, hésita, me regarda avant de céder à ma supplique.

— J'ai quelques idées... Montespan ne fut pas la seule à trembler. Un autre nom plana sur l'Affaire des Poisons. Les attaques furent moins directes, car il s'agissait d'une personne puissante. Et la proie, même blessée, pouvait mordre à son tour. Pourtant, on faillit l'abattre.

— Ah ! Madame. Qui visait-on si ce n'était pas Athénaïs de Montespan ?

— Colbert, dit-elle d'une voix grave.

— Le plus proche conseiller du roi !

— Tous les regards étaient braqués sur la favorite. Le sujet était si piquant ! On ne se priva pas de jacasser sur les malheurs de Montespan et, parfois, de s'en réjouir. Je lui avais inventé un surnom. Dans mes lettres, je parlais d'elle en citant Quanto. La cour des oisifs s'empara de mon invention. Quanto ! On n'avait plus que cela à la bouche.

Et l'on perdit de vue ce qui se jouait dans l'ombre. Pourtant, c'était la partie la plus importante. Colbert était cité dans l'Affaire des Poisons. Colbert était visé. Il pouvait tomber. Et Colbert, c'était le bras du roi. Donc, de l'État.

Mon cœur s'était emballé d'un coup. D'abord la favorite. Puis le conseiller le plus proche du roi… Je m'étais levée d'un bond :

— Je finis par croire que l'on s'attaquait à Louis XIV.

— Puisque tu es debout, réveille un peu le feu. Il fait froid, ne trouves-tu pas ?

— Pensez-vous que l'on visait le roi ? avais-je insisté.

— Rien n'est impossible.

— Ainsi, et d'une certaine façon, le crime contre le roi existait bien, avais-je murmuré. Était-ce une nouvelle Fronde ? Le projet d'un fanatique ? Un coup de l'étranger ? Une vilenie espagnole ? Le Vatican, peut-être ? Nos ennemis des Provinces-Unies ? Oui, c'est Guillaume d'Orange ! Répondez, madame, je vous en supplie…

Elle avait levé une main pour me faire taire :

— On a même raconté que madame Des Œillets était à la solde des Anglais… Mais je ne me suis pas aventurée dans ces recherches. Je tiens à la vie ! La sagesse me souffla de m'intéresser de loin aux tourments de Colbert. Car, en regardant bien, l'Affaire des Poisons risquait de l'éclabousser tout autant. *Primo*, il avait marié une de ses filles au neveu de Montespan, calcul habile alors que la favorite brillait au zénith. Désormais, cette alliance se retournait contre lui. Les pratiques sataniques étaient-elles diablement ancrées dans cette famille ?

— L'accusation est ignominieuse ! On ne peut en vouloir à Colbert pour ce qu'avait fait, ou pas, la marquise de Montespan.

— La rumeur et le doute, voici les armes redoutables dont on usa sans vergogne mais avec discrétion et délectation contre lui. On prit soin de susurrer que la Brinvilliers, dans son testament de mort, avait murmuré le nom de Colbert parmi les *gens de condition* liés aux affaires d'empoisonnement. Voilà pour le *secundo*. Mais il y eut un *tertio*. Reich de Pennautier, receveur général du clergé, avait lui aussi été soupçonné et arrêté. Or, on le considérait comme un ami de Colbert. Peu à peu, les fils se tissaient, la toile s'installait. Colbert s'y empêtrait.

— Qui s'acharnait sur lui ?

— Notre victime, en redoutable stratège, se posa la question. Un nom apparut : François-Michel Le Tellier, marquis de Louvois.

— Louvois ! Un autre ministre... Un secrétaire d'État...

— Surtout, un homme aussi puissant que Colbert. Et j'ajoute : un rival. C'est sans doute ici que réside le cœur, la cause cachée, de l'Affaire des Poisons : une rivalité qui pousse des *gens de condition*, dévorés par l'amour du pouvoir, à vouloir se détruire. Peu de chose, en effet, séparait les deux conseillers proches du roi. Or, Colbert a vieilli. Louvois se pensait-il le mieux placé pour le remplacer ? Selon son habitude, Louis XIV ne fit rien pour les départager. Louvois envisagea-t-il l'idée de forcer le destin ? Colbert, comprenant que le sien se jouait, s'employa en tout cas à se disculper. C'est ainsi qu'il démonta le rôle et l'action de son ennemi. En menant son enquête, il découvrit que Louvois s'était furieusement intéressé aux empoisonneurs. Qu'il s'était rendu à Vincennes où était emprisonné Lesage, le complice de la Voisin. Qu'il l'avait interrogé, questionné, serré de près même. Comment expliquer ce zèle, cette ténacité dignes d'un policier ? Colbert en prit note et compta ses munitions. Elles étaient faibles. Avant de contre-attaquer, il lui en fallait davantage. Pour cela, il s'entoura de limiers et d'hommes de loi qui se penchèrent sur les recherches de La Reynie. Très vite, ce dernier fut contraint de reconnaître que ses conclusions souffraient de *l'infinité de variations et de contradictions* des témoignages. Dit clairement, son travail avait été bâclé. De plus, les accusations obtenues sous la torture se révélaient souvent invérifiables. La conclusion s'imposait : les preuves manquaient. Colbert donna son avis au roi. L'Affaire des Poisons souffrait de confusion et faisait de l'ombre au Soleil. Il parla si bien que l'affaire fut enterrée... Louvois n'y gagna qu'une solide inimitié. Et, une fois de plus, Colbert montra combien il était habile.

La marquise avait frissonné et regardé le feu qui s'éteignait. Les ombres de la nuit s'installaient, ajoutant une pointe de magie à ce récit qui n'en manquait pas. Le noir et le gris prenaient possession de ce salon coloré jusque-là de tapisseries et de tableaux. Des formes aux contours incertains marquaient l'emplacement d'antan des bibelots et des meubles. Ce dragon à moitié assoupi avait-il été un fauteuil profond et confortable ? Cette vouivre[1], une bûche échappée de son panier ? Cette diablesse qui se rassasiait des propos horribles de la marquise sur l'Affaire des Poisons, l'adorable statue de Diane la chasseresse ? Le temps avait filé. Une femme de chambre était entrée pour tirer les rideaux. Les chandelles furent ravivées. La sérénité revint. Je m'étais tournée vers ma conteuse que cette longue histoire avait épuisée. Je sentais qu'elle était prête à mettre fin à ses confidences. Mais j'avais tant de choses encore à apprendre. Vite ! Il fallait la questionner :

— Ce n'est donc pas le roi que l'on visait ?

— L'Affaire des Poisons est si obscure, qu'on peut imaginer le pire, avait-elle repris d'une voix lasse. Mais je préfère en rester à ce qui est patent : la rivalité, sinon la haine, entre Colbert et Louvois, constitue un élément clef du drame dont Montespan fut la principale victime. Hélas, en mettant fin aux travaux de la Chambre Ardente, le roi aggrava la position de sa favorite. On en conclut qu'il cherchait à la protéger alors qu'il agit surtout parce que la vérité avait été trop bousculée. Qu'elle ne pouvait plus jaillir. L'Affaire des Poisons ressemblait maintenant à la boue qui macule les rues de Paris. Il importait de balayer urgemment et que tout disparaisse. Les lettres de cachet ont ce pouvoir. Sans plus de procès, on pendit ou l'on enferma les sorciers. Et si d'autres comptes furent réglés, ce fut sans témoin...

La marquise avait soudain posé la main devant sa bouche :

1. Serpent légendaire.

— N'as-tu pas faim ?

— Je prends trop de plaisir à vous entendre. Et le chocolat suffit à ma peine.

— Un débat anime sur ce point les autorités ecclésiastiques : le chocolat est-il un aliment ?

— Si je consulte mon estomac, je réponds oui !

— Le cardinal Bracaccio considère que le chocolat nourrit, mais qu'il ne peut se comparer aux victuailles. Je me fie à cet avis pour en consommer pendant le carême...

— J'en ferai part à Jean-Baptiste. La nouvelle le réjouira.

— Crois-tu qu'il discute toujours avec Sébastien ?

— En vous quittant, j'irai les retrouver.

— Et moi, je t'abandonnerai. Je dors déjà les yeux ouverts. Ces gourmandises feront mon souper.

J'avais alors attrapé le chocolat en boudin à l'espagnole qui se cachait derrière sa tasse :

— Voici le morceau qui accompagnera vos rêves...

Elle l'avait avalé sur-le-champ.

— Veux-tu que j'appelle pour qu'on dresse un couvert ?

— Il est tard. Je grappillerai en cuisine.

— N'es-tu pas fatiguée ?

— Vos histoires me tiennent éveillée...

— Profite du privilège que t'offre la jeunesse. Moi, le sommeil me gagne.

Elle allait pour se lever mais je l'interrompis.

— Puis-je encore vous questionner ?

— Fais vite, Hélène, mes paupières sont lourdes...

— Vous disiez, en commençant, que la cour avait changé. Mais en quoi ?

— Depuis que le roi s'est installé à Versailles, on étouffe, me confia-t-elle. La liberté fait défaut. En vérité, l'esprit n'est plus le même depuis l'Affaire des Poisons. La dévotion est à la mode. Et cette façon de vivre ne s'accorde pas au tempérament de la Montespan.

— C'est pourquoi madame de Maintenon pourrait triompher ?

La marquise de Sévigné avait soupiré lourdement puis porté une main à son front, signe de sa lassitude. Et quand elle avait repris la parole, ses yeux étaient restés fermés :

— Les empoisonneurs qui ont échappé au bûcher ruminent dans leurs geôles. Le temps est long, leur mort certaine, mais ils se frottent les mains en pensant au mal qu'ils ont produit. Dans l'Affaire des Poisons, la plus à plaindre est, peut-être, celle qui leur a survécu.

— Montespan... Car, depuis, elle affronte Maintenon. C'est cela ?

— Montespan a surmonté les épreuves. Les accusations se sont évanouies. Colbert a prouvé que l'enquête avait souffert de légèretés. Mais il reste le doute. Une maladie qui s'en prend à l'amitié et à l'amour, qui entre sous la peau et n'en bouge plus, qui ronge les sentiments plus sûrement qu'une tumeur. Or le roi doute. Et Montespan conjecture, puisque le roi agit de même. Ce cercle est infernal. L'Affaire des Poisons a rompu le pacte unissant ces deux êtres qui s'aimaient et se respectaient. On m'a rapporté récemment qu'ils s'étaient disputés. Ce fait, nouveau, constitue la preuve, ajoutent certains en se réjouissant, que plus rien ne sera comme avant. Et je n'ai nul besoin de La Reynie ou de ses bourreaux pour m'en persuader. Depuis peu, des têtes inhabituelles, des idées nouvelles se glissent à la cour. Elles sont moins gaies que celles que prônait la sultane du roi et que j'appelais Quanto. À l'inverse, madame de Maintenon se rapproche. La dévotion et ses partisans s'invitent à sa suite. On a tort de croire que ces changements datent de l'installation de la cour à Versailles. Ils s'avèrent plus anciens et, je le crains, plus profonds. Depuis deux ans, le roi change. Il danse moins et prie plus. L'Affaire des Poisons a agi chez lui comme un choc. En ce sens-là, le roi fut, sinon visé, du moins touché. S'il abandonne Montespan, ce n'est pas qu'il s'en lasse, mais pour des raisons enfouies remontant à la surface et ayant trait à la morale. La dévotion arbitrera son choix. S'il choisit Maintenon, il épousera ses thèses. Et les jésuites dirigeront un peu plus leurs consciences. Si la veuve Scarron devient madame de *Maintenant*, qu'adviendra-t-il alors de la tolérance et du respect de la foi de chacun ?

La marquise de Sévigné avait rapproché ses mains comme on le fait pour prier :

— On la dit si méfiante envers les protestants et les jansénistes, souffla-t-elle.

Elle avait rouvert les yeux, mais ses mains restèrent serrées :

— Ce n'est pas un secret, je suis amie et proche des jansénistes de Port-Royal. Nous partageons les mêmes questions et les mêmes craintes depuis l'Affaire des Poisons.

— Je comprends pourquoi vous suivez ce qui se passe à la cour. L'intolérance ! Cela n'est pas assurément bon pour mon père.

— Ne t'avait-il pas prévenue ?

J'avais baissé la tête sans lui répondre. Elle s'était levée aussitôt et approchée de moi. Ses mains se posèrent sur mes cheveux :

— Ah ! Te voilà triste. Tout est de ma faute. Je croyais bien faire en te parlant...

— Ne regrettez rien. Grâce à vous, je sais dans quel pétrin je vais me précipiter sans attendre.

La marquise s'était redressée d'un coup :

— Voilà qu'elle reparle de se jeter dans la gueule du loup !

— Évidemment ! Pourquoi renoncerais-je ? Croyez-vous que je sois venue en ces lieux où sourd le danger pour renoncer ? Mon père vous a révélé mon projet comme mon tempérament, et ce que vous m'avez confié m'incite plus encore à aller vite. Comprenez-vous mon impatience ?

— Oui ! Je peux tout imaginer, mais...

— Je veux plus que jamais voir Versailles et comprendre pourquoi ce n'est plus l'île enchantée dont me parla mon père. J'avancerai avec prudence, je le promets, mais aussi détermination. N'est-ce pas ainsi que l'on s'approche du loup ?

Ma parente et mon alliée – avoir avec mon père une telle communauté d'idées n'en faisait-elle pas une proche ? – avait fait semblant de se mettre en colère :

— Le comte de Saint Albert m'avait prévenue : raisonneuse et ô combien têtue...

— Et entièrement décidée à me rendre, dès demain, à Versailles.

— Mais qu'y feras-tu, malheureuse ? s'était-elle emportée soudain, sans doute agacée de voir que son noir tableau des mœurs royales n'avait en rien ébranlé ma volonté.

— Comme n'importe quel sujet, je visiterai le château de Louis XIV. N'en ai-je pas le droit ?

— Les jardins sont ouverts à tous, avait-elle souri, à la fois radoucie et amusée par mon effronterie. Mais je te devine capable de glisser un œil ici ou là...

— Je ne ferai rien d'interdit, rassurez-vous. Je me fondrai dans la foule et observerai en silence.

— Inutile de tenter de t'en dissuader, je le sais. Mais un conseil si tu veux avancer sans encombre : ne dis jamais, et à personne, que tu es la fille de Pierre de Montbellay !

— Ni scandale ni provocation. Je n'en parlerai qu'à un seul homme...

— Ah ! nous y voilà ! À qui donc vas-tu te confier ?

— Au marquis de Penhoët.

Elle avait froncé les sourcils :

— Raisonneuse, têtue et imprudente. Non ! Pis... cette résolution constitue une folie. Une réputation bien bâtie précède ce marquis. Il est joueur, concupiscent et...

— Mais il compte aussi parmi les amis de mon père. Il pourra m'aider.

— Méfie-toi. Il est plus vert qu'il n'en a l'air. Il trompe son monde et ruine un homme au jeu avant de séduire sa femme. Ah ! mais j'y pense, il te faut une robe, des habits...

— Surtout pas ! Je ne cherche pas à séduire le marquis de Penhoët.

— Comment te reconnaîtra-t-il ?

Je lui avais présenté la miniature de ma mère que je portais autour du cou :

— Mon père prétend que cela suffira à le convaincre. Pour les autres, j'irai avec Jean-Baptiste. Je serai la fille du valet Bonnefoix.

— Cette jeunesse me rend folle… Hélène de Montbellay, au bras d'un valet !

— Il est bien plus que cela, mon père vous l'assurerait.

— Je sais l'amitié que ton père lui accorde, mais pour te rendre à Versailles, il te faut un carrosse et un cocher !

— Je l'ai déjà trouvé. Il m'attend dehors.

— Es-tu certaine de son honnêteté ?

— Il est noble, talentueux, amusant, triste parfois et bon comédien… De plus, il a les yeux verts.

— Y a-t-il un lien avec le garçon dont tu voulais me parler ?

— François de Saint Val, dit Beltavolo, artiste de la *Commedia dell'Arte* !

— Saint Val ? avait-elle soufflé. Je connais ce nom. Le chevalier de Saint Val n'est-il pas lieutenant général des armées ? Ah ! Tout me vient. Mon gendre, le comte de Grignan, qui lui-même est lieutenant général des armées, m'en a parlé comme d'un bon soldat. On me dit aussi qu'il est sûr de lui.

— Et cruel, madame, si j'en crois son fils car il s'agit de lui.

En quelques mots, j'avais raconté l'histoire de François de Saint Val. La marquise m'avait écoutée. À la fin, son visage était pâle.

— Le monde de la guerre rend les hommes insensibles. Si j'interroge ma fille, elle ne se plaint pas de sa vie. Mais elle tremble chaque jour, épiant le pas du mousquetaire qui viendra lui porter la nouvelle de la mort de son mari. Je sens qu'elle s'échappe et que sa douceur fuit. Elle ne se confie guère plus… Qu'il est dur de laisser partir son enfant !

— J'ai vu dans les yeux de mon père cette pareille peine.

Son regard tendre et doux était venu à moi. En femme généreuse, elle avait entrepris de mettre fin à notre trouble :

— Fuyons les sujets tristes. Il est trop tard pour recevoir ce monsieur de Saint Val, mais nous pouvons au moins le saluer, fit-elle d'un ton léger.

Sa fatigue semblait loin. Déjà, elle s'était levée. Puis, brusquement, rassise.

— Non, c'est trop rapide. Rien d'officiel pour le moment. En revanche, avait-elle pouffé, nous jouerons les curieuses. Viens vite !

Elle m'avait prise par la main et, d'un pas rapide, entraînée jusqu'à une pièce dont la fenêtre donnait sur la rue. Le carrosse attendait sagement. François de Saint Val semblait assoupi.

— Voilà un jeune homme patient, dit-elle. Pour le reste, j'attendrai pour juger.

Elle détaillait le carrosse :

— C'est dans cet attirail que tu comptes te présenter au marquis de Penhoët ?

— Je m'en tiens à la ligne que vous défendez : prudence et discrétion...

— Un valet au bras et un noble pour cocher ! Dieu qu'il est bon d'être insouciante...

La marquise, éclatant de rire, m'avait prise dans ses bras :

— Ne le fais pas trop attendre. Mais sois prudente ! Sinon, j'informerai ton père... Ah ! Mais nous devions lui écrire et tu m'as fait parler et raconter ! Tu m'as tant torturée que j'en ai le cœur retourné.

— Ne sont-ce pas plutôt les chocolats de maître Chaillou ?

Son rire avait filé dans le couloir ; sa robe de soie grise disparut dans la pénombre. Puis, j'étais descendue comme on le sait retrouver François de Saint Val. En rentrant, j'avais fait un détour par la cuisine. Jean-Baptiste et Sébastien s'échangeaient à voix haute leurs expériences. Ils gémissaient aussi sur le temps qui s'écoulait. Avant d'entrer, prenant la précaution de tendre l'oreille, j'avais compris qu'ils noyaient leur nostalgie dans un vin fort qui ralentissait le débit de la conversation. Prudemment, j'avais fait demi-tour. Le chocolat me servit de souper.

Il était minuit quand je posai la plume. J'avais repensé à cet échange instructif et franc, et consigné les explications de la marquise de Sévigné sous la forme d'une lettre que j'entendais adresser à mon père. J'y ajoutai quelques détails sur notre entrée à Paris. Je citai François de Saint Val... Enfin, je l'informai de mon intention de me rendre à Versailles le lendemain. Mais je posai surtout une question : selon lui, et d'après ce qu'il savait, l'intolérance dont il subissait les effets pouvait-elle nicher dans le secret de l'Affaire des Poisons ? Croyait-il, comme le soutenait la marquise de Sévigné, que la *cause était cachée* ? L'idée de l'interroger à ce sujet s'expliquait naturellement. J'étais à Paris pour lui venir en aide, j'en avais fait le serment. Je n'avais conçu aucun plan sinon d'approcher le roi et de plaider ma cause. Dès lors, j'étudierais toutes les pistes, tous les bruits. Pour l'accomplissement de mon dessein, l'humeur du roi et de la cour ne comptait pas comme un détail... J'avais aussi promis à mon père de le renseigner sur ce qui se présenterait. Et, depuis l'enfance, je partageais avec lui toutes mes préoccupations. Je pensais enfin qu'il trouverait du réconfort à recevoir des nouvelles peu banales. Mais, pour finir, ne risquais-je pas surtout d'accroître son inquiétude, lui qui avait ses propres idées à propos de l'Affaire des Poisons ?

Avant de me précipiter à Versailles, j'aurais dû en réalité attendre sa réponse. Or je ne l'ai pas fait. Je n'imaginais pas vers quoi me conduisait cette *cause cachée*, que madame de Sévigné n'avait fait qu'effleurer. Et je ne pouvais concevoir ses conséquences sur la suite de ma propre vie.

JE CHANTE MES AMOURS

VIII. Un coup de foudre.

François de Saint Val plaidait sa cause :

— Si je viens à vos côtés, je n'aurai plus à tourner la tête pour voir ce que vous voyez et qui, le temps de le dire, est déjà loin, mais que vous continuez à montrer obstinément du doigt en réclamant une explication : « Qui loge dans le manoir dont les toits se dessinent derrière cette colline, à main gauche ? Et qui se cache derrière ce bois épais ? Non ! Sur votre droite... François, savez-vous où nous sommes ? »

Il faisait chanter sa voix au motif qu'il imitait la mienne et prenait des pauses qui, avançait-il, me ressemblaient. Avais-je vraiment pour habitude de relever les cheveux pour dégager mon front, puis de poser un doigt sur le menton quand je réfléchissais ?

— Et vous haussez les épaules pour vous moquer. Vous faites exactement ceci !

François avait lâché les rênes. Il était debout. Il se tenait les hanches. Il jouait.

— Monsieur ! cria Bonnefoix. Reprenez votre place... Nous courons à la mort.

Jean-Baptiste était ronchon. Il avait mal à la tête et se plaignait d'une mauvaise nuit qu'il résumait ainsi :

— Je ne pouvais faire taire ce bavard de Sébastien. Et comment savoir s'il fallait vous attendre ? Alors, nous avons bu et réveillé le passé, qu'il me fallut reconstruire étape après étape. Ce pauvre Sébastien a le cerveau transpercé par l'âge. Il reste que, ce matin, je paye pour ma gentillesse. La suie de ses bougies m'obscurcit la vue et son vin me serre ici et là, et jusqu'aux boyaux. J'ajoute que la conduite très imprudente de monsieur Beltavolo n'arrange rien à mon aventure. J'ai le cœur qui remonte, et je crois...

François tira sur les rênes. Les chevaux s'arrêtèrent sur le bas-côté.

Conduisez, Jean Baptiste. Non, je vous en prie. Venez vous asseoir ici...

— Quelle est donc cette proposition ? fit Bonnefoix d'un air méfiant.

— Vous dirigerez ce carrosse. Nous irons à votre pas et je n'aurai pas besoin de me tordre le cou pour répondre aux questions de notre belle passagère. Votre esprit sera occupé à surveiller tout à la fois les chevaux, les grincements du carrosse et les marcheurs qui occupent la voie, ainsi, vous ne penserez plus à votre affection. Vous connaissez le chemin et vous êtes un homme prudent. Je vous fais confiance. Tenez, ces rênes sont à vous.

— C'est non !

— Jean-Baptiste, le suppliai-je...

Il hésita un instant, et finit par hausser les épaules.

— C'est bon, maugréa le plus gentil des hommes.

Nous étions à présent à moins d'une lieue de Versailles. François avait posé son bras sur le dossier de notre siège. Il faisait beau. Il racontait. Je me sentais bien.

— J'ai chassé dans ce bois quand j'étais un jeune noble plein de promesses...

Son visage se contracta :

— J'avais seize ans, lorsque je suis venu ici pour la dernière fois. J'accompagnais mon père. C'était en 1674, après la guerre de conquête de la Franche-Comté. La trêve avait libéré les soldats et ils prenaient leur quartier d'hiver. Les blessés se reposaient chez eux. Les veuves pleuraient leurs morts. Les vainqueurs célébraient le triomphe du roi qui, pour se réjouir de la paix, avait imaginé la chasse. Mon père était invité. Et, par son acharnement à tuer, il me prouva qu'il le faisait bien et aimait la mort. Ce jour, combien de bêtes furent massacrées ?

Son regard s'évada vers l'horizon :

— Cette ferme-là ! Je m'en souviens, nous y avons fait une halte. Les chevaux suaient. L'un d'eux s'était brisé l'échine en trébuchant dans un fossé. On le saigna sur place. Puis, on sonna le rassemblement. Les suiveurs nous rejoignirent. Dans la cour, on avait rassemblé notre butin. La terre buvait les viscères encore chauds. Les enfants des paysans tournaient autour comme des mouches, les yeux dévorés par la faim. Il y avait assez pour les nourrir jusqu'à l'Avent. Les chiens, excités par l'odeur, se mordaient et se déchiraient. On leur donna les tripes des morts. La veste de mon père ruisselait de sang. Il riait trop fort et ses yeux brillaient comme ceux d'un fou. À un moment, il m'a tendu une dague pour que j'achève un cerf qui mourait d'épuisement. L'œil de ce puissant martyr me suivit alors que j'approchais. Il tenta de se redresser, mais la botte de mon père lui enfonça la bouche dans la poussière. Le sacrifié se fixa. Il réclamait la fin. Il l'attendait même. Mais je ne pus exécuter ma tâche. Au prétexte de faire plaisir à mon père, je lui offris ma miséricorde. Il la prit aussitôt et acheva son ouvrage. Puis, il releva les yeux et me fixa intensément. Nous combattions en silence. Il sentait que je lui échappais. Alors il jeta la dague à mes pieds et fit demi-tour. On l'appelait. Le roi se présentait. C'était la première fois que je le voyais de près. Louis XIV était – est – un bel homme, Hélène. Il paraît plus grand que sa taille. Son visage fin compte pour beaucoup dans cette impression. Il parle peu. Il observe. Il sonde. Il domine. Et il juge en silence. Son opinion est faite et vous ne saurez la vérité qu'au moment où votre sort bascule. Il vous choisira pour vous mettre à son service et vous n'existerez plus. Il vous congédiera d'un regard et vous n'existerez plus. Ce jour-là, le roi chassait avec son lieutenant général des armées navales. On le dit bon cavalier et il ne s'agit pas d'une légende. Son appétit est aussi féroce que sa force est grande. J'ajoute que rien ne l'épuise. Cet infatigable use trois meutes et autant de chevaux en une après-midi. Puis il tourne le dos sans un mot, sans un regard et se rend au galop à Versailles. Il aperçoit déjà les contours de son palais. Il arrive chez lui, dans la plus belle demeure du monde. Il franchira les grilles sous les acclamations d'un peuple émerveillé. Le roi est là. Les ouvriers s'affairent. Les courtisans s'affolent. La chevauchée s'achève. Devant, il y a la place d'Armes. Plus loin, les grilles... En pénétrant encore, la cour de marbre et, en scrutant l'horizon, on aperçoit, au sud, le parterre de Midi et, au nord, le bassin du Dragon. Ce sont les prémices des jardins royaux. Mais n'écoutez plus. Levez les yeux, Hélène. Et regardez au loin. Nous aussi, nous arrivons...

Nous entrions par l'une des trois avenues qui conduisaient à la place d'Armes. J'apercevais l'entrée du château où une foule grouillante s'amassait. Ce n'était pas un palais, mais une cité immense, fourmillant de bâtisseurs. On frappait l'enclume, on taillait le bois, on dressait les pierres en hurlant les ordres. Il y avait une armée de femmes, d'hommes et d'enfants encadrés par des soldats et des gardes suisses et ce peuple remuait la terre, enfonçait les clous, poussait des charges énormes sur des brouettes dont les roues s'enlisaient dans une glaise épaisse. Mille, peut-être deux mille ouvriers se tenaient autour de feux titanesques dans lesquels brûlaient les vestiges des échafaudages. Assis ou allongés à même un sol détrempé, ces fantassins sales et fatigués ne parlaient pas. Ils mangeaient un morceau de pain, buvaient l'eau bonne que leur tendaient dans des seaux rouillés des gamins de six ans. Ils avalaient cul sec, puis s'essuyaient la bouche en grimaçant leur douleur. Ils se tenaient le dos. Ils souffraient. Il faisait froid.

Plus loin, on avait dressé des baraques sommaires et des tentes taillées dans une toile grossière. Les fondateurs de Versailles y dormaient tant bien que mal et les blessés, en grand nombre, s'y reposaient. Pour les accueillir tous, m'expliquait François, on avait dû construire une *salle de la Charité*. Les bras et les jambes cassés, les côtes fracturées, les yeux crevés ne se comptaient plus. En passant, nous vîmes une femme qui gémissait et pleurait sur le corps inerte d'un enfant dont la tête s'encerclait d'un bandage teinté de sang. Étions-nous éveillés ? Sans doute, puisque François continuait de me parler. Mais sa voix me parvenait comme assourdie :

— Un autre souvenir me vient à propos de la chasse royale à laquelle j'assistai. Nous allâmes à Versailles à la suite du roi et c'était un honneur insigne. Je crois que nous nous trouvions à cet endroit même quand une femme se jeta sur lui pour hurler son chagrin. Son fils venait de mourir. En tombant d'un échafaudage, il s'était rompu le cou. Pour dédit, on lui avait offert cinquante misérables livres et elle n'en voulait pas. Elle suppliait qu'on lui rende son fils. Le Roi-Soleil passa sans la regarder. La femme insista et, devant tant d'indifférence, en vint aux insultes. Son chagrin l'avait rendue folle. Pour le guérir, on la fouetta... Vous êtes à Versailles, Hélène, et c'est ce que vous vouliez, murmura-t-il, la mâchoire crispée de rage.

Un homme aux vêtements déchirés s'approcha de la pauvre femme qui ne pouvait se détacher de la dépouille de son enfant. Il la saisit aux épaules, la força à se relever et lui tendit une bêche. Elle hésita, puis la prit. Ses yeux se détournèrent du corps et elle s'éloigna en s'aidant du morceau de bois. Le vent se leva.

— Hélène ?

François me prit la main. Il me secoua pour que je réagisse.

— Tout cela est-il vrai ? demandai-je, aussi éberluée qu'hébétée.

— Oui, hélas. Hélène, il faut nous arrêter. Nous ne pouvons aller plus loin avec l'attelage.

Un garde suisse barrait la route. Il faisait partie de ce théâtre inhumain.

— Où allez-vous ainsi ! s'écria-t-il.

Jean-Baptiste se lança le premier :

— Je suis jardinier à Orléans. Et voici ma nièce et son frère aîné. Nous venons à Paris pour la succession de ma pauvre tante, décédée voilà peu d'une petite vérole. Ce matin, l'affaire étant réglée, j'ai dit : que diriez-vous d'aller visiter les jardins de notre roi bien-aimé ? Voilà, mon brave ami...

— Demi-tour ! Trouvez à vous garer plus haut. Et revenez à pied.

— Merci pour ce conseil, fit Bonnefoix en saluant le cerbère.

Sur le chemin des grandes écuries, nous trouvâmes où placer notre attelage. Pour se rapprocher du roi, les nobles familles, celles de Condé, de Longueville, de Soissons ou de Créquy avaient fait construire de beaux hôtels particuliers à quelques encablures. Une pièce glissée dans la paume d'un domestique qui veillait au seuil de la demeure du duc de Luynes fit l'affaire. Paille, foin, avoine, tout se négociait. Nous revînmes sur nos pas.

Devant les écuries, et malgré le terrible spectacle que j'avais découvert, je ne pus m'empêcher d'admirer la splendeur des bâtiments qui devaient abriter des centaines de chevaux et autant d'attelages.

Mais combien de sacrifiés ?

Dans la Grande Écurie, un nombre incalculable d'écuyers et de palefreniers s'agitaient. Ils brossaient et astiquaient les bêtes et les carrosses. Au cœur de la cour tracée en forme de fer à cheval, on lustrait d'étranges attirails qui ne possédaient pas de roue. Jean-Baptiste obtint un franc succès en nous expliquant qu'il s'agissait de traîneaux dont on se servait en hiver, quand il gelait, pour glisser sur les canaux des jardins de Versailles. Il nous raconta encore que d'autres trésors se cachaient à l'ombre des arcades majestueuses qui habillaient la construction. Selon ses dires, ce coin-ci abritait les lourdes chaises à porteurs dont on se servait pour circuler d'une galerie à l'autre, d'un jardin à l'autre, dans ce domaine labyrinthique.

— À cela, claironna Jean-Baptiste, il faut ajouter les remises où s'entassent les carrosses royaux, et le chenil des chiens de chasse et le logement de leurs maîtres. Pour que le compte soit juste, n'oublions pas l'écurie des chevaux infirmes et, sans qu'il y ait de lien, les musiciens, les fanfares et les instruments. Trompettes, cromornes, hautbois, fifres, tambours, trompettes marines... résonnez, musette ! Voici regroupés et cités les divertissements de

Sa Majesté. Mais ce morceau de choix n'est qu'une partie d'une ville qui grandit chaque jour. Avez-vous pensé aux cuisines ? Pourtant, il faut nourrir ces sujets. Et tout cela demande de l'ordre. Ah ! nous allions oublier l'armée et ses casernes. Chaque fois que nous ajoutons dix archers, il faut un mirliton et son frère jardinier qui fera fructifier le potager. Ai-je parlé de l'entretien des fontaines, des bosquets, du creusement des canaux ? Déjà se présente à l'appel la multitude des serviteurs de l'État, officiers et titulaires de charge, qui s'entassent pour additionner les dépenses, distribuer les soldes, informer les ministres qui eux informent le roi. Saura-t-on, un jour, où s'arrêtera ce nouvel *état des choses* ? À nouveau, ma tête tourne. L'exercice engagé à Versailles s'apparente à un jeu de patience. Un roi a décidé de réunir toutes ses cartes pour construire son château. Plus il en pose, plus il veut en poser. Et plus il grandit, plus l'édifice est fragile. La sagesse n'est-elle pas d'éviter que tout s'effondre ? Mais cette question n'est que celle d'un valet. Allons, venez, mademoiselle Hélène. Nous n'en sommes qu'aux faubourgs.

Nous reprîmes le chemin qui conduisait à la place d'Armes. À nouveau, nous croisâmes des centaines de gens laborieux, courbant l'échine afin de parer les avenues qui donnaient sur le château. Les uns terrassaient pour planter le long des voies des ormes monumentaux qui se dressaient déjà en rangs serrés, centurions annonciateurs des splendeurs spectaculaires de Versailles. Ailleurs, d'autres habillaient de pavés les routes boueuses qui conduisaient au chœur. Ainsi, la scène se construisait.

Il régnait un bruit assourdissant auquel se mêlaient les coups de pelle et de marteau, le piétinement des bêtes de somme, le fracas des pierres et de la terre qu'on sortait des chariots. Les compagnons donnaient de la voix pour couvrir ce tapage. Ils hurlaient au danger. Ils demandaient le passage, houspillaient les plus faibles qui s'asseyaient dans le froid, au bord de l'épuisement. On appelait à l'aide quand une charge trop lourde obligeait les plus solides ou les inconscients à renoncer. Plus bas, cent bras courageux halaient la masse énorme d'un bloc de pierre de taille.

Pour soulager leur effort, ils accompagnaient les coups de rein d'un grognement cadencé, jaillissant de leurs entrailles. Leur plainte se muait peu à peu en un chant grégaire qu'ils offraient aux dieux, commandeurs de ces travaux herculéens dédiés au Soleil.

Soudain, il y eut une clameur. Et tous levèrent les bras brandissant les pioches, les marteaux, les pelles comme autant d'étendards. Un lourd carrosse, recouvert d'or fin et tiré par six chevaux aux muscles puissants, fendait la vague humaine. Le flux céda en ordre dispersé. Des curieux qui hésitaient, des surpris qui ne reculaient pas assez vite, furent bousculés et rejetés sur les côtés. L'un d'eux tomba dans la boue, bousculé à son tour par ses frères qui reformaient la vague. On voulait voir. On voulait être au premier rang. Six cavaliers habillés de bleu encadraient les chevaux blancs et noirs. Les vociférations du peuple se muèrent en cris d'allégresse. C'était le roi. C'était notre roi. Et ces mots sonnaient comme un coup de foudre. Le maître d'attelage fit claquer le fouet. Les étalons se mirent à l'ordre. Les naseaux crachaient la bave, les flancs fumaient, les fers des sabots brisaient les pavés que l'on n'avait pu fixer. J'eus à peine le temps d'apercevoir les armoiries peintes en lettres flamboyantes. L. Quatorze. Le carrosse était équipé de fenêtres, mais on les avait ouvertes. Le Roi-Soleil présentait son profil aux infortunés.

Il se tourna enfin. Il regardait tout et ne voyait personne. Le temps d'un éclair, je pus deviner sa bouche fine et sa moustache précieusement cirée. L'instant d'après, l'apparition s'échappait. La vague des hourras s'épuisa. La joie fugace s'évanouit. La fatigue revint sur les visages. La foule abandonnée s'ébroua et se désunit. Elle errait, privée de cette union fabriquée depuis l'aube dans la souffrance commune, et que la vision du roi avait un instant dissipée. Alors, un appel lointain jaillit au loin. Ce signal, connu de tous, les assembla de nouveau. Ils acclamèrent son auteur. Un tocsin prit le relais. Midi sonna. Des chariots de nourriture fendirent le peuple des orphelins. Ils mangeraient. Ils se reconstitueraient. Ils se retrouveraient. Il restait tant à faire avant la nuit. Nous les abandonnâmes pour entrer sur la place d'Armes.

C'était l'accès principal au château. L'entrée royale. Ici, les troupes défilaient au son du fifre et du tambour pour le plaisir du roi. Pourtant, le désordre y dominait. Il y avait des poutres de bois, des monticules d'ardoises, des briques entassées sans attention. Un chantier de plus s'engageait ; celui des ailes des ministres où bientôt le gouvernement du roi serait réuni. Autant de bouches à nourrir en plus ! aurait pu gémir Jean-Baptiste. Un nouvel *état des choses* ou un État entier ? Car, des Grandes Écuries à l'aile du Midi, achevée depuis pour loger les courtisans, le projet de Louis XIV se devinait dans ce *tout* qu'il ramenait à *lui*, à ce centre incarné par le château proprement dit, et qui se montrait juste après.

Rien n'interdisait d'entrer sur la place d'Armes construite dans un cercle dont le tour était cerné par un mur solide. On ne s'évadait qu'en avançant vers le château. Après avoir franchi ce seuil, un autre obstacle se présentait. Deux pavillons de pierre encadraient les abords. Des gardes suisses s'y tenaient à l'aplomb des grilles. Pourtant, il nous fut aisé de franchir ce barrage resté ouvert. Pour preuve, les gardes ne nous jetèrent qu'un simple regard. Tout semblait fait pour aller vers l'avant, pour rejoindre ce centre où *tout* se rapportait à *lui*. Ma méfiance y vit la preuve de ce que craignait mon père. J'entrais dans l'île enchantée. Une contrée des plus engageantes. Il suffisait de franchir les grilles non cadenassées, mais dont le roi détenait les clefs, et qu'il pouvait tourner selon sa volonté, pour provoquer… un coup de foudre ?

La beauté du château et l'aperçu des jardins accroissaient l'attirance et l'envie. Le trésor royal se montrait, se désirait, ici, à deux pas de l'impétrant. Et sa valeur était d'autant plus élevée qu'il permettait de fuir le monde des malheureux que nous venions de traverser. Dans ce projet incroyable, les faubourgs tenaient leur rôle. Ils symbolisaient l'Enfer avant l'Éden, que le maître tout-puissant des lieux avait montré une dernière fois avant d'atteindre le cercle des élus. Combien y demeuraient ? Quelques centaines, si j'en jugeais à la taille du palais. Combien étaient-ils à les servir ? Des dizaines de milliers si j'appréciais ceux que j'avais croisés. Et ce *tout*, du plus humble au plus noble, de France et de Navarre, ne menait qu'à un point, qu'à un homme.

Jean-Baptiste avait raison. Ce château était fait de cartes. Le roi les battait, les distribuait, les ramassait. Il invitait à jouer une partie dont il maîtrisait les règles. La première, et peut-être la seule, se résumait ainsi : il fallait composer une construction savante avec le plus grand nombre de dames, de valets, d'as, de cavaliers. Pour cela, on s'aidait des cartes inférieures. Et toutes se réunissaient pour la seule gloire d'un roi réunissant le cœur, le pique, le carreau et le trèfle. Mais Bonnefoix se trompait sur un point. Ce château ne pouvait pas s'effondrer puisque le roi tenait les règles. Seules les cartes pouvaient souffrir de son arbitrage. La mise en garde de mon père revint à ma mémoire. Quelle carte se présenterait à moi ? Chagrin ou bonheur ? François m'attrapa par le bras et me fit sortir de mes songes.

— Eh bien ! Vous avez vu. Maintenant, que faisons-nous ?

Jean-Baptiste espérait retrouver le carrosse et s'en retourner fissa à Paris. Plus loin, peut-être ? À Saint-Albert, par exemple, près de Saumur. Avant, il voyait d'un bon œil l'instruction d'une halte dans une taverne accueillante. Selon cette hypothèse, tout lui convenait tant qu'il y aurait du feu et des poulardes. Un arrêt dans la ville nouvelle de Versailles ? L'idée le tentait car il avait faim, mais, à coup sûr, il ressentait la nécessité de s'éloigner du château. Hélas, je mis fin à ses projets :

— Que diriez-vous de nous promener dans les jardins ?

Il soupira. François, lui, s'assombrit.

— Aucun de vous n'est-il courageux ?

— Ce n'est pas cela ! s'écria Saint Val.

— Pourquoi montrez-vous cet air courroucé ? Expliquez-vous, François.

— Avant de parvenir au parterre de l'Orangerie, j'aurai croisé une tête connue… et je ne le souhaite pas. Comprenez-vous pourquoi ?

— Êtes-vous si fameux ? se moqua Jean-Baptiste. Craignez-vous d'affronter le regard fâché de la fille d'un vicomte à qui vous auriez conté fleurette ?

François se contenta de hausser les épaules. Malgré moi, mon cœur se serra. Je pris Jean-Baptiste par le bras :

— Nous irons à deux ! Personne ne s'intéressera à nous. Combien de curieux se pressent à notre suite ? Nous nous mêlerons au nombre et ce ne sont pas nos habits qui pourront nous faire remarquer.

Je tirai sur le bras de Jean-Baptiste, mais lui ne bougea pas. Il sondait François et cherchait à comprendre ce soudain retournement :

— Allons, monsieur de Saint Val, fit-il doucement. Que redoutez-vous ?

François hésitait. Une colère idiote m'assaillit :

— Les mots sont trop durs à sortir de cette bouche, c'est cela ? Hier, vous vous dissimuliez sous les traits de Beltavolo ! Aujourd'hui, qu'y a-t-il encore ?

— Je n'ai rien à cacher ! riposta-t-il brusquement.

— Pourtant, vous nous forcez à le croire, répondit plus posément Jean-Baptiste. Et ce n'est pas ainsi que vous gagnerez l'estime de ceux qui vous entourent.

Il ferma un œil et jeta l'autre dans ma direction. Cela suffit pour que François lâche un pauvre sourire.

— Faut-il que je vous dévoile toutes mes faiblesses ?

— C'est la règle chez les Montbellay, asséna Bonnefoix sur un ton solennel.

— N'avez-vous pas compris ce que je redoute en restant ici ?

— Non, monsieur. Mais ne faut-il pas tout expliquer à un valet ?

— Eh bien, soit… C'est à cause des quartiers d'hiver.

— Nous voilà bien avancés.

— Je vous en prie, comprenez-moi. L'hiver approche. Et le Royaume ne connaît pas de guerre…

— Si bien que ?

— Ce sont les quartiers d'hiver, grommela François entre ses dents.

— Je ne saisis toujours pas, bougonna Bonnefoix.

— Laissez-moi deviner, glissai-je adoucie. Votre père est soldat. Craignez-vous de vous trouver face à lui ?

— Il est ici, j'en suis certain, soupira-t-il. En ce moment, le roi entend la messe. Mais avant son dîner[1], il se rendra chez madame de Montespan. L'idée leur viendra de marcher dans les jardins. Les courtisans suivront. Mon père en sera. Au bout de ce bosquet, nous tomberons l'un sur l'autre. L'altercation surviendra, d'autres courtisans s'y mêleront. Le roi sera informé. Et vous, qu'y gagnerez-vous ? Suis-je venu pour vous servir ou pour vous nuire ?

— Il pourrait être amusant de profiter de cette occasion pour parler au roi.

Jean-Baptiste roula les yeux, tant il semblait d'un coup effrayé :

— Seigneur Tout-Puissant ! Entendez-vous cela ?

— Vous y songez sérieusement ? demanda plus calmement François.

— L'hypothèse me séduit.

— Seigneur Dieu ! continua de gémir Bonnefoix.

— Mais je crains de faire mourir Jean-Baptiste, ajoutai-je.

— Moi et votre père, renchérit ce dernier en jetant des regards à tout va pour observer si quelqu'un avait deviné quelque chose.

— Et de mettre fin à vos espoirs, conclut justement François de Saint Val.

— C'est pourquoi je vous écouterai.

— À la bonne heure ! se réjouit Jean-Baptiste.

— ... en décidant que nous n'irons guère plus loin que le Parterre d'eau.

— Mais c'est en face du château, se plaignit-il. Sous les fenêtres mêmes du roi ! Vous ne pourriez être plus près de son appartement.

— Nous y allons et nous revenons. Je vous en prie.

1. C'est encore du déjeuner dont on parle ici.

— Ni halte ni regard indiscret ? s'enquit François.

— Un simple passage en coup de vent.

— Ni chicane ni empoignade avec le premier venu ?

— Une brise légère, et déjà l'oiseau s'envolera.

— Vous ne renoncerez pas ? insista-t-il.

— Non, elle n'abandonne jamais, rétorqua Jean-Baptiste. Donc, la seule façon de partir est d'y aller.

— Cette logique est implacable, sourit François de Saint Val. En route !

Il me tendit le bras :

— Au moins, y gagnerai-je ce plaisir ?

Je lui confiai le mien, et nous allâmes au même pas, laissant à Bonnefoix le soin de fermer la marche.

— Je garde vos arrières, bougonna-t-il, en jetant des regards inquiets aux alentours.

Bientôt, notre trio se mêla aux curieux qui arpentaient les allées des jardins. Mais la balade se voulait courte et je pus moins qu'à mon goût m'attarder sur la splendeur du théâtre de verdure. Ma stupéfaction – mon admiration – venait tant de la multiplication des points de vue que de la perspective infinie qui se noyait dans la brume du jour. Nous marchâmes sans flâner jusqu'au Parterre d'eau qui lui-même annonçait le parterre de Latone, puis l'Allée royale, et le bassin d'Apollon. Cette suite semblait conçue pour appeler – pour désirer – la vue du Grand Canal, dont j'apercevais la Tête à une distance considérable. Tout n'était qu'ordre et beauté. Tout conduisait et ramenait à l'étendue d'eau qui elle-même s'inclinait devant les fenêtres du roi. La révélation se faisait en marchant, mais aussi, et surtout, en regardant depuis la terrasse qui surplombait le Parterre. De ce point de vue dominant, l'œil s'en allait en aventure et suivait sans se lasser le dessin infiniment renouvelé des lignes qui menaient d'un bosquet à un massif fleuri ou d'une fontaine à un bassin dormant. C'était une découverte extasiée, un itinéraire contemplatif et peut-être amoureux, le survol d'une peinture irréelle qui fixait un monde absolu. Ces jardins pouvaient-ils exister en dehors de ces lieux ? Étaient-ils seulement vrais ? La réponse obligeait à imaginer un rival, mais, rien ne pouvait supporter la comparaison de cette harmonie.

Ces jardins incarnaient un autre signe de ce *tout* qui se voulait *un*. Lully bâtissait des opéras dans lesquels la vie propre de chaque instrument s'effaçait au profit d'un ensemble. De la même façon, chaque parcelle de verdure représentait l'élément nécessaire mais insuffisant d'un concert où l'existence du roi s'exprimait dans les moindres détails. Pour admirer et pour aimer le talent des artistes, il fallait s'attarder sur la volupté des jeux d'eau, sur les courbes licencieuses des statues, sur la construction intime des buissons. Mais pour comprendre ce tout indissociable, cette attirance dont la finalité était le roi, il convenait de s'élever. Alors, tel le virtuose qui prend la mesure de ses instruments, il devenait évident que les allées de ces jardins reconduisaient le voyageur, quelles que soient ses divagations, au centre d'un univers dont le palais, siège du souverain, constituait le point culminant.

— Vous marchez trop vite, me plaignis-je.

J'étais de mauvaise foi. Je voulais m'arrêter, profiter, je voulais rester. Malgré moi, je cédais à l'envoûtement, comme captive attendrie d'un monde dont, étrange paradoxe, je me méfiais. Était-ce une soumission ? François ne songeait qu'à m'observer. Il mesurait ma tentation et semblait peu l'apprécier.

— Pressez-vous ! lança-t-il brusquement. Voyez-vous ces gardes qui se mettent en place et ces jardiniers qui règlent les fontaines ?

— Sont-ce eux qui vous font peur ? me moquai-je encore.

Il se sépara de moi, furieux.

— Comment croire que vous réussirez à Versailles ? Vous ne connaissez aucune de ses règles ! Pour qui, selon vous, le monde s'agite et se remet à tourner ? Le Roi-Soleil arrive… Et nous serons bientôt pris dans ses rayons.

— Pour une fois, ce jeune homme dit vrai, intervint Bonnefoix. Cette activité est un signe. Regardez autour de vous. On accourt, on se presse. Ah ! il reste ce passage. En contournant les bassins des Couronnes, nous rejoindrons les réservoirs d'eau. Il y a peu de chance de trouver des têtes connues de monsieur de Saint Val près de la Tour d'eau. Venez vite !

Il filait déjà, bousculant un groupe de bourgeois.

— Patiente ! le suppliai-je. Donne-moi encore un peu de temps.

Sans connaître sa réponse, je retournai sur le Parterre d'eau donnant sur la face occidentale du château. Je me trouvais à trente pieds des fenêtres du roi. Mon regard y entra.

— Que faites-vous ? Un garde va venir.

Jean-Baptiste et François m'avaient rattrapée.

— Il faut partir !

— Voici qu'on approche.

— Mon Dieu ! Nous aurons droit à la Bastille.

Je ne bronchais pas. J'attendais. Je voulais savoir.

— Mais qu'espérez-vous ? gémit Bonnefoix.

— Ce qui vient de se produire, claironnai-je.

Et, d'un coup de tête, je désignai les fenêtres de Louis XIV.

L'un et l'autre levèrent le nez. Jean-Baptiste s'exprima en premier :

— Mon Dieu, répéta-t-il. Le roi…

— C'est bien lui, je vous le confirme, glissa François d'une voix sombre.

— Je lui fais un signe ? demandai-je ironiquement.

— Commettez cette imprudence, et j'en meurs pour de bon, prédit Bonnefoix.

Aussitôt, il se courba :

— Saluez, je vous en supplie. Saluez et inclinez-vous.

Je ne fis ni l'un ni l'autre. Je souris à la silhouette qui se montrait et celle-ci, je crois, s'en étonna. Louis XIV se tourna alors vers sa gauche. Une femme apparut. Si fugace, si légère. Et si belle. Il lui dit un mot en continuant à nous observer. Parlait-il de nous ?

— C'est la marquise de Montespan, murmura François de Saint Val.

— Vous connaît-elle ? lui demandai-je sans lâcher la fenêtre des yeux.

— Non ! Ou de si loin…

— Alors, souriez-lui !

— Cette fois, cela en fait trop ! gémit Bonnefoix. Aidez-moi, monsieur de Saint Val, il faut que nous partions.

— Eh quoi ! Je vous attends, lançai-je à voix haute.

Je partis devant, par le bassin du Dragon. Ils coururent à ma suite.

— Vous voilà satisfaite ? rugit Bonnefoix en trottinant à mes côtés.

En tous points, en effet. Car ce jour-là, j'avais, en un éclair, décidé de provoquer le destin, comme on le fait en se frottant aux cartes. J'engageais une partie. Je voulais voir le jeu. J'entrais dans un château dont la pièce maîtresse était le roi. Je devais chercher le point le plus haut, le plus inaccessible de cette construction, puisque *tout* reposait sur *lui*. Et dans ce château de cartes, je l'avais trouvé au premier coup d'œil. Je n'y gagnais qu'une satisfaction sans lien avec ce que je cherchais à obtenir. C'était enfantin, risqué et sans doute maladroit, mais ce signe du destin me redonna du courage. Mieux, il décupla mon envie d'entrer dans ce monde et de l'affronter. Le roi n'était pas impalpable. Si je l'avais vu, je pourrais l'approcher. Sans ce défi personnel – voir le roi ! –, aurai-je eu le courage de me diriger vers un des gardes qui se tenait à l'entrée des jardins ?

— Je voudrais faire parvenir une lettre au marquis de Penhoët, lui dis-je.

J'entrais dans l'arène. J'avais osé.

— Il fait partie de la cour, ajoutai-je d'une voix moins assurée.

— Je connais ce nom. Donnez-moi votre écrit, ajouta-t-il d'un ton morne.

Il ne demanda rien d'autre. Alors, je sortis de la poche de ma veste un pli que j'avais préparé la veille après avoir écrit à mon père. Dedans, il y avait une phrase : *Vous me trouverez chez la marquise de Sévigné*. Et un petit objet enroulé dans un morceau de soie, le portrait de ma mère que je portais au cou.

J'ajoutai une livre dont le garde s'empara sans sourciller.

— Il attend ce message et moi sa réponse, glissai-je dans l'espoir d'élever son honnêteté.

Le sort était jeté. Les cartes données. Et je venais d'abattre le seul atout que je possédais. *Alea jacta est*. Les leçons de maître Blois revinrent à ma mémoire et j'en fus plus émue que je ne le voulais.

— Regardez ! souffla Bonnefoix.

Nous avions quitté le Parterre d'eau et il me montrait le petit attroupement qui s'y formait. Nous nous tenions à plus de cent pas. Et cela riait et parlait fort.

— Les premiers courtisans ! souffla-t-il d'une voix glaciale. La suite vient dans un instant. Mais qui est celui richement habillé qui agite les bras ?

L'homme dominait tous les autres de la taille. Aussi grand que mon père, il semblait du même âge. Il était vêtu d'une veste panachée de fils d'or, de gris et de bleu et portait des souliers parés de boucles rouges. Il tenait en main un large chapeau rehaussé par un ruban de soie arborant les couleurs de sa veste, dont il se servait comme d'un objet d'apparat, saluant chaque nouvel arrivant en baissant le poignet. Ses gestes étudiés s'accordaient avec les mouvements d'une perruque soigneusement coiffée et que la teinte de jais rendait éclatante. L'accord avec la veste bleue se révélait aussi saisissant que brutal. On ne voyait que lui. Entre deux saluts et un aller-retour, il tournait les yeux vers le château. Pas de doute, il attendait le roi et l'impatience se lisait dans ces mouvements de tête qui le conduisaient sans cesse du palais aux jardins. Sans qu'il s'en aperçoive, je pus le détailler encore et vis que sa main droite restait crispée sur la garde de son épée. Cet homme ne prêtait attention qu'aux gens de sa condition.

— Qu'en pensez-vous ? s'enquit François.

— Grand, fort, calculateur peut-être ?

— Dangereux, cruel, dévoré par l'ambition.

— Vous le connaissez ?

— C'est mon père, le chevalier de Saint Val.

François tourna le dos. Il ne prononça plus un mot tandis que nous retournions au carrosse. La traversée de Versailles se fit en silence. Le désordre infernal et les cris des hommes à la tâche n'expliquaient pas tout, notre guide marchait, épaules rentrées, les yeux attirés par le sol.

Jean-Baptiste pressait le pas, lui, pour d'autres raisons. Il craignait la disette et sondait ses souvenirs. Il lui semblait avoir aperçu une auberge avenante non loin de l'hôtel du duc de Luynes où nous avions laissé l'attelage. Mais était-ce avant ou après ?

— Nous demanderons à cet aimable domestique, conclut-il prudemment.

— Je préférerais rentrer à Paris.

C'étaient les premières paroles de François depuis que nous avions quitté la place d'Armes.

Jean-Baptiste grommela qu'il ne retournerait pas le ventre vide chez la marquise de Sévigné. Avant d'attaquer un nouvel entretien avec Sébastien, il lui fallait plâtrer son estomac.

— Ici, je trouverai de quoi calmer votre impatience, décida brutalement François de Saint Val. Après, nous partirons. Je tiendrai les rênes. Vous aurez tout le temps de manger sur le chemin du retour.

— Ai-je mérité un tel traitement ? gémit le pauvre Bonnefoix.

— Non, répondis-je. C'est pourquoi nous dînerons avant de partir.

— Alors, ce sera sans moi !

— Pourriez-vous m'expliquer ces continuels changements d'humeur, monsieur de Saint Val ? criai-je malgré moi.

Il cessa de marcher sur-le-champ. Son visage devint blanc, ses lèvres rétrécirent. Il ne put contenir plus longtemps son courroux.

— Exigez, commandez, décidez à la place des autres. Pourquoi ne cherchez-vous pas à comprendre ? Je revois mon père. Voulez-vous savoir ce que j'éprouve ? Êtes-vous seulement attentive à cette estime mutuelle dont nous parlions hier et que vous appelez de vos vœux ?

Cet assaut brûlant me fit reculer d'un pas. Je crus trouver mon salut en campant dès lors sur mes jambes, les bras posés sur les hanches, espérant ainsi masquer le trouble qui me gagnait tout autant.

— Hier, vous le détestiez, ironisai-je. Aujourd'hui, vous semblez souffrir de cet éloignement. Je ne me trompe pas en parlant d'inconstance.

Ce coup brutal acheva de le mettre hors de lui :

— Vous dites avoir du cœur. Je crois plus à votre vanité ! Vous et votre père, il n'y a que cela qui compte. Avez-vous pensé au mal que je ressens en revoyant celui qui m'a privé de tout ? Votre égoïsme est tel que vous refusez de croire que les sentiments d'un père ne se fondent pas toujours sur l'amour, l'affection, la tendresse. De quoi se plaint Beltavolo ? Mais comment le savoir si vous ne pensez qu'à vous ! Votre jeunesse ressemble à celle d'une petite fille gâtée. Aveugle et sourde, vous avez cru que toutes les vies ressemblaient à la vôtre. Tout est simple dans ce conte de fées. Une fille aimante venant au secours de son père, prisonnier d'un château assailli par les Intolérants ! Réveillez-vous, Hélène de Montbellay. Voyez les larmes de rage qui coulent sur mes joues, stigmates d'une enfance gâchée dont je paye le prix chaque nuit en songeant à ce qu'un père, puisqu'il porte ce nom, m'a obligé à vivre. Exister ? Je ne pense pas que nous y mettions le même sens. Ma mémoire est peuplée de chagrins secrets, de suppliques stériles, de souvenirs manqués. Aujourd'hui, j'y ajoute les remords pour ce que je fus obligé de faire afin de ne pas sombrer. Qui est François de Saint Val ? Rien, je vous le dis. Du moins, il ne ressemble pas à celui qui vous fait face. La faute à qui ? Un homme, un seul ! Un père qu'un autre destin aurait pu choisir comme le vôtre.

Il se tut et me regarda. La colère étirait les traits de son visage et je voyais encore que de terribles pensées y livraient bataille. De quoi souffrait-il vraiment ? Que reprochait-il à son père ?

— Je le hais, gronda-t-il d'une voix effrayante, jusque-là inconnue, pour le mal qu'il m'a fait et me poursuit encore…

Et il s'éloigna sur-le-champ, fuyant par une ruelle qui s'enfonçait dans la ville.

Oubliant Bonnefoix, je courus après François. Je dus l'attraper par la manche, m'accrocher pour qu'il accepte de venir à moi. Il refusait toujours. Une rage exaltée monta en moi et nous luttâmes ainsi, alors qu'à chaque geste, nos corps se rapprochaient. Désormais, nos regards se défiaient. Qui céderait en premier ? Mais la querelle s'épuisa sans livrer sa réponse. Nous aurions dû nous séparer, il le fallait. L'inverse se produisit. Mon cœur battait contre le sien. J'étais bouleversée, à bout de souffle, et lui, je crois aussi.

— Je n'avais pas mesuré vos sentiments, me défendis-je. Mais vous vous trompez. Je peux deviner votre chagrin.

Sans s'écarter, il haussa les épaules :

— Vous ne savez rien. Et il vaut mieux qu'il en soit ainsi.

Je me serrai à lui, laissant venir à moi de nouvelles émotions :

— François, je désire que nous partagions cette estime mutuelle. Et peut-être plus que je ne le laisse voir. Dites-moi ce qui vous préoccupe ?

— À quoi bon ? glissa-t-il.

— Prenons comme point de départ la décision d'être aussi franc l'un que l'autre. Depuis notre première rencontre, je dis la vérité. Et c'est sans doute ce qui pose problème entre nous. Vos secrets vous rongent.

— Je n'ai jamais été aussi franc de ma vie. Aller au-delà me semble impossible.

— Vous voyez, m'exclamai-je en m'éloignant. Vous vous refermez sur vous-même. Vous boudez aussi. Sinon, vous vous emportez. Et si je me compare…

— Vous recommencez à me juger ! me coupa-t-il. Et vous parlez encore de vous.

— La faute à qui ? Depuis que vous avez vu votre père, vous n'avez desserré les lèvres que pour hurler. Est-ce si dur de vous confier paisiblement ?

— J'ai perdu cette habitude, fit-il enfin. Je suis sincèrement désolé.

— Nous venons de franchir une étape décisive, lançai-je d'un ton léger. Tenez, en retour, je vous présente mes excuses. Ainsi, nous voilà quittes. Et pour nous qui souhaitions construire une estime mutuelle, voilà un bon début !

— Vous n'avez rien à vous faire pardonner, sourit-il faiblement. Tout est de ma faute. Je regrette amèrement cette algarade.

— Regardez cette robe ! Vous l'avez chiffonnée, lui reprochai-je en me forçant à gémir. Quelle violence ! Ce penchant vous est-il naturel ?

— Pas le moins du monde ! Je vous le jure, fit-il en cherchant de quel faux pli je pouvais bien parler. Et, balbutia-t-il, je m'étonne moi-même...

— Il me faut plus d'explications, minaudai-je. Allons ! Trouvez-moi une bonne raison...

Il hésita, mais je lus dans ces yeux qu'il mourait d'envie de soulager sa détresse. Finalement, il ne fit que murmurer :

— Je m'enflamme, sans doute, parce que je prête trop d'attention à chacun de vos mots.

— À la bonne heure ! Enfin quelques paroles gentilles...

— Et aussi parce que je redoute de vous perdre.

Il respira longuement avant de reprendre timidement :

— Vous faut-il m'écouter davantage pour comprendre ce que je cherche à vous dire ?

— François, je veux savoir précisément ce qui trotte dans cette tête.

Mais il resta ainsi, passant d'un pied sur l'autre comme le font les enfants pris une pomme à la main.

— Allons ! Décidez-vous.

— Je vous aime, répondit-il précipitamment. Et c'est ainsi depuis notre premier regard.

Ces mots à peine soufflés, il baissa la tête :

— Mais vous m'en voudrez sûrement, Hélène, car vous ne m'avez pas autorisé à vous révéler mes sentiments...

J'allais rétorquer qu'il se conduisait comme un sot, mais Bonnefoix choisit ce moment pour s'approcher de nous. Ce valet rusé comprit aussitôt la teneur de notre discussion et s'y mêla sans vergogne, d'un ton ironique et quelque peu cinglant :

— Ne pourrions-nous pas discuter d'une affaire qui a l'air si importante devant une soupe, une miche de pain et un fromage de Melun ?

— Patiente encore, répliquai-je, tout aussi décidée que lui.

Ma main trouva celle de François. Nos doigts et nos paumes se soudèrent comme si ce geste nous était familier. Je me sentais heureuse et apaisée :

— Les mots que je viens d'entendre sont doux et plaisent à mon cœur. Vous souhaitiez une réponse, la voici. Mes sentiments envers vous sont forts, eux aussi. François, regardez-moi. Écoutez-moi. Je vous permets de m'aimer. Non, ce n'est pas assez : je vous y invite.

Il ferma les yeux et porta ma main à sa bouche. Ses lèvres étaient douces, son baiser tendre. Et ses mots très étranges :

— Pourquoi vous ai-je rencontrée ?

Il voulut m'enlacer.

— Attendez, soufflai-je en retenant ce geste que je désirais tant. Je veux d'abord savoir ce qui vous hante. Je ressens votre désir de me chérir et je vous crois sincère. Pourtant, vous souffrez. Que craignez-vous, François de Saint Val ? Auriez-vous peur de moi ?

Il secoua la tête tristement :

— Non, c'est en pensant à moi que je suis effrayé. Beltavolo pourrait tant vous décevoir.

— N'avez-vous pas entendu ce que je vous ai également promis ? Me jugez-vous volage, tournant la tête, telle la girouette, au premier vent mauvais ? Livrez-vous, je vous en supplie.

Mais il se tut, torturé et ballotté de nouveau par ses propres pensées. Il affrontait l'orage, silencieux et terrible, qui se jouait en secret. Mon cœur laissa s'échapper un peu de bonheur. Que ne parvenait-il pas à confesser ?

— François, je peux sans doute vous aider.

Il secoua la tête rageusement. Sous le coup de son ire, ou de sa souffrance, sa respiration devint courte. Ses mains tremblaient. Il chercha le soutien de mon bras.

— François, continuai-je. Je vous aime… Mais cet aveu n'a de sens que si vous m'offrez le même abandon.

Il murmura une plainte, celle d'un animal blessé. Les larmes coulaient. Je vins à lui et c'est moi qui l'embrassai sur la joue :

— Que faut-il que je donne pour que vous me croyiez assez forte pour tout entendre ?

— Hélène, gémit-il, je vous aime. Hélène, si belle et si pure, que gagneriez-vous à éprouver pareille affection envers Beltavolo ? Je l'ai compris ce matin, continua-t-il d'une voix de plus en plus douloureuse. La cour, les nobles divertissements, les déclarations courtoises… Vous finirez par céder au coup de foudre car votre camp est celui de la noblesse. Un jour, le roi pardonnera à votre famille et tout rentrera dans l'ordre. Moi, je n'ai plus de goût pour ce monde et je n'y ai plus ma place.

— Je ne suis ici que pour défendre notre honneur, lui assurai-je.

— Et moi, je n'en ai plus.

— Parce que vous êtes comédien ? Parce que vous vous appelez Beltavolo ?

— Je n'en parlerai pas davantage puisque je vous libère. Si je vous aime, ce fut une folie de vous l'avouer. Trop d'événements nous séparent et je ne peux réécrire l'histoire.

Le temps viendrait à bout de ses inquiétudes, ai-je pensé. Ce qu'il ne voulait pas encore dire, je le mis de côté. J'attendrais qu'il se livre, je n'étais pas pressée, et je crus comprendre ce qui le rongeait. Je portais le nom de Montbellay. Il subissait celui de Beltavolo. Et dans ce siècle où le rang et le titre comptaient plus que l'honneur ou l'honnêteté, il y trouvait la cause de ses déchirements.

— Oui, soupirai-je. Cette histoire ressemble à celle des amants maudits dont le théâtre sait tirer parti. Le rôle est tentant, surtout dans votre métier. Vous feriez un beau

Roméo, mais je n'ai pas envie de vivre en Juliette. Laissez tomber Shakespeare. Il vous fascine trop. Plutôt, écoutez-moi. Je n'aime pas la cour. Donc, je n'aimerai pas Versailles. Je suis ici pour venger mon père. Que je réussisse ou que j'échoue, je n'y resterai pas. Si Versailles est la cause du drame qui dévore votre cœur, sachez qu'il n'existe pas. Et je vous accepte tel que vous êtes.

— Même ce que vous ne connaissez pas de moi ?

— Défauts ou qualités ? me moquai-je. Allons ! Il faut en finir, le ventre de Bonnefoix crie famine.

— Promettez-vous de tout comprendre ? insista-t-il.

— Elle l'a chanté de belle manière. Croyez-la ! s'autorisa Bonnefoix. L'amour, ajouta-t-il, je n'y connais rien, mais il me semble que ce sentiment se conjugue avec la confiance. Vous offensez la vôtre et la sienne en doutant ainsi de vous, d'elle, de tous.

François s'avança vers Jean-Baptiste et lui serra la main :

— Pardon, mon ami, vous avez raison. De nous deux, vous êtes le plus sage.

— Il continue. Se flagelle-t-il aussi comme un dévot ? Mais enfin, mettez plutôt un genou en terre. Déclarez votre flamme, et voyez comment réagit cette charmante jeune femme. Puis, allons manger puisque je pressens la conclusion...

— Hélène ? Me permettez-vous encore un mot ? balbutia François.

— Désormais, vous avez le droit de ne plus prononcer de bêtises. Le sage Jean-Baptiste a parlé pour moi. Lui, il me fait confiance. Mais aussi, il me connaît mieux. Ouvrez-vous encore la bouche pour m'annoncer tout le mal que vous pensez de vous ?

— Quel idiot, je suis ! Pourquoi ai-je parlé si vite ? se plaignit-il.

— Ou bien vous en faites trop ou bien pas assez...

— Que dois-je dire, à présent ?

— Je vous aime.

— Je le jure sur ce que j'ai de plus cher au monde. Sur ma vie, sur mon...

— Et moi, je n'aime pas Versailles. Mon coup de foudre, c'est vous.

— C'est donc que vous et moi, nous avons... le même émoi, le même transport ?

— Oui, car je vous aime aussi. Du moins, mon cœur s'en persuade.

— Et je vous répète que si Hélène de Montbellay le croit, vous pouvez être rassuré, ajouta l'immense, le splendide Bonnefoix.

Pendant le repas, que nous prîmes finalement hors de Versailles, Jean-Baptiste se montra parfait. S'il soupira quand François me jetait un regard appuyé ou prenait timidement ma main, il posa peu de questions, du moins au début. Il mangea aussi, et de façon copieuse. Mais surtout, il raconta. L'âge d'or de mon enfance fut détaillé, enluminé et grossi. Le domaine de Saint Albert, qui n'en avait pas besoin, agrandi. Berthe, présentée telle une fée nourricière, et le curé de Saint Albert, un officiant doué pour la célébration des mariages.

— À condition que le marié soit sincère, s'empressa-t-il d'ajouter, sa bénédiction vaut de l'or. Ceux qui en ont profité n'ont connu que bonheur et fécondité. Mais, grâce à Dieu, nous n'en sommes pas là, grogna-t-il en lançant un regard noir à François.

Il mordit de bon cœur dans l'aile d'un beau poulet :

— Il faudrait aussi un fils à Saint Albert. C'est le plus urgent.

Il se tourna vers le pauvre François :

— Dans votre famille, compte-t-on des cas d'enfants boiteux ou tordus à la naissance ?

Au grand désespoir de Bonnefoix, mon fidèle mentor, pas une de ses piques ne parvint à assombrir ce moment. Brocardait-il le pauvre Beltavolo ? Nous riions à sa suite, refusant de l'arrêter. Pourquoi rogner ce bonheur ?

— Connaissez-vous l'Anjou, monsieur de Saint Val ? demanda-t-il encore en réussissant l'exploit de vider de concert sa chopine.

— Je n'ai que peu voyagé, répondit l'intimidé.

— C'est un mauvais point, barbota l'autre en claquant le palais. Le comte de Saint Albert aime les gens cultivés.

— Taisez-vous, monsieur Bonnefoix, fis-je en riant. Vos complots ne m'impressionnent pas.

— Nous rentrerons bien un jour. Et il me faudra rendre compte de tout à mon excellent ami, le comte de Saint Albert.

— Il te faudra de la mémoire.

— Et pourquoi ?

— Je ne retournerai à Saint Albert qu'après avoir vu le roi.

— Le coup d'œil de ce matin ne vous a pas suffi ? lança-t-il sur un ton d'un coup amer. Ce monde n'est pas le vôtre. Vous l'avez dit et j'en suis certain. Vous y suffoqueriez.

— J'ai vu le fruit interdit dont tous deux, vous vous méfiez. Maintenant, je veux m'en approcher. Est-ce pour cela que j'y goûterai ?

François remua sur son siège. Ses inquiétudes renaissaient.

— Je n'ajoute rien à mon projet, précisai-je, mais je n'y retire rien. Je parlerai au roi. Lui ayant fait entendre ma raison, je rentrerai. Et qui m'aime me suive !

François ne leva le nez que pour regarder Jean-Baptiste. Les deux soupirèrent.

— Vous ne croyez toujours pas à mon entreprise ?

Beltavolo se décida à parler :

— Que se passerait-il si vous ne parveniez pas à voir le roi ?

— Doutez-vous encore ?

— Soit ! Vous le croisez. Il s'arrête. Vous lui parlez. Et il ne vous écoute pas.

— Il le fera !

— Hélène, votre courage est grand, et il y a de l'honneur dans votre entêtement, mais je vous supplie de m'entendre.

— Ne faut-il pas tourner la page ? insista Bonnefoix. Penser à l'avenir ?

— Le futur ! Mes remords y croupiront pour ne pas avoir agi comme j'y suis décidée. Je prends le risque d'échouer pour ne rien regretter. N'agiriez-vous pas de même envers ceux que vous estimez ?

François replongea le nez sur la table. Jean-Baptiste soupira :

— Un valet, un comédien tremblant d'amour et vous ? Quel équipage ! Nos atouts sont plus que faibles.

— Vous oubliez le marquis de Penhoët, persiflai-je. Au jeu, il vaut tous les as !

— Et s'il ne vous répond pas ?

— Il le fera ! Voulez-vous parier ?

Bonnefoix repoussa les restes de son repas d'un revers de la manche :

— Alors, oui. Décidons que si le marquis de Penhoët ne se manifeste pas, vous renoncerez à votre quête.

— Vous perdrez !

— Dans ce cas, mademoiselle, je vous obéirai les yeux fermés.

— Et vous, François ?

— Je me suis déjà juré de vous suivre aveuglément.

Son incertitude ? Elle semblait avoir disparu.

— Ne jurez plus. Et ne fermez pas ces yeux que j'aime tant.

Nous partîmes dans un grand rire. Le pacte était signé. Du moins, jusqu'à la réponse du marquis de Penhoët. Jean-Baptiste voulut y ajouter une accolade. Son manège suffit pour que François dépose enfin sur mes lèvres un vrai premier baiser. Dont le souvenir me fait vibrer encore.

Son désarroi ? Il l'avait rangé aux oubliettes.

Nous rentrâmes fort tard chez la marquise de Sévigné. Sur le chemin, François brûlait d'envies. Il aurait voulu me présenter à ses amis de la *Commedia dell'Arte*. Puis aurait aimé louer une embarcation pour descendre la Seine, parce que, selon lui, Paris ne se comprenait que de ce point de vue. Il nous imaginait déjà emprunter la rivière jusqu'à la mer et voguer jusqu'aux contrées de la Nouvelle-France où nous connaîtrions une vie d'aventures entourés de tribus indomptables. Enflammé, il bondit sur ses pieds alors que la voiture avançait à bon train :

— Vous serez leur déesse et moi leur sorcier ! Je combattrai les ours et je ferai tomber la pluie !

Il commença à sauter sur place en poussant des cris courts tirés de la gorge. Sa silhouette se mêlait à la nuit dont le noir était poursuivi par le voile lacté de la lune. Il se jeta sur moi en hurlant. Ses yeux verts se moquaient. Il jouait parfaitement.

— Mais taisez-vous ! morigéna Bonnefoix. La Reynie va venir nous arrêter.

— Qu'il le fasse, cher Jean-Baptiste. C'est la danse de l'amour chez les farouches Indiens. Et rien ne m'empêchera de l'exécuter.

— Je croyais que vous n'aviez jamais voyagé ?

François se pencha à l'oreille de Bonnefoix :

— Je n'en ai pas eu besoin. Il existe à Paris des lieux où l'on rencontre les gens les plus étranges. J'ai vu ce que vous ne pouvez imaginer. Des femmes sybarites, des esclaves d'Afrique, des Perses avaleurs de feu, des mangeurs d'hommes venus d'Asie, des galériens tatoués de la tête aux pieds, des pirates d'Amérique dont les mains sont des crochets, des sauvages du Québec à la peau rouge…

Il recommença à pousser ses cris.

— Cocher ! Tournez à droite. Je vais lever une troupe d'anciens forçats qui sont de mes amis. Nous prendrons La Bastille et libérerons ses prisonniers. C'est un jour de gloire et il faut le marquer par un événement qui remontera jusqu'au roi.

— Taisez-vous ! insistait Jean-Baptiste au comble de la peur.

Mais François m'aimait, et il ne cessait de le répéter.

Il le criait aussi aux passants, il lançait des baisers à ceux qui applaudissaient à notre passage. Au Pont-Neuf, il fallut arrêter l'attelage devant l'échoppe d'une vieille femme aux allures de sorcière qui vendait des bracelets frappés dans le bronze. Il en choisit un et le passa à mon poignet en m'embrassant tendrement. La vieille ricana, montrant sa bouche sans dent.

— C'est votre jour de chance, grinça-t-elle. Je suis diseuse d'aventure. Pour le même prix, je vous dirai la vôtre.

Le visage de la vieille s'encadrait dans deux grands flambeaux qui crachaient la suie. François me prit la main et voulut s'approcher de la scène, mais j'hésitai.

— Que craignez-vous ?

— Je préfère rester libre de mon destin.

— Tu as raison, ma fille, marmonna la vieille, la mine assombrie. D'autant qu'il te faudra du courage pour l'affronter.

— Tu ne nous apprendras rien, grand-mère ! se moqua François.

— Toi, lança-t-elle en le montrant du doigt, tu n'as pas connu le bonheur. Toi, dit-elle à mon intention, tu en as en revanche connu trop. Il faudra prendre un peu de chacun.

— Que signifient ces sornettes ? lui lança-t-il d'une voix soudainement tendue.

— Il n'y a pas de bonheur sans larme. Sinon, comment savoir si tu es heureux ?

— Veux-tu dire que nous souffrirons ? jeta François.

Elle ricana et recula en nous regardant. Son corps, sa tête et sa bouche sans dent sortirent du halo de lumière et sa silhouette s'effaça dans le noir.

— Où es-tu, vieille folle ! cria François. De quelle tristesse parlais-tu ?

La devineresse avait disparu.

— Allons, il faut repartir. Nous gênons le passage.

Jean-Baptiste retenait l'attelage devenu nerveux. Nous montâmes en silence et arrivâmes dans le même appareil à l'hôtel Carnavalet.

— Faut-il croire que l'amour rend triste ? murmurai-je.

Mon soupirant m'embrassa passionnément : « Je promets de vous rendre heureuse. » Et me serra contre lui. La sorcière se trompait. Dans mon cœur, le bonheur y était tout entier.

— Nous triompherons de tout, murmurai-je. Je promets à mon tour de faire de mon mieux.

Mais la mélancolie m'avait gagnée. Je rencontrais l'amour et confusément je sentais que je le mettais en danger. Mon entêtement à vouloir sauver mon père risquait de nous perdre. N'était-il pas tentant de renoncer à ma quête et de vivre ?

— J'attendrai trois jours la réaction du marquis de Penhoët. S'il ne répond pas, nous partirons dans notre monde à nous.

— Pourquoi ne pas commencer ce soir ?

— C'est un long périple pour celui qui n'a jamais voyagé, le taquinai-je. Il faut s'y préparer. Et patienter.

Nos corps se soudèrent encore et les premières larmes vinrent, sans savoir si le désir, ou le bonheur, ou la tristesse les commandait.

— Allons, il est tard, fit doucement Jean-Baptiste. Il faut rentrer. Pensez à l'inquiétude de la marquise de Sévigné.

— Je viendrai à midi prendre de vos nouvelles et ce sera ainsi pendant les trois prochains jours.

— À demain, François de Saint Val.

— À demain, Hélène de Montbellay.

Je souhaitais me retrouver seule, mais madame de Sévigné m'attendait. Il me fallut lui raconter en détail la journée à Versailles. La boîte de chocolats, fraîchement ravitaillée chez maître Chaillou, fut sacrifiée. La marquise m'écouta attentivement et ne posa qu'une ou deux questions sur Versailles, sans les greffer de commentaires. Puis elle soupira d'aise. Ma découverte de l'amour la ravissait. Elle ne s'intéressait qu'à ce sujet, manière charmante mais peu discrète de me dissuader de poursuivre mon entreprise.

— Je suis impatiente de rencontrer ce coup de foudre.

Elle chercha dans la boîte et se fit une raison :

— Je pourrais agir pour le rapprochement du père et du fils…

— Je vous remercie, mais laissez-nous avancer seuls. Nous devons apprendre à nous connaître.

— Tu as sans doute raison.

Elle se leva, signe qu'elle souhaitait se retirer.

— Il faut que nous soyons en beauté afin de recevoir le marquis de Penhoët !

Elle se donnait du mal pour paraître confiante, mais je n'étais point dupe : au fond d'elle, elle ne croyait pas à son apparition.

J'abandonnai le pauvre Jean-Baptiste aux mains de Sébastien et rejoignis mon doux appartement. J'essayai d'écrire à mon père, mais je renonçai. J'hésitais à parler de ce bonheur si fragile que la défense de sa cause pouvait mettre en péril. J'avais peur qu'il me demande d'arrêter. Or je n'étais pas prête à affronter tant d'événements et de contradictions. Dans le noir de la nuit, il me vint même la tentation d'abandonner mes projets pour accueillir le désir et le bonheur. Je me pris presque à espérer que le marquis ne se manifesterait pas. Sur un coup de tête, je décidai de consacrer ma vie à mon coup de foudre mais aussitôt que je me retournais dans le lit, je gémissais de douleur. Combien de fois regretterais-je plus tard ma lâcheté ? Entre les remords, les doutes et l'amour, je ne sus bientôt plus ce qui menaçait ma vie, et d'où surgiraient les larmes qu'entrevoyait la vieille sorcière.

DONNEZ-MOI LA MATIÈRE, JE JETTERAI DE L'ÉCLAT

IX. Un éclat à la cour.

— Il vient d'arriver !

La marquise de Sévigné portait ce jour-là une robe rose parcourue de pétales brodés dans de la soie grise. Ses cheveux étaient soigneusement relevés en chignon et cette sobre coiffure faisait briller ses boucles d'oreilles taillées dans des pépites plus scintillantes qu'une goutte de rosée. Elle avait renoncé à la sagesse en choisissant d'exhiber une parure d'or jaune et blanc qui déshabillait sa gorge. Auprès du cœur, dans le creux naissant de ses seins, nichait un beau diamant noir taillé en forme de perle. Elle s'approcha, nimbée d'un parfum de musc et de lilas, la fleur préférée du roi.

— Allons ! Il est là.

Mon cœur se serra. Je courus retrouver François, puisque je pensais à lui.

— Le rouge va nous venir aux joues ! cria-t-elle en ramassant les plis de sa robe pour courir derrière moi. Ne te précipite pas, regarde-moi encore. Parfait. Cette robe s'arrange très bien sur toi. Passe devant. Je m'essouffle.

Tôt le matin, la marquise avait ouvert les tiroirs de la commode de sa chambre où elle gardait selon son propre aveu quelques effets « que les tentations de maître Chaillou l'empêchaient depuis peu de porter ». « Décide-toi, Hélène », avait-elle ajouté. J'avais choisi une robe taillée dans une étoffe de Lyon parcourue de motifs de fleurs roses et blanches qui me rappelaient les douces églantines de Saint Albert. Plairait-elle à François ?

La question resta sur le bord de mes lèvres.

Je m'arrêtai au seuil du salon. Un homme richement habillé attendait près d'une fenêtre, le dos tourné, plongé dans l'observation des agitations de la rue. En entendant mon pas, il se retourna calmement. Il ne dit rien, mais son regard bleu-gris me perça. Il prit encore le temps de me juger et, plus encore, de me détailler de la tête aux pieds. D'emblée je compris la force du libertin. Le chat regardait-il ainsi sa proie avant de la dévorer ? Ce galant personnage, me suis-je dit, est plus dangereux qu'un félin. Méfie-toi, Hélène, et ce n'est pas son âge – Dieu, qu'il est vieux ! Il doit approcher soixante ans – qui le rendra moins audacieux.

N'ayant, je crois, négligé aucun détail de mon anatomie, il sembla sortir d'un songe, se redressa, émit un soupir qui pouvait paraître pour un regret, et reprit une attitude aussi digne qu'irréprochable. Enfin, il se gratta le nez :

— Le tabac. C'est un de mes péchés. Permettez-moi de me présenter. Louis de Mieszko, marquis de Penhoët, alliance piquante d'origines polonaises et d'un titre celte. Je viens puisque vous m'appelez.

Il salua sobrement en inclinant la tête et s'approcha de moi en jouant avec une canne couronnée d'un pommeau en argent. Sa démarche souple et altière n'était pas celle d'un homme de son âge. En arrivant sur moi, il s'inclina encore, me prit la main et la baisa :

— Ce médaillon ne m'a pas trompé, fit-il d'une voix grave. Un copiste n'aurait pu mieux reproduire la beauté et la grâce de votre mère. Son souvenir est gravé dans ma mémoire depuis vingt ans.

Il ouvrit sa main gantée de gris et me tendit le bijou :

— Ceci est à vous. Je vous le rends. Puis-je m'asseoir ?

La marquise choisit ce moment pour entrer dans le salon.

— Ah ! Marquis…

— Madame de Sévigné.

Il pivota de moitié et s'inclina pareillement. Je pus ainsi le détailler de profil. Si j'exceptais les rides au coin des yeux et à la commissure des lèvres, il ne souffrait d'aucune injustice du temps. Sa peau était claire, son nez droit et fin. Il souriait à la marquise. Sous des dents blanches et saines, le menton un peu relevé adoucissait un visage taillé en lignes droites. Il portait une veste sombre, rehaussée d'un jabot en dentelle blanche. Pas de doute, cet homme élégant, mince et de belle taille devait plaire. Je ne pus m'empêcher de l'associer à mon père : ils étaient amis et je compris pourquoi. Je souris en songeant à leur pouvoir de séduction et à ce qu'il leur avait offert.

Il dut sentir que je l'observais et braqua subrepticement son regard dans ma direction. S'il jouait peu avec son corps, en revanche ses yeux ne s'arrêtaient jamais.

— Asseyez-vous sur cette banquette, proposa la marquise. Hélène, approche-toi de moi.

J'oubliais. Il portait une courte perruque de couleur grise, et cela ajoutait à son panache. J'ai jeté un œil sur la pendule du salon. Midi allait sonner. François ne tarderait pas.

— Votre père m'a écrit voilà peu. J'attendais votre message. Mais on ne me l'a donné que ce matin, à l'aube.

— Il y a trop de monde dans ce château, se moqua madame de Sévigné. Le roi sait-il au moins qui y habite ?

— Je fais confiance à ses informateurs pour connaître jusqu'au nom du plus novice de ses marmitons, répondit Louis de Mieszko, marquis de Penhoët.

— C'est donc que l'on ne vous trouvait pas. Vous étiez… occupé ? glissa-t-elle en tendant l'oreille.

La marquise attendait la réponse. Peut-être y trouverait-elle une confidence qui épicerait la prochaine lettre destinée à sa fille.

— Je jouais.

— Et vous avez gagné ? interrogea-t-elle encore.

— Oui.

— Et quoi ? expira-t-elle en se penchant sur son siège.

— Une nuit sans sommeil, répondit-il avec un sourire de rapace.

Le marquis ne semblait aucunement altéré par la fatigue.

Sa réponse mit fin aux espoirs de notre épistolaire. On ne pouvait pas en faire une lettre. Bonne perdante, elle renonça à torturer son invité et tira sur le cordon de la sonnette. Louise et Sébastien arrivèrent les bras chargés de plateaux sur lesquels croulaient des gâteaux et des fruits.

— Une simple collation, mentit-elle

La marquise était véritablement séduite par le visiteur et je la comprenais. En outre, il vivait à Versailles et apparaissait, à ce titre, en observateur privilégié de la cour. Il y avait donc du bon à écouter un courtisan aussi établi. La faveur dont il profitait était d'autant plus rare qu'elle lui donnait droit à loger dans un appartement situé dans les Écuries.

— L'adresse est trompeuse, corrigea la marquise à mon attention. Le marquis de Penhoët dispose de trois pièces confortables. Et même d'une cuisine ! Je n'arrive pas à savoir comment il a pu obtenir cette concession. M'avouerez-vous, un jour, votre secret ?

— Je crains de provoquer la jalousie des courtisans qui attendent ma mort pour se saisir de ce trésor. Mais leur patience sera récompensée. Les travaux des Grands Communs avancent. Bientôt, on y abritera six cents nouveaux locataires. Il est grand temps. On dort n'importe où, parfois dans les couloirs, sur de simples tabourets en attendant le lever du roi. Sans doute dans l'espoir d'obtenir le privilège de dormir aux Écuries.

— Avez-vous le nom de ces nomades ? demanda la marquise.

Il comprit qu'il lui fallait épuiser les derniers commérages sur Versailles. Le fils du Grand Condé ne fut pas à la noce. Le marquis de Penhoët l'avait croisé à l'aube, en rentrant de jeu, endormi sur un tabouret devant la porte de l'antichambre du roi. La veille, il avait tenu le bougeoir au Coucher royal. Élevé par ce signe puissant de l'étiquette, il espérait être celui que choisirait Louis XIV pour se saisir de sa première serviette du jour. Ce geste déboucherait-il sur un titre ou une nomination – car c'était le moment de parler au roi ? Le fils du Grand Condé ne cherchait ni pension ni gouvernement, mais peut-être une ambassade… À force d'en rêver, il s'était endormi. L'attente et l'espoir l'avaient épuisé. Si bien qu'en se réveillant, d'autres étaient passés devant lui. Le sort lui avait joué un tour et il enrageait.

Le marquis s'exécuta encore, et de bon cœur, en buvant du vin coupé d'eau. Il demanda aussi du café. On lui opposa le chocolat. Comme il dut répéter plusieurs fois qu'il n'en voulait pas, il se rabattit sur le tabac. Mon regard allait sans cesse de lui à la pendule. Midi passait. François ne venait point. Qu'advenait-il ? Bientôt, le marquis nota mon impatience et se tourna vers moi :

— Avez-vous fait tout ce chemin pour entendre de tels bavardages, mademoiselle ?

— Si mon père vous a écrit, vous devez savoir ce qui m'a fait venir.

— Pierre de Montbellay est fier de vous. Il est aussi inquiet. Ai-je compris que vous souhaiteriez entretenir le roi sur sa situation actuelle dans l'espoir d'obtenir sa révision ?

— Je veux dire au roi qu'il est injuste de punir mon père !

Le marquis me détailla encore. D'un regard narquois. Au fond, je crois que je l'amusais.

— Versailles vous attire pour cette seule raison ?

— Je n'éprouve aucune tentation pour les usages des courtisans dont vous vous moquez si bien. De plus, je ne vois rien d'amusant à vivre dans les communs de ce château.

— Hélène ! s'insurgea madame de Sévigné. Prends garde à tes paroles. Tu peux blesser notre ami.

— Laissez-la parler, fit doucement Louis de Mieszko.

— Sais-tu le nombre des courtisans que tu méprises prêts à tuer père et mère pour bénéficier de la bienveillance du roi ? ajouta-t-elle.

— Je viens sauver le mien, ce qui est déjà beaucoup, mais se résume ainsi : pouvez-vous m'aider, monsieur le marquis ?

— À rencontrer le roi ?

— À lui parler, tout simplement, osai-je, le cœur empli d'espoir.

Il jouait avec sa canne. Il hésitait. Il m'appréciait encore.

— Il faut connaître la géographie de la cour et c'est une partie délicate, murmura-t-il. Ne prenez pas ma critique des courtisans au pied de la lettre. Ils sont plus rusés que vous ne l'imaginez. Et font simplement ce que le roi demande. En échange, ils obtiennent ses faveurs. Mais elles sont rares... C'est pourquoi ils s'écharpent. L'étiquette n'est qu'une apparence. Ce monde semble courtois, or plongez-y la main et vous y découvrirez un nid de vipères. On s'épie, on se dit des horreurs, on se murmure des vilenies à l'oreille. Les bruits courent et ils sont faits pour abattre. Au moment où vous entrerez à Versailles, le roi sera averti de votre présence. On le fera dans l'espoir de lui plaire. Par jalousie, on mentira sur vous. Vous serez espionnée, écartée et, sans doute, vous conseillera-t-on de repartir à Saint Albert. Restez-vous ? Vous devenez encombrante. On ne vous pardonnera pas cette insistance. L'étiquette n'a pas prévu les conditions de l'embastillement. Il n'y a pas de règle. C'est une décision soudaine que le roi prend en toute liberté en s'appuyant sur les conseils de son entourage. Dans son jeu, aucune carte n'est établie. Une dame l'ennuie. Un cavalier l'en défait. Il se fatiguera de vous car il n'aime pas être gêné. Il vous expédiera deux valets munis d'une lettre de cachet et un simple marquis ne pourra rien faire.

— Je prends le risque d'échouer.

— Vous aimez jouer à qui perd gagne ? se moqua-t-il.

— N'est-ce pas en prenant tous les risques que l'on gagne gros ?

Il saisit lentement un peu de tabac et, pendant tout ce temps, réfléchit encore.

— Voyons la situation, dit-il comme pour lui. Une carte s'obstine dans mon jeu. Je n'en veux pas, mais elle est là. Que faire ?

— Jouer avec, répondis-je. Elle ne cesse de vous répéter qu'elle peut l'emporter. Seriez-vous mauvais perdant ?

Ses derniers mots semblèrent de trop. Il secoua la tête et se leva sans effort. Sa canne était déjà en main. Il se gratta le nez. Il partait. Il allait me dire non.

— Vos paroles, vos gestes, votre entêtement, tout montre que vous agissez sous le coup de l'émotion. Ce n'est pas en faisant monter la fièvre que vous triompherez. Vous voulez voir le roi ? Ce défi s'apparente à l'apprentissage de la patience. D'abord, il faut se préparer au jeu, l'apprécier avant de s'asseoir à une table. Règle un, ne jamais se jeter en avant sans connaître la force de ses adversaires. Ainsi, on saura quand il sera temps de quitter le combat. Connaissez-vous Louis XIV ? Mesurez-vous son pouvoir ? Il vous détruira avant même de vous effleurer. Règle deux, il ne faut jamais jeter toutes ses armes dans la bataille. Gagner, c'est aussi savoir se replier. Mais de ce que je vois de votre tempérament, vous avancerez envers et contre tout. Votre détermination vous aveuglera. Quand vous songerez au moyen d'en sortir, il sera trop tard. Il convient de toujours conserver une carte en main. En avez-vous seulement une ? Règle trois, plus il y a de risques, plus il importe d'observer et de prévoir. Accepteriez-vous d'entendre ces règles de prudence ? Je ne le pense pas.

— Sans doute moins que vous l'espérez, mais je crois, moi, à la chance.

— C'est ainsi que l'on perd tout.

— Ne s'est-elle jamais tournée vers vous ?

— Parfois. Mais je n'ai jamais compté sur elle.

Louis de Mieszko observa alors madame de Sévigné. Il préparait son départ. La colère me saisit :

— Depuis un moment, je vous écoute avec patience bien que selon vous elle me fasse défaut. Votre sujet ? Le jeu et le gain. Avez-vous une seule fois prononcé le mot d'amitié ? Avez-vous parlé de cause noble en apportant votre soutien à un homme qui vous apprécie ? Je venais trouver un être estimé par mon père et pour lequel je le crois capable de braver l'impossible. La réciproque semble moins vraie. En effet, monsieur, nous nous sommes trompés, et l'un et l'autre. Moi, je crois à la chance, à l'honneur et au Destin !

— Hélène, gémit la marquise, tu ne peux...

— Laissez-la dire, la coupa Louis de Mieszko.

Il se tourna vers moi. Métamorphosé. Son regard se montrait désormais doux et caressant, sa voix apaisée et chaude. Il s'avança dans ma direction, souffla paisiblement et me fit encore patienter avant d'expliquer ces changements :

— J'avais promis à votre père de tout tenter pour vous pousser à abandonner. Je n'ai pas réussi. On ne gagne pas à tous les coups. Seriez-vous une joueuse redoutable ?

Il sourit et me baisa la main avant d'ajouter :

— Aujourd'hui même, le roi organise une Soirée d'Appartements. Les courtisans y seront. Et nous aussi. Ainsi, vous verrez celui à qui vous désirez tant parler. Prudence... Je vous supplie de ne pas vous jeter dessus ! Vous m'écouterez. Nous ne ferons que regarder la partie. Vous engagez-vous ?

— Je vous le promets ! criai-je le cœur battant.

— Mon carrosse passera vous chercher à trois heures. Ne le faites pas attendre. Le roi est précis et il déteste que l'on ne respecte pas l'étiquette. Les salons ouvrent à sept heures. La partie commence. C'est ce que vous vouliez. Nous verrons si vous possédez la fameuse chance sur laquelle vous me paraissez trop compter.

Nous raccompagnâmes Louis de Mieszko à la porte de l'hôtel Carnavalet. À peine était-il monté qu'il frappa de sa canne le toit du carrosse. Le cocher siffla. L'attelage s'ébranla. Je sautai de joie, emportant la marquise de Sévigné dans une danse improvisée.

— Allons ! Imaginez que l'on nous surprenne, lança-t-elle en riant.

En rentrant dans la cour, Jean-Baptiste Bonnefoix vint à ma rencontre avec sa mine des mauvais jours.

— Alors, c'est fait. Vous retournerez à Versailles.

— Comment le sais-tu déjà ?

— Je connais le marquis de Penhoët. Il n'est pas homme à refuser un service à votre père.

— Un temps, il m'a laissé croire le contraire.

— Il a joué au chat et à la souris. C'est sa méthode.

— Tu le connais bien.

— J'ai déjà vu à l'œuvre Louis de Mieszko. Par chance, vous êtes la fille de son meilleur ami.

Il me tendit un pli d'un geste brusque. Son visage se ferma :

— J'ai cela pour vous. Je peux bien vous le dire : c'est François de Saint Val qui vous écrit.

Ma gorge se serra :

— Il est donc venu ! Pourquoi ne m'as-tu pas prévenue ?

— Il n'a pas voulu. Quand il a su que vous étiez avec le marquis de Penhoët, il a mâchonné entre ses lèvres que vous aviez eu raison d'espérer et que votre ténacité triomphait de tout. Ce qui compte, a-t-il ajouté, c'est de faire son bonheur. Il parlait de vous d'une toute petite voix.

— Que c'est touchant, murmurai-je.

— J'en parle pour cela. Je cherche ce qui pourrait vous faire plaisir, bougonna-t-il.

— Donne-moi d'autres détails. Comment était-il ?

— Bien habillé. Ce n'est plus Beltavolo de la *Commedia dell'Arte*.

— Mais quoi encore ?

— Triste, je vous dis. Et un peu bêta de ne pas vous voir. Enfin, je pense qu'il vous a écrit tout cela.

— As-tu lu sa lettre ?

— Ah ! sûrement non, mademoiselle. Mais nous en avons parlé comme deux amis. Sa plume tremblait. Il s'y est repris à dix fois. Il ne savait comment s'adresser à vous.

— Que c'est tendre, soufflai-je.

Jean-Baptiste redressa le torse et tira sur les pans de sa veste :

— Et bêta, je vous l'assure... C'est pourquoi je me suis permis de lui donner un conseil, plastronna-t-il.

— Lequel, monsieur Bonnefoix ? dis-je, irritée.

— Faire court et simple. Mais à peine avait-il terminé qu'il voulait ajouter un mot. À la fin, monsieur, ai-je dit, il n'y aura rien d'écrit. Et j'ai arraché la lettre de ses mains.

— Quelle dureté !

Il haussa les épaules :

— Pourquoi écrire ? J'aurais pu me charger de vous transmettre directement son message. Il tient en trois mots. Il vous aime. Ajoutons qu'il vous attend aujourd'hui et demain, et jusqu'à la fin des temps. Et tout est dit.

— Jean-Baptiste ?

— Je vous prie.

— Est-ce toi qui parles ou François de Saint Val qui te demande de le faire ?

Il plongea les yeux vers le sol :

— Pour être franc, c'est un peu la somme de nos deux opinions. Il ne s'en sortait pas. Il avait peur de ne pas écrire les mots justes. Alors, nous avons décidé d'ajouter ce commentaire. Il vous aime. Au moins, c'est clair.

Je sautai au cou du plus merveilleux complice :

— Merci, Jean-Baptiste. Merci pour tout ce que tu es...

Il rougit et ses gros yeux se mirent à briller :

— Mais lisez donc au lieu de m'étouffer !

« Ma très chère aimée,

« Midi sonnait. J'étais devant l'hôtel de la marquise de Sévigné. Un carrosse s'y trouvait. Je vous ai fait demander. Jean-Baptiste est venu. À la mine que prenait cet ami fidèle, j'ai compris que le marquis de Penhoët m'avait devancé. J'avais rêvé que la porte s'ouvre sur vous. Je vous prenais la main et je vous embrassais... Ce baiser tendre durait. Mais Jean-Baptiste est convaincu que le marquis vous écoutera et je le crois sur parole. Vous retournerez à Versailles pour tenter de parler au roi.

« Comment vous aider ? Vous suis-je au moins utile ? Ai-je raison de penser que ma présence pouvait vous gêner ? Les questions se précipitent, et il n'y a que vous pour y répondre.

« J'attends donc. Je vous attends puisque c'est le rôle qu'il me faut tenir tant que vous ne déciderez pas pour moi.

Jean-Baptiste sait où me trouver. Au premier signe, Beltavolo, fils banni du monde dans lequel vous entrez, accourra.

« À l'instant, je vous quitte et vous me manquez déjà. Les mots se bousculent sous ma plume. Aucun n'est assez fort pour dire combien je vous aime. Comment ai-je pu vivre sans vous jusqu'à ce jour ? Et comment supporter celui-ci sans vous ?

« Je vous aime, Hélène. J'attends votre réponse.

François de Saint Val. »

J'ai fermé les yeux. Toi aussi, tu me manquais, François...

Bonnefoix toussa et se rapprocha à pas lents :

— Ce ne sont que des mots. Moi qui l'ai vu, je vous assure qu'il vous aime.

— Tu n'as pas besoin de plaider sa cause. Je le sais.

— À la bonne heure, soupira-t-il comme s'il prenait ce compliment pour lui. La nouvelle nous fait plaisir.

Il soupira encore et ajouta en souriant :

— Ces histoires de cœur chastes et douces me rajeunissent. Je me souviens quand votre père fit...

Il dodelina de la tête. C'était lui le bêta. Il rouvrit la bouche pour mettre fin à son malaise :

— Tenir la plume, porter des plis, galoper jusqu'à Versailles ! Ce n'est plus de mon âge, reprit-il alors d'une voix bourrue.

Et aussitôt, il ajouta :

— Allez-vous laisser mourir cet homme de chagrin ou faut-il que je coure lui porter votre réponse ?

— Dis-lui qu'il patiente jusqu'à demain.

— Patiente jusqu'à demain. Et j'emploie le tutoiement, j'imagine. C'est bien ça ?

— Oui, fais-le pour moi.

— Et pourquoi doit-il patienter jusqu'à demain ?

— Ce soir, je serai à Versailles et je verrai le roi.

— Doux Jésus ! Déjà ? balbutia Bonnefoix en se signant.

La journée passa trop vite. Madame de Sévigné ouvrit d'autres commodes où d'autres effets sommeillaient. À deux heures, nous n'avions rien décidé. La marquise me faisait face, détaillant cette nouvelle robe qui ne lui plaisait pas :

— Non ! Ce n'est pas encore cela. Cette tenue manque… d'esprit !

Elle était à mes côtés et nous faisions face à un miroir vénitien soufflé dans le verre de Murano. Comment définissait-elle une robe disposant de cette qualité ?

— La mienne est légère. Elle ne gêne pas mes mouvements. Et elle donne aux femmes cet esprit qui trouble celui des hommes.

Elle montrait son décolleté. Soudain, elle frappa dans ses mains :

— Nous y sommes ! Tu mettras cette robe ainsi que mon collier et ces boucles d'oreille. Non, non ! Pas de discussion… C'est fait.

— La taille ? murmurai-je. Ne pensez-vous pas qu'elle soit un peu trop large ?

— Allons ! Des ciseaux, du fil et les doigts de fée de notre bonne Louise. Dans une heure, tout sera prêt.

— Vous ferez subir à cette robe des maux irréparables.

— À quoi bon pleurer sur un morceau de tissu ? Il ne me guérira pas de mon âge. Les pétales de roses qui fleurissent cet ensemble sont trop beaux pour faner dans un meuble. *La Rose est des fleurs la plus belle. La Rose est le bouquet d'Amour. La Rose est le parfum des Dieux. La Rose embellit toutes choses, Vénus de Roses a la peau, Et l'Aurore a les doigts de Rose, Et le front le Soleil nouveau…* Ronsard a si bien pleuré sur le temps qui file… Ces roses se montreront à la cour. Et au Roi-Soleil ! Que pourrait-il leur arriver de mieux ?

Ainsi, le mardi 3 novembre 1682, à sept heures du soir, je pénétrai dans la cour royale du château de Versailles. Mardi, jeudi, samedi étaient les soirées consacrées à la cour. Le roi recevait. Et la semaine tournait autour de ces trois moments décisifs. Le carrosse me déposa devant l'entrée du Grand Escalier des Ambassadeurs où un monde bruyant et agité se pressait.

Les hommes arboraient fièrement des tenues d'apparat qui mélangeaient l'or et la soie. L'épée se voyait rehaussée d'un ruban dont le modèle se répétait sur les manches des vestes. Le carmin, le cyan, l'indigo illuminaient les écharpes, ces larges bandes d'étoffe portées sur l'épaule, et qui descendent à l'oblique sur la hanche. Chapeaux, ceintures, boucles des chaussures déclinaient ces mêmes couleurs qui se retrouvaient sur les robes des femmes. Toutes étaient décolletées de soie et de coton brodé, toutes portaient de riches et beaux colliers. Cet examen me soulagea. Je n'étais pas *démodée*. En revanche, je n'avais pas d'éventail comme ces dames qui plaçaient cet accessoire devant la bouche et le nez, et dont je compris l'usage en découvrant leurs œillades. Les hommes aussi regardaient les femmes et cherchaient une contenance dans la tenue de leur canne. Ils se tenaient droit sur leurs petits talons, haussant leur taille par l'épaisseur de leurs perruques et de leurs chapeaux.

Je n'étais pas descendue du carrosse et, depuis cette position, j'apercevais une forêt de plumes, piquées sur les chapeaux. Ajoutées aux cris, elles complétaient le tableau de la volière. Paons et perdrix jacassaient, allant de l'un à l'autre, riant et s'extasiant de leurs propres mots. Puis, sans crier gare, une nuée s'envola vers le Grand Escalier qui conduisait aux Appartements.

D'innombrables flambeaux éclairaient la scène, encadrée par des serviteurs muets et hiératiques. Ils accompagnaient l'entrée des courtisans, et ce n'était que le vestibule. À l'abri du carrosse, peu décidée à en descendre, j'observais la mascarade et j'allais de surprise en étonnement. Le plus inattendu me parut ces enfants habillés pareillement que les grandes personnes, et qui saluaient ceux de leur âge avec la même préciosité que leurs aînés.

D'autres carrosses se présentaient et réclamaient la place pour livrer leur lot de courtisans. Je m'apprêtais à accoster sur cette île étrangère quand je vis que certains possédaient un billet d'invitation. Mon cœur se mit à battre. Je n'avais rien. On allait me questionner. On me houspillerait. Les visages se tourneraient vers moi et on se moquerait de la perruche. Le rouge me monta aux joues. Alors, un valet ouvrit ma porte et m'invita, d'un geste révérencieux, à descendre. Il s'inclina légèrement et, en redressant la tête, me montra l'escalier.

— Le marquis de Penhoët vous attend.

Une main s'avança vers l'intérieur du carrosse. « Venez. » C'était lui.

Il profita de ma descente pour me détailler. Un coup d'œil de bas en haut, un autre plus appuyé sur ma gorge dénudée, un sourire discret au coin des lèvres. Il sembla rassuré. Sans doute avait-il reconnu la robe de la marquise de Sévigné.

— *Prends cette rose aimable comme toi, Qui sert de rose aux roses les plus belles, Qui sert de fleur aux fleurs les plus nouvelles, Qui sert de Muse aux Muses et à moi*… Pourquoi, en voyant cette toilette, ces mots ne me viennent-ils que ce soir ?

— Ce n'est pas de vous, monsieur le marquis, souris-je, mais du poète Ronsard. Et vous auriez tort de croire que la marquise de Sévigné ne les apprécierait pas.

Il me baisa la main et, en se redressant, leva un sourcil :

— Vous marquez un point.

— Il m'en faudra bien d'autres pour ne pas tomber dans vos embuscades.

Plutôt que de répliquer, il désigna de la tête l'escalier des Ambassadeurs où se pressait la foule :

— Le danger ne vient pas de moi, très chère. Nous voilà dans le tourbillon de Charybde. Au premier étage, nous trouverons les récifs de Scylla. Vous affronterez un mal pour un autre qui sera pire encore

— Alors, j'implore votre protection. Donnez-moi le bras, monsieur le marquis.

De tous les courtisans présents, lui seul était vêtu de gris, de blanc et de noir.

Nous franchîmes les trois grilles de bronze doré qui ouvraient sur l'escalier. En levant les yeux, je vis, incrusté dans le plafond, une large ouverture qui donnait sur la voûte céleste. Le toit découvrait le ciel. Aux premiers rayons, le soleil devait illuminer ce théâtre. Le marquis me serra le bras :

— Ne regardez pas tout ainsi. Et faites attention à vos pieds. Nous arrivons aux marches.

La première volée de l'escalier était encombrée de gens qu'il fallait parfois pousser du coude pour ne pas retomber en arrière. Je comptai onze marches avant de parvenir à un repos décoré d'une fontaine dont les pieds forgés représentaient deux monstres aquatiques. L'allégorie antique se poursuivait par l'élévation d'un double bassin accueillant dans sa partie supérieure la sculpture d'un dieu qui me sembla être Poséidon jaillissant des eaux pour séduire Amphitrite. Mais n'était-ce pas plutôt Apollon ? Le marbre blanc cendré de rouge étincelait sous la lumière des candélabres. Et au-dessus du bassin, dans l'axe où, le jour, le soleil éclairait au zénith, trônait le buste de Louis XIV sculpté par Jean Warin. De part et d'autre de cette reproduction frappante, le mur était habillé de pilastres qui eux-mêmes encadraient d'immenses tableaux où étaient rassemblés les habitants de chaque continent du monde. Dans les scènes peintes, ils se précipitaient pour voir passer le roi. Ces faux personnages étaient des figurants. Ils restaient postés derrière une balustrade. Mais la nuit, ils surplombaient la scène de l'escalier où s'entassaient les courtisans nimbés dans la lueur des lustres. Et tous les acteurs, vrais ou faux, se fondaient dans ce décor inventé pour la gloire de Louis XIV.

— Allons, il faut avancer, ordonna le marquis de Penhoët.

Le repos constituait seulement un palier dans l'ascension vers les sommets. Là-haut, il y avait l'étage des appartements et c'était le firmament. Mais pour y accéder, il fallait escalader une seconde volée de marches plus imposante encore.

— Nous prendrons à droite.

L'escalier se divisait en deux. Les commensaux en firent autant en partant à l'assaut de la station suivante. Nombreux progressaient du côté de la rampe décorée d'or. Ils voyaient ainsi qui était encore en bas. Et saluaient les retardataires ou les montraient du doigt. La foule gagnait en excitation. Nous fûmes repoussés vers le mur. Ainsi, je pus détailler ces décors qui exaltaient le triomphe du prince. Ailleurs, c'était une cage d'escalier. Ici, il s'agissait d'un fronton, d'une façade couronnée aux dimensions démesurées, qui accueillait des peintures de tapisseries feintes racontant la conquête des Flandres. Le sujet, bien que vaste, alternait avec des décors précieux de portes en bois doré. Je posai la main dessus. Je les caressai. Elles étaient fausses.

— Allons, il faut avancer, répéta le marquis.

Nous reprîmes l'ascension vers les cieux.

À chaque marche, nous découvrions un nouveau trésor. Le mur racontait une sorte d'histoire sur les mérites du roi auquel chaque pèlerin du cortège donnait vie par son propre déplacement. Il y avait des trophées sculptés, des peintures aux armes de France et de Navarre et bien d'autres scènes encore. L'acclamation au Roi-Soleil s'achevait dans les voussures qui couraient au pourtour du plafond. La grandeur du monarque y était sanctifiée. Ses exploits, portés par l'allégresse et le talent du peintre, s'inscrivaient dans l'histoire antique. Dans cette cacophonie où le temps et l'action se mêlaient, il devenait délicat de distinguer le vrai du songe. Mais n'étions-nous pas dans un monde enchanté ?

— Venez donc, Hélène, s'agaça à nouveau le marquis.

Ainsi, nous arrivâmes dans le Salon de Vénus.

Dans cette vaste pièce, des buffets avaient été dressés, et le public s'occupait à se nourrir et à se désaltérer. On trouvait toutes sortes de friandises aux formes et aux couleurs déclinant celles de l'arc-en-ciel. Des fontaines d'abondance débordaient de fruits. Bien que la saison fût avancée, il y avait des pêches charnues. On ne devait en trouver qu'à la cour. Pour en convaincre le gourmand, le sceau de Louis se dessinait dans la peau de chacune. Le marquis en prit une :

— Les jardiniers collent sur ce fruit un morceau de papier fin dans lequel sont découpées les armes du roi. Le fruit mûrit, mais la partie de sa peau ainsi recouverte ne se colore pas sous l'effet de l'astre. Cette illusion montre aussi qui est le Roi-Soleil. Et qui décide où se portent ses rayons.

Il croqua dans la pêche et la jeta. Une bouchée lui avait suffi.

— Cette marque impressionne les visiteurs. Pour eux, c'est un peu de la magie. Mais tout ici n'est-il pas illusion ?

Il leva alors les yeux vers le plafond.

— Pour comprendre jusqu'où porte le rêve, il faut commencer par observer le détail des voussures. Regardez ces amours. Ils servent de témoin à Vénus.

À chaque angle du salon, des chérubins couverts d'or fin tenaient en main des guirlandes de fleurs et de feuillages dorés.

— La fleur unit les amants et les amours les encadrent. Ils sont les gardiens des amants, mais en même temps ils les emprisonnent. Vénus est à l'ouvrage, murmura le marquis, et peut-on lui échapper une fois qu'elle vous a accueilli ?

Il posa la main sur mon bras :

— Ce salon est comme l'amour. Dangereux et trompeur. Observez-le encore.

Sans bouger je fis le tour de la pièce. Mon regard se brouilla. Le trompe-l'œil régnait en maître. Je ne parvenais pas à savoir si les marbres, les colonnes ioniques, les portes elles-mêmes étaient véritables. Les angles, les perspectives fuyaient vers l'infini, et la lumière adoucie des lustres ajoutait à l'impression d'un monde irréel.

— Comme vous, ce salon est une splendeur. Je vous l'ai dit. Mais l'amour n'est-il pas menteur ? me glissa à l'oreille Penhoët.

Malgré moi, sa voix me troubla.

— Ne vous méprenez pas, reprit-il après s'être écarté. Je n'ai agi que pour vous faire comprendre les dangers qui vous entourent. Vous entrez chez le roi. Et ce salon n'est fait que pour que l'on aime cet homme.

Il montrait les tableaux peints au plafond qui semblaient voler dans l'air et décrivaient des scènes antiques. Je voyais Alexandre épouser Roxane, Cyrus et ses troupes, Auguste présider les jeux du cirque, Sémiramis et Nabuchodonosor faisant élever les jardins de Babylone et, au centre de tout, Vénus assujettir à son empire les divinités et les puissances.

— Ne vous trompez pas, répéta-t-il. Ces tableaux racontent la gloire et le succès de Louis XIV. C'est lui que l'on flatte et que l'on met en scène. Et là, que voyez-vous ?

Étourdie, je me tournai d'un quart. Face aux fenêtres, dans une niche taillée dans le marbre, trônait la statue du roi en soldat.

— De toutes les promesses qu'inspire ce salon, une seule est représentée et une seule est vraie. Le roi règne d'abord sur Vénus. Ce salon dit combien l'amour est le premier de ses sujets. Votre père a souvent comparé Versailles à une île enchantée. Vous en a-t-il déjà parlé ?

J'acquiesçai en silence.

— Vous pénétrez dans des lieux dont le roi détient la clef. Il est chez lui, et lui seul peut vous libérer. Êtes-vous toujours décidée à y rester ?

— Plus que jamais ! glissai-je entre mes dents serrées.

— Alors venez. Il vous faut connaître les autres passions du maître des lieux.

Le mouvement nous obligea à demander le passage. Le marquis saluait à tour de bras les courtisans. Si les femmes s'avançaient le sourire aux lèvres, des hommes, mais pas tous, fort heureusement, ne manifestaient pas le même enthousiasme.

— Feriez-vous des jaloux ? glissai-je après qu'il m'eut présenté un vicomte dont j'oubliai immédiatement le nom.

— Ce n'est pas ce que vous croyez. Ils me craignent à cause du jeu.

Nous pénétrâmes dans le Salon de Diane tout dédié à la chasse. L'effet trompe-l'œil m'y frappa moins fortement. En revanche, je fus éblouie par la marqueterie de marbres de couleurs de Campan et de Rance qui tranchait avec le marbre blanc dont étaient couverts les murs. Le sol était composé de carrés taillés dans les mêmes matériaux. Cet assaut de lignes et d'angles bruts donnait le vertige, et je crus un instant n'être qu'un pion posé sur un immense damier[1].

— Voici un salon où l'on joue. C'est une distraction où il y a un chasseur et une proie. Il s'agit de l'autre passion du roi. Mais ce sont les mêmes règles que l'amour.

La pièce se voyait éclairée par quatre lustres majestueux qui mettaient en valeur la peinture du plafond consacrée à l'œuvre de Diane. Cette déesse pointait sa lance vers le bas, vers la foule des courtisans et selon l'angle où l'on se plaçait, on pouvait imaginer que son arme fixait le joueur attiré par un billard drapé d'un tapis de velours et qui, cerné par quatre chandeliers d'argent, occupait le centre du salon.

— Le roi viendra peut-être. Le duc de Gramont, le comte d'Armagnac, le duc de Vendôme, le Grand Écuyer Louis de Lorraine l'affronteront, mais il est plus fort que tous. Voici Michel Chamillart, conseiller au Parlement. Ailleurs, il est invaincu. Ici, ce n'est pas son royaume.

D'un coup de menton, il me montra un autre buste en marbre de Louis XIV.

— Le roi ne vient que pour gagner.

Pour suivre le jeu, des estrades étaient aménagées autour du billard. Quelques courtisans y bavardaient en buvant qui du café, qui une liqueur ou encore du vin. Deux joueurs s'avancèrent vers la table. Un frisson parcourut l'assemblée. « Cent louis pour commencer ! » cria l'un d'eux.

— Venez, me dit le marquis de Penhoët. Cette partie n'a pas d'intérêt.

En suivant l'enfilade des pièces, nous parvînmes dans le Salon de Mars.

— Après l'Amour, la Chasse et le Jeu, voici donc la Guerre ? demandai-je.

— Vous aurez encore droit au Salon de Mercure et à celui d'Apollon.

1. Ce dallage n'existe plus aujourd'hui.

— Faut-il croire que plus nous progressons, plus nous approchons de la beauté ?

— Oui. Et surtout, de la chambre du roi.

Dans le Salon de Mars, un orchestre interprétait un menuet au profit des danseurs. De part et d'autre d'une vaste cheminée, on trouvait à nouveau des buffets dressés. Au premier geste, les valets tendaient un verre de vin. Le marquis n'en prit pas. Il voulait du café.

— Je sens, voyez-vous, les effets de ma nuit blanche.

Il s'approcha d'une table où abondaient les fruits et les racines. Il prit à pleines mains une poignée d'asperges et s'en régala.

— Le roi les adore. Il en demande toute l'année à ses jardiniers.

— Par quel nouveau tour de magie peut-on en produire ainsi ?

— Ce n'est qu'un secret et je le connais. Les asperges poussent dans des serres à l'abri du vent et leurs pieds sont entourés de fumier qui produit la chaleur en toute saison. Que ne peut le Soleil ? N'est-il pas l'égal du dieu de la Guerre dont on vous montre ici les pouvoirs ?

Mars, mais aussi Hercule, César, ou Marc Antoine présidaient les fresques du plafond. Y régnaient la terreur, la crainte et l'épouvante. La soumission au maître, la victoire par-dessus tout. Et c'était Louis XIV, puissance parmi les puissants, dont la témérité et la sévérité s'accompagnaient de sagesse et de mansuétude, comme le dépeignait un grand tableau de Le Brun représentant les *Reines de Perse aux pieds d'Alexandre*… Soumises à leur hôte royal.

— Ces héros ne sont que des combattants. Mars a trouvé son maître. Il se nomme Louis XIV. Cette visite vous le rend-il attirant, Hélène de Montbellay ?

— Devant tant de grandeur, on se sent vulnérable, fis-je sur un ton ironique. Il me semble que la question se pose à l'envers. Qui pourrait plaire à un si grand roi ?

Le marquis sourit :

— Vous apprenez vite. Cette suite de salons se comprend, en effet, comme un livre ouvert qui raconterait la vie du Roi-Soleil. Amour, chasse, jeu, guerre. Vous savez à présent qu'il est sans rival. Qui ne voudrait pas, dès lors, de sa protection ? Mais le Soleil n'accordera la chaleur de ses rayons qu'à ceux qu'il a élus. Êtes-vous à son goût ? Pour le savoir, il convient de vous comparer à ce qu'il aime, et, pour cela, continuer le voyage. Mercure sera donc notre guide.

Le roi aimait le beau. La preuve s'affichait sur les murs du Salon de Mercure où les œuvres des plus grands maîtres se succédaient.

— Voici Titien, s'exclama Louis de Mieszko, marquis de Penhoët. Là, Annibal Carrache. Derrière nous, Dominiquin[1] ! Cet été, nous aurions pu admirer Raphaël. Il y avait ici, au-dessus de la cheminée, le tableau de la *Sainte Famille* créé par ce génie. Mais il a pris ses quartiers d'hiver. Le roi aime changer de Beautés. Quand je joue dans ce Salon, je me tourne vers ce mur et j'imagine que le tableau s'y trouve. Et si je perds, je prie la *Sainte Famille*. Et parfois je gagne. Mais gardez ce mystère pour vous...

Des joueurs s'affairaient autour des tables de trictrac. Les dés étaient jetés. Ils roulaient. Les exclamations des joueurs attiraient les curieux qui se précipitaient pour voir vers qui se dirigeait le destin. D'autres réclamaient le silence. La partie de whist de la table d'à côté appelait en effet le calme. Les piques battirent les trèfles. Deux cents louis s'envolèrent. On coupa les cartes, la partie reprit, les cœurs se soulevèrent. On appela carreau. D'autres joueurs exerçaient leur adresse et leur chance au Trou-Madame. Quand l'un parvenait à envoyer une boule sous une arcade numérotée, le public applaudissait à tout rompre. « Le huit et je double ! » rugit un homme enivré par son succès. La foule se rapprocha de l'audacieux.

— Modestes joueurs, cingla le marquis. Quittons ce spectacle sans péril. Allons plutôt au Salon d'Apollon pour nous mesurer au dieu solaire.

1. Le marquis de Penhoët fait sans doute référence au *Concert de musique*, tableau qui figurait dans le Salon de Mars, mais qui fut attribué plus tard à Lionello Spada.

Selon l'avis du marquis de Penhoët, le Salon d'Apollon était la pièce la plus riche des Grands Appartements du roi :

— Et le centre d'un univers dominé par Apollon, ce dieu de la Beauté.

Représenté au plafond en compagnie des quatre saisons, il conduisait un char. Il dirigeait donc le temps. Dans ce même tableau, soutenu par des statuettes en or de femmes au torse nu, Apollon se montrait dévêtu. D'autres femmes, indolentes, se délassaient à ses pieds. Mais elles lui tournaient le dos, leurs yeux fixant celui qui entrerait dans ce salon. Et ce serait le Soleil, l'astre qui éclairait les quatre continents du monde représentés dans les angles du plafond.

— La boucle se referme, fit le marquis. L'Astre a fait le tour et *tout* revient à *lui*. Vous souvenez-vous que dans l'Escalier des Ambassadeurs, alors que vous entriez, il y avait les habitants du monde ? Eh bien ! Vous revoilà au centre de l'Univers.

Il me montra une porte gardée située à l'opposé de celle qui ouvrait sur le Salon d'Apollon.

— Le Cabinet de Jupiter est derrière. Le roi y prépare sa future renommée avec ses conseillers militaires. Pour le repos du guerrier, il suffit de pousser la porte de la Chambre de Saturne.

— S'agit-il de la planète ?

— Oui, c'est aussi le sens de Mars ou de Jupiter qui tournent autour du Soleil. Mais, tout comme Diane ou Apollon, je crois plus à sa signification antique. Saturne fut chassé du ciel pour ne pas faire d'ombre à Jupiter. Alors, il rejoignit le Latium et y fit régner l'âge d'or. Ainsi, ceux qui pénètrent dans cette chambre sont appelés à le connaître. Et vous, que choisirez-vous ? Le Salon de Vénus pour ses friandises ? Le Salon de Mars pour la danse ou les Salons de Mercure et d'Apollon pour les jeux et la musique, sachant que le roi y vient souvent puisqu'il aime danser, et que c'est un art où il excelle ?

J'allai pour répondre. Je ne pus.

— Le roi ! hurla le grand chambellan, un officier de la Couronne qui se tenait à l'entrée du Salon d'Apollon.

L'assemblée se raidit. L'orchestre se tut. Un silence de plomb s'installa. Il était huit heures.

Le roi se présentait entouré de ses proches. Il y avait Louis, dit le Grand Dauphin que l'on appelait Monseigneur, et son épouse, Marie-Anne-Christine-Victoire de Bavière. Il y avait aussi le Premier gentilhomme de la Chambre *en année* dont le rôle consistait à ouvrir, chaque matin, à huit heures quinze, le rideau du lit de Louis XIV. Non loin, campaient le duc de Gesvres, futur gouverneur de Paris et le capitaine des gardes du corps. Je ne connaissais personne, mais le marquis de Penhoët jouait les souffleurs :

— Ce garçon à l'air si fragile. Oui ! Il n'a que douze ans. C'est le duc de Maine. À côté de lui, mademoiselle de Nantes. Les deux tout-petits, mademoiselle de Blois et le comte de Toulouse. Ce sont les enfants de madame de Montespan.

La marquise marchait deux pas derrière le roi. Elle arborait une robe mordorée qui jouait avec les reflets des bougeoirs. Les manches se terminaient en soie fine et s'arrêtaient au coude, si bien qu'on lui voyait les avant-bras. Et chacun d'admirer sa peau claire, ses attaches délicates et même sa gorge pudiquement recouverte d'une soie aussi légère. Elle ne portait aucun bijou et tranchait par la simplicité de sa tenue avec les autres femmes. Comment expliquer ses cheveux sagement tirés en arrière ? Tout le mystère, tout le charme tenaient en cette mèche faussement rebelle descendant sur son front et lui donnant un air de jeunesse qui, sans cet artifice, semblait lui avoir échappé. Je n'étais pas assez près d'elle pour voir plus de détails. Ses yeux me semblèrent de couleur claire. Elle se tenait droite et souriait généreusement, jetant des regards amicaux à l'assemblée. Elle dressait le cou. Elle se voulait encore la favorite.

À ses côtés demeurait une autre femme toute différente qui tenait par la main le petit duc de Maine. Je lançai un appel muet au marquis.

— Maintenon, souffla-t-il.

Je compris sur-le-champ ce qui les opposait.

Autant la favorite semblait légère et assortie à la cour, autant Maintenon s'avançait, retenue et solitaire. Ce qui passait pour de la prudence ou de la timidité tenait à peu de chose. À sa tenue, en premier, à la fois sobre et sombre. Sa robe jouait dans les mêmes tons que celle de Montespan, mais sans user de la soie. Ses cheveux étaient tout également tirés en arrière, mais son front s'encadrait dans une sorte de châle brodé. Il y avait aussi ces manières de se pincer les lèvres, de ne pas sourire, de s'afficher droite et raide, de ne pas chercher à séduire l'assemblée.

Il y avait surtout cette façon de regarder le roi.

Montespan le couvait, quand Maintenon l'observait. Si cette dernière lâchait la main du duc de Maine, c'était pour porter la sienne sur sa poitrine, pose calculée l'autorisant à lever son regard qu'à l'instant elle gardait tourné vers le bas. Alors, ses yeux se mettaient en action. Si le roi écoutait, elle ne fixait que lui. Si le roi s'exprimait, elle surveillait l'Assemblée.

Montespan agissait à l'inverse. Quand le roi parlait, elle ne quittait pas son visage et buvait ses paroles. Elle les captait sur le bord de ses lèvres et cela me semblait la preuve sincère d'une femme amoureuse et sensuelle. Mais en se fiant à ses sens, en se laissant porter par la spontanéité et le naturel, elle perdait l'occasion de juger l'assistance. Un courtisan avait-il souri en écoutant le roi ? La Maintenon le notait. Un autre tournait-il la tête et se désintéressait ? Son espionnage fonctionnait autant. De même, la Montespan ne surveillait pas le roi quand celui-ci écoutait un courtisan. Et sa nature généreuse lui jouait un nouveau tour, car il était sans doute plus important d'apprécier les réactions du souverain que les bavardages du narrateur. Au final, seul le jugement de Louis comptait et il se devinait à un détail. Maintenon l'avait compris. Il fallait être attentive aux réactions du roi. Était-il agacé, fatigué par ce gentilhomme qui lui parlait de la chasse ? Montespan n'en savait rien. À l'inverse, Maintenon saisissait la moindre variation dans l'auguste visage de marbre, avare d'expression. Et le combat entre les deux femmes dont m'avait parlé la marquise de Sévigné se jouait peut-être ainsi.

Mais le roi, celui qui attirait et retenait tout, qu'en était-il ?

Il avançait calmement, fixant – toisant serait plus juste – chaque membre de sa cour. L'examen était souvent silencieux. S'il sourit, cela m'échappa. Il progressait en calculant son pas, de sorte qu'un des pieds se présentât toujours vers l'extérieur et jamais parallèlement à l'autre. Il ne marchait pas tel que l'ont appris les hommes. Il représentait le monarque dans la force de l'âge, certain de lui et de ses gestes, défiant la quarantaine et faisant pour cela admirer sa beauté et sa souplesse. Il défilait. Non pas de manière martiale. Son corps s'efforçait d'échapper à l'ennuyeuse ligne droite. Ses épaules se tournaient vers le côté où son regard allait. Alors, ses yeux pointaient une ligne supérieure qui pénétrait celui qui tombait dedans. Et le défilé se transformait en revue. Il était le maître d'une cérémonie dans laquelle il assurait tour à tour le rôle de l'auteur, de l'acteur et du spectateur.

Sa perruque très noire et très longue retombait sur ses épaules et recouvrait le col d'une veste sombre. L'étoffe était bleu nuit et rehaussée de fils d'or. Ce métal précieux et ductile, qui dominait le décor des salons, se retrouvait dans les boucles de ses chaussures, dans la broderie fine de sa cravate en soie et dans les boutons qui ornaient cet habit long descendant jusqu'à mi-genoux. Il arborait une écharpe aux mêmes teintes et une large ceinture de soie rouge et or. Sa canne et son chapeau achevaient l'impression seigneuriale. Il allait, au-dessus, porté par sa condition qui, selon moi, expliquait qu'il parût plus grand qu'il ne l'était. J'y ajoutai aussi l'effet d'une grâce naturelle, d'une aisance absolue – ce don inné que possédait ce prince du menuet. Et si j'y pense encore, il ne marchait pas. Il dansait au pas.

Alors qu'il se trouvait à mi-parcours du salon d'Apollon, le roi se tourna vers son Gentilhomme de la Chambre. Il lui glissa un mot et pas deux. Muni de ce haut privilège, cet officiant fit un signe à l'orchestre. Aux premières notes, les courtisans se relâchèrent sans quitter des pupilles leur souverain et sa suite. Ils reprirent timidement leurs activités, dansant, jouant ou picorant. La domestication fonctionnait. Quelques-uns, cependant, restèrent sur le chemin du monarque, s'effaçant au dernier moment, espérant jusqu'au bout du possible ce regard qu'ils craignaient. Le roi voyait, verrait. Il n'en faisait qu'à son gré. La scène me suffit pour comprendre ce que l'on n'avait cessé de me répéter depuis mon départ. Le projet de me jeter au-devant du Soleil pour le supplier de pardonner mon père constituait une folie. Lui, sa suite, ce qu'ils représentaient, formaient une garde intouchable, un rempart infranchissable.

— Qui est cette petite femme épaisse qui marche aux côtés du roi ? murmurai-je au marquis. Elle semble si lasse, si absente.

— Marie-Thérèse d'Espagne.

— La reine ? balbutiai-je un peu plus fort que je ne l'avais prévu.

Ces mots suffirent pour que trois têtes se décrochent et virent dans ma direction. Le roi choisit ce moment pour diriger la sienne vers ce qui troublait son ordonnancement. Et son talon suivit. En un éclair, le marquis de Penhoët se glissa devant moi, me cachant à sa vue. Il affronta seul l'événement. Le roi venait lui parler.

La nouvelle trajectoire s'organisa. On fit un mouvement en arrière pour créer un vide entre l'élu et le monde ordinaire. Et le roi s'adressa à lui :

— On m'assure que vous avez joué gros hier, monsieur le marquis.

— Mais avec prudence, sire, car la témérité oblige parfois à battre retraite.

— Cette manœuvre peut-elle être valeureuse ?

— Au jeu, le vainqueur n'est pas toujours celui qui l'emporte, sire.

— Expliquez-vous, monsieur le marquis.

— Triompher de soi est parfois la plus belle des victoires.

— Continuez.

— À une table de jeu, je ne cesse de me poser cette question : faut-il perdre peu ou risquer pour gagner plus ? De sorte que je ne m'y suis jamais ruiné.

— Vos victimes devraient écouter cette leçon, car on eut pour nouvelle positive que vous gagnâtes aussi, cette nuit.

— Moins qu'on le dit et plus qu'on le pense, sire.

— Cette discrétion vous honore, monsieur.

Le roi sembla partir, mais revint et s'approcha à nouveau :

— M'apprendrez-vous un ou deux de vos tours ?

— J'en serai honoré, sire.

Le roi jeta-t-il un regard par-dessus l'épaule du marquis ? Je n'en sus rien. J'étais cachée et lui, déjà parti. Penhoët pencha la tête vers moi.

— Redressez-vous, je vous en prie, me glissa-t-il à l'oreille.

Le roi nous montrait son dos. Sa suite en faisait autant, à l'exception de madame de Maintenon. De profil, elle regardait le marquis.

Et moi, puisqu'il me parlait.

Puis, le roi sortit du Salon d'Apollon.

Son apparition scinda la soirée entre un avant et un après. Désormais, on se sentait plus libre de s'exprimer. Selon les rites de la cour, il ne reviendrait que pour le bal, à minuit. Avant, il vaquerait ainsi, de salon en salon, puis se retirerait avec ses intimes. Chez qui irait-il ? Le nom de Maintenon circulait. Il pourrait se rendre chez elle avant le Grand Couvert qui se tiendrait à vingt-deux heures. Choisirait-il pour finir de rejoindre madame de Montespan qui demeurait à cet étage ? L'humeur de Louis semblait bonne. Les commentaires circulaient. On trouvait Montespan fatiguée, Maintenon pâle. Le cas de la Reine fut évoqué, l'hypothèse aussitôt écartée. N'avait-elle pas encore grossi ? Les mots, les phrases assénés à haute voix fusaient sans prudence, sans méfiance pour les gardes, les espions qui devaient rôder. La musique, le vin, la danse, et le passage du roi emportaient les appréhensions.

L'excitation venait aussi de l'intérêt particulier du souverain pour quelques présents. On dissertait sur l'insigne distinction dont profiterait celui ou celle à qui Il avait prêté attention. Un regard était un présage. Un mot constituait un honneur... Mais une phrase ?

— Ce soir, le roi vous a comme adoubé une seconde fois, affirma un courtisan qui ne décollait plus le marquis de Penhoët.

Ce dernier remercia le flagorneur mais, sur le fond, ne commenta rien. Par le même effet de sa soudaine importance, on virevolta autour de moi. On voulut faire connaissance. Mon nom agit d'étrange façon. Il y eut bien un avant et un après.

— Hélène de Montbellay !

On souriait par habitude. Puis on réalisait. Alors, les épaules pirouettaient.

Pour échapper à la cour des curieux qui se réunissait autour de lui, le marquis de Penhoët me proposa de rejoindre le Salon de Vénus où d'autres buffets avaient été dressés, en attendant l'heure du bal qui suivait le Grand Couvert.

Mon cœur battit plus vite :

— Si j'en crois l'étiquette, ce repas est pris en public. On peut voir le roi.

— Vous connaissez votre leçon, s'amusa-t-il.

— Et vous, marquis, êtes-vous autorisé à approcher de sa table ?

Il hocha la tête :

— Le roi m'ayant parlé ce soir, je pourrais obtenir cette faveur. Mais, fit-il en sondant mon regard, auriez-vous conçu l'idée de profiter de ce moment pour lui parler ?

— Je vous la soumets puisque j'ai promis de ne rien tenter sans votre accord.

— Eh bien ! sourit-il, étudions l'hypothèse. À dix heures, le roi s'installe pour prendre son repas. Il y conviera la reine et quelques convives qui seront priés de ne rien rater. S'y joindront les duchesses, les princes de sang, les officiers de la cour. Ces dames auront l'honneur de s'asseoir sur de modestes tabourets, les autres seront debout, faisant barrage aux courtisans avides de sensation – ou simplement cupides. Tout ce monde sautera sur place en attendant que s'achève l'interminable agape royale, car le lion est affamé. Vous aurez droit de humer les potages, de déglutir au passage des entrées, des rôtis et des salades – les services des officiers de Bouche n'en finissent pas. À ce rythme lent, ajoutez les moments où Sa Majesté désire boire. Alors, on lui tend un verre à moitié plein qu'il goûte pour s'assurer que le mélange d'eau et de vin est respecté. Croyez-vous à la fin ? Il reste les entremets et les fruits. Pendant ce temps, qu'a dit le roi ? Rien ou si peu d'autant qu'il... règne une sorte de brouhaha, entretenu par l'arrivée et le départ de ceux qui renoncent et de ceux qui espèrent. A-t-il écouté quelqu'un ? La reine s'en convainc. Mais elle se couchera déçue. Qui l'a approché ? Personne. Pensez-vous à le saisir par la manche au sortir de sa table ? Vous serez muselée alors qu'il s'échappe par une porte dérobée pour retrouver ses intimes qui empruntent des passages secrets, inconnus du commun des mortels. Dans ces entrées par-*derrière*, Colbert et Louvois rôdent et croisent tantôt Montespan, tantôt Maintenon et pour le salut du roi, son confesseur, le père La Chaise. Vous ? Pour vous souvenir de ce Grand Couvert, il vous restera les éclats d'or, d'argent et de vermeil de la vaisselle royale et l'adresse d'un prince qui ne se sert que d'un couteau pour manger. Mais ce ne sera qu'un aperçu. Et vous ? Vous aurez perdu votre temps.

La lassitude m'envahit :

— Alors, c'est non ? Il n'y a aucune chance de rencontrer Louis XIV ?

— Je vous ai prévenue. Ce jeu est difficile. Il demande de la patience, un jeu où vous n'excellez pas.

— Mais enfin ! Il était là ! À deux pas de moi.

— Parlez moins fort ! J'avais évoqué une simple présentation. Voilà qui est fait. Maintenant, profitez de cette soirée. Il y aura le bal, la musique, les courtisans... Qui sait si vous n'y ferez pas une jolie rencontre ?

Brusquement, je m'éloignai de lui :

— Mon cœur est pris, monsieur le marquis.

Il sembla déçu :

— Cette visite à Versailles n'aura donc servi à rien.

— M'autorisez-vous à rentrer ?

— Renonceriez-vous ?

— Non ! Mais ce n'est pas ici que j'approcherai le roi de près.

Sa mâchoire se crispa, mais il retint sa colère :

— La patience ! murmura-t-il. Décidément, cette vertu vous manque. Le jeu est un combat. Il faut observer, chercher. Et laisser venir cette chance à laquelle vous vous accrochez.

— Pour ce soir, il n'y a plus rien à espérer ? insistai-je.

Il secoua la tête, signe que je devais renoncer. Il était fatigué.

— Attendez dans le Salon de Mercure. Partir précipitamment serait faire injure à notre hôte. Je dois d'abord saluer quelques-uns des présents.

Il m'abandonna sur-le-champ.

J'entrai tête basse dans le Salon de Mercure, ignorant ceux qui m'entouraient. Qu'avais-je à faire de ces jeux, de ces danses, de ces rires convenus et hypocrites ? Quelqu'un venait de se faire entendre, mais à l'instant où il s'éloignait, un de ses auditeurs l'assassinait de critiques.

— Cet imbécile n'entend rien à la guerre !

Et lui, qu'en savait-il ? Je pointai ce phraseur hautain qui se tenait près d'un buffet de friandises. Je fus saisie d'émotion. C'était le père de François, le chevalier de Saint Val, celui que j'avais vu la veille dans les jardins de Versailles. Je me fis toute petite et m'approchai encore.

— Preuilly n'est qu'un soldat aux petits pieds, continua Saint Val. Il ne fallait pas discuter, mais tirer !

En me servant de mes deux oreilles, et en les tendant, je sus ce qu'il reprochait au marquis de Preuilly.

— C'était l'occasion de mettre fin à cette paix armée qui nous jouera des tours, continua-t-il. Nous connaissons nos ennemis : l'Espagne, la Suède et les Provinces-Unies.

— Vous oubliez la ligue des princes du Rhin, osa un détracteur.

Le chevalier de Saint Val haussa les épaules :

— Une querelle passagère et récente. Vienne, dites-vous ? Mais Vienne vit sous la menace des Turcs ! Voilà assez pour occuper l'empereur.

— Il est vrai, renchérit un flatteur, que nous disposons d'une alliance secrète avec le Grand Turc.

— Et nous pouvons compter sur les révoltés de Hongrie, claironna le chevalier. Ajoutez le Danemark et le Brandebourg, et reconnaissez que nous ne manquons pas d'atouts.

— Soit. Mais où vous conduit ce tableau, Saint Val ? glissa son détracteur.

— La neutralité de l'Anglais nous est acquise. Combien de temps durera-t-elle ? Encore assez pour s'occuper de l'Espagne moribonde de Charles II... Il suffit de peu pour prendre ce qui revient à notre roi par son mariage. Et Preuilly tenait l'occasion de provoquer la guerre !

— Vous allez vite en besogne, s'insurgea son opposant.

— Et vous ? Êtes-vous avare de courage ? ricana le chevalier.

C'était un affront. Il y eut un mouvement. Je saisis l'occasion pour me tourner et voir. Le père de François serrait les dents et bombait le torse. Sûr de sa force et de sa supériorité, il faisait face à un homme de petite taille qui ne portait pas d'épée. Le chevalier provoquait, narguait, insultait du regard ce dernier. François n'avait pas menti. Saint Val était violent.

— Je suis contre ces extrêmes, maintint avec courage le petit homme. Je crois aux bienfaits de la paix.

— C'est ainsi que nous perdrons tout, rugit Saint Val.

— Qu'auriez-vous fait à la place du marquis de Preuilly ? demanda le flatteur.

Le chevalier prit un temps avant de répondre. Il détailla le groupe qui s'était formé autour de lui. Il avait son auditoire. Il pouvait parler.

— Voyons les faits. Les navires du marquis de Preuilly mouillaient à Cadix au sud de l'Espagne et s'annonçaient en infériorité numérique quand la flotte espagnole vint à sa rencontre.

— Dix-huit navires contre quatre. Ce n'est pas rien, fit tout de même le flatteur. Le marquis de Preuilly fut fort courageux de ne pas fuir.

Saint Val balaya ce compliment qui ne lui était pas adressé :

— Pour savoir si l'on a du courage, il faut un adversaire. Or les Espagnols n'ont pas engagé le feu alors que Preuilly refusait de saluer leur amiral, rugit Saint Val. Ils disposaient d'un beau prétexte pour envoyer par le fond quatre de nos navires. Et ils ne l'ont pas fait. Ce qu'il faut expliquer, ce n'est pas le petit exploit de Preuilly, mais la faiblesse des Espagnols !

— Leur flotte accueillait un amiral anglais, répliqua le contradicteur. Il semblait impossible d'aller au combat en y associant un Anglais. Ils ne pouvaient faire payer sa bravade au marquis de Preuilly. En d'autres circonstances, les Espagnols auraient fait preuve de moins de magnanimité.

Le chevalier de Saint Val ne voulut rien entendre :

— Les Espagnols ont montré leur lâcheté. Ils firent retraite et allèrent mouiller plus loin. N'est-ce pas la preuve qu'ils se sentaient inférieurs à nous en courage et en force ?

Personne ne répondit à ce guerrier obstiné. Croyant à sa victoire, il lança sa conclusion :

— Cette couardise illustre l'état d'esprit des armées de Charles II. Elles n'ont plus envie. Elles ont peur de voir couler leur sang. Sommes-nous à l'abri d'une telle faiblesse ? Je serais moins bienveillant que vous. Je sais qu'un soldat a besoin de la guerre. Les nôtres paressent dans leurs quartiers d'hiver. Regardez-les ! Ils dansent à la cour ! Croyez-vous qu'ils puissent se battre ? Ils sont devenus faibles. Ils paradent place d'Armes et cela leur suffit. Mais la victoire n'autorise aucune indulgence. La guerre s'entend comme un état d'esprit permanent. Le soldat vit et meurt avec. Et cela fait trop longtemps qu'il se plaît dans les délices. Il lui faut la dureté, l'effort, le goût du sang. Il faut la guerre, pour l'aimer et ne plus vouloir s'en passer.

Il se tut, exalté.

— Parlez-vous aussi pour vous ? murmura le petit homme.

— Je me cite en premier. La guerre est un métier. Pour celui qui l'a choisi, il ne peut y en avoir d'autre.

Un instant son regard s'échappa. À quoi pensait-il ? Au canon, à la mort, à ses propres fantômes ? L'absence prit fin. Il se ressaisit aussitôt :

— Dans l'affaire du marquis de Preuilly, je conclus qu'il fallait profiter de cette belle occasion pour se présenter en héros. Dieu ! que je regrette de ne pas avoir été là. Sa bravade, puisqu'on en parle ainsi, a eu pour résultat de le flatter et de nous laisser enivrer par la paix armée. Mais elle ne durera pas. L'homme ne peut vivre sans la guerre. Ce vice et cette vertu lui sont attachés. Voulez-vous que nous perdions la prochaine au prétexte que nos soldats n'aiment plus ses plaisirs ? Non ! Rien ne me fera changer d'avis. Le marquis de Preuilly devait donner l'assaut et offrir cette gloire au roi. Il fallait que son sang coule !

— Alors, osa le détracteur, nous aurions perdu un grand soldat qui nous servira quand il sera temps de reprendre cette guerre que vous appelez tant de vos vœux.

Saint Val allait répondre. Mais une voix lui coupa son élan :

— Il existe peut-être une autre théorie.

Saint Val et tous les autres s'intéressèrent à cette voix.

— Le chevalier voudrait-il voir mourir le marquis de Preuilly par crainte que ce sage soldat lui fasse de l'ombre quand viendra l'heure de faire la guerre ?

— Vous vous moquez de mon courage. Je ne peux en entendre davantage ! rugit Saint Val. Qui êtes-vous, madame ?

— Hélène de Montbellay, dis-je, puisqu'il s'agissait de moi.

Son front se plissa :

— Montbellay ? Votre père n'est-il pas...

— Ne cherchez plus, sa fille vous fait face !

Il recouvra sa superbe :

— Je vois que l'insolence et la critique sont chez vous des vertus familiales. Votre père se porte-t-il bien depuis qu'il est emprisonné au milieu de ses sabotiers et de ses croquants ?

— Il préfère ses paysans aux horreurs de la guerre !

— Il est vrai qu'on ne l'a jamais vu briller au front. Ce noble a oublié son devoir de combattre pour le roi !

— Il a choisi de le servir en nourrissant ses sujets. Chez lui, ils mangent à leur faim et leur pain n'est pas noir. Chez lui, ils ne vivent pas dans des tanières. Chez lui, ils n'aiment pas le sang et ne pleurent pas un fils mort à la guerre, et c'est pourquoi ils sont heureux.

— Vous parlez comme ces Bonnets rouges qui se sont soulevés contre le roi. Votre ton et votre discours sentent le souffre. Le libertinage de Montbellay devient-il frondeur ? Méfiez-vous. En vous écoutant, on finirait par croire que ce comte pousse ses nu-pieds à se révolter contre le roi !

— Vos grands airs, vos hurlements, vos mouvements de bras ne m'épouvantent pas, monsieur le croque-mitaine. Nous en avons de semblables dans nos champs et ils n'effraient que les corbeaux.

— La garce ! Elle recommence.

— Cessez vos insultes, monsieur, écoutez-moi plutôt. Mon père est aux côtés du roi et son soutien vaut bien mieux qu'un baroud.

— En quoi cet exilé aide-t-il le roi ? ricana Saint Val.

— Il se bat contre l'arrogance et l'idiotie. C'est pourquoi, monsieur, vous n'êtes pas bienvenu.

— Comment pouvez-vous !

Il s'avançait. On le retint.

— Alliez-vous me frapper comme vous le faites à la guerre ? Me tuer, peut-être, pour me corriger, monsieur le donneur de leçons ?

Il tenta d'échapper à la poigne de trois hommes forts qui s'efforçaient de le retenir.

— Comment pouvez-vous ? redit-il.

— Monsieur, je peux car je sais le mal qui est en vous et ce qu'il a déjà produit.

À ces mots, sa colère retomba. Il cherchait ce que je savais. Et moi, je me suis avancée pour me mesurer à lui :

— Je connais votre fils, François de Saint Val. Avant de vous voir à l'ouvrage, j'aurais pu douter de son histoire. Désormais, je comprends sa douleur. Vous êtes un être misérablement hanté par la méchanceté. Votre cœur ? Vous l'avez perdu en perçant celui de vos ennemis. Le pardon et l'affection ? Ces mots n'ont plus de sens pour vous. Dieu soit loué ! Votre fils en a pour deux. Il va bien, je vous remercie, et il préfère la vie plutôt que la mort. Quelles sont vos autres différences ? La tendresse et l'amour, oui, je le crois. Si bien qu'il est fort où vous êtes fragile. On l'adore et l'on vous déteste. On cherche sa compagnie quand on vous craint. Vous le croyez perdu et seul ? Il est entouré, choyé, apprécié. Qui voudrait faire la guerre à un homme comme lui ? Si bien que vous qui idolâtrez tant la victoire, je vous annonce que vous avez tout perdu. Un fils, tout d'abord, mais encore l'espoir d'être un jour apprécié par les hommes. Aussi, vous avez raison de porter au pinacle la colère, la peur et la violence. Sans elles, vous n'existeriez point. Une dernière chose. Votre fils possède la beauté, la sensibilité et le cœur. Et c'est un grand acteur ! Est-ce parce que vous ne saurez jamais le plaisir que l'on trouve dans ces « petits riens » humains que vous cherchez le vôtre dans le sang et la mort ?

Avant qu'il ne réponde, je rompis l'assaut. On s'effaça sur mon passage. On me laissa passer. Je sortis du Salon de Mercure. Mais où était mon marquis ?

— Hélène !

Louis de Mieszko, le marquis de Penhoët, m'attrapa la main.

— Où fuyez-vous ainsi ? me demanda-t-il.

— Je dois... partir. Au plus vite.

Ses yeux bleu-gris me regardaient tendrement :

— Malgré mes conseils, et votre promesse, vous n'avez pu vous empêcher de vous faire remarquer.

— Comment le savez-vous ?

— J'allais pour m'asseoir à une table de jeu. Soudain, on murmure dans mon dos qu'on se dispute dans le Salon de Mercure. Le redoutable Saint Val affronte une jeune femme et il ne peut s'en défaire. Un éclat à la cour, se réjouit-on. Pendant une Soirée d'Appartements ! Les courtisans s'ennuient et Saint Val est un gros morceau. Qui veut le croquer ? Le nom de Montbellay sort. Croyez-vous que je sois resté assis à contempler quatre trèfles qui se battaient avec six cœurs dont pas un as ?

— Je crains d'avoir commis une belle imprudence. Vous me sermonnez pour que j'agisse avec discrétion et, à l'instant où vous lâchez la bride, j'agis sans réfléchir. Je vous demande pardon.

Il soupira, mais ses yeux se moquaient :

— Mes conseils ont fait long feu. Chez vous, l'impatience est une seconde nature.

— Ah ! Je m'en veux tant. Risquez-vous par ma faute de graves ennuis ?

— Diable, fit-il en se pinçant le nez. Va-t-on me jeter au bûcher ?

— Vous y allez sans doute un peu fort. Mais peut-on vous réprimander ?

Il s'adoucit encore :

— Q'importe ! Il y a trop longtemps que Saint Val plastronne. Et vous avez gagné plus d'amis que vous ne l'imaginez. Une leçon ! La cour espérait que quelqu'un lui donne… Elle fut parfaite ! Quel éclat ! Vous nous avez gâtés.

— Auriez-vous entendu ?

— Je suis arrivé quand vous le compariez à une sorte d'épouvantail. Je regrette de ne pas avoir vu tout le spectacle. Mais la scène de la défense du fils du chevalier de Saint Val fut un régal.

— Je n'ai pu m'en empêcher, m'excusai-je encore.

— Comment s'appelle-t-il ? fit-il calmement.

— François. Ou Beltavolo, car il est comédien. Mais je crois l'avoir dit.

— Vous le connaissez donc ?

— Depuis peu, fis-je sans pouvoir cacher mon trouble.

— Est-ce lui qui occupe votre cœur ? demanda-t-il d'une voix douce.

— Oui, avouai-je.

À ma grande surprise, la tendresse le gagna :

— Il a beaucoup de chance. Venez, maintenant, nous partons.

— Vous ne restez pas à la cour ?

— C'est assez d'émotion pour un soir. Un spectacle suffit.

— Vous ne dormirez pas à Versailles ?

— Vous l'avez dit. Trois pièces sous les combles ! Ce n'est pas digne d'un vrai marquis. J'ai mieux à Paris, mais je n'en parle jamais. Je tiens à mon pied-à-terre... Et gardez cette confidence pour vous. Allez ! En route. Je vous raccompagne chez notre douce marquise. Ainsi, nous pourrons parler.

— Oui, c'est à cause de mon emportement, m'assombris-je. Vous craignez que l'on vous retire ce privilège. J'ai agi sans esprit, comme une idiote !

D'un revers de la main, il balaya mes craintes :

— Bien au contraire ! Cela m'amuse et me donne des idées.

Cet éclat, je ne pouvais en mesurer encore tous les effets et l'importance, alors que je rentrais à Paris en compagnie du marquis de Penhoët. Et si je n'anticiperai pas sur la suite des événements, je dois au moins écrire ceci, tout de suite : dans sa lettre, François de Saint Val promettait de me venir en aide, et son désir de bien faire se révélait d'autant plus touchant qu'il avouait sincèrement ne pas savoir comment. Mais, dans mon aventure, il venait – sans que, ni lui ni moi, nous l'ayons prévu – de jouer un rôle capital. La chance et le jeu ? Si je n'avais pas osé hausser le ton pour prendre sa défense, et pour le venger, il n'y aurait pas eu d'éclat à la cour. Alors, sans doute, le marquis de Penhoët n'aurait pas agi comme il le fit.

Depuis l'altercation avec le chevalier de Saint Val, Louis de Mieszko s'intéressait différemment à moi. Je l'avais, disait-il, amusé, peut-être même étonné, et, pour un oisif revenu de tout, c'était une qualité. Par ses origines – il revendiquait un lien avec Mieszko Ier, ce duc qui fit entrer la Pologne dans la chrétienté – il avait l'âme slave, ce qui, m'apprit-il, se conjuguait *fatalement* (il employa ce mot) avec son attirance pour le risque, le danger ou le frisson que procure un pari fou à une table de brelan. Le jeu aimait le courage, l'inconscience. Désormais, il m'en trouvait assez pour être tenté de se pencher sérieusement sur mon cas. De plus, il croyait à ma chance.

— Le destin aurait-il décidé *fatalement* de vous sourire ?

Troublé, incertain, mon seul allié à la cour s'interrogeait et se mettait à y croire. Ainsi, et sans le savoir, François était une bonne étoile qui m'accompagnait sur le chemin du retour.

— Si nous parvenons à vous faire rencontrer le roi…

Le marquis l'avait dit. Il n'y songeait plus. Il le voulait.

— Il vous faudra faire preuve de plus de repartie et d'aplomb que lors de cette soirée, un simple galop d'essai.

— Vous a-t-il rassuré ?

— Assez pour que vous m'inquiétiez ! se moqua-t-il. Vous paraissez ignorer la peur, si bien que vous vous mettez en danger.

— Le roi, c'est autre chose. Je serai prudente. Je mesurerai mes mots.

— Je n'en crois rien ! Vous jouez en vous fiant à vos seules émotions.

Son visage s'assombrit :

— La chance ne sourit qu'une fois. Les innocents l'ignorent.

— Après, je reprendrai ma vie. Je ne demande qu'un entretien.

— Priez Dieu qu'il ne s'agisse pas du dernier.

Ses yeux se faisaient lourds. Les heures blanches pesaient. Nous quittions les bois épais et profonds, dédiés aux chasses qui encerclaient Versailles. La cadence s'éleva. Peu avant, nous avions surpris une horde de sangliers cherchant pitance au bord du chemin. L'un d'eux, un solitaire, avait chargé, furieusement contrarié par le tonnerre des fers et des roues qui rompait le silence pétri de son royaume. Le fouet claqua. La bête ne renonça pas, se jeta encore. En jurant, le cocher accéléra la course et son cheval de droite, à l'unisson, exécuta la manœuvre que commandait son maître. Il botta et toucha sa proie. Le sanglier roula sur le côté, inerte et moitié mort. Le marquis n'avait pas bronché. Il me sembla qu'il s'était assoupi. Le temps se dévida au fil des champs mornes qu'un sursaut de fragment lunaire couvrait d'une brume blafarde. J'allais, comme seule, traversant la rase campagne, blottie dans cet abri feutré et bercée par l'écho éclatant de Versailles. Les phrases jetées au chevalier de Saint Val résonnaient dans ma tête. N'avais-je pas ainsi brisé tout espoir de parler au roi ?

— Votre sujet demande de faire appel à l'intelligence, reprit soudainement le marquis. Il faut réfléchir. Et je n'ai pas la tête à cela.

— Puis-je vous aider ?

Un à-coup le fit sursauter. Il se redressa :

— Essayons, souffla-t-il désabusé.

— Au cours de cette soirée, débutai-je, j'ai appris que le roi, dans ces moments de représentation, était à tout le monde, mais surtout à personne. On le voit, mais on ne l'approche pas. Il faut donc aller le rencontrer dans ses moments d'intimité, lorsqu'il s'abandonne et redevient lui-même.

Le marquis redressa la tête :

— Je ne connais qu'un lieu où il n'est parfaitement que lui. C'est au lit !

— S'il vous plaît !

— Pardonnez-moi. Je ne pensais qu'à Morphée...

Il referma les yeux.

— Attendez ! le secouai-je. Donnez-moi encore un peu de temps.

— Pour étudier comment le roi emploie le sien ?

— Pour trouver une faille.

Il soupira :

— Du Petit Lever au Grand Coucher, tout est orchestré et pas un moment ne lui est personnel. Je l'ai dit : l'intimité du roi commence et se finit derrière le rideau de son lit. Devant, sa vie lui échappe. À huit heures, son premier valet murmure : « Sire, il est huit heures. » Le Petit Lever n'est pas terminé qu'entrent les gens de sa chambre. Déjà, les questions et les demandes affluent. A-t-il eu le temps d'enfiler sa chemise ? Les gentilshommes s'annoncent, et le grand maître de la garde-robe l'invite à se décider car le Petit Lever s'achève, et c'est la ruée. Le prince de Condé presse le pas pour devancer les lecteurs du roi et les précepteurs du Dauphin qui insistent pour lui parler d'une affaire grave liée à la science ou à la géographie. Déjà, le Grand Écuyer s'impatiente. Il réclame une faveur. Il veut un régiment ! Le roi ne lui répond pas. Des entrées par-derrière, surgit la famille royale alors que, dans l'antichambre, les privilégiés affluent en nombre. Au premier rang, il y a Racine. Ce n'est pas le poète, mais l'historien qui sollicite le roi. Un détail de la reddition de la paix d'Aix-la-Chapelle le tracasse. C'était le 2 mai 1668. Voyez-vous, c'est loin… « Sire, que dois-je écrire ? » Ah ! Mais Fontenelle a jailli dans son dos et le double. Il souhaite montrer au roi la dernière fabrication du *Mercure galant*. Passera-t-elle la censure ? Cette question l'a tenu en éveil toute la nuit. Et dès six heures, il attendait aux côtés des autres qui rêvent de voir simplement le Soleil.

— Va-t-il enfin se lever ? m'énervai-je.

— Ah ! Quelle impatience… Le roi en a moins. Il va lentement. Il se rend à son Conseil. S'agit-il de celui des Dépêches, des Ministres, des Finances ? Chaque matin il est pris par une séance dont celle du vendredi porte sur sa dévotion. Son confesseur y est convoqué. Ce vaste sujet leur prendra la matinée et préparera le monarque à la messe qu'il suit tous les jours. Avant d'entendre le sermon de Bourdaloue ou de Bossuet dans lequel il sera rappelé qu'il est roi, mais aussi pécheur et serviteur de Dieu, il n'aura que le temps de rendre une visite à sa famille ou à l'une de ses marquises. Et ce n'est pas le bon moment pour le déranger. Après la messe, où, seul, face à sa conscience, il aura réfléchi sur les péchés de la chair et de l'orgueil, il s'occupera à un repas cérémonieux où l'intimité se conjuguera avec la compagnie de ses courtisans. Ces derniers l'accompagneront encore pour chasser ou pour pêcher dans le Grand Canal ou pour admirer, selon un parcours invariable, la beauté domestiquée de la flore des jardins du palais. Alors, prenant congé sans demander la permission, il rejoindra au pas une autre réunion consacrée à Versailles, sa première maîtresse, ou visitera une énième marquise. À moins qu'il ne choisisse d'honorer celle du matin. Et voilà que nous arrivons au Grand Couvert, et bientôt au Grand Coucher. Pour ne pas me répéter, prenez ce que j'ai dit, tournez-le à l'envers. Tirez le rideau ! Le roi dort derrière. Et moi aussi !

— N'y a-t-il pas une occasion pour se glisser dans un trou où une souris...

— Non, rompit-il. Le roi ne connaît aucun moment de solitude.

Le carrosse entrait dans Paris. Nous filions chez la marquise de Sévigné. Il me déposerait, me souhaiterait bonne nuit. Tout serait fini ? Je ne pouvais m'y résoudre. Je repassai dans ma tête la journée du roi. N'existait-il donc aucun moyen de briser le bouclier de l'étiquette ? Pauvre Louis XIV ! Jamais seul, mais à jamais solitaire. Pourtant, le marquis de Penhoët avait employé ces mots : *être seul*. Non, il s'agissait d'autre chose et cela avait un rapport avec...

— Sa conscience ! criai-je.

Le marquis faillit tomber de la banquette.

— Qu'arrive-t-il ? La peste ? Les loups ? Une Fronde ?

— Il est un moment où le roi est seul !

— Allez-vous m'apprendre ce que Louvois, Colbert et La Reynie ignorent ?

— Quand il va à la messe, il se retrouve seul, face à sa conscience. Il n'est qu'un pécheur devant Dieu. Vous l'avez dit. Eh bien ! je saisirai ce moment pour lui parler.

Le marquis éclata de rire.

— Vous vous moquez, fis-je tristement et agacée. Mais pourquoi ? La chapelle où se rend le roi est-elle mieux gardée que le tombeau de saint Louis ?

Il fit non de la tête. Il s'étouffait au point de ne pouvoir rien dire.

— Il s'y rend en solitaire. C'est bien cela ? Répondez-moi, je vous en prie...

— Au contraire, Hélène ! fit-il enfin. Et votre innocence est pour moi un plaisir.

— Au moins, expliquez-moi comment le roi est seul et ne l'est pas !

— Il est face à lui-même, mais entouré par la cour qui l'accompagne au grand complet.

— Voulez-vous dire que les courtisans le suivent jusqu'à la messe ?

— Sa dévotion, encouragée par la marquise de Maintenon, ne cesse de grandir. Pour lui plaire, on se plie à cette règle. Mais croyez-moi, la messe est une obligation dont on se passerait si le roi n'y était pas.

Je n'en entendais pas assez pour me faire capituler :

— Vous dites que s'ils n'y étaient pas obligés, les courtisans ne suivraient pas le roi dans sa chapelle ?

— Au moins, nous voilà en accord sur un point. Je prends tous les paris que la plupart d'entre nous ne vient que pour satisfaire le roi. L'état de grâce n'en taquine que peu.

Il porta la main au front et, de nouveau, ferma les yeux :

— Ce qui, par l'action des jésuites, n'est plus le cas du roi, fit-il sombrement.

— Madame de Sévigné partage votre avis. Elle s'étonne de ce changement.

— Moi, il m'inquiète. Chaque jour, Louis le Quatorzième s'enfonce plus dans la prière. Sa conscience le ronge et La Chaise, son confesseur, est devenu son premier conseiller.

Je ne pus m'empêcher de vouloir vérifier les thèses de la marquise :

— Cette attitude nouvelle remonte à quand ?

Il réfléchit avant de répondre :

— L'Affaire des Poisons y est pour beaucoup. Et depuis que la cour est installée à Versailles, l'intolérance gagne. Son parti progresse en force.

Deux avis valent mieux qu'un, ai-je pensé. Et ils confortaient mon idée :

— La cour, disiez-vous, peine à suivre le roi sur le terrain de la dévotion ?

— Nombreux freinent des quatre fers ! La messe est un *pensum*.

— Donc, s'ils en étaient dispensés, ils n'iraient pas ?

— Un jour sans messe ? Ils applaudiraient !

— Et le roi se retrouverait seul… Eh bien ! Voilà l'occasion de l'approcher.

Le marquis devint pâle et ce n'était pas à cause du manque de sommeil :

— Qu'avez-vous en tête ?

— Nous allons libérer les courtisans de l'obligation de se rendre à la messe.

Il haussa les épaules :

— Ils ne profiteraient pas de cette autorisation, lança-t-il agacé. Ils auraient peur de déplaire au roi !

— À moins de faire courir le bruit que par *fait extraordinaire*, le roi n'y est pas. Non ! écoutez-moi. Il faut un motif que tout le monde trouvera vrai tant il semblera possible. Tenez ! le roi réunit son Conseil pour une affaire grave et urgente. Mieux ! Il a la goutte, ce qui lui est déjà arrivé. Enfin ! vous trouverez…

Soudain, le marquis sembla parfaitement éveillé. Il plissa les yeux :

— Quand le chat n'est pas là, les souris dansent, se décida-t-il. C'est votre idée ?

— Un matin, le bruit court. Le roi est parti à l'aube inspecter ses armées qui cantonnent à Compiègne. Il rentrera demain. Le responsable de cette farce ? Personne, car le bouche à oreille a fonctionné. Or le roi n'a rien changé au programme. Il va à sa chapelle sans la cohorte des courtisans. Et je suis là !

Le marquis calculait, étudiait. Peu à peu, il se faisait à mon idée :

— Il est vrai que le roi s'y rend à pied en passant par ses appartements. Si on le croit absent, les couloirs resteront vides. Avant que les courtisans ne réagissent… Mais en supposant que ce stratagème fonctionne, il n'ira pas sans entourage.

— Dans cette posture nouvelle, il se trouvera *isolé* et moi, je serai seule. Je profiterai de ce moment si éloigné de l'étiquette et si différent de ce que j'ai vu ce soir. J'avancerai et je parlerai à ce roi seul, face à sa conscience, alors qu'il se présente à Dieu en simple pécheur, comme le lui a dit son confesseur. S'il le voit le vendredi, choisissons ce jour. Après, il faut croire à la chance. Je vous en supplie, dites que c'est possible ?

Il étudia la partie. Il compta les cartes, ramassa les plis. Et son étude prit fin :

— Cette idée est *fatalement* folle. Est-ce pourquoi elle me séduit ?

Oui, ce projet impossible aurait pu fonctionner, semblait-il me dire.

Mais des faits nouveaux et imprévisibles s'étaient produits à Versailles, cette même nuit, au moment précis où nous arrivions chez la marquise de Sévigné et que je croyais au bonheur.

Troisième partie

Un secret d'État

IL ME DONNE LA VIE

X. Le premier jour d'une nouvelle vie.

Le marquis de Penhoët descendit du carrosse et me raccompagna jusqu'au porche de la demeure de madame de Sévigné. Et lui, où logeait-il ?

— Nous venons de passer devant les fenêtres de mon appartement, sourit-il lorsque je l'interrogeai.

Il me montrait le début de la rue de la Couture-Sainte-Catherine.

— J'habite dans ce boyau de rue[1] qui, selon l'endroit, se fait appeler Saint-Antoine, porte Baudeer ou cimetière Saint-Gervais. D'ici, il suffit de descendre en direction de la Seine et de prendre à main droite. Vingt pas plus loin, vous trouverez l'hôtel de Beauvais. Mes fenêtres donnent sur la rue et leur balcon a une histoire. Le 26 août 1669, la cour y vit passer le roi et sa jeune épouse, l'infante Marie-Thérèse, lors de leur entrée à Paris après s'être mariés à Saint-Jean-de-Luz. La construction de cet hôtel venait de s'achever. Antoine Le Pautre l'avait bâti pour Catherine Bellier, baronne de Beauvais et femme de chambre d'Anne d'Autriche, la mère de Louis XIV. La baronne avait donc invité quelques membres de la cour à venir admirer le cortège royal. Et j'en étais. Douze ans plus tard, j'en vins à trouver comment me loger dans ce bel endroit. Le souverain l'apprit. Lors d'une Soirée d'Appartements, telle que celle que vous connûtes, il s'avança vers moi et se souvint que j'avais applaudi à son

1. Aujourd'hui, rue François-Miron, prévôt des marchands au début du XVIIe siècle.

passage. Il énuméra chaque nom. Il n'avait pas oublié ceux qui saluaient ce roi jeune, marqué terriblement par la Fronde. « Désormais, me dit-il, il est assez commun de s'incliner devant le Roi-Soleil, et plus je vois les flatteurs, moins je les apprécie. C'est à cela que me sert la mémoire. Vous n'aurez donc pas besoin de me rappeler qu'il me serait agréable de vous avoir à mes côtés. » Quelques jours plus tard, on m'informait que le roi m'accordait un appartement à Versailles.

— Voilà donc le secret que rêve de connaître madame de Sévigné.

— Ne vous empressez pas de lui en faire part. Je vous livre ces détails pour que vous compreniez un peu de Louis XIV. Les peurs de son enfance ne l'ont jamais quitté. Il vit avec le souvenir de la Fronde et son système de cour repose tout entier sur l'idée qu'il lui faut contrôler la noblesse. L'étiquette domestique les esprits révoltés dont il redoute les excès pour en avoir trop souffert. Il ne supporte aucune opposition. C'est un roi absolu non par goût, mais par prudence.

— Dites-vous cela pour le jour où je me présenterai à lui ?

— Le simple fait que vous avanciez en sa direction sera vécu comme une atteinte à l'étiquette. Trouvez-vous cela ridicule ou précieux ? C'est que vous n'en avez pas compris le sens. Le roi ne se place pas qu'au-dessus des autres, la distance qu'il impose constitue une protection.

— Aurait-il peur ?

— Malgré les apparences, grimaça-t-il, je finis par croire qu'il vit dans une sorte d'inquiétude permanente. Et plus il craint, plus il s'arme d'absolutisme.

Il marqua un temps :

— Votre projet n'est-il pas de lui parler ?

— Il le faudra bien !

— Peut-être, mais l'étiquette veut que le roi vous y autorise. En vous exprimant sans détours, vous ne respecteriez pas l'ordre établi. Dès lors, vous représenteriez une menace. Méditez sur cela car nous aurons l'occasion d'en discuter. Il vous faudra ne pas rater cette scène. Pour cela, reposez-vous, ma chère Hélène.

Avant minuit, je franchis le porche de l'hôtel Carnavalet. La marquise s'était retirée, pensant que je rentrerais tard, après le bal. Jean-Baptiste, fidèle au poste, me l'expliqua d'une voix lourde.

Quand il cherchait ses mots, Sébastien se portait à son secours. Et l'un et l'autre acquiesçaient, effectuant de la tête de lents mouvements de bas en haut, empreints de dignité. En les étudiant de près, je réalisai qu'il s'agissait plutôt d'une sorte de raideur, de celle dont on s'accommode quand la cervelle ne commande plus le corps.

— Ah ! poussa faiblement Jean-Baptiste en cherchant appui sur l'épaule de Sébastien qui, de fait, en trébucha. Nous nous faisions du mauvais sang.

— Sans doute parce que le vin vous tient compagnie. Mais as-tu des nouvelles pour moi ? demandai-je.

Il chercha et ce fut long.

— Rien, me semble-t-il.

— N'as-tu pas vu monsieur de Saint Val ?

Il plongea du nez :

— Ah oui ! Allons ? Que m'a-t-il dit ? La maladie de Sébastien est une sorte de peste qui touche ceux qui l'approchent. La mémoire me manque et voilà qui devient fâcheux...

— Monsieur Bonnefoix, faites-vous cela pour me rendre folle ?

Il jeta un œil vers Sébastien et tous deux partirent dans un éclat de rire.

— Pardonnez-moi, bafouilla-t-il enfin. Nous avions pris le pari que vous poseriez cette question alors que la porte ne serait pas fermée. Mais ce monsieur Saint Val, transi d'amour pour vous, s'était mis en tête qu'une seule soirée à Versailles suffirait pour que vous l'ayez oublié. Aussi, et puisqu'il a perdu, nous doit-il un autre pichet de vin !

— Lui as-tu, au moins, passé mon message ?

— Patiente encore... Oui, et j'ai appuyé sur le tutoiement.

— Comment a-t-il pris la chose ?

— En soupirant. Il faisait si peine à voir que nous nous sommes attardés. Sa chambrée est bien tenue, mais quelle rue ! Et quel quartier ! Il y réside plus de monde qu'à Saumur.

— C'est à cause du marché des Patriarches, la viande y est réputée, avança doctement son vieux complice.

— Vous oubliez les cabarets, reprit Bonnefoix. Un dans chaque maison !

— Je me souviens qu'à cause de ses tentations, la traversée de la rue Mouflard fut un peu longue…

— N'est-ce pas plutôt la rue Mont-Cétard, mon cher Sébastien ?

— Ou Mouffetard ou Moftard… Ma mémoire hésite.

— Auriez-vous déjà effacé de votre esprit cette odeur de cuir qui vient des tanneries et des teinturiers ! Ils puisent l'eau de la Bièvre qui coule ici. Et quelle moufette, en effet, grommela Jean-Baptiste en se pinçant le nez.

— Oui, c'est cela. Il s'agit de la rue Mofette[1].

— Ce nom s'explique sans doute par les dépôts de gadoue. Si bien qu'en surveillant nos pieds, nous avons tangué et navigué.

— Des Trois Torches aux Trois Saucières…

— Puis des Trois Poissons aux Trois Haches…

— Pour aller des Trois Pigeons aux Trois Déesses…

— Et que de belles ripailles !

— Cervelas, andouilles, saucisses…

— Et de là-bas à ici, la bière n'a pas manqué.

— Une chose est vraie : ce monsieur François sait recevoir, affirma Sébastien.

— À cette heure, il se ronge en attendant demain midi. Car il sera là, devant le porche, le cœur battant, mademoiselle Hélène, murmura Bonnefoix d'une voix mouillée. Ah ! qu'il vous aime…

— Pour l'heure, il vous écrit des poèmes.

— Attablé au Renard-Bardé.

1. Tous ces noms sont anciens et peut-être à l'origine de la rue Mouffetard.

— Ou au Castor Blanc ?

— À moins qu'il s'agisse du Chat qui dort ?

— La mémoire me fait encore défaut. Mais c'est au moins quelque part où il rêve de vous, à haute voix.

— Et voilà tout le détail de notre soirée, conclut goguenard Jean-Baptiste.

Puis il cligna des yeux plusieurs fois, semblant seulement comprendre qui l'interrogeait.

— Et quoi de nouveau pour vous ? bredouilla-t-il en bâillant.

Avait-il encore en tête d'où j'arrivais ? Des jours et des jours à l'écouter se plaindre, à supporter ses reproches, ses leçons de morale, ses mises en garde faussement savantes, mais assénées sur un air supérieur, et voilà qu'au moment où nous y étions, le récit de ses ripailles comptait seul. S'était-il inquiété pour moi ? Ah ! ça. Le cuistre m'agaçait trop. Un seau d'eau, peut-être pour lui secouer les puces. Non, un silence méprisant, l'œil sévère, les mains posées sur les hanches, et le pied battant la mesure sur le carreau. Et là, Bonnefoix, tout te revient ?

Il regarda ma robe, secoua la tête. Il se tourna alors vers Sébastien, l'appelait à l'aide.

— Versailles ! Vous étiez à Versailles, exulta ce dernier.

La nouvelle frappa Jean-Baptiste au visage. Il se cala sur les jambes :

— Mon Dieu ! La belle soirée s'achève… Qu'avez-vous à m'apprendre ?

— Je n'ai pas bu, moi !

— Tant mieux, souffla-t-il en hochant lourdement la tête. Et sinon ?

— La cour ne me plaît pas, m'énervai-je.

— Voilà qui réjouira votre poète. Et qui me plaît autant, ajouta-t-il en se grattant les cheveux.

Il cherchait déjà un siège, prêt à rejoindre Bacchus. Eh quoi, pas un mot de plus ? Rien pour se rassurer ? Cette fois, j'allais le réveiller.

— Et si j'excepte un petit éclat de voix…

Il se raidit d'un coup. Son teint perdit la douce couleur que procure le vin.

— Ah ! c'était trop beau pour durer, gémit-il. Mais un éclat comment ?

Il ouvrit, un peu, l'index et le pouce.

— Plus grand ! lançai-je férocement.

Il écarta les bras. Dieu ! qu'il était drôle, la tignasse en bataille, la chemise fripée et hors du pantalon, le ventre rond pointé en avant et les bras bien tendus pour rattraper le tangage des jambes. Je ne pus m'empêcher de sourire :

— Rassure-toi, Jean-Baptiste. Plus petit !

— Et votre victime est ? demanda-t-il en fermant les yeux.

— Le père de François de Saint Val.

Les syllabes entrèrent lentement dans sa tête, et celle-ci finit par retrouver la clarté.

— Le père de... Le chevalier de... bafouilla-t-il.

— J'ai vengé un fils dont le père est un monstre.

— Voilà un incident qui ne peut pas nous faire de mal, tenta-t-il de se convaincre. Du moins, vous le pensez, n'est-ce pas ? supplia-t-il.

— Il m'a obligée à me montrer à la cour et ce n'était pas utile.

— Doux Jésus, mais si vous n'y retournez pas, c'est seulement un petit tracas, fit-il soulagé.

— Oui, mais il se trouve que je m'y rends bientôt.

— Dites-moi que je dors ! Non, réveillez-moi pour que cesse ce cauchemar...

— Je verrai le roi avant trois jours.

Il ouvrit la bouche et ne la referma pas.

— Ou peut-être deux, ajoutai-je.

Sur le coup, Bonnefoix recouvra un peu d'esprit. Pourtant, il fallut qu'il s'asseye tant ces nouvelles lui pesaient. Sa chaise, enfin, il la saisit.

— Sainte Marie, mère de Dieu, expira-t-il en s'écrasant dessus.

— C'est-à-dire jeudi ou vendredi, si je me souviens bien, se félicita Sébastien.

— Seigneur Dieu !

Et la chaise gémit pour eux deux.

Je l'attrapai par la manche :

— La meilleure façon de se préparer à cette rude épreuve est d'aller dormir. Tu devrais en faire autant. Bonne nuit, Jean-Baptiste. Allons ! Au lit...

— Mademoiselle Hélène a raison. La nuit porte conseil, asséna Sébastien. Et demain, Bonnefoix, vous verrez la vie d'une tout autre façon. Je vous soupçonne, continua-t-il en pointant le doigt, d'appartenir à cette espèce humaine que le vin rend triste et sombre. Ce n'est pas bon ! Vous devriez ne plus boire, ajouta-t-il en quittant la pièce d'un pas mal assuré.

Jean-Baptiste en resta muet. Il le regarda partir. Puis il se plongea dans l'observation de ses pieds qui, eux, comprenaient ses malheurs. Qu'avait-il fait au Ciel pour endurer tant d'injustices ?

La journée du mercredi débuta par la visite inattendue du marquis de Penhoët. Il passait avant de repartir à Versailles, dit-il à la marquise de Sévigné et, ajouta-t-il :

— Je dois m'entretenir avec Hélène de deux ou trois petites choses.

— Des échos de la cour ? Un rebondissement faisant suite à votre soirée ?

Madame de Sévigné s'installa dans son fauteuil, n'ayant nulle intention de bouger.

Elle m'avait réveillée au petit matin, mourant d'impatience. Que s'était-il passé la veille et pourquoi m'avait-elle entendue rentrer si tôt ? Survolant l'altercation avec le chevalier de Saint Val, elle n'eut droit qu'à un rapport bref et concis. Mais cela lui suffirait sans doute pour rédiger une lettre à destination de sa fille. En revanche, je n'avais rien divulgué de l'*idée folle*, conçue au retour, avec le marquis de Penhoët. J'attendais encore, voulant être certaine qu'il n'avait pas changé d'avis. La nuit, comme l'affirmait Sébastien, lui avait-elle porté conseil ?

— Je crois avoir trouvé un prétexte pour écarter les courtisans, annonça-t-il triomphalement dès qu'il se fut assis dans le salon.

Madame de Sévigné tendit l'oreille. Le marquis s'intéressa à elle.

— Madame, ce dont nous allons parler risque fort de provoquer grand bruit.

— Vous excitez ma curiosité, l'interrompit-elle.

Le marquis leva une main. Sa voix devint cassante :

— C'est justement ce qu'il ne faut pas.

— Est-ce grave ?

— Amusant, répondit-il sobrement.

— La victime est-elle le roi ?

— Non. Ce sont les courtisans. Il s'agit de les éloigner du roi assez de temps pour que nous puissions l'approcher.

— L'idée est audacieuse. Et si vous ne voulez aucun mal à Sa Majesté, je la trouve même intéressante.

— Mais notre seule chance de réussite est de la garder secrète. Ses effets dépendent de la surprise que nous allons créer.

— Cela sent la poudre. Et j'ai l'impression de partir en guerre. Ah ! Je suis au comble de l'énervement...

— Me promettez-vous de ne jamais en parler ?

La marquise le fixa dans les yeux :

— Louis de Mieszko, vous êtes ici pour le bien de notre chère Hélène qui elle-même agit pour son père. Sa situation actuelle s'explique en partie par... ces lettres que j'ai pu ici et là...

Elle me regarda.

— Je ne commettrai plus ce genre d'erreur. Je vous le promets.

— Eh bien ! rétorqua-t-il d'une voix qui avait retrouvé sa gaieté, vous entrez dans notre complot.

— J'adore l'idée d'entortiller les courtisans, souffla-t-elle. Dites-nous vite comment !

Avant de répondre, il sortit sa tabatière, choisit lentement les brins qui convenaient. Puis, prise faite, il se pinça le nez. La marquise suivait la manœuvre mains jointes et serrées, comme priant le Ciel pour qu'Il calme son impatience. L'*idée folle* de Louis de Mieszko se méritait.

— Nous allons nous servir de La Salle, concéda-t-il enfin.

— L'explorateur de la Louisiane ? sursauta madame de Sévigné.

— Lui-même...

— Je vois, fit-elle encore, bondissant de son siège, vous profitez de son éloignement pour utiliser son nom.

— Bien au contraire ! Il est de retour en France.

— Quelle nouvelle ! s'enthousiasma-t-elle de plus belle.

— Hélas, elle est fausse, murmura le marquis.

Et ses yeux bleus sourirent.

— Vous me voyez déçue, dit-elle en se rasseyant. Cela eût été un bel événement.

— C'est exactement mon dessein, et ce sur quoi s'appuiera notre entreprise mensongère.

Roger Cavelier de La Salle était l'inventeur de la Louisiane. Ce fils d'un mercier de Rouen avait été anobli par le roi en 1675 pour sa contribution à l'agrandissement du Royaume de Louis XIV. Avant, il s'était rendu à Québec, en 1667 et, de là, avait entrepris une périlleuse aventure vers ce que l'on nommait la *mer du Sud*. Rentré en France en 1678, il avait été reçu par le roi qu'il parvint à convaincre d'étendre ses rayons au-delà des froides contrées du Nord. Si bien que La Salle repartit en 1679 pour découvrir le Sud et l'Ouest, muni d'un droit de seigneurie sur les forts qu'il bâtirait.

Mais depuis, qu'avait-il découvert ?

La vie du colonisateur est à la fois hasardeuse et solitaire. On le croit mort, tué par ses hommes lors d'une mutinerie[1], victime de la hargne des sauvages, tombé sous les crocs d'un fauve ou mourant d'une fièvre incurable. La Salle avait sans doute la vie dure, mais il faisait rêver le roi et la cour. Ne disait-on pas que la Nouvelle-France représentait un empire d'une taille dix fois supérieure à notre pays ? Mais qu'allait-on en tirer ? Esclaves, or, épices... les esprits tournaient. Tout cela était-il vrai ? Et où se trouvait La Salle ?

---

1. Ce fut le cas pour La Salle. Il fut assassiné par un de ses hommes lors d'une expédition dans le golfe du Mexique.

C'est alors que l'on apprit, par le retour d'un bateau venant du Québec, que La Salle avait enfin atteint la *mer du Sud* après une expédition de plusieurs milliers de lieues dont on enlumina le récit de centaines d'aventures où les féroces peuplades indiennes tenaient une place considérable. L'exploit s'imaginait comme la descente vertigineuse de fleuves gigantesques, aux cours démesurés, aux tourbillons abyssaux, aux rives défendues tantôt par des Iroquois, tantôt par des Arkansas dont il avait fallu combattre la sauvagerie. Henri de Tonty, second de La Salle, en avait fait les frais. On le supposait prisonnier des terribles Iroquois, tribu à la barbarie sans égale qui, colportait-on, se nourrissait du sang et des os de leurs victimes. Ainsi, racontait-on, ces guerriers intraitables arrachaient la peau du crâne des vaincus, comme on dépècerait un lièvre, et se ceinturaient de leurs trophées avant d'honorer leurs dieux païens lors de danses macabres portées par leurs hurlements. Au cours de ces cérémonies, ils se pavanaient paraît-il nus, le corps peint, hurlant à la lune, avant de s'accoupler dans des orgies sataniques où se mêlaient femmes et animaux.

Ne renonçant jamais, La Salle réussit à apprivoiser le peuple des Arkansas. Ceux-ci lui assurèrent que l'Illinois débouchait sur un fleuve, plus immense encore, au nom de Mississippi, et, qu'en l'empruntant, il parviendrait à la *mer du Sud* où se trouvaient les Espagnols. Était-ce une trahison ? Sans hésiter, le courageux explorateur se jeta dans l'inconnu.

La descente du fleuve ne fut pas de tout repos. En se réchauffant, la nature avait donné vie à de monstrueuses créatures vivant dans le fleuve – d'énormes serpents à la peau couverte d'écailles qu'un mousqueton ou que le fer le plus solide ne pouvait percer. Pourvus de crocs plus pointus et plus coupants que ceux d'un ours féroce, ces monstres de la Création, à qui l'on donna le nom d'alligator, flottaient entre deux eaux, camouflés par la boue. Invisibles et silencieux, ils attendaient que la nuit tombe pour attaquer. Profitant du sommeil des hommes, ils surgissaient alors, tel le diable, fouettant l'eau de leur queue et saisissant ceux qui avaient commis l'imprudence de se trouver à portée de leurs mâchoires d'airain. Ils les emportaient alors dans un tourbillon de sang et de chair. Les hommes, hurlant d'épouvante et de douleur, étaient engloutis sur le coup, et leurs corps ne remontaient jamais. Parfois, l'un d'eux survivait un temps en offrant en sacrifice un bras ou une jambe. Mais, dès l'aube, la chaleur pourrissait les blessures. La fièvre gagnait les plaies dont la couleur noire et l'odeur putride brisaient les esprits les plus solides. Les malheureux mouraient dans de si terribles souffrances qu'on en venait à espérer que, prise au piège, la victime se laisserait emporter pour mourir au plus vite. Mais l'appétit de ces titans semblait insatiable. Chaque jour, leur nombre grandissait. Et en descendant vers le sud, le fleuve se peuplait d'immenses forêts de roseaux qui encourageaient les attaques des alligators. La fin semblait proche. La Salle allait échouer. Quand, enfin, l'eau devint saumâtre. La mer s'approchait, remontait le cours du fleuve. Les explorateurs rescapés avaient réussi. À la cime d'un arbre, on hissa les armes du roi, forgées pour l'occasion dans un fond de marmite. Et le Mississippi, gigantesque fleuve, prit le nom de Colbert[1].

La réputation de l'explorateur grandit encore en apprenant que son notaire avait, le 9 avril 1682, dressé cette croix, marquant la naissance de la Louisiane, territoire immense et profitable qui porterait pour toujours le nom de son roi Louis. La Salle avait triomphé. Il pouvait rentrer en France. On l'attendait.

— Et il vient d'arriver, dit Louis de Mieszko de son air rusé. Son navire a touché les côtes de France.

— Mais comment le savez-vous ? s'inquiéta madame de Sévigné.

— Je l'ignore, répondit calmement le marquis. C'est le fond de notre farce, comprenez-vous ?

Le visage de la moraliste s'éclaira.

— Continuez ! J'adore votre invention.

1. En janvier 1682, le roi décida en effet de donner au Mississippi le nom de Colbert.

— Ce qui suit est plus inquiétant. La Salle est gravement malade, atteint selon des témoins dignes de foi d'un mal que l'on pense incurable. Il se traîne depuis son départ de Louisiane. Il a déliré pendant toute la traversée.

— Le pauvre, murmura la marquise qui se prenait au jeu.

— Et l'on craint qu'il ne puisse atteindre Versailles.

— Quel ennui, fit-elle encore.

— D'autant que le roi voulait lui confier quatre navires pour entreprendre une nouvelle expédition.

— Quel manque de chance !

— Oh ! mais le mot n'est pas assez fort, madame la marquise. Un prêtre s'est penché sur lui pour lui administrer l'extrême-onction.

— Il me semble que vous exagérez : on ne joue pas avec l'âme d'un pécheur.

— C'est moi qui serai puni. Et je prends ce risque. Pour croire, il faut un drame.

— Mais alors, où vous conduit-il ?

— Informé par Colbert de l'état de santé de La Salle, le roi décidera d'aller au-devant de son explorateur. Il le fera jeudi, alors qu'il sera dans son Cabinet.

— Ce choix est judicieux, remarqua la marquise. C'est le seul moment où le roi ne se montre pas à la cour.

— Il se racontera qu'en sortant du Conseil et sans autres frais, il a sauté dans son carrosse.

— Pour ajouter à l'illusion, songez-vous à en faire partir un de Versailles ?

— Ce sera inutile. Les courtisans ne songent qu'à se préparer pour se rendre à la messe. Il s'agira d'utiliser deux ou trois messagers, trop heureux d'être les premiers informés, pour que le bruit circule. Des appartements aux galeries, des salons aux jardins, il se répandra, car la cour ne se sépare pas. En une heure, elle sera infectée. Elle croira que le roi n'est pas à Versailles. Lui ? En sortant du Conseil, il se rend chez la marquise de Montespan. Cette visite se fait sans témoin. Puis il va directement à sa chapelle en passant par les appartements de la reine. C'est sur ce parcours que se produira la rencontre. Hélène sera là.

— Voilà qui est pensé, murmura madame de Sévigné d'une voix néanmoins tremblante. Dieu, quelle affaire. Tout repose sur le fait que la cour croie à l'attachement du roi pour La Salle.

Son visage pâlit :

— Ah ! Pourvu qu'un événement ne vienne pas contrarier votre affaire.

Son inquiétude me gagna :

— À quoi songez-vous ? demandai-je du bout des lèvres.

— Tout peut arriver, glissa-t-elle sans répondre précisément.

— Allons ! s'agaça le marquis, puisque vous le voulez, prenez le rôle de Cassandre. Eh bien ! À quoi pensez-vous ?

— De tout cœur, je vous souhaite de réussir, mais, gémit-elle, s'en prendre au roi...

Louis de Mieszko abandonna le ton courtois que je lui connaissais. Lui aussi prenait peur :

— Quoi encore ? Je vous en prie. Tous les avis comptent.

Elle baissa les yeux :

— Imaginons, chuchota-t-elle, craignant que ses mots nous blessent, qu'au Lever du roi, son médecin décèle un accès de goutte. Le cas est possible. Oui, cela s'est produit en avril.

— Je n'ai pas gardé le souvenir d'un jour où le roi soit resté dans sa chambre.

— La goutte ou autre chose, marquis ! s'irrita à son tour madame de Sévigné. Je vous prie de ne pas discutailler sur l'exemple, mais sur ses conséquences. Le roi, pour une raison que je ne peux pas deviner, est empêché. Alité, retenu, cloué, choisissez. Vous conviendrez alors qu'il devient impossible de faire croire qu'il court au-devant de La Salle. Dès lors...

— Nous renonçons ! coupa le marquis sèchement. Et le fantôme de La Salle s'évanouit. Tout comme ceux qui ont fait courir le bruit de son retour. Les auteurs ? Envolés. Un bruit, je vous dis. Rien de plus...

— Oui, bien sûr, fit-elle gravement. Vous avez sans doute pensé au pire.

— Croyez-moi, chère marquise, reprit Mieszko de nouveau adouci. La Salle est notre meilleur appât. Le roi a anobli ce navigateur infatigable, inventeur d'un second Royaume. Il en est reconnaissant. Il apparaîtra naturel que Sa Majesté se rende à son explorateur.

— Oui, se rassura-t-elle. Si La Salle revenait, le roi montrerait combien il a du cœur. Et la cour applaudirait ce geste. Oui, il se pourrait qu'on tombe dans votre piège.

— D'autant que le déplacement imprévu du roi les dispenserait de la corvée de chapelle ! ajouta le marquis en se forçant à rire.

— Et vous croyez, insista-t-elle, que les courtisans se feront filouter ?

— Sûrement pas ceux qui iront à la messe, que le roi y soit ou pas, grimaça-t-il. Car il existe des croyants sincères dans son entourage.

— Mais alors, intervins-je, notre entreprise est vouée à l'échec ?

— Non, sourit-il faiblement, puisque vous parlerez au roi *avant* qu'il n'aille à la messe et je compte sur ce détail pour écarter les courtisans qui pourraient nous gêner. Je songe à ceux qui veulent voir le roi dans l'espoir d'obtenir une faveur. Ceux-là ne sont sur sa route que pour se montrer. À l'inverse, les fidèles se rendent directement à la chapelle. Si vous lui parlez *avant*, ils ne nous gêneront pas. Quant aux faux dévots, pensant que le roi n'est pas à Versailles, ils ne l'attendront pas à la sortie de son Conseil. Nous disposerons donc de quelques minutes de… liberté. Il faudra s'engouffrer dedans.

— Si la plaisanterie tourne mal, dites adieu à votre logement à Versailles, ne put s'empêcher d'ajouter madame de Sévigné. Et encore, souffla-t-elle, il s'agirait d'un moindre mal.

Le marquis se leva et vint à prendre la main de la moraliste :

— Je m'appuie, chère amie, sur les forces et les faiblesses de l'étiquette. Elle dit que le roi sort de son Conseil et se rend à la messe. Elle dit que les courtisans désireux de se montrer à lui seront sur son passage. S'il n'est pas là, ils ne viendront pas. Pourquoi faire les cent pas devant une porte qui ne s'ouvrira point ?

— Désormais, tout repose donc sur La Salle, soupira la marquise, qui ne voulait plus lâcher Louis de Mieszko.

— Il est perdu quelque part en Louisiane. Nous n'avons aucun contact avec lui. Et les bruits les plus fous racontent qu'il est déjà mort.

— Vous avez raison. Personne ne peut apporter la preuve de sa présence, dit-elle encore, enfin conquise et sous le charme.

— Non. Et personne ne peut prouver qu'il n'est pas là, intervins-je.

— En effet, Hélène, renchérit le marquis. Et il se trouve que je dispose d'une autre carte. Un atout étonnant, drôle, imprévu, tombé dans mes mains ce matin. C'est le complément qui manquait pour rendre l'appât encore plus appétissant. Et cette petite chance, qui peut nous faire gagner, est née au cours de cette soirée si remplie de rebondissements...

L'arrivée inattendue de La Salle n'était pas venue à l'esprit du marquis par le fait du hasard. Il y avait une raison – un leurre, disait-il – qui lui prouvait toute sa force.

— Alors que nous retournions sur Paris, un événement s'est produit au château. Selon ses convictions, on le trouvera amusant ou terrible. Mais il est si fort que votre dispute, Hélène, a été vite oubliée par les courtisans avides de nouvelles et de sang frais. Je l'ai appris ce matin, car on a cru bon d'organiser un déplacement pour m'informer. Et en écoutant, j'ai compris le profit que nous pouvions en tirer.

— À la fin, allez-vous nous expliquer ? s'émut derechef la marquise.

— Hier, fit-il sombrement, la sorcellerie a siégé au château de Louis XIV.

— Est-ce une nouvelle histoire de poisons ?

— Je ne lui donnerai pas ce nom et si les annales s'en souviennent, ce sera comme celle du Fantôme.

— Dieu du Ciel ! que s'est-il produit ?

— Cette nuit, la vicomtesse de Lancquet a consulté le monde de l'au-delà…

— À Versailles ? Alors que le roi était présent ? Cette mode n'en finira donc jamais !

— Et cette aventure n'est pas sans rappeler ce que racontait l'abbé de Choisy au pire moment de l'Affaire des Poisons. Mais, Hélène, savez-vous à quoi nous faisons référence ?

— J'imagine qu'il s'agit du procès des empoisonneurs ?

— Non. Je veux parler d'autres pratiques qui ont trait aux devineresses et pour vous faire comprendre combien la cour fut ensorcelée par ces fables, je prendrai un exemple.

Il s'adressa à madame de Sévigné :

— Pensez-vous que la funeste réunion organisée chez la comtesse de Soissons donne la mesure de ces folies ?

— Vous ne pouviez trouver mieux, cher marquis, pour expliquer à Hélène ce qu'il en fut.

Elle sonna pour qu'on nous apporte du vin et du café. Le vieux Sébastien fut chargé de nourrir la cheminée. Les flammes n'empêchèrent pas madame de Sévigné de frissonner de plaisir. Et alors que Louis de Mieszko se plaçait devant l'âtre comme s'il s'agissait d'une scène, elle croqua dans le premier chocolat de la journée, déjà conquise par la voix de son invité.

— Avant que le scandale de l'Affaire des Poisons n'ait éclaté, commença le marquis de Penhoët, il vint à la comtesse de Soissons une mauvaise idée. Entre chien et loup, alors que la nuit tombait, elle décida d'organiser ce qu'il convient d'appeler une séance de nécromancie. Ce sombre projet consistait à vouloir consulter les morts. Au cours de la soirée, un homme – un malandrin dont on ignora le nom – se prétendit capable de révéler à cette noble dame ce qu'il en serait de l'avenir de son mari malade. En fait, la question fut plus directe : allait-il vivre ou mourir ? À quoi on aurait pu ajouter que de la réponse dépendrait l'usage ou non d'une poudre à succession, car il y avait des liens entre les devineresses et les empoisonneuses.

« Mais conclure ainsi serait aller vite en besogne, corrigea le conteur en posant un coude sur la cheminée. Il faut d'abord entendre les faits.

« Pour converser avec l'au-delà, la comtesse de Soissons réunit une table de courageux et l'on fit entrer une enfant de cinq ans qui colportait un don de sibylle. Si cette petite innocente annonçait la mort du comte, il devenait *évident* qu'il trépasserait. C'était une sorte de preuve avant l'heure. La prédiction étant faite en public, comment accuser son entourage (et pourquoi pas son épouse) d'avoir usé d'un expédient fatal ? Seul le destin était coupable. En attendant, l'heure tournait et n'était-ce pas à la table de le faire ? On demanda aux adeptes s'ils étaient décidés à tenter l'expérience. On remua sur sa chaise, toussa, on se regarda. L'un capitula, de peur d'être accusé de complicité avec le diable.

« L'assemblée étant nettoyée de son importun, on tendit un simple verre d'eau à l'enfant et l'eau claire ne le fut plus, ce qui troubla autant les spectateurs. On recommença trois fois et l'eau s'assombrit autant. C'était la *preuve* irréfutable d'une mort prédite que l'enfant confirma en parlant de la vision d'un cheval blanc et d'un fauve dont l'identité fut attribuée à un tigre, ce qui parut incroyablement certain, d'autant que personne n'en avait jamais croisé...

« De fait, le comte mourut peu de temps après. Et la comtesse fut menacée. Fallait-il chercher un lien de cause à effet entre la prédiction et cette fin tragique ? L'Affaire des Poisons acheva de persuader les apprentis sorciers que ces pratiques occultes se montraient dangereuses. Talismans, pactes avec le diable et autres sorcelleries se dirent passés de mode. D'ailleurs, le roi avait prévenu : lui et ses lettres de cachet seraient désormais intraitables. Mais c'était oublier la fascination croissante pour le seul pouvoir qui puisse échapper aux mortels, même les plus grands : la révélation du futur.

« Et hier, à Versailles, la vicomtesse de Lancquet n'a pas résisté à la tentation, murmura Louis de Mieszko, le visage éclairé par un sourire malicieux.

« La vicomtesse de Lancquet faisait partie de ces oisifs, esclaves des superstitions. Et plus le temps passait, plus cette mode grandissait, d'autant qu'elle s'accompagnait de la saveur de l'interdit. Il ne lui en fallut pas plus pour braver l'autorité royale dans son propre château.

« Le soir même où je m'y étais rendu, elle avait prévenu ses émules. Et pendant que vous vous disputiez avec le chevalier de Saint Val, les conjurés se rassemblaient en secret. Il ne manquait qu'une table. Or, Versailles en possédait assez pour qu'on ignore cet emprunt.

« Je crois même savoir qu'ils étaient cinq complices, précisa le marquis de Penhoët. La vicomtesse avait fait venir un prêtre défroqué et excommunié pour prononcer la formule dédiée aux ténèbres. Un autre montait la garde devant la porte. Un quatrième servait de lien avec les esprits. Le cinquième devait poser sa question : descendait-il de Louis XI ? Et aussi, je crois, allait-il faire fortune en Louisiane ? On fit éteindre les bougeoirs, murmura Penhoët pour éveiller un peu plus encore notre attention. Seules les flammes de la cheminée, balayées par le vent sournois et menaçant, éclairaient les ombres prêtes à pactiser avec le diable. Mais rien ne se produisit. Un courant d'air se glissa bien dans le dos des conjurés. Une bûche siffla et se fendit, éclairant le temps d'un éclair le visage possédé et perdu du prêtre défroqué. Le vent, encore, souleva un instant les cendres mortes figurant les limbes des abîmes. Ce n'était pas cela, communier avec l'Enfer !

— Peut-on être sot à ce point ? bredouilla madame de Sévigné plus impressionnée qu'elle ne le voulait.

— Vous comprendrez combien ils le furent en apprenant la suite.

— Parlez, je me tiens coite, promit-elle.

— La vicomtesse de Lancquet dispose d'une chambre de courtisane dans l'aile sud du château de Versailles. Mais cette bâtisse étant neuve, le prêtre sorcier l'a convaincue que les esprits ne se manifestaient que dans les lieux anciens. Si bien qu'une nouvelle expédition s'est organisée. Il fallait s'attabler dans le château.

— Chez le roi ? gémit la marquise.

— Mieux encore ! ricana-t-il. Dans ce qui sera, un jour, l'appartement de Monseigneur.

— Chez le fils du roi ! s'étouffa la moraliste.

— Dans cette partie du château où se conçoit le projet de sa future habitation, répéta le conteur. Puisqu'on y fait des travaux, les lieux devaient être déserts... Du moins pouvait-on le penser.

— S'agit-il de ces pièces donnant sur le perron du château qui ouvre sur les jardins ?

— Oui. Exactement. Et pour être précis, dans le Cabinet des Glaces, car ce détail a son importance. Mais laissez-moi continuer, s'il vous plaît. Or donc, les voilà, nos intrigants, désertant les Grands Appartements où se tient la soirée du roi, descendant l'escalier des Ambassadeurs et traversant la Cour Royale. Puis, profitant de l'ombre, se glissant jusqu'à la cour de marbre. Ah ! J'imagine le triste cortège guidé par notre prêtre satanique et avançant à petits pas, tremblant pour eux et ce qu'ils allaient vivre, se tenant main dans la main pour ne pas rompre le charme de la possession qu'ils sentaient grandir dans leurs corps au fur et à mesure qu'ils répétaient des paroles charlatanesques inspirées par une lune enfin noyée dans une brume apocalyptique.

Le marquis marqua une pause en avalant sa tasse de café :

— Alors, reprit-il, jouant de leur bonne mine et de leur titre, ils pénétrèrent dans le Cour de la Reine, puis ils entrèrent dans le salon avant de s'asseoir dans le Cabinet des Glaces. La table était là. Le prêtre, dans le rôle du docteur *Sorcellus*, et un autre qui tenait celui de la vigie avaient tout prévu, mais la scène tourna à la confusion. Contentons-nous de raconter ce qui semble certain. Une formule énigmatique venait à peine d'être prononcée que le drame se consomma. De la cheminée, jaillit une voix sortant des enfers et, dans les reflets des glaces, surgit une silhouette terrifiante. C'était un fantôme. Celui de Versailles puisqu'on l'appelle déjà ainsi.

— Allons donc ! fit la marquise en devenant blanche. Cela est impossible.

— Ne vous en déplaise, ce fantôme est apparu aux cinq. Et la frayeur fut telle que la vicomtesse faillit en mourir. Attendez la suite et vous ne pourrez plus en douter. Car il n'en resta pas là. Alors que son corps s'effaçait dans un voile de fumée, sa tête s'illumina comme si elle reposait sur un cercle de feu et les témoins crurent qu'elle flottait dans le miroir. Un ricanement effroyable accompagna cette apparition titanesque. Pour autant, le gouffre que ces malheureux avaient entrouvert ne se referma pas encore. Sa voix se fit entendre. Une voix claire et des mots effroyables. Il parla, oui, de vengeance et de mort.

— Il réclamait des têtes ?

— Pas n'importe lesquelles. Louvois en faisait partie. Oui ! Louvois fut cité.

— Le ministre du roi ?

Le marquis acquiesça.

— Ah ! fit-il. J'oubliais ce détail qui a son importance. Le temps qu'il apparut suffit pour voir qu'il était noir. Et il se présenta comme un esclave.

La comtesse ouvrit de grands yeux. Le marquis exulta :

— Il eut encore le temps de leur apprendre qu'il arrivait de Louisiane à bord d'un navire marchand parvenu ces jours-ci en France. L'esprit de l'esclave aurait fait ce long voyage pour obtenir réparation auprès du roi.

— Réparation ! Mais pourquoi ?

— Il a affirmé avoir été maltraité par un colon de la Nouvelle-France. Celui-ci l'aurait affamé et battu à mort sans raison légitime. Dès lors, et tant que le coupable ne serait pas puni, son âme errerait entre ici et son fief natal dans lequel il retournerait après la tenue d'un juste procès. Se considérant, par la force des choses, comme sujet de Sa Majesté, c'était vers son représentant suprême que, désormais, il se tournait. Et resterait à Versailles tant qu'il n'aurait pas été entendu.

— Quelle sornette, murmura la marquise, d'une voix mal assurée. Mais je peux imaginer l'épouvante de la vicomtesse de Lancquet et de ses invités.

— Alors qu'elle s'évanouissait, un compère partit en hurlant. C'est d'ailleurs ainsi qu'un garde a surgi et a pris ces tristes personnages la main dans le sac...

— Ce soldat a-t-il vu ce revenant ?

— Envolé, je vous l'ai dit, dans l'étain du miroir. Et maintenant, le plus grave : le fantôme a promis d'exécuter un crime chaque jour jusqu'à obtenir réparation.

— Le roi ne peut assurément pas laisser sans suite des menaces aussi macabres.

Le marquis confirma :

— Sa colère, me dit-on, fut terrible. Cette aventure n'est pas sans lui rappeler les pires moments de l'Affaire des Poisons. Et cette fois, dans son propre château ! L'enquête qui suivit fut rapide. On a interrogé la vicomtesse. Elle a tout reconnu. Le faux prêtre est à la Bastille, le sort des autres se décide aujourd'hui. Mais le fantôme ? Eh bien lui, il a disparu...

— Quelle affaire, mon ami ! exhuma la marquise de Sévigné.

— Quelle farce, plutôt ! rétorqua celui-ci.

— Oui, se reprit la moraliste sur un ton plus solide. Il ne peut s'agir que de cela... Mais alors, quelle mise en scène !

— Qu'importe son auteur. Elle nous sert, car maintenant La Salle apparaît. Voyez-vous comment ?

Je crus avoir compris l'idée de monsieur Louis de Mieszko :

— Auriez-vous l'intention d'installer La Salle sur le même bateau que le fantôme ?

— Félicitations, Hélène ! Je me sers en effet d'un élément plausible et peu discutable : un bateau est arrivé de Louisiane. Dans cette affaire, tout est sans doute *impossible*, sauf l'existence d'un navire accostant en France. Comme vous l'avez compris, nous nous appuierons sur ce fait concevable et acceptable par un esprit humain pour tirer notre épingle du jeu. Déjà, j'ai avancé mes pions et donné des ordres. En ce moment, à Versailles, des hommes de confiance passent de courtisan en courtisan en se moquant du fantôme, mais en acclamant au génie de son inventeur, car, *en effet*, soutiennent-ils, un navire de la Louisiane viendrait d'arriver à Rouen. Ils n'ont plus qu'à ajouter : « La Salle est peut-être à son bord ? » Ou encore : « Où ai-je donc appris qu'il se portait mal ? » Je connais la cour. Ce soir, elle en parlera avec certitude. Demain, jeudi, elle ne se choquera pas d'apprendre que le roi est parti au-devant de son explorateur. C'est alors que nous agirons.

— N'avions-nous pas parlé de vendredi ? demandai-je le cœur serré.

— Ne tardons pas. La Reynie mène l'enquête. Il est redoutable. C'est pourquoi je donne peu de chance aux histrions qui ont voulu effrayer la vicomtesse de Lancquet. Il trouvera vite, d'autant que le roi veut que cesse ce désordre. Il nous faut donc, sans attendre, profiter de l'émoi provoqué par le fantôme de Versailles.

Il m'observa tendrement :

— Mais nous pouvons encore tout arrêter. Auriez-vous peur, Hélène ?

— Pas un instant ! Et si je ne mets pas en danger votre propre vie…

— Allons ! fit-il en haussant les épaules. Je ne suis pas le créateur du fantôme et personne ne remontera à la source du bruit qui court à Versailles. Qui a inventé le retour de La Salle ? Personne, ou plus encore tout le monde. Non, croyez-moi, ce coup peut réussir.

Mais je devinais qu'il parlait ainsi pour me rassurer. Dans ce Versailles où tous s'espionnaient, où tout s'apprenait, les risques étaient énormes. Si Louis de Mieszko échappait à la trahison d'un de ceux mis dans la confidence pour répandre la rumeur sur le retour de La Salle, il devrait affronter les investigations de La Reynie. Or, il venait d'avouer qu'il se méfiait du lieutenant de police. D'ailleurs, n'était-ce pas à cause de lui que nous nous trouvions ici, complotant à notre tour ?

— Vous êtes un joueur formidable, cher ami, glissa madame de Sévigné soudainement convertie (ou séduite) par les idées de son marquis. Profiter d'un mensonge pour en créer un autre… C'est dit. Je ne m'assoirai jamais plus à votre table.

— Au jeu, glissa-t-il en plissant les yeux, on gagne rarement en comptant sur ses cartes. Dans cette partie, j'ai pris ce qu'il y avait de plus fort en face et qui manquait chez moi. Ce bateau est l'atout qu'il me fallait pour faire croire au retour de La Salle. Je me sers, en effet, d'un autre pour exploiter mon mensonge. Le principe de l'impasse repose sur les mêmes règles.

Il me regarda et ses yeux bleu et gris vacillèrent un instant :

— Ensuite, il faut espérer en votre chance.

Le marquis nous quitta peu après. Il retournait à Versailles pour vérifier encore si « la poudre s'enflammait ». Et demain, qu'en serait-il du feu d'artifice ? Il insista pour que je sois au château au plus tard le lendemain à dix heures. Une heure, ce n'était pas de trop pour nous adapter aux circonstances.

— Je dormirai au palais et j'utiliserai ma soirée à rencontrer le plus de courtisans. Mon carrosse viendra vous chercher. Habillez-vous sobrement, me conseilla-t-il.

Le porche de l'hôtel Carnavalet se referma sur lui. En remontant dans le salon de la marquise de Sévigné, je la surpris en pleine prière. Elle releva la tête :

— Je demande à Dieu qu'il se tourne vers toi, souffla-t-elle. J'y crois plus qu'à la chance.

Le temps passa vite, mais j'en pris pour écrire une seconde lettre à mon père. Craignant l'espionnage du roi, je ne lui parlai pas du programme de jeudi. J'imaginai aussi sa peur à me savoir engagée dans une telle entreprise. D'ailleurs, tout serait dit, accompli avant même qu'il ne reçoive mes explications. Cette lettre, quand j'y repense, était si insipide – anonyme même – et si différente de ce que nous avions plaisir à échanger, qu'il me vient à l'esprit que ce « silence » l'inquiéta tout autant qu'un long développement. La censure à laquelle je me pliai était l'aveu d'un trouble profond dont les tremblements de ma plume témoignaient plus encore. Je m'y repris à trois fois, tâchant de calmer mon émotion. Et en évoquant la soirée dans les Appartements du roi, je m'attachai à ne rapporter que le spectacle de la cour et en quoi je m'en sentais étrangère. J'achevai par ces mots : *Vous n'aurez plus besoin de me convaincre. Je sais où est ma vie...* J'espérais lui apporter un peu de réconfort. C'était aussi une façon de le préparer au nom de François de Saint Val. Car pour, moi, il ne pouvait en être autrement.

Puis midi a sonné. François s'est présenté. Je me suis précipitée au salon. La marquise de Sévigné était à la fenêtre.

— Il est beau, s'est-elle émue. Cours vite le retrouver.

Je ne l'ai pas fait. J'ai voulu prendre mon temps, éprouver les battements de mon cœur ; qu'ils mesurent combien je me sentais heureuse. Rien n'était-il plus fort que ce moment où je désirais m'abandonner ? Au fond de moi, le tambourin ne cognait pas moins fort. Alors, j'ai ouvert lentement le porche de l'hôtel Carnavalet. Je me suis avancée pareillement, domptant mon désir pour m'arrêter à un pas de lui et contre tout l'or du monde, je n'aurais voulu changer ce présent infini dans lequel s'engouffrait mon bonheur. Cette émotion dans laquelle brûlaient mes dernières résistances m'enseignait les délices de l'attirance. Aimer était trop séduisant. Mon corps me suppliait d'y céder. François n'avait pas bougé. Il m'interrogeait en silence. Le miracle allait-il se reproduire ? Sa peur ne l'avait pas quitté et cette faiblesse me toucha tant que des larmes vinrent. Je me suis jetée dans ses bras, abandonnée à lui, franchissant une frontière m'invitant aux promesses d'un monde où je n'existerais jamais seule. Et nous restâmes ainsi, gémissant et nous murmurant la peur que nous avions eue de nous perdre et le bonheur de nous trouver.

Bien plus tard, j'ai regardé ses yeux verts. Ils me questionnaient et cherchaient encore à percer les secrets de mon âme. Avait-elle changé depuis avant-hier ? L'aimait-il ? Vivait-elle sous le charme de Versailles ? Ces questions tiraillaient son humeur et l'emmuraient dans une sorte de gêne. La superbe de Beltavolo avait fait long feu. Il était intimidé. Amoureux, je crois plus justement.

J'ai caressé ses cheveux. Je cherchais à l'apaiser. J'ai réclamé un autre baiser.

— Auriez-vous perdu le goût de m'embrasser ?

Retrouvant son courage, il se jeta à mon cou et me serra si fort que son souffle vint à se nourrir au mien. Puis, soudainement, il se libéra et m'entraîna dehors.

— Je vous enlève avant que Jean-Baptiste et Sébastien nous offrent leur service. Hier, ils m'ont demandé de leur présenter un brevet de bonne conduite !

— Je peux les comprendre. J'ai eu droit au récit de vos réjouissances.

— L'ascension de la rue Mouffetard est bien longue, s'excusa-t-il.

— Et l'endroit ne manque pas de bonnes adresses. Ils en gardent un bon souvenir.

— Ils n'ont eu qu'un aperçu. Il y a tant de petits paradis pour poètes...

— Emmenez-moi !

— Ce n'est pas Versailles, grimaça-t-il en hésitant.

— Alors, tant mieux !

— Dois-je comprendre que vous n'avez pas apprécié votre soirée ?

— Il y eut du bon et du moins bon.

Cette phrase énigmatique relança ses inquiétudes. Il baissa les yeux. Je pris sa main :

— François ! J'ai tant de choses à vous raconter. Ne perdons plus un instant. Conduisez-moi dans votre royaume.

— Celui de Louis XIV ne vous suffit pas ?

— Je déciderai après l'avoir comparé au vôtre. Tachez de m'étonner. Ce sera votre mission.

Il retrouva son courage et enserra ma taille :

— Regardez ce ciel bleu. C'est un jour à profiter de lui. Nous irons à pied. En route !

Et nous allâmes dans Paris, corps et cœurs soudés.

Nous marchions aussi, car il avait rendu l'attelage à l'aubergiste.

— J'en ai fait autant pour mon tablier. Nous ne devons plus rien à ce triste personnage.

Il me regarda tendrement :

— Sans carrosse, je suis enfin le maître du programme. Je redoutais une de vos compositions. Une expédition à Versailles, par exemple ?

Je ne répondis pas. La mine renfrognée, il s'arrêta de marcher :

— Que s'est-il passé, hier soir ?

Je le tirai par la manche :

— Plus tard, François, je vous le promets. Parlez-moi plutôt de cet aubergiste. Il ne vous a pas posé de questions ?

Laissant tomber ses doutes, il se plia à ma demande :

— Que vous dire ? D'abord, il m'a vu. Il a lâché la cuisson de ses oies grasses pour faire le tour de l'attelage. Ni bosse ni rayure – du moins, pas une de plus. Il s'est essuyé le front. Ensuite, il a regardé autour de lui pour repérer les curieux. Personne ? Bon. « Entrez, Beltavolo. Alors, ces gens, qu'ont-ils fait ? Où sont-ils allés ? » Il n'a cessé de m'interroger en faisant tourner la broche de sa lèche-frites. Moi ? Des réponses évasives qui augmentaient son impatience et rongeaient son humeur. Enfin quoi ! Des lieux, des adresses, des noms ? Hélas, soupirai-je, des courses sans adresse précise, des ordres, mais sans indication, des arrêts brusques, et toujours au coin des rues, des disparitions soudaines, des réapparitions imprévues. Des mouches, quoi ! On les croit en l'air, elles sont sur le bras. On saisit le torchon, elles s'envolent par la fenêtre. Ah ! mission délicate… Mais motus, je n'ai pas parlé. D'ailleurs, je ne savais rien. J'avais joué l'idiot, puisque c'était le rôle. Les avais-je trompés ? Il fallait réfléchir. Ce couple étrange, surtout le gros homme, cachait son jeu. Qui étaient-ils vraiment ? Des magistrats en mission secrète ? Le café… Oui, le café, ils en avaient parlé… Et je me suis tu. Ah ! Hélène, comment vous décrire la façon dont notre aubergiste ouvrit la bouche pour trouver de l'air. Café ? Quoi d'autre ? Rien. Café, ai-je dit encore en haussant les épaules. Mon rôle était toujours celui de l'idiot. Et je crois avoir réussi. Si bien que j'ai abandonné un homme partagé entre la peur des mouches et la crainte d'avoir été berné par elles. D'autant qu'il n'oublie pas la pension de vos chevaux. Les jours passent et l'avoine a un coût. « Combien de temps, encore ? », gémit-il. De nouveau, j'ai haussé les épaules. Qui sait où va le vol de la mouche ? Sur le pas de la porte, je me suis retourné pour clamer d'une voix grave : « Gardez l'œil ouvert et méfiez-vous ! » Je l'aperçois encore, tremblant et suant.

Il riait à gorge déployée.

— Étiez-vous si impressionnant ? lui demandai-je en souriant.

— Plus vrai que nature, m'assura-t-il. Un vrai comédien.

— C'est cette vie qu'il faut me montrer. Je veux voir où vous jouez. Je veux rencontrer vos amis. Je veux savoir ce qui vous émeut, vous séduit, vous donne envie de rire !

Il s'arrêta de marcher :

— Tout est là. Et c'est vous.

— Pour savoir si ce *vous* t'apprécie, mène-moi jusqu'à *lui*.

Il m'embrassa la main : « Alors, partons pour la rue Mouffetard... »

Connu n'était pas assez. Connu comme le loup blanc convenait plus. Depuis que nous étions entrés dans le fief de François de Saint Val, il avançait le sourire aux lèvres, tendant la main, répondant à un signe. Et parfois à un baiser.

Plus nous avancions, plus il s'apaisait, retrouvant sa fantaisie, redevenant celui que j'avais connu dans l'écurie de l'aubergiste. Et qui me séduisait tant. À l'étal d'un marchand de fruits, il choisit trois belles pommes rouges qu'il fit aussitôt voler dans un cercle imaginaire. Quand l'une descendait, les deux autres s'élevaient. Le commerçant menaça qu'il faudrait rembourser les dégâts. Si un fruit tombait, il serait perdu. François répondit en s'emparant, sans rien changer à son ballet, d'une quatrième pomme bien ronde. Et il continua son numéro. Bientôt, des curieux se pressèrent. L'un fit rouler une pièce. Les autres applaudirent. L'artiste acheva son numéro en récupérant une à une les pommes sur le haut de son dos. Aucune ne toucha le sol. François salua et rendit ce trésor à son propriétaire.

— Mais il en manque une ! s'insurgea le marchand.

— Je garde celle-là, répondit Beltavolo en m'offrant la plus brillante.

— Et vous payez comment ?

Il ramassa la pièce du passant généreux et la donna au grincheux.

Nous partîmes à l'assaut de la rue Mouffetard. La pente devint raide. Il me prit par la main et força l'allure, se faufilant entre les flâneurs, les commerçants ambulants et les enfants qui jouaient à saute-mouton au milieu de la chaussée, indifférents aux cris d'une matrone qui les menaçaient du bâton s'ils ne filaient pas chercher de l'eau au cours de la Bièvre.

— Moins vite, François ! Je ne puis courir et goûter votre fruit...

Je croquai dedans. Le jus coula sur mes lèvres. Je me sentais heureuse. Mais nous passions devant le cabaret de la Mère-Dieu quand trois filles très jolies et très jeunes coururent vers nous et entourèrent François :

— Joueras-tu, ce soir ?

L'une d'elles me détaillait d'un regard ironique. Ma présence ne semblait pas la troubler :

— C'est une de tes comédiennes ?

— Non, répondit sobrement Beltavolo.

— Un petit animal perdu ? se moqua la deuxième.

— Quel secret se cache-t-il derrière ces beaux yeux ? dit la troisième.

Il soupira. Beltavolo était pris au piège. Masquant sa gêne et trouvant une contenance en remontant la mèche qui tombait sur son front et lui faisait un si beau visage, il se lança dans des explications alambiquées desquelles ressortaient que j'étais une amie, une très chère amie. En fait, une jeune femme qu'il avait rencontrée depuis peu et que...

— J'aime, finit-il par lâcher dans une sorte de murmure où pointait comme une plainte.

Les trois filles partirent dans un éclat de rire et m'entourèrent aussitôt de leur gentillesse et de leur bonhomie. Était-ce à moi ou à elles d'éprouver de la jalousie ?

— Nous vous félicitons ! dit la première.

— Le cœur de notre acteur est donc prisonnier, soupira la deuxième.

— Qui aurait cru qu'il se laisserait capturer ? ironisa la troisième.

Et elles s'engouffrèrent aussitôt dans l'entrée d'un bel immeuble.

— Ce sont des pensionnaires de la Miséricorde de Jésus, fit-il timidement. Pourquoi me regardez-vous ainsi ? Je vous dis qu'il s'agit d'une maison de religieuses.

— Et vous voulez me faire croire qu'elles ont déjà prononcé leurs vœux ? cinglai-je en jetant la pomme.

— Elles ne sont que novices.

— La façon dont elles vous regardaient me fait douter, persiflai-je en regrettant le goût sucré de la chair.

Un instant, me revint cet air torturé qui avait précédé l'aveu de ses sentiments à mon endroit. Son secret nichait-il dans un mensonge aussi misérable que malhonnête ? Beltavolo au grand cœur ! J'aurais dû le comprendre… ce garçon était aussi charmant que faible. Allais-je connaître le prix affreux d'un attachement trop soudain ?

— Vous me mentez ! éclatai-je alors, espérant de tout mon cœur me tromper.

Il sourit d'un air assuré :

— Ne vous méprenez pas, Hélène. Ces jeunes filles vivent dans la prière, cloîtrées l'essentiel du jour. Parfois, elles peuvent s'échapper une heure, entre mâtines et vêpres. Et elles ont faim de cette vie que vous voyez ici. Certaines, folles de douleur et d'ennui, tentent de fuir. On les reprend. On les punit. Bientôt, elles ne verront plus le jour comme nous, et leurs yeux font provision de souvenirs et de soupirs dont elles devront se nourrir jusqu'au dernier soir. Leur montrer notre amour est pour elles une déchirure. Alors, je leur parle avec douceur, sans jamais m'en prendre à leur personne. Croyez-moi, le bien que je donne à ces jeunes filles pieuses n'est qu'honnêteté et juste retour de ce qu'elles m'offrent en bonté.

Il était si touchant dans son discours. Si désolé. Et si vrai à mes yeux. J'étais toute prête à me raisonner.

— Bonjour, le beau Beltavolo !

Une femme brune et gracieuse aux allures de gitane se collait cette fois à lui en lui lançant une œillade brûlante.

— Bonjour, bredouilla-t-il en rougissant derechef.

— Depuis trois jours, je ne te vois plus au bal du Vieux-Chêne. Es-tu malade ?

— Oui ! Et atteint d'un mal incurable. Il tombe amoureux au premier regard, jetai-je d'une voix méchante. Mais sans doute connaissez-vous cet outrage.

La femme sembla me découvrir. Elle me détailla, revint vers François et comprit enfin le drame qui se jouait. Alors, elle s'adressa à moi le plus gentiment qui soit :

— Comment vous appelez-vous ? dit-elle d'une voix sans haine ni violence.

— Hélène. Et vous ? grognai-je en redoublant de méfiance.

— Hélène ! Détrompez-vous, me supplia François. Je vous présente Eva del Esperanza. Elle vient d'Espagne.

— Je suis comédienne, ajouta-t-elle, et parfois notre troupe improvise une bouffonnerie au bal du Vieux-Chêne. C'est à la fois charmant, bon enfant, chaleureux. Tous les habitants de la rue Mouffetard s'y retrouvent. J'espère avoir le plaisir de vous y voir.

Eva del Esperanza parlait avec noblesse et son allure, ses gestes se montraient empreints de la même dignité. Elle vit dans mon regard que je l'observais toujours comme un animal étrange, et peut-être un danger, une rivale même. Aussitôt, elle s'avança et prit ma main avec douceur :

— Vous vous posez des questions. Rassurez-vous. François n'est qu'un ami, et j'ajoute le meilleur des hommes. Quant à moi, dit-elle en souriant, je n'ai pas toujours joué la comédie. Et je devine qu'il pourrait en être de même pour vous.

— Tu peux lui faire confiance, Eva.

— Je le sais déjà. Est-elle l'une de ces pauvres jeunes filles qui voudraient s'échapper de la Miséricorde de Jésus ?

— Elle est à Paris pour des raisons que tu apprécieras puisqu'elles ont trait à la liberté.

François ajouta pour moi :

— Eva a fui l'intolérance de l'Inquisition.

— Et un château en Espagne dans lequel j'aurais étouffé avant de devenir vieille !

Elle parlait avec audace, se voulant légère, mais son allure magnifiquement sombre trahissait les douleurs de son âme. Elle souffrait d'une déchirure, d'un mal lancinant et profond. Ses yeux semblaient fanés, flétris, précocement usés par un chagrin trop lourd pour s'épuiser en larmes et dont les stigmates se montraient dans les fissures qui blessaient et flétrissaient l'ourlet de ses lèvres.

— Vous voir me fait plaisir, nous dit-elle. Je vous sens tous deux amoureux et il ne peut y avoir de plus beau bonheur.

Son cœur se souleva. Eut-elle envie de parler, de se confier, simplement de pleurer ? Elle y renonça brusquement. Sa tristesse allait au-delà.

— Adios ! lança-t-elle enfin d'une voix enjouée, mais sa joie était fausse. Prenez soin de François. Et toi, veille sur Hélène. Tu ne rencontreras pas deux fois une telle chance.

Elle tourna le dos et s'échappa dans la rue Mouffetard. Sa silhouette élancée transperça la cohue joyeuse dont chacun, ici, semblait se nourrir.

— Eva est une femme singulière, glissa François.

— Et très belle, ne pus-je m'interdire de glisser.

— Elle vous l'a dit, s'agaça-t-il, nous ne sommes qu'amis.

Je boudais encore.

— Il faut me croire, Hélène. Sinon, plaisanta-t-il gentiment, il ne peut y avoir d'estime mutuelle.

— Alors, dites-moi tout ce que vous savez sur elle. Elle cache un secret, n'est-ce pas ?

Il acquiesça en silence.

— Quel est-il ? insistai-je en me serrant contre lui.

— Elle est, commença-t-il, la fille d'un prince proche de Charles II. Son destin était d'épouser un Grand d'Espagne, un seigneur puissant. Mais son cœur avait choisi un homme dont le nom et les origines ne convenaient pas. Les deux amants décidèrent de fuir. Eva partit la première. Antonio, celui qu'elle aimait, devait la rejoindre. Mais sur ordre de son père, il fut assassiné. Depuis, elle se cache parmi nous.

— Son deuil se lit dans son regard.

— Chacun tente de lui venir en aide.

— Est-ce vraiment toujours ainsi dans votre Royaume ?

— Ici, la tendresse vient au secours du chagrin. Ici, vous ne trouverez que des personnes aimantes et sincères, car elles possèdent peu, mais connaissent la valeur d'un sentiment. Et tout ce que je viens de dire s'applique à moi. Car c'est ainsi que je conçois le bonheur.

— Montrez-moi encore ce paradis...

Le marché des Patriarches était grand ouvert. Les étals des marchands regorgeaient de fruits parfumés et de belles poulardes, de chapons dodus, de faisans, de perdrix rouges qui se serraient en attendant que la fatalité les soumette à la gourmandise des mégères. L'odeur des lèchesfrites et des rôtisseries surmontait le parfum du cuir que l'on séchait dehors. Le nez se dirigeait vers la porte des tavernes restées ouvertes. Bientôt, le regard suivait, attiré par une armée de mirlitons qui, houspillés par leur maître, arrosaient de sauce et tournaient vivement les volailles dont la peau dorée et craquelée par la braise faisait gémir l'estomac. La faim tenaillait la rue. Déjà, les tables accueillaient les premiers convives.

Plus loin, drapiers et teinturiers, attirés par la réputation des Gobelins, expliquaient la cherté de leurs étoffes, tissées dans la soie et dans le lin, par le métier des manufacturiers qui obligeait à l'emploi de nombreux ouvriers qualifiés. Seul le passage des archers du prévôt, dont on craignait qu'ils réclament gabelle, calmait l'ardeur marchande des drapiers. Les pièces d'une livre filaient dans la bourse et l'on faisait mine de rien en espérant qu'ils partiraient, cédant à la tentation d'entrer à la Grosse Armée, à l'Arbalète, au Château Saint-Ange, aux Trois-Barbeaux, à la Bonne Eau, au Paradis-Terrestre où coulait à flot le vin de Montmartre et où se mangeaient les tripes fraîches lavées tout près, au Pont-aux-Biches, dans le cours d'eau de la Bièvre.

François nous fit encore gravir la rue Mouffetard et s'arrêta devant l'entrée du Chapeau-Rouge. On y mitonnait du civet. Odorant et fleuri. Nous entrâmes. Une suie, chaulée par les milliers de gibiers aillés et cuits depuis la nuit des temps, recouvrait les murs d'une patine chaude et accueillante. Le sol, dallé d'un granit fraîchement lavé à l'eau claire, s'attendrissait et se colorait aux rayons d'un soleil d'automne caressant et paisible. Les tables, tassées les unes aux autres tant le banquet s'annonçait triomphal, étaient occupées par des commerçants et des voyageurs venus faire emplette.

Ce repas se voulait un moment de fête. On se frottait les mains en pensant à l'assiette copieuse qui ne tarderait pas à venir. On calmait son impatience en riant, en se tapant sur l'épaule. Les visages rougissaient de plaisir, les bonnets glissaient dans la poche des manteaux qu'aussitôt on abandonnait. La chaleur humaine se mettait à l'unisson du beau climat du Chapeau-Rouge. Les négociations étaient menées bon train et saluées par de grands coups de chopine que l'on avalait cul sec. On se poussa pour nous accorder une petite place. Il y eut des sourires. Puis on nous oublia. On trouvait mieux à faire que d'espionner son voisin. François se leva aussitôt en s'excusant. Il devait parler au tavernier et en profiterait pour saluer ses amis qui lui envoyaient des signes et me désignaient en formant de l'œil des points d'interrogation. Je crois surtout qu'il voulait mettre de l'ordre, et s'éviter ainsi de nouvelles questions sur la gent féminine qui peuplait ce pays.

À côté de moi, deux hommes élégants discutaient fort civilement et sans aucune gêne. Pendant que mon regard partait à la découverte, mon oreille suivit leur débat. Il me fallut peu de temps pour comprendre que l'un était huguenot et l'autre catholique. Le premier était grand et maigre. Ascète le qualifiait mieux, comme en témoignaient ses vêtements passe-muraille et ce fin collier de barbe qui complétait l'austérité de son visage. Il se tenait droit, les mains posées sur la table. Le second, replet et plutôt petit, gesticulait, s'agitait sans cesse. Chacune de ses phrases était accompagnée d'un mouvement du corps en avant. Et sa tenue rouge flamboyant achevait de les différencier. Pour autant, les deux s'entendaient-ils mal ? Pas le moins du monde. Leur seul souci commun était ces bruits, ces alertes, ces signes qui confirmaient la fin de la Paix de l'Église.

— J'ai entendu pire, fit le catholique. À Marseille, les protestants sont mis aux galères et on les oblige à s'agenouiller pendant la messe.

— C'est contraire à la foi du protestant, s'insurgea le second.

— Ceux qui refusent sont fouettés au sang.

— L'unité religieuse ! soupira le huguenot. Le roi pense que cet ouvrage lui est inspiré par Dieu…

— Et ce n'est pas son confesseur qui l'en dissuadera. Chaque vendredi, il lui assène son sermon. Il l'invite à tourmenter les jansénistes de Port-Royal.

Le protestant leva son verre et salua son compagnon :

— Ta tolérance est un don de Dieu. Pourquoi tous les catholiques ne sont-ils pas ainsi ?

— Ce mot, tolérance, est déjà hérétique. Sais-tu que, par provocation, j'ai envisagé de me convertir au protestantisme !

— Prends garde ! Le roi l'a interdit et ce n'est qu'un exemple des persécutions dont nous sommes victimes. La liste des métiers dont on nous écarte ne cesse de s'allonger. Une simple sage-femme ne peut avouer sa foi protestante…

— Et j'ai entendu que Louvois encourage les dragonnades.

— Tu dis vrai. Mon frère vit en Poitou et il est comme moi protestant. Il m'a écrit que l'intendant René de Marillac, avec la bénédiction de ce triste Louvois, l'obligeait à héberger six dragons royaux. Contraint et forcé, il vit avec ces gens de guerre qui se montrent brutaux et sauvages. Les dragonnades existent bien. Ils violent les filles de sa ferme, détruisent, saccagent, volent, pillent ses biens. C'est si grave qu'il envisage de s'exiler.

— Alors, il perdra tout. Son domaine lui sera confisqué. Le roi l'a décidé.

— L'édit de Nantes est en train de mourir.

— Et la liberté aussi.

Ils soupirèrent et se turent. Leurs yeux s'échappèrent dans le vide. Ils étaient deux nomades, perdus dans le plus aride des déserts, et ce qui les unissait ressemblait à la peur. Je ne m'étais pas mêlée à leur conversation, mais je la comprenais et j'en partageais les effets. Je me sentais comme eux, proche d'eux et de ce royaume dont François me semblait être mon roi. J'aimais cette rue, ces gens, leur souffrance et leur joie. Je retrouvais un peu de l'esprit de Saint Albert. Et mon âme s'échappa vers mon père. Je voulais qu'il soit là pour voir mon bonheur et pour le partager. Mais l'intolérance dont il était lui-même le persécuté nous empêchait de rire ou simplement de nous serrer l'un à l'autre pendant que François, nous faisant face, aurait cherché à être brillant et à le convaincre qu'il était le fils qu'il attendait. Comme au cours de la nuit qui avait suivi ma rencontre avec la devineresse, la douleur revint. Nous étions tous les victimes de la barbarie. Mon père, François, Eva del Esperanza, les filles de la Miséricorde et maintenant ces deux amis chaleureux et sincères. En ce lieu bienveillant et intime, je communiais avec eux. Je les soutenais tous. Je partageais leur cause. Et rien ne m'empêcherait de la mener au bout.

Dans un tourbillon me revinrent les raisons de ma présence à Paris. Et une bouffée de frayeur me saisit au ventre. Le stratagème du marquis de Penhoët fonctionnerait-il ? Il y avait tant d'aléas, d'incertitudes dont la marquise de Sévigné, malgré sa gentillesse, nous avait démontré les effets. L'exil, le bannissement pour mon plus fidèle ami de Versailles. Et pour mon père, quoi de plus ? Si la cour ne croyait pas à l'idée folle du retour de La Salle, nous risquions d'être démasqués... Demain, tout se jouerait. Oui, demain, j'apprendrais ce que la chance m'accordait. Mais avant, il fallait que je parle à François. Il devait aussi savoir pour son père. Hélas, le temps passait trop vite. Il me faudrait rentrer, ordonner mes pensées, trouver la robe qui conviendrait, partir au petit matin, quitter le doux refuge de madame de Sévigné et affronter le roi. Qu'avait dit Louis de Mieszko ? À quel moment devais-je m'avancer ? Quels mots devais-je prononcer ? *Sire... Mon père...* Je ne savais plus.

— Louvois est le pire de tous, répéta le catholique.

Je revins au présent. Pour la troisième fois, j'entendais ce nom. Madame de Sévigné, le marquis de Penhoët et maintenant ces deux pauvres amis, tous semblaient craindre ou détester Louvois.

Et demain, qu'adviendrait-il pour moi ?

— Le vin et le civet arrivent !

François rayonnait et Dieu, que son éclat était beau !

Le Chapeau-Rouge se divisait en deux parties. La première, située près de l'entrée, était réservée aux repas. La seconde, plus au fond, se destinait au cabaret. De simples bancs en bois symbolisaient la salle dont le sol n'était lui-même qu'en terre battue. Une estrade servait de scène et de grands rideaux rouges dissimulaient les décors. Et je n'en vis pas davantage.

— Le miracle se trouve derrière le rideau, lança François en mordant dans la viande. Ce soir, nous aurons droit à un beau spectacle. Le Capitan Matamore, Arlequin, Polichinelle, Pantalon, Scaramouche, Pierrot ! Ils seront tous là. Ce sont les plus grands farceurs de la comédie italienne. Ils vont jouer et je sais déjà qu'il y aura une belle surprise. Pierrot ? Il interprétera un rôle nouveau et imprévu. Il sera en blanc, mais sous ses habits, quelle surprise ! Je ne vous dis rien. Vous découvrirez par vous-même...

Oui, bien sûr, il n'imaginait pas que nous nous séparions. Moi, comment pouvais-je en avoir envie ? Le fait d'y penser était déjà une déchirure. Bonheur ou douleur ? Le visage de la vieille sorcière me revint.

— François...

Il leva les yeux. Ce n'était que douceur et désir de me plaire.

— Pas un mot, jeta-t-il, c'est moi qui parle. Je viens d'apprendre des choses surprenantes et figurez-vous qu'elles ont un rapport avec vous et ce spectacle. Ah ! Je vous étonne... Eh bien, oui. Pour tout vous dire, je sais ce qu'il s'est passé, cette nuit, à Versailles, alors que vous y étiez. Et c'est cela qui servira de trame à nos amis farceurs.

— François !

— Non. C'est regrettable, mais on m'écoute. Les bruits courent entre Versailles et Paris. Si bien qu'ils ont déjà franchi les quatre lieues qui nous amènent rue Mouffetard. Et...

— François ! j'allais vous expliquer...

À mon grand étonnement, il éclata de rire :

— Vous n'allez rien me dire, car vous ignorez tout.

— Pourtant, je vous assure que j'étais aux premières loges.

Il marqua un temps :

— Ce n'est pas possible.

Il réfléchit encore :

— Ne me dites pas que vous vous trouviez à cette table quand le fantôme est apparu ?

— Ah ! Vous parlez du revenant ? fis-je sans étonnement.

— Comment ! Il y a autre chose ? Mais, d'abord, restons sur cette apparition. Étiez-vous informée ?

— Bien plus que vous ne pouvez l'imaginer... Ce matin, le marquis de Penhoët a pris le soin de se déplacer chez la marquise de Sévigné. Je connais tous les détails de cette affaire. Et, à ce sujet, je dois vous dire que nous allons...

— Ce marquis ! Toujours dans mes pieds, ronchonna-t-il. Ma déception est grande.

— Pourquoi, François ?

— La troupe de théâtre qui se produit chaque soir dans ce cabaret a décidé d'un nouveau spectacle comique dont le sujet porte sur ce fantôme, et j'espérais organiser une surprise en vous y invitant.

— Qui prétend que je ne serais pas heureuse de l'entendre ? Et peut-être plus que vous ne l'imaginez, car, essayai-je encore, je dois vous raconter ceci…

— Pardonnez-moi ! me coupa-t-il de nouveau. Qu'avez-vous dit avant ?

— Je ne sais plus… Je crois que je vous annonçais mon désir de vous parler de…

— Non. Vous avez prononcé ces mots : j'étais aux premières loges. Mais de quoi ? Quel autre spectacle a-t-on donné à la cour ?

— François. Il faudra m'entendre, et peut-être serez-vous déçu.

Il posa les mains sur la table et serra les mâchoires :

— Dois-je craindre le pire ?

— Berthe, notre cuisinière, m'a toujours appris que l'on mangeait chaud. Faites-le en m'écoutant.

— Je préfère boire vos paroles, sourit-il tristement.

Le plus dur me sembla fait après l'explication sur ma rencontre *éclatante* avec son père. J'étais soulagée et heureuse, car François ne m'avait pas mal jugée.

— Je vous l'assure, Hélène. Ne faites plus ces yeux tristes.

— Ce fut plus fort que moi. Je n'aurais pas dû intervenir. M'en voulez-vous ?

Il allongea le bras et prit ma main :

— Que vous me portiez de l'intérêt est, pour moi, un immense progrès. Que vous ayez vu mon père en action vous a sans doute permis de régler les questions qui pouvaient trotter dans votre tête. Que vous l'ayez mouché est un plaisir sans violence. Ma seule réserve est que, par ma faute, vous vous soyez mise en danger.

— Votre faute ? Allons ! C'est moi qui me suis servie de vous. Et si je vous ai défendu, je ne regrette aucun de mes mots. Il n'y a ni compromis, ni compromission. J'ai parlé selon mon opinion. Il fallait que quelqu'un mette fin à la suffisance de cet homme et c'est tombé sur moi. N'est-ce pas la règle du royaume de Mouffetard de venir en aide à son prochain ?

Il me caressa du regard :

— Peu à peu, vous apprenez à me connaître, vous me découvrez et vous semblez aimer la façon dont je vis.

De nouveau, il s'inquiétait :

— Nous pourrions être si heureux…

— J'ai autre chose à vous avouer, François.

— Je me doutais bien que vous n'aviez pas fini, soupira-t-il. Alors, venez-en à ce qui pèse sur votre cœur depuis que nous sommes assis.

— Il existe un lien avec le spectacle qui se jouera ici, ce soir.

— Cette affaire du fantôme ? murmura-t-il.

— Il se peut que j'y ajoute une suite.

— Vous m'alarmez de plus en plus. Ce mystère semble si lourd que votre souffle peine et que votre si joli front se plisse d'émotion.

— Pas ici. Il y a trop de monde.

— Ce n'est pas rue Mouffetard que vous trouverez un endroit discret.

— Et chez vous ?

— C'est que…

— Quoi ? Abritez-vous une pauvre damoiselle échappée du couvent de la Miséricorde ou une belle Andalouse ? Non ? À moins qu'il s'agisse d'une esclave maure et que vous hantiez un harem.

— Ne me torturez pas. Mais je suis… Et vous êtes…

— Oui, c'est nous. Mais il n'y a plus que vous qui soyez apeuré. Ai-je l'air de redouter ce qui pourrait m'arriver ? Laissez-moi insister. Ce n'est pas vous qui m'avez invitée. Je le fais seule et en toute liberté. Montrez-moi donc où siège votre royaume, cher comédien de mon cœur.

Il vivait au premier étage d'une maison en bois dont le rez-de-chaussée était occupé tout entier par l'atelier d'un menuisier. Le passage était incontournable, mais on entrait sans frapper.

— La porte ! par pitié. Ah ! c'est toi, Beltavolo, rugit un gaillard barbu dont la chevelure blonde se dissimulait sous un nuage de copeaux de bois.

Toute la pièce était ainsi, et son air irrespirable. Il fallait surveiller ses pieds et prendre garde aux chausse-trappes de ce capharnaüm où s'entassait un fatras de pièces polies, cirées, tournées et découpées. S'y côtoyaient des chaises à trois pieds, des buffets sans battant, deux ou trois tables branlantes et cet orphelinat des objets à réparer soignait aussi les chagrins des tout-petits. Sur une étagère dorée de poussière, au cœur d'un bric-à-brac de pots de colle et de cire, de clous sans tête, de marteaux et de rabots aux manches brisés, sommeillait, tête penchée, à cheval dans le vide, une jolie poupée au bras cassé. Les deux attendaient sagement, serrés l'un contre l'autre, que le sorcier d'ici les réunisse à jamais. Comment sa main énorme pouvait-elle se saisir de la poupée sans la réduire en miettes ?

La réponse se trouvait dans le sourire du géant. Le menuiser était aussi bon que grand. Il se leva pour me saluer et dans sa précipitation marcha sur la pièce de bois qu'il venait de coller. Le tout se fracassa. L'artiste ne fit que soupirer.

— Venez, me dit François.

Après le commerce, on trouvait une cour pavée où poussait un chêne vert. Celui-ci était trop jeune pour craindre son voisin qui taillait et tapait de nouveau en chantant : *Le vin est franc, plonge dedans ! Le vin est doux, il te rend soul ! Entends ma cour, mon doux amour ! C'est pour toujours, mon doux amour !* Nous laissâmes encore derrière nous, une armée de poussins jaunes qui piaillaient de peur tandis que maman poule plongeait le bec et tirait le cou, et semblait recompter sans cesse ses petits. François caressa l'échine d'un vieux molosse qui tenta d'obtenir plus d'affection en se mettant sur le dos. Alors, nous arrivâmes à l'escalier dont les marches craquaient, preuve de leur sage ancienneté. J'oubliais. Il y avait une fontaine d'eau. François n'avait pas menti.

L'ascension était raide, le passage étroit. De plus, on tâtonnait dans la pénombre. Il hésita cependant à monter devant moi.

— Les conventions voudraient que ce soit l'inverse, balbutia-t-il. Encore que vous venez pour la première fois et qu'il me faut veiller aux mauvaises rencontres. Mais, je vous rassure, s'empressa-t-il d'ajouter, vous ne craignez rien.

Il se tut et se donna du courage en gravissant les marches deux par deux. Moi, je prenais mon temps. J'avais décidé qu'il en serait ainsi. Je voulais me souvenir de chaque détail, de chaque émotion. Je voulais un après-midi comme je n'en connaîtrais plus, car il n'existait qu'une première fois.

J'avais laissé au tendre, au séduisant Beltavolo assez d'avance pour qu'il puisse se donner une contenance, trouver quelque chose à faire. Peut-être ranger la chemise d'une autre, avais-je pensé douloureusement.

Avant d'entrer vraiment, je me suis arrêtée pour toiser son univers. C'était une pièce simple au sol couvert de pierres cuivrées et blanches. La décoration tenait dans une cheminée, un lit, une table. Et deux chaises hautes alourdies de vêtements. Il s'en saisit et les jeta sous son lit. Je ne vis qu'ensuite une lourde malle en cuir dont sortaient des habits de théâtre et une épée en bois qui me fit penser à la baguette de sorcière qui nourrissait mes rêves d'enfant. Il y avait enfin deux grands tableaux accrochés à un mur. L'un représentait un château. L'autre, le portrait d'une femme très belle, sobrement vêtue. Mon cœur battit brutalement la chamade.

— C'est ma mère, dit-il en devinant mon émoi. Et ce fut le château où je vécus. Voilà tous les souvenirs que j'aie à vous offrir.

Je fis un pas, puis deux. J'avançai vers la table encombrée de recueils de théâtre et pris le premier. C'était *Roméo et Juliette* de Shakespeare. Mon regard s'attarda ensuite sur des feuilles de papier et des essais de lettres qui commençaient par : *Ma très chère Hélène...*

Il se jeta dessus et voulut les froisser. Je retins sa main et l'embrassai.

— Le premier jour, pour m'attirer, vous parliez de m'offrir un bain.

Il se précipita vers une porte basse, placée dans le coin où se trouvait son lit, et fièrement l'ouvrit :

— Voici la baignoire. Voyez qu'elle est grande. J'ai du bois et l'eau, il suffit d'en prendre dans la cour. Désirez-vous...

Il s'arrêta de peur d'en dire trop.

— Non merci, répondis-je.

Je m'amusai de constater qu'il ne put cacher sa déception.

— Plus tard, ajoutai-je audacieusement : quand vous m'aurez aimée.

Sa stupeur m'amusa. Mon doux comédien ne trouvait aucune réplique.

Je lui repris alors la main et, pour lui faire bien comprendre ma volonté, la posai sur mon sein. J'appelai ses caresses et il osa enfin, et répondit le plus doucement du monde. J'avais rêvé de ce moment, et il était venu.

En l'appelant par son nom, il retrouva l'autorité que je réclamais et prit les devants. Ses doigts câlinèrent mon corps et s'y égarèrent. Il partait à l'aventure et, bercée par sa cour, je m'offrais des émotions neuves qui brûlaient mes dernières craintes et attisaient mon désir. Il s'approcha peu à peu des vallons et des monts que je voulais maintenant lui offrir. Il m'attira alors au creux de son lit, et mon corps s'y baigna, épousant l'onde sucrée de sa voix qui entrait au plus profond de moi. Il me dévêtit lentement, en inventant des répits, des caresses, des baisers que je vins à lui offrir pareillement. Bientôt, nous fûmes tremblants, émus et nus. Il prit aussi le temps de murmurer ces mots d'amour qui lui ouvraient mon corps et me décidaient. Il voulut me regarder encore et j'en fis autant jusqu'à ne plus résister à l'envie de toucher sa peau et de boire à ses lèvres et de le laisser boire aux miennes et d'y baigner à son tour. Nous allions sur un chemin harmonieux et, puisqu'il était le nôtre, nous l'empruntions ensemble, enlacés et mêlés.

Je sentis ses muscles se tendre et son désir grandir pour rejoindre le mien. Quand nos corps se soudèrent, et que je devins sa femme, nous étions à l'unisson, et nos voix s'appelèrent dans un unique éclat. Il supplia, je répondis en gémissant. L'onde devint une houle chaude. Sa puissance me poussait vers l'extase et bouleversait mes sens. Nos corps battirent la mesure. Je me donnai à lui ; il me rendit son pareil en jouissance.

Puis il me demanda encore, il était assoiffé, il ne me quittait plus et pendant qu'il me couvrait de baisers, je m'offris une nouvelle fois, l'adjurant que ne cessent jamais ces plaisirs éblouissants. Nous nous voulions infatigables. Nous nous voulions amants à jamais.

Lorsque vint la nuit, nous revînmes sur la terre. Nos corps se démêlèrent, nos cœurs, eux, restèrent unis. Et ce jour fut le premier d'une nouvelle vie.

Je ne peux parler davantage de ces émotions et de ces moments dont le simple souvenir m'émeut à foison. Ceux qui attendent l'amour doivent savoir qu'il n'y a rien à en redouter. Mon vœu est qu'ils connaissent un jour ce que j'avais partagé et qui se prolongeait, pour moi, avec des regards tendres, de doux silences, des caresses apaisantes. Après, soutient-on, c'est autre chose. Dans notre cas, nous étions comme deux jeunes animaux serrés l'un contre l'autre, et si je voulais bouger, François me rattrapait. Il aurait désiré que nous restions ainsi pour un temps qui se conjuguait avec l'éternité, mais j'avais faim. De tout le jour, je n'avais que picoré dans le civet du dîner. J'étais comme les poussins de la cour. Je réclamais ma pitance. Je me suis arrachée de lui. Le menuisier ne chantait plus. Et, en tendant l'oreille, j'entendais le brouhaha de la rue Mouffetard. La soirée commençait.

— Aurais-tu oublié le spectacle ? lui demandai-je, en me levant.

— Je préfère celui que tu m'offres. Reviens, Hélène…

— J'ai envie de bouger, de chanter, d'applaudir, le suppliai-je, renonçant à une si belle tentation.

François se jeta hors du lit et s'avança vers moi. J'admirai son corps fin et ambré qui s'harmonisait avec la couleur de ses yeux. Il me prit dans ses bras. Son désir revenait.

— Il faut que je te parle encore, dis-je en embrassant son épaule.

Il sembla se souvenir d'où nous venions :

— Est-ce à propos de tes projets ?

— Demain, je verrai le roi.

Il s'écarta de moi, les yeux écarquillés :

— Tu as obtenu une audience ?

— Je vais la provoquer...

François s'assit sur le lit et chercha ses vêtements.

— Pardonne-moi, j'avais oublié. Tu parleras au roi de ton père ?

L'Eden s'éloignait et il voulait savoir vers quoi il se dirigeait. Je me suis expliquée :

— Demain matin, je me trouverai sur le chemin du roi lorsqu'il se rendra à la messe. Je m'avancerai vers lui et je lui demanderai d'exercer son pardon. Je ne ferai que cela.

— Et tu penses qu'il va s'arrêter et t'écouter !

— C'est ici que le revenant de Versailles entre en scène...

Il m'écouta pendant que nous finissions de nous préparer. Il ne dit pas un mot. De temps à autre, il me regardait fixement. Il hochait la tête. Il me sourit aussi. À la fin, il se leva et se dirigea vers la porte :

— Es-tu prête ?

— Tu ne trouves rien d'autre à me dire ?

Il se posta, les mains sur les hanches :

— Si je dis qu'il s'agit d'une folie, tu te fâcheras. Si j'applaudis, tu penseras que je mens.

— Parle-moi sincèrement.

— Je t'aime à la folie !

— François ! Je t'en prie...

— Bon ! Pour commencer, tu as persuadé ton père de te laisser partir. Puis tu as entraîné le pauvre Jean-Baptiste sur ce chemin dangereux. Il clabaude, se plaint, supplie, mais il est là. Tu as juré qu'en trois jours tu rencontrerais le roi et, demain, ce sera peut-être fait. Pour cela, tu as convaincu le marquis de Penhoët d'organiser un mensonge qui peut lui faire perdre son rang de courtisan logeant à Versailles, et il te suit sans fléchir. Ce soir, tu affirmes que tu vas fièrement t'avancer vers le roi et qu'il sera si étonné de te trouver seule qu'il te laissera parler. Tu veux connaître le fond de ma pensée ?

— Oui, j'en ai besoin.

— Eh bien, soupira-t-il, compte tenu de ce que tu as déjà fait, qui pourrait affirmer que tu ne vas pas réussir ?

— Tu crois sincèrement que c'est possible ?

— Je crois surtout en toi.

— François ?

— Oui, mon amour.

— Pèse chacun de tes mots. Désormais ce que tu diras est important. Tes paroles me donnent du courage, mais tu ne dois pas mentir pour me faire plaisir.

— Ne t'en ai-je pas assez donné ?

— Plus que je n'aurais pu l'imaginer, mon tendre amant. C'est pourquoi je ne veux plus te perdre. Dis-moi ta vérité : crois-tu que mon entêtement ressemble au malheur ?

— Tu songes à la prédiction de la vieille devineresse ?

— Je m'en moque ! Je veux t'entendre toi.

— Est-ce si important de savoir ce que je pense ? Je ne sais même pas comment t'aider !

— Tu ne connais pas ton pouvoir, pourtant il est grand.

Il regarda ses bras, se toucha le visage, fit mine de chercher autour de lui :

— Pardonne-moi, Hélène, je ne vois rien ici qui puisse te nuire...

— En me mentant, tu le ferais. Alors, oui ou non, acceptes-tu que j'aille au-devant du roi ?

— C'est imprudent, risqué, impossible, mais ce n'est pas inutile. Il te faut passer par cette épreuve. Sans elle, nous ne nous serions jamais rencontrés. Il n'y a donc d'autre issue que de la poursuivre. Oui, tu ne peux t'arrêter en chemin, car il y aurait quelque chose d'inachevé qui pèserait sur toi et sur nous. Mon seul regret sera de ne pas être à tes côtés. Et si, pour cela, il t'arrivait malheur, je ne pourrais me le pardonner.

— François... Il ne m'arrivera rien puisque je ne te veux aucun mal.

Il haussa les épaules. Il aurait tant voulu y croire.

— Demain, tu seras toujours avec moi, murmurai-je. Je t'emporte, je ne te lâche plus. Je sais que tu es ma bonne étoile. Elle m'éclaire et chauffe mon cœur. Mais si tu renonçais à m'aimer, tu me détruirais. Aussi, ne t'arrête jamais.

Alors, il m'enlaça fougueusement :

— Comment pourrais-je te prouver sur l'instant la force de mon engagement ?

J'eus le courage de résister et de m'écarter de lui :

— Invite-moi au Chapeau-Rouge. Je veux voir et entendre ce que les sujets de Sa Majesté pensent du fantôme de Versailles.

MOURIR POUR NE PAS MOURIR

XI. Mourir pour renaître.

Le Chapeau-Rouge était plein à craquer. Il fallut jouer des coudes pour se glisser dans le fond de la salle, non loin de la scène. On se poussa encore. On s'excusa poliment. On finit par s'asseoir. Les feux de la rôtisserie couplés à la chaleur humaine rendaient l'air irrespirable. Mais n'était-ce pas voulu par l'aubergiste ? Les chopes de bière passaient de main en main ou circulaient au-dessus des têtes. On finit par en poser deux à notre table. Les assiettes suivirent. C'était un ragoût de gibier qui supportait la comparaison avec la cuisine de Berthe. Un chahut bon enfant rendait impossible toute conversation, mais avait-on besoin de parler ? Nous étions aussi près l'un de l'autre que dans notre lit, portés par le flot des éclats de rire et des mots qui flottaient dans cet océan pacifique et jovial. Nous naviguions indolents, bercés par nos souvenirs.

Une voix, cependant, dominait l'incroyable tohu-bohu. C'était un souffle puissant, un timbre d'opéra. Et j'aurais reconnu entre mille celle de Jean-Baptiste Bonnefoix. En redressant la tête, je finis par deviner sa grosse boule bouclée. Il était chez lui, tenant en haleine son public et présidant une table sur laquelle s'entassaient d'immenses chopes parfaitement éclusées. Il pérorait, mais son regard parcourait la salle. Si bien qu'il tomba sur le mien. D'emblée, son visage s'éclaira. Il leva alors le bras au-dessus des têtes et poussa un cri :

— Ah ! Je savais bien que je vous retrouverais.

François se tourna vers ces hurlements. À son tour, il le vit. Et soupira.

— J'arrive ! brailla encore Bonnefoix. Faites-moi une place...

Avant de pouvoir réagir, ce gros petit bonhomme têtu et malin avait trouvé son passage et se présentait à notre table. Aussitôt, il se jeta sur le vieillard qui nous faisait face :

— Monsieur, je vous félicite pour l'excellente santé dont notre Seigneur vous a gratifié.

Le vieillard un peu sourd porta la main à l'oreille et se tourna vers le flatteur :

— Que dites-vous ?

— Vous c'est l'ouïe, et moi c'est la vue. Je suis, pour ainsi dire aveugle. Je vous regarde, si je puis parler ainsi, et devine que vous êtes un homme bon, juste et sage, mais seriez-vous mon pauvre père que je passerais devant vous sans même vous embrasser.

— C'est embêtant de ne pas reconnaître les siens, répondit le vieillard.

— Pis, monsieur. C'est tragique. Car cette infirmité, ce n'est pas comme vous à qui il suffit de mettre la main en cornée pour obtenir sitôt d'excellents résultats. M'entendez-vous ?

— Parfaitement, ne criez pas si fort !

— C'est que je ne sais plus où vous êtes exactement. Aussi, je m'adresse à vous comme à une ombre, mais aussi comme à mon sauveur. Ou mieux comme à mon père que je ne vois plus.

— Que puis-je pour vous ? s'inquiéta l'autre.

— Il y a là-bas une place qui ne vous empêchera pas d'entendre et, si vous me cédez la vôtre, je pourrais voir. Me suivez-vous ?

— Ne criez pas si fort... Vous suivre où ?

— Alors, c'est par là ! Merci, monsieur.

Il prit sa main, la serra, le remercia encore en le tirant de son siège. L'instant d'après, il s'asseyait en face de nous.

— Que mangez-vous là ? Permettez, monsieur de Saint Val, que je goûte. Hum... Sinon, quelles nouvelles ?

— Comment as-tu fait pour nous retrouver, Jean-Baptiste ? questionnai-je en riant.

Il posa les coudes sur la table, en jouant les furieux :

— Tout d'abord, j'ai songé que ce monsieur voudrait vous montrer son terrier. C'était certain. J'y ai pensé dès mon réveil bien qu'étant peu assuré de disposer toujours de ma tête. Ensuite, j'avais le choix. Mais j'ai une langue et elle ne manque point de talent pour poser des questions. Ainsi, j'ai remonté le fil tel que le fit Thésée[1]… Des jeunes filles de la Miséricorde à ce voisin menuisier – une taille d'ogre ! –, en passant par cette femme belle et ténébreuse qui semble si forte et si faible à la fois, je vous ai suivis à la trace. Cela m'a coûté trois livres en bière et autres pichets. Votre père s'en plaindra.

Il soupira et secoua la tête :

— Dois-je accuser le vin ? Il me semble en tout cas avoir perdu votre piste un long moment. Comme une absence, un silence. Imaginez mon inquiétude ! Où étiez-vous ? Mystère… Vous ne répondez pas ? Toc-toc. Ah ! j'ai hésité à frapper. Vous ne répondez toujours pas ? C'est votre droit, car on me traite en valet, mais j'espère que votre père n'aura pas à s'en plaindre. Rentrons-nous maintenant ?

— Jean-Baptiste ?

— Oui, mademoiselle Hélène.

— As-tu fini de bouder ?

— Je vous suis, je vous assiste. Je vous couvre, je vous protège. Je vous précède, s'il le faut. Je mens et jure pour vous. Mais ne jouez pas avec mon cœur. Prévenez-moi. Dites-moi : « Je vais là ; je reviendrai demain ; j'aime François ». Mais ne laissez jamais ce pauvre Bonnefoix dans l'ignorance.

— Je fais cette promesse. Alors, on se réconcilie ?

Bougon, il fit mine de réfléchir, mais déjà son œil s'allumait. Il se saisit d'une pinte de bière destinée à son voisin et la brandit face à nous :

— C'est entendu. Buvons à vous !

1. Thésée, venu en Crète pour affronter le Minotaure, fut aidé par le fameux fil d'Ariane qui lui permit de sortir du labyrinthe.

Il avala d'un trait, s'essuya la bouche au coin de son manteau :

— Alors ? Comment vont les amoureux ? Bien, semble-t-il...

On ne put lui répondre. Les trois coups furent frappés. Le rideau se leva.

Par quel miracle cette scène était-elle devenue si grande ? Le regard s'habituait. Le mien n'avait connu que le théâtre ambulant dans lequel la poésie et la drôlerie font office de décors. Un château ! Ils avaient construit ce monument tout entier dans un espace si réduit. Et cette allure, je le connaissais... Je réfléchis encore en plissant les yeux. Dedans, le trompe-l'œil, géniale machination, apparut. Ce décor-ci représentait Versailles. Nous étions face à l'entrée et il faisait nuit. Une porte, cachée dans le décor, s'ouvrit en grinçant. Un acteur apparut, porté par les acclamations des spectateurs.

— Il s'agit du nouveau Turlupin, me souffla François en me caressant les cheveux. Il se fait appeler ainsi en mémoire d'Henri le Grand, dit Belleville ou Turlupin, un farceur qui jouait sur les tréteaux du Pont-Neuf à Paris. Ce très grand acteur travaillait aussi pour la troupe de l'Hôtel de Bourgogne. Son nom fut si célèbre que son personnage a traversé les ans...

— Je serai le conteur, clama alors Turlupin en exagérant sa fierté.

Aussitôt, la foule applaudit, siffla et s'égosilla.

— Patientez ! J'aime les honneurs, mais avant de me porter aux nues, voyez la pièce.

— Lui as-tu donné un nom ? hurla un spectateur suffoquant de chaleur et le front couvert de sueur.

— Mourir pour renaître... Ou la véritable histoire du revenant de Versailles.

La foule s'esbaudit encore. Puis elle but.

— Mais taisons-nous, ordonna Turlupin. J'entends le pas de la vicomtesse de Lancquet.

Le public tapa des pieds. Le tonnerre n'aurait pu mieux servir cette entrée triomphale.

— C'est toujours ainsi ? demandai-je à François.

Il posa la main sur mon genou.

— Non. C'est souvent pire. Ce soir, la salle est calme.

La comtesse entra, et c'était Eva del Esperanza, majestueusement gainée dans une robe que n'aurait pas reniée une noble courtisane de Versailles. Sa taille élancée ajoutait à la grâce de sa démarche.

— Pardonnez-nous, chers amis ! La Champmeslé est retenue dans le lit de Racine.

La salle explosa de rire.

— La Champmeslé, me souffla François en déposant un baiser sur mes yeux, est l'actrice préférée de Racine et aussi sa maîtresse. La tragédienne Marie Desmares, c'est son nom, ne joue pas dans la *Commedia dell'Arte*.

— Mais nous ne regrettons pas la présence d'Eva del Esperanza, rugit Turlupin.

La foule se leva pour applaudir et, dans un effet dont je ne vis pas l'origine, on profita de l'intermède pour éteindre trois des neuf grands chandeliers qui éclairaient la scène. Se mêlant aux ombres, qui invitaient aux confidences, le conteur expliqua que la vicomtesse de Lancquet venait de quitter une Soirée d'Appartements du Roi et attendait à l'entrée du Grand Escalier des Ambassadeurs.

— Voyez comme elle semble nerveuse, précisa Turlupin.

Pour comprendre ce qui chagrinait la belle courtisane, il nous convia à l'écouter.

En trois phrases, celle-ci expliqua qu'elle attendait ses compères. Elle tournait en rond, s'impatientait et en profitait pour présenter son projet : consulter l'au-delà.

— Ah ! Vous voilà, Scaramouche.

Les habitués hurlèrent à l'entrée d'un personnage habillé de noir. François me prit par la taille :

— Scaramouche est un personnage de la comédie italienne. Il est faraud et très peureux. Il prétend être de sang aristocratique, mais ce n'est pas vrai.

— Saurons-nous cette nuit si vous êtes petit, petit, petit, petit, petit, petit, petit, petit, petit, petit, petit, petit-fils de Louis XI ? demanda Eva.

— Cela ne fait aucun doute, lança Scaramouche d'un air méprisant. Et si j'ai accepté de consulter l'au-delà, c'est de mauvaise grâce. Je n'ai pas, cracha-t-il, besoin de sorcellerie pour savoir que je suis de sang bleu !

Ses adversaires le conspuèrent. Dans le même instant, on changea les décors. Nous entrions dans le château. C'était le Salon des Glaces. S'y trouvaient une table et quatre personnages, dont deux assis.

Le narrateur les présenta :

— Celui qui est debout est le Capitan Matamore. Regardez ce beau soldat. On l'a choisi pour garder le Salon des Glaces où se déroule cette expérience diabolique. Mais ne vous y trompez pas : c'est un couard doué pour la vantardise.

— Olé ! fit la foule quand Capitan Matamore salua.

Il y avait aussi Polichinelle, Arlequin et Pantalon. Et pour résumer la pièce, car on verra en quoi elle eut son importance, chacun représentait un des acteurs du drame de la veille qui s'était produit à Versailles.

Polichinelle, avec ses deux bosses et son nez crochu, ferait tourner les tables. Arlequin fut présenté par Turlupin comme un être cupide qui allait, selon le conteur, profiter de la candeur des autres pour s'enrichir. On nous conseillait donc d'épier ses faits et gestes. Et on ne le perdit plus de vue, d'autant qu'il fut promis de voir tourner une table sans l'aide de la magie.

Arlequin s'affairait autour des personnages. Il brouillait le jeu, baguenaudait de part et d'autre de la scène, plongeait le nez dans la cheminée dès qu'on ne regardait pas et finit par éteindre deux autres chandeliers. Son habit de couleurs, taillé dans des morceaux de drap, se fondit dans la pénombre, ajoutant à l'énigme et au mystère.

Les spectateurs ne se manifestaient presque plus, préférant se serrer les coudes. Le fantôme viendrait-il ? François m'embrassa dans le cou :

— Le texte est à peine écrit, en vérité. Sur une simple idée, les acteurs inventent et imaginent selon les réactions de la salle. Admire ce travail d'improvisation…

Restait à expliquer la présence de Pantalon.

Ce vieillard peu appétissant, présenté comme un curé défroqué qui souhaitait tout autant consulter l'au-delà, entretenait une jeune pucelle pour sa beauté mais s'inquiétait de savoir si elle n'en voulait pas à son argent. Ce qui, pour nous, les observateurs, était aussi éclatant que la verrue qui brillait sur son nez. On lui donna notre avis, mais il n'en tint pas compte. Seules les sibylles pouvaient lui répondre.

Le rideau tomba. Il fallait préparer l'apparition. L'assistance redevint bruyante, hurlant qu'elle manquait d'air et de place. Elle s'impatientait. La bière circula et le remède miraculeux apaisa les esprits. Jean-Baptiste leva les bras pour saisir une chopine. Et François me souffla à l'oreille des mots d'amour.

L'entracte permit aux acteurs de faire avancer l'intrigue. Installés devant le rideau, Arlequin et Polichinelle conspiraient.

— Je ferai un signe, aussitôt suivi de la formule magique : « Hop ! voyez-vous »...

Polichinelle sembla comprendre le message, mais le répéta trois fois afin que les personnes inattentives soient alertées. Attention ! Au signal, il fallait surveiller ces deux-là. Et on n'en sut guère plus, le Capitan Matamore venant en effet de les rejoindre en passant devant le rideau. Il gardait les alentours puisque c'était son rôle. Rien à signaler ? Arlequin et Polichinelle le rassurèrent. Le garde fit demi-tour en tremblant... Ils éclatèrent de rire et se frottèrent les mains. Le rideau se leva.

Les décors avaient peu bougé. Polichinelle vint reprendre place à la table. Usant de formules magiques trempées dans du latin de messe et de cris aigus qui amusaient la salle, il s'obstinait à faire croire à Scaramouche, Pantalon et la fausse vicomtesse de Lancquet que cette table-ci tournerait. Mordieu ! Au moindre hurlement, le Capitan Matamore surgissait dans le Salon des Glaces. Il tremblait de plus en plus et suppliait que l'on fasse moins de tapage. Les gardes suisses allaient venir. En partant, il claquait la porte, si bien qu'à chacune de ses sorties, un chandelier s'éteignait. Bientôt il n'en resta que trois qu'Arlequin entreprit d'éteindre en gonflant ses joues et en postillonnant sur les bougies. Et d'une... Si ce n'était pas suffisant, il appelait à l'aide. Hommes et femmes, bourgeois ou simples manants, soufflaient alors vers la scène. Et de deux... Et tous se prêtaient au jeu avec plaisir.

Pendant ce temps, Pantalon se fâchait et se plaignait. Par manque de lumière, ses yeux fatigués ne voyaient plus et si rien ne survenait dans l'instant, il réclamerait le remboursement de l'avance confortable versée à Polichinelle qui, lui, faisait mine de ne pas entendre et multipliait les incantations.

Soudain, Arlequin réclama le silence :

— N'avez-vous rien entendu ?

Tout le monde tendit l'oreille. Moi, la première.

— Non ! rien, murmura en tremblant Eva del Esperanza, plus vraie que nature.

— Non ! Non ! Non ! lui répondit le public.

Arlequin insista pour qu'on se taise. Turlupin vint à son secours en tançant gentiment la salle. Même le vieux Pantalon le fit.

— Silence !

D'un coup, Arlequin ouvrit la porte du Salon des Glaces et se saisit d'un chandelier qu'une main lui tendait dans le noir. Puis il revint vers le centre, non sans avoir claqué la porte, ce qui eut pour effet d'éteindre le dernier chandelier. Et de trois ! rugit un spectateur. Alors, Arlequin fit le geste entendu entre lui et Polichinelle. Le bossu dont on devinait la présence s'empressa de prononcer la formule magique convenue... mais la table ne bougea point.

On crut à un problème. La foule fut déçue. Elle allait se plaindre quand un hululement terrifiant jaillit du fond, sans que l'on puisse savoir exactement d'où surgissait la menace.

« Ah ! », hurla la vicomtesse, en portant la main à sa poitrine. « Ah ! » fit Pantalon en se tournant vers nous. « Ah ! » rugit le Capitan Matamore qui avait ouvert la porte et montrait du doigt l'entrée du Chapeau-Rouge, avant de s'enfuir.

— Ah ! s'écria encore la foule en se tournant quand, avançant dans le noir, apparut une forme blanche qui progressait lentement.

— Un fantôme ! hurla Arlequin.

— Un revenant ! balbutia Pantalon.

— Non ! L'au-delà ! répondit la forme blanche.

— Ah ! répéta la salle, prête à y croire.

— Dehors ! Qu'il parte ! lança l'un de nous, sans doute complice des acteurs.

Aussitôt, l'assemblée s'engagea dans cette voie : « Dehors ! Hou ! À mort ! »

La résistance l'emporta... L'au-delà fit demi-tour et s'enfuit dans la rue.

« Ah ! », glapit de nouveau la vicomtesse en découvrant que, sortant de la cheminée, cette chose inquiétante réapparaissait.

— Quel beau tour de magie, applaudit François.

Jean-Baptiste, lui, se signa.

Arlequin s'avança à pas de loup, demandant au public de compter avec lui. Un, deux... La forme blanche ne bougeait pas. À trois, elle éleva les bras et se montra à Pantalon :

— Cent louis ! C'est un ordre. Ou tu brûleras en enfer pour avoir défloré cent pucelles.

Pantalon s'exécuta. Le fantôme virevolta et se rapprocha de Scaramouche.

— Trois cents louis, si tu veux que je souffle à l'oreille du roi que tu es noble.

Scaramouche posa, d'une main tremblante, une grosse bourse sur la table.

— Mais qui es-tu ? demanda Arlequin, s'adressant à la salle.

— Oui, qui es-tu ? supplièrent les spectateurs.

La forme blanche s'avança au milieu de la scène :

— Je suis le fantôme de Versailles, venu croquer les pieds des courtisans.

Il s'avança encore. Il devenait menaçant :

— Je demande réparation pour le tort que l'on m'a fait !

Il se penchait vers le premier rang, prêt à bondir :

— Je suis l'esclave de Louisiane, et j'exige moi aussi mon morceau de terre ! Oui, donnez-moi la Louisiane...

— Mais tu es Pierrot ! Je te reconnais, dit le même complice noyé dans la salle.

Par un effet qui nous emplit d'admiration et de stupeur, les flammes des chandeliers revinrent toutes en même temps. Alors, on vit la forme blanche, et c'était bien un Pierrot à la tête lunaire enfarinée. Des larmes noires coulaient de ses yeux. Il ne faisait plus peur. Il nous attendrissait. Il nous regardait. Et parla d'une voix profondément calme :

— Je me présente à vous, gens de peu d'importance mais de grand cœur, car je sais que vous me comprenez. Esclave, condamné au martyre pendant ma vie, la mort m'offre le droit de faire souffrir à mon tour. Je vais errer ainsi, fantôme, compagnon de Pierrot, jusqu'à obtenir vengeance pour les maux que j'ai supportés. Ainsi, je sais maintenant que pour renaître, il me fallait mourir.

Il salua. On l'applaudit. Mieux, on l'ovationna :

— Pierrot ! Pierrot ! Montre-nous ton visage ! hurla le complice.

Turlupin vint à ses côtés et calma les spectateurs :

— Le public est roi !

Celui-ci le complimenta en doublant la salve.

— Ce qu'il veut, il l'obtient, reprit Turlupin. Pierrot-fantôme, montre-toi !

Et survint l'ultime effet que personne n'attendait.

Sous son masque, Pierrot était de peau noire et ses larmes coulaient vraiment. On se tut, séduit et vaincu. Puis l'un de nous hurla son bravo, tambourina, frappa des mains. Suivi par un deuxième, un troisième. Et tous, nous nous levâmes. La troupe salua. S'éclipsa pour mieux resurgir. Salua, et ainsi pendant de longues minutes.

Turlupin fit avancer tour à tour Eva del Esperanza, Polichinelle, Arlequin, Pantalon, le Capitan Matamore, mais la salle réclamait toujours Pierrot.

— Puisque tu es fantôme, tu sais ce que nous ne savons pas ! cria un spectateur.

— Tu passes à travers les murs ! Tu n'as pas besoin d'écouter aux portes ! lança une autre voix empâtée par la bière.

— Alors, dis-nous qui se cache vraiment derrière toi ! hurla un apothicaire. Sinon, je viendrai moi-même disséquer ton squelette.

— Moi, je crois aux revenants, rugit un drapier arborant une chemise richement tressée de fils d'or et d'argent. Mais celui de Versailles est-il une farce ?

Pierrot ne broncha pas. Turlupin s'installa devant la scène et fixa la salle jusqu'à ce que le calme revienne :

— Qu'en dites-vous ? Le fantôme de Versailles est-il vrai ? Et sinon, qui est son maître ?

— Ce n'est qu'une tromperie, rétorqua une femme qui, installée au fond, donnait le sein à son nouveau-né.

— Tu te trompes, la mégère ! rugit son voisin, un dépeceur de carcasses, en brandissant un poing énorme, noir de crasse et de sang séché. C'est un vrai fantôme. Et il restera tant qu'il n'aura pas obtenu ce qu'il veut. Pierrot te l'a dit. Il est mort pour renaître. Il fut maudit dans la vie, il sera grand dans la mort ! Il venge les faibles. Il veut son morceau de Louisiane...

— Pardi ! Le boucher ! Tu vis trop avec les animaux morts, se moqua un homme jeune à l'accent chantant, en lorgnant sur la jeune femme à l'enfant. C'est une bouffonnerie, et cette jolie *donzela*[1] a raison.

— Si tu dis vrai, glissa Turlupin, à qui profite cette farce ?

Aussitôt des mains se levèrent et chacune voulut donner son avis :

— Au diable ! hurla l'équarrisseur.

Bonnefoix se signa.

— À Colbert, l'ennemi de Louvois ! enchaîna un autre.

— Il a raison. N'est-ce pas la tête du ministre que le fantôme a réclamée ?

— Louvois est trop malin, intervint le drapier. Il peut avoir monté cette farce lui-même.

1. Demoiselle en provençal.

— Pourquoi donc ? demanda Turlupin.

— Pour obliger le roi à mettre de l'ordre dans sa cour, renchérit l'homme jeune de Languedoc.

— L'ordre ? insista Turlupin en fronçant les sourcils.

— Oui. Pour satisfaire ceux qui veulent mettre fin à la tolérance. Vous ne voyez pas que tout tourne à l'avantage des dévots ? Cette vicomtesse est une femme libertine ! Il lui fallait une leçon et quoi de mieux pour montrer au roi que le désordre règne dans sa cour. La farce est moins drôle qu'on le croit. C'est une façon d'obliger Louis XIV à changer les esprits. On nous a déjà joué cette pièce. Souvenez-vous de l'Affaire des Poisons !

— Il a raison ! glissa une ombre cachée dans la foule. Cette affaire profite aux jésuites.

Turlupin chercha qui parlait. La discussion lui échappait. La farce tournait en assemblée séditieuse.

— Chut ! fit-il en grossissant le geste. J'entends le vol des mouches…

On rit, mais chacun s'observa. Moi-même, j'entrepris un tour d'horizon. Espionnait-on ? Et qui ? Cet homme en veste sombre ? Celui-ci qui n'avait pas ôté sa veste ? Ce chapeau ? Mon regard revint en arrière. Je cherchais une silhouette massive, aperçue à l'instant. C'était ici ou là ? Personne. L'impression fugace se dissipa. Pourtant, un instant, j'avais cru croiser une silhouette familière. N'était-ce pas une illusion inspirée par la présence du revenant ? La question s'envola. Une autre voix s'élevait :

— Alors, on ne nous apprendra jamais qui se cache derrière le fantôme ?

— Demandons à Pierrot, suggéra Turlupin pour faire taire le brouhaha naissant. Lui, il doit savoir !

Il pivota vers le fond de la scène qui n'était que faiblement éclairée, mais Pierrot avait mystérieusement disparu. Turlupin troqua son étonnement en amusement :

— Parti ! Non, peut-être qu'il a trépassé. Car il l'a dit : pour renaître, il doit mourir. Voici comment, dans notre pièce, tout débute par la fin ! Bonne nuit, chers ossements…

— Vous voyez bien que c'était un fantôme, s'égosilla une mégère.

Et tous éclatèrent de rire, alors que le rideau tombait.

François sauta sur la scène et m'aida à le rejoindre.

— Tu voulais voir mes amis ? Suis-moi.

Jean-Baptiste s'accrocha à nous. Faisant preuve d'une agilité qui m'étonnait toujours, il bondit à son tour sur l'estrade.

— Ah ! Artiste… Et il scruta la salle d'un œil de conquérant.

Comment le lui reprocher ? Je défie quiconque de fouler ces planches sans ressentir une vive émotion et comme l'envie soudaine de devenir acteur, musicien ou chanteur.

— Madame, s'exclama-t-il d'une voix théâtrale. Quelle nouvelle me rapportez-vous de Troie ? Et Achille ! Y fait-il toujours régner ma loi ?

Il était si drôle que nous l'applaudîmes, François et moi. Puis mon regard fut attiré par la salle. Et pour la deuxième fois, je crus apercevoir une corpulence connue.

— Allons ! fit François. Je vais vous présenter de vrais comédiens.

Les coulisses étaient envahies de trésors extravagants. La découverte commençait par les décors peints sur de grandes toiles tendues. L'œil s'aventurait sur ces tableaux évoquant palais et châteaux forts, dragons et forêts envahies d'animaux sauvages, nymphes et satyres entourés de vierges nues. Posés contre un mur, l'Éden et le Paradis se côtoyaient et la Création entière s'y réunissait dans un fatras d'accessoires farfelus parmi lesquels je surpris un très grand cheval sur roulettes, une chaise à porteurs sans fond, la proue d'un navire corsaire, un arbre squelettique, un puits en carton mâché, une malle emplie de fausses pièces d'or, un ours empaillé, des lustres, des fourches, des fusils en bois… François me pressa d'avancer. Plus loin, s'amoncelaient les costumes. Ils se présentaient par taille et par genre. Un prince persan, une duchesse hongroise, un cardinal italien, un général espagnol, un paysan breton, un Sarde sanguinaire y auraient trouvé leur bonheur. François dénicha une fausse porte dans un décor et l'ouvrit. Derrière se présentait la troupe. Polichinelle s'avança le premier :

— Beltavolo, mio fratello ! Va bene ?

Arlequin, Pantalon, le capitan Matamore se joignirent à lui et nous entourèrent.

— *Che bella !* siffla Polichinelle en m'embrassant de tout son cœur.

Eva m'accueillit avec la même chaleur. Le théâtre, la troupe, l'excitation née du spectacle estompaient les traces de son immense chagrin. Et pour qui n'aurait pas su, le masque qu'elle affichait, celui d'une artiste épanouie, ne laissait rien percer de sa douleur.

On fit circuler le vin. On trinqua à l'art, au public, au spectacle. Mais quand François voulut les féliciter, Turlupin amorça aussitôt une grimace.

— Le meilleur est resté en coulisse. Grand Marcel, notre menuisier, avait promis de construire une machinerie spectaculaire. Il jurait que la table tournerait réellement et s'élèverait au-dessus de nos têtes. Puis, par un effet mécanique dont il martelait tenir seul le secret, elle aurait traversé le Chapeau-Rouge tandis que le plancher se serait ouvert et que des draps, en forme de fantômes, auraient surgi et emporté dans les cintres Arlequin et Polichinelle. Il s'était même engagé à fabriquer des nuages qui bougeraient dans le ciel... Hélas, nous avons vu trop grand et rien ne marchait à la répétition. Mais alors que je sortais rue Mouffetard, j'ai rencontré ce grand gaillard noir. Que faisait-il ? D'où venait-il ? Il semblait errer et regardait partout comme s'il redoutait le pire. Cet air effrayé, me suis-je dit, est idéal pour le rôle du fantôme. De plus l'homme était beau et de la couleur de l'ébène. Un fantôme ressemblant à la description faite par la pauvre vicomtesse de Lancquet, voilà qui tenait du miracle ! Et cet effet nouveau pouvait nous sauver des tracasseries de la machinerie. D'ailleurs, j'ai tout lieu de croire que la surprise a plu.

— Tu oublies que c'est moi qui ai pensé à l'habiller en Pierrot, claironna le Capitan Matamore.

— Non, je ne l'omets pas ! répliqua Turlupin d'un ton sec.

Pantalon m'entraîna dans cette joute oratoire :

— Méfiez-vous des acteurs, belle jeune fille, ils sont tous cabotins.

— Et ne crois pas un mot de ce que te dira Pantalon, ajouta Eva en souriant.

Tous partirent dans un grand rire.

— Mais pourquoi Pierrot n'est-il pas avec vous ? demandai-je.

Turlupin haussa les épaules :

— Il a filé sans demander son compte. Bah ! Je sais où le retrouver, fit-il en balayant l'air.

— Il s'est vu en fantôme, ironisa Polichinelle et il a pris peur !

— Non ! poursuivit Arlequin, il a vu un vrai fantôme dans la salle.

— Vous vous trompez. Il a aperçu un coquin à qui il devait un louis ! enchaîna Pantalon.

— Messieurs ! s'exclama Turlupin. Gardez vos bonnes répliques pour la scène.

— Si vous n'avez plus le fantôme, comment ferez-vous demain ? s'inquiéta François.

— Grand Marcel, notre menuisier, a promis d'être prêt.

— S'il ne l'est point, je lui trancherai la gorge, rugit le Capitan Matamore en saisissant une épée en bois et en bombant le torse.

— Au cas où, glissa Jean-Baptiste Bonnefoix, je concours pour ce rôle. J'ai toujours rêvé de monter sur une scène.

Turlupin le détailla :

— Eh ! Un fantôme gourmand et trop gros pour passer dans la cheminée ! Voilà qui serait amusant. Qu'en dites-vous, les amis ?

— Cela donnerait lieu à une jolie scène, murmura Arlequin qui y pensait déjà.

— Je m'avance vers lui, dit Matamore, et je lui jette un seau d'eau en hurlant de peur. Alors, on voit que ce blanc est peint en noir.

Et ils inventaient les répliques, les scènes, les effets d'une nouvelle bouffonnerie.

— De grâce, messieurs ! brailla Pantalon. Vous oubliez le plus important.

— Qu'est-ce ? s'inquiéta Bonnefoix.

— Il faudra retailler le costume de Pierrot !

Et nous aurions pu nous amuser ainsi toute la nuit.

Je finis par oublier ce fantôme mystérieux qui, vrai ou faux, multipliait les apparitions et les disparitions. Le temps s'échappait et se comptait au nombre des bougies mortes qu'un de nous remplaçait chaque fois par une flamme neuve. Mais je mis fin à la tentation de me laisser surprendre par l'aube, épuisée et heureuse. Mon rendez-vous avec le roi me forçait à rentrer chez la marquise de Sévigné et les coups d'œil impatients de Jean-Baptiste se multipliaient. Il fronçait les yeux. Il soufflait pour montrer combien il était chagriné. Alors, je brisai le charme de ces heures délicieuses en saluant tristement la troupe.

Dans la rue Mouffetard, au prétexte de courir chercher un carrosse, Jean-Baptiste nous laissa seuls, François et moi. Nos corps ne se lassaient pas l'un de l'autre. Si l'un s'éloignait, l'autre le reprenait. Nous nous embrassâmes. Dehors, le silence était revenu. Les rares attardés marchaient vite, le nez plongé sur la chaussée, épiant les bosses et les trous. Parfois, la porte d'un cabaret s'ouvrait. Un homme éméché sortait en braillant un au revoir. Il secouait les épaules, piétinait un instant pour trouver l'équilibre, partait, hésitant, le corps en arrière, affronter la descente de la rue mal pavée. Une pluie fine refroidissait nos visages.

— Quelques heures, encore, murmurai-je à François. Donne-moi ce que mon honneur me réclame.

— Veux-tu que je vienne à Versailles ? J'attendrai dans l'auberge où nous avons mangé.

Une sourde inquiétude serra soudain ma gorge. Si tout se passait mal, si je ne ressortais pas du château, si le roi... Qu'adviendrait-il de moi, de nous ? Car alors François se présenterait, demanderait à me voir, provoquerait un désordre qui se retournerait contre lui. En ajoutant la malchance, il tomberait à coup certain sur son père.

— À mon retour, je viendrai te chercher ici, et nous nous enfermerons un siècle chez toi !

Nos lèvres se trouvèrent, François caressa mon corps et reprit le chemin qui me conduisait au désir. La tentation de rester jusqu'à l'aube revint. Mais Bonnefoix veillait. Il toussa dans mon dos.

— Le carrosse est derrière cette maison. Il n'attendra pas, et je crains qu'il n'y en ait plus d'autre.

Nous fîmes les derniers pas ensemble. Un ultime baiser, mais un autre aussitôt, pour que ce ne soit jamais le dernier.

— Mademoiselle Hélène ! répéta, agacé et plaintif, Jean-Baptiste.

Le cocher s'impatientait. Nous montâmes. Le fouet claqua. Alors que je me penchais à la fenêtre, la rue prit une courbe et François disparut.

Mon cœur souffrait, mon corps se plaignait. Le lit serait froid, je serais seule. Des larmes coulèrent subrepticement sur mes joues. Une sourde douleur revint me hanter. Une angoisse aussi : le destin me punirait-il de vouloir le braver alors qu'il m'ouvrait les bras du bonheur ?

— Tenez, glissa Jean-Baptiste d'une voix attendrie.

C'était un mouchoir.

Le destin se vengerait-il pour ne pas me suffire de ce qui m'entourait et de ceux qui me chérissaient ?

— Ah ! Quel bon moment et tant d'autres encore, fit ce compagnon délicieux, mais je frissonne en pensant à ce fantôme. Voyez-vous, ajouta cet ami qui bavardait pour m'ôter ma tristesse, j'ai réfléchi à cette proposition... Parbleu ! M'écoutez-vous ?

— De quoi parles-tu, Jean-Baptiste ? finis-je par répondre.

— Du rôle du fantôme. Oui, je l'avoue. C'était une sorte d'envie, comme un rêve... Mais je sens qu'il s'agit d'un péché et qu'il faut m'en écarter. Je suis doué pour la comédie, je vous l'accorde, et j'imagine le bonheur d'être applaudi tel un seigneur, mais je ne jouerais pas le rôle d'un fantôme. Celui que j'ai vu ne m'inspire pas confiance.

Il marqua un temps. Voyant que je ne réagissais pas, il souffla et reprit :

— Vous ne me demandez pas pourquoi, pourtant, je vais vous répondre. Il a trop bien tenu son rôle. Un comédien ? Pas si sûr. Un comédien salue. Lui file. Et cet air malheureux ! Je partage l'avis de monsieur Turlupin. Qui est-il ? D'où vient-il ? Pour s'assurer qu'il n'est pas envoyé de l'au-delà, il aurait fallu plonger son corps dans l'eau.

Jean-Baptiste parvint à obtenir ce qu'il voulait : je sortis de ma langueur.

— Dans l'eau ! Quelle est cette invention ?

— Oh ! Ce n'est pas de moi, mais des tribunaux de Sa Majesté. Pour savoir si le diable s'est emparé d'un être, il faut attacher son corps et le jeter nu dans l'eau. S'il flotte, un démon l'habite, car tout corps sain plongé dans l'eau coule et se noie par la pénétration de l'eau dans le corps à travers ces petits trous que l'on nomme des pores. La méthode relève du scientifique.

— Je la trouve surtout effrayante puisque l'accusé meurt, ou noyé ou brûlé.

— Elle est moins horrible que de subir la Question. Mon idée n'est pas de broyer les os de ce fantôme, qui, peut-être, n'en a pas. De l'eau. Il coule ? On le sort. Je ne lui veux aucun mal. Je cherche à savoir, c'est tout. Et il eût mieux valu que nous le sachions, si j'en crois ce que mon petit doigt m'a dit pendant que François de Saint Val vous contait fleurette.

— Qu'as-tu appris ? demandai-je malgré moi.

— J'ai laissé faire madame de Sévigné, qui parle quand elle n'écrit pas. Ainsi m'a-t-elle raconté ce qu'il en est de demain. Non ! non ! Je ne me tairai pas. Nous sommes seuls, le cocher ne nous entend point et l'hôtel Carnavalet est loin. Aussi, laissez-moi vous dire que je ne m'accorde pas à ce projet qui consiste à duper le roi et les courtisans en faisant croire au retour de La Salle.

— Trop de bavardages, m'irritai-je. Trop de témoins... À qui donc s'est-elle encore confiée ?

— En voudriez-vous à un ami de ne pas savoir quelle folie vous menace ?

— Il n'y a aucun risque, mentis-je. Sauf à trop jacasser.

— Vous pensez donc qu'il est sain de demander au fantôme de La Salle d'intercéder en votre faveur pour rencontrer le roi ?

— Mais il n'est pas mort !

— Qu'en savez-vous ? Non, non et non ! C'est trop. Un spectre à Versailles ne vous suffit point. Vous ajoutez le revenant de Louisiane. Le sort, mademoiselle Hélène, vous lui tordez le cou et vous risquez qu'il vous étouffe à son tour. Un fantôme précède toujours la mort. Il ne vient que pour punir. Le seul moyen de se sauver est de se voiler la face. Aussi, écoutez ce conseil : ne vous montrez pas au roi.

— Jean-Baptiste, comment peux-tu croire à ces histoires ? m'emportai-je.

— Vous dites cela en pensant au valet stupide et superstitieux, se vexa-t-il. Mais saviez-vous qu'un chevalier en armure hante le château de Chantilly, là où loge le Grand Condé ? On dit qu'il se montrera à lui pour lui annoncer sa mort. Et que penser du fantôme de Madame, première femme de Monsieur, le frère du roi ? Oui, je vous parle d'Henriette d'Angleterre. Madame se meurt ! Madame est morte... Mais elle erre toujours et on l'a vue revenir dans sa chambre.

— De qui tiens-tu ces sornettes ?

— Ah ! bien sûr, il ne s'agit que d'un valet, comme moi, mais il le sait d'un autre qui lui-même a vu le spectre de Madame avant qu'elle ne soit morte. Et ce garçon pourrait en raconter encore qui vous éclaireraient sur l'Affaire des Poisons. Les fantômes clabaudent plus que vous ne pouvez l'imaginer.

— Que crois-tu à propos du fantôme de Versailles ?

— Qu'il soit fait d'os et de chair, ou transparent comme un filet d'air glacial, il est venu pour annoncer la mort, et elle frappera, j'en suis certain, parce qu'il existe toujours une part de vrai dans les affaires de spectre. Je vais plus loin. Versailles est la maison du roi. Donc, c'est lui que l'on vise. Je ne sais où et comment, mais on s'en prendra à lui... Un revenant n'annonce que le malheur. C'est pourquoi je vous mets en garde : ne jouez pas avec lui. Ce soir, il a dit qu'il était mort pour renaître. Mais ce à quoi il donnera vie sera peut-être pire encore…

Les paroles de Jean-Baptiste m'impressionnèrent plus qu'il ne le crut. Ma nuit fut agitée et je dormis peu, submergée par les émotions bonnes ou mauvaises qui incendiaient mon esprit. L'absence de François me pesait. Et j'espérais qu'il en était de même pour lui. Mon esprit rêvait et mon corps se souvenait de chacun de nos instants. Imprégnée de souvenirs, je l'appelais. Combien il semblait facile de bondir et de le retrouver. Pourquoi s'aventurer auprès d'un roi et d'une cour que je n'appréciais pas alors qu'il serait si bon de me pelotonner auprès de ceux que j'aimais. Il suffisait de m'accrocher aux superstitions de Bonnefoix pour lâcher prise. Et c'est peut-être pour cela que j'y pensais tant.

Ce fantôme augurait-il du malheur ? S'agissait-il d'une farce ou, comme l'avaient imaginé certains spectateurs, d'un complot dirigé contre, ou par, les proches du roi ? Je battais toutes les hypothèses, ne retenant évidemment pas un instant celle du revenant.

La troupe avait choisi pour cette pièce le titre *Mourir pour renaître* et Jean-Baptiste y voyait une sorte de prédiction : pire encore que le fantôme, le malheur lui tenait compagnie plus sûrement que ces chaînes que tout véritable spectre traînait inéluctablement. Annonçait-il une vengeance ? Peut-être, mais cette affaire ne me concernait pas. J'en ignorais l'origine et la cause, je n'y jouais aucun rôle. Je n'avais donc rien à redouter. La mienne me tenait assez éveillée.

Je devais me reposer. Sinon, comment affronter l'épreuve des heures à venir ? La tête calée dans l'oreiller, les mains posées à plat, bridant peu à peu mon souffle heurté, le sommeil vint enfin, auréolé d'une question. Le comédien qui jouait le fantôme avait conclu en reprenant cette phrase : *Mourir pour renaître*… Et il avait ajouté que la mort lui donnait le droit de faire souffrir à son tour, jusqu'à obtenir vengeance pour les maux qu'il avait supportés, et obtenir un morceau de Louisiane. Ces mots lui avaient-ils été soufflés par Turlupin ou était-ce, comme pour les autres, une improvisation de son choix ? La réponse était importante. Il fallait soit féliciter l'auteur de la réplique, soit le génie de cet improvisateur anonyme. Et, dans ce dernier cas, il semblait juste de se demander, comme Bonnefoix, s'il s'agissait d'un hasard ou d'une prédiction. D'un jeu ou d'une menace.

ELLE TROMPE CEPENDANT ELLE PLAÎT

XVI. Qui peut séduire le roi ?

— Eh bien ! Vous voilà fin prête. Non, il n'y a rien à redire. Votre robe est parfaite.

La marquise de Sévigné était descendue dans la cour pour me voir partir. Les phrases se faisaient courtes, les gorges se nouaient. Jean-Baptiste nous suivait de près. Le cou rentré dans la chemise, il tapait la semelle et ses mains ne quittaient plus les poches de sa veste. Le froid venait et ce temps de novembre s'accordait à son humeur. Son dos rond en témoignait : Bonnefoix n'était plus en accord avec moi. Pourtant, ce jeudi 5 novembre, à six heures, alors que l'aube peinait à déchirer la nuit, j'ai franchi le porche de l'hôtel Carnavalet avec hargne et audace. Sans doute pour mieux lutter contre la peur.

Le carrosse du marquis de Penhoët m'attendait. Le cocher a jailli de son siège pour m'aider à monter. Les chevaux ont henni. Leurs naseaux fumaient. Ils aimaient ce vent sec qui promettait une course légère et soulagerait leur peine. Ils le firent comprendre en tirant sur le mors et en roulant des yeux. Aussitôt, le cocher les rappela à l'ordre en jurant dans la langue du charretier. Les alezans dressèrent les oreilles et leurs bouches cessèrent de mordre le cuir.

La marquise vint jusqu'au carrosse et me lança un joli sourire plein de vie. Jean-Baptiste suivait en traînant la jambe.

— Monsieur Bonnefoix !

Il leva un regard morne vers la voiture et parut me découvrir.

— On me parle ?

— Accepteras-tu de t'occuper de cette lettre ?

Haussant les épaules sans ôter les mains de ses poches, il grommela, la voix blanche :

— Je n'ai rien d'autre à faire que de me tordre le ventre en attendant de vos nouvelles.

Il tendit alors mollement un bras :

— Convient-il que je coure dans Paris par ce froid glacial jusqu'à la rue Mouffetard ?

— Cette lettre est pour mon père. Je lui raconte tout depuis le début.

— Parlez-vous de moi ? demanda-t-il distraitement.

— J'ai détaillé tous tes exploits. Crois-moi, cela vaut les plus belles chansons de geste !

Il finit par me regarder :

— Avant de la lui faire parvenir, j'y ajouterai un mot pour dire combien vous êtes entêtée.

— Garde-la pour le moment, Jean-Baptiste. Ce n'est qu'au cas où...

— Holà ! Ce « au cas où » veut dire quoi ?

— Je ne sais. C'est peut-être idiot de penser ainsi.

— Oui, c'est idiot ! Mais moins que de perdre votre temps. Allez ! Et soyez à l'heure.

— Jean-Baptiste...

— Je sais ce que vous allez dire. Vous me trouvez admirable, gentil et dévoué. J'ajouterai grognon, mais moins courageux que vous. Tenez, j'écrirai moi-même cela à votre père. Je lui dirai aussi combien sa fille mérite son admiration.

Ses yeux se troublèrent. Il se détourna :

— Ah ! voilà que je prends froid. Les yeux me piquent. Voulez-vous, s'il vous plaît, nous quitter avant que nous attrapions la mort !

Il se signa aussitôt. Le cocher lança son cri. Le carrosse s'ébranla. Mon destin était en marche, hoquetant au rythme des roues, sur le pavé, cahin-caha.

Le marquis de Penhoët faisait les cent pas dans le vestibule de l'Escalier des Ambassadeurs. Sa mine était grise, ses traits tirés. Les nouvelles ne semblaient pas bonnes.

— Éloignons-nous, fit-il sans attendre en m'attirant dehors, jetant ici et là des regards en coin.

Ma première surprise venait de l'agitation qui régnait. Je m'étais préparée à l'idée d'un château déserté, or un ballet de conseillers se croisait et se saluait, et les courtisans cheminaient çà et là, chacun semblant affairé comme à l'habitude. De même, les jardins étaient peuplés de promeneurs qui flânaient autour du grand parterre d'eau malgré le froid et un vent vif qui ne décolérait pas. L'inquiétude me saisit. Le leurre à propos de La Salle avait-il fonctionné ?

— L'affaire du fantôme se complique, murmura le marquis de Penhoët. Et, vrai ou faux, ce spectre nous fait déjà du mal.

La façon dont il s'exprimait était étonnante. « Vrai ou faux. » Pouvait-on se poser cette question ? Il força la cadence, quêtant un coin isolé. Il finit par prendre sur la droite et dépassa le bassin de la Sirène, longeant le flanc nord du château.

— Aurait-il fait reparler de lui ? finis-je par demander, affolée par son silence dans lequel s'engouffrait mon imagination. Trahison ? Fuite ? Dénonciation ? Quelle catastrophe s'annonçait-elle ?

Il ne répondit pas.

Nous aboutîmes devant la grotte de Thétis, défendue par trois grilles de fer et de laiton où irradiait un immense soleil. Le marquis força sans effort cette barrière et nous entrâmes dans la grotte. C'est alors qu'il parla :

— Il reste peu de temps pour nous décider.

Sa voix était portée par l'écho. Nous étions heureusement seuls.

— Pourriez-vous m'expliquer cette agitation et ces méthodes d'espion ? criai-je malgré moi.

— Il y a eu un crime. Cette nuit. À Versailles.

C'était court. Brutal. Le marquis avait peine à en dire davantage.

Il déglutit et reprit plus calmement :

— Armand de Villorgieux. Petite noblesse de robe. On l'a trouvé mort, ce matin. Ce n'est pas tout. Le... Ah !

Comment dire ? Le fantôme, puisqu'il faut bien nommer le criminel, s'est accusé lui-même.

Les murs de la grotte étaient décorés de coquillages et de pierres colorées qui ajoutaient à l'envoûtement des statues dont les formes sensuelles se reflétaient dans l'eau cristalline et dormante, capturée dans de grands bassins taillés en forme de conques. Le spectacle était féerique, mais je dus m'en arracher :

— J'ai peur de ne pas comprendre. Le fantôme se serait-il montré une seconde fois ?

Ma vue s'habituait à la lumière particulière créée par l'eau et la roche. Trois merveilleux marbres représentant Apollon et ses nymphes apparurent dans le fond de la grotte. Je ne pus retenir un frisson.

— C'est pire, souffla le marquis. Il a signé son œuvre. Un mot écrit, disons, de… sa main. Où il est question de la terre de Louisiane et où il réclame à nouveau ce qui lui est dû. J'ajoute que le mort a été étranglé avec des chaînes dont on se sert pour attacher les galériens et les esclaves.

Le récit s'accordait au spectacle de la grotte. Ma vue s'étant habituée à la pénombre, je voyais à présent sur les murs des masques dont les formes jouaient avec les reflets de l'eau, et partout les chiffres du roi, Louis le Quatorzième. Ma respiration devint courte. Je haletais.

— Je vous l'ai dit, reprit-il d'une voix saccadée. La mode est de croire aux fantômes. Il y a peu, on m'a assuré avoir vu Henriette d'Angleterre sortir de sa chambre.

— On m'a parlé de ce phénomène… Mais peut-on croire à cela ? ajoutai-je pour moi, cherchant à me rassurer.

— Cet engouement relève du vice et a envahi Versailles. Les conditions dans lesquelles est décédé Villorgieux ont suffi pour que certains imaginent qu'il s'agissait de l'œuvre du fantôme apparu la veille. N'a-t-il pas annoncé la mort et le sang tant qu'il ne serait pas exaucé ?

Les mots s'échappaient dans l'écho, portés par la buée que nos bouches expiraient, ajoutant au mystère et à l'envoûtement de cette grotte habitée par un orgue prodigieux dont le mécanisme s'activait grâce à l'eau. Il devait être si bon et si doux de se rendre à Thétis. Mais ce n'était pas le jour.

— Pensez-vous, vous aussi, à un spectre ?

Le marquis retrouva son calme. Son regard gris-bleu s'éclaira :

— Je crois peu à la chance. Encore moins à un fantôme.

— Je partage cet avis, fis-je soulagée et comme libérée d'un poids qui m'entraînait vers les abysses.

— Nous ne sommes guère nombreux dans ce cas, reprit-il d'un air découragé. Il en existe à la cour pour se complaire dans ces superstitions. Pourtant il est simple de comprendre que si quelqu'un rêvait de tuer Arnaud de Villorgieux, ce fantôme lui en offrait l'occasion. C'est le mercenaire parfait ! On peut l'accuser de tous les maux, et lui coller un meurtre sur le dos, puisqu'il n'en a pas. Veut-on l'embastiller que l'idée s'évanouit puisqu'il n'a ni présent ni avenir et n'habite nulle part.

Il secoua la tête d'un air navré :

— Je connais des jeux dont la résolution est plus délicate. N'en déplaise à cette cour qui meuble son oisiveté avec l'au-delà, il n'y a pas d'énigme. On s'est servi de cette apparition, et de la crédulité de quelques courtisans pour organiser un crime. Souvenez-vous de la comtesse de Soissons. Un enfant prédit la mort de son mari et ce dernier décède. Qui accuser ? Le sort, voyons ! L'oracle ! Le diable ! Sûrement pas l'empoisonneur qui trouva dans un verre d'eau brouillée une cause idéale. Alors, on utilise ici les mêmes procédés. Le fantôme de Versailles n'est pas responsable de la mort de Villorgieux, car il n'existe pas. Et il n'est nul besoin d'être devin pour déduire que, derrière lui, se cachent une habile machination et un criminel. Ce coup était prémédité, j'en suis certain.

— Croyez-vous que la vicomtesse de Lancquet ait pu recourir à ce prétexte pour faire occire Villorgieux ?

— Elle ou un des participants ? J'en doute. Elle est sotte et tous avec. Ils se montrent trop. Ils sont aux premiers rangs, ce sont eux que l'on accusera, mais je les crois plus victimes de leur émerveillement pour ces étrangetés qui font recette à Versailles. À huit heures ce matin, j'y avais assez réfléchi pour acquitter les acteurs de ce jeu stupide et funeste. Leur crime ? La niaiserie... Hélas, s'il fallait pendre tous les courtisans atteints par cette fascination pour l'au-delà, le roi serait bientôt seul.

— Qui aurait pu profiter de leur crédulité ?

Il haussa les épaules :

— On aurait intérêt à se tourner vers ceux qui étaient au courant de la séance grotesque. Mais combien furent mis dans la confidence ? L'un parle, l'autre écoute, puis il parle à son tour... Il y a tant de bavards. Alors, trouvera-t-on ? Pour ceux qui croient aux spectres, le sujet est déjà clos. Peut-on arrêter le diable, gémiront-ils ? C'est un dossier pour les tribunaux qui brûlent les sorcières. Et un crime qui restera sans doute inexpliqué.

— La solution réside souvent dans la question : à qui profite la farce ? À qui sert le crime ? En répondant, on trouvera son ou ses auteurs.

— Vous réagissez promptement.

— C'est plutôt que les fantômes me sont familiers. Hier, j'en ai vu un et il s'est montré en pleine lumière...

— Un fantôme ? Hélène, enfin quoi !

— C'était un comédien, ajoutai-je aussitôt, et plus vrai que nature. Le spectacle s'inspirait des aventures de la vicomtesse de Lancquet et il s'agissait de se moquer. À la fin, on demanda à la salle ce qu'elle en pensait. Et il n'y a pas que la cour pour se sentir attirée par l'au-delà... Parmi les spectateurs, il en existait pour y croire. Quand d'autres, heureusement, imaginaient une farce, et quelques-uns un coup cruel. Alors que choisir ?

— Une farce ? Comme vous y allez ! C'est une entreprise criminelle...

— Allons, marquis ! Ce peut être à la fois une farce et un crime.

Les décors mystérieux de la grotte de Thétis m'avaient-ils soufflé cette hypothèse ? Les lieux s'inspiraient du théâtre où les émotions les plus contraires, comme trembler de joie ou pleurer de rire, s'accordaient. Il pouvait en être de même dans le cas du fantôme : une farce dont quelqu'un s'était emparé pour fomenter son crime, et le tour de passe-passe finissait en tragédie. Celui qui tirait son épingle du jeu n'était ni la vicomtesse, ni le fantôme, mais un troisième larron, inconnu de tous, et que la troupe de Turlupin aurait sans doute transformé en bouffon macabre. Dans ce cas, le meurtre n'était pas prémédité et le marquis se trompait.

— Dans une fable de La Fontaine, deux voleurs se voient ôter le profit de leur larcin par l'arrivée impromptue d'un troisième gredin.

— Où voulez-vous en venir ? bougonna-t-il.

— Imaginons qu'il s'agisse, au départ, d'une simple farce. Mais son succès est tel qu'elle est connue de tous. Quelqu'un qui voudrait perpétrer un crime comprendrait sur le coup ce qu'il peut en tirer. Ainsi, son projet n'aurait pas été conçu *avant*, mais *après* l'apparition du fantôme. Une nuit et un jour, c'est bien assez. Et quel beau moyen de brouiller les pistes ! On cherche un meurtrier dans l'entourage de la vicomtesse ou parmi ceux qui furent dans la confidence alors qu'il niche, telle une vipère, auprès de Villorgieux...

— Les pistes sont si nombreuses qu'il devient difficile de trouver. Quels sont les ennemis de Villorgieux ? Je n'en sais rien.

— Qui est-il ?

— Il me semble qu'il occupe une charge ayant trait à nos colonies.

— Quoi d'autre ?

— Que dire ? s'emporta-t-il. Villorgieux ? Demandez à la marquise de Sévigné. Elle le connaît mieux que moi. C'est un janséniste.

— Une affaire religieuse ?

Soudain, le marquis s'impatienta :

— Avant de mettre votre sagacité au service d'une enquête, il faut se préoccuper de ce en quoi le fantôme nous pose un problème. Car l'affaire fait tant de bruit qu'elle pourrait compromettre notre action.

— Expliquez-vous, rétorquai-je brutalement.

— La mort de Villorgieux a paralysé la cour. Le sujet occupe les têtes. Si bien qu'on parle peu du faux retour de

La Salle. J'ajoute que cette histoire de fantôme a réveillé la dévotion de certains. La messe ? Ils iront. Du moins, ils seront plus nombreux que je ne l'espérais. Et ils s'en féliciteront en découvrant que le roi est là.

En un instant, je me sentis perdue. La *folle idée* de Louis de Mieszko était engloutie par Thétis, déesse de la mer et, dans un tourbillon, l'espoir candide de la jeune fille d'un petit comte de province sombra dans les abysses vertigineux de cette grotte. Les statues elles-mêmes ne se moquaient-elles pas ? D'ailleurs, n'avaient-elles pas bougé ? Je dus fermer les yeux, calmer le sang qui battait à mes tempes pour me convaincre, peu à peu, que le mirage mouvant de l'eau était seul responsable. Il n'y avait pas de fantôme. Et si je décidais de ne pas rencontrer le roi, j'abandonnais aussi l'espoir de sauver mon père. Je dus batailler contre moi et contre ma peur pour rouvrir les yeux. Les statues étaient à leur place, le marquis à la sienne, et les tapotements impatients de sa main sur la canne témoignaient de sa nervosité.

Brusquement, il se dirigea vers la sortie de la grotte de Thétis :

— Voilà, Hélène. C'est bientôt l'heure de nous présenter. La cour est sur les dents, le roi d'une humeur que je n'ose imaginer. Bref, nos cartes sont très mauvaises. Pis, elles sont distribuées. Alors, que ferez-vous ?

La mise en garde de Jean-Baptiste me revint : Ne jouez pas avec le fantôme. Il appelle la mort…

Les statues de Louis XIV me regardaient avec aplomb : Alors, Hélène de Montbellay, es-tu décidée à comparaître devant notre maître, le roi de France ?

Je répondis en toquant du menton, ce qui surprit Louis de Mieszko. Mais n'est-ce pas cette innocence qui me décida ?

— Je ne changerai rien à mes plans, rétorquai-je rageusement au marquis de Penhoët qui, sur-le-champ, cessa de battre la semelle.

Et sans hésiter, il me prit par le bras :

— Eh bien ! Allons où le sort nous pousse *fatalement*.

Nous nous plaçâmes devant le Cabinet de Jupiter où le roi tenait conseil. Cette pièce se trouvait, on s'en souvient, au premier étage des Appartements, à l'extrémité de l'enfilade des salons que le roi mettait à disposition de la cour pour les Soirées dont j'avais apprécié, voilà peu, les usages.

Pour paraître, il fallait se poster ni trop loin ni trop près de la porte qui s'ouvrirait tout à l'heure. Et attendre, en espérant un regard, sésame d'une hypothétique faveur.

Nous étions trop nombreux à poursuivre le même dessein pour espérer que notre stratagème ait pu fonctionner. Croyait-on même au retour de La Salle ? Quelques présents s'interrogeaient encore. D'autres récitaient à mi-voix le compliment madré qu'ils comptaient adresser au monarque si celui-ci daignait s'intéresser à eux. Mais le roi se trouvait-il vraiment derrière cette porte ?

On questionnait les valets qui répondaient par une moue. Les solutions ne manquaient pas pour que Sa Majesté, décidant finalement d'emprunter un passage par-derrière, s'échappe vers les appartements de la reine.

Le gros des courtisans parlait du fantôme. Les phrases étaient murmurées, les regards jetés. On épiait les alentours. Avait-on peur de soi, de ce que l'on savait, de ce que l'on avait commis ou d'une nouvelle apparition ? À l'évidence, l'étiquette était chamboulée et une sorte d'agitation fébrile succédait à l'ordonnancement glacé et huilé de la veille.

— Notre invention ne marchera pas, murmura le marquis de Penhoët. Il va être l'heure. Il faut nous retirer.

Soudain, le seuil infranchissable s'ouvrit et une voix forte éclata dans le salon :

— Le roi !

Une sorte de garde-à-vous s'organisa. Le Soleil se montra. Et il n'était pas seul. Dans la suite qui se pressait je crus reconnaître Colbert. Derrière eux, mais se tenant encore dans la pièce d'où sortait le souverain, j'aperçus la marquise de Montespan discutant avec une autre femme que je pris pour une dame de sa compagnie. Le roi pivota un instant, comme pour adresser un adieu silencieux à son intimité. Ce n'est qu'ensuite qu'il regarda, et toujours sans parler, les regards mielleux et les sourires patelins qui le courtisaient.

La scène semblait figée, alourdie par un silence indissoluble. L'inaltérable nous faisait face et lui seul pouvait décider du moment où son règne s'interromprait. Le roi était tête nue. Il ne tenait pas de canne. Il se voulait immobile et droit. Il attendait. Il se montrait. Il orchestrait ce moment d'éternité. Puis un mouvement infime décida du futur : ce fut un geste de la main, quand il la replaça à sa ceinture brodée d'or et d'argent. Aussitôt, un gentilhomme de la cour s'avança et rendit sa liberté au temps. Posté sur le côté droit, légèrement effacé, il entreprit de donner, ici et là, quelques détails sur les solliciteurs. Et le roi nous fit croire qu'il écoutait. Celui-ci était marquis et espérait présenter les plans d'une pompe à eau pour les jardins de Versailles. Celui-là était conseiller au Parlement de Paris et aspirait à entretenir Sa Majesté du commerce des peaux avec le Québec. Un autre, issu de la noblesse de robe, souhaitait la bénédiction royale pour le mariage de son fils avec une lointaine nièce de feu le cardinal de Retz – une demande délicate puisqu'il sollicitait une alliance avec le clan des Frondeurs.

Le roi ne sourcilla pas. Ni là, ni à aucun moment. Il verrait… Sans doute. Le roi ne bougeait pas et ne quittait pas des yeux le marquis de Penhoët.

Et moi.

Il ne fit aucun geste. Son regard suffit pour que le marquis s'incline. Mais Louis XIV ne lâcha rien. Il continua de nous observer un temps qui me parut insupportable tandis que le sang battait mes tempes. J'aurais fui si, d'un coup, il ne s'était décidé à parler :

— Ces jours-ci, je vous vois, ou peu, ou beaucoup, monsieur le marquis, dit-il d'une voix grave. Trop souvent aux Soirées d'Appartements, mais pas assez à l'heure de la messe. Faut-il croire que vous y serez, aujourd'hui ?

— Sire, je m'y rends de ce pas, après vous avoir salué.

— C'est une chance de me croiser, grinça le roi. Une chance insolente même !

— Et pourquoi, Votre Majesté ?

— La rumeur prétendait me jeter sur la route pour aller au-devant de monsieur de La Salle.

Un mouvement parcourut les courtisans, un bruit où triomphait les : « Je le savais. Ah ! l'escroquerie… » qui suffit pour que la marquise de Montespan avance et, sortant de la pièce où elle sc trouvait, se place derrière le roi.

— Quelle belle nouvelle m'apprenez-vous, sire, ajouta Penhoët sans se départir. Ainsi, notre navigateur est de retour…

— N'ajoutez rien à cette sottise. Vous n'étiez pas au courant de ce bruit aussi faux que scandaleux ?

Le roi scruta le joueur invétéré. Et ses yeux ne montraient rien.

— Non, sire, répondit le marquis d'une voix égale.

— Vous, si bon quand il s'agit de tromper son monde à la table de jeu, vous n'y êtes pour rien ?

— Non, Votre Majesté, renouvela pareillement mon comparse.

— Mais alors, pourquoi êtes-vous là quand nous ne devrions pas l'être ! Comment faut-il que nous prenions la chose ?

— Comme nous tous ici, pour le plaisir de vous saluer, sire.

— Est-ce aussi le hasard ou la chance du joueur qui vous permit d'être présent, ce jour où nous passâmes dans Paris sous les balcons de l'hôtel de la baronne de Beauvais ?

— Sire, c'était déjà le désir de vous servir.

— Nous essayerons d'y croire.

Le roi semblait excédé. Il jouait avec le marquis comme un fauve dominateur agace une proie déjà affaiblie :

— Je regrette que vous ne soyez pour rien dans cette sournoiserie à propos de La Salle, car je m'apprêtais à féliciter son auteur. Voyez-vous, monsieur, en fonctionnant, l'invention nous aurait permis de séparer les vrais fidèles des faux dévots qui ne viennent à la messe que pour mon plaisir. C'est un thème qui aurait plu au regretté Molière. Et à nous.

— Sire, je m'en souviendrai.

— Nous vous voyons, monsieur le marquis, et nous nous disons que, pour nous plaire et nous amuser, nous ne manquons pas d'acteurs, mais de bonnes comédies. Le sujet dont on nous parle, aujourd'hui, mettrait en scène un fantôme !

Ses yeux exprimèrent une soudaine colère. Il redressa sèchement la tête. Cela s'adressait à tous : l'affaire déplaisait fortement. Puis, sans qu'on puisse le prévoir, il revint à nous :

— Au moins vous savez cela, monsieur le marquis ?

— Hélas, sire. Je l'ai su ce matin, et j'en condamne tout autant la cause que les effets.

Le roi redevint maître de lui. Il bougea la tête d'un quart. Ses yeux me découvraient :

— Et vous, madame, que pensez-vous de cette histoire de spectre ?

J'ouvris sottement la bouche, puisque le roi me regardait et me posait la question, mais Penhoët fut plus rapide :

— Sire, je vous présente...

Le roi leva une main. Le marquis se tut.

— Ainsi vous êtes Hélène de Montbellay, fille du comte de Saint Albert.

— Sire, balbutiai-je. Je viens à vous pour...

— Vous ne venez pas, vous errez ici comme ce fantôme, assena-t-il, à la fois cassant et séducteur. Combien de fois ? fit-il mine de chercher. Oui, c'est cela. N'est-ce pas le troisième moment où nous vous croisons ?

— Pardonnez-moi, Votre Majesté, balbutiai-je en tentant de peser chaque mot. Deux fois... Avant-hier, au cours de la Soirée d'Appartements, et maintenant pour...

— Vous oubliez votre coup d'œil à la fenêtre alors que vous étiez dans nos jardins.

Ses yeux se moquaient. La marquise de Montespan ne put s'empêcher de sourire.

— Pouvez-vous nous expliquer cette persécution ? demanda-t-il alors d'un timbre glacial.

— Sire, ce n'est pas cela, je vous prie...

— Êtes-vous à Versailles pour faire l'éloge d'idées libertines dont votre père paye le prix fort aujourd'hui ?

— Majesté, tentai-je une nouvelle fois, je viens à vous pour...

— Pour vous moquer, sans doute...

— Je jure de ma bonne foi et...

— Les injures, en effet. Avant-hier, alors que nous vous accueillions à Versailles, vous fîtes subir vos sarcasmes à un lieutenant général qui, pour mon plaisir, ne répondit pas à cet outrage qui m'était tout autant adressé. Est-ce la... tolérance, telle que la conçoit le comte de Saint Albert ?

— Ma maladresse est seule coupable et je ne voulais pas...

— L'esprit vous manque, madame. Et je ne vois pas ce qui vous retient encore.

Ses yeux redevinrent cruels. La sentence était tombée : il se désintéressait de moi. La marquise de Montespan, qui observait la scène, marqua sa déception comme je le compris à sa manière de reculer un peu sans me lâcher du regard. Était-ce pour venir au secours du sexe faible ? Je le sus bien plus tard, mais cette petite marque d'attention, du moins ce que je croyais tel, me décida. Piétinant l'étiquette, je fis un pas en avant.

— Sire ! Vous m'interrogiez voilà peu sur ce fantôme et je peux vous répondre.

L'auguste épaule bougea :

— Allez-vous nous conter le récit de la pièce à laquelle vous assistâtes, hier ?

Il savait décidément tout. Il me broyait. Il me noyait.

— Je ne prendrai pas du temps à Sa Majesté pour parler de ce qu'elle sait...

— Auriez-vous des choses à nous apprendre ?

Son regard se durcit à nouveau. L'affaire du fantôme l'inquiétait plus qu'il ne voulait le montrer. Pour la première fois, il détourna les yeux et sonda sa cour. Se pouvait-il que ce roi y cherche un secours ? Indifférents à ce signe que j'avais cru deviner, les courtisans se contentèrent de se scandaliser. Que pouvait ignorer le Roi-Soleil ?

— Il me semble, Votre Majesté, que les lieux ne se prêtent pas à toutes sortes de confidences.

Autant sous-entendre que cette digne assemblée comptait quelques traîtres et espions ! À ces mots, les courtisans ne tinrent plus en place. Ils voulaient réagir et j'en sentais certains prêts à se jeter sur moi. Tant de temps pris au roi pour des billevesées, des paroles de femme prononcées avec arrogance ! Mais qui était cette pécore surgissant de nulle part et osant réclamer au roi une audience privée sans respect pour l'étiquette et le rang de ceux qui s'affichaient ? À mes côtés, le marquis souffrait, nous sentant perdus.

— Se méfier de la cour ! Du cœur de la noblesse ! s'offusqua un courtisan.

— Et pourquoi pas du roi ? osa un autre.

— Ce gentilhomme a raison, sire, lançai-je désespérément. Cette affaire affecte la cour bien plus qu'on ne le pense ici.

— Elle croit à ce fantôme ! ricana une voix anonyme.

Moi, je ne quittai pas Louis XIV des yeux. Et c'est à lui que je répondis :

— Non, sire, Hélène de Montbellay n'encourage pas ces sornettes, mais elle devine le mal qu'elles peuvent faire à Versailles. Et donc à vous.

En employant le ton direct, je sentis que je m'insinuais dans ses craintes. Devais-je me féliciter de ce qu'on nomme l'esprit des femmes, dont l'effet serait de deviner les sentiments secrets des hommes ? Oui, l'affaire du fantôme le touchait. Pis, sans doute, il la craignait. Mais je m'étais adressée au roi alors qu'il ne désirait plus m'entendre. J'avais commis un écart de trop, franchi une ligne interdite que la jeunesse et l'ignorance ne pouvaient expliquer ni pardonner. Le roi, et surtout les courtisans, attendaient une ultime erreur pour fixer la gravité du jugement. Madame de Montespan ferma les yeux, apparemment désolée. Que pouvais-je faire pour, d'abord, me sauver ? Supplier le roi de pardonner mon insolence ! Me jeter à ses pieds en promettant de fuir son Royaume ! Non, je n'y songeai même pas une seconde. Je m'étais avancée, j'avais croisé le roi, enfin je lui parlais ; il m'avait questionnée sur le fantôme et c'était peut-être le moyen de lui prouver que mon audace le servait et qu'il importait de m'écouter. La cruauté de ceux qui m'entouraient et l'air altier du souverain, je devais m'en défaire, les ignorer, et oublier cette étiquette qui, au fil des ans, avait estourbi l'esprit critique de courtisans domestiqués, pour ne chercher qu'à comprendre la contraction hautaine qui raidissait la royale allure de Sa Majesté. Oui, l'affaire du fantôme l'inquiétait. Donc, elle était grave. Et voilà qui devait me rassurer.

J'avais aussi une idée en tête, celle que nous esquissions à grands traits avec le marquis de Penhoët dans la grotte de Thétis : une hypothèse où se mêlaient l'inquiétante comédie de la troupe de Turlupin, l'étrangeté de son comédien, les remarques de bon sens du peuple de Paris, et ce que Penhoët m'avait appris sur le mort. À qui profitait ce crime ? Que Villorgieux soit janséniste constituait-il un indice ? Depuis l'Affaire des Poisons, comme l'avait affirmé la marquise de Sévigné, n'y avait-il rien de plus inquiétant pour le roi que la religion et ses querelles fratricides ?

— Sire, il se peut qu'on se serve d'un fantôme pour cacher un crime religieux.

Non ! Non ! pensai-je en moi-même, ne faiblis pas, Hélène. Souviens-toi des paroles de la marquise de Sévigné à propos des progrès du parti dévot à la cour... Et regarde ton roi : il te croit. C'est toi qui as raison. Va plus loin si tu désires qu'il t'entende :

— Et un crime à la cour, n'est-ce pas le roi que l'on vise ?

Une tempête secoua les courtisans. Allait-on m'abattre sur le champ ?

Louis XIV ne bougea pas. Mieux, il me regarda sans moquerie ni cruauté. Était-ce de l'intérêt ? Il fallait y réfléchir. Pour commencer, il s'adressa au marquis de Penhoët :

— Nous accepterons de penser que vous n'avez pas pris part à l'amusement qui voulait faire croire que nous n'étions pas à Versailles.

— Sa Majesté souhaite que nous reparlions de La Salle ?

— Non, monsieur le marquis. Et nous oublierons la thèse de monsieur de La Reynie selon laquelle vous auriez pu organiser ce mensonge peu charitable pour permettre à votre protégée, Hélène de Montbellay, de se trouver sans rivale sur notre chemin.

— Sire, je vous assure…

— Cela suffit ! Elle est là, et vous l'avez voulu ainsi.

— L'imprudence est seule fautive. Pardonnez, sire, ce caractère juvénile et la folie d'un courtisan…

— Cessez ! répéta le roi.

Il s'immobilisa sur moi. Son regard avait changé : il me parut à la fois brûlant et violent. Louis XIV se contenait au prix d'un effort évident.

— Vos conclusions étonnent, mademoiselle. Surtout venant d'une jeune femme tout juste débarquée à Paris et bien audacieuse dans son attitude, ses propos, comme ses déductions. Mais celles-ci nous intéressent. Nous aimerions donc vous entendre encore sur ce complot contre le roi où, selon vous, la religion se mêlerait.

Un complot ? Moi, je n'avais parlé que de crime. Mais il rompit aussitôt et reprit le chemin de son cabinet.

— Suivez-le, vite ! m'ordonna le marquis de Penhoët.

L'étiquette ne résista pas à cette disparition. Les courtisans se resserrèrent pour piailler, brailler, gesticuler.

— Un complot ? s'enflamma l'un d'eux.

Un gentilhomme de la cour qui accompagnait le roi fendit le carré des courtisans pour se placer au milieu de la pièce. D'un geste, il réclama de l'air. Le recul s'organisa :

— Silence ! J'étais avec le roi quand Colbert a donné cette nouvelle. Je sais pourquoi il a parlé de complot.

— De quoi s'agit-il ? hurla le conseiller de Paris expert en commerce des peaux.

— Il y a eu un autre crime ! lança le gentilhomme. Ce matin. Et signé une nouvelle fois par ce fantôme…

— Qui a-t-on tué ? parvint à dire le marquis de Penhoët en me poussant vers la pièce où le roi s'était glissé.

Le gentilhomme de la cour répondit :

— Nicolas de Rubelle. Que Dieu ait pitié de son âme.

— Je le connais, souffla le marquis de Penhoët à mon oreille alors que la porte se fermait dans mon dos. Ami des oratoriens et ennemi des jésuites. Cela pourra peut-être vous aider... Et bonne chance, ajouta-t-il.

Trois personnes seulement se tenaient dans la pièce. Louis XIV, la marquise de Montespan et moi. Et alors que j'écris, l'émotion m'étreint à ce souvenir. Un instant, je me suis arrêtée, fouillant dans ma mémoire pour retrouver les détails de cette rencontre. Mais il me faut y réfléchir encore. Les sons ne subsistent qu'étouffés, comme engloutis par l'écrin dans lequel je pénétrais. Je crois voir, dressés sur une table, deux bougeoirs allumés et un plateau d'argent chargé de fruits. Au-dessus d'une cheminée, un tableau où des muses nues se baignaient dans l'eau. J'aperçois aussi un lit de repos enveloppé de fourrures cendrées et une chemise blanche, étendue là, à même un prie-dieu. Sur le mur, un grand Christ taillé dans l'ivoire et, près de la couche royale, une bibliothèque où s'exposaient des bronzes et des antiques, des médailles et des monnaies. Posé sur les couvertures, il y avait un livre ouvert et, en basculant la tête, je lui volai son titre. *La Vie des hommes illustres* de Plutarque. Je me souviens d'un lourd coffre en bois duquel jaillissaient des fioles médicales et toutes sortes d'élixirs d'apothicaire. Parfois, comme tout mortel, le roi devait être souffrant. De même, il lisait et s'habillait de chemises, et je n'y avais jamais pensé. Une bourrasque intérieure me porta et me bouleversa. J'étais chez le roi, mon roi, avec lui. Un simple panneau de bois me séparait du commun. J'osai, je crois, un pas en sa direction. Après, je m'arrêtai. Qu'y avait-il encore ? Que dire des décors ? La pièce se révéla moins grande que la précédente, ce qui renforça l'illusion de l'intimité et aggrava ma timidité, mon malaise même. Aujourd'hui, je le regrette, mais j'interdis sur-le-champ à mes yeux de fouiller davantage. Et mon regard se fixa droit sur le bureau en acajou derrière lequel Louis XIV s'était assis pour lire une lettre qu'un homme muet venait de déposer, repartant aussitôt par une embrasure située à l'opposé de celle par laquelle nous venions d'entrer. C'était sans doute urgent.

Sans attendre une permission, la marquise de Montespan disposa d'un fauteuil situé sur le côté droit du bureau. Le roi lui prit la main et sourit, comme s'ils étaient seuls. Et ce n'était plus le même. Il se montrait anodin et sensible, sans gêne et sans pudeur, et surtout sans réserve. Puis il lut cette dépêche et son attention se porta sur cette seule action. À ma grande surprise, ce fut elle, la marquise de Montespan, qui s'adressa à moi en premier :

— Ne vous étonnez de rien. Patientez. Le roi désire vous parler.

Son visage se détendit :

— C'est bien vous, en effet ! Nous vous avions surprise depuis cette ouverture alors que vous marchiez dans les jardins.

Elle se releva, quitta le roi afin de venir près de moi, me prit la main et me conduisit jusqu'à la fenêtre :

— Il se peut que vous n'ayez guère d'occasions de voir les jardins d'ici. Profitez, jeune fille.

Une brume épaisse enveloppait les bosquets, enfantant un monde étrange et ensorcelant. Les statues couchées symbolisant les rivières de France pouvaient en être les maîtres, indolents et lascifs, flottant entre ciel et terre, et assurés de reposer en paix sous la garde des topiaires, ces arbres parfaitement taillés, dont les formes lunaires évoquaient des anges, gardiens d'une contrée bardée de soie grise. Les berceaux de treillage représentaient les frontières, et les macramés de buis, parés de fleurs sang et or, figuraient les offrandes de la Terre offertes aux dieux de ce royaume surnaturel.

— C'est un temps pour fantôme, murmura-t-elle un moment en riant, interrompant mon observation.

— Madame !

Le roi avait levé les yeux, faussement courroucé. Son regard ? Celui d'un complice, d'un ami. D'un amant même. Et sans autre effet, reproche ou sermon, il reprit sa lecture. Il paraissait serein. Et si différent.

La marquise de Montespan se tenait près de moi, et nos bras auraient pu se toucher. Quand le courage revint, je levai les yeux pour l'observer. Quel âge avait-elle ? Plus de quarante ans, assurément. Pourtant, une indicible fraîcheur se dégageait de son être. Un rire cristallin, un petit jeu d'épaules, une façon de tourner sur elle en prenant entre ses mains les pans de sa robe et en inclinant la tête comme on s'invite à un menuet, toute sa personnalité résidait dans la grâce, l'élégance, le charme indicible de sa sensualité. Elle se voulait jeune et séduisante et le restait malgré les signes d'un bel automne. Certes, elle s'imposait une mise en scène permanente, faite de mouvements, de sourires qui ne la laissaient pas en repos et masquaient les imperfections du temps, mais cet ensemble admirable, construit à force de discipline et d'attentions de chaque instant, parvenait à cacher les petites fêlures de cette favorite dont on devinait les drames à venir à ses cheveux tissés de brins de paille grise, à ses mains potelées, à sa taille ronde, preuve des dons du roi offerts à la mère de ses bâtards. Malgré la course des ans, il lui restait ses yeux pétillants d'envie de donner et de prendre. Et je pouvais comprendre le désir du roi d'en cueillir encore les coupables promesses.

La même embrasure, aussi petite que discrète, s'ouvrit. Un homme s'avança vers le roi et lui parla avec affection. En lui répondant, le roi lui-même nous livra son nom : Alexandre Bontemps, le premier valet de Sa Majesté. Mais c'était un ami qui se présentait en toute simplicité. Et cette tendresse semblait partagée. À des détails dont le plus évident était la façon affranchie dont il s'avançait vers la table du roi, je compris que j'assistais à la rencontre de deux êtres apparentés, dont la différence de rang n'ôtait rien au rapprochement. Complices, ce n'était pas suffisant. Par quel miracle, ai-je pensé, étais-je mêlée à cette scène de famille ?

— Sire, les chiens ont faim.

Le Roi-Soleil acheva sa lecture et griffonna trois mots en marge de la dépêche qu'il venait de consulter.

— Eh bien ! Fais venir ces canailles !

Bontemps ouvrit la porte-fenêtre qui donnait sur la terrasse surplombant les jardins. Une pagaille de pattes, de griffes raclant le parquet, de jappements aigus se jeta dans le Cabinet du roi. L'un des petits monstres fila directement vers la marquise de Montespan tandis qu'un autre vint me renifler. Le plus malin se roula aux pieds du roi en attendant sa caresse. Bontemps ne tarda pas à revenir, les bras chargés d'écuelles remplies de viande fraîche dont une famille de Saint Albert aurait fait à la fois son dîner et son souper. La marquise en prit à pleines mains et commença la distribution, partageant bientôt ce rôle avec le roi.

— Le brigand ! cria-t-elle. Louis, avez-vous vu cette voracité ? Il m'a mordillée...

Le roi, puisqu'on lui parlait, sourit au chien et à sa nourricière. Et ce n'était que paix et douceur. J'avais devant moi le spectacle d'un couple heureux, au bonheur simple, ce qui me procura une grande surprise.

— Sire, glissa Bontemps, l'heure de la messe approche.

— Rappelle-moi l'auteur du sermon ?

— Bourdaloue, sire.

— Allons ! Je ne peux faire attendre cet orateur. Madame ?

La marquise plongeait les mains dans les écuelles.

— Athénaïs, c'est assez ! Il faut encore parler à Hélène de Montbellay.

Il n'avait pas oublié, même si, jusqu'à cet instant, j'étais restée comme invisible. Il s'essuya les mains à un linge immaculé que lui tendait le valet et le posa sur le bureau, recouvrant la dépêche, puis se tint debout, parlant sans quitter les chiens du regard :

— Mademoiselle, il vous reste assez de temps pour prononcer trois phrases.

— Sire...

— Comptez vos mots, me coupa-t-il aussitôt. Je sais que vous venez pour obtenir le pardon du roi, mais le jugement qui fut pris envers votre père est juste. Aussi, ne parlez que pour dire ce que vous affirmez savoir à propos de ces meurtres.

— Votre Majesté, trois phrases, c'est deux de trop. En voici une qui sera la dernière : je ne peux en dire davantage.

Il cessa de s'intéresser aux chiens. Et la marquise interrompit sa distribution.

— Pourquoi ne pourriez-vous pas ?

— Sire, la même raison, la même logique, le même esprit président chez les Montbellay. Si vous n'entendez pas l'un, comment pourriez-vous écouter l'autre ? Mais je parle trop. C'est déjà ma deuxième phrase...

— Comment pouvez-vous !

— Louis ! Attendez.

La Montespan s'avança et vint se placer à côté de moi :

— Cette jeune fille a de l'esprit et du panache. Je lui trouve aussi de la fidélité. Et n'est-ce pas ce qui manque à la cour ? Voulez-vous, s'il vous plaît, lui prêter attention. Et Bourdaloue attendra. Son sermon est sur l'Apocalypse et ce n'est pas cela qui vous menace aujourd'hui.

— Madame la marquise ! jeta le roi, le verbe irrité, nous n'aimons pas que vous vous moquiez ainsi.

Peu effarouchée par les paroles de son amant, la favorite se tourna vers moi :

— Qu'avez-vous à nous apprendre sur ce fantôme ?

— D'abord, il n'y a pas de fantôme. Mais derrière son masque se cache un meurtrier. Est-ce celui qui interpréta le revenant au cours de cette réunion morbide présidée par madame de Lancquet ? Selon moi, la réponse est non.

— Continuez, fit-elle.

— Imaginons que le personnage ayant joué le spectre soit lui-même victime de celui qui l'a engagé. Il croyait à une farce et il découvre qu'il interprète un drame. Les menaces qu'on lui a demandé de proférer faisaient partie d'une comédie dont la victime innocente était cette pauvre vicomtesse. Il joue. Il sort de scène. Il croit que tout est fini. Et puis surviennent de vrais morts. Il n'est donc pas l'auteur des crimes dont on l'accuse. L'idée a germé en moi en regardant la pièce de théâtre. Et si j'ai raison, voilà que l'affaire n'est plus celle du fantôme, mais de celui qui lui a fait endosser le rôle. Qui s'est inspiré de cette sombre pantalonnade pour commettre des meurtres atroces ? Le problème se complique, car pendant que l'on court après un revenant qui n'existe pas, un homme, un groupe, un ennemi brouille les pistes et exécute ses proies. Qui commet ces forfaits au cœur de la maison du roi et pourquoi ? Pour le savoir, intéressons-nous aux morts. Le premier est janséniste. Le second, un proche de l'Institut de l'Oratoire, une puissante congrégation religieuse. Cherchez la cause qui unit les deux... Pour moi, elle est religieuse.

— Dès lors ? fit la marquise qui, depuis peu, s'était figée.

— L'affaire devient grave. Vise-t-elle à nuire au roi ?

Je marquai un silence. Depuis peu, celui-ci s'était assis. Il m'écoutait.

— Sa Majesté m'autorise-t-elle à utiliser ma troisième phrase pour lui dire ce que j'ai sur le cœur ?

Cette fois, il sourit. Je pris l'intention pour un assentiment.

— Si mon raisonnement est juste, il s'agit en effet d'un complot. Ce n'est pas moi qui ai prononcé ce mot, mais, ajoutai-je en faisant preuve de toupet, nous y pensons pareillement.

La marquise pâlit et dut s'asseoir :

— Ainsi, vous l'avez deviné aussi...

Un silence s'abattit sur la pièce. Le roi réfléchissait. Après quelques lourds instants, soudain il se leva et passa de l'autre côté de la table. Désormais, nous nous faisions face.

— L'exposé est convaincant, assura-t-il. Faut-il féliciter son auteur ou celui qui a formé son esprit ?

Mon cœur se mit à battre :

— Mon père ! C'est mon père qui m'a enseigné ce qu'il appelle la raison.

— Ensuite, dit-il sans répondre à mon espoir, je vous dirai que monsieur de La Reynie, que vous devez détester, partage votre avis. Il croit l'affaire très grave et la prend particulièrement au sérieux.

Il effaçait déjà mon père et, affichant sa morgue, citait le sinistre La Reynie qui nous avait fait tant de mal. Ces deux mépris combinés me révoltèrent et me poussèrent à l'imprudence. Je ne pus retenir mes mots et lançai :

— S'il se charge de cette affaire, espérons qu'elle soit conduite avec plus de diligence que la précédente…

En proférant cela, je jure que je ne pensais qu'à mon père, et qu'en critiquant La Reynie, je cherchais uniquement à convaincre son maître qu'il avait été mal informé. Que si le comte de Saint Albert était un libertin et un ami de la tolérance, il restait néanmoins un fidèle allié du roi. Mais ces paroles accusatrices, soufflées par l'impertinence, eurent un effet aux conséquences considérables, car le roi les avait saisies autrement. Cette enquête bâclée dont j'avais parlé, ce n'était pas celle de mon père – un personnage insignifiant –, mais forcément la leur. Qui s'appelait l'Affaire des Poisons.

Je ne compris pas mon erreur, et ma chance, sur le coup. Pour réaliser ma méprise, il me fallut un peu plus tard détailler la scène dans laquelle j'avais vu la marquise se tasser dans son fauteuil, moi devenue invisible, et le roi regarder sa maîtresse et se désoler pour elle. Une affaire dramatique où l'on retrouvait La Reynie et ces deux amants ? La réponse surgit la seconde d'après quand, profitant de ces instants où, pour eux, je n'existais pas, prisonniers qu'ils étaient de leurs souvenirs, aveugles et sourds et perdus dans leur monde, me revinrent les paroles de madame de Sévigné. Cette affaire, qui avait changé le roi et perdu la marquise de Montespan, ce destin, qui les rongeait et ne les lâchait plus, cette enquête qui faisait encore saigner leur cœur, portait le nom terrible et juste de poison.

Sous mes yeux décillés, je vis alors que la favorite avait brutalement vieilli. Elle faisait son âge et se désespérait. Le fantôme portait désormais les habits d'un spectre plus ancien, mais toujours obsédant, qui persécutait le roi et son amante. Sans ce drame, tiré d'un monde égoïste, régenté pour eux seuls, le Soleil se serait-il adouci pour tenter de soulager la peine de sa favorite ?

— Cette affaire, nous la regrettons.

Et ce n'était plus Louis le Quatorzième qui murmurait ces mots.

— Des témoins suspects, des conclusions hâtives, avançai-je prudemment, cherchant à confirmer ce que je croyais avoir deviné.

La marquise de Montespan acquiesça en silence. Oui, c'était l'Affaire des Poisons. Mais le roi, brusquement, redevint lui-même : il ne voulait pas en entendre parler :

— Ce n'est plus l'heure des jugements. Tout est clos.

— Pardonnez-moi, sire, mais je disposais de peu de temps pour prouver ma franchise et ma loyauté.

— Qu'en ferais-je ?

— Je les mets honnêtement à votre service. Accordez-moi le droit de mener mon enquête sur cette nouvelle affaire.

— Pourquoi ? interrogea-t-il aussi froidement.

— Je veux démontrer au roi que les Montbellay sont à ses côtés.

Je regardai la marquise :

— Sire, suppliai-je, vous ne pouvez qu'y gagner.

Il m'adressa alors un regard supérieur. Qui étais-je pour proférer de telles requêtes, sinon une oie blanche venue de sa campagne, une prétentieuse osant braver l'étiquette et sa porte, une effrontée, qui plus est fille d'un libertin banni ? Mais en même temps, la curiosité et le doute le taraudaient : que pouvais-je faire pour lui ? Sa faiblesse, je le devinai, passait. Il allait par orgueil, ou dédain, répondre non. Mais madame de Montespan se leva brusquement et vint vers lui :

— Hélène de Montbellay vous parle avec courage et sincérité, Louis. Combien osent-ils encore ? Pourquoi rejeter ces qualités chevaleresques dont la cour oublie parfois le sens ? Que ferions-nous sans cette noblesse de cœur qui croit aux vertus de la Quête ? Elle a entrepris un long chemin pour venir à vous. Elle se présente ici, inspirée par l'espoir, et non par la haine. J'ai confiance en elle. Acceptez son offre. Laissez-la agir et se battre pour l'honneur de son nom, et vous servir aussi. Ne lui refusez pas ce que je n'ai pu moi-même obtenir quand je fus accusée, dont les effets durent, et dont nous souffrons tant !

Fallait-il qu'il cède pour effacer sa dette ? Il soupira, hésita. La raison le poussait à rejeter cette demande. Ses sentiments lui soufflaient l'inverse. Ah ! qu'il était dur d'être roi et homme. Songea-t-il aux effets de sa décision sur les courtisans ? Mesura-t-il également qu'en lui prêtant main-forte, le nom de Montbellay se rapprocherait de la Couronne ? Les circonlocutions de l'esprit taraudaient le Soleil. L'État, la messe, Bourdaloue réclamaient sa présence, mais il eut le tort de croiser le regard d'Athénaïs. Et qui d'autre pouvait séduire celui du roi ? Si la réponse ne semblait plus faire doute, il était néanmoins plus difficile de comprendre pourquoi Montespan tenait tant à me secourir… Ce dont le roi se soucia tout autant :

— Pourriez-vous, madame, expliquer cet assaut d'indulgence ?

La marquise fit un terrible effort afin de retrouver sa contenance. Son jeu reprenait. Elle se voulait insouciante et désirait charmer son bien-aimé :

— Je suis, comme le soutint Molière, pour le juste milieu. Et cette jeune femme me semble en être le bon modèle. Fidèle à son père et à son nom, mais raisonneuse et hardie. Je la crois aussi pleine d'esprit, bien que sans orgueil. Elle n'appartient pas à un clan, donc elle n'en flattera aucun. Elle défend la liberté et la tolérance ? Voilà un choix bien rassurant, si l'affaire est religieuse. Elle joue les trublions à la cour ? Tant mieux ! Elle n'y cherchera pas d'appui et parlera pour elle. Enfin, son sang noble ne cède pas aux flatteries courtisanesques, et son franc-parler en est la preuve. Elle vient faire allégeance, et vous offre son intuition ? Laissez agir les femmes !

Pourquoi forçait-elle autant son talent pour me venir en aide ? Je ne le sus que plus tard et j'en parlerai le moment venu. Pour l'heure, sa tirade plut au roi. Et que n'aurait-il pas fait pour lui être agréable ? Ces deux amants-là s'aimaient, je l'assure.

— Voudrait-on me forcer la main ? dit-il en essayant de paraître dur.

— C'est au cœur du roi que j'adresse ma requête, soupira la marquise en ouvrant le sien.

Et Louis XIV se laissa encore séduire. Mais il prit encore son temps pour finir son examen.

— Il nous manque sans doute des esprits comme le vôtre, finit-il par admettre.

— Sire, il ne tient qu'à vous de les faire venir à la cour...

— Plaidez-vous pour votre père ? se reprit-il.

— Votre Majesté, Pierre de Montbellay ne m'a chargée d'aucune mission. Je viens librement à vous pour me ranger à vos côtés.

— Eh bien ! N'en parlons plus, lança-t-il sèchement.

Et il allait conclure. Sa tête partait à nouveau ailleurs. N'avait-il pas fait tout ce qu'il pouvait pour satisfaire sa favorite ? C'était fini, c'était trop tard, j'allais perdre. Le désespoir et la rage me poussèrent alors un pas trop loin.

— Dans trois jours, repris-je, je vous donnerai le nom de ce fantôme !

Au fond de moi, quelque chose me hurla que j'étais inconsciente.

— C'est plus qu'une assurance, railla le roi.

— J'en fais le serment, ajoutai-je désespérément, poussant plus avant ma trop soudaine témérité.

— Allons ! Ne vous pressez pas, tenta de sourire la marquise. Et comment pouvez-vous être si convaincue ?

— La raison ! martelai-je. Et je démontrerai que cet esprit, qui accuse mon père, n'est pas l'ennemi du roi.

— Vous êtes plus entêtée qu'un régiment de dragons, murmura-t-il d'un ton mi-froid mi-amusé.

— Moi, cette ferveur me plaît, reprit la marquise de Montespan. Accordez-lui cette chance, elle la mérite. Donnez-lui trois jours pour nous livrer cet horrible fantôme.

— Savez-vous ce que vous coûterait votre échec ? pesta alors Louis XIV.

— L'exil, je devine. À quoi bon se lamenter, puisque nous avons tout perdu... À l'inverse, si je réussis, ne pourrais-je pas affirmer que les Montbellay ont servi leur souverain ?

— Si vous réussissez, répéta-t-il, je ne pourrai m'y opposer.

— Mais est-il possible de servir le roi s'il ne délivre pas son pardon ?

La manœuvre se révélait trop évidente. Il ne répondit rien.

— Je ne sollicite aucune autre gloire, insistai-je. Je souhaite seulement que nous retrouvions notre honneur et la confiance du roi. Cet échange n'est-il pas juste ?

— Il peut l'être, en effet, se força-t-il.

— Alors, nous servirons le roi, et lui nous pardonnera, puisque l'un et l'autre ne peuvent aller séparément.

— Allons ! s'exclama la marquise, tant de constance et de bon raisonnement méritent une récompense. Dites oui, mon ami.

Bontemps, le premier valet, vint à passer le nez par la porte :

— C'est l'heure, sire. La reine, les princes et princesses de sang, le révérend père Louis Bourdaloue attendent le roi.

Puis, baissant la voix :

— J'ai pris sur moi d'inviter madame de Maintenon à conduire sans attendre les enfants de madame la marquise de Montespan à la chapelle...

Le Soleil sembla du coup sortir d'un rêve. D'un sourire, il remercia Bontemps. Puis il regarda la marquise qui, du menton, l'invitait à se décider. Alors il fit enfin un pas vers moi :

— Je le ferai, déclara-t-il d'une voix sans émotion. Si vous réussissez, je renouerai le serment qui soumet les Montbellay au roi, puisque c'est mon droit et le devoir de la noblesse.

Et sans doute parce que je ne baissais pas les yeux et ne le remerciais pas encore, il ajouta ceci, comme pour lui :

— Un roi respecte toujours ses serments.

La sentence ressemblait à une douloureuse fatalité.

— Sire, je vous remercie, dis-je les joues enflammées par la folie de mon défi, en prenant soin de m'incliner respectueusement.

Le roi sortit avant que je ne relève la tête et il fit face aux courtisans qui l'interrogeaient du regard.

— Nous vous verrons dans les jardins, après le dîner, lança-t-il à l'adresse de tous.

C'était tout Louis XIV, pareil à lui-même, et fermant la parenthèse.

D'un signe, il invita la marquise de Montespan à se joindre à lui. Elle se glissa à ses côtés après m'avoir prise par la main pour me conduire à la vue des courtisans, saluant et souriant. Elle était de nouveau maîtresse de ses sentiments et se présentait à la cour comme restant à jamais celle du roi. Nous vînmes à passer devant le marquis de Penhoët. Elle marqua imperceptiblement le pas :

— Les choses vont bien, dit-elle d'une voix forte. Le roi a donné sa confiance à Hélène de Montbellay. Voyez à quel point ! Bientôt, nous dirons adieu à ce vilain fantôme. Faites-moi plaisir. Dites-le autour de vous, mon cher marquis.

La troupe prit la suite de Louis le Quatorzième et nous allâmes ainsi à la chapelle. Derrière nous, combien y avait-il de rancœurs, de jalousies, d'ennemis ? Et le criminel se mêlait-il à ce ballet des fats, des faux et des furieux ? Ce jeudi 5 novembre, à l'heure de la messe, j'avais étrangement gagné la confiance de la marquise de Montespan. Mais en même temps, à n'en pas douter, un nombre élevé d'adversaires.

La messe qui suivit me renseigna sur ce que la marquise de Sévigné appelait les progrès du parti dévot. Mais qui en était le chef ? Le roi, semblait-il, au premier abord, si j'en jugeais à la manière dont il vivait ces moments. Agenouillé sur un prie-dieu, le corps profondément versé vers le sol, Louis XIV oublia qui l'entourait. La reine, la suite, la cour, et même cette chapelle glaciale, rien ne comptait plus que l'invitation de Bourdaloue à se plonger dans un bain de prière. Serrant dans sa main un chapelet fait de nacre et de bois, il récitait *Pater* et *Credo* avec, en apparence, la foi des premiers chrétiens. Et quand vint le moment du sermon, son corps s'immobilisa comme porté par les paroles de l'orateur.

Le thème était, en effet, l'Apocalypse. La puissance et la colère du Tout-Puissant se mêlaient pour condamner de tout Son poids la débauche et les fausses croyances. On prit la peine de comprendre que le fantôme était l'accusé et, plus encore, les adeptes de pratiques païennes qui méritaient l'excommunication. Les superstitieux se signaient à chaque phrase brûlante et murmuraient des *Amen* dans l'espoir de se racheter. La mort ? Il en fut question. Mais, étrangement, pas une fois le nom des victimes ne fut cité.

Le roi écoutait simplement les préceptes de Bourdaloue, la main posée sous le menton, porté par une foi assurée et sereine. Le spectacle auquel j'assistais n'était en rien celui du pécheur se repentant et se maudissant pour la faute de l'adultère qu'il commettait chaque nuit dans les bras de sa maîtresse. Par quelle savante arithmétique l'exégèse du roi Très-Chrétien pouvait-elle additionner dans la même opération les joies sacrilèges de la chair et la rectitude morale, et parfois vertigineuse, vers laquelle voulait nous élever Bourdaloue ? Car, à l'entendre, il était impossible de s'accorder avec de tels écarts.

L'œuvre de l'orateur était une combinaison de mots puissants, suivis immédiatement de silences tendus inspirés par le Saint-Esprit. Puis surgissaient les coups d'œil d'aigle adressés au peuple de Dieu que ce missionnaire survolait de sa chaire. Enfin, Bourdaloue se servait d'un doigt rageur, dressé vers les Cieux pour montrer, si besoin était, par qui il était guidé.

Aux hochements de tête gênés de certains courtisans, aux toussotements discrets des hommes, aux soupirs des femmes qui y faisaient écho, je compris que toutes les ouailles ne maîtrisaient pas aussi sereinement que le roi le don de séparer le corps de l'esprit.

Placée à une dizaine de rangs de l'autel, et sur le côté gauche, je disposais en effet d'un champ d'observation remarquable. Suivant distraitement les paroles de Bourdaloue – que le Seigneur me pardonne ! –, je me pris à disséquer la scène.

La population de la cour se divisait en trois grands partis. Il y avait les dévots inspirés par la foi. Ceux-là étaient dans leur milieu, se sentaient puissants et déterminés, soutenus par et en accord avec un roi qui trônait dans leur camp. Les anges de l'Apocalypse auraient pu jaillir dans l'instant et demander aux flammes de séparer le bon grain de l'ivraie, ils ne craignaient en rien le jugement de Dieu. Certains ne l'appelaient-ils pas dans leur prière ? Il fallait y prêter attention, car ils représentaient un bon tiers de cette société. Autant, ou presque, bâillaient et s'impatientaient, jetant ici et là des regards de curiosité sur les dévots. Comment pouvait-on apprécier la récitation de phrases latines ? Pour eux, l'heure passait, et la messe se vivait comme une obligation de l'étiquette, un pensum royal entre le Conseil et le dîner. Mesuraient-ils la ferveur du roi et le poids de ses partisans ? Ils auraient dû y prendre garde car ce qui les menaçait venait sans doute plus de là que des anges de l'Apocalypse. Les membres du dernier tiers se posaient un cas de conscience. Tantôt ils s'ennuyaient, tantôt ils s'inquiétaient pour leurs âmes. Ah ! qu'il devait être dur de ne pas se décider ! Pris entre les regrets et les plaisirs que leur causaient leurs péchés, ils jouaient du coude et des hanches, comptant les minutes autant que les *Ave Maria*, hésitant à se joindre sincèrement à la messe qui, en dépit des promesses de Bourdaloue, ne les soulageait pas. D'eux, il n'était pas nécessaire de se méfier, mais plutôt de craindre pour leur avenir. Dans ce monde versaillais, il n'y avait aucune place pour les ventres mous. Ni pieux, ni volage, c'était le plus dangereux des partis. Il leur fallait faire un choix entre l'un des deux extrêmes, car l'opinion du centre courait de grands dangers.

Pour espionner, ma place s'avérait idéale. À la dernière phrase du sermon, j'aurais pu établir un état exact de la piété de la cour. Et je ne doutais pas que cette idée aurait intéressé le roi, comme il l'avait expliqué au marquis de Penhoët, trouvant dans la « plaisanterie » à propos de La Salle un moyen de vérifier la solidité spirituelle de ses sujets. Ce comptage m'aurait-il servi dans l'affaire du fantôme ? Sans doute, si j'avais pu sonder sincèrement les cœurs et connaître ainsi les opinions qui s'y cachaient, car janséniste, oratorien ou jésuite, ce n'était pas pareil. Les deux premiers ne plaisaient pas au roi et ils étaient pourchassés. Les derniers trônaient dans la chaire et dictaient leurs conceptions. Mais, en l'état, ce tableau d'ensemble et un peu grossier avait un intérêt. Le nombre très élevé de courtisans, bons ou mauvais élèves de la foi, prouvait que le sujet de la spiritualité porté par le roi était essentiel. Fantôme ou pas, la religion trônait au centre de toutes les pensées.

Bourdaloue acheva son sermon en insistant sur la peur qu'exerçait Dieu sur les hommes. Tous les hommes ! répéta-t-il en dévisageant Louis XIV.

— *Dominum Deum tuum adorabis* ! Tu adoreras le Seigneur ton Dieu. *Et illi soli servies*. Et lui seul, tu serviras. *Amen*.

— *Amen*, répondit l'assemblée.

— *Amen*, fit le roi après elle.

Au-dessus de lui, il y avait Dieu, et le Roi-Soleil ne devait jamais l'oublier.

Quand débutait la messe, j'avais cru voir en Louis XIV le chef du parti dévot, suite logique d'un monarque absolu. Mais à l'instant, il venait de reconnaître en public que Dieu régnait en maître sur lui. C'est donc qu'il existait un pouvoir qui échappait au roi. La liberté de ton employée par Bourdaloue d'ailleurs en témoignait. La foi avait tous les droits. Menaçant, accusant et condamnant, l'orateur se distinguait d'avec la vie à la cour, où le moindre écart vis-à-vis de l'autorité royale n'était pas toléré. Dès lors, le chef du parti dévot était-il vraiment le souverain ?

Et si ce n'était pas lui, y avait-il un maître de Louis XIV et de Versailles, plus séduisant encore que la marquise de Montespan ?

QUI ME MORD VA PLEURER

XIII. On me cherche, on me trouve.

Bourdaloue s'avança vers le chœur, dépassa la croisée du transept et traversa le vaisseau autel pour venir jusqu'au fond de la chapelle. Ses pas étaient comptés, sa démarche sévère. Il notait les présents. Maintenant, il trônait au milieu de l'assemblée, jetant çà et là des regards tendus aux fidèles. Après un long silence, il leva un bras vers le ciel tandis qu'un jeune officiant blafard dressait un Christ monumental taillé dans l'or et l'argent. Nous nous agenouillâmes. C'était l'instant de la bénédiction finale. *Ite, missa est*… Les mots de Bourdaloue claquèrent dans les transepts. La chorale d'enfants entonna un motet de Jean-Baptiste Lully dominé par le *Miserere*. Le roi se releva, épanoui et dulcifié. La messe lui avait plu. *Ita diis placuit*[1]. La chose étant accomplie, le monde terrestre reprenait ses droits.

La sortie de la chapelle se fit dans le désordre. Certains se seraient marché sur les pieds pour gagner les premiers rangs de la suite du roi, mais celui-ci n'accorda aucun regard à sa cour. Il avait un programme, il l'exécutait. La procession vers le dîner s'organisa.

Ignorant les coups d'œil dont certains me gratifiaient, j'échappai à la meute pour tenter de trouver le marquis de Penhoët.

— Venez ! dit-il à ma surprise en me saisissant par la manche.

1. Ainsi, il a plu aux dieux. Et il n'y a plus à en discuter.

Il ne prononça pas d'autre mot jusqu'à ce que nous soyons sortis du château. Ensuite, il ne parla que pour faire avancer son carrosse et donner son ordre :

— À mon appartement !

Enfin, il se tourna vers moi :

— Je n'ai jamais eu aussi peur…

Ses yeux gris-bleu souriaient. Il se retint encore avant d'éclater de rire :

— Hélène, vous me faites mourir et rajeunir à la fois ! Vous ressemblez tant à votre mère. Brûlante et passionnée ! Audacieuse et… Non, risque-tout ! Enfin, soupira-t-il, la marquise de Montespan en a dit assez aux curieux pour que vous soyez le sujet dont on parle à la cour. Il en est un seul pour vous maudire, le chevalier de Saint Val. Mais laissons cela. Alors ! Que vous a dit le roi ?

— Je veux croire que notre plaisanterie sur La Salle sera pardonnée.

— Ne jurez de rien, Hélène, s'assombrit ce fidèle ami. Le roi m'a fait comprendre qu'il n'ignorait rien sur cette affaire. Mais je saurai qui m'a trahi, ragea-t-il.

— Il a promis d'oublier, assurai-je pour l'apaiser.

Il se tassa sur son siège :

— Le roi fait ce qu'il veut. Et c'est dans l'ordre des choses qu'il change d'avis.

D'un geste, il balaya ses idées sombres :

— Cela dépend aussi de l'impression que vous fîtes. Je vous en supplie, parlez. Comment le roi vous a-t-il reçue ? Et pourquoi la marquise de Montespan a-t-elle tant insisté pour que l'on sache que son maître vous accordait sa confiance. Ah ! La messe fut longue. Je mourrais de vous entendre et Bourdaloue n'en finissait pas. Mais je me tais. Racontez-moi tout.

— Patience, monsieur Louis de Mieszko. J'ai, en effet, des nouvelles.

— Je m'en doute, bougonna-t-il. Et je comprends mal ce retournement. Hier, vous étiez bannie. Aujourd'hui, vous voilà chargée d'une mission pour le moins surprenante : résoudre le secret de ce fantôme. Allons ! Faut-il croire au miracle comme Bourdaloue nous y invite ?

— Ma bonne fée s'appelle Athénaïs, m'amusai-je à répondre.

Il écarquilla les yeux et croisa les bras. Il attendait la suite.

— J'étais perdue. Le roi ne m'écoutait plus. Alors, en désespoir de cause, j'ai affirmé que je résoudrais cette énigme. C'est alors que la marquise a...

— Cette jeune femme est folle, me coupa-t-il en saisissant son tabac.

— J'ai trouvé ce seul moyen pour lui prouver que les Montbellay étaient à son service.

— Folle, ce n'est pas assez, grogna-t-il en aspirant par le nez une prise si grosse qu'il se mit à tousser.

— Pour l'heure, retenez ce qui est excellent. Si je trouve qui se cache derrière le fantôme, mon père sera pardonné.

Le tabac, ou mes paroles, rougissait son visage. Il serra la mâchoire :

— Vous voilà bien avancée ! Quelle est donc cette idée de promettre le règlement d'une affaire criminelle ? Vous n'êtes pas La Reynie !

— Pour une raison que j'ignore, la marquise de Montespan est prête à le penser. Seule, je n'aurais pu faire céder le roi. C'est elle qui l'a décidé de me laisser agir.

— Voilà un secret qui vaut bien celui du fantôme, bougonna-t-il en saisissant sa canne d'un geste nerveux.

— Nous en venons enfin au sujet essentiel, soupirai-je exagérément. J'explique cette forfaiture, et Louis XIV rompt le bannissement de mon père. Il en a fait le serment, ajoutant qu'un roi les respectait tous.

Cette fois, il haussa les épaules pour marquer son désespoir :

— Hum... Ce à quoi le roi consent, qui le sait précisément ?

Il me détailla, cherchant à savoir si j'étais décidée à me lancer dans cette aventure. Il me questionna en silence et ses yeux me suppliaient de renoncer. Je réagis aussitôt, ne laissant aucune chance à son espoir :

— Oui, monsieur le marquis. Nous allons enquêter.

Il frappa le sol de sa canne :

— Mais enfin ! Comment trouver un… fantôme ? Vous n'êtes pas équipée pour ce genre d'expédition.

— En matière d'apparition, je céderais volontiers ma place à un exorciseur, mais pour mettre à jour un complot qui se cache derrière un nuage de fumée où les superstitions se mêlent, je me sens aguerrie.

La canne lui tomba des mains :

— Ah ! c'est donc vrai. Il s'agit d'un complot ?

— Le roi le pense vraiment. La Reynie aussi, semble-t-il. Et moi itou.

— Un complot ? Mais de quel ordre ? s'impatienta-t-il.

— La religion est, sans doute, au cœur du problème.

— Comment pouvez-vous en être certaine ?

— J'ai lancé un appât et le roi a mordu dedans plus sûrement qu'une carpe du Grand Canal. Il croit au complot religieux.

Il prit le temps de ramasser sa canne, mesurant l'importance de ces informations.

— Alors, nous parlons bien d'une affaire d'État, s'assombrit-il. Et il y a trop de danger pour vous.

— Qui ne risque rien n'a rien. Attendez ! Ne vous fâchez pas. Ma tête est remplie d'idées. J'ai un plan. J'y ai réfléchi pendant la messe.

— Peut-on en connaître les grandes lignes ? lâcha-t-il du bout des lèvres.

— Je vous expliquerai en retournant au château.

— Quoi ! Nous retournons dans la gueule du loup ?

— Oui.

— Serait-ce trop vous demander de préciser dans laquelle ?

— Nous allons demander au lieutenant de police La Reynie ce qu'il pense de ce revenant. Et ne dites pas non, je suis en mission pour le roi !

Le trajet qui nous reconduisait à Versailles ne fut pas assez long pour que nous nous fâchions, le marquis et moi, mais le drame se joua sur deux ou trois foulées. Alors que les chevaux galopaient à hue et à diable, Louis de Mieszko entreprit un sermon sur l'inconstance, et la dureté de ses paroles valait celle de Bourdaloue. Inconstante, je l'étais selon lui, pour avoir décidé de m'adresser à La Reynie, par qui le mal nous atteignait. Je ne pus retenir un sourire en entendant ce *nous* auquel il se mêlait, dévoilant ainsi un attachement sincère à notre famille, et dont la preuve irréfutable était cette colère digne de celle d'un père.

Ce qu'il trouvait d'extravagant, de ridicule, de singulier ou d'invraisemblable dans ma démarche, je le résumais à un paradoxe. Mais je pris soin de ne pas répliquer que le paradoxe était une méthode dont usaient justement les grands stratèges et même les philosophes afin de dénouer les situations singulières. De même, je ne rétorquai pas que de la confrontation d'idées contraires ou opposées jaillissait souvent la lumière. En somme, que du choc de cette rencontre, j'espérais faire accoucher la vérité. Mais la maïeutique n'est-elle pas une science que les femmes manient mieux que les hommes ? Je n'osai lui poser cette question dont la réponse méritait de longs développements et un temps que nous ne maîtrisions point. En revanche, coupant son monologue qui épuisait mes oreilles, je lui dis :

— Pourquoi me méfier d'un homme dont je sais qu'il est notre ennemi ?

Il resta bouche bée.

— Mais enfin, repris-je en souriant, que pouvons-nous craindre de La Reynie puisque nous resterons sur nos gardes ? Chacun de ses mots et de ses gestes, nous les épierons. Voudrait-il nous tromper ? Nous y sommes si préparés que nous devinerons ses coups fourrés. Cette rencontre est sans surprise, ce qui est le secret des batailles réussies. Tenez, nous voilà arrivés. Allons, monsieur le marquis, vous ne me prêtez pas la main pour descendre ?

Il souffla de dépit. Et ce fut tout ce qu'il exprima pendant que nous avancions vers la Cour royale.

Le marquis de Penhoët avait du moins raison sur un point. À Versailles, les bruits circulaient vite. Alors que nous demandions à un garde suisse où trouver La Reynie, une voix retentit dans notre dos :

— On me cherche. On me trouve. Et parfois, on me trouve sans me chercher.

Je m'étais inventé un homme grand, méchant, hargneux et même laid. J'imaginais une voix menaçante, une arrogance de chaque instant, des manières brutales. En somme, j'attendais un homme détestable.

— Je cours après vous depuis une heure, mademoiselle, dit-il en s'inclinant. Le roi m'a fait savoir qu'il souhaitait notre rapprochement.

Le chef de la police était petit. Maigre plus que mince. Drôle plus que laid. Et des souliers au chapeau, ses vêtements ne comptaient qu'une seule teinte, le noir. Il portait une énorme perruque frisée qui tenait sur ses frêles épaules, ce qui rapetissait encore sa taille. Sa voix était aiguë et fluette comme celle du moineau. Son visage tenait entièrement dans deux yeux énormes et un nez si long que je dus réviser mon jugement. Ce n'était pas un moineau, mais plutôt un pivert. Ses gestes secs et nerveux ajoutaient à l'impression et, j'ajouterai ceci : malgré tous mes efforts, à l'instant où je le vis et où il me parla, je ne pus le détester.

— Vous m'en voulez, mademoiselle, je le sais, et je ne peux vous blâmer. Ma seule excuse, je vous la donne sur-le-champ : j'ai servi le roi, comme nous le servons tous deux aujourd'hui. Il faut s'entendre vous et moi là-dessus. Malgré le passé, et puisque vous voulez le réparer, nous devons faire équipe. En échange, je vous promets d'être loyal et fidèle envers vous. Pourquoi aujourd'hui, contrairement à hier ? Je vous le répète : nous agissons pour le roi. Vous vous y êtes engagée et, si j'excepte le cas où vous le trahiriez, votre cause m'est acquise.

— Seriez-vous vraiment prêt à m'aider ou est-ce une ruse pour m'espionner ? lui demandai-je, à la fois audacieuse et inquiète de voir ce sbire des noirceurs du royaume chevaucher à mes côtés.

Après tout, ce sinistre personnage, bien que cauteleux aujourd'hui, avait fait embastiller, exiler, espionner des personnages bien plus coriaces ou aguerris que moi. Ses nouvelles manières affables ne pouvaient-elles dissimuler une manœuvre sournoise ? Ne devais-je pas, aussi, me méfier de mes inclinations premières, toujours promptes à croire en la bonté des autres ? Et malgré l'indéniable attirance qu'exerçait ce personnage, j'en vins à me demander si cette alliance paradoxale n'était pas le pire remède.

— Mademoiselle, je regrette le ton que prend cet entretien, rétorqua mon interlocuteur, fine mouche devinant mes préventions. On me prête tous les défauts, on me craint, on me croit sévère. Tant mieux, c'est ainsi que j'avance malgré ma taille et mon allure. Mais sachez-le, pas un de mes ennemis ne peut dire que j'ai manqué d'honnêteté. J'ai promis, c'est dit. Et ce que le roi décide...

— Vous parlez d'honnêteté ? dis-je en m'emportant plus que je l'aurais dû. Pensez-vous que mon père méritait ce qu'on lui fit ?

— Mademoiselle, je ne juge pas les décisions du roi. Je l'ai informé, c'est tout. Cette lettre, ce n'est pas moi qui l'ai écrite. Je n'ai rien contre vous ou votre père. Pour tout vous dire, je n'ai pas même d'avis car ce n'est pas mon métier. J'ai fidèlement rapporté au roi. Ne voyez pas plus loin.

— Est-ce avec la même honnêteté que vous l'avez servi dans l'Affaire des Poisons ?

Ce coup, fort bas, porta. Il blêmit :

— J'ai eu pour seul tort de trop parler. Depuis, murmura-t-il, j'agis plus prudemment.

Attention, je l'avais blessé. Inutilement même. Mordiller la main fourbe qu'on vous tend, soit, mais la meurtrir jusqu'au sang relevait d'une mauvaise politique. Je devais m'adoucir pour ne point le braquer trop et m'en faire, un jour, un ennemi.

— Pourtant, vous avez soutenu auprès du roi que l'affaire du fantôme était très grave, dis-je pour soulager la tension.

— Je le soutiens, mademoiselle, murmura-t-il, heureux de ma diversion dont il ne fut pas dupe. Ma conviction se fonde sur des raisons que vous ignorez, mais dont je vous parlerai afin de vous prouver ma bonne volonté.

Il pointa son menton pointu vers le marquis de Penhoët qui jusque-là surveillait l'assaut et comptait les coups.

— Je crois en effet pouvoir vous être utile, bien que vous ayez choisi d'être accompagnée par l'un des esprits les plus brillants et des mieux informés de cette cour.

— Moins que vous, monsieur de La Reynie, ronronna le marquis. Moins que vous...

À l'instant craintif et soupçonneux, il devenait affable et diplomate. Était-ce une ruse ou se rangeait il au ton accort et bienveillant du policier ?

— Bien ! grognai-je. Ces civilités étant faites, parlons de la suite.

— Je vous écoute, mademoiselle. Que puis-je, puisque vous me cherchiez ? Car je vous précise encore que c'est vous qui...

— Allons, monsieur de La Reynie, ne tentez pas de l'emporter. Notre passe d'armes est terminée. Les épées comme les préventions et les hostilités, rangeons-les dans leurs fourreaux. Sommes-nous des alliés ou des concurrents ?

Il sautait d'un pied sur l'autre :

— Je vous ai promis l'honnêteté. Choisissez votre méthode, je m'y plierai.

— Alors, je vous parlerai, moi aussi, avec franchise. Par un étrange ou odieux hasard, j'ai besoin, pour sauver mon père, de l'appui de celui qui le fit condamner. Non ! Je ne dis pas que c'est vous. Mais il me plaît de croire que vous en êtes l'instrument. Celui-ci pourra-t-il m'aider à réparer l'injustice ? Voyons-le tout de suite.

— Je vous écoute, mademoiselle, fit-il en se grattant l'oreille.

— Conduisez-moi auprès des morts.

— Je vous prie, mademoiselle, de préciser votre demande, répondit-il sans émotion.

— Je veux voir ceux que le fantôme a tués.

— Nous les avons rassemblés dans une pièce sombre et humide. La vue et l'odeur ne sont pas...

— Conduisez-moi, monsieur le lieutenant de police.

— Si fait, mademoiselle.

Il redressa sa petite taille et, sans hésiter, pivota d'un quart.

— Monsieur Nicolas de La Reynie ? le rattrapai-je.

Il m'observa en s'appuyant sur les talons :

— Oui, mademoiselle.

— Vous ne croyez pas un instant que je puisse réussir, n'est-ce pas ?

— Voyez la preuve de ma franchise : en effet, je n'y crois pas.

— Et pourtant, vous allez m'aider ?

— Oui, mademoiselle, puisque le roi le veut.

— Et vous perdrez votre temps avec tout autant de patience ?

— On ne gaspille pas son temps à servir le roi, mademoiselle.

Il s'avança vers moi et me regarda de ses gros yeux en lançant le nez en avant :

— Et il se pourrait que vous me veniez en aide plus que vous ne le pensez.

— Allons bon ! Et comment ?

Cette fois, il me montrait du doigt :

— Je vous observe depuis votre arrivée à Versailles. Si vous n'avez pas la méthode, vous avez du courage. Et pour affronter les forces vers lesquelles nous allons, il en faudra.

Il s'avança encore et baissa d'un ton, sa voix devenant un murmure :

— Mademoiselle, voici mon contrat. Je vous informe et je vous couvre. Vous avancez dans la lumière et j'agis dans l'ombre. Je vous livre ma thèse et mes convictions et si je vous prouve que j'ai raison, vous m'appuyez quand il faudra parler au roi. Oui, c'est un donnant, donnant. Moi, c'est l'enquête et vous, la plaidoirie. Et si nous triomphons, votre père sera libre.

Puis il claqua du bec en levant un peu les épaules.

— Pourquoi me laisseriez-vous un si beau rôle ? demandai-je.

La Reynie pinça la bouche et Dieu, que ses mimiques me parurent drôles.

— Je vis dans l'ombre et cela me suffit. Mais il y a autre chose, souffla-t-il en levant une épaule et en baissant l'autre dans un geste à la fois comique et nerveux. Et voici la preuve définitive de ma fidélité. Je vous avouerai que mon avis compte moins depuis l'Affaire des Poisons. C'est regrettable, car j'ai agi dans l'intérêt du roi, croyez-moi. Pour cette nouvelle enquête, j'ai mon opinion. Mais quand il faudra punir ou conclure, je crains de ne pas être, comment dire, assez entendu par le roi...

Il regarda dans son dos, cherchant qui l'écoutait, et l'allure du pivert ne fut jamais plus vraie :

— Je ne suis pas apprécié de la marquise de Montespan, comprenez-vous ?

— A-t-elle à voir dans cette histoire ? murmurai-je.

Il pinça le nez et secoua la tête vers le bas, puis de gauche à droite :

— Oui et non. Je vous expliquerai. Disons qu'elle s'est déjà fait une idée sur cette affaire qui, selon moi, n'est pas la bonne. Et je crains que son avis l'emporte sur le mien.

— Et qui d'autre qu'elle pourrait séduire le roi ? murmurai-je.

La Reynie sembla approuver :

— Ce qu'elle dit au roi compte parfois plus que l'intérêt du Royaume.

Chez lui aussi, les plaies de l'Affaire des Poisons n'étaient pas refermées.

— Monsieur le lieutenant de police, me demanderiez-vous de trahir celle qui m'a aidée à convaincre le roi ?

— Non, soupira-t-il, car je la soutiens plus qu'elle ne le croit et je vous le prouverai. Mais allons ! Ce n'est pas le lieu pour en parler.

— Une dernière chose, monsieur La Reynie.

— Plaît-il, rétorqua-t-il d'une voix impatiente.

— La marquise de Montespan serait-elle venue à mon secours dans le dessein de vous nuire ?

Son corps fut pris de nouvelles gesticulations :

— C'est peut-être une explication, mais point la seule. Patientez. Je vous dirai tout, répéta-t-il. Mais à moi maintenant de vous poser une question.

— Je vous en prie.

— Pourquoi voulez-vous voir les morts ?

— Je suis impatiente d'apprendre comment un fantôme sans os et sans chair peut tuer un homme, et même deux.

Ses yeux roulèrent de plaisir :

— Vous commencez bien. C'est exactement le problème que j'ai tenté de résoudre.

— Et avez-vous la réponse ?

Il grinça des dents, s'inclina et tendit la main vers la gauche :

— Venez. C'est par là. Il nous faut sortir du château. J'ai fait porter les corps dans les cuisines. C'est encore là qu'ils sont le mieux conservés. Et sans cela, pas d'observation...

Les morts reposaient sur deux tables en bois, dans une pièce dont l'usage habituel était d'entreposer la glace que le roi faisait venir depuis les frontières des Alpes pour amuser la cour en sorbets et autres gourmandises. Un marmiton courtaud et graisseux nous avait ouvert la porte. Malgré le froid, il suait de peur. J'entrai la première, suivie du marquis de Penhoët. La Reynie fermait la marche.

Il s'approcha du premier corps en précisant qu'il s'agissait de Villorgieux. Selon ce que je savais, il avait été étranglé par cette chaîne que l'on met aux mains et aux pieds des galériens. Quand La Reynie ôta le linge blanc couvrant sa dépouille, Villorgieux était nu. L'odeur et la vue du corps raidi me furent insupportables. Au marquis aussi puisqu'il porta immédiatement un mouchoir sur son nez :

— Cet exercice est-il bien utile ?

— Observez le corps, monsieur le marquis, rétorqua le policier tout à son aise et s'exprimant sur le ton dont on use dans un salon. Nous n'avons pas trop d'yeux pour deviner la scène du crime.

— Je vois, toussa-t-il, que Villorgieux était un homme petit, poilu comme un ours et gras malgré son jeune âge. Et aussi que sa peau vire au sombre... et qu'il nous tire la langue par l'effet de son étranglement. Ah ! Dieu, ce tableau est infernal !

— Vous, mademoiselle, reprit La Reynie en parlant soudainement du nez de sorte qu'il semblait l'avoir bouché, que vous raconte ce mort ?

J'abandonnai l'observation de Villorgieux pour constater qu'en effet les narines du policier étaient obstruées par des morceaux de tissu roulés en boule.

— Tenez, me dit-il en tendant un morceau de linge. Mettez cela dans le nez, vous y gagnerez un confort provisoire...

Délaissant son mouchoir, le marquis de Penhoët s'exécuta, tout comme moi. Aussitôt vertiges et nausées prirent fin.

— Alors, mademoiselle, que voyez-vous ? insista-t-il.

Ses yeux globuleux ne cessaient de bouger et cet air de petit pivert noir dont le nez aurait doublé de volume allégeait quelque peu cette scène macabre.

— Je ne vois rien, monsieur le lieutenant de police. Cessez vos devinettes ! Qu'y a-t-il ?

— Approchez-vous... Non. Allez vers l'autre mort et comparez les deux.

Le marquis de Penhoët trouvait le temps long :

— Cet examen n'a rien d'agréable. Livrez-nous la solution du rébus !

Mais pour une raison qui m'échappait encore, La Reynie désirait que nous cherchions.

— Et cet autre, de quoi est mort celui-ci ? demandai-je.

— Égorgé. On a tué l'oratorien avec une dague de chasse, répondit-il. La plaie a été lavée, mais voyez, là, dans le cou. De la droite vers la gauche. Si bien que notre fantôme est droitier. Et sinon ?

Je fis le tour du corps. Rien. Je revins vers la tête et, luttant contre le dégoût, j'approchai encore. Les yeux étaient ouverts, comme ceux de Villorgieux, et semblaient avoir grossi. La peau prenait les mêmes teintes. La langue pareillement gonflée sortait de la bouche...

— Monsieur La Reynie ?

Il s'avança aussitôt :

— Dites-moi ?

— Est-il normal qu'un homme étranglé et un autre égorgé aient les mêmes rictus ? Et ces langues tirant sur le noir ? Est-ce un effet du sang quand il se retire de la tête ?

Il me regarda et je crus sentir comme une sorte de soulagement :

— Sortons. Nous avons tout vu.

Il ouvrit la porte et retira aussitôt les boules de tissu. Le marquis se précipita aussi à l'extérieur. Qu'avais-je donc déniché ?

— Eh bien, la marquise de Montespan aurait-elle raison ? sourit maigrement La Reynie. Vous avez le nez d'un fin limier, mademoiselle !

Bien que regardant le sien, je ne fis rien pour le contrarier. J'avais hâte de savoir.

— En effet, cette étrangeté m'a frappé également, couina-t-il. Deux morts différentes et pourtant, les mêmes manifestations. Des langues chargées, des peaux verdâtres, des attitudes fixes que la raideur cadavérique ne peut entièrement expliquer et, surtout, des regards exorbités par la douleur, comme si la mort les avait fait attendre, les poussant à la souffrance avant de les emporter. Qu'en ai-je déduit ?

Il attendait que je réponde. Mais je n'en savais rien.

— Le ? Le P ? Le Poi ? poussa-t-il du nez.

— Le poison ! exulta le marquis de Penhoët.

— Oui. Mais lequel ? grinça le pivert.

— Sautons les étapes, monsieur de La Reynie, supplia le marquis. Répondez-nous.

— Ce n'est pas ainsi que l'on enquête sérieusement, rétorqua-t-il en haussant les deux épaules. Suivez-moi.

Usant des portes dérobées, montant ou descendant des escaliers aux marches humides, cheminant dans des couloirs éclairés par des torches chétives – où nous ne croisâmes que des rats, un valet endormi sur un tabouret et un autre haletant sous le poids d'un plateau chargé de victuailles fumantes – et, pour finir, se jouant de ce labyrinthe, La Reynie nous conduisit jusqu'à son bureau, situé dans l'aile du midi. Dans la pièce éclairée par une minuscule fenêtre, la décoration confinait à la cellule du moine. Des papiers, il n'y avait que cela. Et le crâne d'un mort, posé sur un sobre bureau en bois.

— Cet ossement, un peu morbide j'en conviens, est tout ce qu'il reste de ma première arrestation ! s'empressa de dire La Reynie en devinant la question qui me taraudait. Cela surprend les visiteurs, mais pour ceux qui ont les mains attachées, l'effet joue au moment des confessions. Que disions-nous ? Ah ! Le poison. Voyons, où est donc mon rapport ?

Et tout en fouillant, il nous raconta ceci :

— Chaque poison a sa signature. Était-il rubéfiant, au point de produire des rougeurs sur la peau ? Fait-il vomir ? Voit-on du sang dans les urines ? Fut-il si radicalement prurit que la victime expira en s'arrachant la peau tant la mort la brûla de l'en-dedans ? Avons-nous bien regardé si l'œil était dilaté (il faisait le geste s'aidant du sien) ? Qu'ai-je oublié ? Ah ! la purge ! Le mort a-t-il subi les effets d'un lavement, mais si redoutablement qu'il se vida dans la douleur ? A-t-il expectoré le poison jusqu'à s'arracher l'intérieur des poumons, un résultat que l'on voit aux taches de sang qu'il n'aura pas manqué de garder sous le nez, là (il montrait encore) ou là, aux coins de la bouche ? Fut-il fébrifuge, gelant le sang de sa victime ? Mais dans les cas qui nous intéressent, et n'étant pas présents au moment de la mort, il n'est pas possible de le savoir et il en est de même pour cet effet que l'on nomme collapsus et qui conduit à une froidure des pieds, doublée de l'apparition d'une sueur âcre. Que reste-t-il ? Mettons de côté les mouvements diaboliques du corps qui font penser que l'empoisonné est appelé en enfer. Est-ce tout ? Hum... Je crois n'avoir rien oublié sauf... les yeux exorbités et la coloration de la peau et de la langue. Et de quelle couleur, s'il vous plaît ?

— Je parie sur un bleu virant au noir, s'empressa de répliquer le marquis pris au jeu.

— Et vous aurez bien fait. Ajoutez-y l'astringent qui serre les tissus de la peau et donne l'illusion de l'étranglement et vous trouverez presque le nom du poison...

Il leva un doigt :

— Je dis presque, car c'est moins simple qu'on ne l'imagine.

— Nous vous faisons confiance, intervint Penhoët.

— Et Dieu, que c'est long de trouver !

— Nous n'en doutons pas.

— Mais depuis l'Affaire des Poisons, j'ai beaucoup progressé. Tenez, il y a le poison trahi par la salivation. Des noms de plantes ou d'arbustes, allez-vous réclamer ? Le cytise ou bien l'*aconit napel* qu'on appelle aussi le « casque de Jupiter ». Et que penser de la belladone que l'on repère en cherchant dans la bouche du mort des morceaux de baies rouge sombre. Il y a ceux qui étouffent comme le *Nicotiana tabacum* ou bien encore le *Chelidonium majus*. Ceux qui provoquent d'horribles vomissements. Au banc des accusés, j'appelle alors le *Nerium oleander*, le *Colchicum autumnale*, l'*Hedera helix*, le *Prunus laurocerasus*, le *Taxus baccata*… Ah, j'en ai vu passer des bouillons de onze heures ! Je les ai détaillés, analysés, répertoriés. Et ce n'est pas simple, car nombre d'entre eux ont les mêmes effets…

— Et où cela nous conduit-il ? s'enquit, un peu abruptement, le marquis.

— Ce n'est aucun de ceux-là.

— Ah ! fit-il d'une voix déçue.

— Ce ne peut être que le *Conium maculatum*, dit encore ciguë.

— Nous y voilà !

— Ou le *Convallaria majalis*, reprit La Reynie.

— Et ce choix est embêtant ?

— Oui, fit-il un peu rapidement.

— Et pourquoi ? s'énerva notre passionné.

— Ce n'est pas le même apothicaire qui le fabrique. Or que ferions-nous si nous avions le nom de ce sorcier ? demanda La Reynie.

— Il nous conduirait à son client, proposai-je.

— Vous marquez un nouveau point, sourit-il franchement pour la première fois.

— Et avez-vous trouvé le nom du poison ?

— Je le crois, grimaça-t-il fièrement. La ciguë provoque des effets proches de ceux que nous avons constatés. Par exemple, les yeux exorbités ou la tétanisation des membres qui peut donner cette couleur de peau. Le *Convallaria majalis* assèche la bouche et la langue au point de les bleuir. Mais comment choisir ? Ah ! Le débat devient cornélien.

— Dites-le nous, monsieur La Reynie, suppliai-je.

— La rougeur de la face constitue un autre indice. Et je l'ai constatée sur le corps du second mort que j'ai vu tôt ce matin. Mais ce n'était pas assez pour me décider. Je vous le dis donc sans vous faire perdre patience, le critère qui assied ma conviction, c'est l'odeur ! Ou plutôt le parfum du poison. Voilà qui a trahi le *Convallaria majalis*, le nom commun de cette plante n'étant autre que le muguet, la fleur préférée du roi. Est-ce lui que l'on vise ? Dans ce cas, oui, l'affaire devient diablement et gravement contrariante.

À voir sa mine exaltée et cette main contractée sur la canne, je devinai que le marquis de Penhoët ne regrettait pas d'être là.

— Ce métier est un art, glissa-t-il alors. Je prends plus de plaisir à vous écouter qu'à jouer aux cartes !

Le lieutenant de police resta de marbre devant la flatterie :

— C'est une exigence faite d'application et de méthode, monsieur le marquis. Mais je ne cherche pas les compliments et si vous n'étiez pas simple témoin, je pourrais prendre votre phrase pour une flagornerie.

Penhoët se renfrogna.

— Et l'apothicaire ? demandai-je. Avez-vous trouvé celui qui a concocté cette potion satanique ?

— C'est son erreur. Car je sais que cette plante est peu employée. A-t-on voulu me provoquer en commettant une telle bévue ? Toujours est-il que je connais ceux qui fabriquent ce poison. Et, parmi eux, le meilleur.

Il avança une main vers le crâne qui, posé sur le bureau, le regardait, et le caressa.

— L'interrogatoire de ce manufacturier de bouillons noirs fut court. Avant de mourir, il n'a livré que deux noms. Et, voyez-vous, fit-il en se tordant la bouche, comme je me hâte moins depuis l'Affaire des Poisons, j'ai eu la prudence de parler au roi d'une affaire grave sans aller plus avant parce que je ne suis encore certain de rien. Tout indique néanmoins que le gibier est gros. Mais suivons-nous pour autant la bonne piste ? Il y a une affaire, mais laquelle ? Oui, mon nez de policier me dit de me méfier. Et vous allez savoir pourquoi.

L'exposé du lieutenant de police Nicolas de La Reynie se résumait à cette phrase : pour trouver le criminel, chercher le mobile.

— L'argent, le pouvoir, la passion, comptait-il sur ses doigts. Le crime se nourrit de nos vices humains. La jalousie en est un autre. Mais je préfère la haine. Non, mademoiselle ! N'ouvrez pas des yeux ainsi. Ces folies ne réjouissent pas mon esprit. Je parle en homme de métier. Le plus aisé à trouver, je vous dis, est le crime fondé sur la haine.

Il souffla lourdement, affaissant les épaules :

— Qui haïssait Villorgieux et Burelle au point de vouloir les empoisonner ? L'apothicaire m'avait donné le nom d'Antoine Marinvaud. C'est à lui qu'il avait vendu le poison.

Il observa d'un œil narquois le marquis :

— Cela vous dit-il quelque chose ? chuinta-t-il.

— Voyons ! Marinvaud ? chercha le questionné. Attendez...

Non. Il ne voyait rien, et il finit par s'en agacer :

— Enfin quoi ! Ce nom ne me dit rien.

— Quel dommage ! Vous auriez pu m'aider, murmura-t-il. Et vous, mademoiselle ?

— Pourquoi devrais-je connaître ce Marinvaud ?

— C'est la base du métier. Il faut poser cent fois, mille fois la même question. Et soudain, un œil s'illumine. Marinvaud... Mais je vous interroge ainsi, car je crois avoir compris que vous aimiez La Louisiane. Hein ! couina-t-il, au point même de vouloir le retour de La Salle.

Non, non, ne jouez pas l'étonné, monsieur le marquis ! On me cherche, on me trouve et l'on me trouve même si on ne me cherche pas. Je sais pour ce faux bruit et j'en connais le dessein. Hélas, le fantôme a contrarié vos plans.

Il me regarda d'un œil froid :

— Allons, l'affaire semble oubliée. J'ai interrompu l'enquête, et le roi a d'autres soucis en tête pour vous en faire remontrance. Cependant, permettez-moi un conseil : ne jouez plus avec l'emploi du temps de Louis XIV.

— Si le sujet est clos, fis-je sèchement, pourquoi nous torturer alors, monsieur le lieutenant de police ?

— Il se trouve, reprit-il calmement, que la Louisiane est peut-être au cœur de cette affaire. Et je trouve un certain amusement à penser que vous avez usé de La Salle pour approcher le roi, pendant que d'autres fomentaient une machination dont le mobile se situe en Louisiane, complot qui, selon moi, est tourné contre le roi. Non, il n'y a aucun rapport entre vous et ces crimes, mais voyez combien le destin réserve de surprises. Le fantôme, le criminel et les morts ont à voir avec nos colonies où j'ai retrouvé l'odeur du pouvoir, de la haine, de l'argent. Ces mots formeraient-ils le mobile de ces meurtres ? C'est ici que je réclame votre attention car, ajouta-t-il en claquant la langue, il est l'heure de passer à table.

L'expression n'était pas usurpée. La Reynie ouvrit d'ailleurs un tiroir et se saisit d'une clochette. Au premier tintement surgit un valet obséquieux.

— Nous serons trois.

Le lieutenant de police endossa les habits de l'amphitryon[1] :

— Volailles, pain, fromages ? C'est l'ordinaire de l'homme de l'ombre. Êtes-vous prêts à le partager ?

— Ajoutez-y du vin et des fruits, s'il vous plaît, réclama le marquis.

Le valet sortit comme il était entré. Sans un mot.

Ainsi, par un curieux hasard, je me trouvais à dîner chez celui qui, peu avant, avait été le pire ennemi des

1. Personnage chez qui l'on dîne.

Montbellay. Cette singulière histoire méritait d'être contée à mon père et je savourais en silence, et à l'avance, les lignes que je composerais à son intention pour décrire la scène. Mais si j'imaginais son étonnement (ou sa colère ?), j'avais peine à mesurer la stupeur du brave Jean-Baptiste Bonnefoix quand il apprendrait ce coup du destin. Le roi, et maintenant La Reynie ! La journée était pleine et le résultat, du moins dans l'immédiat, bien meilleur que dans mes rêves les plus insensés. Pour autant, je n'oubliais pas les mises en garde du marquis de Penhoët et les risques engendrés par cette situation... *paradoxale*. Méfiance, me répétai-je. La Reynie cherchait-il à nous endormir ? Pendant qu'il nous expliquait son enquête sur les origines du poison qui avait occis les deux courtisans, je n'avais cessé de l'observer. Son regard était resté solide, sa voix ne trembla jamais et je n'avais senti aucun vice dans ses paroles. Il se présentait comme un homme franc et direct, un serviteur du roi sans état d'âme et je le pensais. Nous avions payé le prix de son intégrité. Aujourd'hui, alors que nous avions fait cause commune, il se pouvait aussi que nous en touchions les bénéfices. Ainsi, cet homme aussi raide qu'honnête, aussi froid que fidèle représentait peut-être le meilleur espoir de sauver mon père. C'est pourquoi je tendis l'oreille, quand, en dépeçant une poule rôtie qu'il partagea comme entre de bons amis, il nous fit part de ses conclusions à propos du poison et de son inventeur.

L'apothicaire avait livré ce nom, Marinvaud. Et juste avant de mourir, il avait ajouté la Louisiane. Les deux avaient-ils un rapport ? On secoua ce gâte-sauce satanique qui eut encore le temps de maudire ses tortionnaires et de les inviter à le rejoindre en Enfer. Puis il mit lui-même ses menaces à exécution.

— Hélas, c'est un usage fréquent chez les sorciers, précisa le policier en mordant dans une aile. Ils crachent, injurient et menacent, mais nous n'y prêtons plus attention. Si bien que l'enquêteur a relâché sa vigilance, et que ce maudit chimiste en a profité pour avaler une poudre dissimulée dans une bague creuse qu'il portait à l'index. Ah ! je leur ai dit cent fois de les interroger nus.

Il y avait de quoi enrager, en effet. Une enquête menée promptement. Une piste idéale. Et il ne restait qu'un nom et un lieu à cause d'une inadvertance, d'une inattention maladroite. À deux doigts de résoudre l'énigme, la solution avait préféré tirer sa révérence. Et ne subsistait désormais qu'un patronyme – Marinvaud –, que La Reynie ne connaissait pas plus que le marquis ou moi.

— J'ai consulté mes espions de Paris. Pas une fiche sur lui. Et même résultat à Versailles. Ce nom est-il seulement vrai ? Un sobriquet ? Un emprunt ? De plus, il n'est pas certain que ledit Marinvaud soit responsable de la mort de Villorgieux et de Rubelle. Selon un témoin décédé, et peu fiable, il aurait acheté un poison et il se pourrait qu'il s'agisse de celui qui les a tués. Me voyez-vous donc surgir chez Louis XIV muni de ces pauvres détails ? Mais l'apothicaire avait aussi parlé de la Louisiane. Il fallait donc à mes yeux chercher de ce côté-ci.

Les prunelles du policier se mirent à briller.

— Les services d'État fonctionnent plus vite depuis qu'ils sont regroupés à Versailles, fit-il en se léchant les doigts. Avant de vous voir, j'ai pu discuter avec un contact que j'entretiens au ministère de la Marine. Cent pas et quelques instants plus tard, j'apprenais que Villorgieux le janséniste et Rubelle l'oratorien possédaient des domaines en Louisiane. Et, si j'en crois ce proche du ministre de la Marine, ce sont de vraies et de bonnes affaires... Cette information a une grande valeur car son maître n'est autre que Jean-Baptiste Colbert[1].

Il s'agissait de terres agricoles dont la plus petite était plus grande que Paris. Dix fois Saint Albert ? C'était peut-être cela. Et vingt lieues par côté. Et deux cents esclaves qui travaillaient l'indigo, le blé et le coton, en échange de rien.

— Mon correspondant m'en a parlé comme du Paradis. Chaque domaine possède une maison de maître et des

1. Ministre, secrétaire d'État, contrôleur général, surintendant des Bâtiments. En 1682, il est secrétaire d'État de deuxième charge (Maison du Roi, Paris, clergé, marine).

troupeaux de bœufs. Le climat est propice, les esclaves dociles. Tiens ! ai-je pensé. Serais-je sur le point de brûler ? L'aimable informateur continua sa description et il donnait envie de rejoindre cette terre. Ainsi, par exemple, ajouta-t-il, un des domaines recèle une mine d'or. Ses yeux brillaient. L'argent, et aussi le cuivre et le plomb ! La Louisiane regorgerait d'autres avantages et, cherchant toujours mon mobile, je les ai explorés de fond en comble alors que vous suiviez la messe. Bientôt, j'en vins à poser tant de questions sur les merveilles du Nouveau Monde qu'on se trompa sur mes intentions. Mon interlocuteur me crut intéressé : « Soyez patient, glissa-t-il. Bientôt, il y aura de quoi placer son argent... » Ah ! L'argent. Quand on en a, n'est-on pas prêt à tout pour le faire fructifier ? Et voilà qu'au milieu de cet Eldorado, Villorgieux et Burelle resurgirent...

Cherchant le profit, ces deux colons poursuivaient en fait d'autres projets. Le territoire se trouvant immense, et comme infini, il fallait organiser ce pays et depuis peu était née l'idée d'une compagnie chargée d'attribuer les terres et d'organiser les domaines. Si le roi acceptait, la compagnie bénéficierait alors de concessions qu'elle aurait le loisir de revendre ou de louer aux plus offrants. En clair, si la compagnie se créait, ses actionnaires ne tarderaient pas à mettre la main sur la Louisiane, et en toute discrétion.

— Entendez-vous comme moi ? répéta La Reynie. On parlait de l'Éden et l'on m'annonçait que je pourrais, dans le futur, en acheter un morceau. Pour le jour où mon métier m'épuiserait ?

Le lieutenant de police se pencha par-dessus la table :

— Je ne connais pas de mobile plus tentant. L'argent ! Ajoutez-y la jalousie et vous avez trouvé pourquoi on a tué Villorgieux et Burelle.

— Voulez-vous dire qu'ils s'intéressaient à cette compagnie ? demanda le marquis.

— Ces deux-là en avaient plus que l'intention. Ils œuvraient auprès des proches de Louvois afin de se faire entendre du roi. Ils se voulaient comme les fondateurs d'un nouvel empire. Imaginez-vous ce que représente la Nouvelle-France, du Québec à la Louisiane ?

— Louvois, sursautai-je. N'est-ce pas le nom qu'aurait prononcé le fantôme lors de son... apparition dans le Salon des Glaces ?

— C'est exact, mademoiselle.

— Serait-il associé au projet de la compagnie ?

— Je ne sais pas. En revanche, j'ai appris pour finir que ce projet de compagnie se heurtait à l'hostilité des uns et à l'envie des autres. Le marquis du Chatel, ce banquier plus connu sous le nom d'Antoine Crozat, poursuivrait un autre dessein. Il voudrait convaincre le roi de créer une compagnie disposant du monopole du commerce avec la Louisiane. Épices, esclaves, or, cuivre, canne à sucre ! Bien sûr, je n'accuse pas. Mais l'argent, la jalousie, deux crimes tournant autour d'une poignée d'affairistes voulant s'enrichir dans les colonies... Hum ! Ce nez de policier que vous aimez scruter, mademoiselle, me disait que nous cernions l'affaire. On éliminait deux têtes encombrantes et l'on prévenait les autres en mettant en scène un fantôme qui mentionnait la Louisiane et livrait le nom de Louvois. Pour ceux qui étaient au courant, le message devenait clair. La compagnie serait, mais aux conditions fixées par les forts. Oui, au terme de mes déductions, je pouvais être fier de moi. Si je tenais le mobile, il suffisait de chercher parmi ceux qui œuvraient dans l'espoir d'un profit personnel. Et j'allais trouver le criminel...

— Je vous félicite, s'exclama Penhoët.

— Et moi, je vous conseille de ne pas vous enthousiasmer, grimaça, la mine brutalement assombrie, La Reynie.

— Ah ! monsieur, dites-moi vite pourquoi ?

— Trop rond et trop facile. Et le nez, monsieur le marquis ! Le nez du policier me laissait penser que cela avançait, comment dire... trop clairement.

— Une autre piste ? soufflai-je.

— Très exactement, mademoiselle. Car savez-vous ce que nous avons oublié ?

— Ah ! monsieur ! répéta le marquis, ne nous faites pas languir. C'est un supplice. Parlez, je vous en conjure.

— Les deux morts n'ont pas que le poison et la Louisiane en commun.

La Reynie posa les mains sur son menton et me dévisagea :

— N'avez-vous pas assuré au roi que vous croyiez à un complot religieux ?

— Je l'ai dit, en effet, mais...

— Et pourquoi, s'il vous plaît ? ronronna-t-il.

— L'un est janséniste, l'autre est oratorien.

— Parfait, murmura-t-il. Et quoi encore ?

— Il me semble, hésitai-je, que c'est un point commun. Et...

— Et vos déductions s'arrêtent là, mademoiselle, ricana le lieutenant de police en écartant soudainement les bras.

— Alors, disons que j'ai un nez comme le vôtre ! répliquai-je en l'affrontant, vexée d'être trop vite mise à jour.

— Je ne vous le souhaite pas, et reconnaissez plutôt que vous n'aviez rien à dire au roi. Oh ! Je le connais. Quand il ne veut pas écouter, il lit une lettre, fait venir Bontemps et ses chiens ou bavarde plaisamment avec la favorite. Vous parlez. Il répond qu'il va voir... Et vous pensez déjà à ce regard distrait qu'il vous adressera pour vous congédier. Hein ! Alors, que faire pour retenir son attention ? Les idées virevoltaient, butaient dans votre tête, jusqu'à vous décider d'entreprendre une ultime provocation que je sens comme la preuve de votre détermination et de votre inconscience. Et vous avez lancé le mot de religion sans preuve et pour beaucoup au hasard, n'est-ce pas ? Laissez-moi terminer. Un détail par-ci, un bruit sur la montée du parti dévot à Versailles, et vous vous êtes jetée à l'eau... Ne niez pas, mon métier est de supposer, déduire et conclure. Alors, mademoiselle, je vous encourage à montrer, à l'avenir, plus de constance. Vous avez joué gros et plus que le marquis de Penhoët ne le fera jamais. Enfin quoi ! La Salle ! Et maintenant, cette idée d'un crime religieux... Êtes-vous bien raisonnable ?

Il haussa les épaules et, comme à son habitude, le fit séparément. Puis il souffla encore et, se décidant à me regarder de nouveau, il sourit. Mais ses yeux globuleux ne montraient que de la sympathie.

— Et je vous félicite pour votre audace, crissa-t-il de sa voix aigrelette.

— Pouvez-vous expliquer ce revirement ?

— C'est bien simple. Sans vous, je n'y aurais pas pensé.

Il prit la clochette et la fit tinter une seule fois. Aussitôt, le valet montra sa tête.

— Café ou chocolat ? demanda le policier.

Le marquis de Penhoët opta pour le café. Moi je ne pris rien. La Reynie non plus.

— Ce métier est épuisant et pourtant je ne dors pas, s'excusa-t-il. Le café, je n'en prends que pour les enquêtes nocturnes, quand nous descendons dans Paris.

Ses yeux s'échappèrent dans le vide.

— Je vis trop avec les horreurs du monde. Si bien que mon esprit ne décolle plus assez. Je vais au fait. Je me contente de sentences et d'exécutions aussi brutales, aussi sommaires que les âmes sanguinaires à qui je les applique. Un vol ? La sanction est aussi banale que le forfait. J'exige une main. Un crime ? Sans hésiter, je choisis le feu. J'ai vu des bras et des jambes fondre sous la chaleur du plomb et de la poix. J'ai arraché les pires aveux par les pires moyens, entendu les hurlements du supplicié alors que le bourreau cravache les chevaux jusqu'à démanteler fémurs et rotules. J'ai vu le prêtre apposer le signe de la Croix sur des restes de corps qui, ensanglanté, refusait de mourir et que l'on jetait au bûcher pour que cesse le mouvement des lèvres. J'ai arrêté trop d'esprits vils, menteurs, diaboliques, ayant perdu le sens du bien et du mal, pour ne pas me persuader que l'humanité est infectée par le Mal. Je crois au crime simple, commis pour les mêmes mobiles, anciens et primitifs, depuis la nuit des temps. Je suis indifférent au pardon et aux suppliques de ceux qui jurent qu'ils sont innocents. J'entre chez eux. Je sais où ils cachent leur butin et le couteau qui a tué. Je vois un enfant chétif. Je sais déjà qu'on l'a battu, qu'il vit de rapines, sert d'objet à son père. Je me glisse dans la peau de ces monstres. Je deviens comme eux. Je finis par penser comme les tueurs des bas-fonds...

Le regard de La Reynie se perdit dans ses souvenirs. Une brume épaisse passa devant ses yeux. Puis il se souvint de qui lui faisait face. Il sourit tristement. Sa confession était-elle une preuve de sa loyauté ? Il toussa, retrouvant un peu de sa constance. Et la parenthèse se ferma.

— Mais une affaire à Versailles demande de la finesse, reprit-il. Ce n'est pas une vilenie ordinaire. Il faut y montrer autant de ruse que l'adversaire... Ah ! quel idiot je fus de ne pas avoir songé à la religion. Et vous, mademoiselle, avec l'innocence du débutant, vous mettez le doigt sur ce qui était devant moi. Un janséniste et un oratorien ! Deux ennemis des jésuites...

Il tendit du sucre à Penhoët qui refusa.

— Êtes-vous prêts à entendre ce qui pourrait vous nuire, monsieur le marquis ?

— Allons ! Vous m'effrayez !

— Vous vivez bien à Versailles ?

— Je bénis chaque jour l'hospitalité du roi, répondit-il prudemment.

— Ce que je vais dire risque pourtant d'y mettre fin. Croyez-moi, le danger est grand.

Le marquis fit sourire ses yeux gris-bleu.

— Saviez-vous que mes ancêtres venaient de Pologne ?

— Votre nom est Louis de Mieszko. Un de vos lointains aïeuls fut à l'origine de la Sainte et Catholique Pologne. Je n'ignore rien de cela, monsieur le marquis, comme vous vous en doutez.

— Monsieur, en ne parlant pas de notre esprit, vous oubliez l'essentiel. Nous vivons avec la fatalité et nous l'acceptons. Aussi, j'accompagnerai Hélène de Montbellay comme le destin l'a voulu.

— C'est votre choix. Maintenant, parlons de vos droits. Je les résume en un mot : silence. Nous entrons dans un secret d'État. Si vous ne voulez pas mourir, je pense à vous deux, n'en parlez jamais. Et de tout ce que vous entendrez par la suite sur ce sujet, ne rapportez qu'à moi ou au roi.

Il tendit à nouveau le sucre :

— Il vient de Louisiane. Vous n'en voulez vraiment pas ? Vous devriez y goûter car c'est là-bas qu'il nous faut retourner.

La Louisiane ! Plus Nicolas de La Reynie l'évoquait et plus il me donnait envie de découvrir cette province lointaine. Était-il possible de ne pas aimer ce monde sauvage et prometteur ? Pourtant, les premières années de conquête n'avaient pas été simples[1]. La fièvre avait décimé les pionniers par centaines, l'eau se mêlait à la terre des marais et empoisonnait les bêtes. Les autres se noyaient dans la vase. Des tempêtes épouvantables réduisaient à néant la construction des forts, et l'or ou les épices ne se montraient pas. Existait-il même un passage vers la Chine, espoir mythique qui avait décidé de cette aventure ? Les vocations étaient si peu nombreuses qu'il fallut recourir aux filles de joie pour grossir le peuplement. Qui aurait alors bien pu vouloir de ce monde ? Pourtant, une poignée d'obstinés s'accrocha et en comprit le sens. En descendant les fleuves, ils découvrirent des terres fécondes au climat plus favorable. En se battant encore, ils parvinrent à survivre aux saisons, aux maladies, à pactiser avec les Indiens. Et le fruit se donna enfin. Les promesses de la Nouvelle-France existaient et un monde vint à naître.

Le projet parut d'autant plus immense que l'entreprise ne se limitait pas à domestiquer la terre. Il fallait s'occuper des esprits, ceux des pionniers, de leurs femmes, des enfants, des filles de joie, mais encore de ceux des esclaves, des Indiens. La colonisation s'entendait aussi comme celle des âmes. Et cette mission revêtait pour certains une importance plus grande que l'avenir d'une compagnie commerciale. L'affaire appartenait peut-être au spirituel,

---

1. Les Français se sont installés en Nouvelle-France en 1608. Partant à la recherche de la chimérique mer de Chine, les explorateurs s'enfoncent dans l'Amérique. Alors que Hermando de Soto de 1539 à 1542 est remonté depuis la Floride vers le nord, Louis Joliet et Jacques Marquette descendent vers le sud *via* le Mississippi en 1673. Mais c'est Robert Cavelier de La Salle qui de 1680 à 1682 descendra jusqu'en Louisiane.

affirmait La Reynie, mais elle opposait surtout des intérêts ô combien terrestres.

— L'évangélisation est un domaine sensible, narrait-il. C'est une question de pouvoir et, je l'ai dit, cela suffit parfois pour constituer un mobile. Le problème qui se pose est le suivant : les jésuites dominent. Ils ont obtenu que les protestants soient interdits dans les colonies, mais ils ont d'autres concurrents : les capucins qui se sont implantés en Louisiane.

Dans ce cabinet minuscule, au cœur même des ombres du pouvoir et du royaume, au centre des coulisses où tout se joue, se sait et se règle, prononcer ce mot, « jésuite », revenait à ouvrir la boîte de Pandore. Qu'en sortirait-il ? Les Compagnons de Jésus étaient à la fois craints et respectés. Et pour se représenter leur puissance, il suffisait de savoir qu'ils détenaient la fonction hautement politique de confesseur du roi.

Entendre le roi est une chose. Le conseiller, une autre. Or les rencontres du vendredi matin avaient cet objectif. On mesurera l'importance du confesseur du souverain en se souvenant qu'au cours de ces entretiens privés se décidaient les nominations des évêques de France, le Royaume bénéficiant d'une exception toute gallicane. Le roi désignait les princes de l'Église, et le pape, enrageant, les entérinait. Si bien que le Vatican ne régnait pas en France. Mais qui alors ? Le roi ou les jésuites ? Quelle était la puissance de ces derniers ? Conseillaient-ils ou contrôlaient-ils désormais les consciences ? On pouvait s'interroger en étudiant le sort de leurs adversaires. Les jansénistes de Port-Royal se voyaient accusés de sentir l'hérétique. Ils critiquaient l'arbitraire royal, s'en remettaient à Dieu plutôt qu'à l'homme (au roi ?) pour décider de leur destin et surtout, ils étaient brillants, séduisants. Ils plaisaient à la noblesse autant qu'à la bourgeoisie mais leur faute la plus grave consistait à faire concurrence aux jésuites. Les oratoriens commettaient la même erreur. Fondé par le cardinal Pierre de Berulle, cet institut était l'autre rival de la Compagnie de Jésus. Leur crime ? Aimer Descartes et fréquenter les adeptes de Port-Royal. Pourchassés, menacés par de nombreuses lettres de cachet, ils avaient obtenu une sorte de grâce royale négociée par le père de Saillant, mais ce n'était qu'une parenthèse dans la paix de l'Église puisqu'il se savait que les jésuites agissaient auprès de Louis XIV pour obtenir leur sacrifice. Au nom de quoi ? De l'unité de la foi. Mais surtout parce que le pouvoir, par définition, ne se partage pas.

Quand vint le temps de coloniser les âmes de la Louisiane, les jésuites se crurent les mieux placés pour organiser cette immense tâche qui ne pouvait qu'ajouter à leur prestige et à leur grandeur. Mais une rivalité naquit entre eux et les missions étrangères, puis les capucins, ordre issu des franciscains dépendant directement du pape. La foi n'en sortit en vérité pas grandie. Cherchait-on, par ces querelles, à affaiblir l'ordre des jésuites et à obtenir ainsi en Louisiane, terre d'avenir, une sorte de *partage du pouvoir spirituel*, désormais impossible en vieille France ? La perspective terrifiait mais paraissait plausible. Dès lors, pouvait-on imaginer une alliance des capucins avec les ennemis des jésuites, chacun y trouvant son intérêt ?

— Je m'en tiens aux faits, dit La Reynie quand je soulevai cette hypothèse. Nous avons un oratorien et un janséniste. Tous deux sont les ennemis des jésuites. Et je vois qu'en Louisiane, les capucins s'opposent aux jésuites. Ainsi, et si j'en crois la logique, les ennemis de mes ennemis sont mes amis. Ces deux hommes ont-ils favorisé l'influence des capucins au détriment des autres ? Ont-ils fait l'objet d'une vengeance personnelle ayant trait à leurs opinions religieuses, sans que soit mise en cause une congrégation ? Peut-on même croire à un crime dont le dessein serait religieux ? Vous m'en avez donné l'idée, mademoiselle. Et si je la redoute, mesurant ce qu'elle représente en danger, l'honnêteté m'oblige à en parler. C'est pourquoi je vous la soumets.

« Les ennemis de mes ennemis sont mes amis... » S'appuyant sur cet adage, La Reynie imaginait l'alliance des oratoriens et des jansénistes contre les jésuites. Ce raisonnement se tenait, mais je le trouvais primaire, grossier, simpliste, un peu comme ces crimes évidents dont le lieutenant de police nous avait confié qu'il faisait son commun. Versailles me semblait plus complexe. Et l'on m'avait mise en garde, la cour et les courtisans ne cheminaient pas toujours logiquement. Un front uni contre un même adversaire ? Cette hypothèse ne s'appliquait peut-être pas à ces lieux et à ceux qui les habitaient. En revanche, La Reynie venait d'ouvrir une nouvelle piste. L'argent n'était plus le mobile des crimes. Il s'agissait du pouvoir. Un combat se livrait dans les coulisses. Les uns voulaient affaiblir les jésuites, et ceux-là résistaient. Poursuivant son raisonnement, ce bon policier situait le cœur de l'intrigue en Louisiane. Mais convenait-il de voir si loin ? Le drame ne se jouait-il pas plutôt ici, à la cour ?

— Monsieur, lui dis-je, avez-vous songé que cette affaire n'avait peut-être aucun lien avec nos colonies ?

— Non, mademoiselle, maugréa-t-il pour le moins désarçonné. Et je vous prie de m'expliquer pourquoi ?

— Suivez ma pensée. *Primo*, oublions définitivement la première piste. Ce n'est en rien un crime crapuleux.

— Pure hypothèse, mais soit, fit-il simplement, alors que le tapotement de ses doigts sur le bureau montrait son agacement.

— *Secundo*, oublions même que ces deux hommes aient pu avoir des intérêts en Louisiane.

— Je m'y emploie aussitôt.

Sa nervosité grandissait.

— Alors, que reste-t-il, monsieur de La Reynie ? demandai-je en plissant les yeux, à la façon du policier au moment où il piège sa proie.

Ses doigts cessèrent tout mouvement :

— Un même poison. Sans doute, un même empoisonneur. Et…

— Vous n'osez pas le dire, mais il subsiste surtout deux ennemis des jésuites. Et voilà que se dessine une lutte fratricide, qui… se déroulerait en France.

Son visage se crispa.

— L'affaire toucherait-elle la cour ?

Il m'interrogeait comme si je tenais sa place.

— La Louisiane est si grosse qu'elle nous trompe, avançai-je. Et nous cache que tout se joue ici.

— C'est encore plus grave que ce que je pensais, crissa-t-il. Cela met en jeu le pouvoir de certains, les proches du roi. Mon Dieu ! Je songe à des noms… Ah ! pas de ça, encore.

Pour la première fois, sa voix devint sombre :

— Vous me demandiez, tout à l'heure, comment ne pas trahir madame de Montespan. Je réponds « en agissant avec prudence ». La favorite est l'ennemie des jésuites, qui veulent que le roi mette fin à l'adultère. Dès lors, elle se sait menacée. Et ce complot, s'il apparaissait que la Compagnie de Jésus y est mêlée – ce dont je doute encore –, pourrait lui donner l'occasion de se venger et même de reprendre le dessus. Du moins, le pense-t-elle. Et voilà qui explique qu'elle vous ait défendue auprès du roi. Mais si elle, vous ou moi, nous nous trompions, le retour de bâton serait terrible et elle se verrait condamnée pour toujours. Croyez-moi, je la défends en disant ceci et c'est pourquoi il convient de ne pas nous précipiter. Trop d'enjeux et trop de puissance…

Voulait-il aussi se racheter pour le mal qu'il avait commis dans le passé ?

— Eh bien ! conclut le marquis, plus nous avançons, plus tout se complique.

Nous sombrâmes dans des abîmes de perplexité et même d'appréhension. De longues minutes, nous restâmes plongés dans nos propres pensées, chacun à sa façon mesurant le poids de ces suppositions et leur inutilité puisque rien n'attestait qu'elles soient fondées. De temps à autre, j'observais le lieutenant de police qui retournait ses idées. Il aurait été si simple de ne pas croiser celles d'Hélène de Montbellay ! Un bon crime pour des questions d'argent, et le dossier était clos. Mais il y avait cette autre hypothèse et je mesurais aux inquiétudes et aux doutes qui grandissaient en lui combien l'homme pouvait être honnête. C'était un être rigide et intraitable parce que soldat du roi. Ce qu'il avait fait contre mon père ne comptait plus. Sa mission avait changé et il s'en acquitterait. Au prix d'une disgrâce ? D'un affrontement mortel pour sa carrière ? Je l'en pensais capable.

Penhoët fut le premier à reprendre la parole :

— Je bats les cartes dans tous les sens. Je les pose, je les étudie. Et je sais pourquoi je ne trouve pas comment avancer.

La Reynie cessa de caresser le crâne posé sur son bureau et se redressa dans son fauteuil :

— J'aurais plaisir à en entendre plus, monsieur le marquis.

— Il nous manque une carte !

— Mais laquelle ? insista le policier.

— Le fantôme. Du moins celui qui a joué ce rôle. Il pourrait nous permettre de remonter la piste. Et celle-ci nous conduirait-elle forcément à ce Marinvaud ?

— Sûrement pas. L'expérience m'a enseigné que dans les affaires de cette importance, on multipliait les intermédiaires. L'un achète le poison et un second met en scène autre chose... Il nous aurait conduits à un nom et de là, jusqu'à qui ?

— Monsieur de La Reynie ? demandai-je.

— Oui, mademoiselle.

— Est-il fréquent de voir des hommes noirs dans Paris ?

— Certaines familles ont des esclaves à leur service à cause d'une mode récente. Ils viennent des comptoirs de Saint-Domingue ou de Guinée et, parfois, rentrent avec leurs maîtres quand ceux-ci quittent nos colonies. Ils sont pour l'essentiel calmes et soumis, ayant la nostalgie de leur pays, et cette humeur les rend paisibles. Nombre ne se font cependant pas à notre climat et meurent plus sûrement que dans les colonies. J'ai aussi connu quelques affaires d'esclaves en fuite, des êtres qui vivent de rapines, accrochés à la cour des Miracles. Leur destin est terrible : ils seront arrêtés et mis aux fers avant d'être exécutés.

— J'ai peut-être trouvé la carte qui nous manquait, murmurai-je.

— Dites vite, mademoiselle.

La Reynie m'avait fait confiance. Il me semblait juste de lui renvoyer la politesse.

— J'ai vu au théâtre un homme noir qui jouait le rôle d'un fantôme et…

— Je ne le sais que trop, mademoiselle, me coupa-t-il aussitôt. Mes mouches s'y trouvaient. Le chef de cette troupe a prononcé ces mots – les mouches sont dans la salle ! Le résultat ne s'est pas fait attendre. Cet homme a fui. Et depuis ? Disparu.

— Puisque vos mouches lui font trop peur, c'est qu'il a quelque chose à leur dire.

— J'y ai songé. Mais comment le débusquer ?

— Laissez tomber vos méthodes et acceptez la mienne.

— Qu'auriez-vous de mieux à nous offrir ? s'étonna-t-il.

— Je connais quelqu'un qui pourrait nous renseigner.

Bien sûr, je pensais à Turlupin qui, dans les coulisses, m'avait confié qu'il savait où trouver ce personnage mystérieux.

— Ah ! Parlez sur-le-champ, s'emporta le policier, et j'envoie ma meilleure équipe cueillir ce témoin !

— N'en faites rien. Laissez-moi agir seule. Au premier émissaire du lieutenant de police, les bouches se fermeront. Eh ! oui, monsieur, vous n'êtes pas le bienvenu dans le monde des poètes et des pamphlétaires.

— Qu'en savez-vous ?

— J'y ai mes amis et mes entrées.

La Reynie soupira :

— Mademoiselle, ne me forcez pas davantage. Nous avons promis l'honnêteté et soudain vous me portez à croire que vous voudriez vous y soustraire. Ne vous ai-je pas parlé en confiance ?

Si je tenais à garder cet allié, même provisoirement, je ne pouvais me taire. Et il disait vrai, il avait joué cartes sur table.

— J'approcherai Turlupin, le chef de la troupe où a joué ce personnage.

— Qui vous conduira jusqu'à lui ?

Sans hésiter, je répondis :

— Beltavolo. C'est un comédien. Et aussi le fils du chevalier de Saint Val. Je sais que je peux compter sur lui.

Il me sembla que La Reynie voulait dire autre chose. Mais il baissa les yeux et se tut.

— Est-ce prudent ? s'inquiéta le marquis de Penhoët.

— Croyez-moi, assurai-je, je ne crains rien.

— Quand agirez-vous ?

— Ce soir même. Et vous, monsieur le marquis, que ferez-vous ?

— Si monsieur de La Reynie soutient ce projet, je me faufilerai parmi les amis de la vicomtesse de Lancquet qui est la malheureuse ordonnatrice de cette soirée avec l'au-delà. Enfin quoi ! Il a bien fallu que quelqu'un soit informé avant pour que le fantôme organise son numéro.

— Faites, monsieur le marquis, souffla La Reynie, mais je n'en attends pas grand-chose. Trop de gens furent mis dans la confidence. La mise en scène peut venir de n'importe qui.

Il se frotta le nez :

— La vicomtesse peut même en avoir parlé avant à son confesseur qui est jésuite. Comme il était trop tard pour reculer, elle regrettait son idée et, pour se libérer de ce péché, elle livrait son secret. Et le jésuite...

Il sortit de ses songes.

— Allons ! Ce métier s'exerce sans extravagance. Agissons comme convenu, et décidons de nous parler demain. À moins, mademoiselle, que vous souhaitiez me voir cette nuit ?

— Si l'urgence l'exige, je reviendrai à Versailles.

— Ce ne sera pas nécessaire. Je serai à Paris pour d'autres affaires, grogna-t-il... Croyez-moi, rien ne s'est arrêté pour autant.

— Mais comment vous trouverai-je ?

Il ouvrit le tiroir de son bureau et me tendit un sifflet :

— Les mouches veillent toujours et se reconnaissent ainsi. Au premier signal, on viendra à vous. Dites qui vous êtes et on vous conduira à moi où que je sois. Bonne chance, mademoiselle.

Il se leva d'un coup. L'entretien était terminé. Et cette fois ses yeux n'exprimaient rien.

À L'INTÉRIEUR, LA FORCE EST PLUS ARDENTE

XIV. Au-delà des apparences.

En nous raccompagnant, le lieutenant de police avait fait quelques pas avec nous dans le couloir. Son bureau se trouvait dans l'aile du Midi et le chantier n'était pas achevé, aussi nous croisâmes le surintendant des Bâtiments Hardouin-Mansart, les bras chargés de plans, la tête levée vers le plafond où les gâcheurs de plâtre achevaient de poser les moulures d'une armée d'angelots.

— Et comme ça ? demanda l'un d'eux.

— Non ! Les ailes ne vont pas, vous les avez faites trop grandes.

Hardouin-Mansart consulta son croquis. Il y eut un début d'énervement. Lui s'accrochait à son désir et l'artisan parlait de tout détruire et de quitter ce chantier sur lequel il s'était déjà ruiné trois fois. Le surintendant tenta alors de calmer le jeu.

— Allons, nous y sommes presque, inutile de vous froisser.

Et d'ajouter, en voyant notre troupe :

— Ah ! Bonjour, monsieur de La Reynie.

— Toujours à la tâche ? expira ce dernier.

— Comme vous, rétorqua Mansart, car ce chantier est aussi insondable que les turpitudes des hommes.

— À chacun sa pierre, répondit le policier. Bonjour à vous, monsieur le surintendant.

— De même, monsieur le lieutenant de police.

Nous marchâmes encore avant que ce dernier reprenne :

— Je continue de chercher la trace de Marinvaud. Mon métier est celui des fourmis. Et tous ici, nous travaillons à l'édification du Roi-Soleil. Retrouverez-vous votre chemin ?

— Un jeu d'enfant ! s'exclama Penhoët.

— Si tout pouvait être ainsi. Bonne chance à nous trois, répéta-t-il, ainsi qu'il l'avait fait dans son bureau.

Et il nous abandonna sans plus de fioritures.

Le marquis et moi, nous nous quittâmes tout aussi rapidement. Nos esprits étaient accaparés par les révélations de La Reynie, par les enjeux de cette affaire soufflés sous le sceau du secret, et par les abîmes qui s'ouvraient sous nos pieds. Nous ne possédions aucune certitude, vadrouillant sur des pistes hasardeuses et piégées de dangers. Des supputations qui, à la première erreur, se retourneraient contre nous. Je n'étais pas attirée par la fatalité comme le marquis de Penhoët et je croyais à ma vie, voulant qu'elle soit belle. Mais les paroles de la devineresse me revinrent. Vers quelle peine avançais-je ? Fallait-il actionner le malheur pour que mon père retrouve le bonheur ?

— Je n'ai pas besoin de mon carrosse. Il est à vous. Revenez à Versailles au plus tard demain. Je vous y attendrai. Soyez prudente néanmoins. Je vous connais si peu et vous m'êtes déjà si... précieuse. Rassurez-vous, je pense à vous comme à ma fille, oui, comme à l'enfant que je n'ai pas eue.

— Prenez garde, monsieur. Moi aussi, j'éprouve une réelle affection pour vous. Et je me méfie de cette fatalité !

— Ah ! Ce fameux destin. Tel Racine, je suis parfois tenté par les thèses des jansénistes. Je crois que ce qui doit être sera et, puisque le moment apparaît un peu émouvant, je vais vous faire un aveu qui dira combien vous m'êtes chère. Il y a longtemps, vous n'étiez pas née, j'ai rêvé que votre tendre maman me préférait à celui qui devint mon ami, le comte de Saint Albert. Pour cela, je lui ai fait une cour de chaque instant. Eh bien, je ne suis parvenu à rien. Votre mère avait trop d'amour pour Pierre de

Montbellay. Longtemps, j'ai espéré découvrir une femme aussi belle et attachante qu'elle. Alors, m'aurait-elle donné une fille qui vous ressemblerait ?

— Hum ! monsieur le marquis, je vous sens, comment dire, nostalgique.

— L'âme slave ! Vous n'imaginez pas combien elle peut faire souffrir son propriétaire.

— Allons, nous avons une mission. Utilisez ce charme pour faire parler les proches de la vicomtesse de Lancquet. Je suis certaine que vous obtiendrez de meilleurs résultats qu'elle n'en eut en interrogeant une table.

— Je m'y attelle de suite et demain, qui sait ? Il y a une nouvelle Soirée d'Appartements. Nous voyez-vous triomphant de tout, et livrant au roi le secret de ce fantôme ?

— *Fatalement*, il se produira quelque chose, dis-je en regrettant d'emblée ces mots.

— Oui, *fatalement*, murmura le marquis de Penhoët. Donc, à demain ?

Sans que nous puissions ajouter un mot, saisis par une émotion douloureuse dont nous ne comprenions pas le sens, nous serrâmes nos cœurs l'un sur l'autre. Et nous nous quittâmes sur ce souvenir.

Dire que j'étais attendue chez la marquise de Sévigné est ce que mon précepteur, maître Blois, m'enseigna sous le nom d'*euphémisme*. Je les avais quittés une journée et à leurs yeux j'étais forcément piégée, aux galères, voire morte.

— Ah ! Madame ! gémit Sébastien, en m'ouvrant le porche de l'hôtel Carnavalet.

— Ah ! fit de même Jean-Baptiste Bonnefoix, joignant à ses exclamations un soupir de soulagement aussi discret qu'un ronflement de forge.

— Seigneur ! expira la marquise en retombant dans son canapé.

Je fus brève. Comme il n'était pas question d'exposer les thèses de La Reynie, je m'en tins à une version sobre et plausible : sans se servir de La Salle, un stratagème par ailleurs éventé, le roi m'avait accordé un entretien duquel il ressortait que, dans sa bonté, il était prêt à examiner le cas de mon père. Mais pour cela j'avais à faire, et le temps pressait. Et déjà, en tenant ce propos, je me levais pour aller me changer.

— Tu ne peux m'en dire davantage ? demanda, triste, inquiète et – je le sentis – vexée de ne point être dans la confidence, la marquise de Sévigné.

— Rassurez-vous, ce n'est en rien une question de confiance ou même de défiance et je vous supplie de ne pas penser mal. Sachez que je ne sais comment vous remercier pour votre hospitalité, votre gentillesse...

— Laisse cela, fit-elle en levant une main un peu sèchement. C'est la part que je rends à ton père. Et tu peux croire que jamais je ne parlerai de toi dans une de mes lettres. Mais dis-moi au moins si tu te mets en danger ?

— Je puis juste vous avouer que le plus dur est fait. J'ai vu le roi. Il m'a entendue. Maintenant, il me faut aller plus avant.

— Est-il vrai, comme on me l'a déjà rapporté, que tu te lances sur la piste du fantôme ?

La question me prit de court. Par quel miracle, ou tour de magie, connaissait-elle ce point ?

— Comment savez-vous pour cette histoire ?

— J'aurais préféré que tu l'avoues toi-même, signe de l'estime que tu me portes, murmura-t-elle amèrement. Mais c'est le prix que paye Sévigné, marquise des Commérages... Car, que je le veuille ou non, de Versailles à Paris, il n'y a que quatre lieues et il existe toujours un messager pour venir me colporter de quoi nourrir mes lettres.

— En parlerez-vous ?

— Je te l'ai dit : rien, si cela peut te nuire.

— Cela se pourrait. Oui, madame, je vais tenter d'approcher ce fantôme et, pour tout vous avouer, je travaille même main dans la main avec La Reynie.

— Mon Dieu ! Mais cet homme vous a fait tant de mal.

— C'est à ce prix que, peut-être, je sauverai mon père. De plus, le lieutenant de police est très différent de ce que j'imaginais. Je le crois honnête. Et puis, je n'ai pas le choix.

— Hélène... Merci pour ce retour de confiance. Tu soulages mon cœur et m'aides à porter le poids de cette faute qui a conduit ton père à l'exil...

Je m'approchai aussitôt d'elle et lui pris les mains :

— Vous n'êtes ni coupable ni responsable et j'ai rencontré la plus douce et la plus aimable des femmes. Rassurez-vous, je vous sais mon amie.

— Dis-tu la vérité ?

— Je vous le promets.

Je vins à elle jusqu'à m'agenouiller. Elle posa les mains sur mes cheveux qu'elle caressa tendrement.

— Ah ! Hélène. Sois raisonnable. Je ne me remettrais pas, si d'aventure quelque chose de grave survenait.

— Allons, ne craignez rien ! la coupai-je brusquement. Je ne suis pas seule. Bonnefoix, l'homme le plus prudent que porte la terre, m'accompagnera !

Et aussitôt, je bondis sur mes pieds.

Convaincre Jean-Baptiste de retourner rue Mouffetard fut une chose finalement aisée. Mais ce rusé ne se contenta pas de généralités. Il lui fallut des détails et des explications. À lui, je dus conter ma journée sans omettre quoi que ce soit. Bon, bon, bon, répétait-il pour me faire comprendre qu'il suivait. Et chaque fois que je prononçais le mot de fantôme, il se signait.

— Ainsi, fit-il à la fin, un fantôme (il se signa aussitôt) a tué par deux fois, cette nuit à Versailles, mettant en application ses propres menaces. Sautant sur cette occasion, vous avez convaincu le roi qu'il s'agissait d'une affaire religieuse et que vous alliez arrêter l'assassin (il se signa), en deux temps, trois mouvements.

— C'est à peu près cela, Jean-Baptiste.

— Bon, bon, bon. Ah ! Il me faut ajouter que La Reynie, qui est devenu notre allié, n'est pas loin de penser comme vous, ce qui donne du crédit à votre entreprise. Ma foi, pourquoi ne pas y croire ? Cette jeune femme n'a-t-elle pas réussi à rencontrer le roi ?

Son visage s'enflamma, ses yeux roulèrent comme des billes :

— Car vous pensez que je vais gober ces fadaises ? Alliée de La Reynie ! Permettez-moi d'en rire...

— Je te l'interdis ! De plus, tu fais offense à mon intelligence. Me crois-tu assez sotte pour m'être décidée sans peser le pour et le contre ? Et que fais-tu du marquis de Penhoët ? Serait-il lui aussi sans discernement ?

— Ah ! Je devine l'habile manœuvre, grogna-t-il. Je suis le valet. C'est donc moi le plus bête !

— Sans doute pas, rétorquai-je. Mais le plus couard à n'en pas douter.

Ce coup bas eut au moins le mérite de réveiller sa fierté.

— Moi, peur ? Je l'entends comme de la sagesse et de la prudence, protesta-t-il. Je n'ai rien contre l'action mais d'abord, il faut réfléchir.

Il le fit. Longuement. Et sentit mon impatience.

— Me soutiendrais-tu, Jean-Baptiste ?

— Bon, bon, bon... ronchonna-t-il. Pourquoi pas ? Cela dépend aussi de vos projets.

— Pendant que La Reynie cherche l'empoisonneur et que le marquis de Penhoët approche les amis de la vicomtesse de Lancquet, nous allons retrouver le fantôme.

Il se signa une énième fois :

— Non, non, non ! cria-t-il alors, comprenant enfin, avec horreur, les enjeux et le danger.

— Je m'en doutais, mais comment faut-il t'expliquer qu'il n'y a pas de fantôme ? Et cesse de te signer ! Nous cherchons un comédien qui a joué un rôle dans une pièce.

— J'y vois surtout un prétexte pour retrouver Beltavolo.

— Il nous aidera à parler à Turlupin.

— Et ensuite, que ferez-vous de ce... comédien ?

— C'est peut-être l'homme que nous cherchons. Souviens-toi qu'il a fui. Et si ce n'est pas lui, il a forcément des choses à raconter puisqu'il craint les hommes du lieutenant de police. Allons ! monsieur Bonnefoix, vous ne risquez rien à me suivre. Aussi, sautez dans vos affaires pendant que je me prépare. Le carrosse du marquis de Penhoët nous attend dehors et nous serons au théâtre du Chapeau-Rouge juste à temps pour la représentation... Ne tergiversez pas, filez, je dois me changer.

— Bon, bon, bon, rumina-t-il en sortant.

Il faisait nuit lorsque nous débouchâmes rue Mouffetard. Je demandai au cocher de s'arrêter devant la maison où habitait François de Saint Val. La rue étant étroite, à peine avait-il serré le frein qu'un charretier se mit à nous injurier.

— Courez, madame, dit le cocher, je vais tenter de le faire patienter.

Le menuisier avait déserté les lieux, mais la poupée veillait. Son bras était réparé. Le molosse ne bougea pas un poil. L'eau coulait dans la fontaine. Mon cœur battait fort et il ne fallait pas accuser le vieil escalier. Sans reprendre mon souffle, je parvins à la porte de François. Je frappai. Rien. J'ouvris. Rien. Mon regard erra dans la pièce et les émotions rejaillirent en moi. Le lit était défait, et comme nous l'avions quitté. Je vins jusqu'aux draps et y plongeai la tête. Le parfum de nos corps s'y trouvait mêlé. Où étais-tu, mon amour ?

— Mademoiselle Hélène !

Jean-Baptiste se tenait au chambranle et respirait fort. Il inspectait la chambre et en vint à regarder le lit. Il se sentit idiot et détourna les yeux. Alors, je mis mon doigt devant la bouche :

— Ne pose pas de question puisque tu connais la réponse.

— Je connais trop ce que porte ma conscience, grognassa-t-il d'une voix sourde. Votre père me tuera. Et si ce n'est pas lui, c'est Berthe qui m'égorgera.

— Est-ce à propos de ce secret que nous partageons et dont tu ne parleras jamais ?

— Je me comprends, bougonna-t-il. Et quand je parlais de malheur en venant à Paris...

— Dis plutôt ce qui t'a obligé à gravir l'escalier.

— Le cocher n'a pu rester. Il redescend la rue Mouffetard et nous attend là où il pourra trouver place. Je l'ai prévenu que la course pourrait être longue...

— Tu as bien fait, Jean-Baptiste. Partons pour le Chapeau-Rouge.

La promenade était encore remplie de monde. Le petit peuple de Paris avait achevé son travail et prenait le temps de se divertir. On entrait et sortait des cabarets, tenant par la taille de belles jeunes filles qui riaient à gorge déployée. Le temps semblait s'arranger et la douceur revenir. Une marchande de fleurs s'approcha de Jean-Baptiste et lui tendit un bouquet. Bonnefoix refusa trop brutalement. Son humeur avait changé, je le sentais inquiet. Il se rapprocha de moi et nous allâmes ainsi, à travers cette foule joyeuse, jusqu'au Chapeau-Rouge où il fallut jouer encore des coudes pour avancer jusqu'aux tréteaux. Le rideau était baissé. Sans hésiter, je sautai sur la scène et, me glissant derrière la toile rouge, je parvins dans les coulisses où le désordre régnait. Au fond, je voyais Polichinelle et Arlequin en train de discuter avec Turlupin. Je courus pour les retrouver. Et Bonnefoix fit pareil, ne renonçant point à me suivre comme une ombre.

— Ah ! Voilà notre belle amie ! rugit Turlupin en me reconnaissant.

Avec la même gentillesse, Pantalon et le Capitan Matamore se jetèrent à mon cou, mais je ne vis pas Eva.

— Savez-vous où se trouve François ?

— Qui ? demanda Turlupin de sa voix de stentor.

— Beltavolo.

— Ah ! Ah ! Ah ! s'exclama le Capitan Matamore. Hélas pour nous, tout me dit qu'il ne devrait pas tarder...

Au même instant, je sentis dans mon dos un souffle doux et chaud. Deux bras qui me prirent délicatement par la taille et un visage qui se posa délicatement sur ma joue. Je me retournai. François en profita pour baiser mes lèvres de la façon la plus tendre et la plus amoureuse qui soit.

— J'ai tant souffert de ton absence, murmura-t-il. Et j'ai eu si peur de te perdre...

J'allais lui répondre quand, déjà, Turlupin tapait dans ses mains et réveillait ses compagnons comédiens. Les trois coups devaient retentir, il réclamait le silence. Je m'arrachai de François :

— Jouez-vous la même pièce ? murmurai-je.

Turlupin plissa le front :
— Mourir pour renaître, le revenant de Versailles ?
— Oui, fis-je pleine d'espoir, avec les mêmes acteurs ?
— *Mia bella*, la pièce, nous l'avons arrêtée. Le fantôme a tué, or nous interprétons des comédies. Mais tu ne regretteras pas le spectacle qui vient ! enchaîna-t-il aussitôt.
— Turlupin ! Attends !
— Quoi encore ?
— L'autre soir, tu m'as affirmé que tu savais comment retrouver le comédien qui incarnait le fantôme.
— Oui, fit-il en me regardant fixement. *Ma* ! Qu'est-ce que tou veux à ce pauvre personnage ?
— Lui parler, c'est tout.
— Eh ! S'il se cache, c'est qu'il a peur. Es-tu sûre de lui vouloir du bien ?
— Turlupin, tu connais Beltavolo. Et tu lui fais confiance...
— Si !
— Entre Hélène et moi, il n'y a pas de différence, intervint François.
— Si je ne lui parle pas, ajoutai-je, les mouches de La Reynie le feront. *Capito* ?
— Si...
— Et il n'est pas certain qu'il s'en sorte aussi bien.
— Turlupin ! insista François. Fais-le pour moi, *mio frero*.
— Bien ! Je verrai. Après la pièce...
— Non ! m'exclamai-je, il le faut maintenant. C'est très grave, je t'assure.
Il hésita encore. Sa tête passait d'un côté à l'autre. Ah ! que je l'embêtais !
— Turlupin ! chuchota Arlequin. C'est à toi. *Andiamo* !
Oui, je crois que si le rideau ne s'était pas levé...
— C'est d'accord, maugréa-t-il. Beltavolo, tu connais le magasin de Lèvesque, le vitrier du roi ? Bien. D'un côté, tu as le cabaret des Trois Vierges, et de l'autre, le terrain exploité en carrière.
— Cent pas plus haut. Je vois très bien.

— Notre homme se cache dans les greniers de l'amidonnier situé en face. Sois prudent. Il craint pour sa vie.

— Merci, Turlupin, criai-je en lui sautant au cou. Et bonne chance pour votre pièce.

— *Smettila*[1] ! grogna-t-il. Ne dis jamais bonne chance à un acteur qui entre sur la scène, ça apporte le malheur.

Il se pencha pour toucher du bois et se signa le front. Alors seulement, il bondit sur les tréteaux.

— Bonsoir ! hurla-t-il.

La salle lui répondit en tapant des pieds, en sifflant, en hurlant son plaisir.

— Peut-on sortir sans passer par le cabaret ? demandai-je à Pantalon.

— Cette porte au fond. Cinquante pas dans le noir, et tu seras rue Mouffetard.

Je bondissais déjà. François me retint par la manche.

— Au moins, explique-moi.

— Viens, lui dis-je, il faut trouver cet homme. Et si tout se passe comme je le pense, j'aurai de quoi obtenir le pardon de mon père.

— Hélène, attends ! C'est un coupe-gorge. Pourquoi tant d'empressement ?

Arlequin et Pantalon nous roulèrent de gros yeux. Une pièce se jouait, il convenait de se taire.

— Viens, répétai-je. Dehors, tu sauras tout.

— Et moi ? murmura Bonnefoix.

— Tu nous suis.

Sans ajouter un mot, excitée et angoissée, je filai vers la sortie. Dans la salle, le public, lui, riait aux éclats.

La lune choisit ce moment pour disparaître derrière un épais nuage, plongeant notre troupe dans un bain d'encre noire. Mon seul point de repère était un halo laiteux dans lequel je devinais la chemise blanche de François.

— Dieu du Ciel ! Sur quoi ai-je marché ?

La tache blanche se déplaça et piqua vers le sol.

1. Arrête ! Ne va pas plus loin !

— Un rat ! Et crevé... Fais attention, Hélène, il pourrait avoir la peste.

Mes pieds. Je n'y avais pas pensé. Les mains tendues vers l'avant, je concentrais mon esprit sur les obstacles qui se présentaient à hauteur de mon visage. Mais alors que je progressai d'un pas, une chose velue fila sous ma botte. Deux éclairs fendirent la nuit.

— François ! hurlai-je.

Le halo se colla à moi.

— C'est un chat. Et nous l'avons dérangé pendant son festin, lança-t-il gaiement dans l'espoir de m'apaiser.

François s'approcha encore de moi et me serra à la taille. Sa présence me rassurait. Ce n'est qu'un moment, me répétais-je en frissonnant. Un simple passage...

Le boyau n'en finissait pas. Quelle était la profondeur du Chapeau-Rouge ? Vingt pas pour la taverne. Autant pour la scène. Et il fallait compter les coulisses et les loges. Maître Faillard avait raison. Paris pullulait de coupe-gorge et mes yeux ne s'habituaient pas à l'obscurité. Je les écarquillais. Si la rue Mouffetard était éclairée, pourquoi n'apercevions-nous toujours pas sa lumière ? Un coude, bien, sûr, me raisonnai-je. Ce sombre couloir ne filait pas droit. Et nous en étions les prisonniers, coincés entre les pignons aveugles des bâtisses voisines.

— Ah ! Mordiou. Je viens de trouver un appui, grommela Bonnefoix. C'est un mur. Allons, suivez mon exemple. Avancez en vous en servant comme d'une canne d'aveugle.

Lui aussi tâtonnait dans le noir, maudissant notre expédition.

Sa main frôla la mienne et je sentis une brûlure.

— Que tiens-tu ainsi ? Une arme ?

— Non, c'est une branche d'ortie, chuchota-t-il, un remède qui fait fuir les fantômes.

Il bougonna aussi qu'on ne l'y prendrait plus. Nous éclatâmes de rire, François et moi.

— N'aie peur de rien, Jean-Baptiste, lui soufflai-je. J'ai sur moi un sifflet aux effets magiques, et n'as-tu pas vu que j'ai glissé sous ce manteau l'épée de maître Faillard ?

— Voilà bien qui m'inquiète…

Poussés dans le dos par Bonnefoix, nous nous hâtions de retrouver la rue, mais François profitait des ténèbres pour me chuchoter des mots d'amour, tandis que ses mains partaient audacieusement à l'aventure.

— Nous y sommes ! lançai-je en apercevant la fin de ce goulet sordide et les premières torches de la rue Mouffetard

Au loin, une ombre passa. Ce chapeau, cette allure, cette silhouette. Pour la troisième fois, je crus voir une figure qui me disait quelque chose. L'apparition s'enfuit.

La main de François se ferma sur mon poignet quand je posai un pied à l'air libre.

— Je n'avancerai pas avant de savoir ce que tu as fait aujourd'hui.

— Alors, écoute-moi sans poser de question. Et conduis-moi vers le repère du fantôme.

Jean-Baptiste se signa.

Cent pas furent à peine suffisants pour résumer ma rencontre avec le roi et notre longue conversation avec le lieutenant de police. François se tint coi comme il l'avait promis.

— C'est ici, lança-t-il sèchement alors que je terminais mon récit.

La rue était déserte. Les gens rentrés chez eux. Nous entendions les rires de ceux qui faisaient le plein des cabarets.

— Tu ne dis rien ? lui demandai-je.

— Parce que j'ai le droit de parler ? décocha-t-il sur le même ton.

— Allons, qu'y a-t-il ?

Il semblait furieux :

— Comment peux-tu te fier à La Reynie ? explosa-t-il. C'est l'être le plus fourbe de cette ville ! Plus de dix amis ont eu à connaître ses services. Ce policier use de toutes les formes du mensonge. Il promet et jure pour mieux acheter les âmes. Il négocie en jouant l'innocence et la sincérité et trahit aussitôt. Combien des nôtres sont tombés dans son piège ?

Je retrouvais chez lui l'air désespéré que j'avais découvert lors de notre première visite à Versailles. Et cette hargne à détruire La Reynie me semblait exagérée.

— Tu en parles comme si tu le connaissais, François.

Il haussa les épaules et reprit sans me répondre clairement.

— Aucun artiste ne peut ignorer ce prince de la censure. Et moi, fils du chevalier de Saint Val, comment peux-tu croire que je ne sois pas le premier espionné ?

Sa douleur revenait. François, quel mal ce policier t'avait-il fait ? Mais il secoua la tête et s'enferma dans sa douleur. Il enrageait, pestait, frappait du pied de rage.

— Il est entouré d'une engeance redoutable, cracha-t-il soudain. Les mouches ! Pouah ! Des créatures qui piquent, sucent ton sang et dont le venin t'engourdit, t'emprisonne ou te tue. Ton sort n'est pas différent de celui des autres, il s'est servi de toi pour le conduire au repère du pauvre bougre.

Il regarda dans son dos :

— Et je jurerais que ses acolytes nous épient déjà.

— Ne criez pas ! gronda Bonnefoix. C'est une armée que vous allez attirer... Et ne jurez pas non plus, ça apporte le malheur.

Il se figea, le regard pointé vers le haut de la rue Mouffetard :

— Et ceux-là, dit-il en tremblant, que veulent-ils ?

Quatre hommes, l'épée à la main, se dirigeaient vers nous. À dix pas, ils s'arrêtèrent et se concertèrent en nous désignant tour à tour. En moins de temps qu'il n'en faut pour l'écrire, ils se jetèrent sur nous. Les deux premiers nous encerclèrent, bloquant notre fuite sur la droite. François tenta un mouvement, aussitôt les pointes des épées adverses le rappelèrent à l'ordre. Le message était clair, le coup de semonce ne serait pas renouvelé. Les deux autres passèrent sur le côté et, forçant la porte, s'engouffrèrent dans l'escalier qui menait au grenier de l'amidonnier. Notre trio ne put que se serrer, menacé par le pire.

— Tu vois ! enragea François. Ce sont des mouches qui viennent arrêter celui que tu espérais entendre.

— Des mouches ? ricana l'un des hommes qui nous enfermaient dans la nasse en nous menaçant de son arme. Entends-tu cela ? ajouta-t-il à l'endroit de son compère.

— Des mouches ! répéta le second. Et pourquoi pas des anges !

Tous deux éclatèrent d'un rire mauvais et glaçant.

— Vous vous trompez, monsieur de Saint Val, bégaya Bonnefoix. C'est pire, voilà des voleurs qui en veulent à notre bourse.

— Non, il s'agit de coupe-jarrets ! De mercenaires, si vous préférez.

Ces dernières paroles claquèrent comme le fouet dans le dos des deux malandrins. Ceux-ci n'eurent que le temps d'accomplir une volte-face pour voir l'ombre qui s'avançait. Cette silhouette, cette allure, ces paroles, tudieu, c'était ça, c'était lui que j'avais aperçu : Faillard, mon maître d'armes. Estimant la scène, il se dirigeait vers nous, calmement, le torse bombé, les mains posées sur les hanches. Et je le vis plus magnifique encore.

— Je vous avais prévenue, mademoiselle Hélène de Montbellay. Méfiez-vous des coupe-gorge. Au moins, pouvons-nous compter sur votre ami Damoclès ?

— Oui, monsieur, répondis-je d'une voix tremblante.

— Je lui laisse celui de gauche !

Sans plus de précaution, il fonça sur sa proie, alors que le second forban nous surveillait d'un œil. Damoclès ? Était-ce le petit courtaud qui tremblait sur ses jambes ou celui qui lançait des regards de feu et se plaçait devant la femme pour la protéger ? devait-il se demander. Le danger venant du plus jeune, il allait l'expédier au ciel pour venir au secours de son associé qui ferraillait durement avec Faillard. Le brigand fit alors un pas, puis un second vers nous, les yeux fixés sur François tandis que je le laissais venir. Je ne bougeai pas, attendant qu'il soit à ma portée, à ma mesure, ne songeant qu'au mouvement du roseau qui plie, mais ne rompt pas.

Le roseau plie avec humilité. Au premier frisson, à la première menace, il se courbe et s'adapte. Il est léger, mais plus rapide, et le premier à réagir. La force du roseau réside dans sa souplesse.

De moi, le tueur ne se méfiait plus. Faillard avait raison, il m'avait oubliée.

Vous laisserez approcher votre adversaire qui ne résistera pas au plaisir d'observer de si près une jolie proie. Vous attendrez qu'il soit à la distance. Vous ne le perdrez pas des yeux, n'exécuterez aucun geste. Il se croira vainqueur.

Il fit jaillir son épée.

Il convient de retenir un point fort. Je choisis la rapidité.

Et il se découvrit.

Regardez ma main. Je déplace mon pouce et le porte au-dessus de ma prise. J'augmente l'effet du levier. Je l'accélère. Ainsi, je gagne un temps dans l'action. Je ne me sers pas de ma puissance, mais de la souplesse de ma main.

J'exécutai un mouvement, un seul. Et je saisis Damoclès que j'avais accroché dans mon dos et à la taille.

Il vous faut un geste simple et direct dont l'effet sera si prévisible pour un habitué qu'il ne songera pas un instant que sa mort est au bout de votre lame. Le coup sera ordinaire, mais le résultat comparable à celui de l'embuscade.

Avant qu'il ait pensé à moi, et pour cela quittant du regard François qu'il croyait tuer, je portai ma flanconade dans le défaut des côtes. Damoclès se brisa sur le coup. Comme je tenais la garde en main, la lame resta plantée dans les entrailles du mercenaire et son sang se mit à couler. Il lâcha son épée, les yeux noyés de surprise effrayée, et regarda la plaie par laquelle sa vie s'écoulait.

— À moi ! expira-t-il en tombant à genoux, les mains pressant ses viscères.

L'autre tueur gisait déjà à terre. Faillard, lui, campait debout. Le combat avait été dur, mais il n'avait point baissé la garde. La partie n'était pas gagnée pour autant. Jaillissant de l'escalier, les deux autres coupe-jarrets désormais le menaçaient.

— À moi ! répéta l'autre en mourant.

Que faire ? Le premier combat avait été si rapide que pas un homme n'était accouru pour nous venir en aide. Et le prochain assaut risquait d'être encore plus bref.

Faillard se retrouvait seul face aux deux lames. François, alors, n'hésita pas. Il se précipita sur l'épée de celui que j'avais mortellement blessé, la saisit et vint se ranger aux côtés de Faillard qui dessinait de grands moulinets pour retarder l'attaque.

— Monsieur, dit mon maître d'armes, nous nous présenterons plus tard, mais comptez-moi dès à présent au nombre de vos amis. Savez-vous manier cette arme ?

— Pour tout dire, cela fait des années…

— À votre allure, je m'en doutais.

— Jean-Baptiste ! hurlai-je pour appeler le valet à la rescousse, sa disparition subite me faisant redouter une crise aiguë de couardise.

Sortant de l'ombre où il s'était réfugié, Bonnefoix me saisit à l'épaule :

— Je ne fuyais pas, je réfléchissais. Et il me vient une idée, claqua-t-il des dents. Le sifflet… N'en avez-vous pas parlé ?

Mon sang ne fit qu'un tour. Je sortis le précieux cadeau de monsieur de La Reynie et le fis retentir si fort que les vitres de Notre-Dame durent en trembler.

Les deux lascars se regardèrent. Quelle était donc cette ruse ?

Moi, je sifflai et sifflai encore.

Une porte s'ouvrit. Une autre. L'affaire se présentait dès lors autrement. Profitant du flottement, Faillard chargea si bien qu'il estourbit le troisième trousse-chemise d'un coup entre les yeux. François, lui, moulinait. Encouragée par un bruit de course et une frénésie de pas, je sifflai derechef à m'en éclater les veines du cou. Par un curieux effet, la douleur que j'avais ressentie quand Faillard m'avait autrefois blessée à l'oreille se réveilla. Mais je sifflai de plus belle, car j'avais aperçu un groupe d'hommes menaçants qui approchait. Mais eux aussi sifflaient ! Les hommes de La Reynie hurlaient : « À la garde ! Arrêtez ! Rendez-vous ! Nous sommes les hommes du guet ! » En entendant ces propos, le dernier assaillant ne demanda pas son reste et, en rageant, s'enfuit par le haut de la rue Mouffetard. Deux policiers se lancèrent immédiatement à sa poursuite. Trois autres restèrent à nos côtés. Pendant qu'ils récupéraient leur souffle, je pris la parole :

— Je suis Hélène de Montbellay. Je veux parler au lieutenant de police. C'est lui qui m'a donné ce sifflet.

— Nous le savons, madame, me dit l'un d'eux aimablement.

— Et depuis quand étiez-vous là ?

— Nous ne sommes jamais loin, répondit-il simplement.

— Monsieur, il faut sans délai porter secours à un homme qui habite ici. Soyez prudent, il risque d'être effrayé. Attendez encore, ajoutai-je en les voyant s'engager dans le boyau sombre, il se pourrait qu'il s'agisse d'un esclave en fuite utile à notre enquête, alors je vous supplie de bien le traiter.

— Nous agirons ainsi, madame.

Deux gardes se lancèrent dans l'escalier.

Le dernier, resté à nos côtés, se chargea d'écarter les curieux qui commençaient à affluer.

— Place ! Rentrez chez vous ! Le spectacle est terminé…

Il y eut un mouvement d'humeur – du dernier rang, bien à l'abri, on meuglait qu'il n'était pas interdit de se promener.

— Voulez-vous connaître les questions du lieutenant de police La Reynie ?

À ces mots, les gobe-mouches se dispersèrent.

Alors seulement, je m'approchai de maître Faillard. Et là, je vis qu'il se tenait le bras.

— Êtes-vous touché ? m'inquiétai-je aussitôt.

Son visage fatigué s'éclaira :

— Ne craignez rien. Mieux que quiconque, vous connaissez cette blessure récente. Elle se réveille encore sous le coup de l'effort. Une simple piqûre, railla-t-il.

— Une guêpe aurait-elle pu triompher de l'invincible maître Faillard ? me moquai-je.

— Son sourire est parfois une lame traîtresse. Je vous félicite en tout cas pour cette flanconade. Plus souple que le roseau. Et rapide comme le vent.

— Le compliment vient de haut, il me touche d'autant. Merci, monsieur. Permettez, à présent, que je vous présente François de Saint Val.

— Je salue mon sauveur, fit Faillard en s'inclinant.

— De grâce, je n'ai joué qu'une pantomime.

— C'est donc que vous êtes acteur ?

— Pour votre plaisir, monsieur.

— Pourtant, ce nom, Saint Val ? Les souvenirs qu'il m'en reste sont plus... guerriers.

— Sans doute pensez-vous à mon père, répondit François d'une voix glaciale. Mais j'ai le regret de vous apprendre que nous n'avons plus rien en commun. Vous l'avez constaté, j'ai peu de goût pour les armes.

— Je peux comprendre, rétorqua sobrement Faillard, tuer est une affaire laide dans laquelle un homme sain ne peut prendre de plaisir. Et merci, monsieur. Sans vous, j'y restais.

Je mis fin à cet assaut de compliments en me plaçant entre les deux :

— Par quel miracle étiez-vous là, maître Faillard ? Et ne mentez surtout pas !

— Votre père ne m'a rien demandé, mais j'ai deviné qu'il serait rassuré si je vous suivais de loin. Je suis à Paris et qu'ai-je de mieux à faire ? Disons que je passais par là...

Il s'approcha de mon oreille :

— J'ai autre chose à dire, mais plus tard... Continuez, sans vous départir.

Bien que craignant le pire, je repris d'une voix enjouée :

— Mon père avait raison de s'inquiéter. Sans votre intervention, nous étions morts. Toutefois, il faudra réviser vos méthodes d'espion. J'avais cru deviner votre silhouette familière par deux fois.

Je m'approchai de lui :

— Qu'y a-t-il ? C'est mon père ?

Il regarda le policier qui faisait les cent pas en attendant le retour de ses compagnons :

— Rien de grave, souffla-t-il. Il vous a écrit. Attendez...

Il reprit à haute voix :

— Vous m'aviez reconnu en somme au Chapeau-Rouge ? dit-il en feignant d'être désolé.

— Mais je n'ai pas cru que c'était vous, le rassurai-je.

— Et moi encore moins, soupira Bonnefoix qui revenait à la vie.

— Bravo pour ton esprit d'à-propos, Jean-Baptiste. Le sifflet ! Je n'y aurais pas pensé.

— Le courage d'un poltron, il ne s'agit que de cela, bredouilla-t-il en fixant le sol.

— Allons ! s'exclama Faillard, chacun a joué son rôle. Et nous voilà sauvés.

Hélas, un assaut de mauvaises nouvelles vint mettre fin à ces joyeuses retrouvailles. Les policiers de La Reynie partis à la recherche du comédien caché dans le grenier revenaient dans la rue. Les mines étaient basses. Ils nous regardèrent en coin avant de s'isoler pour discuter avec celui qui nous avait parlé et qui semblait leur chef. Ce dernier écouta en hochant la tête, puis revint vers nous :

— L'homme est mort. La gorge tranchée, lâcha-t-il d'une voix sans émotion.

Si le fait d'avoir tué mon agresseur me laissait peu de regrets, à l'inverse, j'étais touchée par la triste fin de cette âme errante. Pis, je m'en sentais responsable. On nous surveillait. On nous avait suivis, et j'avais guidé les criminels, agissant sans prudence, égoïstement, sacrifiant ainsi la vie de quelqu'un à mes seuls intérêts immédiats.

Pour tout avouer, une autre chose me désespérait en apprenant son funeste sort. J'avais promis au roi de dévoiler le fantôme, du moins celui qui avait endossé ce rôle, et la seule piste solide venait de disparaître. L'homme que nous cherchions, et manqué de peu, était-il le *revenant de Versailles* ? Un unique chemin, et il s'embourbait dans le sang.

Les larmes vinrent. La douleur, aussi.

— Vous pleurez le décès de cet esclave ? s'étonna le policier, plus habitué que moi à fréquenter la mort.

Je répondis d'un mouvement de la tête.

— Il était recherché, reprit-il doucement. Un jour ou l'autre, on l'aurait retrouvé. Sa vie n'aurait guère été plus longue.

— Qui vous prouve qu'il était coupable ? rageai-je.

— On l'a tué, répondit-il aussi calmement, sur le ton de l'enquêteur, c'est donc qu'il a joué un rôle dans cette affaire. Il ne peut y avoir de preuve plus flagrante. Soit il savait, soit il avait commis quelque chose en rapport avec ces crimes. Vous n'y êtes pour rien. Pleurez sur ce que nous n'apprendrons jamais, car, c'est certain, on craignait qu'il ne passe aux aveux. Cette épitaphe figurera sur son tombeau.

— Eh bien ! Faisons en sorte de croire qu'il s'est confessé avant de mourir.

On s'intéressa à celui qui venait de parler. C'était Jean-Baptiste Bonnefoix, calme et serein, revenu de l'enfer de la peur et retrouvant sa faconde, comme si rien ne s'était produit. Avant de poursuivre, il prit soin de vérifier soigneusement si aucun inconnu ne l'écoutait. Pas une âme qui vive.

— Enfin quoi ? fit-il alors avec assurance. Pas moins de quatre hommes lancés à ses trousses, c'est que le gibier était gros. Ce policier a raison : ce pauvre errant détenait des connaissances. Mais voilà comment on pourrait raconter l'histoire : en montant chez lui, nous avons vu qu'il n'était que grièvement blessé. Entendez-vous, chers témoins ? Et en trois phrases, il nous a tout raconté. C'est ensuite qu'il s'est éteint.

— Et qu'avait-il sur le cœur ? demanda Faillard qui ne pouvait être au courant.

— Ah ! Mais c'est un secret. Retenons que ce fut formidable. Et nous en aurons dit assez pour inquiéter ceux qui voulaient sa mort et savaient que nous étions à ses trousses. Faisons courir le bruit puisqu'on ne peut plus en douter, nous voilà nous-mêmes espionnés. Et attendons que ces ombres réagissent. Oui. Ferrons ceux qui nous ont ferrés, ainsi vous verrez la peur changer de camp.

— Je trouve cette idée bonne, renchérit le policier. Au moins, la mort de cet individu n'aura pas été inutile.

Le disait-il pour son enquête ou afin de me soulager ?

— Je partage cet avis, lança une voix nouvelle.

De la nuit, surgit un petit homme habillé de noir qu'une énorme perruque du même ton charbon ne parvenait pas à grandir.

— On me cherche, on me trouve, fit La Reynie de sa voix de crécelle.

Le lieutenant de police regarda son monde. L'inspection achevée, il se retourna, d'abord, vers Faillard.

— Monsieur, votre lame est encore solide. Vous manquez aux mousquetaires du roi.

Et c'était un compliment.

Puis il s'inclina vers moi :

— J'ignorais que vous maniiez l'épée comme la raison. J'ai été fort sage de vous être agréable.

Il jeta un œil sur le coupe-jarret que j'avais occis, avant d'ajouter, en direction de Bonnefoix :

— Vous qui raisonnez si bien, est-ce vous aussi qui sifíliez ?

— J'avoue que j'en ai eu l'idée, répondit Jean-Baptiste crânement. Et d'ailleurs, s'il était possible de vous en emprunter un, j'en ferais, je vous l'assure, un excellent usage.

Enfin, vers François :

— Beltavolo, le fils disparu du chevalier de Saint Val. Savez-vous qu'on vous cherche ?

— Je devine pourquoi, répliqua furieusement François.

La Reynie s'avança, les mains dans le dos, jusqu'à le toucher. Malgré leur différence de taille, le policier s'imposait. François recula comme s'il redoutait cet affront :

— Vous rêvez d'embastiller tous les poètes de Paris, cingla-t-il sur un ton sans rapport avec l'allure de celui qui lui faisait face, sûr de lui et d'un calme redoutable.

Un silence suivit. Le lieutenant ne broncha pas, déchaînant brutalement Beltavolo :

— Prenez garde, monsieur le policier ! Pour un artiste que vous muselez, dix renaissent. Vos méthodes n'y pourront rien. La liberté ne se capture pas !

La Reynie l'observa encore. Puis il secoua la tête :

— Allons, calmez-vous monsieur de Saint Val. Vous finiriez par laisser entendre à cette noble compagnie que nous sommes ennemis. Mais nous nous connaissons à peine.

François devint blanc et recula encore en se tenant le cœur :

— Pourtant, gémit-il...

Le policier leva une main pour qu'il se taise ;

— Vos pamphlets et vos bouffonneries à propos de la cour ? Rassurez-vous, ils déplaisent moins que vous ne le pensez. Ma foi, si je préfère Racine ou Corneille, il m'arrive, tant que vous ne touchez pas au roi, de sourire à certains de vos couplets.

— Vous savez qu'il ne s'agit pas de cela, murmura François.

— Ah oui, soupira exagérément le policier. Ce n'est pas à cause de Beltavolo que vous vous inquiétez, mais pour le fils du chevalier de Saint Val, terrifié par l'idée qu'affectionne son père de le faire rentrer dans les rangs.

Le visage de François exprimait les pires tourments. Ainsi, nous touchions à son drame, à ce qui le rongeait et dont il n'avait jamais voulu me parler.

— Parlez ! monsieur, criai-je à La Reynie. Que veut-on à François de Saint Val ? Qui le menace ? hurlai-je en me rangeant aux côtés de celui que j'aimais.

— Ne répondez pas, La Reynie, souffla François d'une voix terriblement sombre.

— Cette nuit, c'est moi qui décide ce qu'il faut dire ou taire ! jeta-t-il en retour.

Puis, retrouvant aussitôt son calme, il nous regarda l'un et l'autre et je crus apercevoir dans son œil comme un air amusé, sans rapport avec le ton de cet échange.

— Que redoutez-vous, monsieur de Saint Val, fit-il d'une voix narquoise, à part d'entendre dire que votre père se conduit avec vous comme sur un champ de guerre, qu'il réclame une reddition sans condition et s'entête auprès du roi qui me reproche ma négligence à vous arrêter ?

— Vous êtes pourchassé, murmurai-je à François.

Il ne répondit pas. Mais La Reynie le fit pour lui :

— En effet. Avec ordre de l'embastiller. Et peut-on désobéir à un lieutenant général des Armées navales de Sa Majesté ? Je vous questionne, mademoiselle...

— À Paris, c'est vous le lieutenant, complimentai-je dans l'espoir de l'amadouer. C'est donc à vous de décider.

— Et les esprits libres s'en plaignent assez, ajouta François avec arrogance.

Quelle maladresse ! pensai-je. La Reynie, lui, pinça la bouche et l'on aurait pu croire à une sorte de sourire.

— Vous me trouvez ferme, intraitable, dur ? Je prends ces traits pour un compliment.

Il me jeta un coup d'œil en coin et revint aussitôt sur François :

— Mais doit-on céder aux caprices d'un seigneur de la guerre ? Hélène de Montbellay est bonne avocate et elle n'a pas tort. Ici, c'est mon domaine et j'y fais la loi. Aussi, je décide que je ne vous ai pas vu. Beltavolo ? Je ne connais pas. Voilà en somme une nuit blanche, sans trace, ni poursuite.

— Demain, vous saurez où me trouver !

— Je n'ai qu'une parole, s'énerva-t-il. Profitez-en, Beltavolo. Tout est oublié.

— Quel est le prix à payer ? railla encore François.

— Vous ne me devez rien. Cependant que vos amis poètes se méfient, cette faveur restera unique !

La colère de François retomba. Mais avant de se rendre, il sonda encore La Reynie, cherchant où nichait son piège. Le policier ne bougeait pas. C'était dit. Il n'y reviendrait pas.

— Hélène de Montbellay me l'avait dit, mais je n'osais la croire, murmura-t-il enfin, résolu et assagi. Suis-je vraiment délivré de tout ?

— Elle est pour beaucoup dans ma décision et je n'oublie pas que nous sommes alliés, glissa-t-il. Aussi, remerciez-la plutôt que moi.

— J'ajouterai ce compliment, dis-je en le fixant dans les yeux. L'intervention de vos hommes nous a sauvés.

— J'ai dit que vous pouviez me faire confiance. On perd son temps à se répéter, répondit-il seulement.

Les cinq hommes de La Reynie s'étaient regroupés autour de leur chef. Ceux qui étaient partis à la poursuite du dernier coupe-jarret revinrent bredouilles. Le rapport fut concis : disparu dans une ruelle sombre. Une piste de moins, pensai-je. Le lieutenant ne blâma personne. Il félicita même son escouade pour le travail effectué. Les mines se détendirent. Ces mouches auraient donné leur vie pour satisfaire leur maître. Sans attendre, ils entreprirent de débarrasser la rue des corps des malandrins. La rue Mouffetard jasait. À nouveau, les badauds s'approchaient, se serraient, se poussaient du coude pour se rendre au premier rang. On marchait dans le sang et un chien errant glissa sa truffe. Un coup de pied l'envoya au diable. Des rires nerveux fusèrent. L'excitation montait. Le sang, la mort, les mouches : cette nuit, le spectacle se produisait dehors. Les policiers donnèrent encore de la voix. Une mégère tenta de prendre le dessus. Elle réclamait des explications, se plaignait de ces crimes commis sous ses fenêtres alors que ses enfants dormaient. Et que racontait-on ? Un esclave se cachait au-dessus de chez elle ? Peu à peu, elle levait les rangs d'une armée de grincheux, d'anonymes qui houspillaient les gens d'armes, profitant des ténèbres et du nombre pour gouailler sans risque. Un policier saisit l'acariâtre par la manche et affirma d'une voix forte qu'il trouvait étrange qu'elle n'ait rien entendu, rien vu à propos de l'esclave. Un noir ! Et pas un de ses cils n'avait tressailli ? Elle bredouilla une réponse où il était question de son travail qui l'emmenait loin et qu'elle ne rentrait que fort tard.

— Et tu laisses tes enfants à l'abandon ? C'est toi l'imprudente !

L'espoir changea de camp. La foule se rangea du côté du policier. Ce dernier profita de son avantage pour demander encore à la femme si ses enfants n'étaient pas des mendiants de la cour des Miracles. Et, parlant pour que tous l'entendent, il ajouta qu'il serait peut-être utile de mener l'enquête. La Reynie observait de loin l'œuvre de son homme de main et y prenait du plaisir. Il n'aurait pas fait mieux que celui qui le secondait. La pauvre reflua, déclenchant un mouvement général. La peur, comme le courage ne se concevaient qu'en meute. Déjà, une charrette embarquait les morts. On effaçait les traces. L'organisation du lieutenant de police était remarquable.

Comme nous n'avions aucune raison d'assister à ce spectacle macabre, nous décidâmes de battre en retraite. Sans hésiter, La Reynie poussa la porte du cabaret le plus proche et se planta à l'entrée. Les présents se tassèrent sur leur banc et baissèrent les yeux. Le prétorien de Paris inspecta les lieux d'un œil torve. Sans demander leur reste, les chalands cherchèrent le salut dans la fuite. La pièce fut bientôt vide. Notre troupe entra. L'aubergiste, obséquieux, s'approcha et en saluant bien bas le lieutenant de police, l'assura que cette maison était sienne. Et lui demanda ce qu'il désirait boire.

— Rien pour moi, répondit froidement cet invité de marque. Et pour vous autres ?

Seul Bonnefoix prit du vin.

— Maintenant, laisse-nous seuls.

L'aubergiste fila dans sa réserve.

François restait sur ses gardes, scrutant le policier, épiant ses gestes. Mais ses réactions ne m'étonnaient pas. En quelques scènes, j'avais apprécié le pouvoir des mouches et la peur qui s'y associait.

Ce n'est qu'à cet instant que mes jambes et mes mains se mirent à trembler. Mais dans mon émotion, se mêlaient autant les images de notre échauffourée que la mort du pauvre esclave. Je m'en voulais de ne pas avoir fait appel à La Reynie bien avant. Une vie, sans doute, aurait été épargnée. Et, au lieu de nous morfondre, nous questionnerions ce témoin…

— Notre dernière piste s'est effacée, soupirai-je.

— Vous oubliez Marinvaud, répondit promptement le lieutenant.

— Du nouveau ? lançai-je pleine d'espoir.

— Rien, grimaça-t-il. Et j'y crois faiblement. Mais qui sait ? Le marquis de Penhoët nous annoncera peut-être une bonne nouvelle à Versailles.

Déjà, il se levait pour nous quitter.

— Auriez-vous baissé les bras ? tentai-je encore.

— Cette affaire fuit comme l'eau dans la main. Cependant je retiens l'idée de monsieur…

— Bonnefoix. Jean-Baptiste Bonnefoix. À votre service, mon lieutenant, répondit-il en reposant le pichet de vin qu'il commençait à avaler d'un trait.

— Eh bien ! monsieur Bonnefoix, nous dirons partout que le fantôme a parlé. Et qui sait ? argua-t-il sans trop de conviction.

Je le sentais résigné. Quelque chose changeait chez lui. La détermination qu'il montrait dans son bureau avait comme disparu. Pour lui, l'enquête paraissait terminée et déjà classée. Il se baissa pour me saluer.

— Monsieur de La Reynie ! m'écriai-je en me levant d'un bond.

— Mademoiselle ?

— Quand bien même, vous n'abandonnez pas ? Vous ne pouvez pas ! Il y a mon père et le serment que nous avons passé le roi et moi. Et notre contrat ! Vous et moi…

Il réfléchit longtemps avant de déclarer :

— Mademoiselle, vous avez fait beaucoup. Esprit, courage, honneur… Désormais, personne ne pourra douter de vous, et le roi en sera convaincu. Si – je dis bien, si – nous n'obtenions pas de meilleur résultat, sachez que j'agirai de tout mon poids pour le lui faire entendre.

Il sourit faiblement :

— Je me sens un peu coupable, aussi. Sans moi, sans cette lettre dont j'ai eu le malheur de prendre connaissance, vous n'auriez pas eu à risquer votre vie. Mais j'en ai vu assez pour vous connaître. Je vous promets donc d'obtenir le pardon du roi, je lui décrirai votre action et votre bravoure. Je lui dirai que vous avez combattu pour son service. Mais, mademoiselle, ne vous obstinez pas. Pour ce soir, c'est fini. Et vous verrez que vous pourriez apprendre une bonne nouvelle. Reposez-vous, maintenant. Bonne nuit. Et à demain, à Versailles.

Il jeta un œil à chacun, sourit à Faillard, s'arrêta sur François sans que rien ne perce de ses impressions et il sortit sans plus de commentaires. Dehors, il retrouva ses hommes qui le suivirent comme la meute s'accrochant à son maître.

Pourquoi parlait-il comme si tout était conclu ? Qui lui en donnait le droit ? Ou pis, qui lui avait ordonné d'agir ainsi ?

Le départ de La Reynie soulagea la rue Mouffetard. Les hommes revinrent dans le cabaret et l'aubergiste manifesta moins d'empressement à nous servir. Faillard jeta une pièce sur la table et nous sortîmes aussi. François s'apaisait, redevenait lui-même, s'approchait de nouveau de moi, cherchant à me séduire, ou à se faire pardonner une attitude grossière et pour le moins violente. Il s'excusait, affirmant qu'il regrettait son emportement et, pour explication, il se contentait de répéter que La Reynie était l'ennemi des poètes.

— Je me sens mieux hors de sa présence, murmura-t-il en me lançant son regard le plus doux. En fait, je ne suis bien qu'avec toi.

À quoi bon le torturer davantage ? D'ailleurs, je n'en eus pas le loisir. Faillard me tirait à l'écart. Il voulait me parler :

— Permettez ! J'ai quelque chose à vous dire... Voilà. J'ai une lettre de votre père. Elle vous est adressée.

Tout le reste s'effaça sur-le-champ.

— Donnez vite !

— Songez que je rôdais seulement pour vous la délivrer.

— Une bonne étoile m'accompagne, monsieur Faillard.

— Ne la sollicitez pas trop. Je l'ai dit. Une fois, c'est la chance du débutant. Bon, revenons à cette missive. Votre père répond à celle que vous lui avez envoyée. Le pli est passé par moi, car il craignait les espions de La Reynie. Le pauvre homme ne pouvait savoir que vous aviez pactisé avec lui. Je crois qu'il en rira ! Enfin, je l'espère. Mais par quel moyen avez-vous retourné cet homme inflexible ?

— Nous sommes alliés. Du moins, je le crois... Mettons ce revirement sur le compte de ma bonne étoile.

— À Paris, c'est un solide bouclier, certes, mais n'oubliez point de surveiller vos arrières. Il est rusé et redoutable. Encore un mot : pour communiquer, nous utilisons, votre père et moi, des coursiers que ses espions ne connaissent pas. Si vous voulez lui répondre, adressez-vous à moi.

— Comment vous trouverai-je ?

Il lissa ses moustaches en souriant :

— Vous l'avez constaté, je ne suis jamais loin. Nous aurons donc d'autres occasions de nous croiser… Quel est votre programme ?

— Je resterai avec François de Saint Val. Et ne veillez pas dehors, ce n'est pas nécessaire.

— M'en pensez-vous capable ?

— Je passerai la nuit chez lui, ajoutai-je sans relever son air offusqué.

Il toussa avant de reprendre :

— Espiègle et sauvage… Ce cœur est-il soumis ?

— Conquis serait plus juste. Et vous, où irez-vous ?

— Comment vous surprendre si je vous le dis ! Maintenant, laissez-moi aller… Je veux encore rester ici quelques instants.

— Pourquoi ?

— Je suis d'un naturel méfiant, fit-il mystérieusement. Moi, je n'ai pas signé de contrat avec monsieur de La Reynie.

Je l'interrogeai du regard. Il esquiva ma question :

— Filez ! Vous avez mieux à faire. Si j'ai des nouvelles, je vous trouverai. Voici la lettre de votre père. Brûlez-la après l'avoir lue. Bonne nuit, madame.

Et Faillard s'effaça à son tour.

Jean-Baptiste discutait avec François. Il parlait de son exploit et tenait en main un sifflet.

— Habilement négocié auprès du subalterne du lieutenant de police, se félicita-t-il. Cela peut servir… Bon, que faisons-nous ?

— Toi, tu rentres chez la marquise de Sévigné.

— Votre père se plaindra, gronda-t-il, soudain déçu de ne plus pouvoir fanfaronner dans la troupe.

— Le carrosse, m'as-tu dit, se trouve en bas de la rue Mouffetard ?

— Enfin ! Vous n'allez pas me laisser seul après les événements de cette nuit ?

— Jean-Baptiste, n'as-tu pas un sifflet ? Bonne nuit. Demain matin, je rentrerai à l'hôtel Carnavalet.

Je l'embrassai sur le front et sur la joue et je dis adieu à sa mine renfrognée. Puis, je pris François par la main et nous partîmes en courant chez lui, refusant d'entendre les jérémiades de Bonnefoix qui menaçait le fantôme de lui faire goûter son ortie si, par malheur, celui-ci se manifestait.

De cette nuit qui fut merveilleuse, et où nous nous aimâmes à corps perdus, je raconterai ceci : l'eau du bain que nous prîmes à deux était douce et chaude. Quant au reste, il n'appartient qu'à nous.

Mais la lettre de mon père, qu'en était-il ?

Il donnait peu de nouvelles sur lui, préférant répondre aux questions que je lui avais posées cinq jours plus tôt sur l'Affaire des Poisons. C'était si proche et déjà si lointain. Quand je lui avais écrit, j'arrivais à Paris. Je cherchais à comprendre le fonctionnement de la cour royale et madame de Sévigné m'avait longuement parlé d'un Versailles gagné par la cause des dévots. Le roi changeait, l'intolérance progressait. Et selon elle, cette transformation ne datait pas de l'installation de la cour dans ce palais. Le drame se consumait depuis les révélations, d'autant plus terribles qu'elles étaient parfois fausses, de sorciers et de chimistes diaboliques sur les pratiques de l'entourage de Louis le Quatorzième. Et je demandais à mon père s'il partageait le point de vue de notre marquise : en établissant un lien entre la montée de l'intolérance et le procès des poisons, pouvait-on alors imaginer que ces terribles accusations aient pu être fomentées, voire inventées dans le cas de Montespan, pour servir les intérêts du parti liberticide ? En somme, cette affaire, aux conséquences terribles pour le droit des hommes à croire selon leurs convictions, s'expliquait-elle par une *cause cachée* autre que la sorcellerie – une voie sur laquelle La Reynie reconnaissait lui-même qu'il s'était trop vivement précipité ?

Désormais, ces questions apparaissaient secondaires. Le nouveau sujet était les crimes du fantôme. Et aussi rapide que fût la réponse de mon père, je ne pensais pas qu'elle me permette de comprendre si un complot religieux était à l'origine de la nouvelle affaire qui secouait Versailles. Pourtant, l'opinion du comte de Saint Albert ne pouvait mieux tomber, car ce qu'il m'écrivait éclairait étrangement les deux événements et laissait penser qu'ils pouvaient être liés par une même *cause cachée*.

Cette lettre, malgré les recommandations de prudence, par sentiment et fidélité filiale, je ne la détruisis pas. Je l'ai aujourd'hui ressortie d'un coffre en bois où je cache d'autres trésors. Et je la livre ici sans en avoir rien ôté.

« *Ma très chère Hélène,*

« *J'ai reçu ce matin tes premiers mots de Paris et mon cœur se réchauffe. Tu es arrivée. Tu es là où tu voulais aller, et j'espère le plus grand bonheur pour toi. Mais, en te lisant, je te sens déjà préoccupée par de multiples questions. Tu t'interroges sur l'Affaire des Poisons. Tu demandes quelle en serait la cause cachée ? Voilà des sujets qui ne sont pas sans danger. Prends garde à toi, Hélène. Tu touches un domaine réservé du roi. Si tu t'aventures sur les traces de ton père, tu en connais le prix. Aussi, je t'en conjure, ménage tes critiques. Et lis attentivement ce qui suit.*

« *Cette lettre, je la confie à un cher ami dont je tais le nom par prudence, mais que tu connais bien. Il te la portera chez la marquise de Sévigné. S'il ne se présente pas, ne t'inquiète pas : c'est que tout va bien. Je le charge de cette mission, car je crains que nous soyons lus par un espion du roi, ce qui n'arrangerait pas nos affaires. Dans un autre pli, je te donne des nouvelles sans danger pour nous. Elles sont bonnes. Je vais bien. Berthe se lamente. Saint Albert hivernera bientôt. Et nous attendons ton retour. Mais puisque je parle de tout cela par ailleurs, venons-en à tes questions auxquelles je vais tenter de répondre sans savoir pourquoi tu les poses et si elles ont un rapport avec ta quête.*

« Faut-il dater le surcroît d'intolérance de l'Affaire des Poisons ? Si j'y réfléchis, il y a bien une vie avant et après. Pour le moment, ne cherchons pas à établir un lien de cause à effet. Contentons-nous de lire les faits : c'est après l'Affaire des Poisons que la Paix de l'Église a pris fin.

« Je n'en conclus rien. Mais depuis, les protestants et les jansénistes, pour ne parler que d'eux, font l'objet de persécutions. Les enfants des huguenots sont arrachés à leurs parents et élevés selon les principes de Rome. On interdit aux protestants d'exercer les métiers d'huissier, de notaire, de procureur, de sergent. S'ils s'exilent, leurs biens sont confisqués et les repris sont menés aux galères. Leur liberté, ils ne la trouvent que dans leurs temples, mais on les détruit et, dans ceux qui restent, il faut garder une place pour les catholiques qui se comportent en espions. Hélas, la paix de l'Église a pris fin tout autant pour les jansénistes. Port-Royal est assailli. Ses partisans sont bannis. Pour moi, ils sont pareillement condamnés.

« En 1669, le roi fit frapper une médaille sur laquelle était gravé Restituta ecclesia Gallicanae concordia. *Cette phrase glorifiait la concorde de l'Église de France. Mais, depuis l'Affaire des Poisons, ce n'est plus vrai. Et je ne crois pas que l'on puisse dater le début de la persécution de Port-Royal de la mort de sa puissante protectrice, la duchesse de Longueville. C'est trop court et cela n'explique pas seul l'entreprise de destruction de la Religion Prétendument Réformée dont les dragonnades de Louvois ne sont que l'élément visible.*

« Dès lors, j'en viens à ta deuxième question. Faut-il voir dans l'Affaire des Poisons un lien de cause à effet avec la montée de l'intolérance ?

« Ma chère Hélène, je ne sais pas ce que tu cherches, mais je te félicite. Car, vu sous cet angle, ce fait-divers prend des allures de coup d'État. Cela voudrait dire que l'on s'est servi de ce drame comme d'un levier politique. Alors, j'ai rassemblé mes idées et j'ai étudié les faits à l'aune de cette hypothèse. Et Dieu sait où elle me conduit ! C'est pourquoi, je t'en supplie, brûle cette lettre après l'avoir lue.

« Qui aurait intérêt à ce que l'intolérance s'installe ? Cherchons du côté des ennemis des protestants et des jansénistes. Un nom domine : les jésuites. Quelle est leur emprise sur le roi ? Ce sont ses directeurs de conscience. Pourquoi voudraient-ils l'influencer ? D'abord, voilà une question de pouvoir : ils ne veulent en rien le partager. Ensuite, ils luttent contre l'indépendance d'esprit de leurs opposants qui constituent autant de dangers pour l'autorité du roi et du Vatican. Je prendrai deux exemples. Les jansénistes croient à la prédestination des âmes ; chaque destin serait écrit par Dieu. « C'est la négation de la liberté chrétienne ! » hurlent les jésuites. Et surtout, pourrait-on leur répliquer, la fin du pouvoir du directeur de conscience qui, en confession, tempère ou aggrave son jugement selon les intérêts de son ordre...

« Parlons des protestants. Ils ne s'agenouillent pas à l'église. Ah ! le péché mortel. C'est qu'en ne s'inclinant point devant la représentation de Dieu ou de ses saints, ils menaceraient surtout l'autorité de ses représentants. Et qui intercède auprès de Dieu ? Le jésuite, puisqu'il est le confesseur. Lequel cherche donc à abattre les hérétiques de tous bords, présentés comme des fauteurs de désordre, parce qu'ils menacent son pouvoir.

« Maintenant, j'en viens à la question la plus délicate. Pourquoi le roi écouterait-il les défenseurs de l'intolérance ? Mille sermons, mille discours et mille confessions ont fini par faire leur chemin. Le roi se convainc peu à peu que sa mission est d'unifier la foi. Une loi, un roi et une foi. Car on le persuade qu'un grand roi doit mettre fin à la discorde. Et ce sera bientôt une autre façon de chanter la concorde, mais à une seule voix, comme le chantre, à l'église...

« L'Affaire des Poisons a-t-elle joué un rôle dans le changement d'attitude du souverain ? Eh bien, je finis, après réflexion, par le penser. Au fond, qui aurait-on voulu abattre ? Les défenseurs de la tolérance. A-t-on usé des faits pour influencer le roi ? C'est possible. Il suffit d'entendre les sermons du Grand Chapeau Louis Bourdaloue[1] *sur l'impureté*

---

1. Les Grands Chapeaux sont les jésuites.

pour imaginer combien un seul mot peut, à force de le répéter rudement, influencer l'âme la plus solide. Mais a-t-on manipulé les événements pour leur faire dire ce qui ne se serait pas produit ? C'est si grave que je n'ose y songer davantage, mais rien n'est impossible. Je n'oublie pas que Montespan a été la victime de ce drame, et Maintenon, alliée des jésuites, la bénéficiaire. Utiliser l'Affaire des Poisons pour influencer le jugement du roi ? Retiens donc cela. Puis, détruis ma lettre et n'utilise que ces mots : « Il faut voir au-delà des apparences. »

« Je te donne enfin ce dernier conseil. Tu dois entendre la marquise de Sévigné sur ce sujet. Elle a ma confiance et elle connaît les jansénistes pour en être proche. Demande-lui qu'elle t'éclaire sur ce que le roi et les jésuites gagneraient à une concorde qui se réduirait à la seule église romaine. Elle a sans doute d'autres idées que moi et elles te serviront sûrement.

« Je t'embrasse, ma chère fille. Prends soin de toi et écris-moi souvent,

« Ton père, Pierre de Montbellay, comte de Saint Albert, qui t'aime. »

Plus je relisais cette lettre, plus je me persuadais que les mêmes causes produisaient les mêmes effets. Avait-on pu, *primo* organiser l'Affaire du Fantôme pour, *secundo,* agir sur l'opinion du roi ?

Bien sûr, l'identité des morts me poussait vers cette audacieuse possibilité. Qui ne manquait pas de m'effrayer.

« Vois au-delà des apparences », me conseillait mon père. Quand le jour fut levé, après tant d'heures à cogiter, ruminer, songer et échafauder, le complot religieux me devint une évidence. Il n'y avait pas d'autre chemin à creuser. Et si Marinvaud ne se montrait jamais, et si le mort de la rue Mouffetard emportait ses secrets, cela ne suffisait point pour m'arrêter. J'avais eu raison de parler ainsi au roi. Je ne me trompais pas. J'étais même prête à bondir chez La Reynie pour lui faire part de ma thèse et lui assurer que cette intuition, née de l'esprit d'une femme, constituait la vérité. Oui, il fallait le convaincre de ne pas se résigner, de ne pas abandonner, parce qu'il y allait de la réhabilitation de mon père, du serment que le roi avait fait, de ce que j'avais juré d'obtenir auprès de lui. Pourtant, une dernière peur retenait ma fougue : si je me précipitais sans autre preuve chez le lieutenant de police, il se méfierait. « D'où vous vient cette certitude si franche ? » me demanderait-il à juste titre de sa voix nasillarde et perspicace. « Auriez-vous eu connaissance de faits nouveaux ? » Or il n'était en rien question de lui parler de la lettre de Saint Albert.

J'en étais là de mes réflexions, hésitations et supputations lorsque, au cœur de notre doux refuge, François bougea. En le regardant dormir, mon tourment s'adoucit. Il me fallait encore attendre et garder ces idées au fond de mon âme. Peu après, alors que je me glissais avec précaution hors du lit afin de ne pas le réveiller, je me souvins qu'il me restait un petit espoir auquel je devais m'accrocher. Le marquis de Penhoët était à Versailles, et son art du jeu pouvait faire des miracles. Un courtisan lui parlerait-il ?

Je m'habillai alors en silence. À travers les planches disjointes du volet, je vis que s'annonçait un jour où le soleil acceptait de nous câliner tendrement. Ses rayons perçaient déjà un air pur, délaissé par un vent paresseux. Comme mon père l'avait conseillé, je devais également prendre le temps d'entendre la marquise de Sévigné. Sur les jansénistes de Port-Royal, elle n'avait forcément pas tout dit. Et si un complot menaçait ses amis, une femme aussi bien avertie avait forcément des nouvelles à m'apprendre.

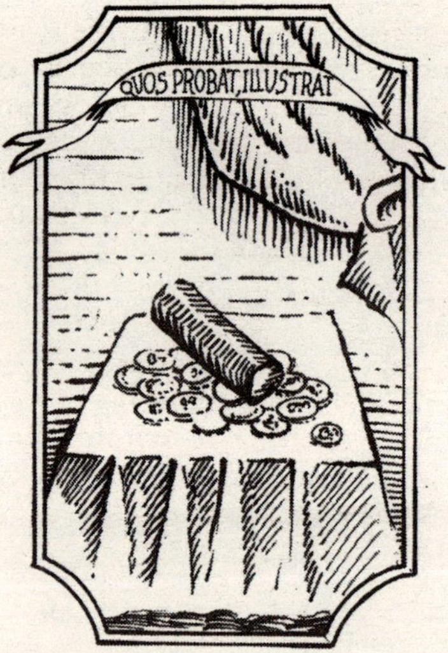

EN LES ÉPROUVANT ELLE LEUR DONNE DU PRIX

XV. L'épreuve et le prix de la vérité.

« Au moins, jusqu'à revoir La Reynie », avais-je supplié François. « Donne-moi encore un peu de ce temps pour sauver l'honneur de mon père. » Que pesait un jour ? Il n'avait su dire non, mais ses yeux si doux et si verts se posaient sur les miens et m'interrogeaient. Plus tard, qu'adviendrait-il ? À regret, il m'avait laissé partir. Et avant midi, j'arrivais chez la marquise de Sévigné.

Jean-Baptiste trônait dans la cuisine, et la scène qui s'y déroulait se voyait dédiée à son courage. Sébastien et une jeune chambrière, les joues rougies par l'émotion, ne lâchaient pas l'orateur qui, alors que j'hésitais à entrer, expliquait combien il trouvait maintes similitudes entre les forbans de la veille et les cruels Cyclopes dont le magnifique Ulysse s'était défait par la ruse. À en croire notre valeureux Bonnefoix, plus habile au repli sous les porches qu'aux duels avec botte secrète, son action relevait ni plus ni moins de l'Odyssée. Sa rodomontade cocasse et sympathique m'amusait.

— La mienne, de ruse, consista à me servir d'un sifflet. Homère lui-même n'y aurait pas songé, assurait-il en ajoutant, roucoulant et pinçant la joue de la soubrette : cette jolie tête de friponne connaît-elle les aventures du formidable héros ?

La servante s'excusa de son ignorance.

— Sébastien ! rugit Bonnefoix, trouvez-nous encore un peu de ce bon vin. Et vous, mon petit, posez ces draps qui encombrent vos bras. Venez vous asseoir. Non, là, à côté de moi.

C'était un vrai triomphe et si Jean-Baptiste entreprenait le récit du pays des Lotophages et de l'île de Circé, chers à Homère, la journée n'y suffirait pas. Il me parut donc sage et prudent de me retirer.

La marquise de Sévigné travaillait dans son bureau. La porte était ouverte, mais elle ne m'entendit pas venir. Et je pris quelques instants à l'observer depuis le seuil de la pièce. Elle écrivait vite, sans chercher ses mots, un sourire installé sur ses lèvres. Ce qu'elle racontait l'amusait-elle ?

Je finis par frapper doucement au chambranle. Elle sursauta, se retourna et, en me reconnaissant, se leva d'un bond pour se jeter à mon cou.

— Hélène ! J'ai eu si peur. Et tu toques à ma porte, dit-elle en éclatant de rire. L'étiquette exige que l'on gratte !

— J'ignorais ce détail que je n'aurai pas besoin de retenir, car je ne compte pas demeurer longtemps à la cour.

— Renoncerais-tu ? fit-elle en devenant soudain grave.

— Pas encore. Mais il me reste peu de choses à explorer... et je ne suis pas loin d'échouer.

— Les échos qui me parviennent de Versailles me disent au contraire que tu as fort réussi ton entrée.

— Sans doute pour mieux se moquer de ma sortie !

Elle me prit par les mains et se dirigea vers son bureau :

— Je n'aime pas ces remarques sombres. N'es-tu pas heureuse d'avoir trouvé l'amour ?

— Cette nuit, commençai-je...

— J'ai vu Jean-Baptiste à son retour, me coupa-t-elle. Tu étais sauve, c'est l'essentiel, car le reste t'appartient. Parle, si tu en as envie, sinon, je ne désire rien entendre.

— Je l'aime, comprenez-vous ? J'aime François de Saint Val.

— Parfait... Allons ! Viens t'asseoir ici, nous discuterons à mon bureau. Je veux savoir si Jean-Baptiste Bonnefoix n'invente rien. Quel chamboulement ! Il affole la maisonnée, parle de coupe-jarrets, d'un rendez-vous avec un fantôme et d'un sifflet au pouvoir vertigineux. C'est si... renversant que je pourrais en faire une lettre sur les nuits sombres de Paris.

Elle se mordit les lèvres. Non, bien sûr, elle ne relaterait rien, si je ne lui en donnais pas l'autorisation.

— La vérité, la voici, fis-je d'une voix sombre. Le pauvre homme qui pouvait m'expliquer qui se cache derrière ce mystérieux fantôme est mort.

— En quoi cela te concerne-t-il ? murmura-t-elle.

— Hier, je ne vous ai rien dit. À présent, je vais le faire.

La marquise ferma son encrier.

— Nous prendrons tout notre temps.

— J'ajoute que j'ai besoin de votre aide. C'est ainsi qu'il faudra m'entendre.

— Tu ne peux savoir combien je m'en réjouis…

Je n'eus pas besoin de raconter en détail comment j'avais affirmé au roi que, derrière les deux meurtres de Versailles, pouvait se cacher un complot religieux. Déjà, elle savait tout, m'apportant une nouvelle preuve de la qualité de son réseau d'informateurs. Et bien sûr, elle s'inquiétait pour moi. Elle, gracieuse et si céleste, portait ce jour-là une robe noire, sans atours ni broderies. Ses cheveux, sagement attachés, ajoutaient au sérieux de ces instants. Je l'avais surprise dans son intimité, telle qu'elle vivait ses longues journées de solitude, penchée sur sa table d'écriture. Mais l'examen que j'entrepris n'échappa pas à cet esprit perspicace.

— Tu me trouves comme je suis, sourit-elle gentiment, et ce n'est pas l'impression que laissent mes lettres. On les juge légères et amusantes. Mais le cœur de celle qui les écrit est plus lourd qu'on ne le racontera jamais.

La pièce était hantée de petits souvenirs où se mêlaient pêle-mêle les portraits de sa fille et ceux de son défunt mari dont les traits avaient été saisis à tous les instants de la vie. Un seul des tableaux les montrait réunis et c'était probablement une scène peinte un après-midi d'été, devant ce château de Bretagne où elle ne se rendait guère. Là, posée sur une chaise, était-ce la robe de baptême de sa fille ? À côté de moi, une édition ancienne des Évangiles et des Actes était ouverte sur la première lettre aux Corinthiens. Une encre noire en avait souligné quelques lignes : *Je vous demande, frères, par le nom de notre Seigneur Jésus-Christ, de dire tous la même chose, de ne pas nous diviser et de faire un tout. Une même intelligence et un même point de vue...* Sur la lettre qu'écrivait la marquise de Sévigné, ces mêmes mots étaient reportés : *Un même point de vue. N'est-ce pas ce que nous devons craindre ?* Je détournai les yeux.

— J'ai également entendu dire que ton rapprochement avec La Reynie n'était pas de façade, murmura-t-elle.

Pourquoi cacher ce qu'elle savait déjà ? Le feu crépita. Le vent souleva la cendre qui vint mourir sur le parquet. J'acquiesçai en silence.

Un incroyable amoncellement de livres et de lettres encombrait son bureau. On en retrouvait même sur les fauteuils qui meublaient son domaine. Une bergère, située au plus près de la cheminée rougeoyante, était occupée par un chat tigré qui défendait sa place en feignant un profond sommeil. Mais la trace de ses égratignures, que l'on retrouvait tant sur les coussins tendus de velours vert et rose que sur les couvertures des livres, prouvait qu'il tenait à son royaume. Et le défendrait chèrement. Il bâilla et s'étira, découvrant des griffes acérées qu'il planta dans le tissu en me regardant froidement. La marquise ne le sermonna pas. Ses pensées allaient ailleurs.

— Ainsi, on ne me mentait pas. Tu es terriblement engagée...

Le chat ouvrit un œil. Ces humains bavards dérangeaient Sa Seigneurie. Il sauta lestement à terre, trouvant un refuge sur le bureau, à l'exact endroit où un rayon de soleil caressait la cire lustrée. Il entreprit sa toilette, allongé sur les papiers, agissant poliment et n'ajoutant rien à ce savant désordre.

— Un complot religieux, répéta-t-elle. Tes accusations sont lourdes.

— Le soir de mon arrivée, nous avons longuement discuté. Et je me souviens de vos craintes à propos de grands bouleversements. Songiez-vous à vos amis de Port-Royal ?

La marquise de Sévigné se tendit. On parlait des jansénistes et le sujet lui tenait à cœur.

— Tu as tout retenu, fit-elle vivement. L'excès de chocolat et tes questions insistantes m'ont poussée à te confier plus de choses qu'il n'en faut.

— Mieux que quiconque vous connaissez les jansénistes de Port-Royal. Or, un des leurs a été tué. Villorgieux. Vous le savez, et je suis certaine que vous y avez réfléchi. Il se pourrait même que vous en ayez parlé avec d'autres, sans doute aux jansénistes, vos amis les plus proches. Que pensent-ils ? Je vous en supplie. Dites-moi si je m'égare en imaginant qu'il pourrait exister un lien entre ce crime et leur croyance.

Elle hésita encore. Ses yeux allaient du bureau à moi. Soudain, elle se décida à accepter l'épreuve de la vérité.

— Pourquoi te le cacher ? Je parlais justement de ce sujet à un monsieur de Port-Royal, dit-elle en montrant la lettre qu'elle rédigeait au moment où j'entrais. Ne me demande pas son nom. Entre nous, et depuis quelque temps, nous avons pris l'habitude d'écrire secrètement.

— Que craignez-vous ?

Elle sourit faiblement :

— Un complot... Car tu as sans doute vu juste, Hélène. On cherche à nous imposer *un même point de vue.*

À ma grande surprise, j'appris que les jansénistes de Port-Royal utilisaient les pratiques des organisations clandestines pour se tenir informés. Les courriers étaient codés, les noms aussi. Colbert s'appelait Nord, pour sa froideur. Quanto, je l'ai écrit, désignait madame de Montespan. Ces méthodes ne relevaient pas d'un jeu, mais de la prudence élémentaire, voire de la protection. Les jansénistes avaient peur. Et ils avaient raison.

La publication en 1641 de *L'Augustinius* par l'évêque d'Ypres, monseigneur Cornelius Jansen, plus connu sous le nom de Jansénius, avait provoqué l'hostilité farouche et redoutable des jésuites. Qu'y avait-il de si terrible pour que la guerre soit ouverte ? La réponse tenait en une phrase : l'idée nouvelle de la Grâce souveraine de Dieu. On en revenait au principe de la prédestination. Quand un pécheur était sauvé, l'autre ne l'était pas. Et c'était le choix de Dieu, repentance ou non. Cette ligne affaiblissait d'emblée le rôle du directeur de conscience, comme mon père m'en avait entretenue. Mais selon la marquise de Sévigné, le débat allait beaucoup plus loin que la question du simple pouvoir des casuistes, ces spécialistes des cas de conscience dont le siège était tenu sans partage par les jésuites. Non, le vrai sujet tenait au rôle du roi. Donc à celui de Louis XIV.

En plaçant la Grâce de Dieu au-dessus de tout, on comprenait que tous Ses enfants siégeaient au même rang. Le roi ne tenait donc plus une place particulière, ce qui était contraire à l'idée qu'il se situait au centre et au-dessus de tout. Ensuite, si chaque cas faisait l'objet d'un traitement particulier, c'est qu'il fallait croire dans le salut individuel. Les conséquences politiques de cette nouvelle géométrie de la foi se révélaient considérables. Le jansénisme mettait fin à l'idée du salut collectif, fondement d'une monarchie qui se reconnaissait dans un roi, représentant de tous. D'une certaine façon, cela signifiait la mort de Versailles, de sa conception, de ses jardins, mais encore de la cour rassemblée autour du Roi-Soleil, et aussi de l'étiquette, et même de l'État, du moins tel qu'il avait été conçu.

À cette raison de fond, s'ajoutaient d'autres faits que la marquise considérait comme secondaires. Des « prétextes » disait-elle, pour nuire aux jansénistes. Des accusations visant à briser l'incroyable succès de Port-Royal qui essaimait ses idées dans les provinces de France et dans les ordres ecclésiastiques, séduisant de grands esprits, tels que Pascal et Racine. Ou bien encore, madame de Sévigné elle-même…

En constatant les ravages de la propagation de cette pensée nouvelle, le clan théologique des jésuites, aidé par les *bonnets carrés* de la Sorbonne, se mit au service du pouvoir de Louis XIV qu'un tel salut individuel mettait à mal. Les jésuites y gagnaient puisque leur pouvoir était *aussi* en danger. Et l'on soutint que la théorie sur la Grâce divine et la Grandeur de Dieu avait des liens avec le calvinisme. On y ajouta ces manies de culte intériorisé et la défense de la misère de l'homme pour se persuader que les jansénistes étaient ni plus ni moins les alliés des protestants. Ce qui fut assez pour qu'on leur réserve la même intolérance.

— Pourtant, s'insurgeait la marquise de Sévigné, nous nous opposons aux protestants. Nous vénérons la Vierge Marie et j'invite les âmes critiques à se rendre à la chapelle de Port-Royal pour y constater l'adoration perpétuelle de l'Hostie !

Mais ces arguments vrais ne suffirent pas pour que les jésuites ne s'acharnent plus à voir dans la prédestination une hérésie de la désespérance mettant fin au libre arbitre du confesseur. Condamner ou pardonner ? Les casuistes perdaient gros puisqu'ils ne servaient plus à rien...

— L'espérance portée par le jansénisme était forte, le combat de nos ennemis perdu. Alors, soupira la marquise, on préféra ordonner la destruction de nos idées par la force.

On se tourna d'abord contre le duc de Liancourt à qui l'on refusa l'absolution tant qu'il ne retirerait pas sa fille de Port-Royal. Mais comme les mesures individuelles ne ralentissaient pas l'adhésion d'un nombre croissant d'esprits aux thèses jansénistes, on institua la peur. Hardouin de Péréfixe, l'archevêque de Paris, s'en chargea le 26 août 1664.

— C'était l'ancien précepteur de Louis XIV, précisa la marquise. Et n'oublie pas cela, Hélène. Tu comprendras mieux l'évolution du roi et ce qui nous menace.

Pour effrayer Port-Royal, Hardouin de Péréfixe n'avait pas hésité à investir les lieux même du couvent, accompagné du lieutenant civil, du guet, du prévôt, de deux cents archers armés de mousquets. Menaçant Madeleine de Saint-Agnès de Ligny, l'abbesse de Port-Royal, il réunit alors les présentes et les traita de noms d'oiseau.

— Petites sottes ! Ignorantes ! Pimbêches ! Peut-on croire cela ? s'offusquait la marquise de Sévigné. Vois-tu, Hélène, après ce sermon peu charitable, l'archevêque fit avancer un carrosse-prison où douze religieuses furent embarquées. Les jésuites et le roi voulaient museler les jansénistes.

Mais la graine était plantée. Bientôt les évêques d'Angers, de Chalon, d'Alet et de Pamiers rejoignirent la cause de Port-Royal.

— Arnauld, Vialet, Caulet, Papillon ! s'emportait la marquise. Des princes de l'Église applaudissaient Jansénius. Si bien que le roi dut mettre de l'eau dans son vin. Et ce fut la paix de l'Église. Pendant dix ans, et jusqu'en 1679, il y eut dans le Royaume de France comme un grand soulagement. Et nous connûmes alors le sens du mot liberté. Oh ! Bien sûr, les uns et les autres ne partageaient pas la même opinion, mais c'était aussi notre force. Entendre les sermons de Bourdaloue ou les critiques de Molière ? Au moins, nous avions le choix et jamais la cour ne fut plus agréable. Ses plaisirs, ordonnés par la marquise de Montespan, valaient ceux de l'île enchantée et, en ce temps, le roi se plaisait à recevoir le janséniste Antoine Arnauld qui, quelques années plus tôt, avait pourtant été obligé de se cacher pour avoir publié *La Fréquente Communion*. Oui, ma chère Hélène, ce fut une belle époque, quand régnait la sultane du roi et la plus libre des femmes.

Elle plongea dans ses souvenirs et ceux-ci la touchaient douloureusement. Le chat tigré en vint-il à s'attendrir ? Il quitta sa place sur le bureau pour venir se nicher sur les genoux de la marquise. Il ronronnait, les yeux mi-clos perdus dans la cheminée.

— Pourquoi la paix de l'Église s'est-elle achevée ? demandai-je.

— En vérité, le prestige de Port-Royal était trop grand, soupira-t-elle en caressant le poil du matou. Notre bibliothèque se chargeait d'œuvres admirables, les meilleurs penseurs nous rejoignaient. Et notre erreur fut de devenir une sorte de parti, concurrent de celui des jésuites. Dès lors, il fallait nous éliminer. Le 18 novembre 1679, le roi disgracia monsieur de Pomponne alors qu'il était au gouvernement. Sa faute ? Aimer le jansénisme. Depuis, Port-Royal se trouve en sursis. Et il viendra le jour où ses moniales seront bannies[1]. Oui, le vent de la liberté ne souffle plus. Mais je ne suis pas de ceux qui accusent les jésuites de tous les maux. Pour moi, et bien que j'admire et apprécie le roi, il est aussi responsable. Et d'autres que moi le pensent aussi.

Au fond, la liberté semblait menacée parce que Louis XIV ne supportait pas d'autre religion que la sienne. Mais avait-on une idée claire de ce en quoi il croyait ? Cette fois, la marquise hésitait.

Elle leva un bras, cessant un instant de s'intéresser au chat. Celui-ci, sans hésiter, l'abandonna pour venir se frotter à mes pieds. Le front de la marquise s'enrichit d'une petite marque d'agacement :

— Tous s'accordent pour dire que sa religion n'est pas celle du Vatican puisque le roi s'oppose au pape. Après, il s'agirait d'une foi sur mesure que certains appellent la passion gallicane. C'est une nouvelle église, de cela je suis sûre, où la primauté sur tout est celle du souverain.

Comme preuve, on trouvait l'extension du droit de régale à tout le Royaume, loi imposée au Vatican, et à Innocent XI, qui permettait à Sa Majesté de percevoir les revenus des évêchés quand ceux-ci devenaient vacants.

— Mais l'extension du pouvoir de Louis XIV sur le domaine spirituel va bien au-delà. L'Assemblée du clergé a rédigé l'an passé les Quatre Articles qui confèrent au roi de France un pouvoir extraordinaire. Sans tomber dans la leçon théologique, retiens, ma chère Hélène, que selon ce texte rédigé par Bossuet en personne, le roi n'est soumis dans les choses temporelles à aucune puissance spirituelle. Si le même texte reconnaît la plénitude du pouvoir du Saint-Siège sur les questions spirituelles, il est dit par ailleurs que le pouvoir pontifical est limité en France et que le jugement du pape n'est pas irréprochable[2]. Qui peut désormais s'opposer au roi puisqu'il est aussi le chef de l'Église de France et le représentant de Dieu ?

---

1. Le 29 octobre 1709, le roi ordonnera la destruction de Port-Royal et la dispersion des religieuses.
2. L'infaillibilité *universelle* pontificale ne fut proclamée qu'en 1870.

Elle jeta un œil de dépit vers le tigré qui désormais accordait toute son attention à une étrangère, ignorant superbement sa mère nourricière :

— Le roi est comme ce petit fauve que j'adore et qui me le rend peu. Il ne respecte que sa loi. Maintenant, rapproche cette position de la persécution des jansénistes et des protestants et tu comprends mieux le projet de Louis XIV. Il veut unir l'Église, mais autour de lui. Il veut, comme à Versailles, que *tout* tourne et revienne à *lui*. Et, d'une certaine façon, ce palais ne peut aller sans l'idée de l'absolutisme, y compris dans le domaine religieux. Le roi, comme le soleil, siège au centre. Il est donc le cœur d'un univers qu'il n'entend aucunement partager. Voilà pourquoi il n'acceptera aucune *hérésie.* Oui, il y a bien un complot avec pour sujet la religion. Et si j'ignore encore le rôle joué par un janséniste et un oratorien, tous deux ennemis des jésuites, je crains que ce ne soit comme la mèche qu'on allume pour que parle la poudre... Qui gagnera ? Les jésuites forcément. Et pourquoi ? Parce qu'ils sont les confesseurs du roi. Qu'il les entend chaque semaine. Qu'il est assommé par leurs sermons. Et tu comprends enfin comment cette affaire, ou ce complot, tournera un jour à leur avantage. Quand le roi aura mis fin à tout ce qui n'est pas de lui et quand la religion de la France sera celle de Louis XIV, il restera le confesseur qui, en s'appuyant sur le libre arbitre, dictera le Bien au roi. Ainsi, ce que notre Royaume a gagné en liberté en s'affranchissant du Vatican sera perdu par l'action de la Compagnie de Jésus qui continuera à dicter la conscience de Sa Majesté tout en rendant compte au Saint-Siège.

La marquise soupira sans perdre de vue le royal félin :

— Le pape a tort de s'inquiéter pour cette exception gallicane. Tant que les jésuites seront au chevet de l'âme du roi, le maître ne sera pas celui que l'on croit ou celui qui y pense. Enfin, j'ajouterai ceci : Louis XIV commet une erreur épouvantable car son système existe tant qu'il se tient au-dessus des conflits. Il a triomphé de la Fronde grâce au jeu des factions qui, en se guerroyant, se sont affaiblies. Le roi tient son pouvoir de ce rôle d'arbitre inscrit dans l'édit de Nantes. Mais s'il met fin aux différences, il tue la légitimité même de sa fonction. Hélas, je ne suis pas dans les confessions du roi. Ni pour les entendre. Ni pour le conseiller.

Je pris un temps pour réfléchir à ce que je venais d'apprendre. C'était à la fois convaincant et inquiétant. Pourtant, une chose me gênait. Si les jésuites étaient si puissants, pourquoi auraient-ils eu besoin d'organiser la mort de leurs opposants ?

Madame de Sévigné partageait mon avis :

— C'est pourquoi je ne sais comment relier ces morts au complot qui, lui, est bien réel.

— Ma théorie serait-elle fausse ?

— Elle est vraie sur le fond. Et peut-être fausse dans ce cas précis.

En prononçant ces paroles, elle semblait désolée et moi prête à m'effondrer. Les paroles de La Reynie me revenaient aussi. Fallait-il se rabattre sur la piste d'une affaire crapuleuse ayant trait à la Louisiane ? Je comprenais son découragement et mesurais combien je risquais de perdre tout mon crédit auprès du roi. Le visage de mon père m'apparut et, pour la première fois, je crus échouer.

— À moins que ? murmura la marquise d'une voix tendue.

Elle hésitait encore.

— Je vous en prie, madame, il faut épuiser tous nos espoirs.

— Tout à l'heure, je te parlais de ces morts comme d'une mèche qu'on avait allumée pour que parle la poudre. Oui, c'est peut-être cela, fit-elle en y réfléchissant encore. Afin que l'ultime combat s'engage, il faut un incident. Les guerres débutent souvent ainsi. Ces morts jouent ce rôle. Et c'est leur *cause cachée*…

— Il convient de voir au-delà des apparences, soufflai-je, gagnée par une excitation nouvelle. Mon père me l'a écrit. Il en parlait à propos de l'Affaire des Poisons. Or, que s'est-il passé après ? Une page a commencé à se tourner. Et le roi change d'attitude. Sa dévotion se fait plus grande, Montespan perd de son influence, et c'est la fin de la paix de l'Église. Peut-on relier les faits ?

— Cela ne fait à mon sens aucun doute. Tout le monde sait que l'Affaire des Poisons a profondément marqué Louis XIV. Ce fut même pour lui comme une révélation. On décida de mettre fin aux devineresses et aux sorciers, cette débauche dont parlait la Voisin à propos des femmes de condition, cette hérésie qui empoisonnait l'entourage du Roi-Soleil. Et cela passait par un changement dans sa propre vie. J'entends encore les orateurs lui répéter que pour éradiquer le mal, il importait de donner l'exemple.

— Voir au-delà des apparences, répétai-je en bougeant les pieds.

Le chat s'en trouva dérangé et s'enfuit en fouettant l'air de sa queue. Cette nouvelle trahison réjouit sa maîtresse.

— Eh bien ! lança-t-elle d'une voix joyeuse, tentons d'appliquer ce raisonnement dans l'affaire du fantôme pour voir s'il tient.

— Dans un cas comme dans l'autre, débutai-je, on montre du doigt l'hérésie. Jansénistes, protestants ou sorciers, pour certains, c'est tout comme. On cherche à convaincre le roi de mettre fin aux désordres théologiques, aux scissions, préludes aux schismes, aux frondes, aux guerres de religion. On reparle de l'Affaire des Poisons. Tolérance et débauche vont au même pas. Aujourd'hui, c'est la foi qui est empoisonnée. On revient sans cesse sur le sujet. Bourdaloue ne disait-il pas sèchement que le roi était au service de Dieu ? On le poursuit avec ces thèses, d'autant qu'on le sent prêt à bondir sur ce projet. Hier, c'était Montespan et l'adultère ; aujourd'hui, on lui assure qu'il est temps d'unifier l'Église, de rassembler tous les Chrétiens. C'est d'autant plus aisé que lui-même le veut. Il est l'instrument de Dieu, le roi-prêtre qui mettra fin à l'hérésie.

Madame de Sévigné abandonna sa bonne humeur :

— Mon Dieu ! Si je pense aux résultats obtenus, cela signifie que nous sommes très prêts de subir de nouvelles persécutions. Jansénistes, protestants, oratoriens, eudistes... partout, j'entends qu'on s'acharne sur ceux qui ne rentrent pas dans le rang. Ces morts seraient-ils comme le signal d'une nouvelle Saint-Barthélemy ?

— Oui, l'annonce d'une guerre fomentée par le même clan, les mêmes personnes que dans l'Affaire des Poisons, ajoutai-je. Voilà pourquoi la marquise de Montespan a tant fait pour que je me jette sur cette piste.

— Elle t'a aidée à convaincre le roi ?

— Elle seule pouvait le faire, car elle seule peut le séduire…

Madame de Sévigné pinça le nez :

— C'est de moins en moins vrai. Les conversations que le roi entretient avec madame de Maintenon sont, me dit-on avec insistance, de plus en plus fréquentes et de plus en plus longues. Et je la crois plus intéressée qu'elle ne le montre.

La marquise de Sévigné ne fut pas tendre avec l'alliée des dévots. La fraîcheur de ses traits fit même l'objet de multiples interrogations. Certes, le teint de cette femme plus âgée que le roi et que la favorite se trouvait toujours lisse. Mais glacé, ajouta la moraliste. Sa taille fut jugée ronde et ce regard, était-il vraiment vierge de toutes les fatigues amoureuses ? La marquise doutait des vertus de l'abstinence dont elle se targuait. Ce physique agréable, qu'elle reconnaissait – non sans mal –, en avait, croyait-elle, séduit plus d'un et elle niait la légende de la blanche colombe. Sévigné avait connu le vieux Scarron, mari de la Maintenon, un bossu scabreux et perclus d'infirmités. Et libidineux. Assez pour avoir transmis le goût de la licence à sa jeune épouse, consommée par la suite, et très discrètement, lors de liaisons passagères qui n'avaient marqué ni sa taille ni ses airs de vieille pucelle.

— Mais elle perdra vite sa prestance après avoir connu les effets des vertes saillies d'un souverain ardent, réclamant pas moins de trois ou quatre heures de conversation quotidienne à ses maîtresses. Oui, qu'elle se méfie de ces airs de madone. Il se pourrait que ses soupirs aient, un jour, de vraies raisons d'être.

Celle qu'elle appelait madame de *Maintenant* souffrait donc de tous les vices. Fausse, hypocrite, cachant son jeu, bientôt il ne resta pas grand-chose de son allure de bigote. L'esprit acéré de l'épistolière était en action :

— Les mauvais esprits la soupçonnent d'être tentée par les protestants. Mais c'est faux ! fit-elle en riant. Et quel amusement de la voir s'affoler à l'idée que le roi puisse en prendre ombrage... Cette rumeur tient au fait qu'elle est la petite-fille du poète Agrippa d'Aubigné, ami d'Henri IV, mais surtout faux noble et vrai protestant. Et je vois dans son acharnement à défendre la cause des dévots un moyen d'absoudre ce péché familial que l'on retrouve chez ses cousins huguenots. Ah ! Il lui faut aussi se défaire d'un frère mal élevé et joueur. Il perd, le bougre, et pour se redorer, sa sœur lui conseille de regarder de près les biens des émigrés. Puisqu'on les confisque, pourquoi se gêner ? Voilà pour la charité de la *Belle Indienne*, qu'on appelle ainsi car elle nous vient des îles. Sa mortification ? Hum ! Permets-moi d'en douter. Je la crois intéressée, calculatrice et décidée à séduire le roi. Et si, pour cela, elle doit se soumettre aux jésuites, elle le fera. Méfie-toi d'elle, Hélène. Dans cette affaire, elle pourrait être l'amie de tes ennemis...

Nous finîmes ainsi, hésitantes et inquiètes, bercées et unies par le doute et la langueur, effrayées aussi par ce que nous mettions à jour et les sombres perspectives que cela ouvrait. Qu'y avait-il de possible dans l'idée d'un complot lié à la religion ? Tout. Mais qu'y avait-il de vrai ? Des hypothèses... Alors, je n'avais rien à dire au roi !

Nous quittâmes le bureau de madame de Sévigné, cédant ce doux logis au chat tigré qui retrouva sa place près de la cheminée. Le jour avançait trop vite et je devais me préparer à une nouvelle soirée au château de Versailles. J'y retrouverais le marquis de Penhoët. Et qui sait ? La marquise avait décidé de reporter l'écriture de sa lettre. Puisqu'elle y exposait ses craintes concernant la liberté des jansénistes, il lui semblait soudainement possible que les événements prochains modifient le cours sans doute dramatique des choses. Un rebondissement ? Déjà, elle affûtait sa plume. Si l'affaire du fantôme avait un lien avec l'intolérance, elle devenait la sienne. Et si nous avions à découvrir, cette nuit, les dessous d'un complot religieux, elle voulait en être, en tant qu'épistolière et, surtout, en tant qu'amie des jansénistes.

— C'est décidé. Je t'accompagne à Versailles, lança-t-elle alors que je m'apprêtais à la quitter pour me rendre dans le petit appartement qu'elle avait mis à ma disposition au rez-de-chaussée de l'hôtel Carnavalet.

Et rien n'aurait pu la faire changer d'avis.

— J'ai trop délaissé la cour. Et je veux surtout voir et entendre le marquis de Penhoët, notre dernier espoir. Combien de temps nous reste-t-il, Hélène ?

Le jour avançait. Pensant la décourager, je répondis :

— Peut-être une heure.

Son visage se colora. Elle se tordit les mains, virevolta pour enfin revenir vers moi :

— Allons ! D'abord choisir nos apparats et enfiler notre plus belle armure... Et voilà la moitié du délai effacée. Puis, il restera la coiffure et le choix des bijoux. Mon Dieu ! C'est la guerre, Hélène ! lança-t-elle d'une voix joyeuse malgré l'anxiété qui ne nous avait pas quittées. Je t'en supplie, viens m'aider. Mon âge réclame plus d'attention que tu n'en as besoin.

Ce branle-bas de combat nous occupa assez pour que nos esprits oublient ce vers quoi nous avancions. On nous attendait à Versailles. Les vaines hésitations sur le choix des tenues que nous porterions passèrent provisoirement au premier rang. La marquise me fit cadeau d'une robe magnifique, bleu et or qui, affirmait-elle, retrouvait un avenir en se glissant sur moi. Elle fit encore appel à deux jeunes caméristes dont elle ralentissait la besogne en les gourmandant pour des détails futiles. Où était le joli ruban de soie qu'elle tenait absolument à se glisser autour du cou ? On s'affolait, on ouvrait les tiroirs, renversait les effets qui venaient ajouter au désordre et à la confusion. Je vins à ce moment à passer le nez chez elle.

— Tu es déjà prête ? s'étonna-t-elle. Dieu ! que tu es belle, Hélène, murmura-t-elle les cheveux encore défaits.

Puis se souvenant de ce maudit ruban :

— Ah ! je suis perdue, pleura-t-elle alors qu'elle marchait dessus.

— Oubliez cet artifice et passez plutôt ce beau collier. Les saphirs iront avec vos yeux. Et la couleur s'accorde avec le bleu de votre robe.

— Tu me sauves, Hélène.

Puis, houspillant la pauvre soubrette qui lui tendait ses chaussures :

— Et que fait donc notre perruquier que j'ai fait appeler ?

— Il est là ! chanta un baryton.

L'homme était aussi épais que sa voix était grave. Accompagné de deux auxiliaires, il s'avança pompeusement et salua la marquise :

— Combien de temps ? demanda-t-il.

— Vous venez de le consommer tout entier, gémit-elle au bord de l'évanouissement.

D'un mouvement de manche, il somma ses seconds d'avancer l'attirail dont le plus étonnant était un tabouret sur lequel il grimpa afin de se placer au-dessus de la marquise. Puis, il claqua des mains. Un apprenti ouvrit le coffre qu'il tirait en soufflant. Le maître tendit un doigt accusateur vers une perruque placée en évidence :

— Ça. Et rien d'autre !

Sans hésiter, le jeune aspirant se saisit de l'artifice blond vénitien. Le virtuose le posa seul, et d'un geste, sur la tête de la marquise.

— Et voilà ! jeta-t-il d'une voix incroyablement forte.

La marquise se tourna vers le miroir.

— Alors ? demanda le perruquier soudainement inquiet.

— Vous êtes un génie, monsieur, intervins-je en premier.

— En es-tu convaincue ? insista la marquise.

— Aussi certaine que deux et deux font quatre, ce maestro a réussi son œuvre. Et maintenant, partons-nous ?

— Tu n'essayes pas ta perruque ? s'inquiéta-t-elle.

Le maître en couvre-chef leva un bras fort court :

— Permettez ! Un peigne suffira...

Il remonta sur son tabouret et s'attaqua à ma chevelure. En moins de temps qu'il n'en faut pour le dire, il sauta à pieds joints sur le parquet :

— Et voilà ! hurla-t-il à nouveau.

Je me plaçai face au miroir. Mes cheveux étaient peignés, sobrement. Une mèche légère tombait sur mon front et mon cou était noblement dégagé.

— J'ai triché, glissa-t-il. Pour cacher ça !

De sa brosse, il leva une boucle placée sur mon oreille. Il montrait la blessure dont Faillard m'avait gratifiée.

— Qui a pu s'attaquer à un si beau profil ? rugit-il.

— Un ami, répondis-je en souriant. Merci. En route !

Le marquis de Penhoët m'attendait à Versailles. Qu'avait-il obtenu en se rapprochant des intimes de la vicomtesse de Lancquet, auteur involontaire d'une affaire qui devait la dépasser ? Le fouet du cocher claqua sur cette interrogation.

Pendant que nous allions à la cour du Roi-Soleil, la conversation se voulut légère. La marquise me posa d'innombrables questions sur François et j'y répondis volontiers. Nous parlions comme deux femmes. Le sujet était l'amour et les hommes et, pour un peu, nous aurions pu oublier que le monde se voulait cruel. Pour y échapper, quoi de plus simple ? soutenait-elle. J'avais un père merveilleux et je vivais au pays de Dieu. Eh quoi, insistait-elle, pourquoi cet air soucieux ? Demain, tout commencerait. Et il ne lui semblait pas impossible que le roi change d'avis. Volubile et charmante, c'était sa façon d'écarter les dangers ou, du moins, de se forcer à ne pas y croire. Je gardai pour moi les paroles de la devineresse qui avait prédit joies et peines, larmes et sourires. Cette bonne amie aurait éclaté de rire. Ce n'était pas en accord avec sa foi. Pourtant, je mourais d'envie de l'entendre encore sur la Grâce divine qui, elle-même, décidait du Destin de chacun. Le mien, s'il me conduisait vers le chagrin, pouvait-il être changé ? Je fis bien de ne pas la solliciter sur le sujet. Elle m'aurait répondu, sans savoir sur quoi je me fondais, que la prédestination constitue un fait inchangeable. Dans la tragédie de Racine, rien ne put empêcher Phèdre de rencontrer la Fatalité. Pour moi, qui aurait pu écarter la flamme noire qui, déjà, embrasait Versailles ?

L'apparition de la marquise de Sévigné fut vécue comme l'un des événements de la soirée. À peine nous présentions-nous en bas de l'Escalier des Ambassadeurs qu'une foule se pressa autour d'elle, la félicitant pour sa beauté. Elle affirma à tous qu'elle s'était décidée au dernier moment, cueillant ici et là deux ou trois babioles démodées. Évidemment, on ne la crut point. Elle se voulait si maîtresse d'elle et si éclatante dans sa robe d'apparat. Personne n'aurait pu deviner l'affolement qui avait présidé la décision fortuite de se rendre à Versailles. À n'en pas douter, sa visite était prévue de longue date et d'aucuns se prirent même à soutenir qu'ils étaient dans la confidence.

Dès la première marche, un courtisan se glissa à ses côtés :

— Vous vous faites si rare, susurra cet homme de vingt ans son aîné et bien décidé à s'attacher à sa personne.

— Vous ai-je donc tant manqué ? répondit-elle en plaçant un éventail devant ses yeux, cachant ainsi le dessin ombragé de ses pattes d'oie.

— Ah ! madame, ne put-il que soupirer.

— Et comment se porte votre épouse, vicomte ?

— Hélas, elle vieillit, répondit cet outrecuidant.

— Nous en prenons tous le chemin, mais les nôtres se séparent car vous vous égarez, fit-elle en faisant battre son chasse-mouches.

Elle me prit la main et s'engagea dans l'escalier, abandonnant sa proie à toutes sortes d'interrogations. Mais un autre audacieux sauta deux marches pour se joindre à nous :

— Madame, savez-vous que je vous ai fait porter dix mots le mois dernier ?

— Oui, je le sais. Hélas, je n'en lis plus...

— Vous n'y répondiez pas. Mais dois-je comprendre que vous m'en faites le reproche ? se prit-il à espérer.

— En effet, monsieur ! J'en réclame encore.

— C'est donc que vous y trouvez un intérêt ? murmura-t-il.

— Voyez-vous, je m'en sers pour m'endormir, tant vos écrits m'ennuient. Mais je vous en prie, faites m'en passer encore. J'en ferai l'usage qui me convient. Bonne nuit.

En arrivant à l'étage, elle se pencha à mon oreille :

— Les hommes sont plus fatigants que ce maudit escalier qui m'essouffle et fait monter le rouge à mes joues. Comment suis-je, Hélène ?

— Divine, répondis-je. Ne changez rien.

Son entrée dans le Salon de Vénus fut acclamée. D'un sourire affecté, elle supplia pour que cesse ce vacarme qu'elle jugeait déplacé. Mais je sentais qu'elle aimait et qu'elle profitait de cet état de grâce. Et je compris mieux cette attirance dont elle et mon père avaient été les victimes. On la forçait à parler, on attendait un mot d'esprit et bien sûr, elle fut remarquable. Brillante et piquante, comme à son habitude, elle étourdissait les courtisans amassés autour d'elle.

D'un geste, je lui fis comprendre que je partais sur les traces du marquis de Penhoët. Elle acquiesça en silence et se tourna vers ce gentilhomme qui la pressait de lui dire comment se portait son adorable fille dont l'absence chagrinait Versailles. Je l'abandonnai au milieu d'un soupir, jetant ici et là un regard pour ne pas avoir à croiser le chevalier de Saint Val.

« Banco ! ». On jouait dans le salon de Mercure. Et cette voix était celle du marquis de Penhoët : « Vingt mille écus ! » Un murmure figea le *Saint Sébastien* d'Annibal Carrache qui trônait au-dessus de la cheminée. Le marquis lui retourna son coup d'œil et j'étais sans doute la seule à savoir que ce petit signe amical s'adressait, en réalité, à la *Sainte Famille*, un tableau de Raphaël qu'on retirait de ce salon en hiver. Mais avait-on bien fait de l'ôter si tôt ? Le temps doux paressait à Versailles, si bien que les fenêtres étaient ouvertes et que l'on signalait à grand renfort de torches que la soirée de fête se poursuivait dans les jardins. Cette nuit, les embarcations du Grand Canal seraient mises à la disposition des courtisans. Et l'idée les excitait.

— Vingt mille écus ! Êtes-vous sûr, marquis ?

— C'est une nuit de chance, répondit à haute voix Penhoët.

Le jeu auquel il participait, celui du Hoca, ne faisait pas appel à l'esprit. Seule la fortune intervenait dans le destin du joueur. On tirait une boule sur laquelle s'inscrivait un chiffre de un à trente. C'était le bon, on gagnait. Maître Blois aurait pu m'expliquer que, mathématiquement, le marquis de Penhoët ne disposait que d'une chance sur trente, ce qui paraissait risqué. Et mortel pour son pécule, s'il échouait.

— Je suis ! fit un gentilhomme richement habillé. Quel chiffre choisissez-vous ?

— Le trente, répondit Penhoët sans hésiter.

Sa main ne trembla pas quand il tira une boule, ne quittant pas du regard celui qui le défiait. Et il ouvrit la main, indifférent à ce que le sort avait déterminé.

— Le trente ? demanda-t-il calmement.

Et c'était vrai.

Une salve d'applaudissements brisa les cris rageurs du vaincu.

— Est-ce bien le hasard ? fit enfin, mauvais, ce dernier.

— Ce n'est que cela, répondit Penhoët, agacé d'être ainsi soupçonné. Je vous l'ai dit : la chance est avec moi. Et elle le restera toute la nuit !

— Vous allez jouer encore ? s'émut une courtisane qui se soumettait au gagnant.

— Non, madame, j'ai d'autres projets.

— Quels sont-ils ? susurra-t-elle au beau marquis.

Il répondit assez fort pour que nous entendions tous :

— J'ai un rendez-vous qui pourrait éclaircir dès ce soir cette affaire de fantôme.

Ignorant les curieux qui le questionnaient, il se soucia de l'infortuné.

— Vous me devez vingt mille écus, asséna-t-il d'une voix froide.

Et ce fut la seule marque d'intérêt qu'il concéda au perdant. Alors, il se leva et m'aperçut. Son visage s'éclaira et son regard gris oublia la dureté. Il me prit par la main et s'éloigna des tables de jeux :

— Je suis si heureux de vous retrouver… Hélène, vous ai-je un peu manqué ?

— J'avais hâte de voir ces yeux que voici. J'ai tant de choses à leur apprendre.

— Et l'inverse est vrai.

— Je vous ai entendu. Un rendez-vous ? Mais quelle imprudence ! Toute la cour est désormais au courant…

Il fit un petit pas de côté et se mit à rire comme un jeune homme.

— Cela s'inscrit dans mon plan. Mais cette fois, pas d'aventure, notre ami La Reynie est au courant. Pour tout dire, nous agissons de concert.

— Expliquez-moi tout.

— Je n'ai pas le temps. La machine est lancée et, avec ce banco, la première manche vient de se jouer. Il fallait qu'on me voie et que l'on sache. C'est fait. Je dois y aller.

— Attendez ! Un mot, simplement…

Il prit en compte ma supplique :

— C'est très simple : La Reynie m'a dit pour la mort de notre fantôme. Mais je sais aussi que votre idée, ou plutôt celle de Bonnefoix, est de laisser entendre qu'il a parlé avant de mourir.

— Et ensuite ?

— Les mots de cet homme me guident vers un autre et j'ai rendez-vous avec lui.

— Qui est ce nouveau témoin ?

Il mit sa main devant ma bouche avec tendresse :

— Chut !

— Marquis ! S'il vous plaît…

— Je ne dirai que ceci. C'est un peu comme si j'allais retrouver un fantôme. Une ombre, une chimère… un souffle d'air… Et si je mets la main dessus… Par pitié, Hélène, rendez-moi ma liberté. Voulez-vous que nous réussissions ? Bien. Alors tendez l'oreille, surveillez vos arrières et dites-moi bonne chance.

— Si vous jouez la comédie, cela attire le mauvais œil.

Il leva les mains au ciel :

— Dans ce cas, je dirais qu'il s'agit de la fatalité.

— Attendez ! répétai-je. Faut-il que je m'inquiète ?

Il sourit, mais ses yeux gris-bleu retrouvèrent leur mélancolie :

— Acceptons ce vers quoi nous guide le destin. Le vôtre est de connaître le bonheur. Moi, que me reste-t-il à découvrir ? Regardez ! J'ai gagné vingt mille écus. C'est donc un jour de bonne fortune, n'est-ce pas ?

— Ne jouez pas avec, je vous en supplie.

Il me prit aux épaules et se porta contre moi.

— Il ne me manquait plus que le bonheur de savoir ce qu'éprouvait un père et vous me l'avez offert. À bientôt, Hélène.

Il m'embrassa avec chaleur et s'éloigna lentement, marquant de son allure digne l'essence même de son âme slave.

Je n'eus pas le temps de retrouver madame de Sévigné. À peine le marquis avait-il filé qu'un valet vint à moi :

— Hélène de Montbellay ? Vous êtes invitée à rejoindre le Grand Canal. Je vais vous y conduire.

Je pensai à La Reynie mais attendis d'être dans la Cour Royale pour demander d'autres détails. Un nom ?

— Madame de Montespan désire vous parler. Elle me charge de vous dire que ce rendez-vous est secret. Elle vous attend sur l'un des bateaux qui, ce soir, se trouvent à flot.

Nous descendîmes par l'allée centrale conduisant au parterre de Latone. Le valet, tout de blanc vêtu, avançait muni d'un flambeau mais celui-ci fut inutile. Les jardins étaient éclairés par une quantité infinie de torches qui donnaient aux décors une dimension irréelle. Au loin, j'entendais la musique d'un bal et les rires des courtisans, et, en redressant la tête, je crus voir un immense portique dont chaque colonne s'élançait, s'arrondissait et retombait tel un jet d'eau. Le valet surprit mon observation. Il crut bon de m'indiquer qu'il s'agissait du théâtre d'eau, siège d'un salon installé en plein air pour le plaisir de Monsieur, frère du roi, tant la saison se voulait douce. Philippe d'Orléans excellait dans l'art des cérémonies et j'en avais la preuve. Parfois, nous croisions des couples isolés qui s'échappaient de la fête et se dirigeaient vers un bosquet pour lutiner à leur aise. Baisers légers, caresses chapardées, plaintes murmurées se cueillaient dans l'ombre de jardins qui, soulagés des calculs et de l'ordonnancement du jour, profitaient des secrets de la nuit pour délivrer Éros.

Mais que me voulait la marquise de Montespan ?

Nous continuâmes notre chemin sur l'allée royale menant au grand bassin d'Apollon. Surgissant des flots, le dieu solaire poursuivait sa course éternelle, car, ce vendredi 6 novembre 1682, à Versailles, celle-ci ne prendrait pas fin. Du crépuscule à l'aube, le feu des fanaux guiderait sa route.

En parvenant à la tête du Grand Canal, je découvris un spectacle étourdissant. De grandes tables, recouvertes de nappes blanches, débordaient de nourriture et de carafes taillées dans un cristal limpide qui faisait scintiller les vins. De longues banquettes encadraient l'entrée du Canal. On s'y reposait, on y folâtrait. Surtout, on regardait les embarcations de toutes tailles qui allaient au fil de l'eau, poussées par la brise. Par un effet qui me sembla prodigieux, la lune s'était jointe aux candélabres pour accompagner ce ballet aquatique où se mêlaient cent cygnes majestueux. Les coques et les mâtures de ces bateaux se reflétaient dans l'onde paisible. Je voyais une galère sur laquelle était embarqué un orchestre. Plus loin, une frégate chargée de canons. Et de tous les côtés, se croisaient et se saluaient des yacks anglais, des chaloupes de Naples et même des caraques, ces bateaux à voile aux flancs élevés. Le magicien des lieux, inspiré auprès des dieux, avait conçu ces navires de telle sorte que leur taille soit en harmonie avec ce fleuve de l'intérieur aux proportions respectables. Si bien qu'ils se présentaient réduits en grandeur d'une bonne moitié, mais l'œil, dupé par la nuit, s'imaginait contempler l'Armada du plus grand roi du monde.

S'aidant de son flambeau, le valet envoya un signal en direction du Canal. Une ombre postée à l'avant d'un bateau répondit en agitant une flamme. Le valet salua sans un mot et partit. Un autre se présenta :

— La marquise de Montespan vient vous chercher.

Une coque longue et étroite, de couleur noire, au nez recourbé, accosta. Un homme habillé d'une étoffe brochée d'or et portant des bas de soie rouge la manœuvrait à l'aide d'une perche qu'il plongeait dans l'eau. Il cria en italien pour réclamer une place et l'on écarta un canot à fond plat, comme il en existe sur la Loire. Au milieu de l'embarcation, assise sur un siège couvert de velours rouge, je voyais la marquise de Montespan. Le marin m'aida à embarquer. Et quand je le remerciai, il dit ce mot, *Prego*, dont je ne compris pas le sens[1].

La marquise se poussa sur la droite et je m'assis à côté d'elle. Elle donna un ordre en italien. Le marin reprit sa perche et le bateau glissa sur l'onde. À bord, la lumière se voulait tamisée. Deux lanternes à huile étaient fixées sur les flancs du navire et nos visages se fondaient dans une douce pénombre. Le marin, situé à l'arrière, dit encore quelques mots dont je ne compris toujours point le sens. Montespan se tourna vers lui et montra l'extrémité du canal, là où il n'y avait personne. *Si*, fit le marin qui se tenait debout.

— C'est un gondolier ! fit-elle de sa voix claire. Il vient de la cité lacustre de Venise. Là-bas, m'a-t-on expliqué, il n'y a ni route ni chemin, et que de l'eau ! Que pensez-vous de la tenue de notre Argonaute[2]. Ah ! Soyez sincère, c'est moi qui l'ai décidée.

— Ce taffetas de soie me rappelle la *Commedia dell'Arte*, fis-je prudemment.

— Vous avez cent fois raison. Et c'est voulu, car il s'agit de vêtements de fête. Le linge est l'œuvre de nos couturières, les filles bleues de Versailles. Elles ne manquent pas

1. On pourrait traduire par : « Je vous en prie. »
2. Partis sur le navire Argo, les Argonautes conquirent la Toison d'or en Colchide sous les ordres de Jason.

de travail. Pensez qu'elles doivent coudre, broder, rapiécer, raccourcir, œuvrer pour plus de cinquante charpentiers, matelots et gondoliers qui vivent dans notre petite Venise[1], non loin du Grand Canal.

Elle glissa une main dans l'eau :

— Pas un bruit, pas une secousse. Cet art authentique se transmet de génération en génération. Dans leur pays, les gondoles, c'est ainsi qu'ils appellent ces bateaux, font office de carrosse. Bientôt, vous découvrirez combien la promenade est aimable. Excitante... Et peut-être, glissa-t-elle, aurons-nous la chance de voir passer le roi ?

La nuit ajoutait à l'illusion. Si je ne l'avais pas connue, j'aurais pu croire que cette femme n'avait pas plus de trente ans.

Elle ouvrit un petit placard situé face au siège dans lequel nous allions, confortablement calées. Elle sortit un flacon de vin et deux timbales en argent finement ciselées qu'elle servit elle-même et en silence. Puis elle m'en tendit une :

— Boirez-vous avec la femme la plus détestée de Versailles ?

— Je le fais volontiers, d'autant que vous mentez !

Elle sursauta et son visage se chiffonna :

— Mon Dieu ! Vous aussi, vous me croyez capable de ce péché.

— Non, madame, mais j'ai vu le roi et son regard ne peut tromper. Il ne vous hait point.

Je crus lui faire plaisir, mais son visage s'éteignit.

— Pour combien de temps ?

Ce murmure s'adressait à elle. Mais aussitôt, la belle Athénaïs se ressaisit :

— Pourquoi vous ai-je fait venir ? Vous vous interrogez, Hélène de Montbellay, lança-t-elle d'une voix légère. Eh bien ! Je m'inquiète pour ma protégée...

1. Surnom donné à l'ensemble des installations abritant, à Versailles, ce petit monde aquatique et marin.

Montespan voulait me faire parler et peut-être ne rien dire. Je ne devais pas tomber dans ce piège trop évident. Et mener la partie en reprenant le dessus.

— Je crains que vos raisons ne soient plus graves et plus personnelles, répondis-je avec aplomb.

Ne devais-je pas procéder ainsi pour découvrir ce qu'elle pensait à propos d'un complot cherchant à briser les hérésies qui entouraient le roi, dont elle, sa maîtresse ?

Elle posa la timbale sur l'accoudoir de son siège. Oui, je l'avais étonnée. Elle allait me questionner, mais la galère entrevue peu avant vint à passer à côté de nous. Sa taille était imposante et l'orchestre jouait une charge militaire. Nous avait-on vues ? Le gondolier se mit à hurler. L'orchestre couvrit ses cris. On fonçait sur nous. Un instant, je crus même que cet assaut pouvait s'avérer délibéré. D'un coup de bras, notre marin fit heureusement pivoter son bateau et grâce à son adresse, nous évitâmes in extremis la collision. Enfin, on nous avait repérées. Le capitaine de la galère se saisit de la barre et vira sur tribord. Son vaisseau nous frôla pourtant. Des passagers se penchèrent pour juger du spectacle. *Sancta Biergen*[1] ! cria une femme. Malgré la nuit, je reconnus la reine. Qui jurait en espagnol. Mais quand elle comprit qu'il s'agissait de l'embarcation de madame de Montespan, elle rentra vite la tête. Il ne manquait plus que ça ! Un frôlement, une caresse sur leurs deux coquilles. La marquise donna de nouveaux ordres. Plus loin. Au fond. Dans la nuit. C'est là que nous allions.

— En coulant, j'aurais pu arranger beaucoup de choses, bredouilla-t-elle.

Ces *choses* qu'elle sous-entendait avaient-elles un rapport avec les crimes du fantôme ? Était-elle concernée par cette cabale ? Elle tremblait, ne lâchant pas des yeux la galère qui s'éloignait. L'émotion l'affaiblissait. Le moment était venu de profiter de l'occasion. Et de l'interroger sérieusement :

— Craignez-vous pour votre vie ? insistai-je.

---

1. Sainte Vierge !

— Qu'entend-on par vivre ? S'il s'agit de respirer, aimer, rire loin du roi, alors, je crains en effet d'être bientôt morte, lança-t-elle imprudemment.

Je rapprochai ses mots de ce que nous avions imaginé, madame de Sévigné et moi. Oui, je me trouvais à deux doigts de réussir. Et puisque nous étions sur l'eau, il fallait m'y jeter :

— Peut-on tout dire devant ce marin ? demandai-je.

— Il ne parle pas notre langue. Dites-moi où nous en sommes ? s'impatienta Madame de Montespan.

— Il faut voir au-delà des apparences.

— Mais encore…

— Selon moi, les mêmes causes produiront les mêmes effets…

Elle hésita peut-être. Mais elle sentit aussi que je n'en dirais pas plus.

— En parlant ainsi, finit-elle par lâcher, vous pensez à… l'Affaire des Poisons ?

Mon cœur se mit à battre très fort. Nous y étions.

— Oui, madame, et si je parviens à aider mon père, je crois que je pourrais aussi faire triompher votre cause.

— Suis-je si menacée ? gémit-elle.

— Madame, c'est la tolérance que l'on vise. Sous toutes ses formes. Du moins, j'en suis persuadée.

— Ainsi, je ne me trompais pas ! osa-t-elle. Qu'avez-vous su encore ?

— Pas assez pour dénoncer ces menées secrètes. Aussi, il faut m'aider en me disant tout ce que vous savez.

À nouveau, elle hésitait.

— Madame, ajoutai-je, vous m'avez fait venir car la situation est dramatique. Ce que nous craignons surviendra peut-être, à moins que j'informe le roi. Et je me crois mieux placée que vous pour lui parler.

— Pourquoi ? fit-elle d'un ton narquois.

Je l'avais blessée, mais ne l'était-elle point déjà ? Son esprit décidé ne suffisait plus. Elle m'apparaissait comme les cygnes gracieux et célestes du Grand Canal qui feraient entendre leur chant au moment de s'éteindre. Et je devais lui dire qu'elle et moi nous le savions :

— Je me confierai franchement. Vous avez usé tous les recours auprès du roi. Si vous parlez, il pensera que vous agissez dans votre intérêt et vous l'avez compris. Cela explique que vous m'aidiez. Vous espérez qu'en obtenant l'indulgence pour mon père, je vous défende aussi, car vous êtes, tous les deux, victimes des mêmes accusations : tolérance, licence, esprit d'indépendance... Des mots qui frôlent l'hérésie. Et comment les entendra-t-on demain ? Protestants, jansénistes, femme adultérine ou simple honnête homme ! Et pourquoi ne brûlerait-on pas Pascal, Descartes, Racine, Molière et tous nos amis poètes ? Oui, le complot est là. Il frappera n'importe qui. C'est le monde vers lequel nous avançons et qui nous effraye.

Les larmes vinrent sur son visage. Montespan n'était plus. Derrière, le matelot poussait sur sa perche dans le plus grand silence. Nous arrivions au bout du Grand Canal. Après, la nuit seule dominait. Pis encore, le noir comme l'oubli. En tournant la tête, on apercevait, au loin, les lumières de Versailles. Qui incarnaient un autre monde, un tableau brouillé par la brume soudain glaciale. Je laissai passer un temps. Ses larmes s'apaisèrent. Alors, je repris doucement, et presque tendrement :

— Vous et moi, nous poursuivons le même combat, celui de la liberté. Pour que je puisse vous aider, vous devez le faire en retour. Dites ce que vous savez.

Elle contempla l'onde comme le fit sans doute Narcisse. Miroir, miroir ? La Montespan releva son beau visage. C'était celui d'une femme vaincue :

— Cela a commencé avec l'Affaire des Poisons. J'avais, soutenait-on, sali le roi. Je subis même une admonestation publique de Louis XIV et je crus mourir de honte. On me condamnait un peu, dans le doute, mais sans que je puisse me défendre puisque les poursuites étaient abandonnées. Il le fallait, m'assura Louis.

Elle releva les yeux :

— Pardonnez-moi, je parle de Sa Majesté.

— Continuez, je vous en prie.

— Nos cœurs s'étaient compris. Le sien savait que jamais je n'aurais pu agir contre lui. Et il ne douta plus.

Il s'agissait d'un faux procès. On soupçonna Louvois d'avoir voulu abattre Colbert et l'on en voulut à La Reynie pour son empressement. Celui-ci se fit pardonner en prouvant au roi que Louvois, pas plus que Colbert ou moi, n'étions mêlés au complot des empoisonneurs. Qu'avais-je fait de si grave ? L'accusation tenait dans le maniement de poudres destinées à mon propre usage. Pouvait-on détester une femme qui cherchait à garder le cœur de son amant ? Et je crus que tout reprendrait comme avant.

— Mais qui avait conspiré pour vous mettre à mal ?

La marquise baissa les yeux :

— Le roi le sait peut-être. Il ne m'en a jamais parlé. La Reynie lui a confié des documents qui démontent la manœuvre intentée contre moi. Il a agi dans l'ombre, rendant compte au roi et à lui seul. Oh ! Il ne le fit pas pour moi. Mais quand il vit que Louis XIV souffrait de m'aimer et de douter à la fois, il agit pour le réconcilier avec lui-même. Ce lieutenant est ce qu'il est, mais je lui reconnais de servir loyalement le roi. En cela, nous sommes proches. Mais je ne le lui dirai jamais !

Elle sourit un instant, mais ne put garder cette allure. Son regard plongea de nouveau dans le noir de l'eau :

— Hélas, le miracle ne dura pas. Les blessures, les vexations, les humiliations, je ne les compte plus. On me refusa l'absolution, on m'empêcha de communier. J'étais la pécheresse. Pourtant, Jésus pardonna à Marie-Madeleine. Je pourrais jurer que je suis croyante et pieuse, et que je pèse le pain pendant le carême… mais me croirait-on ? Je pourrais dire combien nous prions ensemble, Louis et moi. À quoi cela servirait-il ? Je suis déjà condamnée. Pour qu'on pardonne mes péchés, faut-il que je me ceinture d'un cilice ? Faut-il que Louis fasse même pénitence et qu'il souffre tel le martyre ?

— Porte-t-il à la taille une ceinture de crin ? osai-je demander.

— Ses confesseurs voudraient qu'il en soit ainsi. Mais il souffre déjà de tant de maux, de ses jambes percluses de rhumatismes dont il ne parle jamais, et n'est-ce pas assez ? Pourtant, ils le torturent de leurs mots, ils le menacent de l'Enfer... Ils ont meurtri ce qu'il y avait de beau et de doux chez cet homme. Ils ont assassiné le prince que je connaissais.

— Qui, madame ?

— Bourdaloue, la Chaise, Péréfixe, Bossuet, Fléchier, Gaillard ! Les prédicateurs et tous les confesseurs et tous les directeurs de conscience... Ils ont tué la foi simple et honnête du Très Chrétien Louis le Dieudonné pour lui enseigner la peur de Dieu.

— Les jésuites ?

— Peut-on dire qu'ils sont tous ainsi ? Mais ceux qui l'entourent ont compris ce qu'ils gagneraient en infectant l'esprit du roi. Ce poison qu'on glisse chaque jour en lui est plus redoutable que les fausses accusations de la Voisin. Oui, ils vont réussir.

— Mais que vont-ils réussir ? demandai-je prudemment.

— Tous ces désordres, toutes ces affaires ! ricana-t-elle. Il est temps de redresser la barre. Il y a dissonance entre le roi, l'homme et Versailles. On ne cesse de répéter qu'il lui faut harmoniser son palais, son Royaume, sa cour et désormais sa Foi. Je le sens rongé par sa conscience et vous ne savez pas combien il se sent dépassé par sa tâche. Parfois, il me regarde tristement. Il ne l'avoue pas, car les hommes – tous les hommes – sont lâches, mais je devine la fin. D'abord, on le convaincra d'accorder sa vie à sa Foi. Et je disparaîtrai. Je suis la figure, comme on dit, des âmes dissolues et ce n'est pas tant moi que l'on vise mais les mœurs que je représente. Ensuite, on persuadera le roi de rechercher ceux qui sont en accord avec ses croyances. Je sais qu'on le presse de se rapprocher de Maintenon. Elle confortera la forteresse morale qui s'installe autour de lui. Ainsi, même au lit, mon roi aura droit aux leçons de bonne conduite. Elle ? Je l'entends jouer l'effarouchée ! Devoir aimer un homme puissant qui ne compte pas ses efforts ? Mais si son Chemin de Croix l'y oblige, elle le fera. Ses amis jésuites diront au roi qu'il prend une sage décision. Le pouvoir du casuiste est de gouverner les cas de conscience. Maintenon n'en sera pas un, car elle est veuve, elle. Puis quand sa vie sera en ordre, on s'en prendra à son

Royaume. On le persuadera qu'il doit l'unir sous sa seule religion. Et ce sera la fin de la liberté religieuse.

— Mais il ne peut pas ! m'exclamai-je.

— Le roi a tous les droits, fit-elle froidement, et la foi gallicane empêche même au pape de s'interposer.

— L'édit de Nantes ! Oubliez-vous que ce serment est sacré ?

— Louis XIV est prisonnier d'un autre engagement. Lors de son sacre, il a promis d'exterminer l'hérésie. *Haereticas Exterminare*. J'en fais le serment, ne cesse-t-il de murmurer depuis peu, quand nous sommes seuls et que son regard s'échappe.

Les mots prononcés par le roi me revinrent. *Je respecte tous mes serments*. Et la marquise de Montespan m'apprenait qu'il semblait décidé. Un tourbillon de feu et de haine surgit alors devant mes yeux. La guerre, l'exil ! La colère me saisit :

— Les casuistes ne pourront pas démontrer qu'un vœu vaut plus qu'un autre, criai-je malgré moi. Non ! Le roi est soumis à la parole de ses ancêtres. C'est le même sang qui coule dans ses veines. Non ! Il ne peut pas !

— Vous n'imaginez pas la force d'un directeur de conscience, murmura-t-elle. Je vous parle de ce que je connais mieux que personne. Et je vous souhaite de ne pas avoir à vous mesurer à l'un d'eux.

Sa voix, calme et désabusée, me fit retrouver un peu de sérénité. Mais je vis que ses mains tremblaient.

— Comment parviendrait-on à le convaincre de renier le serment d'Henri IV ? Par quelle méthode ? Quel argument ?

— Je l'ignore, soupira-t-elle.

— Au moins, pensez-vous que ces meurtres y concourent ?

Elle haussa les épaules. Non, elle ne savait pas. Pourtant, elle ajouta ceci :

— Je crois connaître le roi et, si je jure de ne jamais trahir ses secrets, j'ai le devoir de le servir moi aussi. C'est ainsi qu'il faut comprendre ce que je vais dire. Mais il vous faudra garder à jamais le silence. C'est oui ?

Un hochement de tête suffit pour la rassurer. Elle fixa un point dans l'eau, cherchant dans sa contemplation les mots justes qui devraient être prononcés. Et quand elle se sentit prête, elle parla :

— Le roi est hanté par le souvenir des bouleversements qu'il a connus enfant lors de la Fronde. On le croit solide, mais il a son talon d'Achille. Or, ce dont on lui parle est synonyme de trouble, d'hérésie. Ces mots, il ne les supporte pas, car il y voit les souffrances du passé. Et on s'appuie sur cette frayeur pour le décider à agir.

— La peur ? insistai-je. Louis XIV, ce roi que j'ai vu altier, sûr de lui, écrasant la cour de sa superbe ?

— Ne vous y trompez pas. Ce n'est pas une accusation, encore moins une critique. Je dis simplement qu'il est homme avant d'être roi et que son credo tiendrait dans un chapelet. Sa foi est simple et la théologie l'ennuie. Mais l'histoire qu'il a reçue en héritage, c'est la Fronde et les guerres de religion. De quoi parle-t-on aujourd'hui ? De querelles menaçantes quand il n'aime que l'autorité. Mais, lui souffle-t-on, on peut y mettre fin en brisant les hérésies.

Elle soupira :

— Mon explication est simple. Mais pas plus et pas moins que cet homme dont j'aime aussi les faiblesses.

— Ainsi, madame, tout serait dit ! Un roi, et le plus grand, serait sur le point d'être convaincu que, pour ne pas réveiller les maux d'antan, il convient de répondre avec l'intolérance. Je me fais fort de battre sur ce terrain le plus rusé des casuistes !

— Vous n'en auriez pas le temps, se força-t-elle à dire en souriant. C'est un travail qui se calcule en années, et son entourage le sait. Non ! Pour éclairer le roi, il suffirait d'une preuve certaine lui démontrant qu'on le trompe.

— Mais où la trouver ?

— Ces morts, ce fantôme ! N'est-ce pas le jeu de nos ennemis pour convaincre Louis de mettre fin au… désordre ?

— Je le pense aussi, madame.

— Vous pouvez justifier ce complot ? demanda-t-elle le cœur soudain plus léger.

— Je n'ai rien, madame. Rien qui ressemble à une accusation.

— Un nom. Un seul ! Et le roi changera ! J'en fais moi aussi le serment...

Je fis non. Son regard repartit vers le côté le plus sombre de Versailles :

— Tous ces mots, toutes ces confidences, tous ces efforts seront donc inutiles.

— Il nous reste un espoir, glissai-je à mi-voix.

Elle se redressa si vite que la gondole tangua :

— Ne me faites pas languir plus longtemps...

— Le marquis de Penhoët a, en ce moment, un rendez-vous qui pourrait éclairer cette affaire sous un angle nouveau. Et je dois le revoir, cette nuit.

— *Andiamo* ! cria-t-elle au gondolier qui sommeillait sur sa perche.

Et nous repartîmes aussitôt vers les lumières du palais.

En débarquant, la marquise de Montespan ne prit pas le temps de répondre aux salutations qu'on lui adressait. Elle marchait d'un pas vif, houspillant son valet pour qu'il lève le flambeau. Mais, en arrivant au parterre de Latone, nous fûmes pris dans la nasse des courtisans. Un monde considérable s'était regroupé et les visages se montraient sombres. La marquise tenta de fendre la foule, mais on l'arrêta.

— N'allez pas plus loin ! dit un gentilhomme.

— Qu'y a-t-il ? demanda-t-elle d'une voix forte.

— Le fantôme a encore frappé ! lança un autre.

— Mais qui ? hurla la marquise.

— Le marquis de Penhoët. Voilà une heure, on l'a tué dans le Labyrinthe.

À cette nouvelle, je sentis mes jambes se dérober. En m'effondrant, ma tête rebondit violemment sur le sol et je sombrai dans le noir.

La peur avait changé de camp.

Je voyais deux yeux globuleux et un long nez sortir de l'onde ténébreuse du Grand Canal. L'eau se troublait et m'engloutissait. Je dus effectuer plusieurs allers-retours comme celui-là avant de reconnaître La Reynie. Et tout revint. Je voulus me lever, mais le lieutenant de police me prit fermement aux épaules pour me maintenir allongée. Je hurlais. Je forçais sa poigne. Je crois même qu'il reçut quelques coups de pieds et deux ou trois gifles, mais ce bonhomme cachait une force incroyable. Je dus céder. Et entendre ce qu'il avait à me dire :

— Calmez-vous. Vous êtes restée longtemps inanimée. Si vous continuez, je vous envoie Félix de Tassy, le chirurgien du roi, pour qu'il vous saigne. Maintenant, je vais vous lâcher et vous garderez votre calme. Peut-on signer ce pacte ?

Je secouai la tête en signe d'assentiment. Il lâcha sa prise.

J'étais dans son bureau, allongée sur une paillasse qui empestait la sueur.

— Votre front, fit La Reynie en touchant le sien.

En l'imitant, je sentis le linge humide et chaud.

— Ce n'est rien, murmura-t-il. Vous avez heurté le tranchant d'une pierre en tombant. Le sang ne coule plus.

— Depuis combien de temps suis-je ici ?

— Je n'ai pas compté. C'est bientôt l'aube. Il y a peu, vous avez ouvert les yeux. Et vous vous êtes rendormie. J'ai transmis ces nouvelles à ceux qui en demandaient.

— Madame de Montespan ?

— La fête est finie, fit-il sombrement. Elle est dans ses appartements. Mais je l'ai rassurée. J'ai cru bon également d'informer la marquise de Sévigné. Elle a voulu rester auprès du corps du marquis de Penhoët.

Je souffrais encore de la tête, mon cœur se soulevait et l'air manquait. J'ouvris la bouche pour hurler. Il me reprit aux épaules :

— Vous m'écoutez. Nous avons arrêté l'assassin. Nous savons pour le fantôme.

— Pourquoi ! Pourquoi le marquis de Penhoët ? gémis-je en ne pouvant retenir mes larmes.

— Nous étions d'accord lui et moi. Il devait tendre un piège et connaissait les risques qu'il encourait. Et si vous m'assurez de m'écouter sagement, je vous explique tout.

En échange d'une promesse que je n'eus aucun mal à tenir tant je me sentais épuisée, il entreprit le récit des terribles événements qui s'étaient déroulés pendant mon aparté avec madame Montespan. Au départ, il y avait l'idée de Jean-Baptiste : avant d'être tué par les coupe-jarrets, le personnage mystérieux de la rue Mouffetard avait parlé et l'on devait le dire haut et fort, surtout à la cour, pour inquiéter celui qui se savait complice ou coupable de ce crime. Ensuite, le marquis de Penhoët avait proposé à La Reynie de faire courir le bruit d'un rendez-vous ayant trait avec ce qu'avait confié cet homme mystérieux avant de trépasser. En agissant ainsi, le marquis espérait attirer une proie, l'idée étant de faire sortir de l'ombre le criminel ou celui qui le dirigeait. Ainsi s'expliquait sa déclaration tonitruante à la table de Hoca.

— Il n'avait donc personne à rencontrer ? ne puis-je m'empêcher de demander.

— Non. C'était un leurre pour attirer celui que nous cherchions et qui devait se cacher à la cour, car, pour agir aussi librement, il possédait ses entrées à Versailles ou peut-être même y logeait. Et il convenait de le débusquer.

Ses paroles me revinrent : j'ai rendez-vous et c'est tout comme un fantôme... Une ombre... Et si je mets la main dessus...

— Il a joué le rôle de l'appât ! hurlai-je alors que les larmes revenaient.

— Nous n'avions plus une piste. Le marquis de Penhoët avait sondé les proches de la vicomtesse de Lancquet. Tous baissaient les yeux et faisaient mine de ne pas la connaître. Et plus il interrogeait, plus il avouait que nous errions dans le brouillard... Marinvaud ? L'espoir était minuscule, et c'est encore le marquis de Penhoët qui m'a convaincu de poser cette dernière carte. Il avançait que la cour savait que vous meniez l'enquête. On vous avait vue entrer chez le roi au prétexte d'un complot, et vous en étiez sortie pour que madame de Montespan se tourne vers

Penhoët et parle de vous en excellents termes, de telle sorte que personne ne pouvait ignorer que le roi vous accordait sa confiance et que lui, Penhoët, faisait partie du lot. Il dit encore qu'en attendant mieux, il fallait renchérir, et que l'on agissait pareillement au jeu quand on manquait d'atout. Que risquions-nous ? soutenait-il. Au pire, une promenade par une nuit agréable. Et peut-être qu'en effet un homme s'approcherait pour l'intimider ou lui demander des explications ou... Eh quoi ! Il serait temps de voir. Mais moi et mes hommes, nous ne serions pas loin et nous allions bondir sur ce témoin et... Il en parlait avec une telle confiance, souffla La Reynie d'une voix sourde, que j'ai fini par accepter son projet. Sans y croire, je l'avoue. Mais il était si décidé qu'il m'assurait qu'avec moi ou sans moi, il l'exécuterait.

Le lieutenant de police avala sa salive. Il luttait pour cacher son émotion :

— Ce joueur redoutable avait raison. En face, on y a cru. On a pris peur.

— Qu'est-il arrivé ?

— Le marquis devait sortir dans les jardins et s'éloigner des courtisans. Nous étions à ses trousses, prêts à intervenir. Croyez-moi, je ne le lâchais pas des yeux. Mais il a fallu qu'il entre dans ce Labyrinthe tortueux à souhait ! lança-t-il furieusement. Qu'il se perde dans ses allées entremêlées. Qu'il se fonde jusqu'à ce que nous ne puissions plus le distinguer des animaux en plomb qui cheminent dans ce dédale.

— Vous n'étiez pas avec lui ?

— Enfin, madame ! Dans ce genre d'affaire, il faut être ni trop près ni trop loin. Mais pourquoi a-t-il fallu qu'il tente le diable ? Et aille plus loin, encore plus loin.

— Il s'est glissé dans ce coupe-gorge pour attirer sa proie. Il a joué son va-tout. Et vous ne pouvez l'ignorer.

Les yeux de La Reynie se troublèrent et c'était un aveu.

— Un cri. Oui, j'ai entendu son cri, dit-il, et c'est lui m'a guidé. Il gisait, le torse transpercé par la dague du tueur. Une ombre filait dans le Labyrinthe et s'échappait vers Bacchus et l'île royale. J'ai sifflé... Mes hommes ont refermé la nasse. Voilà. Mais il était trop tard et je n'ai pu que fermer les yeux du marquis de Penhoët.

Le regard gris-bleu de Louis de Mieszko s'installa dans le mien. J'apercevais aussi ses derniers pas, son demi-tour élégant pour aller vers son destin et son sourire moqueur quand il narguait la *Fatalité*. Je l'avais peu connu et je l'aimais comme un proche.

Je voulus me lever. Je repoussai la main de La Reynie qui s'y opposait. Mon corps gémit sa douleur, je n'en pouvais plus. Trop de mal, trop d'efforts. Les paroles de la devineresse me vinrent. Le malheur succédait au bonheur. Et quoi d'autre à présent ?

— Nous avons le tueur, répéta à mi-voix La Reynie. L'enquête est terminée.

Maintenant qu'allait-il dire ? Une phrase qui expliquerait tout ?

— Ce n'est pas un complot, siffla-t-il. L'affaire est crapuleuse et concerne la Louisiane. J'avais raison. Et vous tort. Je n'en tire aucune gloire.

— Vous vous trompez, balbutiai-je. Non, ce n'est pas possible !

Il me fixa dans les yeux et ne cilla pas :

— Entendez-moi bien, madame. C'est une histoire d'argent. C'est toujours le même mobile. Je vous en ai déjà parlé. Il faut assurément me croire.

— Je veux voir ce criminel. Je veux entendre de sa bouche ce qu'il vous a avoué et le fixer dans les yeux jusqu'à être certaine qu'il ne me ment pas.

— C'est impossible, madame. Il est en route pour la Bastille.

— Ne me trompez pas, monsieur de La Reynie. Oui, c'est cela ! Vous trichez !

Un homme, attiré par mes cris, entra dans le bureau. Il sonda son chef.

— Sortez ! hurla-t-il.

La Reynie était furieux. Méconnaissable.

— Madame, accusez-moi encore une fois de ne pas être franc et vous perdez mon soutien. Retenez en tout cas ceci : le roi sera *heureux* d'entendre mes conclusions. Je lui dirai que c'est grâce à vous et au marquis de Penhoët. J'interviendrai auprès de lui. Et je m'engage à obtenir son pardon pour votre père.

Son visage devint cireux. Il serra les mâchoires. Son front se couvrit aussi de sueur. Et ses yeux me suppliaient de l'entendre et d'accepter cette voie.

— Pourquoi feriez-vous cela pour moi, monsieur de La Reynie ? bredouillai je en capitulant devant une posture que je n'admettais pas sans pouvoir expliquer pourquoi ce serviteur de l'ombre, détenteur des plus grands secrets du roi, semblait si assuré.

Il leva une épaule, puis une autre. Il retrouvait son calme :

— Madame, si tous les sujets du roi avaient votre obstination, votre courage et votre loyauté, j'aurais moins de travail... Et je crois juste de vous récompenser.

— Répondrez-vous encore à une entêtée ? repris-je néanmoins.

Je crus voir comme un sourire :

— Je vous en prie, madame.

— Si vous ne mentez pas, au moins vous me cachez quelque chose, n'est-ce pas ?

Il hésita. Puis, il se pinça le nez. Ses yeux roulèrent dans la pièce, cherchant la juste et bonne réponse qui nous satisferait tous deux :

— Ce que je pourrais... omettre ne concerne pas votre père. Vous agissiez pour l'honneur des Montbellay. C'est fait. Le reste, s'il existe, est à confier au roi.

Il se redressa, tira sur les pans de sa veste et me détailla :

— Et je n'aurai de cesse de rappeler à qui veut l'entendre combien j'appréciais le marquis de Penhoët. Croyez que je partage votre douleur.

Il toussa, marquant la fin de cette parenthèse :

— Levez-vous. Marchez. Vous sentez-vous mieux ?

— Assez forte pour aller me recueillir sur la dépouille de Louis de Mieszko.

— Je n'en doute pas, mais c'est non, fit-il en détaillant ma tenue. Tournez-vous maintenant...

Il termina la revue en examinant mon front :

— Oui, cela conviendra bien. Et à la guerre comme à la guerre...

— Que voulez-vous encore ? m'inquiétai-je.

— Vous avez une autre visite à effectuer. Madame de Maintenon veut vous voir et elle n'est pas de celle à qui l'on refuse. Je vous conduis aussi, dans la mesure où il vaut mieux que je vous prépare. Et sachez que son avis comptera lorsque le roi décidera pour votre père.

Nous sortîmes du bureau au milieu de cette heure où la nuit résiste et ne s'achève pas. Nous empruntâmes le couloir où nous avions croisé Hardouin-Mansart. Déserté par ses bâtisseurs, et comme abandonné, le chantier était encombré d'outils, de planches de bois, de gravats, de pierres blanches aux allures inquiétantes. Œuvres inachevées et mystérieuses ou colosses terrifiants, une armée muette veillait sur un sanctuaire que nos pas auraient pu déranger. Je me pris à penser au fantôme. Les décors de Versailles se prêtaient à ces illusions.

— Avez-vous pu établir un lien entre l'homme qui a tué le marquis de Penhoët et le mort de la rue Mouffetard ?

Ma voix résonnait. Une toile grise se souleva sur notre passage. Ce n'était que le courant d'air, mais je ne pus m'empêcher de diriger le chandelier que je tenais en main dans cette direction. La Reynie se rapprocha de moi :

— J'éprouve les mêmes impressions. La nuit, ce château est... surprenant. Et je peux comprendre que l'on ait abusé les hôtes de la vicomtesse de Lancquet. Quelle était votre question ? Ah ! Le lien entre le mort et le tueur. Eh bien ! Il en existe un et, sur ce point, vous aviez raison. Se voyant perdu, l'assassin du marquis de Penhoët a avoué ses fautes. Il n'y gagnera aucune mansuétude à l'heure de son jugement, mais il s'est épargné les souffrances de la torture. Le fantôme, bien sûr, n'existe pas. Ce figurant était l'homme que vous aviez déniché parmi les comédiens de la troupe du Chapeau-Rouge. Et je m'en doutais car, dans ce théâtre, il avait proféré des paroles identiques à celles qui avaient effrayé la table de la vicomtesse de Lancquet.

— Comment saviez-vous qu'il avait dit la même chose ?

— Les mouches, madame. Nous avions le récit des témoins de son apparition à Versailles et mes hommes surveillaient le Chapeau-Rouge. Ils ont noté les phrases du comédien et il m'a suffi de les comparer à celles du revenant. Ah ! S'il n'avait pas fui dès le rideau tombé, tout cela ne se serait pas produit.

— Quel était le rôle de cet acteur ?

— Oh ! Le pauvre bougre n'avait de comédien que le nom. Un esclave en fuite en quête de subsides et que l'on avait recruté pour son allure... Il devait prononcer ses menaces. Après la mort, il renaissait pour se venger et obtenir la condamnation de son maître de Louisiane. Compte tenu de sa vie misérable, ce n'était à vrai dire en rien un rôle de composition.

— Tout de même, il y a cette mise en scène à Versailles ! Et comment expliquer qu'un esclave puisse entrer au château ?

— Le tour de magie est l'œuvre d'un certain machiniste de théâtre dont j'ai le nom. Lui aussi, il paiera le moment venu. Voix caverneuse et miroir... L'illusion est le génie de la *Commedia dell'Arte*. Il a vraiment effrayé la table de la vicomtesse. La présence de l'esclave ? Il s'est introduit avec la complicité de son employeur, celui qui voulait terroriser les adeptes de l'au-delà.

— Pourquoi s'en est-il pris à eux ?

— À la table de la vicomtesse, il y avait l'un de ceux qui désiraient s'emparer de la compagnie de Louisiane. C'était un avertissement. Rentrez dans le rang ! Sinon... Mais on comptait aussi sur l'éclat qui, immanquablement, se produirait pour créer un climat de peur. Les paroles du fantôme en intimidaient d'autres qui, faisant partie de la resquille, se sentirent menacés. Et vous connaissez la suite, fit-il sèchement. Les menaces proférées par le spectre annonçaient les morts à venir. Un, d'abord ; puis un autre. Jusqu'à ce que le chantage agisse.

— Ce tueur, celui que vous avez arrêté. Qui est-ce ?

— Je n'aurais pas pensé à lui ! Et vous l'avez sans doute croisé à la cour sans le savoir. Raoul de Mursaud, comte de Chambresse et de Cérès, titulaire d'une charge à la Chambre du roi. Ces titres dissimulent un joueur ruiné et un banqueroutier. Il a cru que la Fortune lui sourirait en Louisiane. Cette fois, il a tout perdu.

— Connaissez-vous ses opinions religieuses ?

Nous sortions de l'aile du midi. La nuit s'effilochait. La Reynie s'arrêta et siffla, le regard d'un coup mauvais :

— Voilà que vous recommencez ! Croyez-moi, il faudra montrer plus de prudence et moins d'entêtement devant madame de Maintenon.

— Savez-vous ce qu'elle me veut ?

— Vous avez vu le roi et vous avez longuement conversé avec madame de Montespan. Je pense que vous l'intriguez et qu'elle désire mieux vous connaître.

— Il se peut aussi que je l'inquiète, murmurai-je.

— Et pourquoi cela ? fit un La Reynie peu convaincu par ce qu'il demandait et accélérant soudainement sa marche.

Nous entrions dans la Cour de marbre. Les gardes s'inclinaient au passage du lieutenant de police qui les ignorait superbement.

— Si l'affaire avait touché à la religion, elle aurait pu provoquer des remous. Et la toucher par ricochet.

— La confusion est déjà à son comble et le roi ne ménagera pas les sanctions. Alors, n'en ajoutez pas.

— C'est peut-être ce qu'on cherchait : un désordre pour obliger le roi à réagir !

La Reynie me saisit brusquement par la manche :

— Madame, je ne le dirai pas encore : rangez ces idées. Nous entrons au château. Ici, je vous interdis de parler de complot, de religion et de tolérance. Vous m'entendez ? Suis-je clair ?

— Oui, oui...

— Votre dessein est-il de sauver votre père ?

— Je crois vous l'avoir prouvé par mon opiniâtreté.

— Dans ce cas, un conseil : désormais choisissez la prudence.

Nous attaquions un escalier situé dans l'aile opposée à celle des appartements du roi. La Reynie allait ouvrir une porte lorsque j'interrompis son geste :

— Ne me dites pas bonne chance... Il me semble l'avoir épuisée.

Il commença un sourire qui s'effaça aussitôt :

— Il faut finir cette histoire. Courage, vous y êtes. Je vous attends ici.

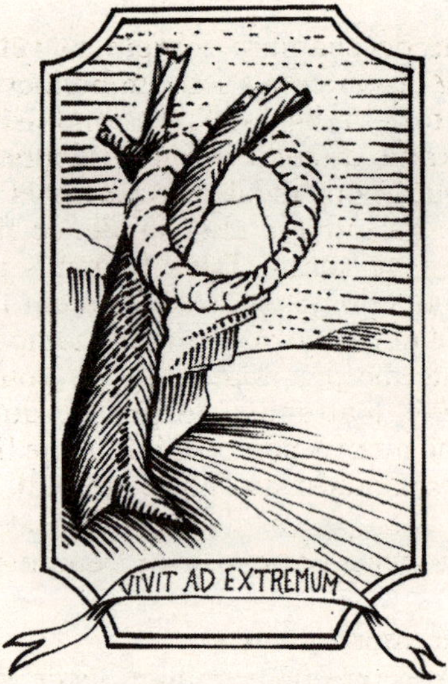

VIS JUSQU'AU BOUT !

XVI. Chaque jour, jusqu'au dernier.

Une femme de chambre sobrement vêtue de noir, et dont le visage disparaissait sous un bonnet de toile rappelant la cornette des religieuses, me conduisit à la porte suivante. Elle gratta, attendit qu'on lui donne la permission d'entrer, s'effaça pour me laisser passer et ferma la porte derrière moi. La lumière était faible. Je fis encore deux pas pour venir au centre. Deux fauteuils côte à côte me montraient leurs dossiers. Ils se situaient face à une cheminée où brûlait un feu vif malgré le temps doux. La chaleur étouffante me prit à la gorge. La douleur revint me frapper la tête. J'attendis jusqu'à ce que madame de Maintenon me montre son profil. Elle me fit signe d'avancer. Une ombre bougea sur l'autre fauteuil. Elle n'était pas seule.

— Comment vous portez-vous ? s'enquit-elle d'une voix calme.

— Mieux, je vous remercie.

— Nous avons prié pour le marquis de Penhoët.

Elle tourna son regard vers l'autre fauteuil :

— Je vous présente le père François d'Aix de la Chaise[1], le confesseur du roi.

Un homme sans éclat me salua en silence. Il avait soixante ans peut-être. Son visage, sa corpulence, ses vêtements, tout chez lui respirait l'insignifiant. Pouvait-il

1. La Chaise ou La Chaize. Les deux orthographes s'emploient. Le célèbre cimetière parisien du Père-Lachaise lui doit son nom. Il fut créé sur l'emplacement d'un jardin qu'il possédait.

jouer le rôle que lui prêtaient ceux qui m'en avaient parlé ? Puis, je vis son regard profond qui semblait sonder mon âme. Et j'en fus gênée. Je regardai alors Maintenon dont le visage lisse n'exprimait aucun sentiment. Elle portait une robe bleue, taillée dans un velours brillant. Elle ne semblait pas souffrir du manque de sommeil. Mais n'était-elle pas déjà levée depuis longtemps ? Ses cheveux soigneusement tirés, son teint frais et dispos pouvaient l'indiquer. Pour tout dire, je détaillais une femme séduisante, aux formes pleines et corsetées, dont un tableau aurait saisi la beauté chaste d'une vestale que le temps rendrait bientôt inaltérable. Elle ne faisait pas moins que son âge, cinquante ans, parce qu'elle n'en paraissait aucun. Cette femme n'était en rien éteinte. Sa braise demandait à naître quand il restait à madame de Montespan quelques pépites rougeoyantes que le roi de France, en soufflant dessus, recouvrait peu à peu de cendres grises.

La pièce flottait entre ombre et lumière, hésitait entre chambre et salon et, pour tout meuble, se contentait d'un lit à baldaquin sagement refait et d'une table de travail lourde et carrée, aux pieds massifs taillés dans un chêne assombri au brou de noix. Dessus, trônait l'Évangile entouré de quatre lumignons évoquant la présence du Saint-Esprit. Puis un prie-dieu, couvert de velours bleu. Et un chevalet sur lequel était posé l'Ancien Testament. Et rien d'autre, pas une touche de couleur, pas un tableau aux murs, pas une tapisserie. La cheminée, oui, comme seule preuve d'une présence humaine et un tapis de laine aux mêmes teintes de bleu, où reposaient les pieds de Maintenon et de La Chaise.

— Venez vous asseoir, dit-elle doucement. Un nouveau jour commence. Et Dieu soit loué, cette affaire est terminée.

— Il semble que oui, madame, fis-je en m'exécutant.

— Le roi en sera ravi. Il détestait ce désordre.

La Chaise fit un geste et elle se tut. Il m'observa encore avant de parler :

— On entend beaucoup de bruits depuis que vous êtes à Versailles. Ainsi, on me rapporte que vous avez maltraité le chevalier de Saint Val.

Il se reposa un temps. Sa voix était fine. Non, acérée.

— Cela me plaît, reprit-il. Il faut punir l'orgueil, et Saint Val n'en manque pas. Mais il faut aussi se méfier des paroles. Dieu entend chacun de nos mots. Et ceux, portés par la rage, Lui font mal.

Il respira calmement, les yeux fixés sur l'âtre :

— On dit aussi que la colère vous habite. Que le sort de votre père vous enflamme.

— Puis-je vous répondre ?

— Vous êtes ici pour que l'on vous entende, Hélène de Montbellay.

La prudence, avait dit La Reynie. C'était le moment d'y penser.

— Je ne ressens aucun courroux. Mon esprit est apaisé. Je suis venu solliciter du roi le pardon pour mon père. C'est une œuvre charitable et de bonté. Je demande justice et non vengeance.

Il bougea la tête et parut satisfait :

— Dans ce cas, pourquoi déchaîner l'exaspération et la haine en parlant au roi d'un complot religieux ?

La prudence excluait-elle la franchise ?

— Je l'ai sincèrement cru, mais…

— Je vous en prie, livrez-nous ce que ressent votre âme.

— Monsieur de La Reynie m'a éclairée et m'a assuré qu'il n'existait rien de semblable à une conspiration. L'affaire est aussi basse que criminelle. L'argent, voilà le mobile.

— Êtes-vous sincèrement convaincue ?

— Pourquoi ne le serais-je pas ? Existe-t-il une raison pour que je puisse douter ?

La Chaise se tourna vers Maintenon. Ils semblaient d'accord. Mais sur quoi ?

— Voyez-vous, reprit-il, et c'est un vrai problème, nous sommes quelques-uns à penser qu'au fond de vous la suspicion persistera.

— J'ai confiance en monsieur de La Reynie.

— Vous n'accordez donc aucun crédit à madame de Montespan ?

— Mais à propos de quoi ? fis-je de mon air le plus innocent.

— Allons, un gondolier italien nous a rapporté les paroles que vous échangeâtes vous et elle et qui ont dû faire souffrir Dieu tant vous fûtes emportée par la rancœur et le ressentiment.

— C'était avant, balbutiai-je… avant la mort du marquis de Penhoët.

— Il reste toujours quelque chose après la colère. Il faudrait vous en débarrasser. Mais comment s'en assurer ? Ainsi, en voyant le roi, car vous aurez ce plaisir grâce à l'action de monsieur de La Reynie, ne serez-vous pas tentée de lui avouer que, malgré les assurances du meilleur policier de France, vous ne parvenez pas à vous ôter de la tête cette idée de machination ? Et ces mots, les vôtres, madame l'insoumise, qu'en fera-t-il ?

— Vous me prêtez un poids que je n'ai pas.

— Vous n'êtes qu'un caillou sur un chemin, mais le roi les regarde tous avant de choisir sa route. Et il n'y a pas que vous pour murmurer ces accusations. À force, quel sera l'effet pour nous, les jésuites ? Souhaitez-vous que nous soyons punis pour une faute que nous n'avons pas commise ?

— Non, répondis-je, admettant ainsi, par prudence et pour l'inciter à se dévoiler plus, qu'ils n'étaient pas liés à l'affaire.

— Et croyez-vous qu'il soit charitable d'accuser sans preuve ?

— Mais je ne le ferais jamais ! m'exclamai-je, mentant et abandonnant sur le coup un autre morceau de moi.

— Et demain, fit-il en se penchant, quand je ne serai pas là pour vous entendre, serez-vous aussi ferme ?

Cet homme qui ne payait pas de mine et s'exprimait d'une voix calme et ferme, dévoilait peu à peu un esprit rusé, des manières sournoises et un don supérieur pour raisonner habilement. La panique me saisit. Je n'étais pas de taille pour rivaliser avec un caractère aussi adroit que dangereux.

Il souffla et bougea la tête, car c'était son jeu et sa façon de me faire vaciller :

— Non, je sens en vous observant que je dois encore vous convaincre qu'aucun homme d'église n'a pu concevoir une telle indignité. Et au lieu de prier pour ceux que l'hostilité, l'emportement, le mensonge éloignent du Seigneur, il me faut prendre du temps et vous persuader que la vraie bassesse serait de croire à un complot visant à influencer le roi. Et que le prétendre serait une action diabolique. En somme, un péché mortel.

Il reprit cet air désolé et compatissant pour la pauvre brebis qui lui faisait face, mais sous lequel je sentais surtout percer le rhéteur habile à retourner les consciences et à faire ployer les âmes récalcitrantes :

— Madame ! Croyez-vous que les jésuites aient besoin d'user de ces méthodes ? lança-t-il d'une voix où je crus déceler une pointe d'orgueil.

Pourvu que Dieu n'ait pas prêté attention à tes mots dédaigneux, La Chaise, fis-je pour moi. Mais ce sursaut intérieur, que je trouvais courageux, ne mit pas fin à ma gêne. Il me tenait et me guidait, sans doute, vers le danger.

— Vous entendrez donc ce que je pense, reprit-il sur le ton du sermon. Oh ! je sais que vous douterez, d'abord, de ma sincérité. Puis vous serez étonnée. Et devant tant de secrets et de vérités, vous vous demanderez pourquoi j'ai parlé franchement. Alors, je vous dirai pour quelles raisons vous avez droit à ces confidences. Et vous saurez ainsi que mes mots n'étaient en rien mensongers.

Madame de Maintenon se cala dans son fauteuil de chêne aussi sévère que le reste du mobilier. Sa pose ressemblait à celle de Louis XIV dans sa chapelle. Une main sous le menton, l'autre sur l'accoudoir, elle s'abandonna à la voix limpide de François d'Aix de La Chaise.

— Il est inutile de me cacher ce que vous avez dit à la marquise de Montespan, commença-t-il. Son gondolier est un de nos amis. Ainsi, je connais les raisons qui nourrissent votre imagination. Le roi, contrarié par une somme d'affaires pénibles, pourrait décider de mettre fin à toutes les hérésies en révoquant l'édit de Nantes. Et pour qu'il se décide, nous aurions utilisé des moyens sataniques, comme l'Affaire des Poisons. C'est donc que nous aurions peur de cet édit, au point de ne savoir comment convaincre le roi, tenu par un vœu royal, de le respecter. Car, madame, vous avez dit que l'édit de Nantes s'apparentait à une promesse sacrée, soulevant ainsi une question délicate : comment composer avec cet autre jurement, celui du Sacre, dans lequel le roi s'est engagé à exterminer l'hérésie ? Et vous avez ajouté, sous le feu de la passion, que les casuistes *ne pourront pas démontrer qu'un serment vaut plus qu'un autre.* Ce sont vos mots. Et si nous le regrettons, il faudra composer avec et vous répondre : le fameux édit de Nantes est-il aussi inviolable que la parole du Sacre ?

Il quitta son fauteuil et se plaça devant le feu, tendant ses mains sèches vers l'âtre pour en tester la chaleur :

— Mais, à propos de l'édit de Nantes, de quel texte parlons-nous ? Je vous pose cette question car il y a tant de versions coupées, tronquées, recopiées, tant d'articles secrets, d'annexes, de brevets ! C'est simple – mais le savez-vous ? –, il n'existe pas de document unique. Une loi lisible par tous, un texte fondateur sur lequel nous pourrions discuter en paix ? Un document sur lequel le roi aurait prêté serment ? Hélas, on ne le trouve plus... Il a disparu. Cet édit est donc aussi vague et incertain que sa date de signature, dont vous ne pouvez ignorer qu'elle nous est inconnue. Ainsi, il ne reste que les versions raturées et recopiées par les parlements de nos régions, à des dates variables. Pour un édit fondateur, voilà qui commence assez mal, ne trouvez-vous point ? Nous parlions d'un texte que certains jugent auguste et nous ne savons à quoi nous référer. Mais feriez-vous vraiment partie de ceux qui sanctifient cet accord en ayant connaissance de ces faits incertains, discutables, et périlleux pour l'esprit de l'honnête homme ?

— Le fond compte plus que la forme, dis-je prudemment. Ce sont les idées qu'il contient, et que nous connaissons tous, qui justifient l'édit de Nantes et en font un acte irremplaçable.

— Ah ! Irremplaçable, ce n'est déjà plus sacré. Mais vous avez parlé du fond de cet édit. C'est donc que vous souhaitez que nous en venions à ce qu'il y a dedans. Bien ! Alors, si vous l'avez lu, ce dont je me permets de douter, en toute charité, vous savez que ce contrat parle surtout d'argent et de places fortes. Il s'agit avant tout de sauver un pays divisé, ruiné et exsangue. Tu auras cela. Et toi ! que me donnes-tu en échange ? Pour l'avoir étudié, je vous assure que c'est le ton général. Mais il vous faut des preuves car je suis jésuite… Prenons donc ce qui est écrit dans le premier brevet de l'édit de Nantes. Y parle-t-on de foi, de tolérance, de liberté ? Oh ! ce serait trop beau, trop fort, et cela mettrait fin à notre sujet. Dans ce brevet, il est question d'argent. *Quarante-cinq mille écus seront versés aux protestants pour leurs affaires secrètes*. On croirait une discussion de maquignon ! Ouvrons le deuxième brevet. Qu'y lit-on ? *Cent cinquante places de garnison ou de sûreté demeureront en la garde des protestants*. Cette fois, il s'agit des moyens de se faire ou de ne pas se faire la guerre. Où est l'amour de Dieu ? Pardonnez-moi de chercher encore ! Mais ne croyez pas que je veuille détruire l'édit de Nantes, je souhaite juste vous en expliquer le véritable dessein. Le fond, demandiez-vous ? Je l'ai sondé et j'y ai vu un traité de paix, utile, comme le sont tous ces contrats, et provisoire, car après la paix revient la guerre. C'est donc une loi humaine, pas celle de Dieu. Oui, l'édit de Nantes est un outil de trêve pour mettre fin à la guerre et je m'en félicite, et j'applaudis l'œuvre du roi Henri IV, le grand-père de Louis XIV… Mais, madame, où sont écrites les valeurs que vous défendez, vous et votre père, et pour lesquelles, j'ai, cela vous étonnera, le plus grand respect ? Oui, je parle de la liberté de croyance, du droit de vivre sa foi ? Car c'est bien le sujet dont vous voulez débattre ?

— Oui, c'est de cela, répondis-je terriblement impressionnée par cet homme sans allure, et pourtant si redoutablement convaincant.

— La foi ? Hum, il faut la chercher bien loin, fit-il en fermant un instant les yeux. Oui, il faut travailler comme je l'ai fait pour trouver une page, une ligne où il en est question. Peut-être dans les attendus de cet édit qui fait couler tant d'encre et tant parler les esprits éclairés... Et que lisons-nous ? En fait deux choses contradictoires. *Le roi Très-Chrétien désire que ses sujets de la religion prétendument réformée reviennent à la vraie religion catholique, apostolique et romaine*. Le serment du roi, vous le cherchiez ? Le voici. *Revenir à la vraie religion catholique, apostolique et romaine*. Vous parlez de *tolérance*, mais il est écrit dans l'édit de Nantes que le roi *désire* que l'on revienne à la foi catholique. Et ce que le roi désire... Peut-il simplement *tolérer* qu'on ne lui obéisse pas ? La tolérance, madame, ce n'est pas tolérer, mais accueillir et partager. Dans l'édit de Nantes, il est dit que la foi protestante n'est que tolérée. Tout le reste n'est que baliverne ! Alors, que répondez-vous ? lança-t-il en rouvrant brusquement les yeux, décochant une flèche qui me transperça.

L'homme était terrible. Je n'allais pas me sortir de son art de la rhétorique ni de ses pièges jésuitiques.

— Vous vous taisez, reprit-il. Vous n'avez pas d'argument. Ah ! Car il faut maîtriser son sujet avant de parler. C'est souvent le danger à discuter. Les uns et les autres ont des avis, des opinions, mais du fond ? C'est ainsi que naît la haine. Une parole en trop et la colère met fin à l'amour de Dieu. Pour un mot incompris, on se brouille. C'est la joute oratoire, et, bientôt, la guerre de religion ! Aussi, et avant de se fâcher, il convient au moins de savoir ce que l'on défend. Moi, si j'étais à votre place, je répondrais que ce fameux texte dit, ailleurs, qu'*il ne faut plus faire de distinction entre catholiques et huguenots, mais qu'il faut que tous soient de bons Français*. Plus de différence, plus de supériorité ! Voilà comment vous auriez pu retomber sur vos pieds et me mettre à la faute. Alors, j'aurais dû chercher d'autres arguments. Et je n'aurais pu opposer au vôtre que des articles de circonstance qui, en lisant bien, montrent, tout de même, que cet édit est contradictoire. Non, cela ne se veut pas une provocation. J'énonce la vérité. Ainsi, après avoir écrit que l'on tolérait les huguenots, il est indiqué plus loin que la religion catholique doit être réinstallée dans ses anciennes prérogatives.

C'est dans l'article III. Vous devinez bien que je l'ai particulièrement étudié. Et faites œuvre de charité chrétienne en me croyant. Mais que signifie cette tolérance qui impose le retour de l'Église romaine sur les terres des protestants ? Et tout est à l'avenant. Tantôt je dis blanc ; tantôt noir. En fait, on ne comprend cet édit qu'en se penchant sur la personnalité de son auteur et de son signataire. Je parle du roi Henri IV.

Il se versa de l'eau et but lentement en m'observant. Madame de Maintenon ne bougeait pas et ne le quittait pas des yeux. Ses paroles suffisaient à étancher sa soif.

— Oui, parlons de son auteur, Henri IV, ajouta La Chaise d'une voix de plus en plus onctueuse. D'abord, pouvez-vous m'expliquer sa religion ?

— Il s'est converti à la religion catholique.

— Hum ! C'est comme cet édit... Tantôt huguenot, et tantôt catholique. Voilà qui n'aide pas les historiographes. Pour tout vous dire, j'ai pensé que les convictions de cet homme étaient aussi floues que son édit jusqu'à comprendre ce qu'il cherchait vraiment. Je ne pouvais me faire à l'idée que ce roi si brillant et si intelligent n'ait pas conçu un vrai projet. Et j'ai saisi le sens de l'édit de Nantes en répondant à ces interrogations. Qui était-il ? Et que voulait-il ? Mais vous, le savez-vous ?

— C'est un grand roi qui a rétabli la paix. Et instauré la tolérance, m'entêtai-je sentant pourtant bien que sous les assauts de son intelligence et de son érudition, les remparts de mes certitudes se fissuraient.

— Le grand roi, je vous l'accorde. J'ajouterai même un roi exceptionnel pour la monarchie, car il a installé l'absolutisme. Non ! Ce n'est pas Louis XIV... Mais, aussitôt, je m'explique : la vocation de l'édit de Nantes n'était pas d'instaurer la tolérance, madame, mais de placer le roi au-dessus de toutes les religions. Il est le roi de tous les Français et sa religion importe peu. Sa conversion est même secondaire. *Paris vaut bien une messe*. Je ne jugerai pas la légèreté de ses engagements, mais les conséquences pour la tolérance et la liberté que vous chérissez. Si le roi est arbitre, et au-dessus de tout, qui peut contrôler son pouvoir ? Aucun homme, ce qui est sûr. Dieu ? Mais puisque le roi s'est placé au-dessus de toutes les religions, il n'a plus de juge. *Il ne faut plus faire de distinction entre les catholiques et les huguenots, mais que tous soient de bons Français*. Et ces bons Français seront dirigés par qui ? Le roi ! Voilà ce que décide l'édit de Nantes.

J'allais rétorquer qu'au-dessus du roi se trouvait son confesseur et que dans le cas de Louis XIV la question se posait de savoir qui était le maître, mais il ne m'en laissa guère le temps. Ou peut-être, devinant que j'allais réagir, il leva un bras et je reconnus dans ce geste l'école de Bourdaloue dont j'avais « apprécié » le sermon dans la chapelle royale.

— Par là, enchaîna-t-il, ce texte consacre le triomphe d'un système, et non celui de la tolérance. C'est la victoire de l'absolutisme qui conduit forcément à la tyrannie si aucune loi humaine ou divine ne vient brider son pouvoir. Le roi peut-il être absous de ses fautes ? Peut-il tuer, voler, et même révoquer, sans foi ni loi ? Les jésuites ne le croient pas. Mariana, un de nos compagnons espagnols, a justifié publiquement l'assassinat d'Henri III par Jacques Clément. Et il n'a pas fait usage de complot, de manœuvres obscures. Il a agi au grand jour, avec courage, en prenant tous les risques ! Et je maintiens qu'il s'agissait d'une honorable défense de la liberté que vous chérissez. Oui, quand le prince devient *intolérable* par ses vices et ses crimes, il doit être jugé, condamné et disparaître. Ainsi, nous estimons qu'il faut soumettre tous les hommes, même les rois, à des lois. Mais lesquelles ? Oui, quelles sont les lois qui ne portent pas atteinte à son pouvoir temporel ? Celles de Dieu. Il n'y a qu'Elles, car le roi, en étant au-dessus des hommes, reste néanmoins à jamais le serviteur du Tout-Puissant. Or l'édit de Nantes a affranchi le roi de cette obligation. Il est dorénavant maître chez lui, libéré de ses devoirs. Il agit comme il veut, sans avoir à rendre de comptes. Il est l'arbitre de la tolérance et de la liberté. Il peut, s'il le souhaite, étouffer ces vertus et agir tel un tyran. Pensez-vous qu'un homme, quel qu'il soit, ne puisse un jour se voir tenté par le vertige du pouvoir sans limite ?

Alors, rugit-il, un homme, au prétexte qu'il est roi, ne doit-il pas être contrôlé ?

— Il le doit, concédai-je en un murmure à peine audible.

— Vous comprenez donc qu'en abrogeant l'édit de Nantes, le roi ne ferait que nuire à son autorité. Et, par ce signe, indiquerait la sainte volonté de se soumettre à nouveau et humblement à la Loi de Dieu. En abolissant l'édit de Nantes, le roi accepterait Sa Parole suprême qui est Amour, et seul moyen d'instaurer la tolérance. En révoquant l'édit de Nantes, le roi établirait un principe général en lieu et place d'un traité de paix provisoire. Et je fais partie de ceux qui pensent sincèrement qu'un État de droit fondé sur les Lois du Créateur est préférable aux caprices d'un homme retenu par aucune règle, aucune morale, et n'ayant aucune conscience de ses péchés ou de ses fautes, car ici gît la véritable hérésie. *Haereticas exterminare* ! Oui, en jurant, par le serment du sacre d'exterminer les hérésies, le roi a promis d'agir autant pour lui que pour les autres. Le tyran est-il hérétique ? Assurément, puisqu'il ne respecte pas les commandements de Dieu. Du moins, nous le pensons. Ainsi, madame, par notre action, nous voulons freiner le roi, non le protéger. Nous voulons qu'il s'incline, fasse pénitence, reconnaisse qu'il est homme et dévoué à l'amour du prochain et au bonheur de tous. Or ce n'est pas possible aujourd'hui, en l'état du Royaume et de ses textes dont les protestants sont les premières victimes comme, hélas, on le voit dans les dragonnades de monsieur Louvois. Ainsi, contrairement à ce que vous prétendiez avec légèreté, nous luttons pour la liberté et pour la tolérance et œuvrons, par l'action et la prière, afin de placer le roi sous le règlement de Dieu. Et c'est ainsi que nous serons le mieux unis. Et c'est pourquoi son confesseur et tous les orateurs dont on dit tant de mal guident le roi vers la foi et la croyance en Dieu. Ils veulent qu'il aime Dieu et qu'il Le craigne. Et, en effet, qu'il se plie à sa Loi. Mais je ne pense pas que madame de Montespan vous ait expliqué ainsi notre cause tant il est vrai qu'elle n'y a pas sa place. Un roi, une loi, une foi. N'est-ce pas mieux qu'un Royaume sans foi ni loi ? Dans ce projet, ce n'est pas un clan ou un homme qui triomphe, mais Dieu qui est Amour et dont nous sommes tous les serviteurs.

Madame de Maintenon acquiesça en silence à la fin du prêche alors que son auteur reprenait sa place dans le fauteuil.

Le jour s'était levé. Avais-je un seul argument à opposer à La Chaise ? En plaçant le roi sous la coupe de Dieu, il mettait un frein à son absolutisme. Qui aurait pu être contre ces lois qui ordonnaient d'aimer son prochain comme soi-même et condamnaient la violence et la haine ? Existait-il des règles plus tolérantes ? Quel esprit se voulant sincère n'aurait pas juré qu'une loi sacrée était le meilleur contre-pouvoir à la tyrannie ? Pourtant, toute mon éducation, toute la raison de mon père, et le principe même de la tolérance me poussaient à défendre l'édit de Nantes. Les paroles de la marquise de Montespan me revinrent et je compris leur justesse. Je ne pouvais gagner contre La Chaise. Battre un casuiste aussi brillant demandait des années d'apprentissage. Et malgré le vœu que j'avais formulé, il l'emportait car je ne trouvais rien à lui répondre. Mais accepter et me résoudre à la disparition de cet édit en qui l'honnête homme avait mis sa confiance ? Renier ce credo, cet acte de foi ? Pour assurer la défense d'un texte que j'estimais sacré, je n'avais aucun argument à opposer au confesseur du roi. Et ces mots que j'allais prononcer, et qui prouvaient que j'acceptais la défaite, je les ressasse encore et à l'infini :

— Vous êtes donc pour la révocation de l'édit de Nantes ? murmurai-je, abasourdie et proprement vaincue.

— Oui, répondit-il simplement, sans montrer son triomphe.

— Le roi agira donc en ce sens ?

— Je n'en sais rien, madame. C'est lui seul qui décidera, fit-il comme s'il rejoignait le camp des esprits libres.

— Mais toutes ces affaires l'influencent et agissent sur son jugement.

Il haussa les épaules :

— Les voies du Seigneur sont impénétrables. Et votre jugement comme le mien comptent autant pour le roi. Dites-lui ce que vous voulez. C'est votre liberté !

Il reprenait son air supérieur. Vers quel traquenard m'entraînait-il encore ?

— Pardonnez-moi, insistai-je. Je voudrais être certaine que vous ne voyez aucun mal à lui faire part de mon sentiment sur ces affaires qui gangrènent, selon moi, les esprits de la cour et peuvent troubler son jugement.

— Si vous le pensez, en votre âme et conscience, je ne peux vous l'interdire.

Il semblait serein. Il se redressa dans son fauteuil et croisa benoîtement les mains, sans doute assuré de sa victoire :

— Mais j'ajouterai ceci : soyez prudente, ne dites que ce qui est vrai. En somme, ne cherchez pas à tromper le roi. C'est pourquoi vous devrez peser chacun de vos mots. Vous savez désormais ce que je pense puisque je ne vous ai rien caché de mes positions. Vous connaissez aussi mes raisons et vous mesurez, à présent, leur hauteur. C'est un sujet sérieux qui demande calme, sagesse et honnêteté. Débattez du sujet en vous servant de ce que je vous ai dit, mais pas un mot de plus ! Ne me faites pas l'injure de parler des jésuites en utilisant ces affaires de bas étage, ces crimes où se joue le sort misérable de banqueroutiers et d'empoisonneurs. Oui, vous pouvez corriger mes opinions, c'est votre liberté. Mais vous ne pouvez user dans vos arguments de ce qui n'est que fabulation et mensonge. Maintenant, permettez-moi un dernier conseil. S'il vous vient l'idée incroyablement vaniteuse de parler encore au roi des affaires de la cour en y liant la question de la religion, réfléchissez finement. Et oubliez cette légèreté provinciale, proche de l'orgueil, qui vous souffle que le plus grand souverain du monde pourrait s'intéresser à ce que la frivolité d'une jeune fille croirait bon d'inventer. Ne lui laissez pas entendre que vous le supposez capable de prêter de l'importance à de misérables détails quand viendra le temps de prendre la plus grande décision de son règne. Le sujet dont nous parlons, le roi et moi, porte sur l'absolutisme, le rôle du monarque, le sens d'une vie, la place de Dieu. Et si nous abordons l'édit de Nantes, c'est dans les mêmes termes que ceux que j'ai employés avec vous. Poison ! Sorcière ! Fantôme ! Quand il s'agit du sort du monde... Allons, madame ! Un peu de sérieux et ne nous faites pas cet affront. D'autant que c'est vous qui en supporteriez les conséquences. Je le dis en pensant à votre père quand viendra le temps de lui pardonner ou non. Ne vous moquez pas du roi en le poussant à croire que vous le considérez comme un homme simple au raisonnement un peu court. Abandonnez madame de Montespan et ses avis tourmentés par des ambitions personnelles. Le roi est grand. Il est juste. Et c'est le Roi-Soleil. Ne l'oubliez jamais ! Maintenant, je vous laisse aller. Et je prierai pour vous, et pour que le roi vous entende.

Il se leva. L'entretien était clos.

— Puis-je ajouter quelque chose ? demanda madame de Maintenon.

Cela sembla déranger La Chaise. Craignait-il un mot de trop ?

— Je veux dire qu'il faut se méfier des avis que l'on porte sur moi. Dieu le sait (elle regarda La Chaise qui acquiesça), au roi, je ne dis que la vérité. Je lui montre quand on le trompe et ne cherche pas à le flatter. Je crois ne l'avoir jamais trahi.

François d'Aix de La Chaise se détendit. Ces paroles ? Il aurait pu les prononcer.

On se salua. On se sépara. Le piège s'était refermé. Je ne pouvais débattre que de la redoutable thèse des jésuites. Elle était solide et je n'étais pas sophiste. Un mot de trop ? J'étais condamnée. Pour expliquer au roi ce que je voulais qu'il entende – mais sans le blesser –, il m'aurait fallu procéder par approches prudentes... Agir avec circonspection. Rester à ses côtés... tout un règne ! Et je n'avais ni la condition, ni la vocation d'un confesseur.

La messe était dite ? On pouvait l'écrire ainsi.

Du moins, je le pensais.

Je n'eus guère le temps de réfléchir aux paroles de La Chaise. Je retenais en tout cas qu'il fallait me méfier. Et compter chacun de mes mots. J'admirais aussi l'intelligence de cet homme qui, en proclamant son honnêteté, se protégeait des attaques. Son sujet se situait près du Ciel et non dans les bas-fonds. Sa relation avec le roi était dénuée de perversité et, à ses alliés, comme à ses opposants, il ne cachait rien de ses convictions. Belle habileté ! Quel était le poids des affaires crapuleuses face à un projet capital où la liberté et la tolérance se trouvaient en question ? Il abattait ses cartes, faisant preuve de courage, mais, en échange, il réclamait une même hauteur de vue et embrouillait mon esprit. En somme, avec talent et perfidie, il décidait des règles. Il ne pouvait s'agir que d'un débat sur l'absolutisme qui conduisait à la tyrannie, et pour contre-pouvoir, lui opposait la loi de Dieu. Si l'on ne partageait pas ce projet, il était prêt à débattre, mais en usant d'arguments supérieurs. Sa franchise se voyait donc assortie d'une condition fixée par lui : les critiques se limitaient à *sa* thèse. C'était une façon formidable de détourner l'affaire ou de la tourner à son avantage. *Primo*, il n'était plus question de parler des désordres à la cour en citant les jésuites sans leur déclarer la guerre. *Secundo*, affirmer que le roi pourrait être influencé par ces sujets mineurs, c'était faire preuve d'irrespect envers lui. Et, en me moquant, pouvais-je sauver mon père ? Il y avait un *tertio*, oublié par La Chaise : il maîtrisait ces questions mieux que personne et profitait de milliers d'heures d'intimité avec le roi où se mêlaient confession et prédication. Mais moi, de quelle carte disposais-je ? Aucune, ou presque. Une seule, en réalité, qui tenait dans la phrase de madame de Maintenon à propos du fantôme. Selon elle, cette affaire était terminée et, avait-elle ajouté, *le roi en serait ravi. Il détestait ce désordre.* Il fallait donc croire que le Soleil n'aimait pas cette ombre qui planait sur Versailles et qu'il y prêtait plus d'attention que La Chaise ne l'affirmait. La preuve ? Ce geste de rien pour faire taire Maintenon quand elle en avait parlé. Celui d'un directeur autoritaire en matière de conscience.

— Eh bien ?

La Reynie m'attendait. S'était-il changé ? Ses vêtements noirs, sa perruque, ses souliers, tout semblait neuf du matin. Sa fatigue ? Avait-elle seulement existé ?

— Je suis restée prudente, dis-je sans rien préciser de plus.

— Nous allons chez le roi, fit-il soulagé. Je lui dirai que tout est en ordre et que vous avez réussi ce que vous aviez promis. Trois jours pour démêler les fils.

Son regard était doux et conciliant. La mort du marquis de Penhoët devait compter pour beaucoup ; il se sentait responsable et c'était sa façon de payer sa dette.

— Laissons La Chaise s'entretenir avec le roi, car, n'en doutez pas, il a couru pour lui rendre compte de votre entretien. Nous, nous entrerons avant le Petit Lever. Bontemps, le premier valet, est prévenu. Vous disposerez d'un court moment. Maintenant, avançons.

— Comment suis-je ? lui demandai-je.

Ses yeux s'écarquillèrent. Il parut seulement découvrir que j'étais une femme.

— Très accorte, je vous l'assure, chuinta-t-il.

— Je parle de ma robe, de mes cheveux ? Et mon front ?

— Rien n'a changé depuis ma dernière inspection. Pour le teint ? Un linge parfumé fera l'affaire. Bontemps vous sauvera. Allez ! En route.

En marchant, il me livra encore quelques recommandations :

— Parlez peu. Répondez aux questions. Et restez sur ce que vous savez. C'est un crime crapuleux. Il n'y a pas d'affaire.

— Et le roi sera en somme ravi d'apprendre que le désordre a pris fin.

— C'est exactement ce qu'il veut entendre. Rien de plus.

Il s'accrocha à mon bras sans ralentir d'allure :

— Malgré la mort de Louis de Mieszko, me faites-vous toujours confiance ?

— Je sais que vous n'en êtes pas responsable et que vous la regrettez.

— Dans ce cas, s'adoucit-il, faites ce que je vous ai dit et tout se passera bien. Ensuite, je vous reconduirai à Paris. Et qui sait de quoi nous parlerons ? C'est ici.

Il ouvrit une porte. Bontemps nous attendait. La Reynie lui demanda si le roi était seul. Bontemps opina. Un peu d'eau et un linge ? Bontemps les avait déjà en main, et déjà La Reynie me les reprenait.

— C'est l'heure, dit Bontemps en s'effaçant pour nous faire entrer dans la chambre du roi.

C'était une petite pièce intime et assez mal rangée que Louis XIV utilisait avant de se rendre dans la chambre d'apparat où se déroulerait le Petit Lever, l'acte un d'une journée ordinaire et réglée. Aux premiers instants du jour, le Soleil profitait de ses derniers moments de liberté. Il était en chemise, assis sur le lit. Il lisait *Le Portrait du gouverneur politique* de Jean-Baptiste Madaillan. Au bruit, il abandonna sa page et leva un œil. Il sourit à son lieutenant de police. À l'inverse, il ne me montra aucune attention. Bontemps s'approcha et releva les manches de la chemise du roi. Puis, il versa de l'eau de toilette dans ses mains et commença à frictionner les bras de son maître qui, indifférent ou résigné, sondait La Reynie. Qu'avait-il à lui dire ?

— Bonjour, sire. Je vous vois reposé et de bonne santé.

— Auriez-vous perdu l'art de juger au premier regard ? La goutte, monsieur de La Reynie ! Vos espions ne vous ont donc pas informé que j'ai souffert toute la nuit ?

— Sire, j'espère soulager votre souffrance en annonçant de bonnes nouvelles.

— Mon confesseur sort à l'instant. Il m'a tout rapporté.

— Vous a-t-il dit le rôle joué par Hélène de Montbellay ?

Le roi daigna jeter un regard sur moi :

— La marquise de Montespan avait donc raison de vous faire confiance.

L'occasion me sembla trop belle. Je sautai dessus :

— On gagne à l'écouter.

À côté de moi, La Reynie secoua ses épaules. C'était sa façon de me conjurer de me taire. Le roi allait me demander pour quelle raison il fallait tenir compte de l'avis de la favorite, mais Bontemps choisit ce moment pour avancer une chemise neuve. Il détourna les yeux. La Reynie, lui, me bombarda du regard.

— Je connais toutes les opinions de madame de Montespan, reprit-il en ôtant sa chemise devant nous. Je sais ce qu'il faut en retenir. Et vous, madame ? Souhaitez-vous m'entretenir d'un sujet particulier ?

La Reynie se pétrifia sur place. Le temps d'inspirer et je devais répondre.

— Oui, sire.

Bontemps, lui-même, cessa sa friction.

— Si le marquis de Penhoët n'a pas de tombeau de famille, je souhaiterais qu'il repose à Saint Albert, chez mon père.

Le roi m'interrogea du regard.

— Rien d'autre, nous en sommes certains ?

Et j'ai baissé les yeux, entrant dans le jeu du courtisan, mentant dans l'espoir d'obtenir ma faveur, piétinant les chères valeurs qu'on m'avait enseignées et acceptant par avance tous les choix du Roi-Soleil. Oh ! père, combien me sembla élevé le prix du pardon.

— Non, sire, rien d'autre, dis-je soumise et comme domestiquée.

Oh ! mon père, combien vous aviez raison. On n'échappait pas à Versailles et je compris trop tard ce que vous entendiez par les périls qui m'y menaçaient. Dans cette île enchantée, un seul détenait les clefs et décidait de tout. En aucun cas, je ne pouvais en sortir sans dommage. Vous m'en aviez parlé tel un *château de cartes*, et c'était la vérité. Le *carreau correspond aux honneurs et au faste, le cœur aux sentiments, le pique à la mort.* J'avais déjà croisé ces trois-là. *Seul le trèfle apporte l'espoir. À l'instant où tu les découvriras, il sera trop tard pour changer ton destin.* Le roi de tous les rois tenait cette carte en main et pour qu'il caresse ma fortune, j'étais prête à tous les abandons, à toutes les démissions. Les larmes ou le bonheur, la joie ou la tristesse ? Sa Majesté, torse nu, déciderait selon son bon vouloir. À quoi avait servi la mort du marquis de Penhoët ? Les larmes montèrent et je dus mordre mes lèvres pour retenir mon émotion. Le roi continuait de me regarder. Il voulait être certain que je capitulais, emportant dans ce désastre le nom des Montbellay.

— Monsieur de La Reynie, qu'avez-vous à nous dire ?

— Hélène de Montbellay a fait preuve de courage et d'une énergie remarquable. Son rôle fut important dans le dénouement de cette affaire. Il semble que l'on puisse compter sur sa fidélité, et que cette vertu est attachée également à son nom.

Un chien fidèle ? Non ! un chien asservi et enchaîné. Et il parlait de nous.

— Je ne suis informé d'aucun manquement au bannissement du comte de Saint Albert, continua-t-il. Voici autant de preuves de l'obéissance que vous attendiez.

Si je doutais du piège dans lequel on m'entraînait, le roi y mit aussitôt fin :

— Bien ! cingla-t-il. Ici et là, on nous dit que vous êtes désormais soumise. J'en espère autant du comte de Saint Albert. À cette condition, je respecte mon serment.

— Car vous les respectez tous, ajoutai-je malgré moi en serrant les dents.

Le roi me fixa. Comment fallait-il prendre ces mots imprudents ?

— Vous l'avez dit, sire, ajoutai-je sans reprendre mon souffle, vous respectez tous vos serments. Je colporterai donc cette nouvelle qui prouve que le meilleur des rois juge en son âme et conscience. Et non pas en écoutant ceux qui courtisent son esprit.

Il y eut un flottement. La Reynie fit bouger ses épaules. Était-ce un affront ?

— À qui songez-vous ? jeta Louis le Quatorzième d'une voix glaciale.

Je me souviens encore de cette hésitation. Les mots étaient sur mes lèvres et ne demandaient qu'à jaillir. Combien de temps restai-je ainsi, allant du roi à La Reynie, tous attendant que je réponde ? Et je le fis enfin :

— Je pense à ceux que Votre Majesté n'écoute pas quand ils trahissent la vérité. Je le sais et m'en retourne, apaisée et confiante, car j'ai vu et entendu un roi juste, allant au-dessus et décidant sans influence de rendre son honneur à Pierre de Montbellay quand tant d'autres doutaient de son honnêteté. Et ce qui est vrai pour nous, le sera aussi pour notre royaume...

— C'est l'heure, murmura Bontemps au moment où il le fallait, car le roi s'interrogeait sur le sens caché de ce qui resterait comme un compliment.

— J'établirai la lettre de cachet soulageant le comte de Saint Albert de son exil, conclut rapidement La Reynie, en s'inclinant. Bonne journée, sire.

Le lieutenant de police me traîna vers la sortie alors que je saluais sans quitter le roi des yeux, comme un ultime, un dernier sursaut de bravade bien dérisoire. Se méfier des mots, sans doute. Mais les apprécier, Dieu que c'était bon !

Cette dernière provocation, je l'avais jouée pour moi, pour mon père et pour le marquis de Penhoët. Et j'étais convaincue que, de là où il se trouvait, ses yeux gris-bleu m'envoyaient un sourire.

Un bon mot, n'était-ce pas comme une bonne carte ?

Sur le chemin qui nous ramenait à Paris, La Reynie répéta mille fois qu'on ne jouait pas sa vie sur un mot. C'était son opinion. Chacun la sienne.

En creusant, je compris ce qui nous distinguait. Le lieutenant de police rêvait peu et il avait perdu ses illusions. Il affirmait avoir fait le tour de la nature humaine qu'il jugeait dangereuse et infidèle. En somme, vouée à l'échec. Sa religion ? Ce n'était pas celle du jansénisme, du calvinisme ou du mahométisme.

— Non, si je crois, c'est en l'État, m'avoua ce magistrat alors que nous venions de quitter Versailles. Et l'État, c'est le roi. Donc, je sers Louis XIV.

Il lui fallait, disait-il en forçant sa modestie, une cause simple à comprendre et ne demandant pas d'efforts particuliers au moment de se coucher. Sa prière ? Une nuit sans que l'on sonne chez lui pour lui annoncer un nouveau drame.

— Ou une nouvelle affaire, lâcha-t-il en souriant franchement.

Nous n'étions que tous les deux dans le carrosse. La Reynie s'était organisé de telle sorte que madame de Sévigné voyage séparément. Son attelage nous suivait et la marquise n'y avait fait aucune opposition. Épuisée et bouleversée par la mort du marquis de Penhoët, elle se laissait guider. Nous avions très peu parlé. Elle ne songeait qu'à quitter Versailles dans l'espoir d'oublier le drame. Et c'est à peine si elle m'avait demandé ce que j'avais fait cette nuit. Plus tard, gémissait-elle, quand nous serons rentrées... Et tout cela pour une lettre, devait-elle s'imaginer.

À l'inverse, Nicolas de La Reynie se montrait chaleureux et même disert. Pour lui, tout était terminé, et seul le résultat comptait. Le décès du marquis de Penhoët se comparait peut-être à ces pertes humaines liées à toute victoire. Et les deux étaient, en quelque sorte, indissociables. Cet homme défendait l'État, un corps qui n'avait ni âme ni apparence et par ce fait aucun défaut.

Montrant une amabilité peu coutumière, il avait insisté pour me raccompagner à Paris où, de toute manière, il fallait qu'il aille. Mais c'est aussi qu'il avait autre chose à me dire. Nous avions quitté Versailles après un adieu à la dépouille du marquis et pendant que je priais pour son repos, La Reynie, que ces choses religieuses, comme s'agenouiller, ne séduisaient qu'à moitié, s'était absenté pour, affirmait-il, battre le fer tant qu'il était chaud. Il était revenu, toussotant dans mon dos muni d'une lettre signée par le roi. Pierre de Montbellay, comte de Saint Albert, recouvrait ses droits et ses devoirs de se présenter au roi. La formule ressemblait à une injonction et c'était tout l'esprit de ce que j'avais obtenu. Quatre lignes contre ma soumission.

— Allons ! bougonna La Reynie. Un si beau résultat ! Cessez de vous flageller.

Le chagrin, sans doute, m'avait forcé à lui dire des mots injustes :

— Vous ne pouvez pas comprendre. La soumission ! C'est votre religion.

Il m'avait regardée tristement. Je lui avais fait mal et je le regrettais.

— Nous en parlerons au retour. Et vous apprécierez ensuite.

Ces mots énigmatiques furent les derniers qu'il prononça jusqu'à monter dans le carrosse. Il attendit d'être sorti des faubourgs de Versailles et de s'éloigner encore comme s'il redoutait qu'une oreille indiscrète puisse l'entendre. Et quand nous fûmes en pleine forêt, il se tourna vers moi :

— La soumission ! Et si je vous prouvais que c'est tout le contraire ?

Il bougea les épaules et me regarda encore avant de se décider à parler :

— Les apparences sont parfois trompeuses. Je ne suis pas soumis, mais fidèle.

— Cela revient au même ! Vous servez le roi.

— Oui, madame, fit-il en bougeant le nez. Je suis dévoué au roi puisqu'il est l'État. Je vous l'ai dit tout à l'heure, hélas, vous ne m'avez pas entendu. Je crois en l'État qui est incarné par le roi. Et tant qu'il servira l'État, je lui serai attaché. Ma soumission, comme vous dites, ne va pas plus loin.

— Cela veut-il dire que vous seriez prêt à le trahir ?

Il remua encore, signe de son malaise :

— Pendant la Fronde, j'ai fait preuve d'une loyauté sans faille au roi. Lors de l'Affaire des Poisons, j'ai agi sans hésitation tant que la solidité du trône n'était pas menacée. J'ai avancé, révélant les actions criminelles des gens de condition. Quand je sus qu'il me faudrait mettre en cause l'entourage du roi, j'ai cessé mon action. Et je vous explique pourquoi j'ai changé d'opinion au cours de l'enquête, quitte à me déjuger. On m'a accusé de légèreté, voire de précipitation. Je n'ai rien dit. J'ai laissé circuler les sarcasmes, même si j'en ai souffert. La vérité est qu'à l'instant où, par le jeu des personnes mises en cause, je risquais d'affaiblir le pays, j'ai caché et menti. Je l'ai fait non pas pour protéger un homme ou son clan ou ses proches. Je veillais sur le légat suprême d'un État secoué par l'histoire récente des guerres de religion, par la Fronde et qui est entouré de pays ennemis. Ce pays et ce roi sont plus fragiles qu'on ne le pense. Le rôle d'un serviteur est de les soutenir. C'est ainsi qu'il faut comprendre ce que je fais. Et chaque jour, jusqu'au dernier, j'agirai ainsi.

Il ferma les yeux un instant et se laissa porter par le roulis du carrosse :

— Un pays vivant en paix, un État solide, un peuple s'épanouissant par la grâce du progrès, voilà mes croyances. C'est pourquoi je suis soulagé que cette histoire se termine ainsi.

— Sans que le roi puisse en souffrir.

Il se redressa d'un coup :

— Non. Sans que l'État ne soit encore bousculé. Et c'est le cas puisqu'il s'agit d'une simple affaire crapuleuse qui sera effacée des tablettes et ne restera pas dans les annales. Je contrôle la *Gazette de France* ou encore le *Mercure*. Et le *Journal des savants* ne s'aventurera pas à parler d'un revenant… Dès lors, cette affaire n'existe plus.

La Reynie me lança un regard narquois. Il gardait un secret.

— Voudriez-vous me laisser entendre qu'elle aurait pu en cacher une autre ?

— Il faut voir au-delà des apparences. N'est-ce pas ce que vous pensez ?

— Je l'ai fait assez. Et vous m'avez convaincue du contraire.

— Dans votre intérêt. Et peut-être celui du Royaume. Car à quoi nous menaient vos hypothèses ?

— Un complot religieux, murmurai-je.

— Une affaire d'État, peut-être… Et qui aurait pu être visé ?

— Les jésuites ?

Il acquiesça en silence.

— Les avez-vous protégés ? insistai-je.

Il expira fortement par le nez en émettant un petit bruit aigu :

— Mon rôle n'est-il pas de veiller sur ceux que l'on attaque ?

— Ainsi, j'avais vu vrai ! écumai-je.

Il leva une main, m'ordonnant de m'apaiser :

— Tout doux !

— Comment croire que j'accepterais que vous m'ayez caché la vérité ? N'en doutez pas, monsieur de La Reynie, je vous poursuivrai, j'irai, la nuit, frapper à votre porte, je lèverai une armée de poètes qui inventeront les pires pamphlets sur vous. Je...

— Allons, sourit-il, je vous autorise un dernier assaut. Posez-moi votre question.

— Non, je préfère imaginer une hypothèse.

— Je vous écoute, chère collègue, gloussa-t-il en se calant dans le siège.

— Les jésuites ne cachant rien de leurs idées, et je l'ai compris en entendant La Chaise, leurs ennemis savent que leur projet est de convaincre le roi de révoquer l'édit de Nantes.

— Poursuivez, acquiesça-t-il d'un air satisfait.

— Leurs opposants les plus résolus se jettent alors dans une bataille à corps perdu. Par tous les moyens, il faut affaiblir le pouvoir des jésuites. D'abord, en Louisiane où une alliance s'organise pour que ces compagnons de Jésus ne prennent pas la tête de l'évangélisation. En France, toutes les congrégations s'unissent en secret pour nuire au pouvoir de ceux qui approchent le roi et l'influencent. On tirera à hue et à dia sur les directeurs de conscience. C'est un complot ourdi contre les jésuites. Une nouvelle guerre de religions, m'enflammai-je.

La Reynie applaudit, puis éclata franchement de rire. Ma rage redoubla :

— Vous vous moquez ?

Pour toute réponse, il siffla ces mots entre ses dents :

— Si les jésuites sont ceux que l'on chasse, pourquoi aucun n'est-il tombé sous les coups du... fantôme ?

— Évidemment, bougonnai-je. Ma thèse pourrait en prendre un coup. Mais je vais vous répondre.

— Je vous en prie, susurra le lieutenant de police en croisant les mains sur son ventre.

— Menacés par cette conjuration, les jésuites décident de contre-attaquer en organisant la mort de leurs opposants. On masquera l'affaire sous un mobile ayant trait à l'argent. Cette compagnie de Louisiane dont certains veulent s'emparer pour de vils profits leur en donne l'occasion. Je n'ai pas terminé, monsieur de La Reynie ! J'ai entendu La Chaise m'expliquer que le crime, y compris celui de tuer un roi, est légitime à ses yeux quand sa cause est noble. Le casuiste compose avec les règles morales et les adapte selon ses desseins. Si assassiner un tyran est juste, on réservera le même sort à ceux qui contrecarrent les plans de Dieu. Or, La Chaise et tous les jésuites sont convaincus de servir Dieu en conseillant au roi de révoquer l'édit de Nantes. Croyez-vous que la mort d'un homme pèse face à une décision historique ? La Chaise, encore lui, a pris plaisir à m'expliquer que l'avis d'une petite provinciale, il parlait de moi, comptait peu dans l'esprit du roi. La fin justifie les moyens, monsieur le policier. Tuer pour faire taire ceux qui entendent convaincre Louis XIV de ne pas révoquer la tolérance ? Ce n'est pas impossible. Non, c'est la vérité. Voilà comment l'affaire du fantôme se révèle un complot religieux dont vous avez pris soin de tout me masquer.

— En avez-vous fini ? soupira-t-il.

Sa sérénité fit plus pour ébranler mes certitudes qu'un discours orageux.

— Oui, je crois, répondis-je d'une voix moins assurée.

Son visage devint grave. Ses yeux se fixèrent sur moi. De nouveau, je faisais face au lieutenant du roi, et, dans les mots qu'il prononça d'une voix éteinte, perçait le poids d'un homme d'État, épuisé par les secrets qu'il portait trop souvent seul :

— Si je prends votre thèse pour argent comptant, comment expliquerez-vous que le nom de celui qui devait être assassiné, aujourd'hui même, si nous n'avions pas mis fin à cette série, n'était autre que La Chaise ?

Les mots entrèrent dans mon cerveau et m'assommèrent. Le confesseur du roi ?

— Oui, Hélène de Montbellay. La Chaise devait être tué. Ce nom figurait sur une liste que nous avons trouvée en retournant les poches de l'assassin du marquis de Penhoët. Je dis toujours à mes hommes qu'il faut effectuer une fouille en règle, chercher dans les doublures, les plis, les ourlets. Et nous avons trouvé. Oh ! La Chaise n'était pas seul. Voulez-vous un autre nom ? Montespan.

Le carrosse filait vers Paris secoué par les nids-de-poule. Mon esprit allait de même, ballotté et heurté par les révélations de La Reynie.

— Et si ce désastre est vrai, nous n'avons pas affaire à un complot, madame. Je penche pour le chaos. Oui, on voulait provoquer un séisme, une catastrophe politique. Une situation d'exception qui obligerait le roi à réagir...

— Mais qui ? Par pitié, le savez-vous ? parvins-je à murmurer d'une voix sèche.

— Je vous ai appris lors de notre premier rendez-vous qu'il faut chercher à qui profite le crime. En l'espèce, si cette machination s'était déroulée comme prévu, qu'aurait fait le roi ? D'abord, remettre de l'ordre et c'était à moi qu'incombait cette mission. On arrêtait, torturait, pendait une série de bougres qui auraient juré n'être que des lampistes. Hum... Cela appelle mes souvenirs. L'Affaire des Poisons ? Les mêmes causes produisent les mêmes effets. Qui en aurait tiré profit ? L'ordre, l'intolérance, et s'en suivait *mécaniquement* un nouveau tour de vis. Cette situation affligeante ne constituait-elle pas *la* preuve qu'il devenait temps de mettre fin à la liberté religieuse ? Je crois toucher au but en affirmant que les conditions étaient réunies pour décider la révocation de l'édit de Nantes. Or, qui sont les partisans de cette thèse ? Les jésuites. Alors, faut-il croire à un complot fomenté par cette congrégation religieuse ?

La fatigue, la charge de ces nouvelles, le huis clos dans lequel tournait la question d'un La Reynie me toisant en silence, tout se combinait pour affoler ma raison.

— Rien n'est simple, hein ? grimaça-t-il comme pour expliquer que lui-même se lassait.

— Si le nom de La Chaise figure sur cette liste, ces crimes ne peuvent être l'œuvre des jésuites, glissai-je d'une voix éteinte.

— Vous avancez sans nuance, me tança-t-il gentiment. Ou plutôt, vous raisonnez en ne pensant qu'à la façon dont vous agiriez. Mais êtes-vous jésuite ? Savez-vous ce que pèse la vie d'un soldat de Jésus face à cette mission supérieure : sauver le roi de sa propre tyrannie ? Le père La Chaise est un homme passionné mais peu hanté par les choses temporelles. Avez-vous noté sa tenue ? L'essentiel pour lui, et contrairement à vous, ne se situe pas dans le bas monde. Il faut un vrai désordre pour provoquer la réaction du roi ? Son sort s'efface alors devant des intérêts supérieurs. Faut-il qu'il s'immole pour que triomphe la thèse de Dieu ? Est-il même informé qu'il y sera sacrifié ? Refermons ces questions, madame. Et oublions ce qui ne restera que des hypothèses. Nous avons mis fin à une série de meurtres dont la cause sera publiquement une compagnie en Louisiane, et pour le reste, un mystère.

— Avez-vous imaginé que cette liste ait pu être un faux, produit pour brouiller les pistes et vous induire en erreur ?

— Oui, j'y ai songé et c'est pourquoi je l'ai brûlée.

— Ah ! monsieur. Mais c'est un crime ! Vous avez détruit une preuve qui me permettait de me jeter aux pieds du roi et de lui dire…

— Allons ! À l'instant, vous conveniez qu'il pouvait s'agir d'un document mensonger. Et qu'auriez-vous proféré comme idiotie en vous précipitant sur le roi ? « Prenez garde, sire. La Chaise est à la fois victime et comploteur ? Et Montespan ! Qui aurait pu vouloir la faire disparaître ? Maintenon, pourquoi pas ! »

Il haussa les épaules :

— Croyez mon expérience. Le résultat que vous auriez obtenu se résume à ceci : ajouter au tohu-bohu et à la confusion. Et donc servir les intérêts des liberticides.

Il secoua la tête et son regard se perdit sur les premiers faubourgs de Paris :

— En détruisant cette pièce dont la valeur était discutable, j'ai mis fin à ces diableries. J'ai servi la cause que vous défendez. Je me suis rangé aux côtés de la tolérance.

— Mais en agissant ainsi, vous avez pris le risque de protéger les jésuites dont on aurait pu découvrir le jeu néfaste.

— Pure hypothèse, bougonna-t-il. Rien ne prouve qu'ils soient intrigants.

— Vous vous soumettez à cet ordre !

— Non, madame. Je me soumets à l'État.

— Il faudra m'expliquer pourquoi, enrageai-je.

— Ce n'est pas un secret, Louis XIV a une vision de son gouvernement que je qualifierai d'absolutiste et l'installation à Versailles n'a fait qu'aggraver les choses. Tout part de lui et tout revient à lui. Les courtisans, le château, et même l'étiquette qu'on impose poursuivent le même dessein. Tout dominer, tout contrôler, et faire en sorte que les forces qui s'affrontent s'épuisent d'elles-mêmes. Est-ce l'ambition ou la peur qui pousse le Roi-Soleil à agir ainsi ? Le résultat est que, par son système, les oppositions et les critiques sont de moins en moins fréquentes. Bientôt, il n'y aura qu'une seule loi, une seule foi et un seul roi. Et qui pourra s'y opposer ?

— Vous raisonnez comme La Chaise, murmurai-je.

— Oui. Car les jésuites ont senti le danger d'un roi absolu. Et s'ils pensent que cela risquerait de nous conduire à la tyrannie alors, oui, j'oublie ce qu'ils auraient pu commettre et je rejoins leur croyance. À défaut de preuve, je conclus que ce qui pourrait les accuser n'est que pure invention. Et je m'en tiens aux faits : quel péril encourons-nous ? La cour soumise à Versailles n'est qu'un des dangers qui menacent la France. La religion gallicane est aussi l'empreinte de Louis XIV sur le domaine spirituel. Songez qu'il ne répond plus qu'à sa loi puisque le Saint-Siège n'est plus maître en France. Et que se produira-t-il quand l'édit de Nantes sera révoqué ?

— Vous le prédisez aussi ?

— Madame, le roi ne s'arrêtera pas en si bon chemin. Il a mis fin à la paix de l'Église, et personne ne s'est révolté. Il a freiné l'autorité d'un pape qui ne décolère pas, mais qui ne peut rien faire. Le roi tient la noblesse depuis l'installation à Versailles. Quels sont les derniers obstacles à son pouvoir, conçu sans limite et sans partage ? Les jansénistes et les protestants ! Mais ils devront capituler ou disparaître. C'est une question de temps. Et le roi n'a pas besoin des conseils des jésuites pour s'en persuader seul. Alors, le Soleil n'aura plus de contradicteurs. L'État ? Il sera bientôt entre les mains d'un seul homme.

— Et, malgré tout, vous servez celui-ci ?

— Je le dis encore : je fais en sorte que ce roi ne s'empare pas de l'État pour son seul profit. Et qui profite de ces affaires où se mêlent turpitudes et sorcelleries ? Certainement pas les jésuites qui ne cachent pas leur jeu et dont tous se méfient tant qu'ils sont épiés, suspectés de tous les maux, si bien que leur autorité s'en trouve amoindrie. Non, j'ai compris que le roi seul tirait avantage de ces troubles. Chaque nouvelle confusion consolide son pouvoir personnel et c'est l'étrangeté d'un homme qui craint le désordre et sait l'utiliser. L'affaire du fantôme pouvait-elle nuire aux jansénistes ? Si la réponse était oui, vous devinez combien on s'en serait servi contre eux. La fermeture de Port-Royal se jouera également sur un prétexte. Mon rôle n'est pas de le fournir, car l'équilibre des forces et des pouvoirs plaide en faveur de l'État et de la liberté que vous défendez. L'affaire pouvait-elle amoindrir les jésuites ? Étudions l'hypothèse. On les accuse, les accable. Qu'en reste-t-il ? Une influence qui diminue alors que la thèse des jésuites constitue un autre rempart contre l'absolutisme.

— Ils veulent soumettre le roi à la loi de Dieu, glissai-je à mi-voix.

— Que dites-vous ?

— La Chaise m'en parlait ainsi. Il affirmait qu'en plaçant le roi sous l'autorité de Dieu, on freinerait son pouvoir dans ce qu'il avait d'*intolérable*.

— Alors ? glissa La Reynie. Les jésuites ne sont-ils pas un moindre mal ?

— Mais en les favorisant, vous affaiblissez les protestants et les jansénistes !

— Je manœuvre comme je peux. Les jésuites ont le vent en poupe, les autres plus. Mais en affirmant au roi que ce fantôme ne recelait qu'une affaire crapuleuse, je n'agis pas contre un camp qui pourrait ralentir la progression du pouvoir personnel. Et je crois servir l'État et la liberté.

— Voulez-vous dire qu'en m'entêtant à vouloir prouver au roi qu'il s'agissait d'un complot religieux, j'œuvrais contre mes intérêts ?

— Tournez la question dans tous les sens. Le résultat est le même. La meilleure carte est le roi. Oui, madame, et c'est peut-être le secret de cette affaire. Quelle que soit la vérité, le vainqueur aurait été Louis XIV. Voilà pourquoi je vous ai suppliée de vous taire. Un mot de trop... Et moi, je dois vivre avec cela. Ainsi, chaque jour, jusqu'au dernier, comme je vous l'ai dit, je composerai comme je le pourrai pour que l'État ne sombre pas entre les mains d'un seul homme.

— Pourquoi m'avouez-vous cela, monsieur de La Reynie ?

Il haussa les épaules à tour de rôle :

— En défendant à ma manière une certaine idée de la liberté, j'ai la faiblesse de croire que nous poursuivons le même combat. Je le fais en serviteur. Comme vous en ayant sauvé votre père. C'est pourquoi ce combat fut utile. Et nous y avons, tous les deux, appris ou gagné quelque chose. Alors, soyons heureux.

Arrivés devant l'hôtel Carnavalet, Nicolas de La Reynie descendit du carrosse pour me saluer. Il me prit par le bras, s'éloignant jusqu'à un renfoncement où il vérifia que ni œil ni oreille ne pouvait nous espionner. Rassuré, il ajouta :

— Madame, je crois inutile de préciser que toutes les syllabes prononcées dans ce carrosse se sont envolées. Pas un mot de trop !

— Je ne sais même plus de quoi vous parlez, monsieur le lieutenant de police !

— Une dernière chose. Voulez-vous dire, s'il vous plaît, à maître Faillard qu'il cesse de fouiner dans mon dos. Il s'est mis en tête que l'esclave mort rue Mouffetard aurait pu être tué par mes hommes quand ils sont montés dans le grenier où il se cachait. Sans doute croyait-il que je voulais détruire la preuve d'un secret d'État. Il est si tentant d'imaginer, sourit-il tristement, que ce bougre tenait en main le double d'une liste sur laquelle apparaissaient des noms faisant écho à ceux de l'Affaire des Poisons.

Il raidit sa petite taille :

— Et nous savons tous deux que tout ceci relève d'une pure hypothèse...

— Et nous la garderons en nous, murmurai-je au plus bas.

Son visage s'adoucit. Il ne regrettait pas ses confidences. Mais ce relâchement dura peu. Déjà, il retrouvait son sérieux habituel :

— En revanche, il se peut que le même Faillard, à force de chercher, ait pris connaissance de faits dont je dois vous entretenir. Hélas, grinça-t-il, il me coûte de parler et si je n'étais pas certain qu'il le fasse en premier...

— Mon Dieu, voilà d'étonnantes précautions et ce nouveau mystère m'inquiète, lançai-je mi-moqueuse, mi-agacée, pensant qu'il doutait à nouveau de ma loyauté.

— Il le faut, maugréa-t-il, comme s'il se donnait du courage pour libérer son cœur d'une charge trop lourde.

Mais avant de sauter le pas, il se gratta le nez, allant d'un pied à l'autre.

Quand soudain, il se décida :

— Vous semblez amoureuse de François de Saint Val ?

Quelle démarche étrange ? Son visage tendu me fit craindre le pire.

— Poser une question dont vous connaissez déjà la réponse n'est pas dans vos manières, répondis-je effrontément, cachant ainsi mon émotion.

— Jusqu'où s'élèvent vos sentiments ? insista-t-il.

— Aussi haut que porte ma vie, lançai-je le cœur battant.

Que cherchait-il à me dire ? Il se taisait encore. Abandonnant ma fierté, je le suppliai de s'expliquer :

— Je vous en prie. Mettez fin à mes inquiétudes.

— Ce jeune homme, jeta-t-il brusquement sur un ton où perçait une sincère émotion, vous aime pareillement et j'en ai la preuve. Mais ce que j'ai à vous avouer n'est pas simple. Voyez-vous, d'habitude je ne trouve guère d'utilité à parler de ces sentiments et...

— Monsieur, vos messes basses, vos circonlocutions, vos aveux tardifs, je n'en veux plus.

Il soupira et ses yeux s'attristèrent :

— Mon rôle est ingrat. Ma mission m'oblige à toutes sortes d'arrangements et je profite parfois des faiblesses des hommes en bafouant leur honneur. Oui, je sollicite leur collaboration et j'en fais mes agents. Ainsi, je reste en contact avec Paris. Oui, que voulez-vous ! enragea-t-il, j'ai besoin de mouches et...

— François ? murmurai-je.

— Ah ! Comprenez-moi, fit-il en joignant les mains. Je tenais Beltavolo. Son maudit père le réclamait. Et je savais où le trouver. Mais plutôt que de livrer mon martyr, j'ai négocié avec lui. Je l'ai laissé en liberté. En échange de quoi, il espionnait pour moi.

Cet air malheureux, ce drame dont François ne pouvait parler, l'aveu qu'il ne parvenait pas à me faire, c'était donc cela ?

— Mais le pire, le voici. Informé de votre arrivée à Paris, je lui ai demandé de vous suivre comme un double. Et je crois qu'il y parvint au-delà de tous mes espoirs.

En un éclair revint sa soudaine apparition dans les écuries de l'aubergiste et son habile numéro pour me séduire... Beltavolo m'avait trahie. Et brusquement, il ne restait que cela.

La Reynie devina mes pensées :

— Non, madame, il n'a jamais agi contre vos intérêts et en voici la preuve.

— Taisez-vous, monsieur. Je ne veux plus rien entendre.

Il se jeta sur moi et me saisit aux bras :

— Il faudra m'écouter ! François de Saint Val a accepté cette mission *parce qu'il* ne vous connaissait pas. Et par la suite, il m'a trahi *parce qu'il* vous aimait. Oui, il travaillait pour moi, mais c'était la première fois. Coincé par mon chantage, il n'a pu qu'accepter. Il cédait ou je le dénonçais à son père. Ainsi, celui qui bafoua son honneur, ce fut d'abord moi. Songez à cela quand vous le jugerez, mais pas avant de m'avoir entendu. Donc, il devait espionner la fille du comte de Montbellay, banni et exilé en son domaine de Saint Albert. Que venait-elle chercher ou quérir ? Il devait vous questionner. Ensuite ? Il me rapportait tout. Mais ce garçon charmant tomba sous votre charme. Dès lors, Beltavolo disparut. Des nouvelles ? Un signe ? Rien ! Enfui. Comprenez ma fureur... qui prit fin d'un coup en vous découvrant. Beltavolo avait raison. On ne pouvait se résoudre à vous tromper.

Il regarda ses pieds, mal à l'aise et peu habitué à ce genre de situations.

— Je devine son calvaire. Se dévoiler ou se taire ? Et pendant ce temps, il devait se cacher car je m'étais évidemment lancé à sa recherche. Non, ne condamnez pas cet homme. Il vous aime et vous a respectée.

Je revoyais François, inquiet et perdu quand nous étions à Versailles et se murant dans son silence. Je devinais sa peur à l'idée de tomber sur un homme de La Reynie. Pourquoi ne m'avait-il pas parlé ?

— Il le fera, sans doute, reprit La Reynie qui suivait mes pensées et se glissait dans mes doutes. Il vous avouera tout, un jour... Quand vous lui en donnerez l'occasion. Quand il saura que vous avez assez confiance en lui pour le pardonner.

— Il m'a séduite sur vos ordres ! rétorquai-je, mais plus troublée que je ne le voulais par le plaidoyer de La Reynie.

— Non, madame. C'est vous qui triomphez de lui. Maintenant, soupira-t-il, la question est de savoir ce que vous ferez de *votre* victoire. Il s'est rendu à vous, soumis, conquis et amoureux. Vous, qu'en pensez-vous ? Manifesterez-vous cet esprit de pardon et de tolérance qui nous fait défaut à Versailles et dont vous prétendez être le héraut ? À l'inverse, resterez-vous sur vos gardes, refusant de rendre son honneur à un homme qui le désire sincèrement et le mérite autant ? En somme, laisserez-vous passer *votre* bonheur ?

Ses yeux montraient de la douceur. De toutes ses forces, il voulait que la conclusion soit bonne. Pour une fois que l'enquête s'achève heureusement. Moi, je pensais aux prédictions de la sorcière. Il me faudrait prendre un peu de malheur et donner un peu de mon bonheur.

— Au revoir, monsieur La Reynie, lui dis-je simplement.

— Adieu, sans doute, me répondit-il, car nous avons peu de chances de nous revoir

— Il faudra faire le déplacement à Saint Albert. Je ne crois pas rester longtemps à Paris. Et encore moins à Versailles. Ce monde n'est décidément pas pour moi.

— Quand votre père se rendra à Paris, j'aurai plaisir à saluer. Dites-lui, s'il vous plaît…

— Je lui ferai part de tout ce que nous vous devons.

Il roula ses yeux énormes.

— Mais, ajoutai-je, je garderai pour moi nos conversations et nos secrets.

— Songez surtout à ce que je vous ai dit à propos de la tolérance et du pardon. Le reste, oubliez-le. Vous êtes trop jeune pour vous encombrer de ces souvenirs que je porterai seul. Car n'est-ce pas la mission du serviteur de l'État ?

Il sourit et s'inclina en claquant des talons :

— Transmettez mon souvenir à la marquise de Sévigné.

Déjà, il remontait dans son carrosse. Et je crus à un adieu. Mais chaque jour, jusqu'au dernier, je me souvins des paroles de La Reynie.

SINGULIERS, DIFFÉRENTS... MAIS UNIS.

Épilogue

J'avais choisi ce symbole – deux hommes se soutenant – pour illustrer mon aventure. Et je ne le regrette pas. Le juste équilibre est une combinaison adroite. Un être en vaut un autre. Il s'agit de défendre la tolérance en reconnaissant les mérites de chacun. Car l'alchimie qui cimente une société est un art délicat à manier. Et l'on doit affronter un long chemin pour apprendre à vivre ensemble, singuliers et différents, mais unis par des valeurs communes.

Les paroles du lieutenant de police sonnaient dans ma tête et j'y réfléchis longtemps, et même douloureusement avant de me décider à retrouver François pour ce qui débutait peut-être comme un adieu. Mais en le revoyant, je me suis abandonnée au bonheur qu'il suppliait et rêvait de m'offrir. Et je lui ai ainsi apporté la preuve qu'il pouvait croire en moi. En retour, il s'est résolu, mêlant les larmes et les caresses à sa confession. Plus tard, en nous éveillant, nos regards avaient choisi pour nous.

Depuis, quand le jour finit, je me souviens de La Reynie qui parlait juste. La tolérance fait route à mes côtés et s'accorde à ma fortune. Sans doute est-ce pourquoi nous n'avons, François et moi, jamais connu le malheur. Hélas, ce n'est pas vrai pour tant d'autres. Car nous venons d'un temps où la peur empêcha la fusion des hommes et des femmes dans un même corps.

Nous rentrâmes à Saint Albert dans les jours qui suivirent les événements que je viens de décrire. Si Jean-Baptiste était seul, la chambrière de la marquise de Sévigné n'ayant pas succombé aux charmes de notre héros, j'allais en compagnie de François de Saint Val. Nous parlions d'un simple séjour pour rencontrer mon père et François le comprenait. Pour finir, nous restâmes trois années en Anjou. L'Éden de mon enfance l'avait séduit. Dedans s'y mêlaient mon père, Berthe, notre curé et tous les gens de Saint Albert qui furent conviés à notre mariage. Nous eûmes un premier fils qui réconcilia mon père avec l'envie d'exister. Puis une fille qui combla la tendresse de Berthe. Et nous aurions pu vivre ainsi, baignant dans la félicité à laquelle nous nous accrochions, en tentant de ne pas entendre que notre liberté s'épuisait.

Mon père ne retourna pas à Versailles. Ce fut sa noble façon de montrer notre insoumission. Le roi lui en voulut. Mais notre cas comptait-il ? Signé par Louis XIV le 18 octobre 1685, l'édit de Fontainebleau révoqua l'édit de Nantes. La décision était l'aboutissement d'une vague de conversions forcées qui laissa croire que la Religion Prétendument Réformée avait disparu. On pouvait donc la supprimer. Par l'action d'un mensonge, on mit fin à l'idée de vivre ensemble, singuliers et différents. Mais si les protestants n'existaient plus, fallait-il leur interdire de quitter le Royaume ou de passer leurs biens à l'étranger sous peine de galère pour les hommes et de confiscation de corps et de biens pour les femmes ? Fallait-il baptiser les enfants de la R.P.R., les élever de force dans la religion romaine ? Les pasteurs devaient-ils quitter la France dans les deux semaines qui suivirent la révocation ? En tout cas, les protestants n'existaient tellement plus que notre pays perdit deux cent mille de ses sujets parmi les plus instruits et les mieux décidés. À cela s'ajoutèrent mille quatre cent cinquante condamnations aux galères. La *Révocation des Justes* poussa au désespoir les huguenots rescapés. En 1702, la révolte des Camisards devint une Guerre Sainte, portée par le *psaume des batailles*. Et tout recommença.

Nous n'attendîmes pas le martyre des jansénistes dont le point culminant fut la destruction de Port-Royal, en 1709. Nous étions déjà partis, François, nos deux enfants et moi. Nous allions découvrir cette Louisiane qui avait été au cœur de l'affaire. Ce qui nous décida, ce fut autant la disparition de mon père qui s'éteignit à Saint Albert, entouré de ses petits-enfants, que la mort annoncée de la liberté. Les emblèmes peints par mon père ? Nous les avons confiés à Bussy-Rabutin, un cousin éloigné de ma mère et de la marquise de Sévigné. Il a promis d'en faire le meilleur usage...

Avant de partir, j'écrivis à La Reynie pour lui demander la faveur d'emporter sur le navire qui nous menait vers un nouveau destin les restes de l'esclave mort. En mer, où tant de ses frères ont souffert, nous les confiâmes à ce tombeau abyssal.

Ici, nous tentons de ne pas oublier les méfaits inverses d'une vie tournée vers son seul génie. Quand la tentation d'agir pour le profit individuel se fait trop grande, nous nous souvenons que l'homme, en se voulant son unique maître, perd le sens de la justice. Et nous prions pour que ce mal n'atteigne pas ce monde qui réunira, un jour, toute la force des armes et de l'industrie, et qu'on appelle l'Amérique. Pour qu'enfin aucun homme, aucun camp, aucune religion, porté par sa puissance, ne recherche à son tour le pouvoir absolu.

Mes remerciements...

Ce livre est un roman d'aventures qui chemine sur l'Histoire. Pour l'écrire, j'ai scruté le passé, trouvant sur ma route des aides précieuses. Je pense aux esprits talentueux dont les travaux rendent le monde d'antan captivant et familier. Ce sont les chercheurs et les historiens rigoureux et passionnés. Leur aide m'a permis d'aller au bout de mon projet. Je veux les saluer et les remercier. Tous, chaleureusement. Si ce livre vous a plu, vous les aimerez puisque l'Histoire, racontée par eux, est aussi une aventure.

Je veux aussi remercier mon éditeur Thierry Billard pour son soutien inextinguible, son amour du bien-faire et son rôle essentiel. Du premier mot à la dernière ligne, nous avons cheminé ensemble, partageant la même passion pour l'écriture. Attentif, respectueux, rigoureux, chaleureux mais jamais complaisant, l'implacable Thierry – ce travailleur infatigable – mène son affaire jusqu'au bout, sans faiblir et sans jamais mesurer son affection. Et c'est pourquoi il est, à mes yeux, un ami et un guide aussi précieux qu'irremplaçable.

Enfin, je n'oublie pas qu'un livre est aussi le produit d'un travail collectif. Au nom de tous, je remercie Charles-Etienne Barrault qui m'a apporté, notamment lors de la relecture, une assistance essentielle.

Quelques adresses sur Internet :

Sur l'édit de Nantes

www.histgeo.com. Informations claires et précises.

http://palissy.humana.univ-nantes.fr/À défaut de l'original, on découvrira la copie électronique d'une page de l'édit de Nantes, ce texte historique.

Sur le château de Versailles

Le site www.chateauversailles.fr pour une somptueuse introduction avant la visite du palais de Louis XIV. Les reproductions sont splendides. On se promène dans ce site comme on le fait dans les jardins et dans le château : les yeux écarquillés.

Le site Ars Magna Lucis & Umbrae consacré à l'histoire des fêtes et divertissements de la Renaissance à la fin du XVIIIe siècle (www.arsmagnalucis.free.fr). La fête des plaisirs de l'île enchantée y est détaillée.

Sur les emblèmes

Le site de la Société des amis de Bussy-Rabutin On trouve de multiples informations sur Bussy-Rabutin, sur ses emblèmes et une présentation très attractive de ceux qui ornent le château de Bussy. Ce sont d'ailleurs ces emblèmes qui m'ont servi de fil conducteur à la construction de ce roman. J'ai respecté le jeu qui m'était proposé : me prêter à mon tour à une libre interprétation des messages que nous a laissés Bussy-Rabutin. Et construire ainsi cette histoire. (www.azurline.com/bussy). Ce jeu est ouvert à tous, nous dit ce site.

À propos de la vie à Paris, au XVIIe siècle.

Il y a beaucoup de monde à citer. Je ne peux être complet. Voici ma sélection.

http://17emesiecle.free.fr fourmille de détails et d'anecdotes sur le théâtre, les salons, la mode, la circulation à Paris, etc.

www.terresdecrivains.com propose des promenades dans Paris sur le thème des arts et les lettres. Agréable à lire.

www.parislemarais.com présente particulièrement, rue par rue, numéro par numéro, les sites historiques et culturels du Marais. L'esprit de Molière, de Racine, de Sévigné y flotte...

www.paris-pittoresque.com raconte l'histoire des rues de Paris. Passionnant. Cette bible livre même les noms des propriétaires et des enseignes. Ainsi, j'ai visité la rue Mouffetard, où habite François de Saint Val, et le quartier des Gobelins.

Pour le théâtre et son histoire, rendez-vous sur : www.comedie-française.fr.

À propos de la vie dans la région de Saumur.

Il faut saluer le travail de M. Joseph-Henri Denécheau. Ce professeur honoraire a enseigné l'histoire et la géographie au lycée Duplessis-Mornay de Saumur. En même temps, il a travaillé scientifiquement sur le passé de sa ville et de ses environs. Son site (http://perso.wanadoo.fr/saumur) « constitue la mise en forme de trente années de recherches méthodiques. Détestant la compilation, la simple copie hâtive de travaux précédents, l'auteur a vérifié ses sources et pratiqué un retour systématique aux documents originaux ». Il est l'auteur de trois livres : *Saumur en estampes* (épuisé), *Saumur en dessins* (68 peintures, dessins et plans commentés), *Archives des Saumurois. Témoignages du x*e *au* XIXe *siècle*.

À propos de la Louisiane.

Site clair et bien mis en page : www.louisiane.culture.fr. On y trouve l'histoire de la conquête française du Nouveau Monde. Narration didactique, thème par thème. J'y ai trouvé les éléments de la rivalité (réelle) entre ordres religieux et de quoi nourrir la thèse d'enjeux financiers conduisant à cette série de crimes...

Pour l'aventure... Sur la vie au XVIIe siècle :

www.vieuxmetiers.org. Le site des métiers de nos ancêtres rassemble une somme réjouissante de noms de métiers qui résonnent comme un poème de Prévert. Bravo pour ce travail.

www.synec-doc.be/escrime/dico. Le site du dictionnaire des termes d'escrime. C'est déjà un roman de cape et d'épée où surgit l'ombre de d'Artagnan.

Quelques livres (entre autres) à dénicher chez les libraires :

Le Château de Versailles, par Pierre Verlet chez Fayard. C'est un livre passionnant. À lire absolument avant de visiter le palais du Roi-Soleil.

L'ABCdaire du Château de Versailles, par J.-P. Babelon, T. Bajou, C. Constans, A. Pougetoux, X. Salmon, chez Flammarion. Il accompagnera la visite dudit palais.

Manière de montrer les jardins de Versailles, par Louis XIV (lui-même) est publié au Mercure de France. Présenté dans un joli petit coffret consacré à Versailles où se retrouvent aussi deux autres ouvrages bien illustrés.

Louis XIV, par François Bluche, publié chez Fayard, est une somme de plus de 1 000 pages. Le Roi-Soleil y est bien traité. Le lecteur attentif y trouvera cependant d'excellentes analyses sur *la machine à penser* des dévots qui influença si fortement Louis XIV.

Les Rois qui ont fait la France. Louis XIV, par Georges Bordonove, chez J'ai lu. Cet ouvrage, divisé en quatre parties chronologiques, livre quatre portraits du roi qui fut soleil, mais n'eut pas qu'une seule face. Georges Bordonove, historien et romancier, a été couronné par l'Académie française.

Louis XIV, le bon plaisir du roi, par Michel de Decker chez Belfond. Consacré aux amours du roi, ce livre est réjouissant, passionnant. Il se lit comme un roman.

Les Femmes du Roi-Soleil, par Simone Bertière, en Livre de Poche. Les pages consacrées à madame de Montespan sont un régal. C'est vivant, drôle, instructif. C'est à lire.

Louis XIV, l'envers du soleil, par Michel de Grèce chez Pocket. L'auteur, rappelons-le, est le fils de Christophe de Grèce et de Françoise d'Orléans.

L'Édit de Nantes, une histoire pour aujourd'hui, par Pierre Joxe, chez Hachette. Une analyse du contexte politique de l'époque et de ses conséquences pour notre temps par un homme politique qui fut, on s'en souvient, ministre de l'Intérieur, et donc des cultes.

La Société de cour, par Norbert Elias, chez Flammarion. C'est un livre savant et un guide pour comprendre les mécanismes sociétaux du pouvoir royal.

Histoire de l'Amérique française, par Gilles Havard et Cécile Vidal, aux éditions Flammarion. Pour découvrir l'épopée flamboyante de cet empire français.

Et tant d'autres livres, consultés, feuilletés, que je ne peux citer de peur d'en oublier.

Table des Matières

8289

Composition Nord Compo
Achevé d'imprimer en France (La Flèche)
par Brodard et Taupin
le 9 mars 2007. - 40654
Dépôt légal mars 2007. EAN 9782290001585

Éditions J'ai lu
87, quai Panhard-et-Levassor, 75013 Paris
Diffusion France et étranger : Flammarion